인간 해방의 횃불

전태일 실록 I

인간 해방의 횃불
전태일 실록 I

2020년 11월 5일 초판 1쇄 인쇄
2020년 11월 13일 초판 1쇄 발행

지은이 | 최재영
펴낸이 | 김영호
편 집 | 김구 박연숙 전영수 김율 디자인 | 황경실
펴낸곳 | 도서출판 동연
등 록 | 제1-1383호(1992. 6. 12)
주 소 | 서울시 마포구 월드컵로 163-3
전 화 | (02)335-2630
전 송 | (02)335-2640
이메일 | yh4321@gmail.com
블로그 | https://blog.naver.com/dong-yeon-press

ISBN 978-89-6447-627-7 04800
ISBN 978-89-6447-626-0 04800(세트)

인간 해방의 횃불

전태일 실록

I

최재영 씀

동연

추 천 의 글

전태일은 살아 있다

아름다운 청년 노동자 전태일이 분신 항거하며 시대의 어둠을 밝히는 불꽃이 된 지도 어언 50년이 됐습니다. 50주년을 기념하며 그의 삶을 오늘에 되살려 암담하기만 한 현실을 이겨나가려는 운동이 여기저기에서 펼쳐지고 있습니다.

출판업계도 앞장서고 있습니다. 이미 11개 출판사가 힘을 모아 전태일 50주기 공동 출판 프로젝트 사업으로 '너는 나다'라는 제하의 전태일 관련 책을 각자 출간했습니다. 그밖에도 많은 출판사나 개인이 50주년을 계기로 책을 내고 있습니다.

최재영 목사님의 전태일 실록도 그중 하나이면서도 매우 특별한 의미가 있습니다. 조영래의 『전태일 평전』이후 전태일의 일대기를 직접 다루는 첫 번째 책이기 때문입니다. 우리 모두가 인정하는 대로 조영래의 전태일 평전은 탁월합니다. 전태일이 분신 항거한 지 얼마 되지 않은 때부터 취재가 이루어졌고, 이소선 어머니나 전태일 친구들의 생생한 기억 속의 적극적 진술은 말할 것도 없고, 전태일이 직접 쓴 일기를 비롯한 수기, 편지, 소설 초안 등 원자료를 충분히 활용할 수 있었습니다. 거기에 비슷한 나이의 또 다른 아름다운 청년 대학생의 관점과 유려한 문장이 만나 최고의 평전이 되었지요. 그러나 집필 당시 조영래가 수배 중이어서 폭넓은 취재의 어려움과 국내출판 자체가 불가능했던 정치적 상황을 고려하면 전태일 평전이 갖는 또 다른 제약을 충분히 이해할 수 있습니다.

이번에 발간되는『전태일 실록』은 이 모든 한계를 딛고 출발했다는 점에서 내용의 풍부함과 충실함을 충분히 담보하고 있습니다. 작가 최재영은 특유의 치밀함과 성실함으로 우선 조영래 평전의 서술을 모두 확인하고 기술되지 않은 부분까지 일일이 취재와 면담 등을 통해 전태일의 출생에서 죽음까지의 일대기를 정확하게 재구성하는 놀라움을 보여주고 있습니다.

그가 30년 전부터 시작한 집필 작업은 이소선 어머니 등을 인터뷰하기 위해 틈나는 대로 면담과 전화 등을 수시로 하거나 때로는 같이 밤을 새우는 등의 성실함을 보여주었으며 항상 상상하기조차 힘든 최악의 상황이었던 전태일의 처절한 삶을 좇아 일일이 발로 뛰며 현장을 확인했던 노력은 전태일의 삶만큼이나 치열했습니다.

이 책을 이렇게 출판하기까지도 많은 어려움이 있었습니다. 조영래가 전태일 평전을 쓰고 거의 10여 년이 지난 뒤에야 그것도 다른 이름으로 출판된 것처럼 전태일 실록도 많은 어려움을 겪었습니다. 전태일 분신 항거 50주년에 비로소 빛을 볼 수 있게 되어 더욱 뜻깊습니다.

나는 이 책이 전태일을 더욱 크고 깊게 이해하는 데 도움이 되리라 확신합니다. 우리는 이 책을 통해 가장 인간다운 전태일, 가장 노동자다운 전태일, 가장 노동운동가다운 전태일, 나아가서 한 시대의 변혁을 꿈꾸며 행동하는 가장 혁명가다운 전태일을 만날 수 있습니다. "이 순간 이후의 세계에서, 내 생애 다 못다 굴린 덩이를, 덩이를, 목적지까지 굴리려 하네." 지금도 외치고 있는 전태일과 손잡을 수 있습니다.

이 책이 빛을 볼 수 있도록 애써주신 많은 분들께 이 자리를 빌려 고마운 인사드립니다.

전태일재단 이사장 이수호

추 천 의 글

전태일이 꿈꾸던 세상

미국에서 남북을 오가며 '북 바로 알기 운동' 차원의 통일운동을 벌이며 왕성한 집필과 강연 활동을 하는 최재영 목사님이 30년이 넘는 오랜 기간을 두고 틈틈이 집필해 온 '전태일 실록'이 전태일 열사 50주기를 맞아 드디어 출간하게 됐습니다. 전태일 열사의 출생부터 장례식을 치르기까지 전 생애를 다룬 이 책을 통해 우리가 몰랐던 아름다운 청년 전태일의 새로운 이면을 알 수 있을 것 같아 저는 한껏 기대에 부풀어 있습니다. 전태일기념관 개관식을 하는 날 저자로부터 전달받은 『전태일 실록』 세부 목차 인쇄물을 읽어보니 놀라움과 함께 이 책이 단순하게 열사에 대한 삶의 추적기나 연구서의 관점을 넘어 전태일 생애 연구의 총서로서 확고한 기틀을 마련했다고 판단되었습니다. 따라서 이 책은 전태일이 지닌 인간애의 근간이 되는 사상과 정신 그리고 신앙과 철학을 독자들이 확실하게 종잡을 수 있도록 하는 로드맵을 제시했다고 보여집니다.

저에게도 삶의 궤적마다 전태일 정신이 매 순간 이끌어왔다고 해도 과언이 아닐 정도로 전태일 열사와는 떼려야 뗄 수 없는 관계에 있습니다. 저는 전태일 열사의 뜻을 이어받은 서울대 김상진 학우가 유신정권에 항거해 교내에서 할복 자결한 사건으로 촉발된 추모집회와 유신철폐 시위에 참가했다는 이유로 입학한 지 두 달밖에 안 된 상황에서 영등포 구치소에서 4개월간 복역하였고, 기소유예로 풀려났으나 학교에서 곧바로 제명되었습니다. 그 후 우여곡절 끝에 사법고시에 합격한 후에는 연수원에서 조영래 선배를 동기로 만나 호형호제하면서 줄곧 인권변호사의 길을 함께 걸어가게 되었습니다. 수배 생활 때문에 뒤늦게 고시에 합격해 연수원에 들어온 조영래 선배가 역사적인『전태일 평전』을 쓰며 노동운동의 필요성과 함께 전태일의 존재를 대중들에게 처음으로 알리는 과정에서 가까이에서 큰 도전을 받았기 때문입니다.

그러나 평소 나의 멘토 역할을 해주던 조 변호사가 건강을 잃어버리는 바람에 안타깝게 일찍 유명을 달리했고 갈피를 못 잡던 나는 평소 "더 넓은 세상을 공부하려면 꼭 유학을 다녀오라" 하며 권유하던 조 선배의 말이 생각났습니다. 그리고 이듬해 홀연히 유학의 길을 떠나 영국과 미국 등지에서 연구에 매진하며 시민운동에 대한 계획을 세웠고, 귀국해서 유학 중에 체득한 경험을 바탕으로 참여연대를 설립해 시민운동가로서의 첫 출발을 내디뎠습니다.

그 후 서울시장에 출마하기 직전에는 40년을 노동자의 어머니로 사셨던 이소선 어머니의 민주사회장 영결식 노제에서 추모사를 낭독하기도 했으며, 서울시장에 당선된 후에는 전태일 정신을 시정에 적용하기 위한 첫걸음으로 서울시를 노동 존중 특별시로 만들기 위한 프로젝트를 세우기도 했습니다.

아울러 도시 차원의 좋은 일자리 노동 모델 구축 노력과 확산 방안을 연구하고 정책을 세워왔으며, 세계 10개 도시정부와 8개 국제기구, 국내 공공기관, 노사단체 등이 참가한 국제학술대회를 열기도 했는데 그때 당시 영국에서 참석한 가이 라이더 국제노동기구(ILO) 사무총장을 안내해 청계천 전태일다리(버들다리)에 조성된 전태일 열사의 기념 동상을 찾아 헌화하기도 했던 기억이 생생합니다. 그리고 기념 동상으로부터 10분 거리에 위치한 청계천변 수표로 코너에는 서울시의 협력과 지원 아래 전태일기념관이 개관되기에 이르렀던 것입니다. 기념관은 지상 6층, 연면적

1,920㎡ 규모로 서울시가 조성하고 전태일재단에 위탁하는 방식으로 운영되고 있습니다.

기념관이 완공되기까지 가장 불철주야 애쓰며 동분서주했던 전태일재단의 이수호 이사장님(기념관장)의 수고가 있었으며, 그분을 구심점으로 이 땅의 노동과 인권을 위해 피땀 흘린 수많은 분의 노고와 굳은 의지가 청계천으로 흘러들어 마침내 기념관이 탄생하게 된 것입니다. 준공식 날처럼 노동 존중 특별시라는 말이 가슴 벅차게 와 닿은 적은 없었던 것 같았습니다.

마침내 이 세상은 우리가 꿈꾸고, 전태일이 꿈꿨던 그런 세상으로 흘러갈 것을 확신하며 앞으로도 전태일기념관이 노동 존중 서울의 상징이자 중심이 되도록 지속적인 노력을 기울일 예정이며, 저는 노동 존중 특별시장 박원순으로 기억되기를 희망합니다. 전태일기념관은 스스로 불꽃이 된 전태일이라는 이름, 암흑했던 시절 시대의 어둠을 뚫고 전태일의 분신 항거 소식을 세상에 알렸던 조영래라는 사람의 이름 그리고 전태일 정신을 이어가려는 이들에게 기꺼이 우산이 되어 주었던 문익환이라는 이름, 한 청년의 어머니에서 이 땅의 모든 노동자의 어머니가 되어주신 이소선이라는 이름이 만나는 곳이며 노동과 평화와 인권이 만나는 역사적인 장소로 자리매김되고 있다고 생각합니다.

그렇다면 수십 년간 묻혀있던 전태일의 신앙과 사상 그리고 그의 빛나는 삶의 궤적을 새롭게 발굴하여 우리에게 알려준 최재영 목사님의 노력과 헌신도 역사적으로 높이 평가받아야 한다고 생각합니다. 아무쪼록 이 책이 많은 노동자들과 젊은 청년 대학생들은 물론 일반 대중들에게도 널리 읽혀지기를 희망하며 앞으로는 전태일 정신이 남측에만 머무는 것이 아니라 분단의 벽을 넘어 북측에도 널리 알려져 통일의 촉매제가 될 수 있기를 기원합니다. 독자들 모두가 전태일 열사가 보여준 희생의 가치를 깨닫고, 그의 삶과 죽음의 의미를 깊이 이해하여 또 다른 전태일로 거듭나기를 기원합니다.

2020년 5월 3일

서울특별시장

박원순

---

* 이 글은 서울특별시장 재직 당시 작성해준 원고이며, 평소 전태일 기념사업에 많은 관심을 갖고 지원을 해준 그분을 추모하며 이 추천의 글을 싣는다.

머 리 말

한 인물에 대한 역사적 평가와 그에 따른 교훈이 대중에게 알려지기 위해서는 정확하고 객관적인 1차 자료가 필수적이며, 그 토대 위에 연대별로 정리한 일대기가 나와야 한다. 그럼에도 분신 항거 이후 지금까지 전태일의 모든 생애를 체계 있게 정리한 일대기가 발간된 적은 없었다. 필자가 전태일 실록에 대한 집필을 결심하게 된 계기는 이런 요인을 포함해 다음과 같이 여러 가지가 복합적으로 작용했다.

필자는 어느 날 강원도 철원에 있는 대한수도원 경내에서 전태일과 이소선 어머니가 다녔다는 창현교회를 비롯해 임마누엘수도원과 대한수도원 소속 목회자들과 신자들 일행을 우연히 만나서 대화한 적이 있었다. 세 곳은 서로 밀접한 공동체를 형성하고 있었으며 여성 목회자 한 명에 의해 운영되고 있었다. 연이어 전태일과 한 동네에 살았던 이웃 사람들도 만난 적이 있는데 그들을 통해 전태일과 이소선에 관한 소소한 이야기들을 접하게 된 것이다. 그들의 증언들은 한결같이 가슴 뭉클한 이야기였음은 물론이거니와 ―긍정과 부정을 포함한― 우리가 전혀 모르는 이야기가 대부분이었으며, 기존에 공개된 이야기들과도 사뭇 차이가 있었다. 그 후부터 필자는 일부러 전태일과 관련된 구전들을 듣기 위해 여기저기 관련자들을 찾아다니며 체계 있게 탐문하기 시작했고, 그 결과 과연 우리는 얼마나 전태일을 잘 알고 있으며 그동안 우리에게 알려진 전태일에 관한 자료들은 얼마나 정확하고 신빙성이 있는가를 반문하지 않을 수 없게 된 것이다.

뿐만 아니라 암울했던 전두환 군부독재 시절인 1983년 어느 봄날 필자가 용산구 청파동에 있는 대한신학교(안양대학교 전신)에 다니던 중 불심 검문을 당한 적이 있었는데 평소 은밀히 애독하던 『어느 청년노동자의 삶과 죽음(전태일 평전)』이라는 책이 그날따라 가방 속에서 발견되는 바람에 군 입대를 코앞에 둔 신학생의 신분으로 불온서적 소지 혐의자로 몰려 한밤중에 남대문경찰서에 끌려가 조사를 받은 것이다. 이런 여러 가지 일이 계기가 되어 전태일의 죽음이 주는 역사적, 시대적, 사회적 의미는 물론 종교적, 이념적, 철학적 의미에 대해 심도 있는 고민을 했고, 그 후부터 마음을 다잡고 본격적으로 자료를 모으며 틈틈이 정리를 해가며 집필을 시작했던 것이다. 그러나 무엇보다 집필에 박차를 가하게 된 결정적인 계기는 폭압적인 정치적 상황과 열악한 노동환경이 맞물리면서 또 다른 전태일들이 자기 몸을 던지는 사건들이 연속으로 속출하고 있는 사회현상 때문이었다.

'세상이 점점 발전하고 잘살게 되는데 왜 우리는 아직도 또 다른 전태일이 필요한가'라는 의문과 함께 마치 이 사회는 아무 문제가 없는데 어느 청년이 노동 현장에서 불의의 사고로 죽음으로써 혹은 어느 노동자나 대학생이 분신 항거함으로써 그제야 없었던 문제가 갑자기 생겨나기라도 한듯 언론과 여론은 호들갑을 떨었다. 그러나 근본적인 해결책보다는 일시적인 미봉책이나 임시방편으로 일관하는 어처구니없는 모습을 목도하였으며, 집필하는 동안에도 이 땅의 젊은이들은 공장에서, 일터에서, 학교 캠퍼스에서 그렇게 전태일처럼 무수히 죽어가고 있었던 것이다.

노동자는 마치 죽어서 사라져야 증명되는 존재로 비치는 것을 보면서 집필을 중단하고 현장으로 뛰어들려는 충동을 수없이 느끼면서 언제까지 노동자들과 학생들에 대한 죽음의 알고리즘이 반복되어야 하는가에 대해 분노했다. 그러나 이는 단지 노동계만의 문제가 아니라 잘못된 국가의 이념과 방향에서 비롯된 사회 전반에 걸친 총체적인 문제에서 비롯됐다는 것을 알게 되면서 다시 집필을 이어가곤 했다.

그러나 집필이 소강상태에 빠져있을 무렵, 이소선 어머니를 만나보니 어느덧 칠순을 바라보는 나이가 다 되어가고 있었는데 그분의 얼굴에서 전태일이 선명하게 보였다. 그렇다면 아직 세상에 드러내지 않고 가슴 깊이 품고 있던 아들에 관한 애잔한 이야기들은 물론 어머니가 인지하고 있던 아들에 관한 생생한 기억의 편린이 망각되거나 희석되기 전에 하루빨리 소환해야겠다는 생각이 들면서 만사를 제쳐놓고 집필에 박차를 가했던 것이다.

하루 빨리 책을 완성해야겠다는 부담감이 짓누르고 있을 무렵, 이소선 어머니의 적극적인 구술과 협조 그리고 전태일 열사의 동생 전태삼 선생의 구술과 자료 제공으로 인해 마침내 원고가 완성을 향해 치달을 수 있게 된 것이다. 특히 필자의 집요함 때문에 면담과 전화를 통한 증언과 구술 과정에서 이소선 어머니는 진액을 뺄 정도로 최선을 다해주었으며 늘 친절한 호의와 사랑으로 흔쾌히 응대해 주었다. 스물 세 살의 나이로 각인된 아들에 관한 모든 추억의 보따리를 필자에게 무한정으로 풀어 놓은 이소선 어머니에게 감사를 드리며, 삼가 이 책을 영전에 바치고자 한다.

전태일은 23년이라는 짧은 생애를 살았으나 워낙 가난한 상태에서 다면적인 삶의 궤적을 살아왔고, 박정희, 전두환 군사정권 하에서의 폭압적 제약 때문에 자료들이 빈약하여 일반인들이 그의 삶을 좀 더 생동감 있게 접하거나 이해하는 데는 어려움이 따랐다. 이에 필자는 집필 자료 확보를 위해 전태일과 직·간접적으로 관련된 250명이 넘는 주변 인물들을 만난 것은 물론 전태일과 관련된 각종 서적과 논문, 컬럼, 사설, 기고문, 특집기사, 인터뷰 기사 등을 선별해 참고하였다. 그중에서도 현존하는 전태일의 일기장과 육필 원고를 고스란히 담은 이른바《전태일 일기 CD 사본》을 유족 대표인 전태삼 선생이 제공해주어 이 책을 쓰는데 큰 도움이 되었다.

전태일의 거주지 이동 경로와 취업 변동 경로를 따라가며 그동안 산재해 있던 자료들이 수집되고 주변 인물들의 증언과 구술 자료들이 확보될수록 누락되거나 간과된 전태일의 행적들이 하나씩 드러났으며, 직접 탐문해 자료를 확보하는 과정에서 취득한 여러 일화나 사건들에 대해 연도와 날짜를 표기하는 등 연대순에 맞도록 본문에 배치해 독자들이 전태일의 동선을 일목요연하게 파악하도록 했다.

특히 그동안 미공개되었던 전태일의 출생과 성장 과정에 얽힌 일화들은 물론 학력, 취업 등의 과정을 통해 그가 지닌 배움에 대한 열정과 사업에 대한 꿈을 재조명하였으며, 그의 가치관과 사상의 근간이 되었던 기독교 사상과 신앙생활에 대한 이야기도 빠짐없이 공개했다. 그의 종교적 성향과 배경을 따라가는 과정에서 교회 출석 이력과 종교적 행적은 물론 개신교 신앙인으로서 그가 지닌 영적인 면모와 그가 지향하는 신앙 세계도 새롭게 발굴하여 수록하였다. 또한 불투명하던 여러 곳의 피복업체 취업 경력도 새로 발굴하여 체계 있게 정리하였으며, 노동운동 시절의 각종 진정 활동과 투쟁 활동은 물론 분신 항거 사건 직전의 구체적인 일정과 행적들도 밝혀냈다.

또한 전태일이 평화시장 노동운동에 확신을 갖도록 뒤에서 자문역할을 아끼지 않았던 부친 전상수에 대한 자료를 확보하고, 교차검증 작업을 통해 그가 젊은 시절에 목격하고 체험한 노동운동 사건들이 오히려 아들이 노동운동에 눈을 뜨게 되는 동기유발과 촉매제 역할을 했다는 사실도 밝혀냈다. 이와 더불어 유능한 문학적 소질을 겸비한 전태일이 평소 수기장에 옮겨놓은 자작 시와 소설 초안 등을 가감 없이 게재하여 그의 문학적 세계관도 드러나게 했으며, 특히 기독교 사상과 천부적인 성품이 결합되어 형성된 그의 숭고한 인간애는 물론, 불의를 보면 참지 못하는 정의로운 인성과 투쟁가로서의 면모, 지독히 순수했던 연애 감성과 친구들과의 우정 관계, 냉철한 사고방식과 지혜로운 생활철학, 인간적인 면 등도 다양하게 재조명하였다.

또한 스스로 치밀하게 계획한 죽음의 결단과 분신 항거 그리고 사경을 헤매는 가운데서도 병원 침상에서 보여준 의연한 모습들과 유언을 통해 어머니와 친구들이 자신의 화신(化身)이 되어 살아갈 수밖에 없도록 했던 이야기들을 통해 죽음마저도 인간애로 승화한 전태일을 독자들이 새롭게 음미하도록 했다. 임종을 앞두고 유언을 받은 이소선은 죽어가는 아들과 맺은 유언을 하늘처럼 여기고 그 약속을 지키는 과정에서 스스로 투사가 되는 길을 걸었으며, 모든 집안일을 중단하는 것은 물론이고, 모든 사리사욕을 멀리하고 오직 아들의 당부를 이루는 일에만 몰두하여 마침내 모든 노동자의 어머니가 되었던 것이다.

이와 같이 자칫 사장될 뻔하거나 마치 기사의 오보처럼 왜곡되거나 굴절된 채 묻혀버릴 뻔했던 전태일 생애의 편린을 마치 퍼즐을 맞추듯 보완하는 작업을 통해 한 폭의 그림처럼 드러나게 했고, 순수했던 그의 삶을 연대순으로 재생해냈다.

실록 2권 뒷부분 <덧붙이는 글>에서는 전태일이 남긴 정신과 유훈이 남측에만 머무는 것이 아니라 분단의 벽을 넘어 북측에도 널리 알려지도록 하려는 의도에서 필자가 여러 차례의 방북을 통해 인민들과 노동자들은 전태일 분신 항거 사건을 어떻게 기억하고 이해하는가에 대해 알아보는 과정을 수록했다. 남측과 노동 현실이나 노동 구조가 판이하게 다른 북측에서는 전태일과 남측의 노동 현실을 어떻게 바라보는가에 대해 필자와 북측의 노동자, 학자, 목회자와의 대화록도 수록하였다.

이어서 장례식 전후의 국내 대학가의 주요 집회와 시위들을 도표와 함께 자세히 실었으며, 아직도 전태일의 삶과 죽음을 왜곡하는데 앞장서고 있는 일부 극우학자들의 불순한 주장과 이견을 사실에 입각해 논박했다. 또한 수출 목표를 정해놓고 개발독재에 여념이 없던 박정희 정권에서는 전태일의 분신 항거 사건에 대해 어떻게 반응을 보였고 어떻게 대응책을 마련했는지를 다뤘다. 한편 유신정권의 몰락을 가져다준 전태일의 분신 항거 사건과 박정희가 시해된 10.26 사건과의 연계성을 역사적 근거를 동원해 논리적으로 다뤘으며, 전태일의 분신 항거 사건을 보도한 언론들의 당시 보도 행태도 심도있게 수록했다. 이어서 언론사와 노동청에 의해 훼손되거나 도난당한 전태일의 일기장의 행방과 그것을 되찾아오는 과정을 통해 당시 언론과 정부의 민낯을 고발했고, 영화감독 신상옥이 전태일 영화를 제작하려는 과정에서 박정희 정권과 마찰을 빚은 이야기도 최초로 다뤘다.

　본문 전개 방식은 우리나라 노동운동과 민주화운동의 기폭제가 되었던 전태일의 분신 항거 사건으로 다다를수록 실록이 절정에 이르도록 했으며, 새로운 역사의식의 관점에서 전태일의 생애를 펼쳐나갔다. 그러나 전태일의 생애를 지나치게 미화하거나 영웅시하는 것을 자제하고 가급적 있는 사실 그대로 가감 없이 수록했고, 사실이 호도되어 터무니없는 오해와 편견을 불러일으킨 부분을 바로잡아 실체적 진실이 독자들에게 전달되도록 했다. 집필 중에 발견한 그의 생애에 대한 잘못 알려진 부분들은 교차검증 작업을 거쳐 대폭 수정했으며, 그의 친필 수기 원문을 연대순에 맞도록 적재적소에 배치해 독자들로 하여금 전태일의 인간적 면모와 당시 내면의 세계 등을 숨결처럼 생생하게 느끼도록 했다.

　실록의 주인공 전태일은 23년간의 짧은 생애를 살았으나 이 땅을 떠난 것은 아니며 실제로 지금 우리 곁에서 우리와 함께 호흡하고 있다. 따라서 이 책은 동료와 이웃을 위해 자기 목숨을 기꺼이 바친 전태일의 육체는 비록 소멸되었으나 그가 지닌 사회정치적 생명은 이 땅의 모든 노동자, 농민, 소외받는 민중들과 영원히 함께 하고 있다는 사실을 다시 한번 인지하도록 했다.

50주기에 맞춰 출간된 『전태일 실록』은 이제 전태일 연구의 기초를 닦는 서막에 불과하다고 생각한다. 아무쪼록 청년, 학생, 노동자, 문학가, 역사가, 정치가, 성직자들은 물론 일반 대중들 중에서 전태일을 깊이 연구하고자 하는 이들에게 이 책이 미력하나마 도움을 주는 텍스트 역할을 하기를 간절히 바란다. 이 책을 통해 누구든지 전태일처럼 사람이 주인인 사회를 만들 수 있으며 노동과 인간과 자유의 문제에 대한 사회개혁과 정치혁명, 인간 해방의 꿈도 꿀 수 있고, 문학과 사상과 종교의 꽃도 마음껏 피울 수 있을 것이다. 필자는 이 책을 통해서 독자들이 전태일을 아는 지식의 폭과 깊이가 더욱 넓어지기를 소망한다. 아울러 독자들의 의식이 점점 전태일에게 상정(上程)되거나 전태일을 영웅시하기보다는 각자 자신 안에 잠재되어 있는 전태일을 찾도록 이 책이 동기 부여의 역할을 해주기를 간절히 염원한다.

2020년 5월 17일

저자 최재영

차 례

2권 차례

덧붙임 ｜ 못다 한 이야기

일러두기

『전태일 실록』을 서술한 가장 핵심 자료는 전태일의 친필 수기 원문과 어머니 이소선, 동생 전태삼의 증언이다. 이 책은 먼저 전태일의 친필 수기 원문을 중심으로 그의 생애를 따라 연대별로 적재적소에 배치하였고, 그동안 공개되지 않았던 친필 수기장도 모두 포함하였다. 그중에 낙서나 판독 불가한 글자들도 새롭게 정리하여 모두 수록하였다. 그러므로 저자가 말하기보다는 전태일 자신이 직접 독자들과 소통하도록 하는 집필 방식을 취했다. 둘째로 이소선 어머니와 동생 전태삼의 증언이다. 특히 이소선 어머니가 전태일의 모든 생애를 회상한 진술들은 매우 구체적이며 사료적인 가치로서 충분했다. 자칫 소멸될 뻔한 증언들을 모두 소환하여 본문에 반영하였으므로, 새로운 시각에서 전태일을 해석하는 계기를 마련하게 되었다.

친필 수기와 관련된 몇 가지 집필 원칙들은 다음과 같다.

(1) 전태일의 유족들이 전태일 일기장 원본의 유실과 훼손, 도난 등을 대비해 〈친필수기 원본〉에 대한 스캔 작업을 통해 제작한 일명 〈CD사본〉을 제공 받아 가감 없이 실록 본문에 적용했다. 이는 육필 원본의 순수성을 그대로 살리고, 전태일의 글에서만 발산하는 특유의 문학성과 사실적 생동감을 독자들이 느낄 수 있도록 하려는 의도였다.

(2) 전태일의 일기는 유족들이 초창기 일기장 원본을 보존하는 과정에서 발생했던 유실 및 훼손과 도난 사건들로 인해 〈CD사본〉에서도 누락된 부분이 약간 발견되었으나 이런 문제는 이미 돌베개출판사에서 발간한 전태일의 수기집『내 죽음을 헛되이 하지 말라』를 참조하여 나머지 부분을 보완하였다. 이로써 두 가지를 철저히 비교해 누락된 부분을 찾아내어 교차검증과 보완작업을 통해 전태일의 현존 친필수기는 한 구절, 한 단어도 본문에서 빠지지 않도록 했다.

(3) 친필 수기를 인용하는 데는 원문 내용상 전태일의 오기(誤記)나 착오 등으로 인해 맞춤법이 틀린 글자들은 독자들의 이해를 돕기 위해 문맥상 어긋나지 않는 범위에서 틀린 글

자를 수정해 원래의 뜻이 훼손되지 않도록 매끄럽게 하였다. 또 전태일의 친필수기 원문에는 간혹 난필로 인해 판독과 해독이 도저히 불가능한 경우가 발생하는데 이처럼 난해 문구나 조악한 글자들은 'X'로 표시하거나 그래도 어렴풋이나마 드러난 글자를 확정하여 표기하는 방식으로 처리했다.

(4) 특히 난해한 문구들 외에 낙서들까지도 모두 정리해 수록했기 때문에 전태일이 쓴 낙서의 의미까지도 헤아려 보았다. 아울러 전태일은 자신의 일기장에 글을 쓰다가 문맥이 바뀌거나 단원과 단원 사이에 단절하려는 경우에는 간혹 "×××" 표시로 구분하였는데 이런 경우에도 일기장 원문 그대로 표기했음을 밝혀둔다.

(5) 전태일의 착오로 수기원문 내용 중에 간혹 사실과 다른 경우에는 각주를 통해 바로 잡았으며 용어해설과 등장인물, 정황에 대한 보충설명 등도 독자들의 이해를 돕기 위해 각주에서 소상히 언급했다.

(6) 전태일의 수기 원문으로만 본문을 전개한 경우에는 저자가 그의 생애 연대순과 행적을 철저히 검증한 후에 적시 적소에 배치하여 수기 원본이 원래의 제 자리에서 전태일이 직접 말하도록 했다.

(7) 〈전태일의 친필수기〉라 함은 약 15가지 장르에 이르는 수기장의 여러 종류들을 총칭하는 것이다. 수기는 일기·자서전적 수기·각종 단상·유서·소설 초안·편지·시·금언·각종 문서와 양식·계획서·낙서·삽화 등으로 분류된다.

(8) 〈전태일 친필 수기〉는 노트(공책)와 각종 별지 등에 작성되었다. 전태일 열사가 바쁜 노동 일정 중에도 수년간 틈틈이 기록하다 보니 간혹 날짜를 적지 않거나 누락하는 경우로 인해 연대 추정에 혼란을 불러일으킨 적이 많았다. 이런 문제는 수기 내용과 관련된 인물들을 직접 만나는 검증 작업을 거친 후 객관적 기준으로 연대를 산출하여 해결하였다. 따라서 잘못 알려진 연대의 오류나 행적 등을 바로 잡았고, 이를 기준으로 전태일 연보를 부분적으로 수정하였다.

* 전태일 일러스트를 사용하도록 허락해준 최호철 작가와 협조해준 전태일재단에 감사한다.

제1부

어린시절

1장

부모(전상수, 이소선)의 만남과 결혼

1947년 5월~1947년 9월 20일

1. 이소선의 출생과 성장
— 1929년~1947년

이소선(李小仙)은 1929년 12월 30일(음력 11월 9일)에 경북 달성군 성서면 감천리(慶北 達成郡 城西面 甘川里)[1]에서 아버지 이성조(李聖祚)와 어머니 김분임(金分姙) 사이에 삼남매 중 세 번째인 막내딸로 태어났다.[2] 집안의 본(本)은 광주이씨(廣州李氏)이며 그녀가 태어난 감천리는 전형적인 농촌 마을로서 광주이씨 집성촌이었으며 이소선이 태어날 당시는 일제의 수탈이 극에 달하던 시절이라 식량난으로 매우 허덕이던 무렵이었다. "저

---

1 이곳은 오늘날의 대구광역시 달서구 월성동 감천초교 부근이다. 제적등본에는 이소선의 前 호적이 '달성군 성서면 본리동 六百六 호주 李尙栗의 종매'로 표기되어 있다.

2 호주 전상수, 〈제적등본〉, 서울시 도봉구청 발급, 2006. 3.

아이는 참말로 선녀(仙女)같이 예쁘니 작을 소(小), 신선 선(仙), 소선(小仙)
이라고 해야 되겠다"라며 아버지 이성조는 갓 태어난 막내딸이 얼마나 예
쁘고 사랑스러운지 "마치 하늘에서 내려 온 천사 같다"고 하여 소선(小仙)
이라고 이름을 지어 줬다. 그러나 아버지의 사랑을 한 몸에 받으며 재롱을
피워야 할 소선에게 집안에 큰 불행이 몰아닥치고 말았다. 1933년 어느
날, 아버지 이성조가 일본군에 사로 잡혀가서 산 채로 사지를 결박당한 채
무참히 처형된 것이다. 아버지가 학살될 때 소선의 나이가 겨우 네 살 무
렵이었다. 소작농을 하던 이성조는 평소 자신의 거주지역에서 비밀조직
에 가담해 은밀히 항일활동을 해왔는데 그 사실이 발각되어 비극적인 죽
음을 맞이한 것이다.3 이때 아버지 이성조는 죽음 직전임에도 불구하고
매우 담대하게 일본군들을 향해 큰소리로 호통을 쳤다고 한다. 아버지의
사랑을 제대로 받지 못한 채 성장하였지만 훗날 아들 태일을 잃고 난 이후
의 노동운동과 민주화운동에서 보여준 이소선의 용기와 대담함은 아버지
의 이런 호탕함에 기인한 듯하다.

이소선(李小仙)의 가계

이소선의 가계/본관(本貫) : 광주이씨(廣州李氏)			
「이소선의 조부모」 이이주(李以珠) 안분옥(安分玉)	3남	長男 이기조	이기조(李基祚), 김청년(金靑年) 슬하에 1남 장남: 이상률(李尙栗)
		次男 이성조	이성조(李聖祚), 김분임(金分姙) 슬하에 1남 2녀 장녀: 이봉선(鳳仙), 장남: 이상복(相福), 차녀: 이소선(小仙)
		三男 이용조	이용조(龍祚), 서이필(徐二弼) 슬하에 1남 3녀 장남: 이상태(相泰), 장녀: 이태순(泰順), 차녀: 이상순(相順)

3 이소선, 「저자와의 인터뷰 증언」, 2006.6.20.

이소선의 가계/본관(本貫) : 광주이씨(廣州李氏)			
「이소선의 부모」 이성조(李聖祚) 김분임(金分姙)	1남 2녀	長女 이봉선	이봉선(李鳳仙), 탁씨(卓氏) 슬하에 3녀 장녀: 탁옥순(玉順), 차녀: 탁정순(亭順), 삼녀: 탁옥란(玉蘭)
		長男 이상복	이상복(李相福), 일본인 처와의 슬하에 1남
		次女 이소선	이소선(李小仙), 전상수(全相秀) 슬하에 3남 2녀
「繼父」 정익진(鄭翼鎭) 동래정씨(東萊鄭氏) *어머니의 재가로 부친 이 두 명	1남 2녀	長男 정지광	정지광(鄭智光), 윤태득(尹泰得) 슬하에 1남 2녀
		長女 정손태	정손태(鄭孫泰), 최태암(崔泰岩) 슬하에 1남 2녀
		次女 정정선	정정선(鄭正善), 강태권(姜泰權) 슬하에 1남

　이소선의 가계⁴를 살펴보면 아버지 이성조의 죽음으로 인해 어머니 김분임이 개가하면서 새로운 가족들이 형성된 것을 알 수 있다. 아버지가 사망한 이듬해인 1934년 소선의 큰 언니 봉선은 식구들과 생이별을 하는 아픔을 겪으며 외가로 보내졌고, 어머니 김분임은 아홉 살 된 아들 상복과 다섯 살 된 소선을 데리고 개가(改稼)하였다. 박곡동의 별칭인 박실마을의 정씨 집안으로 다시 시집을 간 것이다.

　그러나 어머니의 후살이로 따라온 남매는 데림추가 되어 그날부터 구박덩이 신세가 되었다. 더구나 의붓아버지는 어머니 김분이와 스무 살의 나이 차이가 나는 고령의 노인이었고 전실 후실 자식들 모두 합해 여러 명이 딸렸지만 집안 형편은 겨우 논 두어 마지기 농사와 먹고살 만한 조그마

4 이소선의 가계도. 호주는 이상률로 되어있다. 〈제적등본〉, 서울시 도봉구청 발급, 2006, 1-5.

6.25 전쟁 기간 부산에 살던 시절의 이소선

한 발 뛰기가 전부였다. 결국 소선의 청소년기는 천대받는 빈궁한 삶 자체였다. 의붓아버지의 정실부인과 정씨 집안 사람들은 소선의 어머니를 연어동에서 시집왔다고 하여 "연어댁"이라 불렀으며 소선은 친척과 집안 형제들에게 "그것들"이라고 불렀다. 심지어 정씨 형제들을 "언니, 오빠"라고 부르지도 못했다. 천덕꾸러기로 지내면서 한겨울에도 오빠 상복과 냉방에서 잠을 잤고 새벽 4시가 되면 어김없이 일어나 개똥을 주우러 동네 골목이나 마을 주변을 돌아다녀야 했다. 개똥을 주워 밭에 거름을 주는 일은 그들 남매에게 할당된 하루 임무이자 일과였기 때문이다. 그 후 서당이라도 다니며 공부하고 싶어 하던 오빠 상복5은 어머니 김분이의 개가 조건대로 다행히 일본으로 유학을 떠날 수 있었다.

오빠 없이 홀로 남은 소선은 남들은 보통학교에 다니는데 집안에서는

---

5 이소선의 오빠 이상복(李相福)은 그 후 일본으로 유학해 정착하여 일본인 여성과 가정을 이뤄 살았다. 세월이 흘러 전태일이 평화시장에서 분신 항거하고 그 사건의 한복판에 이소선이 서게 되자 박정희 정권은 이상복이 일본에서 살고 있다는 자체를 빌미 삼아 그가 북한을 위해 일하는 빨갱이라며 이소선과 가족들에게 '공산당', '간첩' 누명을 씌웠다.

학교에 입학시켜 줄 생각조차 하지 않자 그때부터 집안 식구들 몰래 동네 친구들 틈에 끼어 학교에 가서 공부할 수밖에 없었다. 이처럼 소선은 정식으로 학교에 입학하지는 못했으나 어깨너머 구구단과 한글 공부를 하며 힘든 어린 시절을 보내야 했다.

소선의 나이 15세가 되던 1945년 늦봄이었다. 어느 날 소선은 같은 동네에 사는 시집을 아직 안 간 친구들 다섯 명과 함께 일본군 정신대(挺身隊)로 잡혀가는 불행한 사건을 당하게 된다. 그러나 소선의 어머니는 딸을 구출하기 위해 필사적으로 노력하였고 다행히 소선과 박실마을 이장의 친척인 시남은 대구에서 간신히 빼돌려져 정신대 대신 방직공장으로 배치를 받게 되었다. 한밤중에 일본 헌병들의 트럭에 실려 간 그 공장에는 이미 먼저 붙잡혀 수용된 조선의 처녀들이 규칙적인 강제 노동을 하며 대마(大魔)로 베를 짜서 일본 군인들의 군복을 제조하는 일로 혹사당하고 있었다. 알고 보니 그곳은 일제의 전쟁 물자를 공급하는 군수공장이었다.

소선은 그 안에 갇혀 간수들이 시키는 대로 보통 남자들처럼 힘든 잡일과 막노동을 하며 지낼 수밖에 없었다. 간수들은 소선과 시남을 마치 짐승처럼 몰고 다니며 막일을 시켰다. 매끼 식사는 상한 강냉이를 물에 우려내서 건진 후 그것을 다시 끓는 물에 삶은 옥수수죽이 전부였다. 너무 배가 고픈 소선은 저녁마다 기숙사 창밖에 있는 토마토를 몰래 따 먹으며 주린 배를 채울 수밖에 없었다. 그러나 토마토가 조금씩 없어지자 이를 수상히 여긴 공장 간수에게 들킨 소선은 몰매를 맞고 며칠 동안 창고에 갇히게 되었다. 다행히 공장 안에 근무하고 있던 어느 조선인의 배려로 그 일은 잘 마무리가 되었고 그 후 얼마 지나지 않아 어머니가 면회를 다녀갔다.

며칠 후 소선은 다른 사람들처럼 몰래 먹을 것을 사기 위해 어머니가 주고 간 얼마의 돈과 쪽지를 실에 묶어 담장 밖으로 던졌다. 그러나 담장 너머에서 돈과 쪽지를 받아 중간역할을 하며 심부름을 해주는 사람에게

선 아무런 반응이 없었다. 허기진 배를 달래며 기다리던 소선이 더 이상 기다리지를 못하고 마침내 담벼락 위로 기어 올라가고야 말았다. 바깥세상이 보였다. 그날이 방직공장에 잡혀 온 지 1년이 다 되어 가는 1945년 7월 어느 여름이었다. 순간 소선의 머릿속에는 이래 죽으나 저래 죽으나 피차 죽기는 매한가지이니 도망가야겠다는 생각이 스쳤다. 순식간에 담장을 뛰어내려 한참을 도망치던 소선은 공장 인근 마을에 사는 어느 할머니의 도움으로 그 집 헛간의 디딜방앗간 안에 간신히 몸을 피해 뒤쫓아 오는 경비원을 따돌릴 수 있었다.

당장 집으로 가는 것은 안전하지 않다고 생각한 소선은 아무도 모르게 30리 길을 걸어 고모 집으로 찾아갔다. 그리고 한 달 반가량을 숨어 지내다가 야밤을 이용해 박실마을 집으로 몰래 찾아갔다. 그러나 아직도 일본 순사들이 자신을 찾는 것을 알게 된 소선은 어머니의 도움으로 동네 사람들 몰래 아버지 이성조의 묘지가 있는 산속에서 숨어 지냈다. 묘지에서 숨어 지내는 동안 얇은 이불 하나만 뒤집어쓰고 밤을 새우고 세수조차 제대로 할 수 없게 되자 소선의 행색과 몰골은 날이 갈수록 처참해지기 시작했다. 그런 비참한 도피 생활을 하면서도 굶어 죽지 않기 위해 매 끼니마다 어머니가 몰래 가져다주는 밀개떡을 먹으며 목숨을 연명할 수밖에 없었다. 그러던 중 1945년 8월 15일 드디어 해방을 맞이하게 된 것이다.

해방이 되던 날이었다. 소선의 눈으로 볼 때 그날은 뭔가 세상 돌아가는 일들이 이상하게 보였다. 환한 대낮임에도 불구하고 어머니와 올케가 멀리서부터 당당하게 큰 소리로 자신의 이름을 부르며 달려오는 것이 아닌가. 숨어 지내던 소선은 순간 무엇인가 이상하다고 느꼈다. 그리고 소선을 만난 어머니는 드디어 우리나라가 해방되었다는 기쁜 소식을 들려주는 것이 아닌가. 이렇게 해서 소선은 일제 패망으로 인한 해방 덕분에 구사일생으로 살아남게 되었다.[6]

2. 물 한 바가지가 인연이 된 첫 번째 혼담
— 1946년 11월

꽃피는 방년 18세 소선은 정신대로 잡혀갈 뻔했으나 무사히 살아남아 마침내 박실마을에 돌아오게 되었다. 소선은 자신이 구사일생으로 집에 돌아온 사실 자체가 마냥 신기했고 하늘에 감사했다. 그도 그럴 것이 정신대로 잡혀갔던 소선의 친구 여섯 명 중에서 목숨을 부지하고 돌아온 사람은 겨우 소선과 친구 시남, 단 두 명뿐이었기 때문이다. 그나마 친구 시남은 방직공장에서 작업을 하던 중 사고를 당해 손가락이 잘린 상태로 돌아오게 되었으니 그나마 몸뚱이가 온전한 상태로 무사히 돌아온 사람은 이소선뿐이었다.

1948년 8월 어느 뜨거운 여름날이었다. 소담스런 자태의 소선은 어머니와 밭에 나가 일을 하다가 점심을 먹기 위해 집으로 돌아와 잠시 쉬고 있었다. 갑자기 대문 밖에서 처음 듣는 남정네의 목소리가 들리는 것이 아닌가? 당시만 해도 남녀가 유별하고 마침 여자들만 있는 집안 상황이라 대뜸 남자의 목소리에 대답할 수 있는 형편이 아니었다. 그러나 여러 번을 부르는데도 대답하는 기척이 없자, 망설이던 소선이 밖을 내다보았다. 멀쩡하고 키가 훤칠한 총각이 흙을 뒤집어쓴 작업복을 입은 채 대문에 떡하니 버티고 서 있는 모습이 보였다. "무슨 일로 오셨습니까?" "네, 저는 저 앞산에 사방공사(砂防工事)하러 온 인부인데 갈증이 나서 그런데 물 한 바가지만 얻어 마실 수 있습니까?" 소선은 갈증이 나서 물을 얻어 마시러 온 사람을 매몰차게 외면할 수가 없어 우물가로 데려가 두레박으로 물 한 바가지를 떠서 건네주었다. 그랬더니 그 총각은 달게 마시듯 정신없이 벌컥

---

6 이소선, 「저자와의 인터뷰 증언」, 2006.6.20.

들이키는 것이었다. 나중에 알게 된 사실이지만 물을 다 마신 후 연신 고개를 숙이며 고맙다는 인사를 하던 그 남자는 같은 박서면의 이웃 마을에 살고 있던 총각이었다. 당시 군청에서 시행하는 조림사방사업(造林砂防事業) 공사를 하던 인부였는데 나무 한 그루 없는 벌건 민둥산에서 나무를 심는 인부들을 책임지는 십장(什長) 역할을 맡고 있었다. 그리고 당시로서는 드물게 그는 이미 중학교를 졸업한 사람이었다.

그 일이 인연이 되어서 소선과 그 총각은 동네에서 잠시 지나치거나 마주칠 때면 간혹 따사로운 눈길을 보내며 친절한 말들이 오고 가는 사이가 됐었지만 별다른 만남이나 연분으로 이어지지는 못했다. 그러나 물 한 바가지를 얻어 마신 순간부터 그 남자는 소선을 매우 좋게 보았고, 마음속으로 연정의 생각을 품게 되었다. 하지만 소선은 당시는 흔히 있을 수 있는 이웃 동네에 사는 처녀 총각들 사이에 일어나는 풋풋한 이야기들 중의 하나일 뿐이라고 생각하고 그 총각을 잊고 있었다.[7]

3. 부모의 결혼 반대와 두 번째 혼담
— 1947년 5월

얼마 후 추수가 끝나고 11월 말경이 되자 생각지도 않게 그 남자의 집에서 소선의 집에 사람을 보내 청혼을 해 왔다. 그 총각은 평소 자기 부모에게 박실마을 이소선과 혼인하고 싶다며 졸라 댄 모양이었다. 소선은 그 총각이 청혼한 사실을 알게 되자 괜히 기분이 좋아지며 가슴이 떨려왔다. 소선도 그 남자와 사랑의 감정이 싹튼 것처럼 느껴졌던 것이다. 아마도 좋은 감정을 갖고 있는 남자에게 청혼을 받는 것은 기분 좋은 일일 것이다.

---

7 이소선, 「저자와의 인터뷰 증언」, 2006.6.20.

그러나 소선에게 뜻하지 않는 큰 문제가 발생했다. 소선의 집안 어른들은 저쪽 집안의 가문이 양반이 아니기 때문에 혼사를 허락할 수 없다는 것이다. 소선은 너무나 속이 상해 어머니에게 결혼을 허락해 달라며 졸랐으나 어머니는 집안 어른들의 눈치만 보며 오히려 야단만 쳤다. 결혼을 반대하는 어머니와 정씨 집안 어른들이 너무 밉고 원망스러웠다. 자기가 좋아하는 남자와 혼사가 이뤄지지 않아 몹시 속상해 있던 터에, 이듬해 5월이 되자 집안에서는 소선을 좋은 신랑감한테 시집보내야 한다는 말들이 돌기 시작했다.

이 말을 전해 들은 소선은 "앞으로는 무조건 시집을 안 가겠다"고 다짐을 하고 집안 어른들을 향해 당차게 못을 박았다. 그러면서도 이번에 오가는 혼담이 은근히 궁금하여 은밀히 알아보았더니 대구에 살고 있던 정씨 집안 쪽의 작은 올케가 중매한 것이라는 걸 알게 되었다. 올케는 시누이 소선에게 "자고로 여자는 시부모가 있는 좋은 집안으로 시집을 가야 한다" 며 대구에 있는 어느 좋은 집안과의 중매를 자청한 것이다. 상대 총각은 대구에서 양복 만드는 기술을 가진 양반 가문의 총각이라는 것이다. 어머니는 이 말에 솔깃해 빨리 딸을 시집보내려는 속셈으로 혼담에 적극 나서는 모습을 보였다. 그도 그럴 것이 당시에는 어떻게 하든 이미 장성한 딸을 빨리 시집보내야 부모는 안심할 수가 있었기 때문이었다. 남들처럼 일찍 시집을 보내지 않아 지난번처럼 정신대로 끌려갈 뻔한 아픔이 있었던 어머니였기 때문에 더욱 그랬을 것이다.

어느 날 소선은 상대편 남자 집안의 어느 할머니 한 명과 상대 남자의 이종사촌 여동생 되는 젊은 여자 한 명 그리고 중매를 주선한 올케 등 세 사람의 방문을 통해 드디어 첫선을 보게 되었다. 그들이 먼저 소선이 살고 있는 박실마을로 찾아와 성사된 것이다. 선을 본 결과 그쪽에서는 소선을 참한 규수감으로 평가를 했으며 후한 점수를 주었다. 마침내 상대편 남자

쪽에서 먼저 사성(四星)을 보내와 혼인 날짜를 잡게 되었는데 시아버지
되는 사람이 며느리감인 소선을 마음에 들어 한다는 소식까지 덧붙여 들
려주었다. 한편, 소선은 어차피 이렇게 된 마당에 신랑이 될 남자는 어떤
사람이며, 그의 사람 됨됨이와 직업을 꼼꼼하게 알아보기로 했다. 그 남
자가 바로 전태일의 아버지인 전상수였다.[8]

4. 전상수의 출생과 성장
— 1924년~1947년

전상수(全相秀)는 1924년 12월 7일 경북 선산군 산동면 임천동(山東
面 林泉洞) 790번지에서 아버지 전암회(全岩回)과 어머니 박남아(朴南
伊) 사이에 셋째 아들로 태어났다.[9] 그가 태어나서 자란 임천동은 오늘날
의 대구시 동구의 대림동(大林洞)과 사복동(司福洞) 일대를 말한다. 대림
동, 사복동은 옛날부터 시인과 문사가 많이 배출되고 글을 모르는 사람이
아무도 없다 하여 시동(詩洞)이라 불린 동네였다. 그리고 시동은 가운데
있는 언덕을 경계로 동쪽의 작은 마을을 '시동', 서쪽의 큰 마을을 '큰 시
동' 또는 '큰 말', '대동'(大洞)이라 불렀다.[10] 전상수의 부친 전암회는 슬
하에 6남매(5남 1녀)를 두었는데, 전상수가 아들로는 둘째로 태어난 것이
다. 위로는 형님 전영조(全英祚)와 누님 전갑임(全甲壬)을 두었고 아래로

---

8 위와 같음.
9 전상수, 〈제적등본〉, 서울시 도봉구청 발급, 2006. 2. 이 문서에는 前호적이 '대구시 중구
삼덕동 壹四九번지 호주 全岩回의 자'로 표기되어 있고, 본적은 '대구시 중구 삼덕동 參가
壹四九번지'로 표기되어 있음.
10 그 후 시동과 대동은 1914년의 행정구역 개편으로 서쪽의 큰 말은 인근의 임천동(林泉
洞)을 합하여 대림동(大林洞)이라 부르게 되었으며, 동쪽의 작은 시동은 복(福)이 많은
지역이라는 뜻에서 사복동이라 부르면서 경산군 안심면에 편입되었다가, 1981년에 대구
시에 편입되었다.

결혼 전 청년 시절의
전상수

는 삼남 전영수(全永洙), 사남 전홍관(全洪觀), 오남 전흥만(全興萬)등 세
명의 남동생을 두었다. 전상수의 부친 전암회는 전형적인 선비로서 가정
을 잘 이끌어 나갔으며 당시 장사를 크게 하던 사람으로 인품이 후덕하고
자상하여 인근에서도 존경받던 사람이었다. 그는 또한 상도를 지킬 줄 아
는 근면한 장사꾼이었으며 아들 전상수가 이소선과 결혼할 당시에도 포
목장사를 크게 하였으며 전상수는 포목장사를 하는 부친의 권유로 큰형
전영조처럼 청년 시절부터 양복을 제조하는 기술을 배워 이미 대구에 있
는 봉제 공장에서 돈벌이를 하던 중에 혼담이 오간 것이었다.[11] 전상수의
가계도[12]를 보면 전형적인 대가족임을 알 수 있다.

---

11 이소선, 「저자와의 인터뷰 증언」, 2006.6.20.

전상수(全相秀)의 가계

전상수(全相秀)의 가계/본관(本貫) : 용궁전씨(龍宮全氏)			
「전상수의 조부모」 전덕룡(全德龍) 박홍이(朴紅伊)	3남	長男 전암회	전암회(全岩回), 박남이(朴南伊) 슬하에 5남 1녀 장남:전영조(全英祚), 장녀:전갑임(全甲壬), 차남:전상수(全相秀), 삼남:전영수(全永洙), 사남:전홍관(全洪觀), 오남:전홍만(全興萬)
		次男 전석암	전석암(全石岩), 서분례(徐粉禮) 슬하에 3남 1녀 장남:전외조(全外助), 장녀:전외출(全外出), 차남:전영태(全榮泰), 삼남:전영호(全榮浩)
		三男 전팔암	전팔암(全八岩), 이소란(李小蘭) 슬하에 1남 3녀 장남:전정길(全正吉), 장녀:전목이(全木二), 차녀:전미자(全美子), 삼녀:전순자(全順子)
「전상수의 부모」 전암회(全岩回) 박남이(朴南伊)	5남 1녀	長男 전영조	전영조(全英祚), 이원련(李元蓮) 슬하에 1남 4녀 장녀:전귀옥(全貴玉), 차녀:전귀숙(全貴淑), 장남:전우곤(全佑坤), 삼녀:전순희(全順姬), 사녀:전귀희(全貴姬)
		長女 전갑임	전갑임(全甲壬)의 슬하에 2남 1녀
		次男 전상수	전상수(全相秀), 이소선(李小仙) 슬하에 3남 2녀 장남:전태일(全泰一), 차남:전태삼(全泰三), 장녀:전순옥(全順玉), 삼남:전태흥(全泰興), 차녀:전순덕(全順德)
		三男 전영수	전영수(全永洙): 6.25전쟁 당시 행방불명
		四男 전홍관	전홍관(全洪觀), 김영자(金英子) 슬하에 1남 3녀 장남: 전우용(全佑龍)
		五男 전홍만	전홍만(全興萬): 해군장교 출신. 독신으로 지내다 사망

---

12 전암면, 〈제적등본〉, 서울시 도봉구청 발급, 2006, 1-13.

5. 봉제노동자 전상수와 대구항쟁
— 1946년 6월 9일~6월 10일

1) 1946년 9월 총파업과 10월 대구항쟁을 겪다

이소선과 혼담이 오가기 직전까지 전상수는 대구의 방직공장에 취직해 일을 하고 있었다. 상수는 소선과 혼담이 오가기 한 해 전인 1946년 스물세 살의 피 끓는 나이로 대구와 전국을 뒤흔든 두 가지 역사적 사건의 소용돌이를 직접 온몸으로 겪었고 이 사건에 직접 합류했다. 이소선의 증언에 의하면 그해 가을부터 시작된 전국 총파업을 시작으로 방직공장 노동자 전상수는 두 가지 큰 사건에 필연적으로 가담할 수밖에 없었던 것이다. 그렇다고 해서 9월 총파업[13]과 10월 대구항쟁을 주도적으로 관여했던 열성 간부나 책임자는 아니었다. 그러나 평소 대장부 기질을 지니며 호탕한 성격을 가졌던 청년 상수는 자신의 몸을 사리지 않고 나름대로 파업과 항쟁에 열심히 가담했다. 당시 상황으로서는 노동자라고 하면 어느 누구라고 할 것도 없이 들고 일어나지 않을 수 없었던 형국이었기 때문이다.[14] 상수는 이 사건들을 온몸으로 겪으면서 진정한 노동운동이 무엇인지 처음으로 알게 되었다. 특히 해방정국을 맞이한 와중에서 발생한 이 투쟁을

---

13 '9월 총파업'은 1946년 9월 23일 철도노동조합의 파업을 시작으로 전국적으로 확산되었다. 서울을 비롯해 전국적으로 미 군정청의 운수 노동자 감원과 월급 삭감에 반발해 노동자, 노동조합이 나서서 총파업을 단행했고, 26일부터는 조선노동조합전국평의회(전평) 산하의 전국 각 산업별 노동조합들이 파업에 들어갔다. 26일에는 출판노동조합이, 28일에는 중앙전화국 노동조합이, 29일에는 대구지역 40여 개 공장 노동조합을 비롯해 전국의 전기·해운 등 중요 기관의 노동조합이 일제히 파업에 들어감으로써 9월 총파업이 전국적으로 확산되었다.

14 정해구, 『대구 10월 민중항쟁의 진상』, 한국현대사 통합데이타베이스, 코리아 컨텐츠랩(서울, 2002).

통해 상수는 노동문제를 현장에서 뼈저리게 체험하는 계기가 되었다.

1945년 8.15해방을 맞이하자 우리나라 반도 북위 38도선 이북에는 소련군이 군정 통치를 했고 반면 38도선 이남에서는 미군이 1945년 9월 9일부터 1948년 8월 15일 대한민국 정부수립 전까지 군정 통치를 했다. 남쪽에는 미 군정 치하의 정치적 영향으로 인해 해방 이듬해가 되어서도 국내 정세가 안정되지 못하고 뒤숭숭했다.[15] 비록 방직공장에서 일을 하고 있으나 상수는 당시 미 군정 치하의 한계도 알 수가 있었고, 점령군으로 들어온 미국이 어떤 나라인지도 분명히 알 수 있었다. 아울러 두 사건으로 우익과 좌익이 무엇인지 구분할 수 있게 되었고, 자유가 무엇인지, 노동자의 권리가 무엇인지도 깨닫는 계기가 되었다. 9월 총파업이 전국적으로 확산되면서 전상수도 이들 노동자, 농민들과 함께 대구지역 공장노동자의 신분으로 파업에 참가했다. 뒤이어 10월에는 3.1만세운동 이래 최대 규모의 농민과 시민들의 봉기[16]가 일어났는데 이 사건이 곧 대구 10월 항쟁[17]이다.

1946년 가을은 이처럼 남측 사회가 격렬했지만, 우여곡절 끝에 두 사건은 어느 정도 마무리되었고 11월 중순에 접어들면서 항쟁은 더 이상 확대되지 않았다.[18] 결국 이 두 사건은 미 군정 측과 친일 친미 경찰들의 극

---

15 한국정신문화연구원 한민족문화연구소, 『내가 겪은 해방과 분단』, 선인, 2001.

16 '10월 대구항쟁' 첫날인 1일에는 대구시청 앞에서 일만여 명의 시민이 모여 식량을 요구하며 시위를 벌였다. 저녁 7시, 경찰과 민중들이 팽팽히 대치한 상태에서 경찰이 쏜 총에 사망자와 부상자가 생겨나자 대구 노동자들의 파업은 순식간에 항쟁으로 확대되었다. 다음날 학생들은 시체를 들것에 직접 싣고 시내를 행진한 뒤 경찰서로 몰려갔다. 당황한 경찰은 무기를 버리고 도망갔지만 다시 사망자가 생겼고, 분노한 민중은 경찰과 관리의 집을 습격했다. 당시의 경찰 기록을 보면 사망 136명(경찰 및 관리 63명, 일반인 73명) 부상자 162명, 건물파괴 및 전소 776동으로 돼 있으나 실상은 그 이상이었다.

17 김일수, 『대구와 10월 항쟁: 10−1사건을 보는 눈, 폭동에서 항쟁으로』(민주화운동기념사업회, 2004).

18 허종, 『1945∼1946년 대구지역 좌파세력의 국가건설운동과 '10월 인민항쟁'』(대구사학

렬한 탄압 그리고 극우세력의 각종 무력 제압 등의 원인 때문에 실패로 돌아갔다. 그리고 민중의 생존권 투쟁을 제대로 받아 내지 못한 조선공산당의 한계 등 복합적인 원인이 작용하여 큰 효과를 거두지는 못했다.[19] 특히 식량난이 심각한 상태에서도 미 군정은 친일 관리들을 지속적으로 고용하면서 토지개혁은 고의적으로 지연했을 뿐만 아니라 식량 공출정책을 강압적으로 밀어붙이자 이에 불만을 품은 노동자와 농민 등 민간인들과 진보세력들이 경찰과 행정 당국에 맞서면서 발생한 사건이었다. 9월 파업과 10월 항쟁은 민중의 생존권을 위협하는 미 군정과 경찰 관리, 미소 공동위원회 등이 모두 실패한 사건이 되었다.[20] 반면 민중의 생존권을 위협하는 미 군정과 경찰 관리들을 등에 업고 경영권을 쥐고 있던 친일 친미 사대주의 경영주들과 그 기득권을 놓지 않으려는 매국노들 때문에 기인한 사건이었다.

더구나 투쟁 경험이 부족하고 조직화되지 못하는 등의 한계로 인해 노동자와 농민들도 삶에 희망이 보이지 않게 됨에 따라 더욱 더 울분감이 쌓이게 되었다. 결과적으로 이 두 사건으로 노동자와 농민 등 사회 변혁을 추구하는 세력들과 미 군정 당국 모두가 다 손실을 입게 되었다.[21] 마침내 이 두 사건은 미 군정청과 경찰의 강경 진압으로 마무리되면서 차츰 정국이 안정되어 자리가 잡혀가게 되었고 이름 없는 청년 노동자 전상수는 언제 그랬냐는 듯 다시 일상으로 돌아가 새로운 일자리를 얻어 재단사로서 양복을 만드는 일에 여념이 없었다. 그리고 혼인을 하기 위해 여기저기 알아보던 중 결국 이소선과의 혼담이 오간 것이다.[22] 혼담이 오갈 무렵에도

회, 2004).

19 김일수, 위와 같음.

20 김무용, 『해방 후 9월 총파업의 지역별 전개와 성격』 (역사학연구소, 2000).

21 조돈문, 『해방 공간의 노동 계급과 계급 전쟁: 9월 총파업을 중심으로』 (한국인문사회과학원, 1995).

상수의 의식 한편에는 언제나 두 사건에 대한 패배의식이 자신도 모르게
자리 잡게 되었다. 그 의식은 그 이후로도 사라지지 않았고 다만 상수의
마음속 수면 밑으로 깊이 가라앉아 있었을 뿐이었다.[23] 상수가 경험한 대
구의 노동운동은 계속해서 잠재적인 패배의식으로 남아 있다가 결국 먼
훗날 장남 전태일이 평화시장에서 노동문제에 관심을 가질 때 그가 앞장
서서 극구 말리는 것에서 다시 수면 위로 떠올라 작용하는 모습을 찾아볼
수가 있다.

2) 박정희의 형 박상희의 죽음(1946.10.6.)

이미 잘 알려진 사실대로 박정희의 친형 박상희(朴尙熙, 1906~194
6)[24]는 1946년 '10월 대구항쟁'에 가담했다가 사살되는 불행을 맞는다.[25]
전태일의 부친 전상수가 가담했던 10월 대구항쟁에 박정희의 형 박상희
가 가담했다는 사실은 역설적으로 보인다. 어린 시절부터 동생 박정희에

---

22 이소선, 「저자와의 인터뷰 증언」, 2006.6.20.

23 고지훈, 『현대사 인물들의 재구성』(엘피, 2005).

24 박상희는 1920년, 시골에서는 드물게 보통학교 학생이 되었고 박정희도 형의 뒤를 따랐
다. 박상희는 1923년 보통학교를 졸업했다가 학제 개편에 맞춰 5학년에 다시 편입하여
1925년에 최종 졸업을 한다. 졸업한 직후인 1927년에는 신간회에 뛰어들어 8월 신간회
선산지회의 설립준비위원이 된다. 그 후 당국은 집요하게 방해공작을 폈고 박상희는 여기
에 맞서던 중 구금된다. 그 후 풀려 난 박상희는 집행위원과 조사부 총무를 거치면서 구미
지역의 대표적 항일운동가로 자리잡게 되었고 선산청년동맹의 준비위원과 상무위원을
겸직하다 집행위원으로 승격된다. 1929년 김천에서 활약하던 좌익 활동가 황태성의 소개
로 야학교사 조귀분을 만나 결혼을 한 박상희는 1931년 언론인으로서 이른바 '독립운동
가 보도협조망'에 참여하였고 1934년에는 '조선중앙일보'의 대구지국장을 맡았으며
1944년에는 여운형이 주도한 건국동맹에서 활동하였다. 1945년에는 경찰에 체포된 상
황에서 광복을 맞이했고 그 후 건국준비위원회의 구미지부를 창설하여 인민위원회 지부
의 내정부장을 역임한다. 그는 1927년부터 해방에 이르기까지의 공로에 힘입어 1945년
11월의 전국인민위원회 대표자 회의에 선산대표로 참가하게 된다.

25 김도형 외, 『근대 대구경북 49인, 그들에게 민족은 무엇인가』(혜안, 1999).

게 지대한 영향을 끼쳤던 박상희는 잘 알려진 대로 1946년 민주주의민족
전선 선산군 지부에서 사무국장[26]을 역임했던 진보성향의 인물이다.
1946년 9월 전국 총파업이 개시되며 소위 인텔리들은 선동의 와중에도 폭
력사태를 진정시키려는 노력을 기울이지만 노동자들의 분노는 하늘을 찔
렀고, 결국 10월 1일 경찰의 발포로 한 명이 사망함으로써, 사태는 경상북
도 전역으로 확산된다. 10월 3일, 박상희는 2천여 군중의 선두에 서서 오
전 9시 구미경찰서를 공격해 경찰관과 우익인사들을 감금해 버린다. 이어
구미면사무소와 선산 군청을 타격하여 식량 130여 가마니를 탈취하고, 관
청서류를 전량 소각했는데 이때 박상희는 군중의 분노를 진정시키고 경
찰관들이 다치지 않게 최대한의 노력을 기울였다. 이튿날인 4일, 대구항
쟁이 진압됐고, 이 소식을 들은 박상희는 경찰과 협상에 나선다. 박상희의
평화적 중재 노력을 인정한 경찰서장은 흔쾌히 타협에 응했고, 6일 구미
사건은 대단원의 막을 내린다. 그러나 바로 그 날(1946. 10. 6) 뜻하지 않은
사건이 발생했다.[27] 귀가하던 박상희가 경찰관에게 사살당하는 사건이
발생하고 만 것이다.[28] 시기적으로 볼 때 박정희가 조선경비사관학교에
입학한 지 1주일 만의 일이다. 박정희는 셋째 형 박상희가 불행한 죽음을
맞이했으나 학업 때문에 장례식에 참석할 수 없었다.[29] 박정희는 1946년
5월 8일 귀국해 9월 조선경비사관학교 2기생으로 입학해 단기 과정을 마
치고 12월 조선경비사관학교를 졸업하기 직전이었다. 박정희는 만주군
관학교 2기 예과졸업식에서 '마지막 황제' 푸이(시종무관장이 대리수여)로

---

26 김광식, 유한종의 증언, 『역사비평』, 통권 5호 (1989).
27 고길섭, 『스물한 통의 역사 진정서』 (엘피, 2005).
28 여동생 박재희는 그것이 경찰의 오인사격이었다고 증언했으나 박상희의 죽음은 집안과
   지역사회에 큰 파문을 던졌고, 박상희의 딸인 박영옥(김종필의 부인)은 구미보통학교에
   서 교편을 놓고 전출발령을 겪어야 했다.
29 한홍구, 『대한민국사』 (한겨레신문사, 2003).

부터 은사품을 하사받기도 했다.

그 후 박정희에게 형 박상희의 죽음은 군내의 좌익 확산과 일본군 경력 무마 등의 이유와 맞물려 남로당으로 내몰리는 원인 중의 하나가 된다. 박정희는 여순사건 이후 전향을 하지만, 형과 자신의 남로당 경력을 철저히 은폐하면서 살아간다. 그 후 쿠데타를 일으켜 집권에 성공한 박정희는 반공을 국시(國是)로 내세울 수밖에 없을 정도로 그의 좌익경력은 최악의 콤플렉스로 작용했으며 정치적으로는 치명적 단점이 되었다. 결국 그런 박정희로 인해 수십 년간 대한민국의 모든 청소년들은 반공 이데올로기에 철저히 함몰되었고 훗날 전태일마저 자신의 일기장에 6.25 전쟁을 언급하며 북측을 '북괴'(北傀)라고 호칭할 정도로 반공반북 교육으로 세뇌되었다.

세월이 흘러 박상희의 동생 박정희가 정권을 잡아 대통령에 취임해 가난한 나라를 잘 살게 해 보겠다며 미국 의존도의 경제개발을 추진하였으나 무모한 개발독재의 여파로 인해 청계천 평화시장에서 노동자로 일하던 전상수의 아들 전태일을 죽음으로 내몰리게 된 사건은 역사의 아이러니가 아닐 수 없다. 그뿐만 아니라 전상수와 박상희가 대구항쟁에서 동일하게 가담했다는 사실 또한 두 가문에 얽힌 묘한 기운을 느낄 수 있게 한다. 그리고 1970년 11월 13일, 아들 태일의 분신 항거 이후 어머니 이소선의 거의 모든 활동은 박정희 정권과의 싸움이었다고 해도 과언이 아니다. 특히 전상수의 아들 전태일이 박상희 동생 박정희의 개발독재에 항거하다가 자신의 몸에 불을 질러 희생했다는 것과 전태일의 어머니 이소선이 아들의 유지를 받들기 위해 박정희 정권과 끝까지 싸웠다는 것은 역설의 도미노 현상처럼 보인다. 이소선은 마치 계란으로 바위를 치듯 박정희 정권의 수 없는 탄압과 중상모략에 맞서 투쟁했다. '청계피복노조'를 세운 이소선은 박정희가 운명하는 그날까지 각종 시위와 농성을 변함없이 벌였으며 그 과정에서 수차례의 투옥과 헤아릴 수 없는 연행과 구타를 당했다.

6. 전상수와 이소선의 만남과 결혼식
— 1947년 5월~1947년 9월 20일

전상수와 이소선의 혼례 날짜는 1947년 9월 20일이다. 이때 전상수가 24세, 이소선이 19세 되던 해이다. 그러나 어찌 된 영문인지 소선은 갑자기 이번 혼사가 하기가 싫어졌다. 혼인 날짜가 잡히자 집안 어른들은 혼사를 준비한다고 분주하게 움직이고 있었으나 정작 당사자인 소선은 어디 남모르는 곳으로 도망치고 싶을 정도로 시집가기가 싫어졌던 것이다. 그래서 중매를 했던 작은 올케에게 시집을 안 가겠다고 사전에 언질을 줬으나 올케는 시누이가 속으로는 좋아하면서 겉으로 부끄러워서 그러는 줄로만 알고 소선의 의중은 파악하지 못하고 있었던 것이다. 혼인 날짜가 임박해 오자 소선은 묘책을 짜냈다. 밥을 굶으면 시집을 안 갈 수 있겠다고 판단해 그날부터 식음을 전폐했다. 그러다 결혼식 전날이 되었다. 말로만 전해 듣던 신랑감과 혼사를 치루는 날이 하루 앞으로 다가온 것이다. 동네 아낙네들은 며칠을 단식해서 몸을 가누지도 못하고 비틀거리는 소선에게 목욕을 시키고 머리를 빗기며 옷을 갈아입히는 등 요란을 떨었다.

드디어 날이 밝자 온 집안과 동네가 떠들썩했다. 동네 사람들은 마당 한가운데 차일(커다란 천막)을 쳐 놓고 바닥에는 흰 천을 깔아 놓고 혼례를 준비하느라 정신이 없었다. 드디어 모든 혼례 절차를 마치고 나자 하객들과 집안사람들은 모두 정겹게 이야기들을 나누며 잔칫집 여흥을 즐기고 있었다. 새색시 소선은 그 틈을 이용해 멀리 도망가기로 결심했다. 마침내 뒷간에 용변 보러 가는 시늉을 하며 머리에 족두리를 쓴 채 몰래 집을 빠져나와 버린 것이다. 이미 해는 뉘엿뉘엿 지고 날은 어두워졌는데 새색시 소선은 산길을 향해 발길 닿는 대로 마구 달려갔다. 방금 혼례를 치룬 새색시가 두 볼에 연지곤지 찍고 머리에 족두리를 쓰고 가례복을 차려 입은 상태로 줄행랑을 치다니 참으로 기막힌 노릇이다. 한참을 달려 당도한 곳은 다름 아닌 돌아가신 아버지의 산소 앞 풀숲이었다. 이윽고 소선은 산소에 엎드려 대성통곡을 하며 서럽게 울기 시작했다.

잔치가 벌어진 집안에서는 분위기가 무르익을 대로 익었는데 갑자기 새색시가 없어진 줄 알고 집안 식구들은 모두 놀라서 당황했으나 이내 쉬쉬하는 분위기로 바뀌었다. 동네 사람들은 새색시를 찾아야 한다며 횃불을 들고 찾아 나서기 시작했고 어머니 김분이도 딸을 찾아 이리저리 한참을 헤매며 돌아다녔다. 그러나 이미 딸이 어디 숨었는지 직감적으로 알아차린 듯 어머니는 묘지로 향했다. 설마 없어진 딸이 진짜 이곳에 왔으리라고는 생각을 못 한 듯 묘지가 바라보이는 곳에서 멀찌감치 안절부절하더니 그만 자리에 털썩 주저앉아 통곡을 시작했다. "소선아, 아이고 우리 소선아, 시집가는 잔칫날 우리 소선이가 도망가면 우짜노, 아이구 내 팔자야" 하면서 처량하게 울부짖는 것이 아닌가? 어머니가 우는 소리를 들은 새색시 소선은 마음이 뭉클해지며 서서히 마음이 움직이기 시작했다. 불쌍한 어머니를 생각하니 가슴이 미어지는 듯했다. 만일 자신 때문에 이 혼사가 깨져 버리면 동네 사람들과 집안 어른들에게 무슨 망신이며 또한 그것 때문에 얼마나 많은 세월을 어머니가 원망과 한숨으로 보내게 될 것인가를 생각을 하니 우는 소리가 더욱 처량하게 들리는 것이었다. 기구하고 박복한 팔자에 남편을 먼저 저 세상으로 떠나보내고 평생 온갖 고생만하며 살아온 어머니가 아니던가? 어린 남매를 데리고 재가를 하여 온갖 구박을 받으며 살아온 불쌍한 어머니를 생각하니 소선은 도망가려던 마음이 그만 사라지고 말았다. 30

결국 마음을 다잡고 "어무이여, 나 지금 여기 있어예" 하며 저만치서 통곡하는 어머니를 큰 소리로 불렀다. 서럽게 울던 어머니는 딸에게로 달려왔다. 모녀는 부둥켜안고 한참을 울다가 이내 다시 마음을 추스리고 눈물로 엉망이 된 딸의 얼굴과 옷매무새를 다듬어 주며 집으로 데려왔다. 이소선이 터덜터덜 돌아와서 집안을 둘러보니 가관이 아니었다. 동네 사람들과 집안사람들은 이미 한통속이 되어 신랑 전상수와 신랑 쪽 손님들에게 무한정 술을 권하며 시간 끌기 작전 중이라 진땀을 빼고 있었다. 이런 우여곡절 끝에 첫날밤을 대충 치른 후 이튿날부터 소선과 상수의 결혼생활은 시작되었지만 그 후 3년이 지난 1951년 7월 19일이 되어서야 전상수와 이소선은 부산에서 정식으로 혼인신고를 마칠 수 있었다.[31]

30 이소선, 「저자와의 인터뷰 증언」, 2006.6.20.

31 이소선, 〈호적등본〉, 서울시 도봉구청 발급, 2006, 1.

2장

대구 출생과 영아기 시절

1948년 8월 26일~1950년 3월 (1년 7개월, 1~3세)

1. 이소선과 전상수의 신혼생활

— 1947년 9월 20일~1950년 3월

1947년(丁亥年, 정해년) 9월 20일, 전상수와 이소선이 신접살림을 차린 곳은 대구 시내 동산동의 어느 나지막한 언덕에 자리 잡은 작은 셋방이었다. 전상수가 스물네 살, 이소선이 열아홉 살 되던 해에 혼례를 마치고 자리를 잡은 것이다. 신혼생활은 나름대로 무난하게 이어져 갔다. 새댁 이소선은 남편 전상수와 살아가면서 신혼생활에 적응하고 있었다. 그러다가 얼마 지나지 않아 이소선은 여러 번에 걸쳐 태몽을 꿨고 곧 첫 아이를 잉태하였다. 그러나 이소선은 여느 부부처럼 신혼생활의 큰 행복을 맛보지는 못했다. 남편 전상수와는 두터운 정을 제대로 한 번 나누지 못한 상태에서 부부 간에 금실도 없이 신혼생활은 이어졌고 세월은 그렇게 흘러만 갔다. 살아야 하니까 그럭저럭 살아가는 형국이 이어졌던 것이다. 남편 전상수는 평소 술 마시기를 좋아하는 애주가였다. 그러나 남편이 평소 술을 마시지 않을 때는 아내 소선을 제법 애지중지하며 무척 아껴주는 사람이었다. 경제적인 생활은 남편의 재단기술을 통해 신혼방 안에서 직접 옷을 만들어 내다 팔며 살림을 꾸려 가는 방식이었다. 마침 큰댁 전영조가 운영하는 피복가게에 제품을 내다 팔았는데 마음에 들어 하길래 그 후부터 남편 전상수는 신혼방에서 옷을 만들어 큰형님 가게에 납품을 하며 생활을 꾸려갔다. 방안에 미싱 기계를 들여놓고 홈스펀 기지로 오버 코트와 양복 윗저고리(마이)들을 만드는 작은 옷공장을 꾸린 것이다. 장사가 제법 순탄하게 잘 되기 시작하면서 이소선은 나름대로 작은 신혼의 단꿈을 맛보기도 했다. 그러던 어느 날부터 새댁 소선은 며칠 동안 연거푸 세 번의 태몽을 꾼다.[32]

2. 신기한 태몽을 연속으로 꾸다
— 1947년 11월

1) 잉어를 치마폭에 담는 첫 번째 태몽

소선은 신접살림을 차린 후 남편의 봉제 일을 도와주며 신혼생활을 보내던 어느 가을, 첫 아이를 임신하게 된다. 아이를 임신하기 직전인 1947년 11월 어느 날 기이한 태몽을 여러 차례 꿨다. 첫 번째 태몽의 내용은 이러했다. 어느 날 소선이 친정집을 가려고 집을 나서, 마을 근처에 있는 금호강(琴湖江)을 건너기 위해 나룻배에 올라탔다. 뱃머리에 앉아 배를 타고 한참을 가고 있는데, 갑자기 강물 한가운데서 커다란 잉어처럼 보이는 물고기 한 마리 솟구쳐 올라오더니 다시 물속으로 쑤~욱 들어가는가 싶더니

---

32 이소선, 「저자와의 인터뷰 증언」, 2006.6.25.

이내 다시 힘차게 솟구쳐 올라왔는데 이번에는 입에 주먹 크기만 한 영롱한 구슬을 물고 나온 것이다. 그런데 그 구슬은 한쪽은 빨갛고 다른 한쪽은 파란색을 띠고 있어 마치 색동구슬처럼 보였다. 참으로 기이한 모양의 구슬이었다. 그러더니 그 물고기가 마치 사람처럼 소선을 향하여 눈을 꿈쩍꿈쩍하며 눈짓을 주는데 그 뜻은 물고기가 무엇인가 이야기를 하려는 것처럼 보였다. 이때 소선은 "옳거니, 저 구슬을 나에게 주려고 그러는가 보다" 하는 생각을 하고 알았다는 뜻으로 물고기에게 눈짓을 보냈다. 그랬더니 소선이 타고 있던 뱃머리로 그 잉어가 펄쩍 뛰어오르더니 구슬을 던지려고 배 안을 들락날락하는 것이었다. 마침 소선은 자신이 입고 있던 연분홍색 치마폭을 두 손으로 활짝 벌리면서 구슬을 받으려 하자, 이윽고 잉어가 구슬을 던졌는데 그 구슬이 치마 한복판으로 정확히 떨어지는 것이었다. 그러자 잉어가 다시 한번 눈을 꿈적이며 눈짓을 하는데 이번에는 "누구한테 구슬을 빼앗길지 모르니 빨리 감추라"는 생각이 들어 빠른 동작으로 구슬을 집어 들고 품 안에 깊이 넣고 힘껏 끈으로 당기자 갑자기 젖가슴이 점점 부풀어 오르는 것이 아닌가. 소선은 그런 상태에서 친정을 당도하게 되었다. 이것이 첫 번째 꾼 태몽이었다.[33]

2) 태양을 본 두 번째 태몽과 바위틈 콩을 본 세 번째 태몽

아무리 태몽이지만 참으로 범상한 태몽은 아니었다. 첫 번째 태몽을 꾸고 난 며칠 후 소선은 또다시 신기한 태몽을 꾸게 된다. 어느 날 소선은 지난번처럼 다시 친정집을 찾아가기 위해 집을 나섰다. 어느덧 친정집을 당도해 집안에 들어간 후 방문을 활짝 열어 놓고 밖을 쳐다보고 있노라니

---

33 이소선, 「저자와의 인터뷰 증언」, 2006.6.25.

이상스럽게도 시각은 분명히 한밤중인데 태양이 중천에 떠 있는 것이 아닌가. 그래서 마침 친정에 살고 있던 옛날 동네 친구들에게 "얘들아 밤중에는 달(月)이 떠야 하는데 와 태양(日)이 뜨노?" 하고 물어봤다. 그 순간 태양이 점점 이소선을 향해 다가오는데 순간적으로 무섭고 두려운 생각이 들어 방문을 빨리 닫으려는 찰나, 그만 태양이 이소선의 가슴팍에 충돌하며 크게 부딪히고 말았다.

그러자 태양이 산산조각나더니 점점 공중분해가 되어 흔적도 없이 사라져버리는 것이 아닌가. 그러자 갑자기 자신이 죽은 것 같이 느껴져서 큰일 났다 싶어 자신의 가슴을 매만지며 생사유무를 확인하니 가슴이 온전히 만져지는 것이었다. 순간 "아, 이제는 살았구나" 하며 안도의 한숨을 내쉬고 있는데, 대구 와룡산(臥龍山)에서 갑자기 할아버지 한 명이 나타나서 하는 말이 "네 가슴은 이미 산산이 쪼개져서 벌써 천지사방에 흩어져 버렸다. 저 앞에 있는 산을 보아라" 하며 산을 가리키길래 노인의 말대로 앞산을 쳐다보니 무엇인가 번쩍번쩍하는 것이 보였다. 그 순간 노인이 다시 나타나 "태양이 네 가슴에 부딪혀 너의 조각난 가슴과 태양 조각들이 헤아릴 수 없이 저렇게 많이 흩어져서 온 세상 고을을 밝힐 것이다"라고 말하며 유유히 사라졌다.

그 후 한 달이 지난 어느 날 소선은 세 번째 태몽을 꿨다. 대구 와룡산에 큰 바위가 나타나더니 갑자기 바위틈을 뚫고 콩들이 나오더니 사방에 흩어지는 것이었다. 그러더니 갑자기 나타난 신령이 말하기를 "이 콩이 세상에 퍼져 열매를 맺어야 모든 백성이 먹고 산다"고 말하는 것이 아닌가? 소선은 연속으로 꾸는 이런 희한한 꿈들 때문에 배 속에 들어설 아이가 범상한 아이가 아닐 것이라는 예감이 들기 시작했다. 태몽을 연이어 꾸고 난 후 소선은 곧바로 첫 아이를 잉태했다. 그리고 "임신한 아이는 더 이상 식민지 백성이 되어 노예살이는 하지 않겠구나"라는 생각이 들며 아이가 태어나기만을 학수고대했는데 그 아이가 바로 장남 태일이다.

3. 전태일로 미리 이름을 짓다
— 1948년 7월~1951년 7월 18일

이소선의 배가 만삭이 되어 갈 무렵인 1948년 7월 어느 날이었다. 전상수는 배 속에 있는 아이의 이름을 미리 짓겠다며 한껏 기대에 부풀어 배를 방바닥에 깔고 한문 옥편(玉篇)까지 들춰가며 작명에 몰두했다. 그러다가 갑자기 벌떡 일어나며 무릎을 탁 치더니 "전태일!" 하는 것이다. 전·태·일, 그 이름 석 자는 그처럼 아버지 전상수에 의해 처음으로 불렸다. "여보, 당신이 이번에 만일 아들을 낳게 되면 태·일, 그러니까 '클 태'(泰), '한 일' (一) 태일(泰一)이라고 지을끼구마!" 하며 아내에게 자신이 지은 이름을 알려줬다. 아이의 이름을 지으면서 첫 아이가 아들일 경우에는 '태일'(泰一) 그 다음에 태어날 아들은 '태이'(泰二) 그 다음에 태어날 아들은 '태삼'(泰三)으로 지으려는 의도에서 단순하게 '태일'이라고 지었던 것이다. 그러나 막상 이름을 짓고 보니 장남 태일의 이름은 그 자체만으로도 의미가 매우 컸으며 그 이름이 뜻하는 바도 깊은 뜻이 함축되어 있었다.[34]

훗날 그 아이는 그 이름값을 톡톡히 하고도 남는 인물이 되고 말았다. 어느 날 전상수는 큰형 전영조의 앞에서 자신이 지은 큰아이 이름을 자랑하듯 이리저리 이름 풀이를 하며 어깨를 으쓱거렸다. 당시 전상수는 한문 지식이나 학문에 그다지 조예가 깊은 사람은 아니었으나 어쩌다 이름을 짓고 보니 한껏 거창하게 짓게 된 것이다. 전상수의 의도대로 한자의 의미로 '태'(泰)라는 글자는 '크다' 라는 뜻인 동시에 '통(通)한다'는 뜻을 포함하

---

34 항간에 전태일의 이름을 할아버지가 지어주었다는 말이 있는데, 이는 사실과 다르다.

고 있으며 '전'(全)이라는 성은 '온전하다'는 뜻인 동시에 '완성'이라는 뜻을 함께 지니고 있다.

그러던 어느 날 이소선은 남편 전상수가 아이의 이름을 짓는 것을 보며 자신도 아이의 이름을 새롭게 제안했다. "여보, 지난번 태몽에 '해'(日)가 나타나 온 고을을 비치는 것을 보았으니 '한 일(一)자'로 하지 말고 '날 일(日)자'로 하면 좋겠는데…"라며 조용히 귀띔했다.[35] 그 후 전태일이 출생한 지 3년이 지난 1951년 7월 18일이 되어서야 전상수는 장남 태일의 출생 신고[36]를 마쳤는데 이날 장남의 한자 이름은 아내 소선이 말한 것을 잊지 않고 '날 일(日)자'로 접수했다. 그래서 태일의 호적에는 한자 이름이 실제로 '전태일'(全泰日)로 표기되었다. 그러나 전태일은 20세가 되던 해인 1967년 2월 을지로 작명가에 의해 자신의 이름을 '전태일'(全泰壹)로 개명했다. 그 이전까지는 모든 공적인 서류나 문서를 작성할 때는 '全泰一'로 표기했었으나 개명한 이후에는 사용하지 않았으며 호적에 있는 '全泰日'도 거의 사용하지 않았다. 전태일은 작명가에게 받은 자신의 한자이름 '全泰壹'만을 즐겨 사용했으나 장례식 직후 그의 묘지 비석에는 '삼백만 근로자의 대표, 기독청년 全泰一의 묘'로 표기되었다. 아무튼 서너 차례에 걸친 태몽 내용처럼 '전태일'이라는 이름 석 자는 훗날, 마치 암흑 천지에 태양이 솟구쳐 온 세상을 두루 비추는 것처럼 세상을 환히 비추는 존귀한 이름이 되었다.[37]

---

35 이소선, 「저자와의 인터뷰 증언」, 2006.6.25.

36 제적등본 3페이지에는 전태일이 '대구시 중구 동산동 參拾六번지에서 출생, 서기 壹九五 壹년 七월 拾八일 부 신고'라고 표기되어 있음. 일부에서 주장하는 것처럼 출생지가 316 번지가 아니라 36번지이다.

37 전태일의 이름 석 자에 얽힌 유래와 의미는 본서 23장(자신의 이름을 다양하게 개명하다) 을 참조할 것.

4. 전태일의 출생과 가계
— 1948년 8월 26일

전태일은 1948년(戊子年, 무자년) 8월 26일 오전 10시경, 경북 대구시 중구 동산동(慶北 大邱市 中區 東山洞) 36번지에서 아버지 전상수(全相秀)와 어머니 이소선(李小仙)과의 사이에서 장남으로 태어났다.[38] 그가 태어난 장소는 지금의 대구광역시 중구 남산동(大邱廣域市 中邱 南山洞)의 대구 서현교회와 일신학원 뒤편으로 '대구광역시 중구 계산오거리 교통섬'이 위치한 공원이다. 대구 칠성시장에서 포목점을 하는 할아버지 전암회의 집에서 태어난 것이다. 더위가 아직 가시지 않은 8월 말의 어느 무더운 여름, 만삭이 된 소선에게 산기가 시작됐다. 초저녁부터 은근히 진통이 시작되더니 그 진통은 이튿날 오전 10시가 다 되도록 계속되었는네 때마침 대구 지천에 살고 있던 친정어머니가 전보를 받고 허겁지겁 당도하여 아이가 태어날 방을 치우며 산실 채비를 서둘렀다. 이미 집안 큰댁을 비롯한 친척 여자들 몇 명이 분주하게 준비를 하던 중이었다. 아침부터 진통이 급속하게 시작되자 소선은 방문 고리에 연결된 명주 천 끈을 두 손으로 움켜잡고 있는 힘을 다하며 아이가 밖으로 나오도록 안간힘을 썼다.

그러다가 오전 10시가 다 되자 기다렸다는 듯 아이는 순탄하게 첫 울음을 터뜨렸다. 하늘의 도우심으로 다행히 별 어려움 없이 순산한 것이다. 소선은 자신이 낳은 아이를 바라보며 기뻐했다. 남편과의 서먹한 관계 속에 살다 첫 아이를 낳았으니, 이제는 아이를 위해서라도 정을 듬뿍 붙이고 잘 살아야겠다는 마음부터 들었다. 아이의 얼굴 모습은 태열 하나 없이 깨

---

38 전상수, 〈제적등본〉, 서울시 도봉구청 발급, 2006. 1-13. 참조.
　이상룡, 〈제적등본〉, 서울시 도봉구청 발급, 2006, 1-5. 참조.
　정지광, 〈호적등본〉, 서울시 도봉구청 발급, 2006, 1-4. 참조.

끗한 자태였고 이목구비가 또렷한 것이 아주 잘생긴 사내아이였다. 비록
아직 핏덩이에 불과하지만 의젓하고 총명함을 엿볼 수 있는 용모였다. 누
구든지 자기 자식은 어여쁘고 사랑스럽게 보이게 마련이지만 이 아이는 주
변 사람들과 집안 식구들 어느 누가 보아도 범상한 아이의 모습은 아니었
다. 그날부터 아버지 전상수는 아이를 애지중지했고 틈나는 대로 돌봐 주
었다.[39] 한 가지 주목할 것은 전태일이 태어난 출생 장소에서 동쪽으로 700
미터 정도 떨어진 '대구광역시 중구 삼덕동 1가 5-1번지'에서 박정희의 딸
박근혜가 태어났다. 전태일이 태어난 4년 뒤인 1952년 2월 2일 대구 주재
육군본부 작전교육국 차장 출신의 박정희 대령과 중등학교 교사 출신의 육
영수 사이에 태어났는데 출생 장소는 부모의 신혼 살림집이었다. 전쟁 중
이던 50년 12월 대구 계산성당에서 결혼한 부부는 육군본부 인근 삼덕동
(옛 동인호텔 인근) 주택가에 방이 3개 딸린 개인소유의 사랑채에 신혼집을
마련해 운전병과 부사관도 함께 거주하며 출퇴근을 했는데, 이 집에서 박
근혜가 태어난 것이다. 이처럼 전상수의 가족들과 박정희의 가족들은 이
미 오래전부터 악연의 그림자가 서로를 덮치며 얽히게 된 것이다.

전태일의 가계			
친가: 용궁전씨(龍宮全氏)		외가: 광주이씨(廣州李氏)	
「증조부모」 전덕룡(全德龍) 박홍이(朴紅伊)	長男: 전암회(全岩回), 박남이(朴南伊) 次男: 전석암(全石岩), 서분례(徐粉禮) 三男: 전팔암(全八岩), 이소란(李小蘭)	〈외증조부모〉 이이주(李以珠) 안분옥(安分玉)	長男: 이기조(李基祚), 김청년(金靑年) 次男: 이성조(李聖祚), 김분임(金分姙) 三男: 이용조(李龍祚), 서이필(徐二弼)
〈조부모〉 전암회(全岩回)	長男: 전영조(全英祚), 이원련(李元蓮)	〈외조부모〉	長女: 이봉선(李鳳仙), 탁씨(卓氏)

<hr>

39 이소선, 「저자와의 인터뷰 증언」, 2006.6.25.

전태일의 가계			
친가: 용궁전씨(龍宮全氏)		외가: 광주이씨(廣州李氏)	
박남이(朴南伊)	長女:전갑임(全甲壬) 次男:전상수(全相秀), 　　이소선(李小仙) 三男:전영수(全永洙) 四男:전홍관(全洪觀), 　　김영자(金英子) 五男:전흥만(全興萬)	이성조(李聖祚) 김분임(金分姓) -------------- 정익진(鄭翼鎭) 〈동래정씨(東萊 鄭氏)〉	長男:이상복(李相福), 　　일본인 처(妻) 次女:이소선(李小仙), 　　전상수(全相秀) -------------- 長男: 정지광(鄭智光), 　　윤태득(尹泰得) 長女: 정손태(鄭孫泰), 　　최태암(崔泰岩) 次女: 정정선(鄭正善), 　　강태권(姜泰權)
부친 전상수와 모친 이소선 슬하에 5남매			
장남: 전태일(全泰一), 1970.11.13 청계천 평화시장에서 분신(焚身)항거로 운명 차남: 전태삼(全泰三), 윤매실(尹梅實) 슬하에 2남(쌍둥이) 1녀 　　— 장녀: 전여진(全如珍), 장남: 전동명(全東明), 차남: 전동준(全東晙) 장녀: 전순옥(全順玉), 크리스토퍼 조엘(Christopher Joel) 슬하에 무자(無子) 삼남: 전태흥(全泰興), 1960. 4. 15. 남산 도동에서 홍역으로 사망 차녀: 전순덕(全順德, 후에 전태리로 개명), 임삼진(林三鎭) 슬하에 2남 　　— 장남: 임지안(林知雁), 차남: 임지강(林智江)			

1) 재봉틀 인생이 시작되는 갓난아기

1948년 9월 중순이 되었다. 시아버지 집에서 해산을 하고 몸조리를 하
다 보니 눈치가 보여 대충 몸조리를 마친 소선은 힘든 내색을 하지 않고
다시 남편의 재봉일을 힘껏 도와주었다. 아이가 태어난 이후부터는 아무
리 힘들어도 내색하지 않고 많은 정성을 태일에게 쏟아부었다. 되도록 좋
은 옷을 지어 입혔고 넉넉한 형편은 아니지만 장난감도 장만해 주었다. 그
러나 어찌 된 일인지 갓난아이는 점점 자라면서 아버지의 재봉틀을 어떤
장난감보다 더 재미있어 하고 친근감 있게 대하는 모습을 보였다. 그도 그
럴 것이 아기가 이 세상에 태어나자마자 제일 먼저 눈에 띈 물건은 다름

아닌 재봉틀이었기 때문에 그만큼 익숙해진 것이다. 부모가 재봉틀로 열심히 옷을 만드는 광경을 바라보면서 아이의 인생은 그렇게 재봉틀[40]과 인연을 맺게 되었고 훗날 청소년기를 거쳐 청년기에 이르기까지 재봉틀과 함께 인생을 살아가게 된다. 재봉틀이라는 기계가 옷을 만들어내듯, 태일이 방긋방긋 웃으면서 쳐다보는 저 재봉틀은 한 땀 한 땀 아기의 운명을 만들어 가고 있었다. 태어나자마자 마주한 저 재봉틀이 본인에게 기계 이상의 의미가 되고 있음을 아기는 알고나 있었을까?

어린 태일이 유아기를 보낼 당시에도 할아버지 전암회는 포목상을 했고 아버지 전상수는 옷을 만들어 납품하는 미싱 기술자였을 뿐만 아니라 큰아버지 전영조와 작은아버지 전영관에 이르기까지 집안 어른 모두가 재봉틀과 연관된 직업으로 생계를 이어 갔다. 그런 환경 속에서 자란 전태일은 특히 영아기 시절부터 아버지의 봉제업을 통해 재봉틀로 옷을 만드는 모습을 바라보며 성장한 것이다. 동시에 어느 무렵부터 자신도 아버지의 미싱일을 직접 도와주며 어깨너머로 재봉틀 기술을 배우게 된다. 그러다가 1965년 8월 26일을 기점으로 평화시장 봉제업체에 첫발을 내디딤으로써 재봉틀과의 인연은 본격적으로 시작됐다.

2) 꿈꾸는 요셉처럼 자라가는 아기(1948.8.26.)

구약성경 창세기[41]에 나오는 요셉은 언제나 꿈꾸던 소년이었고 꿈의 사람이었다. 그리고 그 꿈 때문에 가장 가까운 친형제들에게 시기와 질투

---

40 한평생 재봉틀과 운명처럼 가까이하며 살던 전태일은 1970월 11월 13일에 결행할 데모의 시위계획서 초안에 자신과 평화시장의 모든 노동자들을 대변하는 구호를 "우리는 재봉틀이 아니다"라는 문구를 연필로 작성했다.

41 구약성경 창세기 37:1-50:26까지의 내용.

를 받았으며 그런 형들의 집단적 시기와 음모로 인해 결국 이집트 노예상인에게 팔려가는 운명을 맞는다. 그러나 정직하고 의로운 성품으로 인해 이방인 신분을 극복하고 마침내 이집트의 총리가 되고 그의 현명한 지도력 때문에 나라는 태평성대를 누리게 되어 마침내 110세를 일기로 죽음을 맞이한다. 그리고 먼 훗날 2백만 명 이상으로 불어 난 그의 후손들은 그가 남긴 유언대로 조상 요셉의 유골을 어깨에 메고 홍해를 건너 애굽을 탈출했다. 꿈의 사람 전태일도 그러했다.

태일은 남들이 꾸지 않은 꿈을 꿨고 남들보다 앞서서 생각했다. 불의를 보면 참지 못했고 항상 의롭고 올바른 길을 걷고자 했다. 이 세상 모든 사람이 평등한 자유와 권리를 누리는 사회와 사랑과 정의와 공의가 넘치는 세상을 꿈꿨던 인물이다. 2백만 명에 육박한 이스라엘 민중들이 바로 왕의 폭정으로부터 탈출하고자 남녀노소가 일치단결해 요셉의 유골을 어깨에 메고 노예살이하던 땅을 탈출했듯, 전태일의 경우도 흡사했다. 그는 무덤의 비문처럼 노동자 3백만 명을 대신하여 목숨을 바친 것이다. 그때부터 지금까지 노동자들은 물론이고 헤아릴 수 없을 정도로 수많은 청년 대학생들과 시민들이 전태일의 묘지로 몰려와 그를 추모하며 그를 구심점으로 일치단결하고 있다. 노예살이하던 이스라엘 군중들이 불의한 땅에서 탈출했듯 이 땅의 노동자들도 전태일을 어깨에 둘러메고 갖가지 모순으로부터 벗어나고 있다. 이처럼 어린 아기 태일은 성경 속의 요셉처럼 하늘의 은총이 가득한 가운데 부모의 품속에 해맑게 잘 자라가고 있었다. 후일 그가 명동성모병원에서 임종세례 후에 요셉이라는 세례명을 받은 것은 그의 생애와 무관하지 않은 듯하다.

5. 아버지 전상수의 사업 실패와 가난의 시작
— 1949년 9월~1950년 3월

전상수와 이소선은 집에서 옷을 열심히 만들어 가게에 내다 팔았다. 신혼방에 미싱 기계를 들여놓고 직접 옷을 만들다 보니 신혼집은 마치 작은 옷공장처럼 어수선했다. 그러나 장사는 의외로 잘 되었고 첫아이 태일도 비록 실 먼지 날리는 방안이었지만 별 탈 없이 재롱을 피우며 무럭무럭 잘 자라 주었다. 이런 와중에도 소선은 1949년 8월 둘째 아들 태삼을 임신했고 집안 살림도 순탄하게 이어갔다. 그러자 남편 상수는 옷장사가 제법 잘되고 돈도 벌리게 되자 1949년 늦가을 어느 날부터 여기저기 사업을 확장한다며 무리한 일들을 대책 없이 벌이더니 마침내 금전적으로 상당한 어려움에 처하게 되어 더 이상 감당할 수 없는 지경에 빠지고 말았다. 더구나 천성적으로 낙천적인 기질과 쾌활한 성격을 지니고 있는데 타인을 잘 신뢰하는 털털한 성격이었기에 그의 성품은 사업에도 그대로 적용이 된 것이다. 그런 부분이 결국 주변 사람들에게 자주 사기를 당하거나 이용당하는 약점이 된 것이다.

또한 체질적으로도 워낙 건장하고 튼튼한 골격을 갖춘데다 한 번 마시면 끝을 볼 줄 모르는 폭음을 했다. 말술을 마셔대며 술을 마시면 늘 인사불성이 되었고 주벽까지 있었다. 이러한 여건에서 봉제사업을 주밀하게 이끌어 가지 못하자 결국 사업은 파산되고 말았다. 어려움에 처한 전상수는 더 이상 자신의 능력으로는 어쩔 수 없게 되자 심지어 큰댁에게 금전적으로 기대며 부담을 주었고 결국 집안 친척 어른들과도 불편한 관계를 만들어 갔다. 소선은 남편 상수가 1년 전부터 벌인 일들을 수습해 보려고 백방으로 노력했으나 해결의 기미는 보이지 않았다. 결국 6.25 전쟁이 발발하기 직전인 1950년 이른 봄, 금전적으로 압박받는 생활이 오래 지속되자 부부는 어쩔 수 없이 대구지역에서는 도저히 발을 붙이고 살 수 없을 지경이 되었다. 이렇게 해서 전상수는 아무런 대책도 없이 세 살배기 어린 태일과 아내 소선을 이끌고 도망을 치듯 대구를 떠나 부산을 향했다. 이 무렵 이소선의 배 속에는 아기가 발길질을 하고 있었다.[42]

---

42 이소선, 「저자와의 인터뷰 증언」, 2006.6.27.

3장

부산 유아기 시절

1950년 3월~1954년 8월 (약 4년 6개월, 3~7세)

전태일은 대구에서 태어나 유아기를 그곳에서 보내던 중 부모의 등에 업혀 낯선 도시 부산으로 내려와 1950년 3월 봄부터, 1954년 8월까지 약 4년 6개월간을 정착하며 유소년기를 보낸다. 그가 부산에 내려올 당시는 겨우 세 살배기였으나 훗날 부모의 사업 부도로 부산을 떠나 그곳에서도 무작정 상경할 무렵에는 어느덧 일곱 살의 나이가 된다. 전태일이 부산에서 지낸 기간은 햇수로 모두 5년이고, 정확히 만 4년 반 동안 부산에서 거주했다. 의식이 형성되기 시작한 유아 시절부터 유소년 시절의 세월을 모두 부산에서 보낸 그에게 있어서 부산이라는 도시는 추억의 동심으로 각인된 곳이었으며, 제이의 고향이나 마찬가지였다. 또한 어린 시절이지만 전쟁을 겪는 과정에서 삶의 희로애락을 뼈저리게 체득한 시기였다. 부산의 생활이란 것이 가난하고 궁핍했던 시절이 대부분이었지만 훗날 미군 부대에서 일을 하게 된 부친의 사업이 잘 돼서 잠시나마 넉넉하고 부요한 생활을 누렸던 적도 있었다. 6.25 전쟁 때문에 팔도에서 찾아온 피난민들이 자기 집에 뒤섞여서 북새통을 이루며 살던 시기에 어린 태일은 피난민들과 어려운 이웃의 친구들을 향해 항상 자신이 가진 것을 모두 베풀어 주며 어려운 시기를 보낸 것을 확인할 수 있었다. 부산에서 5년 동안 살면서 우여곡절을 많이 겪게 되나 그중에서도 무려 네 차례에 걸쳐 잦은 이사를 하는 등 힘든 시절이 많았다. 유소년 시절을 자세히 살펴보도록 하자.

1. 중구 남포동 자갈치시장 골목에 거주하다
— 1950년 3월

1) 부산 자갈치시장에 당도한 세 식구

1950년 3월, 세 살배기 아이를 등에 업은 소선은 대구에서 부산행 열차에 무작정 몸을 싣고 낯선 도시를 향해 야반도주하듯 했다. 이윽고 부산진역(釜山鎭驛)에 도착하니 막상 세 식구는 앞이 막막해졌다. 무엇보다 대구에서의 사업 실패로 이미 기진맥진해 있었으며 특히 소선은 삶의 의욕조차 잃어가던 상태였다. 그러나 아이를 바라보며 다시금 기운을 차리고 살길을 찾아야만 했다. 우선 배 속에 있는 아이가 발길질을 하는 임산부의 몸이지만 아이를 등에 업은 상태로 사람들이 들끓는 부산 남포동(南浦洞) 자갈치시장[43]으로 무작정 발길을 향했다. 아무도 아는 사람이 없지만 무조건 발길을 향한 것이다. 그곳은 워낙 유서 깊은 시장인지라 인생만사가 다 벌어지는 곳이다. 돈 없는 사람들이나 일자리를 구하는 실직자들도 몰려드는 곳이며 오갈 곳이 없는 집 없는 사람들이나 거지들도 발길 내키는 대로 무작정 모여드는 곳이다.

---

43 부산 자갈치시장은 8.15광복 이후부터 연근해 어선들의 수산물 집산지로서 당시에도 동아시아 최대의 규모를 갖춘 어시장이다.

시장에 들어오는 사람들을 향해 아무도 제지하거나 가로막는 사람들은 없다. 좌판이나 노점들이 각종 해산물과 온갖 종류의 물건들을 즐비하게 진열해 놓았다. 마치 팔딱거리는 생선처럼 활기 넘치는 장사꾼들의 모습과 물건을 흥정하며 사고파는 사람들로 북적거렸다. 두 내외는 시장 안으로 무심코 들어왔지만 막상 할 수 있는 일이라고는 아무것도 없었다. 수중에 가진 돈이라고는 몇 푼 안 되는 비상금뿐이라 앞이 막막할 뿐이다. 온갖 사람들로 북새통을 이루고 있지만 낯선 이방인이 되고 나니 오갈 데 없는 거렁뱅이와 다름없었다. 처량한 세 식구를 반겨주는 사람은 아무도 없는데 전상수는 아내와 태일을 남겨 두고 이리저리 일자리를 알아보려는 듯 보였다. 상수는 노점상 밀집 지역을 헤집으며 사람들 틈을 쏘다니는가 싶더니 이윽고 아내 소선에게 길가의 어느 모퉁이에서 잠깐 기다리라는 말을 한마디만 던져 놓고 어디론가 사라져버렸다.

남편이 기다리라고 한 장소는 갯가에 가건물로 지은 판잣집 건물들이 즐비하게 들어 서 있는 시장 골목 모퉁이였다. 소선은 세 살짜리 태일을 등에 업고 배부른 몸으로 남편을 기다렸다. 기다림과 굶주림에 지친 소선은 후미진 골목에 자리를 잡고 바닥에 털썩 주저앉을 수밖에 없었다. 시간이 점점 흐르고 모자의 배 속에서 꼬르륵 소리가 나기 시작했다. 남편을 기다린 지 두세 시간 남짓 흘렀을까. 멍하니 앉아 남편을 기다리는 건 여간 고역이 아니었다. 아무리 기다려도 남편은 나타나지 않았다. 남편이 사라졌던 골목을 바라보며 하염없이 기다렸지만 그 날 밤 결국 남편은 나타나지 않았다. 어쩔 수 없이 칭얼대며 보채는 어린 태일을 품에 안은 채 길바닥에서 잠을 청하는 신세가 된 것이다.

그러나 한밤중이라도 혹시 남편이 나타날세라 뜬눈으로 밤을 지새워야만 했다. 낯선 대도시에서 남편과 생이별을 해 이산가족이 될까 봐 걱정돼 남편과의 약속장소를 떠나지 않았다. 어린 태일은 밤새도록 배고픔에

울다가 지쳐 버리고 소선은 아이를 끌어안고 추위에 떨며 한뎃잠을 자야
했다. 어느덧 동녘이 밝아오고 이튿날이 되었다. 아침 식사도 거른 소선과
태일은 기력이 떨어져 바닥에 주저앉았다. 수중에 돈이라도 있다면 시장
기를 해결하겠지만 그나마 집에 있는 쥐꼬리만한 돈마저도 남편이 관리
하고 있었기 때문에 빈털터리 신세였다. 주린 배를 움켜쥐고 골목에 누워
있는데 점심때가 다 된 시각이 되어서야 남편 전상수가 나타났다. 남편은
이렇다 할 특별한 설명도 없이 태일과 소선을 이끌고 식당으로 들어갔다.
소선은 먼저 태일에게 밥을 떠먹여 주었다. 아이는 밥을 어찌나 허겁지겁
맛있게 먹던지 콧물이 입에 들어가는 줄도 모르고 한 그릇을 거의 다 먹어
치웠다. 식사를 마치자 상수는 또다시 별다른 말을 남기지 않고 다시금 그
골목에서 기다리라는 말만 한마디 남겨놓고 어디론가 유유히 사라졌다.

소선은 어쩔 수 없이 남편이 기다리라고 지목한 장소를 벗어날 수가
없었다. 기다림에 지루한 소선은 태일을 등에 업기도 하고 때로는 바닥에
세워놓고 아장아장 걸음마를 시키면서 시간을 보내고 있었다. 피곤해 보
이는 태일이 자꾸 보채며 울면 잠을 재우기도 했고, 때로는 시장 골목을
맴돌며 지루한 시간을 보냈으나 어찌된 영문인지 결국 그날 밤도 남편은
약속장소에 나타나지 않았다. 일자리를 찾아다니는 일이 아무리 다급하
다 할지라도 만삭이나 마찬가지인 아내와 어린 세 살배기 아들을 길거리
에 방치해두고 돌아다니는 것은 가장으로서 무책임하게 보였다.[44]

2) 어린 태일에게 바닷물을 떠먹이다

결국 남편은 열흘이 지나도록 약속장소에 나타나지 않았다. 소선은 3

---

44 이소선, 「저자와의 인터뷰 증언」, 2006.6.27.

년간 결혼생활을 하는 동안 이미 남편의 성격에 대해 모두 파악하고 있던 터라 그저 그런가 보다 하며 참고 기다릴 뿐이었다. 그러던 어느 날, 밤새도록 칭얼대던 태일이 갑자기 눈을 뜨더니 물을 달라며 보채기 시작했다. 아이를 달래면서 물을 찾기 위해 주위를 이리저리 둘러보았으나 시장 안은 적막하고 고요했다. 모든 점포들이 문을 닫고 시장 사람들은 죽은 듯이 깊은 잠에 빠져있는 시간이었다. 아무리 둘러봐도 아이에게 식수를 먹일 만한 곳이 도무지 눈에 띄지를 않아 할 수 없이 바닷가가 있는 갯가로 아이를 둘러업고 갔다.

소선은 신고 있던 하얀 고무신을 벗어 깨끗이 씻은 후 그 고무신으로 바닷물을 떠서 태일의 입에 대 주었다. 그러자 아이는 조금 마시며 맛을 보는 듯하더니 이내 손을 내저으며 "엄마는 나쁘다. 마실 물을 달라고 하는데, 와 이리 맛없는 물을 주노?" 소선은 할 말이 없었다. 소선은 졸음 가득한 눈으로 보채는 태일과 다시 신은 흰 고무신을 번갈아 바라보며 넋이 나간 듯 멍하니 앉아 있을 수밖에 없었다. 남들은 다 잠을 자는 시간인데 어디 가서 식수를 구한단 말인가. 결국 태일은 바닷물을 몇 모금 더 마시더니 칭얼대다가 이내 잠들어 버렸다. 그녀는 눈물과 한숨을 삭히며 아이를 위해서는 더 정신을 바짝 차리고 열심히 살아야 하겠다는 굳은 다짐을 했다.

3) 방파제를 걸으며 맛있게 먹던 고두밥

무작정 남편을 기다리던 어느 날, 잠을 보채며 칭얼대던 태일은 영도다리 방파제를 찾아가는 어머니의 등에 업혀 자장가 소리와 파도 소리를 들으며 잠이 들었다. 한참 후 뱃고동 소리만 들려오는 방파제를 이 끝에서 저 끝까지 왔다 갔다 하며 도란도란 이야기를 나누던 모자는 배가 고파 더 이상 견딜 수가 없었다. 때마침 허기에 지친 모자의 눈앞에 먹을 것이 보였다. 인근에 사는 누군가가 곡식이나 고추를 말리듯 방파제 길가 양편에 멍석을 깔아 놓고 고두밥[45]을 말리고 있었다. 먹을 것을 본 어린 태일은 소선에게 졸라 댔다. 얼핏 쳐다보아도 비쩍 말라서 딱딱해진 고두밥이 입맛을 당길만한 음식은 아니었다. 어린 것이 얼마나 배가 고팠으면 그것조차 먹고 싶다고 보챘을까를 생각하니 한숨만 나왔다. 더구나 이소선의 생활 신조는 아무리 어려워도 남의 물건에는 결코 손을 대지 않는 것이다.

언제나 정직하고 올곧게 살려는 그녀였으나 어린 아들이 굶주림에 지쳐 보채는 것을 보고는 어쩔 도리가 없었다. 이때 소선은 방파제 끝을 향해 발걸음을 옮기는 척하면서 고두밥을 한 줌 슬쩍 집어 태일의 입에 얼른 털어 넣었다. 그것을 받아먹은 아이는 딱딱한 밥알을 마치 꿀 발라 놓은 인절미를 먹듯 허겁지겁 먹더니 입안에 있던 밥알이 목구멍에 다 넘어가자 또다시 먹고 싶다며 보채는 것이다. 결국 소선은 되돌아오던 방파제 끝을 향해 다시 발걸음을 돌려 또다시 고두밥 한 주먹을 슬쩍 집어 아이 입에 털어 넣어 주었다. 그렇게 몇 번을 반복적으로 왔다 갔다 하며 한 줌씩 집어먹던 고두밥이 굶주린 모자의 허기를 조금이나마 채워 주었던 것이다.[46] 이때부터 영도다리 방파제는 전태일의 유년시절 놀이터가 되었고 아름다운 추억을 간직하는 동심의 고향이 되었다. 훗날 태일은 영도다리 방파제에서 동생 태삼을 데리고 놀거나 동네 아이들과 함께 놀이터 삼아 아장아장 뛰어놀기도 했다.

---

45 혹은 고둘밥, 꼬들밥, 꼬두밥이라고도 한다.
46 이소선, 「저자와의 인터뷰 증언」, 2006.6.27.

2. 자갈치시장 피복가게에서 생활하다
— 1950년 3월~1951년 12월 (1년 9개월, 3~4세)

1) 아버지 전상수가 피복가게에 취직하다(1950.3.)

모자가 이런 생활을 한 지 열흘 정도가 지난 어느 저녁 시간, 전상수는 다시 바람처럼 소선과 태일 앞에 나타났다. 알고 보니 남편은 그동안 이리저리 취직자리를 알아보러 다닌 것이다. 운 좋게도 자갈치시장 안에 있는 어느 안정된 피복가게에 취직을 하게 되어 당당하게 소선을 찾아온 것이다. 배운 것이 도둑질이라는 옛말처럼, 자갈치시장에서도 재봉틀로 옷을 만드는 점포에 취직을 하게 되었는데 다행히도 피복가게 주인은 마음이 너그럽고 인심이 좋은 노인이었다. 낯선 객지 생활을 시작하는 태일의 가족에게는 참으로 다행스러운 일이 아닐 수 없었다. 전상수가 일하게 되면서 점포는 그런대로 잘 운영이 되었는데 아침 6시가 되면 어김없이 문을 열고 영업을 시작했고, 밤 10시가 되면 어김없이 가게 문을 닫았다.

이런 상황에서 피복가게 주인은 가게 문을 닫은 밤 10시 이후부터는 태일의 식구들이 잠을 자며 생활할 수 있도록 배려해 주었다. 소선은 뛸 듯이 기뻤다. 보름 가까이 바깥에서 하늘을 지붕 삼아 먼지를 쓰고 잠을 자던 신세에서 이제 두 다리 쭉 뻗고 제대로 잠을 잘 수 있다는 사실이 감격으로 다가왔던 것이다. 비록 차가운 마룻바닥이지만 마치 궁궐 같은 기분이 들었다. 그러나 피치 못할 불편한 문제가 발생했다. 다름이 아니라 아침 6시에 가게 문을 열고 난 이후에는 문을 닫는 밤 10시까지 무려 16시간 동안 마땅히 지낼 곳이 없다는 사실이다. 오갈 데가 없이 하루 종일 시장에서 떠도는 처지가 된 것이다. 소선은 아침 6시만 되면 쫓기듯 무거운 몸으로 어린 태일을 데리고 시장 골목길을 배회하며 시간을 보내야만 했다.

2) 만삭의 이소선에게 머릿니가 쏟아지다(1950.6.14)

남편에게 떳떳한 일자리가 생겼고, 생활의 근거지가 확보되었기에 소선은 태일을 데리고 시장 여기저기 구경도 다니며 그나마 편한 마음으로 지낼 수 있게 되었다. 그러나 그런 반복적인 생활도 하루 이틀이 지나자 고통스러웠다. 아침만 되면 쫓기듯 점포를 빠져 나와 시장을 배회하는 생활이 반복되다 보니 소선은 한적한 골목 바닥에서 지낼 때가 많아지게 되었다. 길바닥 먼지 구석에서 뒹굴며 무료하게 시간을 보내기도 하고, 때로는 소나기를 맞기도 하니 소선과 어린 태일의 건강관리나 위생상태가 제대로 유지될 리가 없었다. 아이에게 아무리 세수를 씻겨 주고 빨래를 해서 입혀도 아이의 몸은 까무잡잡하고 지저분해져 마치 거지아이처럼 보였다. 이소선도 매한가지였다.

그러던 어느 날, 소선은 그날따라 머리가 너무 무겁고 가려워서 견딜 수가 없었다. 그녀는 남편 상수에게 참빗을 한 개 사 달라고 간청해 어렵사리 빗을 한 개 샀다. 빗을 손에 들고 머리를 빗으려 하니 막상 마음 놓고 머리 손질을 할 만한 적당한 장소가 없었다. 사람들로 붐비는 시장에서 부끄럽게 머리를 빗을 수 없는 노릇이었다. 할 수 없이 어린 태일의 손을 붙잡고 인적이 뜸한 장소를 찾아 나섰다. 으슥한 곳을 찾기 위해 시장 부근을 벗어나 무작정 발길 닿는 대로 길을 따라 어디론가 걸어 올라갔다. 길을 가다 보면 사람들이 없는 외진 곳이 나오겠거니 하면서 계속 걸었다. 어느덧 시장을 벗어난 지 꽤 오래되어 이리저리 둘러보니 그야말로 인적이 없는 한적한 고개가 보였다.

만삭의 몸이 된 소선은 자리를 정하자마자 털썩 주저앉아 무려 석 달 동안 제대로 감아보지 못한 머리에 빗질을 하기 시작했다. 그러자 빗질과 함께 제법 통통한 이들이 무더기로 쏟아지는 것이 아닌가. 마치 비 오듯

통째로 우수수 떨어지는 머릿니 떼들을 바라보니 등골이 오싹했다. 아무리 자신의 몸에서 나오는 기생충이지만 너무나 징그럽고 소름끼쳤던 것이다. 이렇게 해서 머리 손질을 다 끝낸 소선은 다시 왔던 길로 되돌아와서 남편이 일하는 점포 근처에 자리를 잡고 가게 문이 닫히기만을 기다리고 있었다. 그날따라 아랫배에 이상한 낌새가 왔기 때문이다. 서서히 해산기가 시작된 것이다. 이소선은 진통이 찾아오자 두려운 생각이 들었다. 그러나 가게 문을 닫는 밤 10시까지는 어쩔 수 없이 기다릴 수밖에 없었다. 임시로 몸을 누힐 만한 장소를 찾던 소선은 마침 피복가게 앞에 놓여 있던 손수레 위에 조심스레 누웠다.[47]

3) 남동생 전태삼이 태어나다(1950.6.15.)

머리 빗질을 해서 이를 잡던 바로 그 날 저녁, 산기를 느낀 소선은 아직 피복가게 문을 닫을 시간이 되지 않았기에 가게 앞에 있던 리어카에 조용히 몸을 누히고 문 닫기만을 기다렸다. 이윽고 가게 문을 닫는 시간이 되자 소선은 남편의 부축을 받으며 가게 안으로 들어가 몸 풀 준비를 하였다. 그리고 그날 밤 11시 50분경, 피복가게 마룻바닥 위에서 둘째 아들 전태삼을 낳았다. 그 날이 바로 1950년 6월 15일이었다. 그러나 비록 몸을 풀었지만, 그동안 해산을 위해 준비해 둔 것이 아무것도 없었다. 고맙게도 어느 이웃 점포에 살고 있던 인심 좋은 아주머니가 해산 소식을 전해 듣고 측은한 마음이 들었는지 쌀밥에 미역국을 끓여왔다. 그러나 미역국을 먹는 기쁨보다는 또 다른 걱정이 앞서기 시작했다.

배 속에 들어 있던 아이는 이제 몸 밖으로 나왔지만 내일부터는 또 다

---

47 이소선, 「저자와의 인터뷰 증언」, 2006.6.27.

시 가게 문을 열면 비워줘야 했기 때문이다. 그런 생각을 하니 밥맛조차 없어졌다. 그러자 뜻밖에도 소선의 마음을 헤아렸는지 피복가게 주인이 황급히 찾아와 기쁜 소식을 전해주었다. "몸조리를 해야 하니 앞으로 일주일 동안 가게 문을 닫고 장사를 하지 않기로 결정했으니 몸조리나 잘하시오"라며 약조를 해준 것이다. 또한 자신의 점포에서 아기가 태어나 경사가 났으니 피차 서로 기쁜 일이라고 말하면서 진심으로 축하해 주었다. 산모의 몸조리 걱정까지 생각해주는 피복가게 주인은 인정 넘치는 좋은 할아버지였다. 소선은 주인 덕분에 일주일 정도를 꼼짝 않고 몸조리를 했더니 그런대로 살 것만 같았다.

4) 엄마를 향한 태일의 지나친 효심(1950.6.)

일주일 정도 몸조리를 하고 나니 소선에게는 또다시 걱정되는 일이 생겼다. 아기 기저귀를 빨아서 처리하는 문제였다. 신생아를 낳으니 기저귀가 엄청 쏟아졌다. 그러나 시장 안에는 빨래를 널 만한 장소가 없었다. 소선은 어쩔 수 없이 어린 태일을 데리고 기저귀를 손에 든 채 시장골목을 이리저리 돌아다니며 눈치를 봐가며 여기저기 널었다. 임시로 빨랫줄을 설치해 어설프게 널기도 하고 적당한 담벼락이나 방파제 큰 돌을 찾아다니며 빨래를 널 수밖에 없었다. 그러던 어느 여름, 기저귀 때문에 고생을 하는 엄마를 바라보던 태일이 대뜸 한다는 소리가 "엄마, 그까짓 아기 그냥 바닷물에 던져 버려, 그러면 엄마가 고생 안 할 거 아냐?" 소선은 아무리 어린아이의 말이지만 순간 소름이 끼쳤다. 세 살배기 태일의 눈으로 보아도 고생하는 엄마가 무척 안쓰럽게 생각이 들었던 모양이었다. 어린 태일은 엄마에 대한 애착과 사랑을 그런 식으로 표현한 것이다. "태일아, 앞으로는 그런 말 하면 절대 안 된다. 저 아기도 네 동생으로 태어나서 이 세상

전태일이 세 살 무렵에
찍은 가족사진. 어머니
이소선부터 시계 반대
방향으로 돌 무렵의 동
생 태삼, 전태일, 아버
지 전상수, 큰아버지 전
영조

에 살려고 나왔는데 바다에 던져 버리면 되겠느냐? 다시는 그런 말을 하지
말거라." 소선은 조용히 태일을 타일렀다. 이처럼 태일은 엄마를 위하는
마음이 어렸을 때부터 남달랐다.[48]

5) 한국전쟁이 발발하다(1950.6.25.)

소선이 1주일 남짓한 산후조리를 마치고 맞이한 첫 일요일 아침이었
다. 갑자기 시장이 소란스러웠다. 모여든 사람들이 웅성거리기 시작했다.

---

48 이소선, 「저자와의 인터뷰 증언」, 2006.6.27.

자세히 들어보니 그들은 "난리가 터졌다!"라며 외치고 있었다. 이북에서 서울을 향해 탱크를 몰고 내려온다는 전쟁 발발의 소식이었다. 라디오에서 전쟁이 터졌다는 뉴스를 계속 듣고 있던 소선은 잠시 깊은 상념에 빠져들었다. 그래도 우리는 얼마나 다행인가. 남들은 당장 목숨을 부지하기 위해 피난을 떠나야 하는 상황이지만 자신과 식구들은 이미 안전한 부산에 내려와서 자리를 잡게 되었으니 말이다. 전쟁이 터지기는 했으나 부산에 살고 있다는 것 자체만으로도 목숨이 위태로울 걱정은 하지 않아도 되었던 것이다. 6.25 전쟁이 일어나자 결국 국토의 남단인 부산은 전쟁을 치루는 동안 임시수도가 되기도 했고 전국에서 몰려온 피난민들의 도피처가 되었다.[49]

이때부터 전국에서 피난민이 점점 몰려들며 인구가 폭발적으로 증가하게 되었는데 훗날 태일의 일가족이 부산을 떠나 서울로 올라가던 1954년 무렵에는 부산시 인구가 무려 100만 명을 넘을 정도로 늘어났다. 세 살배기 전태일은 부산으로 이주하여 사는 동안 전쟁을 맞이하면서 많은 것을 경험했다. 전쟁 말기에는 부산으로 찾아온 피난민 자녀들과 함께 자신의 집에서 동고동락하며 전쟁의 비극이 얼마나 무섭고 비참한 것인가를 몸소 체득했다. 전태일은 훗날 자신의 일기장에 세 살부터 일곱 살까지 부산에 살면서 피난민들을 통해 겪은 어렴풋한 전쟁의 기억들을 "피와 눈물"이라는 추억으로 표현했으며 북측을 "야수(野獸)와 괴뢰(傀儡)"로 표현했다. 스물세 살을 사는 동안 박정희 정권의 매카시즘적 반공교육을 받았던 전태일은 이북을 지칭하며 서슴없이 '괴뢰'라는 말을 사용할 수밖에 없었다. 그는 1969년 말에 작성된 그의 수기에서 6.25 전쟁에 대해서 다음과 같이 기억하고 있다.

---

49 『6.25전쟁사, 전쟁의 배경과 원인』(국방부 군사편찬연구소, 2004).

피와 눈물의 연극은 끝나고 지금부터 애정 어린 피제수[50]를 구합시다. …
1950년 6월 25일 새벽 4시, 야수와 같은 북괴는 평화 속에 잠긴 남녘
땅을 피로 물들였다.[51]

'피제수'(被除數)는 수학 공식에서 나눔수를 일컫는 말인데 전태일은
이 수기에서 눈앞의 어려움을 극복하고 서로가 애정을 나누며 살자는 의미
로서 피제수라는 단어를 언급했다. 이어서 '야수'라는 표현을 사용했을 정
도로 부산의 어린 시절 추억은 그에게 전쟁 자체가 비극적으로 각인되었던
것이다. 한편 전상수는 전쟁의 소식이 들리고 난 이후부터 어찌 된 영문인
지 다시 방황하기 시작했다. 부산 자갈치시장 피복가게에서의 생활은 이
때부터 전상수의 방탕한 생활의 연속이었으며 피복가게 주인의 배려에도
아랑곳하지 않고 매일 술을 가까이 하며 직장과 가정을 멀리했다.

빈번하게 폭음을 하면서 주벽을 부리자 피복가게 주인은 어느 날 조용
히 전상수를 불러 앉혀놓고 타이르기 시작했다. "여보게, 전서방, 자네는
젊은 사람이 허구한 날 그렇게 술을 많이 마시면 되겠는가? 자네는 장가를
잘 가서 부인이 저렇게도 착하고 성실하여 아이들하고 어떻게든 살아 보
려고 발버둥치는데 함께 노력해서 같이 잘살아 볼 생각은 않고 매일 술만
마시고 그러면 되는가?" 그러나 주인이 타일러도 아무 소용이 없었다. 날
마다 술병을 입에 달고 다니던 상수는 이듬해 연말 마침내 피복가게를 그
만두었고 한동안 새로운 일자리를 찾아 다시금 이리저리 떠돌아다녀야
했다.[52]

---

50 피제수(被除數, a dividend)는 수학용어로서 어떤 수(數)나 식(式)을 다른 수나 식으로
   나눌 때, 그 처음의 수나 식을 말한다. 예를 들어 12÷3=4에서 12는 피제수가 되고, 3은
   제수(除數, the divisor)가 되며 4는 몫이 된다. 피제수는 나눔을 당하는 수이고 제수는
   나누는 수이다.
51 전태일, 『친필수기』, CD 사본 2, 80.

3. 영도구 청학동 산비탈 천막촌으로 이주하다
— 1951년 12월~1952년 7월 (약 8개월, 4~5세)

1) 아버지가 하야리아 미군 부대에 취직하다(1951.12.)

1951년 12월이 되었다. 태일의 가족에게 좋은 소식이 전해졌다. 피복
가게를 그만둔 이후 계속 이어진 방탕한 생활을 하던 전상수는 정신을 차
리고 부산 시내 미군 부대 양복점에 취직했다. 새로 일할 곳은 하야리아
(Hialeah)라는 미군 부대[53]였다. 그 부대는 부산진구 연지동(蓮池洞) 일대
에 거대한 면적을 지니고 있던 미군 보급기지였다. 전쟁 직후에는 그곳에
주한미군기지 사령부가 들어서면서 미군의 물자와 무기 등을 조달하는
전투지원 부대 역할을 했기에 군사적으로도 매우 중요한 위치에 있었다.
미군 부대 영내에 있는 양복점에 취직한 상수는 주로 미군들의 군복을 체
격에 맞게 뜯어고쳐 다시 입을 수 있도록 새로 만들어 주는 일을 맡았다.
두 내외는 이참에 지긋지긋한 자갈치시장 생활을 탈피하기 위해 새로운
주거지를 알아보던 중 부대 인근에 있는 영도구 청학동(靑鶴洞) 가파른 비
탈에 자리를 잡고 천막을 설치했다. 이미 그곳은 다른 주민들에 의해 천막
집들이 밀집된 천막촌 동네가 형성됐다. 그러나 소선은 그곳에 이사하자
마자 산후조리도 변변히 못한 채 네 식구들을 위해 돈을 벌어야 했다.

먹고살기 위해 닥치는 대로 일을 해야만 했던 소선은 남편의 일을 거

---

52 이소선, 「저자와의 인터뷰 증언」, 2006. 6. 27.

53 하야리아(Hialeah)라는 말은 '아름다운 초원'이라는 인디언 언어에서 유래했다. 부대 터
는 일제강점기였던 1930년에는 경마장으로 조성됐고, 2차 대전 발발 후에는 일본군의
훈련장 등으로 사용되다가 1950년 전쟁 발발 직후에는 주한미군기지 사령부가 들어서면
서 주한미군의 물자 및 무기보급, 관리 등의 전투지원 기능을 담당해 왔다. 당시 부산 남구
감만동(勘蠻洞)에도 작은 규모의 미군 부대가 별도로 더 있었다.

6.25 전쟁 기간 중 부산 영도구 산비탈에 조성된 천막촌 전경

들며 미군 부대에서 나오는 군복들을 세탁해 주는 일을 하면서 맞벌이를 시작했다. 그런 와중에 아들이 어렵게 살고 있다는 소식을 듣고 태일이 할 아버지 전암회가 대구에서 일부러 찾아 왔다. 아들 전상수가 미군 부대에 취직이 된 줄도 모르고 단지 처자식을 고생시킨다는 소식만 전해 듣고 야 단을 치기 위해 단단히 벼르고 찾아온 것이다. 전상수를 무릎 꿇어 앉힌 후 호통을 치기 시작했다. 그도 그럴 것이 어린 손자들과 며느리가 천막 땅바닥에 살면서 추위에 떨며 고생하고 있으니 그 속이 오죽 답답하고 안 쓰러웠겠는가. 더구나 몸조리도 제대로 하지 못한 며느리가 돈을 벌기 위 해 아침부터 밤늦도록 산더미 같이 쌓인 군복들을 세탁하며 중노동을 하 고 있으니 시아버지가 되는 태일이 할아버지의 눈에는 며느리가 얼마나 가련해 보였겠는가.

"네 놈은 어디 가서 무슨 고생을 하던 상관없다만 저 산모가 이게 무슨 고생이냐. 이놈아! 고생을 하려면 너 혼자 해야지, 네 안사람이 무슨 죄가 있다고 이토록 생으로 고생을 시킨단 말이냐?" 하며 매섭게 꾸짖었다. 이때 할아버지 옆에서 가만히 듣고 있던 태일이는 손가락을 꼼지락거리며 할아버지 앞으로 성큼 다가서더니 "할아버지 이 세상에서 전상수가 제일 나빠요. 매일 술만 먹고 우리를 이렇게 고생만 시켜요!" 태일의 입에서 나오는 소리를 듣던 할아버지와 이소선은 기가 막힐 노릇이었다. 소선은 시아버지 앞에서 고개를 숙일 수밖에 없었다. 이제 겨우 네 살 된 아이가 평소에 자기 아버지의 잘못된 모습을 기억하며 정확히 판단하고 있는 것이 놀랐고 기이했던 것이다.

2) 할아버지를 따라 잠시 대구에 올라가 살다(1952.1.)

태일이 할아버지는 한참 걱정을 하더니만 아들 상수를 부산에 남겨 둔 채, 며느리 소선과 손자 둘을 모두 데리고 대구로 올라갈 채비를 서두르는 것이었다. 놀란 상수는 마음을 다잡고 아버지 앞에 무릎을 꿇고 용서를 빌며 앞으로는 열심히 살겠다는 약조를 함으로써 이번에는 태일만 데리고 대구로 올라가기로 합의를 보았다. 측은한 며느리의 일을 하나라도 덜어주려는 시아버지의 깊은 배려심이었다. 그 후 태일은 대구 할아버지 댁에 올라갔으나 오랫동안 지내지 못하고 다시 부산 천막집을 내려왔다. 매일 밤 할아버지 팔에 매달려 부산에 내려가고 싶다며 졸라댔기 때문이다. 할아버지는 "부산에 가면 생활이 불편하고 먹을 것도 모자라서 고생만 할 터이니 대구에서 할아버지와 함께 살자"고 달랬으나 아무 소용이 없었다.

"이놈아야, 제대로 된 집도 없는 산비탈 천막집에는 뭐 하려고 자꾸 갈려고 하노?"

"아버지가 보고 싶어서 그래요."

"그건 또 무슨 말이냐, 매일 술만 퍼마시는 느그 아버지가 뭐 그리 보고 싶다고 그러는 게냐, 느그 엄마가 보고 싶은 게 아니고?"

"아버지가 세상에서 제일 나쁜 사람이지만 그래도 나는 아버지가 제일 보고 싶어요."

속마음으로는 엄마가 더 보고 싶을 테지만 "어린 것이 어떻게 아버지가 보고 싶다고 말할 수 있을까?"라고 생각하며 할아버지는 손자의 마음을 헤아렸다. 하지만 더 이상 궁핍한 천막집으로 사랑스런 손자를 보내고 싶지 않아 아이를 억지로라도 붙잡아 두었다. 그러나 어느 날 태일이 밤에 잠을 자다가 갑자기 벌떡 일어나더니 몸이 아프다며 자꾸 보채는 것이었다. 몸에 열이 나고 아무리 보아도 정상이 아니었다. 이튿날은 밥도 제대로 먹지 않고 시름시름 앓기만 하는 것이었다. "어린 것이 얼마나 부모가 보고 싶으면 저럴까?" 하고 할아버지는 결국 태일을 데리고 다시 부산에 내려올 수밖에 없었다. 부산에 내려온 아이는 할아버지가 대구로 돌아가자마자 어머니 소선을 보며 내뱉은 첫마디가 "난 엄마가 너무 보고 싶어서 할아버지께 부산 간다고 했지. 할아버지가 그냥 대구에 살라고 안 하나. 그래서 내가 밤에 몰래 몸이 아프다고 거짓말을 하고 밥을 안 먹었더니 할아버지가 데려다주더라." 어린 태일은 엄마 아버지가 살고 있는 부산에 내려오기 위해 꾀병을 부린 것이다. 이처럼 태일은 어릴 때부터 부모나 가족에 대한 애착이 남달랐다.

3) 갈치요리를 두고 형제를 훈계한 이소선 어머니(1952.4.)

1952년 4월의 어느 봄, 이소선은 인근 시장에서 갈치 한 마리를 사 왔다. 두 아들에게 고기를 사 먹인 것이 언제인지 생각만 해도 까마득할 지경이었다. 갈치를 온갖 양념으로 골고루 버무려 냄비에 쪄서 아이들이 놀고 있는 방안으로 냄비 채 넣어 주었다. 그런데 천막 부엌에서 한참 동안 일을 하다가 방에 들어가 보니 어느 정도 남아 있을 줄 알았던 갈치요리가 뼈만 앙상하게 몇 조각 남아 있는 것이 아닌가. 소선은 뼈만 담겨 있는 지저분한 냄비를 보는 순간 어지럼증이 일어났다. "내가 자식들을 잘 키워보려고 이 고생을 하고 있는 것인데 내 자식들이 이 모양으로 형편없이 크고 있다니…." 소선은 마음을 단단히 먹고 다음 날에도 갈치를 또다시 두어 마리 사가지고 왔다. 전날처럼 맛있게 양념 요리를 해서 아이들이 밖에서 놀고 있는 것을 보고 방안에 혼자 앉아 뼈를 발려 가며 갈치요리를 맛있게 먹었다. 갈치를 먹고 있는 도중에 밖에서 놀고 있던 태일과 태삼 형제가 방안으로 불쑥 들어왔다.

그러나 소선은 아이들을 모르는 척하며 입맛을 다셔가며 갈치를 먹었다. 문지방에 걸터앉은 형제는 두 눈을 껌뻑이며 어머니가 먹는 모습을 물끄러미 쳐다만 보고 있다. 그래도 소선은 이에 아랑곳하지 않고 더욱 군침이 돌도록 먹었다. 아이들의 눈치를 언뜻 살펴보니 어리둥절한 표정을 지으며 먹고 싶어서 어쩔 줄 모르는 기색이 역력했다. 자기들 입장에서 생각해도 우리 엄마가 도대체 저럴 리가 없는데 어떻게 된 일인가 하는 표정이었다. 갈치는 점점 다 없어져 가고 있는데 엄마는 먹는 것에만 열중하고 있으니 말이다. 드디어 둘째 태삼이 몸을 비틀기 시작했다. 태삼은 형 태일의 눈치를 살피더니 어찌할 바를 모른다. 이때 눈치가 빠른 큰아들 태일은 상황을 바로 알아차렸다. 태일은 태삼의 손목을 잡고 아무말도 못하게 달랬다. 얼마나 먹고 싶었는지 태삼은 눈물까지 글썽이며 몸을 뒤틀고 야단이다. 더 이상 그 자리에 앉아 있으면 동생이 울어버리기라도 할 것 같아 태일은 슬그머니 동생을 데리고 밖으로 나가 버렸다.

방문 밖으로 나간 태일은 "태삼아, 어제 우리 둘이만 갈치를 다 먹어서 엄마가 우리를 혼내 줄라고 그러는 기다." 소선은 방문을 빼꼼 열고 가만히 앉아 귀를 쫑긋 세우고 형제가 나누는 이야기를 엿듣자니 형이 동생의 귀에 대고 이렇게 소곤거리는 것이 아닌가? 어머니 소선은 그제야 방문을 활짝 열고 쭈그리고 앉아 있는 아이들을 불러 타이르기 시작했다. "어제 갈치요리를 너희들끼리만 다 먹어 치웠지? 너희들이 그랬으니까 앞으로는 엄마도 이제부터 맛있는 것 있으면 혼자 먹어야겠다?" 그러자 태일이 "엄마 잘못 했어요" 하면서 동생을 일으켜 세우더니 머리를 숙이고 가만히 서 있었다. "사람이란 자고로 먹을 것이 생기면 부모님이나 어른들이 드실 것을 먼저 마련해 놓은 다음에 너희들이 먹는 거란다. 아무리 어려워도 다시는 그러면 안 된다. 이 엄마가 너희들이 먹는 것이 아까워서 그러겠느냐? 엄마가 너희들이 훌륭한 사람이 되라고 그러는 거란다. 비록 우리가 좋은 환경에서 살지는 못해도 너희들은 나중에 훌륭한 사람이 되어야 한다. 알겠지?" "네, 엄마, 다시는 안 그러겠어요." 두 형제는 그 일이 있은 후부터는 자기 혼자만 먹는 일들은 절대로 하지 않았다. 밖에서 놀다가 먹을 것이 생기면 꼭 집으로 가지고 들어와 함께 나누어 먹었다.[54]

4. 동구 범일동 넓은 방으로 이사하다
— 1952년 7월~1954년 8월(2년 1개월, 5~7세)

1) 다섯 살짜리 장사꾼 태일(1952.8.)

1952년 8월이 되었다. 전상수가 정신을 차리고 술 마시는 것을 절제하며 열심히 일한 덕분에 생활 형편이 예전보다 더 나아졌다. 두 내외는 이때 산비탈 천막촌을 빠져나와 아이들하고 제대로 살 수 있을 만한 셋 방 하나를 동구 범일동(凡一洞)에 구했다. 현대식 양옥집에 마당도 꽤 널직한 집이었으며 방도 넓었기 때문에 마치 독채처럼 살 수 있게 되었다. 이제

---

54 이소선, 「저자와의 인터뷰 증언」, 2006.7.10.

의식주 걱정은 하지 않아도 될 형편이 된 것이다. 전태일은 훗날 1969년도
에 쓴 자신의 일기장에서 당시를 다음과 같이 술회하였다.

> 나의 어린 시절 맨 처음의 기억입니다. 우리나라의 맨 끝 항도 부산시 서면에
> 서 살았습니다. 어느 동네인지는 모르지만 아마 우리 집은 꽤 높은 위치에
> 자리 잡고 있었습니다. 아래로 보이는 진흙 길엔 미군들의 탱크와 트럭이
> 다녔습니다. 저의 아버지는 근처의 미군 부대에 양복 일을 하러 다니셨습니
> 다. 6.25 전쟁 말기인지라 군인들이 부산에서 운집했기 때문에 아버지 하시
> 는 일은 흑자를 보셨습니다. 아버지께서 하시는 일은 미군 부대 안에 양복점을
> 차리시고 미군들의 옷을 몸에 맞게 고치시는 책임자였습니다. 저의 어린
> 기억에도 우리 집은 아주 큰 양옥집에 마당이 넓었습니다. 아버지께서는
> 일찍 퇴근을 하시기 때문에 우리 집은 언제나 화목한 그런 가정이었습니다.[55]

당시 부산에는 피난민들로 북새통을 이루고 있었다. 전국 팔도에서 몰
려든 피난민들은 목숨을 부지했다는 사실 하나만으로도 안도하며 먹고
살기 위해 닥치는 대로 장사를 할 수밖에 없었다. 피난민들은 돈이 될 만
한 일은 무슨 일이든 뛰어들었다. 그런 시기였으므로 태일과 태삼 형제는
어디를 가든지 장사하는 사람들만 자주 목격하게 된 것이다. 이러다 보니
마치 맹모삼천지교(孟母三遷之敎)와 비슷한 일들이 자주 일어났다. 두 사
내아이가 날마다 두 눈으로 보는 것이 장사꾼들이 흥정하는 광경이었으
니 큰아들 태일은 장사하는 것을 흉내 내며 자신도 해보고 싶어 했다. 어
느 날 태일은 아버지의 양복을 어깨에 둘러메고 동생 태삼을 데리고 밖으
로 나갈 채비를 하였다. 그러나 다섯 살 밖에 안 된 꼬마가 어른의 양복을

---

55 전태일, 『친필수기』, CD 사본 2, 80.

들고 가려니 양복이 바닥에 질질 끌리기만 하고 제대로 들 수가 없었다. 그러자 양복은 포기하고 넥타이를 어깨에 척 걸치더니 두 형제는 밖으로 쏜살같이 달려갔다. "넥타이 사세요, 넥타이 사세요!" 태일은 고사리 같은 손을 휘두르며 행인들에게 넥타이를 사라고 외쳤고 옆에 있던 태삼은 멋모르고 형이 하는 대로 따라 했다.

지나가던 사람들은 어린 장사꾼들을 신기하다는 듯 쳐다보기도 하고 기특한 듯 머리를 쓰다듬기도 했다. 그중에서 몇몇은 넥타이의 품질이나 메이커는 보지도 않고 무작정 어린 태일에게 기특하다는 말과 함께 손에 돈을 쥐여주었다.

집으로 형제가 갑자기 뛰어 들어왔는데 싱글벙글한 표정의 태일은 돈을 한 웅큼 쥐고 있었다. 흥분된 표정을 지으며 자기가 물건을 직접 팔았다며 엄마한테 신나게 떠벌였다. 소선은 태일이가 건네주는 돈을 받으면서 걱정이 앞섰다. "애가 장차 무엇이 되려고 벌써 이러는가? 아무리 먹고 살기 힘들다지만 이제 겨우 다섯 살짜리가 어떻게 이럴 수가 있단 말인가?" 소선은 황급히 대문 밖으로 뛰어나갔다. 넥타이를 산 사람들에게 돈을 돌려주기 위해서였다. 그러나 이미 그들은 찾을 수가 없었다. 소선은 형제를 앉혀놓고 앞으로 다시는 그런 일을 해서는 안 된다며 단단히 주의를 줬다.

그러나 그렇게도 주의를 주며 야단쳤지만 그 이후에도 심지어 집안에 있는 양말까지 모두 팔아서 돈을 들고 들어왔다. 그리고 제 딴에는 아무도 모르게 숨겨 둔다는 것이 고작 부엌에 있는 항아리 안에 숨겨 두는 것이었다. 항아리 근처에 사람들이 얼씬거리지 못하도록 애를 쓰는 태일의 행동거지를 눈치챈 소선이 뚜껑을 살짝 열어보니 그곳에 몇 장의 지폐가 꼬깃꼬깃 숨겨져 있는 것이 보였다. 소선은 다시금 형제를 불러놓고 야단을 쳤다. "태일아, 피난민 아저씨들이 장사를 한다고 해서 너도 그러면 절대 안 된다. 엄마가 한번 못하게 하면 하지 말아야지, 이거 도대체 안되겠다. 네가 자꾸 그러면 저 피난민 아저씨들과 아이들을 우리 집에서 빨리 나가라고 내쫓아 버려야겠다." 이 말을 듣던 태일의 표정이 일그러졌다. "엄마는 나빠요. 우리도 전에는 집이 없어서 얼마나 고생했노? 앞으로는 절대 안 그럴 테니 저 아저씨들하고 내 친구들은 그대로 우리 집에 살게 내버려 둬." 태일은 불안한 듯 어머니를 빤히 쳐다보았다. 태일의 얼굴에는 불쌍한 사람에 대한 동정심이 가득한 표정이었다. "그래 우리 태일이 참 착하다. 이제부터 장사 안 하면 아저씨들을 그냥 우리 집에 살게 내버려 둘꼬마" 어머니 소선은 어린 태일을 안심시키며 다시는 장사를 하지 않도록 다짐을 받아냈다.[56]

2) 피난민들에 베푼 태일의 사랑과 동정심(1952.7.~1954.4.)

어린 나이임에도 불구하고 큰아들 태일은 피난민들에 대한 동정심이 남달랐다. 평소에도 어린 태일은 자기가 먹을 밥이나 군것질거리가 생기면 피난민 자녀들에게 얼른 가져다주었다. 때로는 소선이 외출하였을 때 피난민 아이들을 모두 불러 쌀을 볶아서 먹이곤 하였다. 하루는 소선이 밖에서 일을 하고 집에 돌아와 보니 태일이 몸에 실오라기 하나 걸치지 않은 채 알몸으로 방안에 가만히 앉아 있었다. "태일아, 네 옷은 어디에 두고 그렇게 옷을 벗고 앉아 있느냐?" 놀란 소선이 고개를 돌려 마당을 쳐다보니 태일이 입던 옷은 이미 남의 아이가 입고 마당 한가운데서 이리저리 뛰놀고 있는 것이 보였다. "엄마, 저 아이가 옷이 없어서 내 옷을 입혀 줬다. 내 옷은 아버지 옷을 잘 잘라서 나한테 맞게 옷을 만들어 주면 되잖아?"

---

56 이소선, 「저자와의 인터뷰 증언」, 2006.7.10.

소선은 그렇게 말하는 태일을 한참이나 쳐다보았다. 심하게 야단을 칠 수도 없고 그렇다고 해서 앞으로도 계속 그렇게 하라며 칭찬만 할 수도 없는 노릇이었다. 이러지도 저러지도 못하며 소선은 속으로 생각했다. "참으로 기특한 놈이로구나. 그래, 제 것을 움켜잡고 남한테는 빼앗기지 않으려고 하는 것보다는 백배로 낫다. 남을 도와주려는 것이니 너는 참으로 기특하고 훌륭한 아이다." 소선은 아들 태일에게 다른 옷을 입히며 많은 생각을 했다. "앞으로 성장하면 훌륭한 사람이 되겠지. 어떻게 해서라도 훌륭한 사람을 만들어야지…." 소선은 태일의 앙상한 가슴을 매만지며 마음속으로 굳게 다짐을 했다.[57]

3) 대구 외가에 맡겨진 동생 전태삼(1954.3.8.)

세월이 흘러 소선이 또다시 만삭이 되어 출산 준비를 서두르던 중에 둘째 태삼은 대구에 사는 외할머니 김분이가 대구로 데리고 갔다. 시집가서 어렵게 살고 있는 막내딸의 해산과 몸조리 때문에 일부러 부산에 내려와 아이를 데려간 것이다. 당시 태일의 외할머니는 남편 정씨가 나이 많아 세상을 떠나고 막내딸 소선이 마저 시집보내고 난 후 불교와 무속종교에 심취하던 중이었다. 그러던 중 김분이에게 신(神)이 내린 것이다. 결국 대구 지천(枝川)에 사당을 짓고 불상과 신령을 모시며 점을 치는 보살이 되었다. 어린 태삼은 그런 외할머니에게 이끌려 잠시 살게 되었다. 이때 외가에는 어느 젊은 부인이 정신 계통 질환으로 찾아와 김분이에게 맡겨져 치료를 받고 있었는데 김분이는 그 여인을 지극정성으로 보살폈다. 알고 보니 이 새댁은 남편과 가족들의 손에 의해 직접 맡겨진 것이다.

---

57 이소선, 「저자와의 인터뷰 증언」, 2006.7.10.

태삼의 눈으로 봐도 그 새댁은 어느 누구의 말은 안 들어도 외할머니 김분이의 말만큼은 고분고분하며 순종하는 것이었다. 이때 어린 태삼은 그 여인의 등에 업혀 지내다시피 했는데 이는 자기 주변에 친한 사람들이 한 명도 없던 새댁이 어린 태삼을 만나 심심치 않았고 귀여운 마음이 들어 보살펴 준 것이다. 새댁의 남편은 훗날 서울시장과 내무부장관을 지낸 구자춘(具滋春)[58]이었다. 구자춘은 대구에서 태어나 포병학교를 졸업하고 갓 임관한 초급 장교였는데 자기 부인이 이런 병에 걸려 절치부심하던 중이었다. 구자춘은 당시 그 지역에서 용하다고 소문 난 김분이의 소문을 듣고 찾아와 친분을 맺어 왔다. 당시 부산지역의 군부대에 장교로 근무하고 있던 구자춘이 김분이 집에 방문하는 날이면 동네 아이들의 우르르 몰려와 지프차를 구경하거나 졸졸 따라다니곤 했다. 왜냐하면 그가 오는 날에는 차에 건빵을 잔뜩 싣고 왔기 때문이다. 차가 도착하는 날에는 김분이 집 대문 앞에 어린아이들은 물론이고 어른에 이르기까지 일렬로 줄을 서서 건빵을 배급받는 진풍경이 벌어졌다. 그 이후로도 태삼과 태일 형제가 외가를 방문하는 경우에는 구자춘 내외와 인연을 맺어 왔다.[59]

---

58 구자춘(具滋春) 1932. 5. 11~1996. 2. 10. 대구 달성 출생, 대구농림고교와 대구사범 졸업 후 교편생활을 하다가 군에 입대하여 1954년 미국 육군포병학교를 졸업. 1961년 군단 포병대대장이 되며 그해 5.16에 발생한 군사 쿠데타에 참가했다. 그 후 박정희 정권 하에서 1962년 전남도경국장, 1963년 육군대령 예편 후 1963 치안국정보과장, 서울시경 국장, 1966년 경찰전문학교장. 1968년 제15대 제주도지사, 1970년 수산청장, 1971년 제17대 경상북도지사를 거쳐 1974년 제16대 서울특별시장, 13~14대 국회의원, 1978년 제38대 내무부장관, 1987년 정계에 입문하여 신민주공화당 부총재, 1988년 제13대 공화당, 제14대 민자당 국회의원을 지냈다. 1996년 자유민주연합 부총재 재직시 별세함.

59 이소선, 「저자와의 인터뷰 증언」, 2006.7.10.

4) 여동생 전순옥이 태어나다(1954.5.5.)

이소선은 태일, 태삼 형제를 데리고 정신없이 사는 동안 다시 아이를 갖고 출산을 했다. 전쟁이 끝난 이듬해인 1954년 5월 5일(음)에 집안의 장녀 순옥이 태어난 것이다. 태삼이 외가에 있는 동안이었다. 집안 살림꾼인 여자아이가 태어나자 무엇보다도 소선이 기뻤지만, 이번에도 소선은 몸조리를 하는 둥 마는 둥 갓난아기를 일곱 살짜리 태일에게 맡겨 놓고 남편의 일을 도우러 다녀야만 하는 처지였다. 그러다 보니 순옥의 영아 시절은 엄마의 보살핌보다는 오빠와 같이 지내는 시간이 더 많았다.

그러던 어느 날 소선이 피곤한 몸을 이끌고 저녁때가 되어 집에 돌아와 보니 태일이 순옥을 방안에서도 제일 추운 윗목 구석에 반듯하게 눕혀 놓은 것이 아닌가. 깜짝 놀란 소선은 태일에게 왜 아기를 냉기가 도는 찬 바닥에 눕혀 놓았는지 물었다. "엄마, 아기를 방 한복판에 놓으면 저 애들이(피난민 자녀들) 윗목에서 누워서 잠을 자야 하잖아요, 우리는 뭐, 우리 집이니까 그냥 아무데나 잠을 잘 수가 있잖아요. 그래서 순옥이를 윗목에 눕혔어요." 소선은 어린 태일의 말을 듣고 깊은 마음 쏨쏨이에 할 말을 잃었다. 그런 고운 마음씨에 무슨 할 말이 더 있단 말인가. "그래, 우리 태일이 말이 맞다. 그렇지만 앞으로는 그렇게 하면 안 된다. 어린 아기를 찬 바닥에 눕히면 병에 걸리니까 앞으로는 절대 그러면 안 된다. 알겠지?" 소선은 태일을 보듬어 안으며 머리를 쓰다듬어 주었다.

5) 아버지 전상수가 부산에서 겪은 노동운동 사건들(1951~1954.8.)

청년 시절부터 전상수가 가는 곳에는 언제나 노동자들의 시위와 투쟁 사건들이 연이어 발생했다. 상수는 그럴 때마다 그의 생활 주변에서 자주 벌어지는 노동운동들을 자연스럽게 직간접으로 동참할 수밖에 없었다.
그는 노동자들이 억울한 일을 당하거나 탄압받는 모습, 혹은 노동자들이
무참히 피를 흘리며 투쟁하는 모습들을 바라보며 젊은 시절을 보냈다고
해도 과언이 아니다. 특히 스물세 살의 피 끓는 전상수에게는 노동운동의
체험과 함께 청년 시대의 막이 올랐다고 해도 과언이 아니다. 특히 1946년
9월과 10월의 전국 노동자 파업투쟁과 대구항쟁 사건에서는 본인이 직접
노동자의 신분으로 가담하면서 말할 수 없는 자괴감과 비극을 맛보았다.
그 후 부산으로 이주해 4년 반 동안 거주하는 동안 6.25라는 비극적인 역
사를 체험하기도 했고 무엇보다도 부산에서 지내던 2년간은 지루하게 끌
었던 남한 최대의 대규모 파업 현장을 목격한 시기였다. 당시 부산에 있던
남한 최대의 방직회사였던 조선방직회사에서 무려 6천 명의 노동자들이
파업 투쟁을 벌였는데 전상수는 이 현장을 1951~1952년까지 직접 자신의
눈으로 본 것이다.[60] 그리고 1952년 7월 부산의 여러 항만에서 벌인 전국
부두 노동자들의 파업도 목격하였다.

그리고 가장 중요한 사건은 전상수 자신이 직접 아내와 함께 맞벌이하
며 사업기반을 다졌던 부산 하야리아 미군부대에서 발생한 파업이다.
1954년 8월에 발생한 이 사건은 무려 만이천 명의 한국인 군무원들과 노
동자들이 총파업에 참여하였는데, 당시 전상수는 하던 사업의 부도로 서
울로 상경하려던 때였다.

이처럼 대구와 부산 시절에 겪은 노동운동들은 전상수의 노동운동관
형성에 지대한 영향을 끼쳤으며 이로써 훗날 장남 전태일이 계천 평화시
장에서 앞장서서 노동운동을 하는 데 핵심적인 역할을 할 수 있도록 영향
을 끼쳤던 것이다.

---

60 이원보, "한국노동운동사 100년의 기록", 「경제와 사회」 67호 (2005. 가을), 335-339.

5. 부산생활을 정리하고 서울로 떠나다
　— 1954년 8월(7세)

1) 아버지 전상수의 사업이 실패하다(1954.3.~8.)

아무튼 아버지 전상수가 미군부대에 다니면서 집안 형편이 나아졌고 나중에는 돈을 많이 벌어 넉넉한 생활을 할 수 있게 되었다. 그때가 태일이 일곱 살, 태삼이 다섯 살, 순옥이 한 살 무렵이었다. 전상수는 소규모로 양복을 제조해 판매하는 사업을 시작했으며, 이로 인해 집안에는 생활에 큰 여유가 생기게 되었다. 그러나 불행하게도 얼마 못 가 전상수의 사업은 크게 망하고 말았다. 염색을 하기 위해 염색공장 창고에 쌓아 둔 양복 원단 물건들이 도저히 다시 사용할 수 없을 정도로 망가져 더 이상 쓸모없게 돼 버린 것이다. 아까웠지만 비싼 가격을 주고 매입한 원단들을 어쩔 수 없이 모두 내다 버릴 수밖에 없었다. 당시 미군부대에서 나오는 군인 모자를 만드는 원단을 활용해 남성복 바지를 만들었는데 이 원단을 염색하기 위해 염색공장 창고에 쌓아 둔 물건들이 관리 소홀로 인해 모두 재가 되듯 녹아 버린 것이다.

전상수와 이소선은 녹아버린 원단을 버리기가 너무 아까워 남은 것 중에서 쓸 만한 물건들을 골라 다시 재활용해 보려고 안간힘을 썼다. 그래서 남은 원단으로 보자기 공장을 차렸으나 보자기 공장 역시 잘 운영되지 않았다. 보자기 공장마저 망하자 도저히 재기불능의 상태가 되었다. 그야말로 하루아침에 알거지가 된 것이다.[61] 이제 부산에서는 더 이상 누구 한 사람 의지할 수 없고 발붙이고 살 수 없게 되었다. 불철주야 열심히 일했건

---

61 이소선, 「저자와의 인터뷰 증언」, 2006.7.10.

전상수가 일하던 당시의 부산 'Camp Hialeah' 미군부대 전경

만 결국 부도를 맞아 크게 망했으니 그 충격은 그들에게 엄청났다. 더 이
상 손을 쓸 수 없게 되자 두 내외는 어쩔 수 없이 몇 년 전 대구에서 부산으
로 미련 없이 떠나 왔던 것처럼 이곳 부산을 떠나 어디론가 가기로 결정했
다. 이번에는 서울이라는 대도시로 올라가기로 뜻을 모았다. 전태일이
1969년 가을에 작성한 수기[62]에는 다음과 같이 당시를 회상한다.

양복기술자인 그의 부친은 원래 어떤 일이든지 크게 벌리기를 좋아하는
사람으로서 아주 단순하면서 남의 의견을 잘 받아들이지 않지만 친구들의
말은 잘 믿는 평범한 가장이었다. 흠이라면 약주를 과하게 하는 것이 가장
흠이었다. 양복 일을 하여 가족들의 뒷바라지를 하던 그는 부산에서 크게
자작으로 제품을 하다가 어느 염색 공장에서 옷감을 대량으로 염색 중 장마로
인해 염색한 원단이 건조되지 못하여 상한 것이다. 그 염색공장의 형편으로
배상을 받지 못한 그는 재기할 수 없는 실패를 하고 소년이 일곱 살 되던

---

62 전태일 · 전태일기념사업회 엮음, 『내 죽음을 헛되이 말라』 (돌베개, 1988), 27.

해 4월 달에 가족들과 왜정 때 잠깐 와본 일밖에 없는 서울에 무작정 상경한 것이다.[63]

전상수에게는 피복 제조 기술이 있으니 서울 어디에서라도 다시 재기할 수 있으리라고 판단한 그들은 또다시 야반도주하듯 서울행 열차에 몸을 싣고 무작정 서울로 향했다.

2) 여름날의 갑작스러운 상경(1954.8.)

더운 여름날, 다섯 식구는 서울행 기차를 타기 위해 허겁지겁 부산진역 광장에 도착했다. 소선은 어린 순옥을 등에 업고 머리에는 무거운 보따리를 이고도 모자라 양손에 짐 보따리를 들었다. 전쟁둥이인 다섯 살짜리 태삼은 등짐을 진 아버지 손에 이끌려 걷게 했고, 일곱 살짜리 태일의 손에는 작은 보따리를 하나가 들려졌다. 기차에 올라타기 위해 걸어가는 다섯 식구의 모습은 영락없는 피난민 행렬처럼 보였다. 부산진역을 출발한 기차는 밤새 쉬지 않고 달려 이튿날 아침이 되어서야 서울역에 도착했다.

그동안 대구와 부산에서의 생활을 살펴보면 전상수는 언제나 폭음과 술주정, 자학과 좌절이 그림자처럼 따라다닌 생활이었다. 연이은 사업 실패 때문에 아내 이소선과의 불화와 충돌이 보이지 않게 지속될 수밖에 없었다. 당시 피복계통의 기술자들이 벌인 사업들은 경기가 안정적이지 못하고 언제나 불안했다. 특히 전상수는 사업수완을 바꾸고 대인관계의 단점을 보완하려는 노력에도 불구하고 살얼음판을 걷는 것처럼 위험스러운 사업을 펼쳐 왔다. 이제 또다시 어디 가서 일자리를 알아봐야 한단 말인가.

---

63 실제로는 4월이 아니라 8월이다. 전태일의 착각으로 보인다.

서울역 광장에 도착한 이소선은 아이 셋을 데리고 당장 어디 가서 지내야 할지, 당장 무엇을 먹고 살아야 할지 그저 막막할 따름이었다. 전상수는 지난번처럼 아내 소선과 아이들을 적당한 장소에 내버려 두고 어디론가 일자리를 알아보기 위해 떠나려는 눈치였다. 어린 태일은 아무것도 모른 채 동생 태삼과 티격태격하며 장난을 치거나 천진난만하게 놀고 있었다. 앞길이 막막한 소선은 자신도 모르게 천지신명을 향해 중얼거리며 도움의 기도를 올렸다. 전태일과 그의 가족들의 파란만장한 서울에서의 8년간의 삶은 이렇게 시작된다.

4장

서울의 초등학교 소년 시절

1954년 8월~1961년 8월(7년, 7~14세)

1. 염천교 부근 주택가에서 시작된 처마 살이

— 1954년 8월~10월 (7세)

1) 남의 집 처마 밑에 거처를 정하다(1954.8.~10.)

1954년 8월 어느 여름날 밤, 부산에서 밤새 기차를 타고 서울로 올라온 다섯 식구가 서울역에 도착했을 때는 지칠대로 지친 상태였다. 그리고 그들에게 있어 서울이라는 도회지는 마치 망망대해와 다름이 없었다. 전상수는 서울역 근처 여인숙에 식구들을 데려가더니 본인은 일자리를 알아본 곳이 있어서 빨리 가봐야 한다면서 식구들을 내버려 두고 며칠이 지나도록 나타나지 않았다. 수중에 돈도 없다 보니 결국 여인숙에서 쫓겨났다. 아는 사람도 없던 소선은 서울역 광장 부근을 왔다 갔다 하며 지나가는 사람들을 붙들어 세우고 찾아갈 곳을 이리저리 알아보았으니 모두 허사였다. 거리를 헤매던 소선은 우선 자신들과 똑같은 처지에 있는 사람들이 모여 사는 곳을 찾아봐야겠다는 생각이 들었다. 그래야 마음이 편하고 부담이 없을 것 같았기 때문이다. 자신들처럼 오갈 곳이 없는 사람들이 모여 있는 장소를 물색해 보니 마침 서울역과 만리동 사이에 있는 염천교 일대였다. 그곳은 가출한 청소년들과 떠돌이들 그리고 걸인들이 모여 사는 곳이었다. 특히 태일이 식구처럼 지방에서 무작정 상경해 오갈 데 없는 사람들이 옹기종기 무리를 지어 임시로 지내기도 했다. 소선은 염천교 아래와 그 주변을 돌아다니며 네 식구가 머물 곳을 열심히 찾아보았으나 이미 좋은 자리는 다른 사람들의 차지가 되어 버렸고 마땅히 눈길이 가는 장소가 없었다. 지쳐있던 그들에게 만리동 방향의 주택가 어느 한옥집이 눈에 띄었다.

　남의 집 대문 옆 처마 밑에 거처를 정하고 서울에서의 첫날 밤을 그곳에서 보내기로 했다. 다행히 한여름이라서 한뎃잠을 자는 것이 가능했다. 태일 식구들의 서울살이는 이렇게 남의 집 처마 밑에서 대충 비바람을 피하는 정도로 시작됐다. 전상수는 대구에서 부산으로 이주할 때처럼 "지금부터 나는 직장을 구하러 다닐 테야…"라는 말 한마디 던져 놓고 여기저기 일자리를 알아보러 다니느라 세 달 동안 변변한 생활대책을 세우지 못한 채 동분서주하기만 했다. 이따금 소선과 아이들 앞에 나타나기는 하였으나 그렇다고 해서 남편만 바라보며 바보처럼 앉아 있을 수 없었다. 남의 집 대문 앞에서 아이들과 굶어 죽을 수는 없는 노릇이었다. 어떻게 하든 아이 셋을 먹여 살려야 하겠다는 일념으로 무슨 일이든지 닥치는 대로 하기로 결심한 소선은 한뎃잠에 뜬눈으로 밤을 설쳤다. 새벽녘에는 추위에 떨며 자는 아이들을 보살피느라 잠을 자는 둥 마는 둥 하다가 자리에서 일찍 일어난 소선은 태일과 태삼 두 아들을 주인집 안마당에서 놀게 하고 갓난 순옥이는 등에 업고 일거리를 찾기 위해 시내로 나섰다.[64]

2) 고등어 다듬은 품삯으로 첫 끼니를 때우다(1954.8.)

처마 살이 첫날 밤을 보내고 일거리를 찾아 나선 소선은 어린애가 딸린 여자들은 주방에서 채용할 수 없다는 식당 주인을 붙들고 애원하다시피 하여 간신히 당일 하루만 일하는 조건으로 겨우 일거리를 얻을 수 있었다. 단, 다른 일꾼들에게 주는 품삯의 절반만 받는다는 조건이었다. 소선은 그래도 감지덕지한 생각으로 이틀 동안 굶주린 배를 움켜쥐고 부엌 옆에 있는 조리 작업장에서 혼신의 힘을 다해 주어진 일에 매달렸다. 식당 주인의 눈 밖에 나지 않으려고 어린 순옥이를 등에 업고 거의 썩기 직전의 고등어 배를 따서 깨끗이 다듬는 일을 도맡아 했다. 하루 종일 작업을 마치고 나자 겨우 다른 이들이 받는 절반의 품삯을 식당 주인으로부터 받아 들고 소선은 곧바로 시장으로 달려가 시래기 한 묶음을 샀다. 그래도 가장 손쉽게 먹을 수 있는 끼니가 시래기죽이기 때문이다. 그러나 막상 시래기를 사고 보니 죽을 끓일 만한 마땅한 장소가 없어 난처한 생각이 들었다.

그날따라 하늘에서는 비가 억수같이 내리고 있었다. 하늘을 원망해도 소용이 없었다. 내리는 비는 그칠 줄을 모르고, 처마 밑에 쭈그리고 앉은 아이들은 배가 고프다고 졸라대며 칭얼대고 있었다. 하는 수 없이 그 집 처마 밑에 솥단지를 걸어 놓고 여기저기서 나뭇가지를 주워다 불을 지피기 시작했다. 아무리 처마 밑이라고 해도 세차게 내리는 비를 피할 수가 없었다. 빗속에서 덜덜 떨고 있는 아이들 셋을 대문 앞에 앉혀놓은 후에 아궁이에 불을 지폈지만 빗줄기는 더욱더 거세지더니 불을 지피는 소선의 등과 가슴팍으로 쳐들어와서 흠뻑 젖어 버렸다. 비에 젖은 나뭇가지가 불에 잘 타들어 갈 리가 없었다. 연기만 뿜어내며 잘 타지도 않는 나무 조

---

64 이소선, 「저자와의 인터뷰 증언」, 2006.7.15.

각들로 죽을 끓이기 시작했다. 심지어 솥단지 안으로 빗물이 들어갔다. 시래기죽을 끓이는데 빗물이 넘쳐 흘러 죽인지 빗물인지 구분이 안 됐다. 소선은 온몸으로 빗물을 막아 가면서 겨우 시래기죽을 끓였다. 그렇게 해서 아이 셋과 함께 먹게 된 시래기죽은 서울역에 도착해 네 식구가 먹은 첫 끼니였다.[65]

3) 어쩔 수 없이 문전걸식하는 어머니(1954.9.~10.)

당시는 시래기마저도 구하기가 힘든 시절이었다. 예나 지금이나 시골에서는 흔하디흔한 시래기용 푸성귀마저도 서울에서는 돈을 주고 구입해야 했다. 어린 순옥을 등에 업고서는 도저히 돈벌이를 할 수가 없게 되자 소선은 어쩔 수 없이 아이를 업고 동냥을 나설 수밖에 없었다. 남의 집에 걸식을 하러 다닌다는 것이 얼마나 부끄럽고 창피한 것인지 모를 리 없었다. 그러나 그것은 나중 문제였다. 당장 세 아이가 먹을 것이 없어 굶어 죽을 형편이니 굶겨 죽이지 않으려면 무슨 짓인들 못하겠는가. 소선은 염치 불구하고 남의 집 대문을 두드리며 문전걸식을 시작했다.

서울역 뒤 만리동 고개 근방에 있는 으리으리한 기와집에 구걸하러 갔을 때의 일이었다. 대문을 두드리자 살짝 문이 열리더니 좀 학식이 있어 보이는 젊은 아가씨가 눈을 흘기며 "저런 멀쩡하게 생긴 젊은 년이 뭐가 아쉬워서 구걸을 하러 다녀?" 하며 쏘아붙이더니 대문이 부서지도록 매몰차게 닫아 버리고 집안으로 들어가는 것이 아닌가. 소선은 순간 자신도 모르게 눈물이 핑 돌았다. 너무 수치스럽고 서러웠으나 곧 이를 악물고 울지 않으려고 이내 스스로 다짐을 했다. 그녀는 오로지 세 아이들을 먹여 살려

---

65 위와 같음.

야 한다는 일념밖에 없었다. 그러나 서울 인심이 모두 야박한 것은 아니었다. 구걸하던 소선에게 매우 친절하게 대해주는 사람들도 의외로 많았다. 어느 날이었다. 여기저기 다니던 중 어느 정도 괜찮게 사는 집처럼 보이는 큰 대문 앞에 섰는데 마침 그 집 대문이 활짝 열려 있었다. 주인을 부르며 대문 안으로 들어서자 마침 젊은 주인아주머니가 나오더니 마치 집을 나간 자식이라도 찾아온 것처럼 소선을 따뜻하게 대해 주는 것이 아닌가. 위아래를 훑어보던 아주머니는 혀를 끌끌 차면서 초췌한 소선을 집 안으로 잡아끌더니 따뜻한 쌀밥과 반찬을 정성스럽게 차려 주기까지 하는 것이 아닌가.

그러나 김이 모락모락 오르는 쌀밥을 보자 태일과 태삼 그리고 제대로 먹지 못해 영양실조가 걸린 어린 딸 순옥의 모습이 눈앞에 아른거려 숟가락을 제대로 들 수가 없었다. 특히 어린 두 아들에게 맡겨 놓고 온 갓난쟁이 순옥이가 너무 불쌍해서 눈물이 핑 돌았다. 결국 주인여자에게 아이들의 사정을 말하고 밥상에 차려진 음식들을 모두 소쿠리에 담아 달라고 부탁했다. 그리고는 처마 밑에 기다리고 있던 세 아이에게로 단숨에 달려왔다. 마치 어미 제비가 둥지에서 기다리고 있는 새끼들에게 먹잇감을 물어다 입에 먹여 주는 것처럼 말이다.

사람들에게는 당연히 돌아가야 할 집이 있다. 여우도 굴이 있고 참새도 깃들일 곳이 있다는데 소선에게는 돌아갈 집이 없었다. 돌아갈 집은 남의 집 처마 밑이었다. 그러나 소선은 아이들에게만큼은 거지 자식이라는 상처를 남기기 싫어서 절대로 밥을 얻어 왔다는 말을 하지 않았다. "얘들아, 어서 밥 먹어라. 엄마가 남의 집에 일을 해주고 밥을 얻어 왔단다." 아이들에게 음식을 먹여 줄 때면 항상 그런 식으로 말을 해주고 먹였다.

늘상 시래기죽만 먹던 아이들이 어쩌다가 구걸해서 얻어 온 쌀밥을 보면 환장한 듯 맛있게 먹었다. 아이들이 맛있게 먹는 모습을 보면서 할 수만 있으면 죽이 아닌 밥을 계속 먹이고 싶었다. 그래서 그런지 소선은 문전걸식이 부끄러운 줄도 못 느끼고 한동안 계속할 수밖에 없었다. 그녀가 특별히 걱정되는 것은 아이들이 좋지 않은 환경 때문에 나쁜 영향을 받고 자라지 않을까 하는 것이었다. 아무리 살기가 힘들어도 그 와중에도 애들을 잘 키우고 싶었고 사람답게 훌륭히 키워야겠다는 생각뿐이었다.[66]

어느 날은 어린 태삼이가 밥상을 물끄러미 쳐다보며 "엄마, 우리 집 밥은 왜 빨간색도 있고 까만색도 있어?" 하며 이상한 눈빛으로 물어보기도 했다. 그러면 소선은 "태삼아. 엄마가 힘들게 돌아다니며 이집 저집에서 잡곡밥도 얻어 올 때도 있고 아니면 콩밥이나 쌀밥도 얻어 올 때가 있고 꽁보리밥도 얻어오니 색깔이 그렇게 보이는 거란다" 하고 대답했다. 물론 배가 고팠던 삼남매는 보기에는 맛깔스럽지 않아도 서로 경쟁하듯 먹어댔다. 금새 빈 그릇이 되면 아직 포만감을 느끼지 못한 태삼은 밥을 더 달라고 보채기 일쑤였다. 그럴 때마다 소선의 마음은 서러움이 복받쳐 올라와 가슴이 미어지는 듯했다.

4) 길바닥에서 주워 온 참외 사건의 교훈(1954.9.~10.)

소선은 비록 가난하고 헐벗는 극한 생활의 연속이었지만 자녀 교육에는 혼신의 힘을 다했다. 가난 속에서도 두 아들에게는 철저하리만치 정직히 살 것을 강조했다. 찌는 듯한 8월의 어느 여름날이었다. 장남 태일이 길거리에서 나무 조각들을 주워 오다가 어머니와 맞닥뜨렸을 때 태일은 손을 뒤로 감추더니 나무 조각들을 땅바닥에 슬쩍 내려놓았다. 남의 물건에 손을 댔다고 어머니에게 혼이 날 줄로 알았던 것이다. 그로부터 며칠 후

---

66 이소선, 「저자와의 인터뷰 증언」, 2006.7.10.

소선이 일을 마치고 돌아오니 태일, 태삼 형제가 서로 다투는 것이 눈에 띄었다. 가만히 보니 태일이 태삼이 손에 들고 있는 참외를 빼앗으려는 상황이었다. 태일은 몹시 흥분된 모습으로 어머니를 붙들고 "엄마, 저 참외는 돌려주어야 해요"라고 말했다. 사연은 이러했다. 그 날도 형제가 골목에서 재미있게 놀고 있었다. 그도 그럴 것이 골목 자체가 그들의 집이었고 유일한 놀이터였으니 아이들은 늘 골목에서만 지낼 수밖에 없었다.

그런데 마침 참외 장수가 리어카를 끌고 골목을 지나가다 참외 하나를 무심코 땅바닥에 떨어뜨렸다. 그 광경을 본 다섯 살짜리 꼬마 태삼이 항상 굶주림 속에 지냈기 때문에 참외를 보자마자 정신이 번쩍 들었다. 정직하게 살라고 타일렀던 어머니의 말이 그의 머릿속에 남아 있을 리가 없다. 태삼은 그 참외를 재빠르게 주워 입으로 가져가려던 순간 태일이 태삼의 입을 가로막으며 "안돼, 이 참외는 아저씨에게 돌려주어야 하는 거야!" 하며 동생의 손에 쥐어진 참외를 빼앗으려는 것이었다. 그 모습을 바라보는 어머니의 심정은 태일이 기특하기도 했지만 어린 것들이 얼마나 배가 고팠으면 땅바닥에 떨어진 참외를 주워 왔을까 싶었다. 소선은 어린 태삼에게 조용히 타일렀다. "태삼아, 너는 앞으로도 형의 말을 잘 들어야 한다. 아무리 배가 고파 음식이 먹고 싶어도 남의 것을 함부로 가져서는 안 되는 거야. 떨어진 참외가 있다면 꼭 주인을 찾아 줘야 하는 거야." 그러나 엄마의 타이름에도 불구하고 참외를 손에서 놓지를 않는 아이를 보고 소선은 마음이 너무 아팠다.

소선은 참외 장수가 지나간 방향으로 두 아이를 앞세우고 참외 장수를 찾아 나섰다. 얼마 후 참외 장수를 만나게 되어 자초지종을 얘기하며 주운 참외를 되돌려 주자 참외 장수는 아이들에게 착하다며 오히려 참외를 직접 깎아서 하나씩 주었다. 그러자 태삼이는 참외를 날름 받아 들었지만 태일은 참외를 받지 않고 머뭇머뭇하였다. 소선은 "태일아, 남의 것을 훔치

거나 주워 먹는 것은 나쁜 것이지만, 이것은 아저씨가 너희들이 착하다고
주시는 것이니 '고맙습니다' 하며 받아먹는 거란다." 그러자 태일은 더욱
한사코 참외를 거부하는 것이다. "엄마 제가 만일 이것을 받아먹으면 나
중에 태삼이가 또 오늘처럼 이럴 거 아니에요? 돈 주고 산 것이 아니라면
저는 절대로 안 먹겠어요." 태일은 그렇게 냉정히 말하더니 태삼이가 들
고 있는 참외까지 빼앗아 땅바닥에 던져 버리는 것이었다. 그것으로도 모
자랐던지 던진 참외를 발로 마구 짓밟았다. 어린 시절의 태일은 이처럼 지
나칠 정도로 올곧은 성격과 강직함을 보여주었다. 그런 태일이 모습을 바
라보면서 소선은 안타까운 마음과 함께 흐뭇하고 대견함을 느꼈다. 그 후
로도 태일이 가족은 그 집에서 처마살이를 계속하다가 석 달이 지난 어느
날 아버지 전상수와 함께 남대문시장 입구 옆의 천막촌으로 거처를 옮기
게 되었다. [67]

2. 남대문시장 옆 천막촌으로 옮겨 가다
— 1954년 10월~1955년 4월 (7~8세)

1) 어머니가 팥죽 장사를 시작하다(1954.10.)

남의 집 대문 옆에서 처마살이를 한 지 석 달이 지난 1954년 10월 중순
어느 날, 막노동을 계속 다니던 전상수는 천막 하나를 구해 왔다. 식구들
은 마침내 남대문시장 입구 옆에 있는 천막촌으로 거처를 옮겨 갈 수가 있
게 되었다. 천막집이라야 겨우 이슬이나 빗물을 피할 수 있을 정도에 불과
했다. 잠은 여전히 가마니를 깔고 맨땅에서 자야만 했다. 그러나 남의 집

---

67 이소선, 「저자와의 인터뷰 증언」, 2006.7.10.

대문 앞에서 뒹굴며 먼지 속에서 석 달을 살다가 갑자기 천막집에 들어왔
으니 마치 천국에 들어온 기분이었다. 비록 천막집이라 해도 내 집이라는
생각을 하게 되니 말할 수 없이 마음이 편안하고 좋았던 것이다. 그러나
아버지 전상수는 천막집으로 거처를 옮긴 후에도 집에 들어오는 날이 거
의 없었다.

살림이 어려운 것은 예전이나 마찬가지였다. 이소선은 아이들 셋과 먹
고 살기 위해서는 당장 일자리를 구해서 돈을 벌든지 아니면 광주리 행상
이라도 해야만 했다. 커가는 아이들을 보면서 다시는 문전걸식은 하고 싶
지가 않았다. 고민 끝에 장사를 시작하기로 마음을 먹었다. 그러나 수중에
는 장사 밑천도 하나 없이 어떻게 장사를 해서 돈벌이를 할 수가 있겠는가?
며칠을 궁리하다가 결국 팥죽 장사를 하기로 마음을 먹었는데 팥죽장사
를 하는 것은 밑천이 많이 안 들어도 될 듯 싶었기 때문이다. 그리고 같은
천막촌 안에 살고 있는 이웃들 중에 더러 팥죽 장사를 하는 사람들이 제법
있어서 그들이 어떻게 팥죽을 끓이는가를 눈여겨 살펴보았다. 드디어 팥
죽 장사를 시작하는 날이 돌아오자 땔감들이 많이 필요했다. 우선 남대문
시장 바닥에 여기저기 흩어져 있는 종이 박스나 사과 궤짝, 종이 조각, 널
빤지 등을 부지런히 모았다. 그렇게 해서 팥죽을 끓여 남대문시장 일대 지
게꾼들에게 내다 팔며 조금씩이나마 돈을 벌기 시작했다.[68]

2) 교회 주일학교에 다니기 시작하는 형제(1954.10.)

소년 전태일은 그 천막촌에 살면서 생애 최초로 교회라는 곳을 출석하
게 된다. 그때가 그의 나이 일곱 살이 되던 해인 1954년 10월 무렵이었다.

---

68 위와 같음.

태일은 자신이 살고 있는 천막촌 앞에 있는 육교 건너편 성도장로교회[69]
를 출석하며 동생 태삼과 함께 그 교회에서 운영하는 주일학교 학생이 된
것이다. 성도교회는 당시 6.25 전쟁이 끝날 무렵인 1953년 7월 26일 부산
에서 환도한 황은균 목사를 중심으로 남대문시장 길 건너편에 천막을 치
고 첫 예배를 드린 교회였다. 전태일이 동생 태삼을 데리고 교회를 출석할
무렵인 1954년 말에는 성도교회가 제법 성장하던 시기였다. 그 당시 전태
일, 태삼 형제를 맡은 주일학교 담임은 여성이었는데 그녀는 예배시간이
끝나면 간혹 태일, 태삼 형제에게 새 연필을 선물로 건네주곤 하였다. 그
선생이 건네주는 연필에는 마치 기계로 글자를 파듯 아이들의 이름을 직
접 연필 자루에 아로새겨 주곤 하였다. 이제 갓 일곱 살뿐이 안 된 가난한
소년 전태일, 남쪽 끝 항구도시 부산에서 살다가 서울로 이사 온 경상도
소년 전태일은 교회 다니는 일이 마냥 즐겁고 신기하게만 여겨졌다.

자신의 이름이 연필 자루에 음각으로 새겨진 것이 멋지고 신기할 뿐
아니라 연필을 건네 주던 예쁘게 생긴 교회 선생님에게도 마음이 끌렸다.
하얗고 고운 손이 건네주는 선물을 매번 받았으니 얼마나 기분이 좋았겠
는가. 이런 재미 때문에 소년 태일은 어려운 환경 속에서도 1955년 6월 말
까지 그 교회 주일학교를 빠지지 않고 다녔다. 그 당시 주일학교 여선생의
따뜻한 사랑과 배려 그리고 주일학교에서 연필과 간식을 나눠주던 교회
당이 소년 전태일에게는 마치 천국과도 같이 여겨졌고 여선생이 천사와
도 같이 느껴졌던 것이다. 그리스도인으로서의 전태일의 생애는 이렇게
이곳에서 시작되었다. 이 무렵 소선은 셋째 아들 전태흥을 임신해 이듬해

---

69 성도교회 홈페이지(www.seongdo.org), 교회연혁 참조. 대한예수교장로회 합동측 소
  속교회로서 1947년 6월 21일에 설립해 중구 회현동 1가에 대지를 매수하였고 1950월
  5월 예배당 정초식을 거행하여 본격적인 예배당 건축을 시작하였으나 바로 다음 달에
  6.25 전쟁이 발발하여 건축은 중단되고 교인들이 남하하여 부산 아미동에 부산 성도교회
  를 신축하기도 했다.

전태일이 일곱 살 되던 무렵, 동생 태삼과 함께 최초로 주일학교에 다닌
성도장로교회당. 남대문 천막촌 육교 건너편에 천막 교회로 출발해
1959년 본당을 건축했다.

인 1955년 8월에 출산하게 된다.[70]

3) 땔감 조각들을 주워 모으는 어린 효심(1954.11.~1955.4.)

어느 날 이소선이 팥죽 장사를 하고 집으로 돌아와서 광주리를 정리하
고 다시 땔감을 구하러 나가려 하는데 천막 밖에 나무들이 제법 많이 쌓여
있는 것이 눈에 띄었다. 서울이라서 평소에도 땔감이나 나무 조각은 흔하
지 않은 물건인데 그것들을 누가 모았는지 여기저기 이웃사람들에게 알
아보니 태일이 엄마가 없는 동안에 하루 종일 갓난아기 순옥이를 업고 남
대문 시장가를 돌아다니며 주워 날랐다는 것이다. 어린 태일이 마음 씀씀
이가 기특했지만 소선은 그런 일들을 극구 말렸다. 어린 태일은 "우리 엄

---

70 이소선, 「저자와의 인터뷰 증언」, 2006.7.10.

마가 저렇게 고생을 하니 남의 것을 훔치지만 않는다면 괜찮겠지?"라는 생각을 하며 땔감을 주워 모은 것이다. 알고 보니 태일은 땔감만을 주워 오는 것이 아니었다. 소선이 어느 날 장사를 마치고 피곤한 몸을 이끌고 천막으로 돌아왔는데 태일의 밀가루 반죽을 해 놓은 것이 아닌가. 태일의 만들어 놓은 밀가루 반죽은 어른조차도 만들기 힘들 정도로 찰진 반죽이었다. 도저히 아이의 솜씨로는 그처럼 반죽을 잘 만들 수가 없었다.

"태일아, 누가 이렇게 반죽을 해줬어?"

"응, 엄마, 제가 했어요."

"아니, 네가 어떻게 해?"

"물을 적신 보자기에 밀가루를 넣고 물을 부어 반죽을 하고 그 위에 비니루를 깔고 태삼이 하고 발로 막 밟았어요."

어른들이 보기에도 전문적으로 만든 것처럼 보기에도 좋았다. 이처럼 어머니를 어떻게 하면 힘닿는 대로 도울 수 있을까를 늘 생각하는 효성스런 아이였으며 어떤 일을 시작하려고 할 때는 무척이나 많은 연구를 하거나 이리저리 궁리를 하는 신중한 성품이었다. 어머니 이소선은 그런 태일의 모습이 대견하고 기특했다. 자식이 어머니를 도와주려고 하기 때문에 대견한 것이 아니라 무슨 일을 하려고 할 때, 언제나 경솔하지 않고 이리저리 궁리를 하는 신중함과 지혜 그리고 깊은 마음 씀씀이를 지녔기 때문이다. 소선이 바라 볼 때 큰아들 태일은 확실히 남다른 데가 있고 특출난 곳이 있는 것이 분명했다.[71]

---

71 이소선, 「저자와의 인터뷰 증언」, 2006.7.10.

4) 천막집마저 저당 잡히고 쫓겨나는 일가족(1955.4.)

아버지 전상수는 거의 밖으로 돌아다니면서 돈벌이 되는 일들은 닥치는 대로 하였다. 그러던 중에 뭔가 사업을 시작하려다 보니 자금이 필요했던 모양이었다. 상수는 그 초라한 천막집마저 저당을 잡히고 식구들 몰래 돈을 끌어다 썼던 것이다. 1955년 4월 말이었다. 소선이 팥죽 장사를 나가려고 준비하고 있는데 이름도 얼굴도 모르는 생면부지의 남자 한 명이 갑자기 들어 와 앉더니 마치 천막집이 자기 집인 양 막무가내로 비워 달라며 재촉을 하는 것이다. 소선이 볼 때 참으로 기가 막힐 노릇이었다. 그 남자가 바로 남편 상수에게 돈을 빌려 준 장본인(채권자)이었다. 비록 천막집이지만 내 집이라는 생각을 하며 마음 편하게 지내며 열심히 살아왔는데 이 무슨 마른하늘에 날벼락이란 말인가.

그 남자는 당장 집을 비워 줄 것을 재촉하며 기세등등했다. 그러나 정작 남편은 그 자리에 나타나지도 않았고 남편이 그 남자에게 돈을 빌려준 것을 직접 눈으로 본 것도 아니어서 어찌할 바를 몰랐다. 그렇다고 남편으로부터 남에게 돈을 빌렸다는 말을 직접 들어본 적도 없었다. 너무나 억울하고 당황했으나 그 남자의 행동으로 보아서 틀림없이 남편이 돈을 빌린 것만은 확실해 보였다. 매몰차게 나오는 그 남자는 가족들의 사정은 조금도 배려하지 않고 냉정해 보였다. 당돌하게 남의 집에 들어와 방 한복판에 턱하니 주저앉아 두 눈을 딱 감고 무조건 집을 비워 달라고 우기는 것이었다. 그러나 지금 당장 아무런 준비도 없이 집을 비워주면 아이들 셋하고 또다시 어디로 가서 산다는 말인가? 전후 사정을 말하며 며칠간 여유를 줄 것을 사정했지만 그는 들은 척도 하지 않았다. 소선은 이리저리 생각을 해봐도 그 남자의 행동이 이해는 되었다. 단지 돈이 화근일 뿐이었다. 결국 대세는 이소선이 아이들을 데리고 그 천막집을 비워주고 쫓겨나가는 상황으로 기울어졌다. 사태가 심각해지자 마침 이웃 주민들이 몰려와서 소선의 편에 서서 거들어주기 시작했다. "태일이 아버지가 식구들이 알지도 못하는 사이에 돈을 빌려다 썼는데 어떻게 식구들이 알 수가 있겠어요? 더구나 지금 이 자리에 돈을 빌려 간 당사자도 없는데 함부로 집을 비워 줄 수가 없잖아요. 당장 비워 주면 셋이나 되는 아이들을 데리고 애 엄마가 어디로 간단 말입니까?" 이웃에 사는 사람들이 너나 할 것 없이 들고 일어나 소선의 편을 들어줬다. 참으로 소선에게는 그들의 말 한마디가 고맙고 힘이 되어 천군만마를 얻은 것이나 진배가 없었다. 그럼에도 불구하고 소선은 이 문제를 어떻게 풀어나가야 할지 참으로 난감할 수밖에 없었다.

남편이 빌려간 돈에 대해 책임을 회피할 수도 없고, 그렇다고 당장 길거리로 쫓겨날 수도 없는 형편이었다. 때마침 이런 사태를 지켜보던 어린 태일이 갑자기 그 일에 직접 나서는 것이었다. "엄마, 우리 이 집을 저 아저씨한테 빨리 내어주세요. 우리 아버지가 돈을 빌려 쓰고 이 천막을 주겠다고 했다잖아요. 그런데도 우리가 약속을 안 지키면 어떻게 해요?" 태일은 한사코 천막을 비워 주라고 어머니에게 졸라대는 것이다. 어린아이가 사리분별이 정확하여 그토록 조목조목 따지면서 말을 하니 오히려 이웃에 사는 아줌마들이 더 놀라는 것이 아닌가. 소선은 그 말을 듣고 어이가 없었다. "얘야, 네 말대로 우리가 천막을 비워주면 우리는 당장 어디서 잠을 잔다는 말이냐?" "엄마, 우리는 아무 데서나 잘 수가 있어요. 아버지가 천막을 빌려준다고 했으니 어떡해요. 우리는 그냥 밖에서 자면 되잖아요?" 아들의 말을 듣자 소선은 결정을 짓는 데 큰 용기가 생겼다. " 그래 느그 아버지가 하신 일인데 우리가 어쩌겠느냐. 설마 죽기야 하겠냐. 여지껏 이까짓 천막집 없어도 잘도 살아 왔는데…." 결국 해가 뉘엿뉘엿 지는 저녁 시간에 태일의 네 식구는 결국 천막을 깨끗이 비워주고 이삿짐 보따리 대여섯 개와 팥죽 행상 도구들을 싸 들고 쓸쓸히 집을 나왔다.

3. 천막촌 이웃집 땅바닥에 비닐을 깔고 살다
— 1955년 4월~6월 (8세)

막상 천막을 비워주고 나니 식구들은 당장 갈 곳이 없었다. 남의 집 처마살이를 벗어나 그래도 처음으로 마련한 처소인데, 그동안 이곳을 보금자리로 여기고 안식처로 생각해 왔던 소선은 생각할수록 억울한 마음이 들어서 차마 그곳을 멀리 떠날 수가 없었다. 다행히 따뜻한 봄날이라 밖의 날씨는 많이 춥지는 않았다. 천막을 비워준 소선과 아이들은 조금 걸어가다가 이내 보따리를 내려놓고 땅바닥에 주저앉은 채 앞으로 살아가야 할 거처 문제로 인해 깊은 시름에 잠겼다. 다행히도 이웃 사람들은 그 동네를 절대 떠나지 말고 어떻게 하든 자기들과 함께 계속 같이 살아 보자고 위로의 말들을 건네주었다. 그래서 결국 떠오른 묘책이 옆집과 옆집의 천막 사이에 있는 빈 공간에 비닐을 깔아서 임시로 지내는 방법을 찾아냈다. 그렇게 해서 식구들은 쫓겨난 첫날 밤을 그곳에서 지낼 수 있었다.

소선은 옷가지를 이불 삼아 아이들 셋을 데리고 비닐 바닥에 누워 한뎃잠을 잤다. 소선은 그날 밤, 잠자리에 누워 하늘을 쳐다보며 옆에 누운 태일이에게 넌지시 물었다. "태일아. 너는 자꾸만 천막을 비워 주라고 하더니만 이렇게 밖에서 웅크리고 잠을 자는 것이 좋으냐?" "그래요, 좋아요. 엄마가 항상 말했잖아요. 남에게 빚을 지거나 신세지고 사는 것보다 이게 훨씬 편하지요 뭐." 당당하게 말하는 태일의 표정에는 한 치의 구김살도 없었다. 소선은 한결 마음이 가벼웠다. 어린 태일이 잠자리 투정이나 부리고 불평한다면 어떻게 할 뻔했을까. 그러나 그날 밤 소선은 부모로서의 의무를 해주지 못하고 있다는 죄책감에 잠을 이룰 수가 없었다. 비록 자신의 배 속에서 난 자식들이지만 어쩌면 이토록 해맑게 잘 자라주는지 고마울 따름이었다.[72]

1) 비닐천막 생활과 계속되는 팥죽 장사(1955. 4.)

이튿날 아침이 밝아오자, 밤이슬을 맞는 것과 비가 오는 날을 대비하여 그 자리에 어쩔 수 없이 천막을 대신해 비닐로 그늘막을 쳤다. 대충 빗방울은 그런대로 피할 수 있었다. 소선은 비닐을 깔고 한뎃잠을 자면서도 팥죽 장사를 계속했다. 그것마저 하지 않으면 당장 아이들이 굶어 죽을 형편이었다. 말이 생활이지 참으로 기가 막힌 고통의 연속이었으며 거지가 따로 없었다. 식구들 밥을 해서 먹여 살리기도 벅찬데 팥죽 장사까지 하려니 여간 일이 고된 것이 아니었다. 천막에서 쫓겨난 이후에도 전상수는 아예 집을 찾아오지 않았다. 그러던 어느 날 네 식구가 비닐 그늘막에서 쪼그리고 앉아 내리는 비를 피하고 있었다. 태일은 천진스럽게도 "나는 이 다음에 높은 사람이 돼가꼬 집 없는 사람들한테 억수로 많은 집을 지어줄 끼다." 소선은 그 말을 듣고 내심 기뻤다. 정말로 태일이 그런 인물이 되기를 바라고 있었기 때문이었다. "그러면 태일아, 네가 언제, 어느 때에 높은 사람이 되겠느냐. 우리는 지금 이렇게 가난한데 언제 높은 사람이 되겠느냐 말이다." 그러자 태일은 막힘없이 대답했다. "엄마가 늘 말했잖아요. 우리도 언젠가는 남부럽지 않게 살 수 있을 거라고. 아무리 가난하게 살아도 정직하게 살면 훌륭한 사람이 될 거라고 말했잖아요." 태일은 오히려 어머니를 나무라는 어투로 조리 있게 답변했다. "그렇지 암, 그렇고말고 우리 태일은 참 똑똑하다." 비는 쉬지 않고 내리며 얇은 비닐 그늘막을 사정없이 때리고 있어 마치 콩 볶는듯한 소리를 내며 귓전을 시끄럽게 하고 있었다.

어느덧 비가 좀 그치는 듯하여 점심 식사를 하고 있는데 빗물이 비닐

---

72 이소선, 「저자와의 인터뷰 증언」, 2006. 7. 10.

천막 끝에 매달려 빙글빙글 돌면서 똑똑 떨어지고 있었다. 밥을 먹다 말고 태일이 숟가락을 들고 빗방울에 갖다 대더니 빗물을 맛있게 받아먹는 것이 아닌가. "너는 지금 밥을 먹다가 뭐 하는거냐? 밥을 먹을 때는 딴짓 하는 게 아니다. 그렇게 딴청하면 복이 달아난다." "엄마 난 이렇게 하는 게 아주 재미있어." "…." 태일이 물방울이 떨어지기를 기다리며 어린아이처럼 귀엽게 웃고 있는 것이 아닌가. "저 애가 왜 저런 장난을 칠까? 정말 저 장난이 재미있어서 저러는 것일까" 하고 속으로 곰곰히 생각해봤다. 그러나 나이가 아무리 어리다고 해도 평소 저런 빗방울을 받아먹으며 장난을 치거나 어리광을 부리는 아이는 결코 아니었다. 그러면 무엇인가. 그 이유는 분명했다. 고생하는 엄마를 위해서 일부러 익살스럽고 재미있는 표정으로 즐겁게 해주려는 깊은 배려심이었던 것이다. 마치 어른이 다 된 것처럼 엄마에게 부담을 주지 않고 마음을 헤아려 주는 아들이 몹시도 대견스럽게 생각되었다.

2) 이발소 앞에 떨어진 돈과 정직한 소년 전태일(1955.5.)

1955년 5월 어느 날, 천막촌 부근 남대문시장 골목에 있는 이발소 앞길에서 어떤 남자가 자전거를 타고 황급히 지나가다가 땅바닥에 돈을 떨어뜨렸다. 남자는 그 사실도 모르고 그냥 휙 지나쳐 버렸다. 그 순간 그 돈을 제일 먼저 달려가서 주운 사람은 태일이었다. 무언가 땅에 떨어진 것을 멀리서 쳐다보던 태일이 가까이 달려가 보니 지폐 뭉치였다. 태일은 그 돈을 주워 자전거 주인에게 돌려주려고 쫓아갔으나 자전거가 워낙 빠른 속도로 지나가는 바람에 이미 시야에서 멀리 사라져버렸다. 때마침 이발소에서 이발을 마치고 나오던 손님이 태일의 돈을 줍는 모습을 보고는 그 돈을 빼앗으려고 달려드는 것이 아닌가? "이 돈은 아저씨 돈이 아니잖아요. 제가 가지고 있다가 잃어버린 돈 주인이 지나가면 다시 돌려줄 거에요. 아저씨는 왜 남은 돈을 빼앗으려고 해요?" 어린 태일은 그 돈을 빼앗기지 않으려고 안간힘을 썼지만 탐심에 가득 찬 어른의 힘에 밀려 결국 그 돈을 억울하게도 빼앗기고 말았다. 그러자 화가 난 태일은 동네로 뛰어가서 이웃집 아주머니에게 그 사실을 설명하고 아주머니를 설득해 손을 잡아 이끌고 이발소까지 다시 찾아 왔다. 이발소 주인아저씨를 만나서 돈을 가져간 이발소 손님에게 그 돈을 당장 찾아 달라고 애원했던 것이다. 태일은 "돈을 잃어버린 사람이 나타날 때까지는 내가 가지고 있어야 해요. 내가 주운 돈을 빼앗아 간 그 아저씨는 아주 나쁜 사람이에요. 잃어버린 사람을 찾아주지 않고 그냥 자기가 그 돈을 쓰려고 해요." 연거푸 투덜거리는 어린 태일의 설득력 있는 주장과 정직함에 감동한 이발소 주인은 결국 직접 나서서 마침내 그 돈을 찾아 주었다. 이처럼 태일은 어릴 때부터 옳다고 생각하는 일에는 끝까지 굽히지 않고 자기 뜻을 관철시키고야 마는 성품과 의협심을 지녔다. [73]

3) 부친의 거금 3천 원으로 다시 천막집에 살다(1955.5.)

1955년 5월의 어느 따사로운 날이었다. 온 식구들이 비닐로 쳐 놓은 천막 안에서 그럭저럭 살아가고 있을 때였다. 날씨가 포근해서 그나마 다행이었다. 피곤에 지친 소선과 아이들이 곤하게 잠을 자고 있는데 갑자기 술에 취한 전상수가 느닷없이 비닐을 들치고 그늘막 안으로 들어왔다. 잔뜩 술에 취해 비틀거리면서 용케도 식구들의 거처를 알아낸 상수는 잠을 자던 소선을 발로 툭툭 차며 잠을 깨웠다. 그동안 자신의 실수 때문에 천막

---

[73] 이소선, 「저자와의 인터뷰 증언」, 2006.7.10.

집마저 저당 잡혀 채권자에게 쫓겨난 식구들을 생각하며 죄책감을 가지고 있었던 모양이다. 상수는 미안한 표정으로 소선의 손을 붙들더니 당시 돈으로 3천 원의 거금을 꼭 쥐어 주는 것이 아닌가. "이 돈에서 조금 보태 다시 천막이라도 구입하라"는 말만 남기고는 비틀거리는 몸을 이끌고 또 다시 어디론가 바람처럼 사라졌다.

뜻하지도 않았던 돈이 느닷없이 소선의 손에 쥐어진 것이다. 소선은 이튿날부터 그 돈을 밑천 삼아 더욱 열심히 팥죽 장사를 하는 것은 물론 광주리를 머리에 이고 지하도 입구에서도 팔고 남대문시장과 서울역 등을 돌아다니며 장사를 했다. 아울러 팥죽 말고도 간편한 비빔밥과 찹쌀떡도 겸하여 팔다 보니 손님들이 더 많아졌다. 하루빨리 돈을 벌어 겨울이 돌아오기 전에 천막을 구입해 월동준비를 해야 하기 때문에 소선의 마음이 조급해졌다. 남편이 건네준 돈으로 장사 밑천을 삼아 밤낮없이 이를 악물고 행상을 하느라 두 다리가 퉁퉁 부었다. 이렇게 행상을 한 끝에 결국 5월 말에 제법 반듯한 천막 하나를 구입해 임시 거처로 살고 있던 천막촌 안에 있던 어느 빈 공간에 천막을 치고 다시 입주를 했다. 그러나 입주해 살고 있는 천막촌과 판자촌 동네가 모두 무허가 건물로서 서울시 철거대상이 되어 안타깝게도 다음 달에 강제 철거될 운명이었다. 이 사실을 까마득히 모르고 있던 소선과 삼 남매는 마냥 즐거워했다.

4) 강제철거를 당해 미아리로 이주하다(1955.6.)

당시 서울시에서는 서울의 요충지라고 할 수 있는 서울역과 남대문 일대의 무허가 판자촌과 천막촌 등에 대한 대규모 철거정책을 세워놓고 있었다. 그곳에 사는 빈민들을 서울 외곽이나 변두리로 강제 이주시키려는 정책을 구체적으로 세웠는데 그중에서도 집중 철거대상은 남산으로 올라

가는 초입에 있는 육교를 중심으로 남대문 방면 좌우에 있는 일대와 남대
문시장 입구에서 신세계 백화점 방면으로 가는 큰 길가에 즐비하게 늘어
서 있는 판잣집들과 천막집들이 그 대상이었다. 마치 바닷가 갯바위에 달
라붙은 따개비들처럼 다닥다닥 붙어있는 무허가 집들을 철거하려는 치밀
한 음모와 계획이 서서히 드러나면서 본격적으로 입주민들을 괴롭히기
시작했다.

　남대문시장 입구 바로 옆 천막촌이 바로 태일네가 살고 있는 지역이었
는데 어느 날 험상 굳게 생긴 철거반원들이 불시에 나타나 갈고리와 해머,
쇠파이프 등을 들고 닥치는 대로 때려 부수기 시작했다. 이날부터 시작된
철거반원들의 잦은 출현과 과격한 행동 때문에 태일네 식구들과 이웃 주
민들은 한시도 마음 편히 살 수가 없을 지경이었다. 결국 주민들은 힘센
장정들을 따로 모아 자체적으로 철거 저지반을 조직하는 등 대응책을 세
우기에 이르렀다. 그 후에도 철거반이 한 번 출동하면 양측이 서로 치고
박고 몸싸움을 벌이며 피를 흘리는 일들이 다반사였다. 이소선도 팥죽 장
사를 다니면서도 철거반원들과 이웃 주민들이 싸우는 것을 보고 참지 못
해 때로는 몸싸움으로 거들며 맞서 싸운 적이 여러 번 있었다. 그러던 어
느 날 하루하루 날품팔이로 연명하며 살아가는 무지랭이 민초들이 모여
사는 이곳을 철거반원들이 들이닥쳐 폭압하기 시작했다. 일부러 술을 잔
뜩 마신 후 취기에서 첨단무기를 방불케 하는 온갖 장비들로 무장하고 들
이닥친 철거반은 닥치는 대로 때려 부수며 갖은 욕설과 모욕적인 언동을
내뱉었다. 주민들과 크게 한판 육박전이 벌어졌는데 이는 차마 눈뜨고 볼
수 없을 정도의 대 혈전 난투극이었다. 결국 양측 모두 크게 피를 흘리는
불상사가 발생해 급기야 응급차가 출동했는데 차에 실리는 모습을 보니
판잣집 입주민 수십 명을 비롯해 철거반원들 중에도 다수가 크게 다쳐 인
근 세브란스병원으로 이송되기도 했다.

양측이 싸우는 모습은 마치 전장을 방불케 했다. 주민들 측에서는 벽돌이나 돌멩이를 던지는 일이 다반사였고 심지어 힘센 장정들은 철거반원을 향해 변기통에 있던 인분을 바가지로 끼얹거나 때로는 봉지에 인분을 담아 투척하는 등 강력하게 저항했다. 당시 천막촌에는 재래식 화장실마저 제대로 갖추지 못해 소위 '도라무통'(석유를 담는 커다란 드럼통)을 개조해서 그곳에서 용변을 보았는데 결국 철거반들은 주민들의 강력한 무기 중에 하나인 소위 '인분탄'(人糞彈) 저항 때문에 더 이상 진행을 못할 정도였다. 한편 서울시 철거 대책반에서는 저항하는 주민들을 물리적으로는 도저히 이길 수 없다고 판단해 계획적인 방화를 모의하기에 이르렀다.

아무도 손 쓸 수 없는 대형 화재를 일으키려는 야비한 방법을 모색한 철거반원들은 한밤중을 이용해 철거대상 지역을 찾아다니며 여기저기 방화를 하기 시작했다. 결국 1955년 6월 어느 날, 서울역 부근부터 시작해 세브란스병원과 남대문교회 인근 지역 그리고 남대문시장 입구에 이르기까지 모든 철거지역에서 산발적으로 화재가 발생해 온종일 치솟는 연기와 큰 불길이 그치지 않았다. 태일이 식구가 사는 천막촌에도 화재가 나기 시작해 천막들과 판잣집들이 여기저기 불에 타들어가고 있었다. 결국 철거반원들의 물리적인 힘에 항복한 남대문시장 일대 무허가 천막촌 주민들과 태일이 식구들은 이곳에서 강제로 쫓겨나 미아리 삼양동에 있는 공동묘지 터로 집단 이주를 당하고 말았다.[74]

---

74 이소선, 「저자와의 인터뷰 증언」, 2006.7.10.

4. 미아리 삼양동에서 공동 천막 생활을 하는 가족들
— 1955년 6월~1956년 1월 (8~9세)

1) 공동묘지 터에 임시 거처를 마련하다(1955.6.)

1955년 6월경에 강제철거를 당한 전태일의 다섯 식구는 어쩔 수 없이 트럭을 타고 이웃 철거민들과 함께 서울 외곽지대인 미아리 삼양동의 한적한 외딴 장소로 실려 갔다. 삼양동(三陽洞)[75]이라 부르는 그곳은 '삼각산의 양지바른 땅'이라는 뜻으로서 오늘날의 삼양초등학교 부근 일대였는데 당국의 철거민 집단 이주정책에 의해 그때부터 인구가 폭주하게 된다. 태일의 가족들이 처음에 당도해 보니, 양쪽에는 끝없이 소나무 숲이 펼쳐져 있고 그곳을 조금 지나자 공동묘지가 눈앞에 나타났는데 바로 그곳이 앞으로 살아갈 거주지였던 것이다. 참으로 기가 막히고 소름끼치는 일이다. 철거민들이 살 수 있도록 지정해 준 수용소 지역이 하필 공동묘지 터였던 것이다. 서울시는 철거민들을 집단으로 이주케 하려는 사전계획에 따라 그동안 묘지 이장을 비밀리에 준비해 왔었으며 이장 기간이 끝난 후에는 주인 없이 방치되어 남아 있던 묘지들을 불도저로 밀어 버리는 공사를 진행하던 중이었다.

태일의 식구들이 도착을 해보니 마침 불도저들이 아직도 몇 대가 남아 허겁지겁 마무리 공사를 하는 모습이 눈앞에 펼쳐졌다. 묘지 특유의 빨간색 황토들이 여기저기 파헤쳐져있었고 이미 들쑤셔 놓은 묘지 부근에는 오래된 관들이 즐비하게 널려 있었다. 심지어 이리저리 다니다 보면 사람의

---

75 1955년 4월 18일 서울시에서 새로운 동제(洞制)실시를 했는데, 이때 '미아동' 가운데 '길음동', '인수동', '송천동'의 관할을 제외한 지역을 갈라 '삼양동'(三陽洞)이라고 이름 붙였다. 삼양동은 오늘날의 미아1동, 6동, 7동 등의 삼양동 사거리와 대지시장 일대를 말한다.

이재민촌은 서울 외곽의 야산이나 공동묘지를 끼고 형성되었다.

유골과 뼛조각들이 발에 걸어차이기까지 하는 섬찟한 장소였다. 여기저
기 흙 속에 파묻혀 있던 뼛조각들이 드러나기도 하고 널조각 등이 흩어져
있는 모습을 보니 그야말로 비 오는 날이나 캄캄한 밤이라도 되면 귀신이
라도 나올 지경이었다. 그러나 무서운 생각도 잠시 잠깐이었다. 당장 보따
리를 풀고 다섯식구들이 살아갈 거처를 마련하는 일이 급선무였기 때문
이다. 서울시에서는 철거민들에게 임시로 대형천막을 설치하도록 한 후
에 공동으로 거주하게 하였으며 식사로는 옥수수죽을 배급했다. 태일과
태삼 형제는 양푼을 들고 강냉이죽 배급을 받으러 가서 마음껏 받아먹으
며 시장끼와 허기를 달랬다.

　마침 며칠 동안 억수같이 비가 내려 식구들은 꼼짝없이 대형천막에서
지내다가 비가 그친 7월 초의 어느 날이 되어 온 식구들은 앞으로 살아갈
주거지 마련을 위해 움막을 짓기로 결정했다. 이때 이미 이소선의 배 속에

는 셋째 아들 태흥이 만삭이 되어 가고 있었다. 전상수와 몇몇 이웃들이
도와주고 어린 태일, 태삼 형제도 힘을 합쳐 흙벽돌을 찍기 시작했다. 흙
벽돌은 지푸라기를 여물처럼 썰어 흙과 반죽해 나무틀에 넣고 발로 눌러
가며 하나씩 찍어 냈다. 마치 메주를 만들 때 삶은 콩을 틀에 넣고 발로 밟
듯 비슷한 방식으로 흙벽돌을 만들었다. 식구들은 찍어낸 벽돌이 마를 때
까지 기다렸다가 단단하게 굳어지면 곧바로 움막을 짓기 시작했다. 그렇
게 해서 다섯 식구가 대충 살아갈 수 있는 흙벽돌집은 완공되었다. 이때부
터 전상수는 평화시장에 있는 제품 공장에 미싱일을 나가기 시작해 돈벌
이를 시작했고 비록 움막집이었지만 새로운 보금자리에서 갓 태어날 아
기와 나머지 식구들이 살기에는 그런대로 만족할 만했다.

2) 남동생 전태흥의 출생과 성장(1955.8.)

흙벽돌 움막을 짓고 그곳에 입주한 지 얼마 안 된 1955년 8월, 셋째 아
들 전태흥이 태어났다. 태흥은 태어날 때부터 남달리 용모가 영특해 보이
는 아이였으며 유난히 총기가 있던 아이였다. 그러나 소선은 태흥이를 해
산하자마자 돈벌이를 위해 몸조리를 하는 둥 마는 둥 또다시 광주리 행상
에 나설 수밖에 없었다. 초롱초롱한 눈망울과 뽀얀 얼굴이 인상적이었던
태흥이는 식구들이 태영이라고도 불렀다. 태흥이는 식구들과 형들의 사
랑을 독차지하며 자랐다. 부모님이 모두 일을 나가게 되면 태흥이를 돌보
는 일은 나머지 형제의 몫이었다. 호기심 많던 개구쟁이 형제들은 메뚜기
도 잡아서 구워 먹거나 때로는 계곡에 가서 가재도 잡아 집으로 가져와 삶
아 먹기도 했다. 특히 가재를 집에 가져와서 깡통에 넣고 삶으면 빨갛게
익은 가재가 마치 요즘의 랍스터 요리처럼 맛있었다.

어느 날 태일, 태삼 형제가 가재 맛이 그리워 동생 태흥이를 등에 업고

집 부근 계곡으로 가재를 잡으러 올라갔다. 평소에도 아이를 업고 산이나 계곡으로 자주 놀러 갔던 적이 많았던 형제는 계곡에 도착하자마자 아이를 내려놓을 적당한 장소를 물색한 후 이내 알맞은 곳을 발견하고 아이를 눕혔다. 계곡 위를 가로지르는 돌다리 위에 동생을 내려놓고 형제는 시간 가는 줄 모르고 정신없이 가재잡이에 몰두했다. 한참을 계곡에서 놀다가 어느덧 집으로 돌아갈 시간이 되자 형제는 아차하고 아이가 생각나 헐레벌떡 아이를 눕혔던 곳으로 되돌아갔다.

아이가 누워 있는 돌다리를 발견한 태일은 아기를 눕힌 곳으로 가까이 다가갈수록 아기 옆에 이상한 물체가 보였다. 통나무처럼 보이는 물체가 있길래 무심코 손으로 잡았다. 알고 보니 태홍이를 눕혀 놓은 바로 옆에 있는 물체는 통나무가 아니라 커다란 구렁이가 똬리를 틀고 혀를 낼름거리고 있었던 것이다. 알고 보니 처음부터 뱀 옆에 아이를 눕혀 놓은 것이다. 가재를 잡을 생각과 설레는 기분 때문에 처음부터 구렁이가 똬리를 틀고 있는 것도 제대로 확인하지 않은 채 동생 태홍이를 대충 바닥에 눕혀 놓은 것이다. 형제가 계곡에서 정신없이 놀면서 옷이 흠뻑 젖은 상태로 태홍이가 누워 있는 곳으로 가까이 도착했을 때는 이미 뱀이 똬리를 풀고 서서히 움직이며 머리를 쳐들고 있는 상황이었다. 마침 뱀이 머리를 쳐들고 혀를 날름거리며 기어가려고 하자 형제는 그만 너무 무서워 다리가 땅에 얼어붙은 듯 움직일 수가 없었다. 머리털이 쭈뼛 서며 바짝 긴장한 두 형제는 움직이지 않는 다리를 서서히 옮겨 놓으며 있는 힘을 다해 순발력을 발휘했다. 태일이 태홍이를 잽싸게 낚아채듯 품 안에 안고 줄행랑을 친 것이다. 형제는 뒤도 돌아보지 않은 채 쉬지 않고 삼양동 움막집까지 단숨에 달려갔다. 구렁이는 사람을 물거나 해치지 않는 뱀이지만 하마터면 동생 태홍이와 함께 형제들이 다칠 뻔한 위험한 사건이었다.

3) 아버지가 강도 만난 사건으로 인해 미아리를 떠나다(1956.1.)

미아리로 이사를 온 후, 아버지 전상수가 평화시장에서 미싱일을 하면서 생활이 차츰 자리가 잡혀가기 시작했다. 그러던 1956년 1월 어느 추운 날이었다. 전상수가 월급을 타서 돈 봉투를 주머니에 넣고 집으로 퇴근하는 길에 강도를 만난 것이다. 집으로 오는 길목인 소나무 숲속에서 갑자기 떼강도를 만났는데 당시 삼양동 일대에는 소나무 숲속에 몰래 진을 치고 숨어 있다가 행인들을 위협하며 강도 짓을 일삼는 떼강도들이 극성을 부리고 있었다. 그곳은 경찰의 단속에도 불구하고 평소에도 빈번하게 강도 사건이 발생하던 우범지역이었다. 유일하게 미아리 고개까지만 전차가 운행되었는데 전차에서 내린 후에는 어쩔 수 없이 자신들의 동네까지 어둡고 울퉁불퉁한 오솔길을 더듬으며 걸어갈 수밖에 없었다. 떼강도들은 여자들을 농락하기 일쑤였고 심지어 살인까지 저질렀다. 행인들의 수중에 있는 돈과 귀중품은 물론 여성들의 몸까지 빼앗던 조직적인 강도들에게 전상수가 당한 것이다.

월급봉투를 빼앗긴 상수는 얼마나 놀라고 겁이 났는지 허겁지겁 도망쳐 달려오느라 이리저리 구르고 자빠지면서 겨우 집을 찾아 왔다. 너무 놀란 나머지 돌부리에 이리저리 넘어지면서도 가까스로 집으로 달려온 상수의 얼굴과 옷은 진흙으로 뒤범벅이 되었다. 식구들은 그가 간신히 목숨을 부지한 것만으로도 안도의 한숨을 내쉬었다. 강도를 만난 충격 때문이었는지 이튿날이 되었는데도 상수는 아예 시장에 출근조차 하지 않았다. 점심이 다 되도록 소선과 무언가 상의하더니만 두 내외는 은밀히 움막집 안에 있는 살림살이를 대충 챙겨서 짐 보따리를 싸는 것이 아닌가? 옷 보따리 몇 개만 대충 챙겨 아이들을 데리고 황급히 삼양동 움막집을 떠난 것이다.

왜냐하면 그 당시 극성을 부리던 떼강도들은 날카롭고 예리한 일본도를 주로 사용하였는데 강도들에게 피해를 당한 사람들이 혹시 경찰에 신고하면 반드시 그 일본도로 보복을 한다는 소문이 나돌고 있었다. 그 소문을 철석같이 믿고 있던 상수는 강도들에 대한 공포와 불안감 때문에 그곳에 대한 정나미가 떨어져 그 지역을 속히 벗어나고자 했던 것이다. 아울러 아이들의 장래 교육을 생각해 볼 때도 그곳은 너무 외져서 살 곳이 못 된다고 판단한 내외가 궁리 끝에 이사를 결정 한 것이다. 그렇게 해서 미아리 삼양동을 떠난 태일의 가족들은 아버지 전상수의 직장이 가까운 거리에 있는 남산 진입로의 도동(桃洞)이라는 동네로 이사를 가게 되었다.[76]

5. 남산 도동으로 이사해 천막집을 짓다
— 1956년 1월~1960년 5월 (9~13세)

1956년 1월, 미아리 삼양동 움막집을 떠난 태일이 식구들은 남산 광장 부근 입구에서 조금 떨어진 삼거리 인근[77]에 흐르던 개천가에 천막을 치고 살기 시작했다. 후암동에서 도동으로 넘어가는 우수재(禹水峴) 고개 부근에 마을들이 몇 군데 있었는데 그 아래로 흐르는 작은 하천가에 아담한 보금자리를 정하게 된 것이다. 추운 날씨임에도 불구하고 전상수는 천막을 하나 구입해 와서 나무를 잘라 기둥을 세우자 식구들이 모두 달려들어 공터에 집을 짓는 작업을 도왔다. 통나무를 자르고 바닥에는 판자를 깔고 마지막으로 천막을 치는 일들이 거의 일사천리로 이틀 동안 진행됐는데 집이 모두 완성되자 그곳에 짐 보따리를 풀었다. 비록 천막집이지만 온 식구들은 서울 시내 가장 한복판에서 새로운 생활을 시작하게 된 것이 마냥

---

76 이소선, 「저자와의 인터뷰 증언」, 2006.7.10.
77 오늘날의 남산 힐튼호텔(Hilton Hotel) 뒤편 아래 방향.

꿈만 같았다. 이곳 도동에서는 다른 지역에 살 때보다 가장 오랜 기간을 살았고 이곳에서 태흥, 순덕 남매가 어린 시절을 보내게 된다. 집안의 막내딸인 순덕이가 이곳에서 출생하였으며 안타깝게도 셋째 태흥이는 이곳에서 숨을 거두게 된다.

1) 남대문초등공민학교 2학년에 입학하다(1956.3.)

도동으로 이사 온 후부터 태일의 부모는 정신없이 돈벌이에 여념이 없었다. 그러다 보니 어느덧 장남 태일의 나이가 초등학교에 입학할 나이가 넘었는데도 까마득히 잊고 있었다. 그러던 1956년 3월 태일은 가까스로 어머니 손에 이끌려 그의 생애 두 번째로 교회의 문을 두드린다. 그의 나이 아홉 살 때의 일이었다. 그의 수기에는 당시 상황을 다음과 같이 술회하고 있다.

> 서울에 누구 한 사람 아는 사람 없는 이 없는 그는(아버지 전상수) 망망한 서울바닥에서 취직을 하지 못하고 거의 2년간을 부인(어머니 이소선)이 여러 가지 행상으로 연명하여 왔던 것이다. 이로 인해 소년(전태일 자신)은 9살이 되는 해에 서울 남산 육교 밑에서 살면서 당시 남대문 옆 남산 진입도로 좌편에 있던 남대문초등공민학교에 2학년으로 처음 입학한 것이다. 누구나 다 거쳐야 하는 초보적인 기초지식이 없이 나이가 많으므로 2학년에 입학한 소년은 다른 과목, 이를테면 국어를 뺀 산수, 자연 등은 평소 영리한 머리로 잘 따라갔지만 국어 공부만은 좀처럼 학우들과 같이 진보를 맞추지를 못했던 것이다.[78]

---

78 전태일·전태일기념사업회 엮음, 『내 죽음을 헛되이 말라』, 1988, 돌베개, 27.

소년 전태일은 세브란스병원 옆에 있던 남대문장로교회를 어머니 손에 이끌려 찾아갔다. 소선은 대구 지천에서 보살을 하고 있던 친정어머니의 영향으로 무속신앙을 믿고 있었으나 종교를 초월해 장남 태일의 입학과 학업을 공민학교를 운영하는 교회에 맡긴 것이다. 당시 남대문 일대에서 가장 역사가 오래되고 큰 규모였던 남대문교회는 남대문초등공민학교(南大門初等公民學校)[79]라는 학교를 별도로 운영하고 있었다. 이때 전태일은 정상적인 입학 연령을 놓쳐버린 상태였고 학교 측에서 이를 배려해 입학과 동시에 2학년으로 편입을 시켜주었다. 기독교 정신으로 세워진 미션스쿨이기 때문에 앞서 성도장로교회에서 주일학교를 다녔던 태일은 다시 남대문초등공민학교에서 공부하면서 기독교 신앙에 한층 더 눈을 뜨는 계기가 되었다. 당시 남대문교회에서는 6.25 전쟁 직후 기독교를 통해 남한 전역에 퍼져 있던 성경구락부(聖經俱樂部)[80] 제도를 도입해 초등공민학교를 운영하고 있었다.[81]

2) 소문을 듣고 공포를 느낀 형제의 동심(1956.1.~1960.5.)

전태일의 생애에서 도동 생활은 그나마 안정된 생활을 영위하며 어린 시절의 추억을 그래도 가장 많이 남겼던 기간이었다. 도동에 살면서 태일, 태삼 두 형제는 항상 동네 아이들과 같이 어울려 다녔다. 형제는 언제나 바늘과 실처럼 붙어 다녔으며 특히 다른 지역을 갈 때는 적어도 열 명 이상의 동네 친구들이 몰려다녀야만 했다. 첫 번째 이유는 타지역 동네 아이들

---

79 남대문교회에서 운영하는 공민학교로서 정규 학교인 남대문초등학교와는 다른 학교이다.
80 대한성경구락부: KBCM(Korea Bible Club Movement).
81 高桓圭, 「聖經俱樂部의 歷史的 研究와 基督教 教育에 미친 影響」(연세대 연합신학대학원 석사학위논문, 1974).

의 텃세 때문이었다. 당시의 텃세는 도저히 어린 아이들의 세계라고는 할 수 없을 정도로 무섭고 살벌했다. 타 동네에 사는 아이들이 남의 동네에 함부로 들어왔다가는 몰매를 맞거나 구타를 당해 쫓겨 가기 일쑤였다. 그러기 때문에 전태일 형제가 다른 지역이나 타 동네를 이동할 때는 항상 무리를 지어서 다니곤 했던 것이다.

두 번째 이유는 "문둥병자들이[82] 어린아이들의 간을 날로 빼먹는다"는 괴소문 때문이었다. 이런 섬찟한 소문 때문에 혼자 나다니지 못하고 형제는 꼭 손을 잡고 다니거나 동네 아이들과 떼를 지어 어울려 다녔다. 특히 남산 도서관 입구에는 기다란 동굴이 있었는데 굴 한가운데는 작은 도랑물이 흘렀다. 이 동굴에 대해 예로부터 내려온 소문은 "전쟁이 나면 임금님이 피난을 하는 곳이다" 혹은 "난리가 나면 부자들이 피신하는 곳이다"라는 등의 소문들이 파다했던 곳이다. 실제로 그 동굴에 거지들이나 문둥병자(한센씨병 환우)들이 기거하며 구걸을 하러 다녔으며 평소에도 남산 일대 집집마다 그들이 동냥하러 다니는 광경이 자주 목격되었다.

태일이 사는 동네에 갑자기 그들이 출현하는 날이면 동네 사람들은 바짝 긴장하였고 그들의 동냥자루에 쌀이나 보리쌀을 조금이라도 넣어 주어야만 어느 정도 마음을 놓을 수가 있었다. 걸인들도 혼자 다니지 않고 떼를 지어 구걸하러 다녔기 때문에 주민들은 무서운 일을 당할까 섣불리 상대하지 않고 무척 조심했다. 심지어 형제는 문둥이가 어린아이들의 간을 빼먹고 내다 버린 시체가 산속 오솔길에 가마니로 덮혀 있는 광경을 목격했다는 괴소문을 동네 친구들로부터 전해 듣기도 했다. 진위 여부를 떠나 당시에는 그런 이야기가 태일, 태삼 형제와 그곳 어린이들의 동심에는 상상할 수 없을 정도의 공포와 전율을 가져다주었다.

---

82 본서는 당시의 용어를 사실적으로 옮기려는 의도에서 '나병 혹은 한센병 환자'를 '문둥이'라고 표현하였다.

3) 천막집 부근에 판잣집을 다시 짓다(1956.10.)

전태일의 식구가 살고 있는 천막집은 작은 하천가에 지어졌기 때문에 여름철에는 악취가 나서 도저히 견딜 수가 없었다. 그래서 1956년 10월경 하천 앞 주택가 골목 안쪽으로 들어간 위치에 조그마한 판잣집을 다시 지었다. 여섯 식구들이 모두 그곳에서 나름대로 안정적으로 살면서 이태원으로 떠날 때까지 줄곧 생활하게 되었다. 그곳에서 아버지 전상수는 사업이 잘돼 재봉틀을 들여 놓고 옷 만드는 사업을 벌였으며 백화점에 매장도 마련하게 되었다. 판잣집에서 살던 당시 태일, 태삼 형제는 동네 아이들 20~30명씩 줄을 서서 후암동을 내려가며 골짜기나 냇가로 멱을 감으러 갈 때에는 서로가 두려움을 극복하기 위해서는 고등학생 나이부터 초등학생 나이까지 모두 다 뭉쳐야만 놀 수가 있었다. 어느 날 형제가 동네 친구들과 멱을 감고 놀면서 웅덩이와 계곡에서 고기를 잡고 있을 때였는데 그 부근 동네에 사는 장성한 큰 아이들이 갑자기 떼로 몰려와서 발가벗고 물놀이하고 있던 30여 명 정도의 남자아이들을 모두 협박해 옷과 신발을 빼앗아 갔다.

전태일과 동네 아이들은 졸지에 알몸 상태로 웅덩이 밖으로 나갈 수밖에 없었다. 큰아이들은 장난기와 텃세라는 객기로 그 같은 장난을 저질렀는지 몰라도 30여 명 정도나 되는 도동 아이들은 실오라기 하나 걸치지 않은 채로 두 손으로 사타구니를 가리고 고개를 숙인 채 여러 마을을 지나쳐 자기들이 사는 동네까지 걸어가는 수모를 겪어야 했다. 또한 도동에 겨울이 돌아오면 아이들은 동네에 버려진 연탄재를 모아 다른 동네 아이들과 자주 싸움판을 벌이기도 했는데 아이들이 한판 붙으면 연탄재를 서로 집어 던지면서 치고받고 거칠게 한바탕 전쟁을 치뤘다. 아이들이 동네에서 연탄재로 싸움을 하고 난 후에는 동네 골목마다 온통 연탄재가 어지럽게

널려있고 난장판이 되며 싸움을 다 마치고 난 후 형제는 온몸에 밀가루라
도 뒤집어쓴 것처럼 연탄재 가루 범벅이 되어 집에 돌아오곤 했다. 태삼이
는 어느 날 상대편 아이들에게 연탄재 공격을 당해 오른쪽 눈이 실명 위기
까지 될 정도로 크게 다친 적이 있었다. 그러면서도 형제는 이런 싸움 놀
이를 재미있게 생각해 개구쟁이처럼 천진난만하게 뛰어놀며 즐겼다.[83]

4) 대도백화점에 직매점을 열게 된 아버지의 사업 확장(1958.7.)

아버지 전상수는 평화시장에서 재봉일을 계속하면서 약간의 돈을 모
으기 시작하더니 1957년 9월 어느 날, 마침내 평화시장의 월급쟁이 일을
그만두고 그동안 모은 돈으로 미싱 한 대를 구입해 집에 들여놓고 옷을 만
들어 팔기 시작했다. 직접 삯바느질을 하듯 꼼꼼하게 만든 옷이라서 거래
처와 고객들의 반응과 평가가 매우 좋았고 덩달아 삽시간에 제품에 대한
좋은 소문들이 퍼지게 되었다. 하늘이 도왔는지 전상수의 피복제조업은
너무나 잘 되어 날개 돋친 듯 팔리기 시작했다. 드디어 1년이 채 안 된 1958
년 7월 어느 날, 전상수는 남대문에 있는 대도백화점 2층에 직매장을 열고
사업을 더 확장해 나갔다.

그의 부친은 피나는 노력의 결과로 조그마한 천막집 단칸방에서 재봉틀을
한 대놓고 손수 삯바느질을 시작한 지 일 년이 채 못되어 남대문시장 안에
있던 대도백화점 2층 119호에 가게를 장만하고 재봉틀도 더 늘이고 재봉사
들을 두고 사업을 하였던 것이다.[84]

---

83 이소선, 「저자와의 인터뷰 증언」, 2006.7.10.
84 전태일 · 전태일기념사업회 엮음, 『내 죽음을 헛되이 말라』, 27.

돈이 많이 벌리자 사업을 확장하여 미싱을 20대나 더 들여놓고 재단공들과 사람을 더 사서 작업을 해야 할 정도가 되었다. 드디어 여기저기 단체복 주문이 들어오고 제품 주문 계약이 줄을 이었다. 특히 단체복을 만들면서 돈을 많이 벌었다. 그러나 단체복을 하게 되면 돈은 많이 벌지만 그 절차가 복잡하고 공정이 몹시 까다로웠다. 전상수가 단체복 주문을 계속 받자 아내 소선은 조심스럽게 조언을 했다. "단체복은 이쯤에서 손을 떼는 것이 나을 것 같네요." 그러자 남편의 생각은 달랐다. "돈이라는 것은 벌을 때가 있으니 이참에 한꺼번에 왕창 벌어 봅시다." 남편의 고집을 꺾을 수가 없었다. 사업에 있어서의 전상수의 경영 방식은 무엇이든지 크게 한 판 크게 벌이는 스타일이었다. 그런 사업가는 크게 대성할 수 있는 가능성이 있는 반면 망할 수 있는 위험성도 크게 내포하고 있게 마련이다.

1년의 세월이 흘러 1960년이 되었다. 태일이 부모는 그동안 돈도 제법 많이 벌었다. 4.19 혁명이 일어나기 직전까지 주로 단체복 주문제작을 받으며 별 무리 없이 사업을 점점 확장시켜 나갔다. 그동안의 사업기반을 바탕으로 원단 기지를 창고에 많이 쌓아 두며 주문이 들어오는 대로 거절하지 않고 옷을 만들어 납품을 하던 어느 날 브로커를 통해 서울 용산에 있는 배문고등학교의 체육복(단체복)을 대량 주문을 받게 되었다. 아무리 사업이 순탄해도 단체복 주문은 워낙 큰 계약건이기 때문에 결국 자금이 쪼들리게 되어 경영이 어려워졌다. 결국 전상수는 처가가 있는 대구 지천에 내려가서 장모에게 모자라는 자금을 도와줄 것을 부탁할 정도로 자금 압박을 받았고 태일의 외할머니는 약간의 전답을 팔아서 사위의 사업자금을 융통해 주었다. 그러나 상수는 그것으로도 모자라 여기저기 돈을 끌어다 차용을 하여 사업자금을 보충했다. 워낙 많은 양의 단체복을 주문받았기에 일부러 대구까지 내려가서 원단을 짜서 차량으로 운송하는 번거로움도 따랐다.

5) 남대문초등학교 4학년에 편입하다(1960.3~10.)

이 해에 소년은 공민학교(남대문초등공민학교를 일컬음)에서 남대문초등
학교 편입생으로 시험을 친 중에 여러 학생들 중에 혼자 만이 합격을 하여
가지고 진학되었던 것이다. (중략) 이런 가정 환경에 적응하느라고 소년은
4학년을 조금 배우다가 중퇴를 한 것이다. … 그의 남동생도 3학년을 중퇴하
고 소년을 따라 물건들을… (생략).[85]

위 전태일의 수기에는 남대문초등학교에 입학하게 된 사연이 고스란
히 담겨있다. 1956년 3월에 남대문초등공민학교를 2학년으로 입학하여
다니다가 중단한 후에 그로부터 3년 후인 1960년 3월에 남대문초등학교
(당시는 국민학교)에 4학년 편입시험을 치르게 된다. 수기에는 편입 지원자
학생들 중에서 유일하게 자신만이 당당히 합격을 하였다는 긍지와 자부
심이 엿보인다. 또한 두 살 아래 동생인 태삼은 형 태일과 함께 같은 학교
에 3학년을 다녔다. 여섯 살 아래인 여동생 순옥이도 같은 학교 1학년에
입학해 다녔는데 큰 오빠인 전태일은 겨우 4학년으로 편입해 다니게 된
것이다.[86] 더구나 훗날 도동에서 태어난 한 살짜리 막내 여동생 순덕이 마
저 큰 오빠 태일의 등에 업혀 학교에 다녔으니 태일네 사남매가 모두가 남
대문초등학교를 다닌 셈이 된다.

남대문초등학교에 다니던 태일은 언제나 공부를 잘하고 착실한 모범
생이었다. 특히 그는 동생들을 끔찍이도 위해주며 하나하나 꼼꼼하게 챙
겨주는 자상한 오빠이자 형이었다. 주말이 되면 틈나는대로 도시락을 싸
서 동생들을 데리고 가까운 남산일대 유원지로 놀러 다니느라 자신은 막

---

85 전태일, 위의 책, 28-29.
86 남소연, "전순옥과의 인터뷰", 「오마이뉴스」, 2006.2.15.

전태일이 4학년으로 편입해 다니던(1960. 3~6) 시기의 남대문초등학교 전경

상 동네 친구나 학교친구들 하고 어울릴 시간조차 없었다. 사실 자기 자신
도 아직은 엄마 품에서 응석을 피우며 사랑을 받아야 할 나이임에도 불구
하고 동생들을 돌보느라 어린 시절을 어른스럽게 보낸 것이다.[87]

6) 서울시 초등학교 대항 산수경시대회에서 1등을 하다(1960.3.~10.)

남대문초등학교를 한참 다니던 태일은 갓 태어난 한 살짜리 막내 여동
생 순덕이를 등에 업고 학교에 다녔다. 순덕이를 업고 학교에 통학하는 것
때문에 같은 반 친구들이 눈살을 찌푸리거나 놀리기도 했다. 그러나 태일
은 아랑곳하지 않고 태연하게 학교에 다니면서 어머니를 대신해 순덕이
를 돌봤다. 자상한 큰 오빠이자 가장 노릇을 하였던 태일은 학교에서 배우
는 과목들 중에 특히 산수를 잘했다. 전태일의 일기에는 잘하는 과목과 못
하는 과목에 대한 내용이 나온다.

---

87 위와 같음.

누구나 다 거쳐야 하는 초보적인 기초지식이 없이 나이가 많으므로 2학년에
입학한 소년은 다른 과목, 이를테면 국어를 뺀 산수, 자연 등은 평소 영리한
머리로 잘 따라 나갔지만 국어공부만은 좀처럼 반 학우들과 같이 진보를
맞추지를 못했다.[88]

국어공부는 뒤쳐졌지만 계산을 하는 산수나 이공계열에 대해서는 언
제나 자신 있었던 태일은 1960년 4월에 열렸던 서울시 국민학교 대항 산
수경시대회에서 전체 1등을 차지하기도 했다.[89] 그러자 이를 너무 기뻐한
윤정석(尹貞石) 교장[90]은 전체 학생들이 모두 지켜보는 조회시간에 학교
에 1등의 영예를 안겨준 전태일을 등에 업고 춤을 추며 기뻐하는 등 공개
적으로 칭찬하며 자랑을 했다. 이 때문에 하루는 3학년이었던 태삼이가
숙제를 하지 않아 혼나는 중에도 당당한 얼굴로 "제 형이 전태일인데요?"
라고 말하자 태삼의 얼굴을 위아래로 한 번 훑어보던 선생님이 야단을 멈
추셨다는 일화도 있다. 전태일이라는 이름의 위력 덕분에 선생님에게도
용서받게 된 것이다. 이처럼 태일은 학교에서는 유명한 수재였으며 그의
동생들에게는 큰 산과도 같은 의지처였다.

비록 짧은 기간을 다닌 학교였지만 그 후 전태일은 이 학교에 입학한
지 46년 만에 명예 졸업장을 받게 된다. 학교 동문들이 전태일을 이 학교
17회 졸업생으로 추정하고 2005년 12월 서울시 교육청과 학교 측에 명예
졸업장을 수여해줄 것을 정식으로 요청했던 것이다. 남대문초등학교는
1979년에 이미 폐교가 되었고 학적부 관리는 남산초등학교로 이관되었

---

88 전태일·전태일기념사업회 엮음, 『내 죽음을 헛되이 말라』, 27.
89 남소연, "전순옥과의 인터뷰."
90 윤정석(尹貞石)은 1959년 3월에서 1961년 9월까지 남대문국민학교의 교장으로 재직하
　였다. 전태일은 1960년 3월, 이 학교에 편입학하여 약 8개월 남짓 공부하였다.

는데 2006년 2월 15일, 제61회 남산초등학교 졸업식에서 어머니 이소선
은 태일을 대신해 아래와 같은 내용이 적힌 명예 졸업장을 받았다.[91]

> 명예 졸업장 제1호, 1948년 8월 26일생, 전태일.
> 위 학생은 1960년 서울 남대문초등학교에서 수학하던 중 가족의 생계를
> 위하여 중퇴하였으나 스물두 해의 짧은 생을 사는 동안 어려운 이웃들에게
> 큰 사랑을 실천하여 많은 이들에게 감동과 교훈을 주었으며 우리나라의
> 민주화에 크게 기여하였고 늘 배움에 대한 열망을 지니고 있었기에 폐교된
> 서울남대문초등학교를 대신하여 이 명예 졸업장을 수여합니다.
> 2006년 2월 15일 서울 남산초등학교장 황명자. [92]

비록 집안에 닥친 가난 때문에 남대문초등학교를 중도에 포기했지만
태일은 어린 시절부터 청년 시절까지 언제나 손에서 책을 놓지 않고 학구
열에 불타 있었다. 밥을 먹을 때도 심지어 버스 안이나 화장실에서조차 독
서를 하거나 공부를 했고 길바닥에 나뒹구는 종이조각 하나라도 눈에 띄
면 읽을거리라도 있을 줄 알고 주워서 자세히 살펴보는 학구적인 성격이
었다. 후일 용두동에 살게 되었을 때 전태일은 중단된 공부를 계속하기 위
해 동광초등공민학교를 찾아가 6학년에 편입을 하게 된다.

7) 막내 전순덕이 태어난 날 전태흥이 숨지다(1960.4.15.)

1960년 4월 15일 낮, 남산 도동 주택가의 판잣집에서 비명소리가 울려

---

91 남소연, 「전순옥, 전태리(전순덕)와의 인터뷰」, 오마이뉴스, 2006.2.15.
92 남산초등학교 제22대 교장으로 재직하던 중 남대문초교 동문들의 요구에 의해 2006년
   2월 15일 전태일에게 명예 졸업장을 수여하였다.

퍼졌다. 태흥의 바로 아래 동생인 순덕이를 출산하기 위한 진통이 시작된 것이다. 소선은 아침부터 온 힘을 다해 고통을 견뎌내고 있었다. 드디어 낮 11시가 되자 아기가 첫 울음소리를 터트렸다. 그리고 순덕이가 태어나며 한참을 울어 대던 그때, 방 한편에서는 말로 형언할 수 없는 비극이 발생했다. 시름시름 병을 앓던 막내 태흥이는 아기가 태어나는 그 시각과 맞물려 숨을 거둔 것이다. 참으로 기가 막힌 일이 아닐 수 없다. 태흥은 평소에도 도동 지역에서는 신동(神童)이라고 불릴 정도로 영특한 아이였고 아장아장 걸으며 가게에 가서 콩나물을 사오는 심부름도 잘했던 아이였다. 부모를 비롯해 형들과 누나의 사랑을 듬뿍 받으며 잘 자라고 있던 태흥은 어머니가 해산하기 며칠 전 갑자기 홍역에 걸려 시름시름 앓고 있었는데 하필이면 여동생 순덕이가 태어나는 날, 같은 시각, 같은 장소에서 세상을 떠난 것이다.[93]

순덕이를 출산하느라 지른 비명소리는 이윽고 애통의 통곡소리로 바뀌었다. 가족들은 동생과 자식을 잃은 슬픔에서 한동안 헤어 나오지 못했다. 그 후로도 홍역은 죽은 태흥의 누나인 순옥에게도 덮쳤으나 구사일생으로 살아났다. 가난으로 인해 아이들이 치료 한번 제대로 받아 보지 못한 비극적 결과였다. 희비가 엇갈리는 상황에서 태어난 막내 순덕이의 얼굴은 한동안 식구들에게 태흥의 얼굴이 오버랩되기에 충분했다. 그날 이후 태일, 태삼 형제는 어머니의 일을 돕기 위해 막내 순덕이를 번갈아 가며 보살폈고 특히 태일은 남대문초등학교를 그만둘 때까지 순덕을 등에 업고 학교에 다녔다.[94]

93 이소선, 「저자와의 인터뷰 증언」, 2006.7.10.
94 남소연, 「전순옥, 전태리와의 인터뷰」.

8) 전태일 형제가 가담하고 목격한 4.19 시위현장(1960.4.19~20.)

어느 날 태일이 다니던 남대문초등학교 주변 일대는 갑자기 군인들이 몰고 다니는 탱크들이 곳곳에 포진하고 있었다. 4.19 학생시민혁명이 일어난 것이다. 1960년 4월 19일 혁명[95]이 일어나자 그날 밤을 넘기고 다음 날이 될 때까지 시내 여기저기서 심상치 않은 일들이 계속해서 벌어졌다. 개구쟁이 형제 태일과 태삼은 학생들과 시민들이 여기저기서 데모하는 것을 신기한 듯 구경하다가 남대문 옆 지하도 안에 갇혀 하룻밤을 꼬박 지냈다. 그래도 그들은 다행히 굶지 않고 지하도 안에 있던 누군가의 도움으로 간단하게 요기할 수 있었다. 이튿날 남대문지하도의 문이 열리자마자 허겁지겁 그곳을 빠져나와 집으로 돌아온 형제는 어머니에게 회초리로 매를 맞았다. 어머니 이소선은 밤새도록 아들들의 행방을 걱정하며 뜬눈으로 밤을 지새웠기 때문이다. 그러나 열세 살 태일과 열한 살 태삼이 가지고 있던 특유한 동심으로 인해 그들은 역사적인 시위 현장의 참관자가 될 수 있었던 것이다. 형제는 당시 남대문 일대의 학교나 공터 곳곳에 포진한 탱크[96]들을 바라보며 마치 동네 아이들끼리 군사놀이라도 하는 기분처럼 마냥 신바람이 났다.

그런 일이 있고 나서 4월 26일에는 서울수송국민학교 학생들이 이승만 하야를 요구하는 시위에 나서는 전무후무한 일이 발생하였다. 까까머리 초등학생들이 "부모 형제에게 총부리를 대지 말라"고 적힌 현수막을 들고 어깨동무를 한 채 울부짖으며 데모를 벌인 것이다.

4월 11일, 이승만의 3.15 부정선거에 저항하던 마산상고 김주열의 참

---

95 4.19 민주혁명회 홈페이지(http://www.419revolution.org), 혁명의 원인, 진행 과정, 연표 참조.

96 양영민, 『4.19와 5.16혁명의 비교연구』(고려대대학원, 1983).

서울 수송국민학교 6학년생 전한승은 시위대를 구경하다 군경의 총격으로 숨졌다. 4월 26일 이에 분노한 전한승의 같은 반 친구들과 전교생들이 항의시위를 벌이자 전국의 시위대가 동참하면서 결국 이승만은 그날 하야를 발표했다. 전한승은 13세로 전태일과 동갑내기였다.

혹한 시신이 마산 앞바다에 떠오르자 시위는 전국으로 확산됐고 그 시위의 정점이 4월 19일이었다.

이승만 정권은 군경을 통해 장갑차까지 동원해 시위대가 누구인지 상대를 가리지 않고 무차별 총격을 가했다. 전국에서 사망자와 부상자가 속출했는데 4월 19일 당일 서울 104명, 부산 13명, 광주 6명 등 사망자가 나왔고 부상자는 셀 수 없이 많았다. 그런데 사망자 중에는 당시 수송국민학교 6학년생이던 전한승도 있었다. 시위대를 구경하다 총에 맞은 것이다. 당시 열세 살로 4.19 최연소 희생자로 전태일과 동갑내기이다. 이승만은 서울에 계엄령을 선포했으나 시위를 잠재울 수 없었고, 26일이 되자 마치 내 전한승이 다니던 수송국민학교 같은 반 친구들과 전교 학우들이 시위를 벌이자 이에 전국의 민중들도 동참하기에 이르렀다.

그런 와중에도 형제는 시위를 하며 가두행진을 하는 학생들과 시민들로 구성된 시위대를 따라다니며 이리저리 물결치듯 이동하고 있었던 것이다. 또한 서울역 앞에는 알 수 없는 군인 트럭들이 몇 대 서 있었는데 일단의 학생들이 차량에 연료를 넣고 직접 운전을 하며 남대문과 시청 방향으로 몰고 다니면서 구호를 외치는 모습도 목격했다. 살벌한 상황에서도 형제는 시위대가 모는 트럭을 얻어 타고 다니며 시내를 질주하기도 했다. 시위를 진압하던 군경은 시위대가 어린이를 안고 있거나 어린이와 동행할 경우에는 발포중지 명령[97]을 내렸기 때문에 학생 시위대가 일부러 태일, 태삼 형제를 데리고 다녔던 것이다. 이처럼 형제는 자신들의 목숨이 위태로운지도 모르고 아무 영문도 모른 채 시위대를 따라 다니며 데모 대열에 합류했던 것이며 자신들이 역사의 한복판에 있는 줄도 모르고 마냥 신기한 마음으로 쫓아다닌 것이다.

얼마 후 형제는 다시 시위대를 빠져나와 남대문 방향으로 걸어 나왔다. 한참을 걸어오다 남대문 인근 육교 위에 많은 시민들이 운집한 가운데 군경과 학생들이 대치하는 상황을 목격하자 형제는 이내 발걸음을 멈추고 몰래 구경하기 시작했다. 그들은 육교 부근 전봇대 위에 다람쥐처럼 올라가 숨을 죽이며 구경하고 있었는데 때마침 여학생들이 자갈을 날라 남학생들에게 나눠주는 장면이 눈에 띄었다. 돌을 받아든 남학생들이 진압군을 향해 돌을 던지며 대치 상황은 더욱 살벌한 분위기가 되었다. 이때 총소리가 나기 시작하더니 진압군의 총에 의해 누군가의 다리에 총알이 박혔다. 형제의 눈에는 진압군이 일부러 시위대를 향해 상체를 조준하지 않고 하체와 다리를 쏘는 듯 보였다. 눈앞에서 총에 맞은 학생이 고꾸라지는 무거운 장면을 목격한 형제는 너무 무서워 사시나무 떨 듯하다가 전봇대에서 내려와 건물 뒤에 몸을 숨겼다.

---

97 강신준, 『4.19 혁명시기 노동운동과 노동쟁의의 성격』 (한국산업노동학회, 2002).

한참을 더 구경하던 형제는 더 이상 배가 고파 참을 수 없어 다시 집으로 돌아갔다. 총격으로 숨진 초등학교 6학년 전한승이 다니던 학교의 전교생들이 벌인 시위를 전국에서 호응해주던 그 날 이승만이 하야를 발표함으로써 마침내 혁명은 마무리되었다.[98] 이처럼 어린 시절에 겪은 4.19 학생시민혁명은 전태일, 태삼 형제에게 있어서 신기함과 두려움, 호기심이 교차된 추억의 편린으로 남아 있게 되었다. 동갑내기 또래 친구 전한승이 죽었다는 뉴스를 들으면서 전태일도 무언의 분노와 저항심도 있었을 것이다. 그러나 자신들이 다니던 남대문국민학교 운동장에 탱크와 트럭 등 군대가 주둔하게 되는 것과 맞물려 형제는 여러 가지 사정으로 더 이상 그 학교를 다니지 않고 그만두게 된다.[99]

9) 아버지의 사업이 브로커의 사기로 부도를 맞다(1960.4)

전상수는 사업을 시작하느라 또 다시 거래처 사람들이나 시장 사람들, 혹은 술친구들을 많이 만나면서 또 다시 폭음을 하기 시작했다. 소선은 워낙 남편이 술을 좋아하는 사람인지라 그러려니 했다. 전상수가 만나는 사람들 중에는 고등학교 단체복 주문과 관련해 브로커 역할을 하는 친구가 한 명 있었는데 그는 평소에 고리대금업을 하는 사람인데다 사기성이 농후한 사람으로서 남편 전상수의 절친한 술 친구였다. 상수는 우여곡절 끝에 약속한 날짜에 학교 측에서 요구한 대로 단체복 납품을 무리 없이 해주었다. 그러나 1960년 4월 10일 불행한 사건이 일어났다. 납품 성공을 기념

---

98 4.19 혁명을 촉발한 사건들은 훗날 1979년 10월 26일 박정희 시해 사건 직전의 부마사태의 정국과 유사했다. 그러나 이 두 사건에서 이승만은 대통령에서 무사히 하야했지만 박정희는 끝까지 버티다가 결국 비극적인 죽음을 맞이했다.

99 이소선, 「저자와의 인터뷰 증언」, 2006.7.10.

해 서로가 그동안의 수고를 위로할 겸 두 사람이 만나 술자리를 갖게 되었
는데 그날 밤 상수는 인사불성이 되도록 밤새 술을 퍼마셨다. 이날의 술자
리는 순전히 브로커의 계획이었다. 남편의 털털한 성격과 술을 좋아하는
약점을 노린 브로커가 단체복에서 번 이익금을 한몫 챙기려는 음모였
던 것이다. 브로커 친구는 전상수의 옷 주머니와 가방 속에 지니고 있던
배문고등학교 단체복 주문계약증서를 비롯해 당시 크고 작은 여러 주문
계약서 뭉치와 인감도장을 훔쳤다. 그리고 전상수가 술에 곯아떨어져 깊
은 잠에 빠지자 재빠르게 도망친 것이다. 전상수가 그 사실을 알아차렸을
때는 이미 그 친구가 학교와 단체로부터 주문대금을 받아 챙겨 멀리 잠적
을 한 뒤였다. 당시 상황을 전태일은 그의 수기장에 구체적으로 기록했다.

사업이 날로 번창하자 그는 또 크게 크게 하는 본 성격이 서서히 나타난
것이다. 사실 그와 같은 성격은 한 번 무슨 일을 시작하면은 빨리 대성할
수 있는 조건을 갖추는 것이었지만 반대로 그와 병행해서 위험성도 항상
내포하고 있는 것이다. 그때 마침 시내 용산에 있는 B고교의 체육복과 시내
B고교의 체육복을 단체로 수천 벌을 그가 하기로 브로커를 통해서 낙찰받았
던 것이다. 원체 많은 수의 옷이기 때문에 원단까지 대구에서 짜 가지고
와서 하는 일이었다. 여기에서 자금이 부족하자 그의 아내 친정으로 사방으로
자금조달을 시켰던 것이다. 이런 법석 속에서 일을 끝마치고 옷을 각 학교에
납품시키고 나자, 4.19 학생 혁명이 일어났던 것이다. 이 혼란기 속에서
성이 모 씨라는 그 고리대금을 하던(이어지는 부분의 원고가 없음), 학교에서
관계자를 만나서야 비로써 전포로 바꾼 돈을 가지고 자취를 감추었다는
것을 알았던 것이다. 나머지 전포는 학생들의 휴교로 옷값을 회수할 길이
없단다. 나중에 안 일이지만 학생들은 전부 선금을 지불했지만 학교 당국에서
몇몇 관계자들이 횡령 착복하고 학생들 핑계로 기회를 살피던 중 4.19

혁명이 성공리에 끝나고 나자 부정부패로 전부 교직을 박탈당하고 만 것이다.
전체 금액의 3분의 2 이상을 그 모 씨가 이미 가지고 행방을 감추고 나머지는
학교의 담당자들이 해고당했으므로 어디 받을 길이 없는 것이다.[100]

주문계약서가 없어진 것을 알게 된 전상수는 학교 관계자를 찾아가서
자초지종을 알아보니 전체 단체복 대금의 3분의 2를 브로커가 이미 받아
서 도망을 간 상태였다. 나머지 3분의 1을 되찾으려고 백방으로 노력했으
나 4.19혁명으로 인해 부정부패 공직자를 쇄신한다며 정부가 자체 조사를
할 때 이미 그들은 단체복 사건 말고도 여러 부패사건에 연루가 되어 교직
을 박탈당하고 해직이 된 상태였다. 브로커와 학교 교직원이 결탁한 사기
사건이었다. 막막하고 아쉽지만 결국 돈을 찾을 길이 없게 되자 포기할 수
밖에 없었다. 더구나 혁명이 발생해 세상이 뒤숭숭하고 경기가 위축되었
기 때문에 이제 장사도 잘되지 않았다. 그러나 여기저기 벌여 놓은 단체복
은 계약서대로 돈을 미리 받았기 때문에 제때 납품을 해 줘야만 했다.

자금이 순환되어야만 사업이 잘되는 것인데 수금이 안 되니 원단값과
직원들 공임을 지급할 수가 없게 되었다. 전상수가 갚아야 할 돈들은 눈덩
이처럼 불어나 더 이상 사업이 지탱될 수가 없었다. 마침내 빚쟁이들의 등
쌀에 모든 재봉틀과 백화점 내 점포를 양도해야 했고 그것도 모자라 가족
들이 살고 있던 남산 도동의 판잣집마저 팔아서 빚 청산을 해야만 했다.
재산을 정리해 빚잔치를 하고 나니 부산에서 처음 상경할 당시처럼 다시
빈털터리 신세로 돌아갔다. 태일의 부모는 너무나 큰 충격을 받아 삶의 의
욕을 완전히 상실해 버렸다. 지금까지 이뤄 놓은 모든 공든 탑이 하루 아
침에 무너져 내린 것이다. 특이 소선은 그날부터 절망감과 무기력증으로

인해 우울증에 걸려 몸져 자리에 눕게 되었다.

6. 이태원 헛간 방으로 이사하다
— 1960년 5월~1961년 1월 (13세~14세)

1) 부도의 충격으로 인한 어머니의 정신착란 증세(1960.5.~11.)

1960년 5월 태일의 식구들이 남산 도동 판잣집에서 쫓겨나던 날 발생한 일이다. 태일이 동생들에게 아침밥을 차려주고 밥을 먹는 둥 마는 둥하고 있을 때 아버지 전상수는 짐들을 정리하더니 정신이 약해진 어머니와 어린 동생들의 손을 잡아끌며 집을 비워줘야 한다며 재촉하는 것이다. 이윽고 태일은 부모와 함께 식구들의 손을 잡고 터덜터덜 고개를 넘어 어디론가 길을 걸었다. 아버지 전상수가 앞서 이끄는 대로 한참을 걷자 마침내 당도한 곳이 이태원(梨泰院) 어느 산동네 중턱이었다. 채권자들에게 재산을 다 내어주고 아이들 옷 보따리 한두 개만 달랑 들고 당도한 곳은 전상수의 거래처 친구가 살고있는 안채에 딸린 헛간이었다. 태일은 당시를 일기장에 구체적으로 회고하고 있다.

> 이런 상태를 당하자 소년의 부친은 여러 채권자들의 독촉에 못 견뎌 공장과
> 제봉틀 일체를 양도한 채 사업으로 인해 집 하나 좋은 것 장만하지 못하고
> 겨우 조그마한 판잣집 한 채를 지니고 있는 것마저 다 팔아 청산한 채 그래도
> (그마저도) 깨끗하게 다 못 주고 하루아침에 빈손 들고 일어섰던 것이다.
> 이런 처참한 환경을 동정한 남대문시장의 몇몇 그의 친구들과 거래가 많았던
> 원단가게에서 이태원 외인주택이 있는 산비탈 공기 맑은 곳에 조그마한
> 단칸방을 얻어 주었던 것이다.[101]

그곳은 분명히 '방'이 아니고 '헛간'이었다. 창고로 사용하기 위해 흙으로 지은 헛간이 태일의 식구들을 기다리고 있었던 것이다. 그나마 헛간이 위치한 곳은 이태원 산비탈 외국인 주택들이 밀집되어 있는 부근이라서 공기가 비교적 맑고 전망이 좋은 곳이었다. 그러나 맨손으로 도망치다시피 해서 아무것도 가진 것이 없다 보니 당장 먹고 살길이 막막했다. 식구들은 임시 거처인 이곳에서 도피 생활을 겸하여 밑바닥 생활부터 다시 시작할 수밖에 없었다. 그러나 식구들 어느 누구도 다시 일어설 용기나 의욕조차 없어 보였다. 모두들 멍하니 정신 나간 사람들처럼 된 것이다. 그날 집에서 쫓겨나오기 직전 이른 새벽에 빚쟁이들이 몰려와서 한바탕 소리치며 하던 말과 장면들이 귓전과 눈가에 맴돌았다. "너희 집은 그동안 그렇게 큰 납품사업을 했는데 집안에 돈이 한 푼도 없을 리가 없지 않느냐"며 온 집안을 샅샅이 뒤졌다. 채권단들은 돈이 될 만한 것은 모두 가져가고 결국 전태일 식구들은 숟가락 하나도 없이 그 집을 빠져나온 것이다.

그러나 더 큰 시련과 아픔은 이제부터 시작이었다. 헛간에 도착한 지 며칠 안 된 어느 날부터 어머니 이소선이 헛소리를 하면서 정신분열 증세를 보이기 시작하더니 갈수록 증상이 심해졌다. 밤이 깊어지면서 소선은 어지럼 증세가 심해지는가 싶더니 곧 자기의 의지를 잃어버리면서 스스로 통제할 수 없는 상태가 되고 말았다. 부도 소식을 듣고 난 후부터 우울증 초기 증세가 시작됐는데 결국 그 병이 정신분열증으로 심화되더니 급기야 손을 쓸 수 없는 심각한 지경이 된 것이다. 결국 우울증과 분열증에 이어서 정신착란증까지 겪게 되어 어느 누구도 손을 쓸 수 없을 정도가 되어 버렸다.[102] 그도 그럴 것이 맨손으로 시작해서 혼신의 힘을 다해 피나는 노력으로 일궈 놓은 것들이 하루아침에 무너져 버렸는데 어느 누가 제

101 전태일, 위의 책. 28.
102 이소선, 「저자와의 인터뷰 증언」, 2006.7.10.

정신으로 버틸 수가 있을까?

소년의 부친은 낙심한 나머지 그 결심하고 안 먹기로 한 술로 시간을 망각한 채 하루하루를 허비하는 것이다. 이에 큰 정신적인 충격을 받은 부인은 정신이상자가 된 것이었다.[103]

소선은 밤 12시만 되면 맨발로 헛간 집을 뛰쳐나와 어디론가 바람처럼 사라졌다. 자신도 모르게 무엇이 씌운 듯이 한밤중에 정처 없이 떠도는 행동을 매일 반복적으로 이어갔다. 심지어 집 주변에 있는 산이라는 산은 모두 다 올라가 헤매고 다니느라 옷이 갈기갈기 찢어진 상태가 되어 새벽녘이 다 되어 집으로 돌아왔다. 이리저리 넘어져 집에 돌아올 때가 되면 소선의 행색은 이미 얼굴과 온 몸이 상처투성이가 되었고 머리는 산발이 되어 있었다. 일이 심각해지자 태일, 태삼 형제는 주인집 아저씨의 도움으로 동네 이웃에 사는 힘깨나 쓴다는 장정 몇 사람과 함께 밤 12시가 되기 전에 대문에 잠복해 있다가 집을 나서는 소선을 붙잡는 일을 반복할 수밖에 없었다. 그러나 평소 왜소하고 가녀린 체격의 소선이 붙잡힐 때마다 대체 어디서 그런 힘이 나오는지 황소도 번쩍 들어 올릴 정도로 기운이 넘쳐 어느 누구도 당해낼 재간이 없었다. 어디서 그런 힘이 나오는지 알다가도 모를 일이다. 고삐 풀린 망아지처럼 도망치는 여인, 집을 뛰쳐나가면 닭이 우는 새벽이 되어야 힘이 다 빠져 축 처진 상태로 집에 들어오는 여인, 그녀는 분명 식구들이 알고 있는 이소선이 아니었다. 더구나 전상수는 연약한 아내가 분명히 제정신이 아닌데도 불구하고 어쩌다 집에 있는 날은 술에 취해 인사불성이 되어있고 그나마도 빚쟁이들 성화 때문에 이태원 헛간에

는 거의 나타나지도 않았다. 이제 태일이가 집안의 가장으로서 어머니의
병간호와 동생들의 보호자 노릇을 해야 하는 처지가 된 것이다.

2) 용산 미군 부대 꿀꿀이죽으로 끼니를 잇다(1960.5.~8.)

장남 태일은 막내 순덕을 집에 남겨 두고 태삼과 순옥을 데리고 이태
원 근처 미군 부대에 가서 꿀꿀이죽을 얻어먹으며 생계를 유지하였다. 부
모가 모두 다 저 지경이 되었으니 문전걸식을 해서라도 어린 동생들과 살
아갈 궁리를 할 수밖에 없었다. 서울에 처음 당도할 때는 어머니가 문전걸
식을 해서 자신들을 먹여 살렸지만 이번에는 반대의 처지가 되었다. 장남
태일이 어머니를 비롯한 온 식구들의 끼니를 직접 책임지게 된 것은 그런
대로 괜찮았으나 무엇보다 태일이 견디기 힘든 일은 어머니를 안전하게
보호하고 치료하는 과정이었다. 태일은 미군 부대 식당 개구멍 옆이나 담
벼락에 놓여있는 드럼통에 담긴 꿀꿀이죽을 양동이에 퍼 담아 매일 집으
로 가져왔다. 꿀꿀이죽 안에는 묵직한 닭고기나 당근, 야채 등이 섞여 있
어서 어린 동생들에게는 눈이 휘둥그레 할 정도로 고급스러워 보이는 맛
난 음식이었다. 스프나 죽처럼 다시 끓여서 감사한 마음으로 식구들과 맛
있게 먹는 일이 이제는 일상이 되었다. 태일과 동생들은 비록 꿀꿀이죽을
먹을지라도 몸이 아픈 어머니에게만큼은 쌀밥을 지어드려야겠다는 마음
으로 어느 날 쌀밥을 지어 정성껏 차려 주었다. 어머니에게 밥을 차려주고
대견스러운 눈빛으로 바라보던 태일은 갑작스런 어머니의 행동에 그만
기절할 뻔했다. 밥상 위에 놓인 쌀밥을 쳐다보던 이소선이 갑자기 두 손으
로 밥알들을 한 움큼 집어 들더니 순식간에 헛간 흙벽에 처 바르는 것이다.
그러더니 갑자기 괴성을 지르며 "구더기, 아! 이 더러운 구더기를 봐라!!"
하면서 밥알들을 짓이겨 버리는 것이 아닌가? 쌀밥이 구더기로 보이는 정

신착란을 일으킨 소선의 기괴한 행동을 바라 본 태일은 가슴이 찢어지는 듯 아팠다. 더 이상 손을 쓸 수 없을 정도로 상태가 심각해진 어머니를 바라보는 태일의 눈앞은 더욱 캄캄해지기 시작했다. 그토록 의지하고 사랑하는 어머니가 이토록 몹쓸 병에 걸리다니…. 태일은 더 이상 할 말을 잃어버렸다.

3) 신문팔이, 성냥팔이, 담배꽁초 줍기, 빈병 줍기로 돈벌이하다(1960. 6. ~ 1961. 1.)

식구들 중 어느 한 사람 집안에 경제적으로 도움을 주거나 돈벌이를 하는 사람은 없었다. 아버지는 빚쟁이들 때문에 얼굴도 잊을 정도로 잠적해 버렸고 어쩌다 집에 들어온 날에는 술에 취해 있었다. 병을 앓고 있는 어머니는 아무것도 할 수가 없기 때문에 태일은 결국 생활전선에 나서지 않으면 당장 동생들과 어머니를 굶겨 죽일 수밖에 없다는 두려움에 사로잡혔다.

누구 한 사람 경제적으로 도우는 사람 없는 환경에 정신이상자까지 발생한 집안 환경이 이 어린 소년의 마음속엔 큰 정신적 고통이 아닐 수 없었다. 몇 끼를 밥을 못 먹고 학교에 가게 되는 소년은 어느 날 학교에 갔다 오는 길에 신문 장사를 시작한 것이다. '다른 아이들은 다 하는데 나라고 못할 것이 어디 머 있나.' 이런 생각 속에 시작한 신문 장사가 잘 될 것도 아니었다. 처음 시작한 장사이니 만큼 생각보단 무척이나 힘들고 조그만한 가슴을 몹시도 조여 주었던 것이다. 이런 환경이 얼마가 지속하자 소년의 어머니 친정에서의 도움으로 병을 완치할 수 있었다.104

동생들이 먹는 식생활은 그럭저럭 꿀꿀이죽으로 연명한다 해도 어머니의 병간호와 약값을 대려면 돈을 벌어야 했다. 태일은 1960년 6월부터 남대문시장 부근으로 태삼을 데리고 나가 우선 담배꽁초를 줍는 일부터 시작했다. 길거리에 버려진 담배꽁초나 사무실, 빌딩의 쓰레기통 등을 뒤져서 담배꽁초를 모으는 일에 혈안이 되었다. 하루 종일 모은 것을 한군데 쌓아 놓고 일일이 꽁초를 까서 자루에 담으면 한두 됫박 정도의 양이 모아진다. 그러면 그것을 내다 팔아 약간의 돈을 벌게 되는 일이었다. 밑천은 안 드는 수입이었으나 그 수입만으로는 턱없이 부족했다. 이윽고 태일은 매일 석간신문이 나오면 그것을 뭉치로 받아다 거리로 나가 이리저리 뛰어다니며 "신문이요, 신문이요!"를 연신 외치며 내다 팔았다.[105] 그것도 모자라 껌과 성냥팔이, 휴지장사도 겸하여 이른바 멀티 잡(multi job)을 뛴 것이다. 그러다 보니 몸이 열 개라도 모자랄 지경이었다. 이렇게 힘들고 고된 장사를 통해서 벌은 돈으로 어머니의 약값과 치료비를 댔고 동생들을 먹여 살리는 데 사용했다.

4) 외할머니 김분이의 지극한 보살핌과 정성(1960.8.~10.)

8월로 접어들면서 어머니 이소선의 병세는 더욱 불안하고 위험한 지경으로 치달았다. 태일이 살고 있는 헛간에서 언덕 밑으로 조금만 내려가면 미군 부대 사격장이 있는데 그곳은 밤낮으로 총소리가 들리는 미군 사격훈련장이었다. 그런데 그 위험한 장소를 어머니가 겁도 없이 밤낮 돌아다닌 것이다. 콩 볶듯 하는 총소리가 바로 옆에서 들려도 상관하지 않고

---

104 전태일 · 전태일기념사업회 엮음, 『내 죽음을 헛되이 말라』, 28-29.
105 전태일은 1960년 6월부터 1965년 8월까지 약 5년간 모두 다섯 번에 걸쳐 신문팔이를 한다. 여기서는 그의 생애에서 가장 처음 시작한 신문팔이다.

사격장 근처를 이리저리 헤매는 어머니를 붙잡기 위해 태일은 사격장뿐 아니라 온 남산 일대를 돌며 매일 숨바꼭질을 해야만 했다. 보다 못한 태일은 심지어 어른들과 상의해 밧줄로 어머니를 묶어 두려는 계획까지 세웠다. 목숨이 위태로운 상황이니 그렇게 해서라도 어머니의 생명을 보호하려고 했던 것이다. 이 무렵 태일의 아버지는 비록 집에는 잘 안 들어왔지만 인편을 통해 집안의 사정을 듣고 있던 터라 대구 지천에 사는 장모에게 연락해 아내의 병 수발을 부탁했다.

딸의 병세가 악화되고 있다는 전보를 받고 허겁지겁 상경한 태일이 외할머니는 이태원에 당도하는 날부터 불쌍한 외손자들과 외손녀의 끼니를 책임졌을 뿐 아니라 막내딸 소선을 지극 정성으로 돌보기 시작했다. 태일이의 눈에는 외할머니가 마치 천사처럼 보였다. 집안이 풍비박산되고 어려움에 처했을 때 외할머니가 집안에 계심으로 큰 힘과 의지가 되었기 때문이다. 이미 알려진 대로 외할머니는 대구에서 사당을 차려 놓은 신기(神氣)있는 보살이었다. 누워 있는 딸의 머리맡에서 항상 좌선을 하고 눈을 지그시 감은 상태에서 항상 무엇인가 중얼거리며 주문을 외워댔다. 별도로 차려진 밥상 위에는 항상 촛불을 켜 두었고 그 앞에서 간간히 절을 올리며 딸의 건강을 기원하는 모습이 아이들의 모습에 자주 보였다.

이태원에 올라온 그 날부터 딸 소선의 몸에 손을 대며 알 수 없는 치료를 시작했는데 그 치료방법이 매우 독특했다. 의학적으로 어떤 효과가 있는지 잘 모르겠으나 이상한 모양새의 돌멩이를 어디서 많이 구해오더니 그 돌들을 솥단지에 넣고 뜨겁게 삶는 것이었다. 돌멩이들은 마치 금(金)돌이라고 불러도 될 정도로 반짝반짝 빛이 나는 사금(砂金)들이 많이 박혀 있는 붉은 색을 띤 돌멩이들이었다. 그 돌을 삶아서 물은 마시게 했고 돌은 물속에서 꺼내 다시 뜨거운 불에 굽는 것이었다. 그리고 뜨겁게 달궈진 돌을 수건에 싸서 소선의 가슴과 배는 물론 다리까지 찜질[106]하듯 얹어 놓

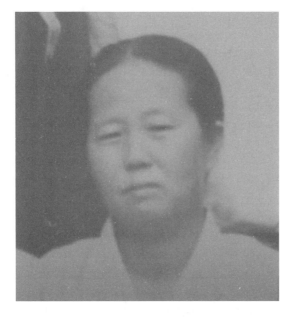

단아한 모습을
지닌 젊은 시절
이소선

았다. 이처럼 소선은 친정 어머니 김분이의 극진한 사랑과 치료를 받기 시
작하자 차츰 차도를 보이기 시작했다.[107]

5) 외할머니의 희한하고 신비한 기도와 예언(1960.8.~10.)

평소 대구 지천지역에서는 이미 소문난 보살인 태일의 외할머니는 사
위의 연락을 받고 급히 상경하여 지극정성으로 딸을 치료했다. 그러나 병
세는 회복의 기미가 없었다. 그러던 어느 날 측은한 듯 불쌍한 막내딸을
바라보며 다음과 같은 말을 불쑥 내던졌다. "선(仙)아, 선(仙)아, 내 말 잘

---

106 돌찜질은 맥반석이나 기왓장을 화롯불에 따끈따끈하게 달구어 물수건으로 싸서 환부에
    얹는 방식이다. 그 돌들을 통증이 심한 환부에 찜질하면 진통 효과가 뛰어난데 이같은
    온열요법은 인공으로 몸의 열을 올려 자연치료를 돕는 치료법이며 이때 달구어진 돌은
    원적외선 치료 효과를 낸다고 알려져 있다.
107 이소선, 「저자와의 인터뷰 증언」, 2006.7.13.

들어 보그레이. 네가 이렇게 고약하게도 병이 잘 안 낫는 걸 보니 너는 아마도 내가 섬기는 신령님보다 더 큰 신을 믿어야 할 것 같데이. 교회를 댕기는 사람들이 믿는 야소(耶蘇, 개화기 이후 사용된 예수의 한자식 별칭)를 믿어야만 네 병이 낫을 것 같다 안카나. 이 애미는 오늘부터 네가 야소를 믿게 해달라고 불공을 드리마." 참으로 불가사의한 말이다. 이는 친정어머니의 순수하고 때 묻지 않은 모성애이자 종교를 초월한 신비한 영적 세계를 조금이나마 맛볼 수 있는 말이었다. 그녀는 오로지 시집간 딸의 병을 낫게 하기 위한 열망 하나뿐이었다. 그런 외할머니의 기도는 얼마 지나지 않아 결국 현실로 이루어지고 말았다.

훗날 태일의 온 가족이 모여서 살았던 서울 중구 남산동 50번지 판자촌에 대형 화재가 발생했는데 태일의 식구들은 모두 무사히 목숨은 부지하였으나 안타깝게도 그 화재의 열기와 충격으로 이소선의 두 눈이 실명된 것이다. 그날이 1966년 1월 18일이었다. 이후 식구들과 이소선은 눈을 고쳐 보려고 갖은 방법을 동원하고 좋다는 약은 다 써보았으나 백약이 무효했다. 심지어 사람들의 부축을 받아가며 용하다는 점쟁이와 무당을 찾아다니기도 하고, 불공을 드려보기도 했으나 두 눈은 고쳐지지 않았다. 그러던 어느 날 남산 화재민들이 집단 이주해 살고 있던 서울 도봉동 천막촌 안에 천막 교회가 설립되었다. 이 교회는 남산 케이블카 아래에 있는 회현동 다락방교회에서 목회를 하며 철원에 있는 대한수도원의 원장을 겸하여 맡고 있던 전진 전도사가 세운 교회였다. 이소선은 어느 날 같은 천막촌 동네에 사는 쌀집 할머니의 전도로 생전 처음 교회를 나가게 되었다. 그리고 그 교회에 다니자마자 그녀를 전도한 쌀집 할머니의 극진한 사랑과 보살핌으로 곧 100일 새벽기도를 드렸고 기도를 드리는 마지막 날 새벽에 교회 강대상 아래에서 놀라운 종교적 체험을 했다. 이른바 '신유(神癒)의 불(치료의 불)'108을 받아 결국 소선의 두 눈이 거짓말처럼 말끔히 고쳐지게 된 것이다. 두 눈이 고쳐지는 기적을 체험한 이후 소선은 그때부터 예수를 믿게 되었고 그 후 8년 동안 한 번도 빠지지 않고 그 교회의 새벽기도를 다니게 되었던 것이다.

그뿐만 아니라 소선은 장남 태일이가 분신 항거하기 이전까지 동네 사람들을 무려 73명이나 전도하여 교회로 이끌고 올 정도로 매우 열심 있는 신자(집사)가 되었고 그 후 51세가 되던 해인 1979년에는 창현감리교회의 권사가 되었다. 친정어머니 김분이의 희한한 소원 기도가 실제로 응답되었던 것이다. 그 일이 있기 전에도 태일이 외할머니는 대구 지천에서 활동하면서 자신에게 찾아오는 손님들에게 성심껏 치료를 해준 후 법당을 떠나는 손님을 향해 "항상 교회를 열심히 다니고 예수를 잘 믿으세요"라며 간곡하게 당부했다고 한다.[109] 이 같은 사실은 종교적으로 볼 때 참으로 희한한 일이 아닐 수 없다.

6) 외할머니 덕분에 다시 천진난만한 개구쟁이가 되다(1960.8.~10.)

대구에서 올라온 외할머니가 아이들의 끼니와 빨래를 해결해 주니 태일, 태삼 형제는 예전처럼 다시 시간적인 여유가 생기기 시작했다. 형제에게 외할머니는 이 세상에서 가장 든든한 후원자였고 의지처였다. 형제는 남는 시간이 되면 주로 산을 타고 놀거나 남산 일대에 형성된 도동,[110] 양

---

108 신약성경 고린도전서 12:7~11에 나오는 성령의 아홉 가지 은사(恩賜) 중의 하나로서 하나님의 능력과 은혜로 불치병과 각종 질병들이 기적적으로 낫는 것을 말한다.

109 대구 지천에는 김분이가 활동하던 사당과 묘소가 남아 있으며 그곳 마을 사람들의 증언에 의하면 김분이는 언제나 자신을 찾아온 사람들에게 점을 치거나 치료를 해준 후에는 반드시 예수를 믿고 교회를 다닐 것을 강조했다고 한다.

110 도동(桃洞)은 글자 그대로 '복숭아골'의 한자 이름이다. 지금의 도동1, 2가와 동자동(東子洞)에 걸쳐 있는 여러 마을 부근에 복숭아나무가 많아 '복숭아골'로 부른 데서 유래되었다.

동, 후암동, 이태원 등이 이어지는 야트막한 산등성 줄기를 타고 마음껏 뛰어놀기도 했다. 특히 도동 일대는 자두밭과 복숭아밭이 일정하게 펼쳐져 있었고 많은 과수원들이 조성돼 있었다. 어느 날 형제는 철조망 울타리도 설치하지 않은 남의 집 복숭아 과수원에 몰래 들어가 철퍼덕 주저앉아 허리띠를 풀어놓은 채 주린 배를 채웠다. 워낙 끝없이 펼쳐진 드넓은 과수원이라서 특별히 감시하는 주인도 보이지 않았다. 마치 모든 과일이 자기 것이라도 되는 양 형제는 정신없이 앉아서 과일을 먹고 있었다.

단물이 질펀하게 올라오는 맛이 마치 꿀맛 같았다. 굶주림에 허기진 형제는 평소 "정직하게 살고, 절대 남의 것에 손을 대지 말라"는 어머니의 가르침과 훈계도 까마득히 잊어버린 채 다시금 개구쟁이가 되어 과일 서리를 하고 있던 것이다. 그리고 그 날의 복숭아 서리는 과수원 주인에게 발각되면서 처음이자 마지막 서리가 되고 말았다. 저 멀리 몽둥이를 들고 쫓아오는 모습이 보이자 형제는 신발을 벗어 손에 들고 줄행랑을 쳤다. 집요하게 쫓아오던 과수원 주인은 기어코 자신들이 살고 있던 도동 부근까지 뒤쫓아 왔다. 다행히 잡히지는 않았지만 너무 놀란 형제는 그날 이후로 다시는 남산 일대 과수원 부근에는 얼씬도 하지 않았다. 하지만 개구쟁이 형제의 장난기는 여기서 멈추지 않았다.

7) 한강 뱃놀이 도중에 익사할 뻔했던 형제(1960.8.)

1960년 8월 어느 여름날 형제는 방파제가 있는 한강으로 동네 친구들과 함께 멱을 감으러 떠났다. 한강나루 선착장에 도착한 형제와 동네 친구들은 멱을 감기보다는 선착장에 밧줄로 묶여 있는 나룻배를 타보고 싶은 호기심이 먼저 발동했다. 다행히 선착장 주변에는 어른들이 아무도 눈에 띄지 않았기 때문에 뱃사공의 눈치를 살펴 가며 배를 묶고 있던 밧줄을 끌러 다른 배에 묶는 방식으로 놀이를 하고 있을 때였다. 이때 친구 한 명이 밧줄을 당기더니 배를 타려고 안간힘을 쓰고 있었다. 배 안에는 이미 태일, 태삼 형제와 다른 친구 한 명이 타고 있었다. 그리고 때마침 배를 타려고 장난치는 아이들을 발견한 뱃사공이 저만치서 소리치며 달려오는 것이 아닌가? 자신들 쪽으로 달려오는 뱃사공을 보자 겁을 먹은 아이들은 손으로 잡고 있던 밧줄을 놓고 "걸음아 날 살려라" 도망을 치기 시작했다. 그러자 형제가 타고 있던 배가 서서히 움직이더니 서서히 강물로 떠내려가기 시작했다. 순식간에 벌어진 일이었다. 물론 배 안에는 배를 저을 만한 노가 전혀 없었다. 상황이 다급해지자 겁을 먹은 다른 친구 한 명이 도망을 치기 위해 머뭇거리더니 이내 물속으로 첨벙 뛰어들었다. 강물로 뛰어든 순간 발생한 물결의 충격으로 배는 점점 더 강물 안쪽으로 밀려가기 시작했다.

이제 빈 배에는 형제만 덩그러니 남았다. 이때 태일이 "야. 홍태(전태삼)야, 우짜면 좋노? 이거 큰일이다. 우짜면 좋노?" 태일도 겁을 먹은 듯 보였다. 동생 태삼은 이미 겁에 질려 벌벌 떨고 있었다. "너 지금부터 형아가 시키는 대로 해야 한데이", "응, 알았다. 형아." 심호흡을 크게 한 번 크게 내 쉰 후 태일은 동생 태삼의 손을 잡고 강물로 첨벙 뛰어들었다. 순간 형제는 강물 밑바닥까지 가라앉는 듯한 느낌을 받으며 두려움에 휩싸였다. 태일은 태삼에게 계속 손짓발짓으로 눈을 감지 말라는 신호를 보냈다. 바닥에서부터 높이 쌓아 올린 방파제를 더듬으며 위쪽을 향해 무조건 기어올라가도록 했다. 살아남을 유일한 돌파구는 물속에 있는 방파제의 돌들을 잡고 무조건 위를 향해 기어 올라가는 수밖에 없었다. 이때 태일이 물속에서 자꾸만 "너 눈 떠라, 눈 감으면 죽는다!", "눈 떠라, 눈 떠!" 태일은 계속해서 태삼을 향해 눈을 뜨라며 자극을 주었다. 이 때문에 태삼이는 강물 속에서 간신히 살아나올 수 있었다.

만약 태삼이가 시퍼런 강물 속에서 겁을 먹고 눈을 꼭 감고 있었더라면 방파제 돌을 보지 못했을 것이고 돌을 못 봤으면 강물에서 가라앉아 빠져 죽었을 것이다. 태삼은 지금도 그때의 일을 떠올리면 아찔한 생각이 들정도였다. 그리고 그런 위급한 상황에서도 어떻게 형이 시키는 대로 행동했는지 자기 자신이 대견스럽게 느껴질 정도였다. 물속에서도 긴장의 끈을 놓지 않고 눈을 뜬 채 형의 꽁무니만 쫓던 태삼은 자신보다 앞서 수면을향해 올라가는 형이 매우 지혜롭게 여겨졌다. 태삼이가 장성한 후에도 가끔 당시의 긴박한 상황이 꿈속에 나타날 정도로 그날의 일은 무서운 악몽과도 같은 충격이었다. 가까스로 물 밖으로 기어 나온 형제는 정신을 차릴겨를도 없이 한 번도 쉬지 않고 집으로 도망쳐 달려왔다. 온몸이 물에 빠진 생쥐처럼 집에 들어오니 외할머니는 오히려 등을 두들겨 주며 웃으면서 옷을 벗겨 세탁해 주었다.[111]

8) 불의를 보면 참지 못하는 태일의 성품(1960.10.)

1960년 10월 말경이 되자 어느덧 이소선의 병세는 점차 급속도로 호전이 되었다. 친정어머니 김분이도 이제는 안심하고 대구로 내려갔다. 그러던 어느 날 태일이네 가족이 살고 있던 주인집에 불행한 일들이 생기기 시작했다. 아버지 전상수의 친구가 살고 있는 안채는 젊은 며느리가 늙은 시아버지를 모시고 있었는데 이 며느리는 고약한 성미를 가지고 있었다. 소선의 눈으로 볼 때 그 여자는 시아버지에게 불효를 저지르며 사람의 탈을쓰고 차마 할 수 없는 행동을 일삼는 못된 며느리였다. 끼니때가 되어도 시아버지에게 밥도 해주지 않는 것은 예사이고, 내심 시아버지가 아예 굶어 죽기를 바라는 정도의 패륜적인 며느리였다. 그런 모습을 바라본 태일과 소선 모자는 한집에 살면서 그냥 넘길 예삿일이 아닌 것으로 판단했다. 보다 못한 모자는 안타까운 마음에 할아버지에게 먹을 것이 생기면 자주 갖다 드렸다. 태일은 노인을 어찌나 불쌍하게 여겼는지 자기가 먹을 밥이나 군것질거리가 생기면 항상 노인에게 갖다 드렸다. 이러한 태일을 주인 내외가 곱게 바라볼 리가 없었다. 집안의 분위기는 매일 살얼음판을 걷는 것 같은 연속이었다. 그러던 어느 날부터 예견된 사건들이 연속으로 터지고 말았다. 점심이 되자 소선은 수제비를 끓여 아이들과 함께 둘러앉아 먹다가 주인집 할아버지 생각이 나서 수제비 한 그릇을 쟁반에 얹어 정성껏 갖다 드렸다.

그러자 할아버지 방문을 닫고 밖으로 나오는 찰나 주인집 여자가 소선을 향해 "꿀꿀이죽을 얻어먹고 동냥하면서 사는 주제에 이제는 남의 집안 끼니 걱정까지 하는 거야? 그 꼴에 동정을 베푸는 거야, 뭐야? 꼴 보기 싫으니 당장 우리 집에서 나가요!"라며 느닷없이 삿대질까지 해댔다. 그러나 당장 나가라는 말에 소선은 한마디도 대꾸를 안 했다. 나가라고 해도 실제로 갈 곳도 없을뿐더러 인격이 덜된 여자와 말다툼하기 싫어서였다. 그 일이 있은 후 며칠이 지나자 이번에는 담배 사건이 벌어졌다. 할아버지는 평소에 담배를 많이 피우는 애연가였는데 그럼에도 불구하고 아들 내외는 담배는 고사하고 봉초 한번 제대로 사다가 드리는 걸 보지 못 했다. 할아버지는 부끄러움을 무릅쓰고 시간이 날 때마다 남산 주변과 시장 등을 두루 돌아다니며 장초를 주워다 피웠다. 심지어 꽁초를 말아 피울 종이마저 구할 수 없을 때는 가끔 벽지를 뜯어서 꽁초를 말아 피우는 바람에 할아버지 방의 벽지는 너덜너덜할 정도였다. 그러나 태일이 그 집에 들어오는 날부터 할아버지는 담배 걱정을 안 하게 되었다. 태일은 학교에서 선생님들이 피우던 담배꽁초를 주워와 담배를 말아 피울 수 있는 연한 종이와 함께 할아버지에게 바치듯 담배 봉양을 하였던 것이다.

　그러나 담배 공양도 며느리 눈치를 보면서 해야 했다. 어느 날 할아버지에게 담배를 전해주다가 주인집 며느리와 마주치자 태일은 난처한 생각에 어쩔 줄을 몰라 했다. 할아버지도 당황해하기는 마찬가지였다. 며느리는 시아버지가 담배 피우는 모습을 보면 담배가 생긴 출처를 추궁하며 달달 볶아 댔다. 자식의 입장에서 담배를 사다 드리지 못할망정 못살게 몰아붙이는 것이었다. 다른 사람들에게도 마찬가지였다. 누구든지 할아버지에게 담배를 갖다 주는 사람한테는 온갖 욕설을 퍼부었다. 이런 모습들을 오랫동안 지켜봤던 태일은 어머니 소선에게 주인집 아들과 며느리가 너무 잘못 살고 있다고 자주 말하곤 했다. 시아버지에게 어떻게 그럴 수가 있느냐며 무엇인가 곰곰이 생각하는 눈치였다. 그러던 어느 날 주인집 며느리 방에서 고함 소리가 터져 나오고 욕설이 난무했다. 그러자 가만히 듣고 있던 태일은 화가 머리끝까지 난 듯 주인집 남자의 이름을 크게 부르며 방문 앞에 떡하니 버티고 서는 것이 아닌가? 주인집 아저씨의 이름을 태연하게 반말로 부른 것인데 알고 보면 아버지 친구의 이름을 부른 것이다. "너 나 좀 잠깐 보자." 영문도 모르는 주인아저씨는 처음에는 태일이 목소리를 듣고 귀를 의심한 듯 의아한 표정으로 방문을 열어 주었다.

　당장 싸울 기세로 서 있는 태일을 보고 주인아저씨는 "뭐? 이런 어린놈이… 뭐라구? 너 미쳤냐? 너 지금 나한테 뭐라고 했어? 다시 한번 말해 봐?" 주인집 남자는 어이가 없다는 표정으로 울그락불그락하며 흥분하고 있었다. "너 같은 놈이 사람 놈인가? 천하에 불효막심한 놈 같으니라구. 너같이 나쁜 놈은 이제 우리 아버지 친구도 아니다!!" 주인집 남자는 분해서 어쩔 줄 몰라 하며 발을 동동 구르더니 당장 태일을 집 밖으로 끌어내라고 고함만 쳤다. 어머니 이소선이 싸우는 소리를 듣고 달려가 보니 가관이 아니었다. 소선도 태일의 그런 모습은 생전 처음 보는 장면이었다. 태일은 주인

아저씨에게 삿대질을 하고 소리를 지르며 조금도 주눅들지 않았다. 소선은 속으로 "기어코 일이 터졌구나" 하면서 태일을 뜯어말리며 옷소매를 잡아끌었으나 몹시 화가 난 태일은 요지부동이었다. 평소 태일은 어머니에게 "엄마, 사실은 며느리보다 그 집 아들이 더 나쁜 사람이에요"라고 말해 왔었기 때문에 대충 짐작은 했다.

"너는 널 낳아주신 네 아버지를 굶겨 죽이려는 나쁜 놈이야. 아들이 돼가지고 아버지에게 담배도 안 사다 주고 먹을 것도 안 주는 것이 어디 그게 사람이 할 짓이야?" 태일도 흥분을 하며 주인집 내외의 잘못을 하나하나 꼬집으며 따졌다. 주인 남자는 엉겁결에 당한 일이라 어떻게 할 줄을 몰라 하며 당장 태일을 끌어내라는 말만 반복하며 길길이 날뛰고 있었다. 소선은 태일을 끌어내는 척하면서도 마음속으로는 후련하게 생각했다. 그날 저녁이 되자 아니나 다를까 주인 내외는 당장 집을 비우라며 통보해왔다. 어차피 한두 번 들어온 말도 아니었기에 소선과 태일은 조금도 두려워하지 않았다. 소선은 알았다고만 답변을 하고 계속 그 집에 머물러 있었다. 그러던 어느 날 주인집에 편지 한 통이 도착했다. 그 편지를 태일이 몰래 집어 들더니 어머니에게 달려와 평소에 주인집 할아버지가 그토록 기다리던 부산 사는 작은 아들한테서 온 편지라며 알려 주었다. 태일은 어머니에게 편지를 보여주면서 당장 뜯어보자며 보챘다. 그러나 소선은 "남의 편지를 함부로 뜯어보면 어떡해?" 하며 말렸지만 이소선도 내심 편지 내용이 몹시 궁금하여 결국 같이 뜯어보기로 했다.

편지는 대략, "불초 소생은 직장을 아직도 구하지 못해 일정한 거처가 없이 부산에서 떠돌고 있는 형편이오니 조금만 참고 견디시면 직장을 얻는 대로 곧 아버님을 모시러 오겠습니다"라고 적혀 있었다. 참으로 딱한 내용이었다. 할아버지는 평소 작은아들한테서 소식이 오기만을 손꼽아 기다리던 중이었다. 그런데 아직 직장을 구하지 못해 모시러 올 수 없다고 한다면 할아버지가 얼마나 실망하고 낙담을 하실까 하고 걱정을 하며 태일은 그 편지를 다시 봉인해서 주인집 우편함에 갖다 놓았다. 그날 밤, 할아버지는 태일을 조용히 불렀다. 어머니도 함께 태일과 할아버지의 방에 들어갔다. 할아버지는 밖으로 불빛이 새어 나갈까 봐 방문을 담요로 가리더니 태일에게 편지를 읽어보라고 보챘다. 그러나 편지를 읽어 내려가던 모자는 경악할 수밖에 없었다. "… 아버님 저는 좋은 직장을 구해서 생활도 안정이 되고 잘 지내고 있으니 아버지께서는 이제 부산에 속히 내려오시기 바랍니다. …"

작은 아들의 편지를 뜯어본 며느리가 편지 내용과는 정반대로 다시 쓴 것이다. "아이고 잘 됐구먼. 우리 아들 장하네" 하며 할아버지는 기뻐서 어쩔 줄을 몰라 했다. 태일은 대체 이 상황을 할아버지에게 어떻게 설명해야 할지 몰라 몹시 난처해서 한참을 망설였다. "아드님은 아버님이 걱정하실까 봐 그냥 잘 지낸다고 보낸 안부편지입니다. 조금만 더 기다려 보세요. 형편이 조금 더 나아진 다음에 내려가시는 게 서로가 좋을 겁니다. 더 안정이 되면 그때는 작은 아드님이 직접 모시러 올라 오실 겁니다." 태일은 할아버지가 실망하시지 않도록 조심스레 설명을 이어갔다. 그러나 노인은 잠시 수긍하는 것처럼 보였으나 "아니다. 빨리 내려가겠다. 내가 여기 더 살다간 더 이상 내 명대로 못살 것 같으니 죽기 전에 작은아들 놈 얼굴이라도 한번 보고 죽어야 할 것 아니냐?"

노인은 아들 내외의 핍박이 오죽 견디기 힘들었으면 막무가내로 부산으로 내려가겠다고 하실까? 태일은 결국, 할아버지가 지금 며느리에게 속고 있다는 것을 사실대로 털어놓을 수밖에 없었다. "할아버지, 어느 누가 할아버지 마음을 모르겠어요. 동네 사람들이 다 아는 사실인데요. 사실 이 편지는 며느님이 거짓으로 써놓은 가짜 편지입니다. 제가 사실은 처음에 도착한 진짜 편지를 할아버지 몰래 읽어보았거든요. 그런데 아드님은 아직 직장을 구하지 못하고 있대요. 조금만 참고 기다리시라고 했어요." 그 소리를 듣고 나자 할아버지는 눈물을 흘리며 탄식하는 소리를 내뱉었다. "그랬구면, 나는 그 사실도 모르고…. 태일아, 이 일을 앞으로 어쩌면 좋으냐? 아이구, 죽지도 못하는 이놈의 팔자야!" 태일은 정말로 어찌해야 좋을지 몰라 난감했다. 부산에 사는 작은 아들에게 내려가자니 아직 직장을 구하지 못했다고 하고, 그렇다고 여기서 그냥 계속 살자니 아들과 며느리의 핍박 때문에 맘 편히 살기도 난처한 입장이었다.

9) 이태원 헛간 방을 쫓겨나게 되다(1961.1.)

이튿날이 되자 예감대로 며느리는 할아버지를 향해 부산에 사는 작은 아들에게 내려가라며 아침부터 재촉해댔다. 할아버지는 며느리의 속마음을 다 파악했으면서도 뭐라고 속 시원히 말할 수 있는 입장이 아니었다. 그 후부터 할아버지는 삶의 의욕을 잃어버리고 방 안에서 나오지도 않고 두문불출하였다. 그러자 며느리는 날마다 작은 아들 타령만 하면서 시아버지를 향해 구시렁거리며 타박만 했다. 주인집 내외는 어쩔 수 없었던지 마지막 방편으로 자신들이 살고 있는 이태원 집을 팔아버렸다. 집이 팔리게 되자 며느리는 할아버지를 서울역으로 데려가 억지로 부산행 기차에 태워 작은 아들에게 내려보내고 말았다. 서울역으로 출발하기 직전 할아버지는 소선과 태일 모자와 헤어지기가 아쉬웠던지 마지막으로 태일의 손을 꼭 잡더니 "태일아, 너는 참 똑똑한 놈이다. 참말이지 난 부끄러워서 말하기는 뭣하다만 그래도 너 때문에 그나마 내가 목숨이라도 그동안 부지하며 살았다. 너는 앞으로 틀림없이 훌륭한 사람이 될 거다. 너희 집이 가난해서 그렇지 네 엄마 같은 사람도 이 세상에 눈 씻고 찾아봐도 없을 거다. 엄마 말씀 잘 듣고 잘 자라서 앞으로 훌륭한 사람이 되거라." 눈물을 흘리던 할아버지는 서럽게 흐느끼며 태일의 등을 쓰다듬어 주었다.

그러더니 호주머니를 한참 뒤지더니 태일에게 1원짜리 동전 다섯 개를 꺼내 쥐어 주며 "태일아, 넌 정말 착한 애로구나. 이 늙은 것이 어디 가면 너같이 고마운 사람을 만날 수가 있겠느냐"며 흐느끼기 시작했다. 손사래를 치며 동전을 받지 않으려던 태일은 "할아버지, 그냥 두세요. 제가 그 돈이 무슨 필요가 있겠어요. 먼 길 떠나시는 할아버지가 오히려 더 필요하시지요" 하며 다시 할아버지에게 돌려주었다. 이렇게 주인집 할아버지가 부산으로 내려간 얼마 후 결국 태일의 식구들도 그 집에서 쫓겨나 동대문의 용두동으로 이사를 하게 되었다. 그때가 1961년 1월의 엄동설한에 벌어진 일이었다. 주인집 내외는 평소 시아버지와 전태일 식구가 눈엣가시처럼 보기 싫어했는데 이참에 쫓아내기 위한 최후의 방편으로 이태원 집을 팔아 넘긴 것이다. 결국 그들의 계획대로 모시기 싫은 시아버지와 태일네 식구들을 모두 내쫓아버린 것이다.

그 헛간 방은 전상수가 부도가 났다는 소식을 전해 들은 전상수의 친구들이 얼마의 돈을 보태 싼값으로 얻어 준 셋방이나 마찬가지였다. 그러나 한편으로는 전상수와 사업상의 친분 관계 때문에 별 탈 없이 잘 지내게 해 준 주인집에 대해 소선은 오히려 고맙게 생각하고 있었다. 이제 태일의 식구들도 어쩔 수 없이 다른 동네로 이사가야만 했다. 더 이상 버틸 이유도 없고 그럴만한 상황이 못 되었기 때문이다. 그러나 돈 한 푼 없이 또 다시 어디로 이사를 가야 한다는 말인가. 전상수는 또다시 이사할 곳을 여기저기 알아보러 다니더니 마침내 동대문 밖 용두동에 있는 판자촌으로 옮기게 된 것이다. 그곳에는 평소 전상수와 친하게 지내던 정씨 아저씨를 비롯해 몇몇 친구들이 옹기종기 모여 살고 있는 동네였기 때문에 그나마 의지처가 될 수 있을 것 같아 결정한 것이다.[112]

7. 동대문구 용두동 판자촌으로 이사하다

— 1961년 1월~1961년 8월 (8개월, 나머지 가족은 1962년 1월
까지, 14세)

1) 온 식구가 사흘 동안 끼니를 굶다(1961.1.)

갈 곳이 없던 태일의 식구들은 짐을 꾸려 결국 전상수의 친구 정씨와
또 다른 친구들이 살고 있는 용두동(龍頭洞) 판자촌으로 이사를 가야만 했
다. 이때가 1961년 1월이다.

이태원의 조그마한 산마루턱의 방 한 칸에 대한 방세가 밀리자 동대문 밖의
용두동으로 이사를 가게 된 것이다. 아주 빈촌 중의 빈촌인 판잣집 좁은
방 한 칸을 꾸려서 이런 환경에 적응하느라고 소년은 4학년을 조금 배우다가
중퇴를 한 것이다.113

그러나 뜻밖에도 그들을 기다리는 있는 곳은 온전한 판잣집이 아니었
다. 판잣집들의 지붕과 지붕 사이에 두세 평 정도의 빈 공간을 주인들의
허락을 받아 비닐을 치고 천막을 설치해야만 하는 처지였다. 식구들은 거
처를 꾸미느라 바닥에 나무판자를 깔았다. 방도 없고 부엌도 없는 그곳은
집이라기보다는 간신히 노숙을 면한 정도의 임시 거처였다. 추운 겨울임
에도 불구하고 여섯 식구가 서로 몸을 부대끼며 추위에 떨며 간신히 새우
잠을 잘 정도의 공간이었다. 보름가량을 그곳에서 지낸 어느 날, 전상수는
제대로 된 천막을 하나 구입했다. 그리고는 임시거처에서 조금만 내려가

---

112 이소선, 「저자와의 인터뷰 증언」, 2006.7.13.
113 전태일·전태일기념사업회 엮음, 『내 죽음을 헛되이 말라』, 29.

면 나오는 개천 앞 공터에 판자를 대충 얽어 움막을 하나 만들었다. 그러
다 보니 한겨울에는 몹시 추웠고 반면 한여름에는 찜통같이 더울 수밖에
없었다. 비가 내리거나 바람이라도 부는 날에는 금방이라도 무너질 듯했
다. 그래도 식구들은 감사한 마음으로 용두동 생활을 이렇게 시작했다. 평
소와 다름없이 아버지 전상수는 용두동으로 온 이후에도 식구들 곁에 없
었다. 이사를 할 때는 이것저것 신경을 쓰는 것처럼 하더니 이사를 하고
움막을 짓고 나서는 다시금 집에 잘 나타나지 않은 것이다. 남편으로서,
아버지로서의 전상수는 항상 그런 식이었다. 이번에도 이곳저곳 나름대
로 일자리를 얻으러 다니는 것처럼 보였지만 집에는 땡전 한 푼 가져오지
않았다.

그러다가 객공(客工)잡이로 일을 하게 된 전상수는 월급을 규칙적으로
받는 정식 직원이 아니라 일거리가 있을 때만 출근하고 일거리가 없을 때
는 쉬는 처지가 됐다. 그러다 보니 집안에는 제대로 돈을 벌어다 주는 사람
이 아무도 없었다. 수입이 없으니 자연히 먹을 것이 궁해지고 집안이 어려
워지기 시작했다. 어머니 이소선은 완전히 회복되지 않아 아직 일을 할 수
있는 상태가 아니었다. 용두동으로 온 이후에도 산송장처럼 누워 있다시
피 했고 태일은 외할머니가 알려준 대로 붉은 돌을 불에 달궈 소선의 배에
얹어 주었다. 전태일은 또다시 이태원 헛간에서 살 때처럼 장남으로서 혹
은 가장 아닌 가장으로서 생활전선에 나설 수밖에 없었다. 어느 날, 전상수
가 무려 일주일을 집에 안 들어온 날이 있었다. 식구들은 집을 나간 아버지
를 기다리다가 삼일 밤낮을 꼬박 굶었다. 사흘 동안 두문불출하며 꼼작하
지 않자 이상히 여긴 이웃집 용진 엄마가 우연히 문을 열고 들어왔다.

온 식구들이 밥을 굶어 바닥에 축 늘어져 있는 것을 본 용진 엄마는 수
제비를 끓여와 아이들에게 직접 수제비를 떠먹이며 한 가지 반가운 소식
을 전해 주었다. "태일이 엄마, 이렇게 가만히 주저앉아 아이들하고 대책

없이 굶지만 말고 동대문 검정다리에 가 봐요. 그곳에 가면 강냉이죽을 배급하는데 그것이라도 타다가 애들을 먹이세요. 이러고 굶고만 있으면 어떡해요?" 하면서 소선을 나무라는 것이다. 그 소식을 귀담아듣던 태일, 태삼 형제는 수제비를 먹고 몸을 추스리자 양동이를 들고 검정다리로 달려갔다. 그곳에 당도하니 대한적십자사와 천주교회가 연합으로 빈민들에게 옥수수죽을 퍼주고 있었다. 배급을 받기 위해 많은 사람들이 끝없이 줄을 서 있는 모습을 목격한 형제는 그날 이후 매일 죽을 받아왔고 식구들은 그 죽으로 연명했다. 밀가루 한 봉지나 보리쌀 한 되조차 제대로 못 사 먹던 형편이었으니 형제는 여름철이 돌아오면 먹거리를 얻기 위해 틈나는 대로 주변 동네를 다니며 대추를 주워오거나 시금치 밭에서 버섯을 따오기도 했다. 동대문상고 울타리 인근에서 동대문야구장 방향으로 펼쳐져 있는 시금치 밭에는 비가 오는 날이면 하얗게 돋은 버섯들이 올라오는데 그것을 따서 식구들과 반찬을 해 먹는 일이 빈번하였다.

2) 시멘트 포대 뜯는 돈벌이와 연날리기 싸움(1961.1.~3.)

이사 온 지 얼마 지나지 않아 아버지가 객공으로 돈벌이를 하기 시작하면서 어느 정도 집안이 안정되는 듯하자 형제는 조금씩 여유 있는 시간이 생겨 틈나는 대로 놀이를 즐기게 되었다. 소선은 아직도 허약한 상태였으나 전상수의 형편이 조금씩 풀리기 시작하더니 이번엔 정식 일거리가 생겼다. 이번에도 부산에 살았을 때처럼 군복을 맡아 재단 일을 하게 된 것이다. 그러나 형제는 조금이라도 가계에 보탬이 되기 위해 시멘트 포대를 뜯는 일을 하여 돈벌이를 하였다. 이소선은 정신이 돌아오긴 했으나 아직도 기력을 회복하지 못해 일을 할 수가 없었고 태일이가 신문을 팔아서 돈을 가져오면 소선은 그 돈으로 이문을 남길 방법이 없는가를 고민하던

중 고물장사에게 빈 병을 사서 용두동 개천가에서 깨끗이 닦아 가까운 청
량리 시장에 내다 팔아 이윤을 남기곤 했다. 하루 종일 포대를 뜯으면 3원
도 벌고 때로는 5원도 벌었다. 당시 어린이들에게 5원이라는 돈은 제법 큰
돈이었다. 이때 포대를 뜯고 나면 튼튼한 재봉실이 딸려 나온다. 형제는
일을 마치고 나면 이 실들을 잔뜩 모아서 연줄을 만드는 데 사용했다. 연
줄 만들기를 모두 마치면 용두동 개천가로 달려가 바람이 매우 세차게 부
는 시간을 활용해 동네 아이들과 모여 연날리기 시합을 했다. 특히 사금파
리(유리조각)를 주워다 곱게 가루로 만든 후에 연실에 풀을 먹이거나 돌
가루를 풀에 먹여 연싸움에 나선다. 연줄이 서로 엉켜버리는 상황이 되면
돌가루를 먹인 연보다는 유리가루를 먹인 줄이 더 날카로워 상대 연줄을
가차 없이 끊어 놓는다. 형제는 "연치기! 연치고!" 하는 연날리기 싸움놀이
를 자주 즐기면서 용두동에서의 즐거운 추억을 쌓았다. 유리가루로 풀칠
된 태일의 완전무장한 연줄이 동네 아이들의 연줄을 모두 끊어 놓는 바람
에 태일은 언제나 최후의 승자가 되기 일쑤였다. 당시 동대문운동장 부근
에는 도자기 공장 터 자리가 있었는데 그곳에서는 온전한 형체를 지닌 도
자기 물건들을 아이들이 직접 손으로 캐내기도 하고 사기조각이나 사금
파리를 파내기도 했다. 그곳에서 캐낸 사금파리나 도자기 조각은 연날리
기할 때 태일의 비밀스런 병기가 되었던 셈이다.

3) 주방용품 위탁업체 '굿'(GOOD)에서 장사를 시작하다(1961.2.)

그의 부친은 요사이는 더욱 폭음이 심하고 하루를 멀다 하고 가정불화는
그치는 날이 없었다. 그의 어머니도 정신상태가 불건실하기 때문에 아무런
일도 할 수 없으므로 소년은 자기보다 두 살 아래 남동생을 데리고 동대문시장
에 나가 술 장사를 시작하였던 것이다.114

1961년 2월 중순경, 아버지 전상수는 어느 날부터인가 또다시 일거리가 끊기면서 다시 용두동 집에 모습을 보이지 않더니 이번에는 무려 한 달이 넘도록 집에 들어오지 않았다. 집에 돈을 가져올 수 없던 전상수는 식구들 보기에 민망했던지 아예 집에 들어오지 않는 것이다. 하는 수 없이 형제는 이제부터 본격적으로 돈벌이에 나설 수밖에 없었다. 마침 태일의 친구들 몇 명이 시내에서 장사를 하고 있었는데 그들의 소개로 주방용품 장사를 시작하게 된 것이다. 솥, 적쇄, 조리, 쓰레받기, 방비 등의 주방용품[115]을 '굿'(Good)이라는 간판을 단 주방용품 위탁업체에서 가져다가 거리 판매를 한 후 물건 원금을 매일 사납금으로 주면 되는 것이다. 입금을 시킨 나머지 이익금은 자신들이 모두 갖는 것이다.

주로 주부들이 부엌에서 쓰는 솥, 조리, 방비, 적쇄 등 이런 여러 가지 물건들을 동네의 어떤 위탁판매소에서 위탁으로 받아다 팔아서 원금은 돌려주고 이익금을 집안 식비에 충당했던 것이다. 그의 남동생도 3학년을 중퇴하고 소년을 따라 물건들을 조그마한 C 레이쏜 박스에 담아가지고 동대문시장이나 중앙시장 등지를 돌아다니면서 행상을 하였던 것이었다. 식생활을 제대로 하지 못하고 영양분을 섭취할 수 없었기 때문에 키는 제대로 자라지 못하고 말라깽이 두 형제는 아침이면 C 레이쏜박스에 솥, 조리 등을 담고 시내 여러 골목과 시장들을 해가 지고 밤이 늦도록 까지 헤매였던 것이다. 그 길만이 그들이 할 수 있는 최대한의 환경에 적응하여 병중에서 완전한 완쾌를 보지 못한 어머니와 어린 동생들과 낙심으로 마음의 안정을 얻지 못하고 자기 마음대로

---

114 전태일, 위의 책, 29.

115 '솔'은 설거지할 때 사용하는 쑤세미를 말하며 '적쇄'는 생선을 구울 때 사용하는 석쇄를 일컫는다. '방비'와 '쓰레받기'는 방을 청소할 때 쓰는 빗자루와 쓰레받이를 뜻하며, '조리'는 밥을 할 때 돌맹이를 골라내기 위해 사용하는 쌀조리를 일컫는다. 또한 '삼발이'는 요리할 때 연탄불 위에 불 높이를 조절하기 위해 올려놓는 별 모양의 굵은 철사를 말한다.

하지 못하는 부친을 위하는 길이었다.116

형제는 삼립빵이 담긴 종이 박스를 구해서 박스 양쪽에 노끈을 매고 레이스를 달아서 멋지게 장식을 하고 박스 안에 판매할 물건을 담아 어깨에 메고 다니면서 장사를 하기 시작했다. 판매 지역은 주로 왕십리, 동대문, 신설동, 종로 파고다공원, 충무로 등의 코스를 일정하게 다니면서 반복해 돌아다니는 것이다. 두 형제는 설레는 마음으로 박스를 매고 "솔 사려! 조리, 방비, 적쇄요!! 쓰레받기요!!" 하면서 목이 터져라 외쳤다. 처음에는 아줌마들이 동정심으로 물건을 곧잘 사 주는 듯했으나 그것도 하루 이틀이지 매일 다니다시피 하는 어린 장사꾼들에게 물건을 계속 사 줄 리가 없었다. 결국 물건이 잘 안 팔리게 되자 전태일에게 여러 가지 문제가 연이어 발생하게 됐다. 일을 마치고 원금을 입금하기 전에 용두동 집에 보리쌀이나 밀가루, 국수 등의 먹을 양식을 조금이라도 가져가야만 식구들이 하루하루 먹고 살 수가 있었다. 집안에 양식을 사가는 것 때문에 결국 위탁업체 사장에게 매일 계산해야 하는 원금상환을 정상적으로 못하게 된 것이다. 더구나 장사가 잘 안되는 데다 원금에 대한 미수금마저 발생하며 일이 점점 커지게 된 것이다. 먼저 물건 대금을 납부해야 하는데 그 돈으로 먼저 집안에 양식을 사야 하니 미수금은 점점 불어나기 시작한 것이다.

굶주리면서 장사를 하던 태일, 태삼 형제는 어느 날 저녁 용두동 배추밭 부근에 있는 수채물가를 지나고 있었다. 물가에는 누가 내다 버린 곰팡이 난 무말랭이가 한 뭉치 보였다. 태삼은 "형, 저거 주워가서 먹자!"라고 졸랐더니 태일은 아무 말 없이 그냥 동생 태삼을 데리고 집으로 갔다. 한참 밤이 깊어가자 태일은 동생을 데리고 다시 그곳으로 가더니 사방을 두

---

116 전태일, 위의 책, 29.

리번거리다가 남들이 안 보는 사이에 무말랭이를 슬쩍 봉지에 담더니 물가로 가서 무말랭이를 깨끗이 씻어서 집으로 가져왔다. 남들이 볼까 봐 초저녁에는 일부러 손을 안 댄 것이다. 가져온 무말랭이는 물에 불린 다음에 소금에 넣고 냄비에 끓여서 간을 한 후 이튿날 그걸 오물오물 먹으면서 하루 끼니를 때운 것이다. 당시는 흔한 식재료가 무였기 때문에 무말랭이가 흔했다. 이소선도 밤에 몰래 개천을 가서 곰팡이 긴 무말랭이가 떠내려 오면 그걸 주어다 씻어서 고춧가루에 버무려 반찬으로 먹기도 했다.

4) 미수금이 불어나자 삼발이를 만들어 팔다(1961.2.~3.)

1961년 2월 말부터 태일, 태삼 형제는 장사도 잘 안되고 미수금이 눈덩이처럼 불어나자 특단의 조치로 본격적으로 삼발이 장사를 시작했다. 남는 이익금을 더 늘려 보려고 시작한 삼발이 장사는 형제가 모두 달려들어 안간힘을 써야만 감당할 수 있었다. 묘책을 짜낸 물건을 연탄 삼발이로 선택한 이유는 간단했다. 삼발이라는 물건은 모든 가정에 인기 필수품이었기 때문이다. 연탄 풍로나 연탄불, 숯불을 사용할 때는 반드시 삼발이가 있어야만 했다. 불꽃 위에 삼발이를 얹지 않으면 화력이 제대로 올라오지 않을 뿐더러 냄비나 솥을 올려놓을 수조차 없다. 삼발이가 없던 시절에는 돌멩이를 올려놓았으나 돌멩이는 솥이나 냄비가 잘 기울어져서 음식물이 쏟아지는 등 여러 가지 불편이 뒤따랐다. 그래서 착안된 제품이 굵은 철사로 만든 별(☆)모양의 삼발이다. 태일의 형제는 제작비용을 절감하기 위해 동대문시장 철물점 도매상을 직접 방문해 20미리 두께의 양철 철사를 구입해 용두동 논바닥으로 가서 작업을 했다. 집주변에 있는 논바닥을 대장간 삼아 뻰치 같은 도구만 들고 밤새도록 작업을 해야 했다.

일차적으로 별 모양이 만들어지면 두 개의 별을 하나로 묶어 겹치게 하여 하나의 단단한 삼발이 제품이 완성되는 것이다. 철사를 끊을 때는 잘 끊어지지 않으니까 계속 위 아래로 흔들어 철사가 열을 받게 하여 끊는 등 청소년의 나이로는 감당하기 힘든 일들이었다. 형제는 머리를 맞대고 이런 원시적인 방법으로 밤새도록 삼발이를 대량으로 만들었다. 결국 형제의 양손은 삼발이를 만드느라 부르텄으며 삼발이를 팔러 다니느라 발도 퉁퉁 부었다. 삼발이를 직접 만들어 판매하니 재료비 얼마를 제외하면 파는 대로 고스란히 이윤이 남게 되었다. 형제는 찰랑찰랑 소리를 내는 삼발이 묶음을 어깨에 짊어지고 열심히 외쳐대며 서울 시내를 돌아다녔다.

이제는 판매 품목에서 '삼발이'라는 인기 제품이 하나 더 늘어난 것이다. 이리저리 팔러 다니다가 휴식을 취하려고 땅바닥에 주저 않으면 태일은 그 틈을 이용해 땅바닥에 구구단을 써놓고 동생 태삼이에게 암기하도록 했다. 배움에 대한 열망을 쉬는 시간마다 땅바닥에서 풀어 간 것이다. 형제는 이런 와중에도 용두동 동광교회에서 운영하는 동광초등공민학교에 입학해 열심히 공부하기 시작했다. 그러나 삼발이 장사를 해서 남는 이익금을 가지고 미수금을 갚아 나가도 좀처럼 부채는 줄어들지 않았다. 그도 그럴 것이 하루도 빠짐없이 국수와 밀가루를 집으로 사가지 않으면 식구들이 굶어 죽을 판이라 미수금 상환은 밑 빠진 독에 물 붓기였다. 집에서는 동생들과 아픈 엄마가 형제만을 바라보고 있는데 빈손으로 갈 수가 없기 때문이다. 태일은 미수금을 갚아야 하는 정신적인 중압감에 차츰 부담을 느끼며 괴로워하기 시작했다.

5) 동광초등공민학교 6학년으로 편입하다(1961.3.~8.)

전태일은 1961년 3월 초, 동생 태삼과 함께 그의 생애 세 번째가 되는 교회당의 문을 두드리게 된다. 용두동에 있는 동광장로교회[117]에서 운영

하는 동광초등공민학교(東光初等公民學校)에 6학년으로 편입을 하게 된
것이다. 그는 자신의 수기에서 당시의 상황을 다음과 같이 기록하였다.

> 낮에는 이리저리 돌아다니면서 "솔 사려, 조리 방비 적쉐요, 쓰레받기나
> 삼발이요." 거의 이 작업이 어린 두 형제에게는 천직이나 다름없다는 표정으
> 로 열심히 외치고 밤이면 동대문상고 옆에 있던 동광교회에 권 선생님이
> 지도하는 야간학교에 입학하여서 틈틈이 공부하였던 것이다.118

낮에는 온갖 고생을 하며 장사를 하였고 밤에는 동광교회 야간학교에
입학해 학업을 이어갔다는 내용이다. 그렇다면 이때 배웠던 동광교회와
야간학교 그리고 수기에 등장하는 '권 선생님'은 어떤 인물인가 알아보자.
당시 동대문상고 바로 옆에는 철조망 담장이 길게 설치되어 있었는데 그
담벼락 바로 옆에 동광교회가 있었다. 이때 그 교회 측에서 운영하던 동광
초등공민학교는 남대문초등공민학교처럼 1949년에 성경구락부를 통해
서 운영되고 있었다.119 오히려 남대문교회는 1954년에 도입해 운영했던
성경구락부를 동광교회는 그보다 5년이나 더 앞서 시작했다.120

이때 태일은 동생 태삼을 데리고 그 학교에 나란히 편입을 했는데 태
삼은 다시 1학년으로 입학했고 태일은 6학년으로 편입하였다. 그러다가

---

117 동광교회는 1948년 2월 22일에 청계천 가까운 곳에 위치한 용두동에 설립된 교회이다.
　　역사와 전통이 있는 대한예수교장로회(통합측) 교단 소속이다. 당시 담임목회자는 장용
　　호 목사였으며 이 교회는 전태일이 다니기 이전인 1949년도에 이미 성경구락부 제도를
　　도입해 초등공민학교를 운영하고 있었다. 남대문교회와 동광교회는 성경구락부를 운영
　　하는 교회였다.

118 전태일 · 전태일기념사업회 엮음. 『내 죽음을 헛되이 말라』, 29.

119 대한성경구락부(http://www.kh7cm.or.kr), 대한성경구락부 연혁 참조.

120 1949년 권세열(퀸슬러) 박사가 다시 내한하여 서울에서 청소년 성경구락부 운동을 재
　　개해 10개 구락부를 설립할 때 동광교회도 포함됐다.

여섯 달 정도를 다니다가 미수금 납부에 대한 중압감으로 인한 가출 때문에 전태일 형제는 결국 학업을 다시 중단하게 된다. 그의 수기에 등장하는 '권 선생님'이라는 인물은 수기장에는 권 씨라는 성만 언급이 되어 있고 이름은 밝혀져 있지 않다. 그러나 전태일이 다녔던 동광교회의 교회 연혁을 통해서 그 당시 권씨 성을 가진 유일한 남자 교인이 활동하고 있었다는 사실을 알 수가 있었는데 수소문을 해보니 그가 바로 권영후[121]였다. 그는 40세 때인 1961년도부터 용두동 소재 서울 동광교회에서 장로 임직을 받아 신앙생활을 하면서 야학 교사를 할 때 태일과 첫 만남을 가졌으며 다른 학생들보다 더 애정과 관심을 가지고 가르쳤다고 한다. 그러나 태일은 직면한 여러 가지 사정으로 결석을 자주했다고 증언하고 있다.[122]

그 당시 동광교회 주변에는 서울대 사범대 캠퍼스와 고려대학교가 있어서 뜻있는 대학생들이 각 인근 지역의 여러 교회들과 서로 앞다투어 야학을 개설해 판자촌 철거민 자녀들과 근로청소년들에게 배움의 기회를 제공하고 있었다. 위탁판매를 정신없이 하면서도 동광학교를 눈여겨 두었던 태일은 초등학교 과정의 공민학교를 기어코 졸업하기 위해 안간힘을 쓰며 야학의 기회를 놓치지 않으려 했다. 낮에 하는 장사로 온몸이 파김치가 되어 지쳤는데도 하나라도 더 배우려는 뜨거운 열망으로 굶주림

---

121 전태일을 가르친 권영후(1921년 11월 5일생) 선생은 새문안교회 담임목사인 강신명(姜信明)의 사위였다. 동광교회에 교적을 두고 있었지만 가족들은 모두 새문안교회를 출석했다. 권영후는 강 목사의 지시로 신학교의 실무적인 책임을 맡으면서 장인에게 협력하였다. 그 후 신학교는 여러 과정을 거쳐 훗날 서울장신대로 승격이 되었다. 권영후는 전태일과 동광교회 야간학교에서 만날 무렵인 1962년에 동광교회 장로로 선출되어 대한예수교장로회(통합측) 서울동노회에서 장로 장립(將立)을 받았으며, 그 후 자신이 소속한 노회에서 1990년도에 제20대 장로회 회장으로 당선되어 활동하였으며 온유하고 후덕한 성품의 학구적인 인물이다. 그의 부인은 신학계에서 구약학의 권위자인 강성렬 교수이며 지금은 부부가 모두 타계했다. 우연의 일치지만, 전태일의 여동생 전순옥은 검정고시를 통해 권영후가 일했던 서울장신대를 졸업했다.

122 권영후, 「저자와의 인터뷰 증언」, 1995.10.18.

전태일이 6학년으로 편입한 동광초등공민학교의 학생들의 모습. 용두동 동광교회에서 개설한 학교였다.

과 졸음을 견디며 학업을 계속하고자 노력했던 태일은 그해 8월 다시 학업에 대한 꿈을 접어야 했다.

6) 투망꾼을 무심코 따라가다 홍수에 휩쓸려 죽을 뻔하다(1961.8.)

당시 답십리 지역에는 작은 규모의 어장들이 여러 군데 있었다. 그러나 비가 한 번 크게 내려서 홍수가 나면 어장들을 휩쓸고 지나기 때문에 어장에 있던 물고기는 모두 흩어져 버린다. 형제는 이런 장마철을 이용해 깡통을 들고 웅덩이마다 찾아다니며 신나게 물고기를 잡으러 다녔다. 장마철이라 삼발이 장사를 할 수가 없게 되자 궁여지책 끝에 소일거리를 찾은 것이다. 답십리 지역에는 양쪽에서 흐르는 두 개의 큰 물줄기가 있었는데 어부들과 낚시꾼들이 찾아와 고기를 잡기 위해 낚시질을 하거나 투망을 던진다. 형제는 고기잡이꾼들을 따라다니며 그들이 남기고 간 잔챙이 물고기들을 챙겨 깡통에 주워 담는 일을 즐겼다. 평소에도 물고기들을 깡통에 담아 집에 가지고 오면 어머니가 매운탕을 얼큰하게 끓여서 집안 식구들과 이웃들까지 잔치를 벌이듯 나누어 먹곤 했다.

1961년 8월 초순, 태일이 가출하기 직전에 큰 홍수가 났을 때의 일이었다. 홍수가 한창이던 어느 날, 태일, 태삼 형제는 투망을 열심히 던지고 있는 키가 큰 남자를 계속 졸졸 따라다녔다. 마침 투망을 멘 사람이 물을 건너는 것을 보고 형제도 무심코 물을 건넜다. 물을 건넌 후에도 그 남자를 계속 따라다니며 정신없이 고기들을 깡통에 주워 담고 있었다. 그러나 형제가 잠깐 한눈을 판 사이에 갑자기 물이 불어나 어느덧 태일의 허리까지 찼고 태삼이는 가슴까지 차오르게 된 것이다. 건너편으로 가기도 전에 세찬 물살이 순식간에 불어나 형제를 고립시킨 것이다. 놀란 형제는 빨리 물을 건너가야만 살 수가 있기에 서로 손을 꼭 잡은 채로 필사적으로 물살을 헤쳐 나갔다. 그렇게 조심스레 건너오던 중에 그만 태삼이가 형의 손을 놓치고 만 것이다.

속수무책으로 태삼이가 물살에 휩쓸려 떠내려가기 시작했다. 그러나 때마침 태일의 주변에 있던 어른들이 신속히 타이어 고무 튜브를 던져 주는 바람에 태삼이는 구사일생으로 살아날 수 있었다. 그 일이 있은 후 며칠이 지난 어느 날, 서울 전역에 계속 장마비가 내렸는데 태일이 사는 용두동 판잣집에도 홍수가 나서 움막집 바닥까지 물이 차올라 왔다. 동네 사람들은 대피를 준비하며 긴장하고 있었는데, 이튿날 날이 밝고 주변을 살펴보니 홍수가 뚝섬에서부터 차고 올라와 동대문 다리까지 차서 곧 잠길 지경이 될 정도로 상황이 급박했다. 그럼에도 불구하고 형제는 겁도 없이 깡통을 들고 다리로 달려가 떠내려가는 물고기들을 정신없이 건져냈다. 워낙 홍수가 혼탁한지라 물고기들이 머리만 물 밖으로 내놓고 뻐끔뻐끔하고 있을 때 살짝 건지기만 하면 쉽게 잡을 수 있었던 것이다. 이날 형제는 시뻘건 홍수 물살에 가축들이 떠내려가는 것을 보고 몹시 무서워하기도 했고 홍수가 화재보다 더 무섭다는 것을 체험했다. 이처럼 태일, 태삼 형제의 개구쟁이 기질은 생사를 넘나들 정도로 다양하고 모험적이었다.

7) 미수금의 중압감으로 가출을 시작하다(1961.8.)

전태일은 주방용품과 삼발이 등을 팔아 일을 마치고 나면 입금해야 할 원금에서 식구들의 양식인 밀가루나 국수 등을 사다 보니 반납금 미납액 수가 점점 눈덩이처럼 불어나 근심에 빠질 정도가 되었다. 그렇다고 해서 부모님이나 동생들에게 근심 걱정을 끼칠 수도 없는 노릇이었다. 태일은 돈을 갚으라고 채근하는 위탁업체 사장의 얼굴을 더 이상 쳐다 볼 자신이 없었다. 사장이 노발대발할 생각을 하게 되니 차라리 집을 나가는 것이 마음이 편할 것 같았다. 이 일은 아무도 모르는 혼자만의 큰 고민거리였던 것이다. 순진한 태일은 이러지도 저러지도 못하는 난처한 상황이 된 것이다. 그 일은 당시 초등학교를 이제 막 졸업하고 중학교에 입학할 나이인 14세의 청소년인 태일에게는 감당하기 힘든 커다란 중압감이었다.

그러다가 1961년 8월 전태일은 급기야 용두동 집에 밀가루 한 포대를 사다 놓고는 가출을 결행했다. 손수레와 지게 등을 맡기는 보관소에 자신이 팔던 물건들을 맡겨 둔 채로 월말 계산을 하루 앞둔 날 가출을 시도한 것이다. 태일이 가출을 결심한 동기는 또 한 가지 있었다. 그것은 바로 공부에 대한 열망이었다. 현재 동광학교를 다니고는 있지만 지금 자신의 나이에 제대로 배우지 않으면 앞으로는 절대로 공부를 할 기회가 없다는 불안감과 함께 이번에 집을 나가면 마음 편하게 정식으로 공부를 하고야 말겠다는 집념도 생겼기 때문이다. 장남으로서 식구들을 부양해야 하는 의무도 있지만 그래도 부모님은 아직 살아 계시니까 집안일은 부모에게 맡기고 자신이 해야 할 일은 현재 공부하는 것이 가장 급선무라고 판단을 했던 것이다. 한편, 이날 태일이 가출한 이후 식구들은 다섯 달 동안 애타게 태일을 기다리다가 결국 이듬해인 1962년 1월의 추운 엄동설한에 대구에 사는 큰댁 전용조의 집으로 이사를 가게 된다.

5장

서울 용두동 집을 나온 1년의 가출 생활

1961년 8월~1962년 8월 (1년, 14~15세)

1. 가출의 첫걸음, 수원을 거쳐 대구 큰댁을 다녀오다

— 1961년 8월 (6일간, 14세)

태일은 자신이 가출할 수밖에 없었던 심경을 수기장에 비교적 상세히 술회하고 있다. 그의 가출은 여느 일반 청소년들이 십대 시절에 흔히 경험하는 가출과는 달랐다. 그의 가출은 부모나 사회에 대한 반항심이나 비행 청소년들의 탈선 때문에 저지르는 단순한 가출은 더더욱 아니었다. 그런 류의 가출은 가정의 생계를 책임을 졌던 열네 살짜리 태일에게는 차라리 호사스런 일에 불과한 것이었다.

어느 날 소년은 물건을 위탁받는 곳에 미수금을 지게 된 것이다. 장사는 잘 되지 않고 집에서는 하루하루 식비를 조달하다 보니 소년에게는 적지 않은 금액이 소년만이 아는 큰 고민으로 등장한 것이다. 5.16혁명 이후 화폐 개혁이 되는 당시 그는 물건들을 동대문시장 구호물자 옷가지를 파는 손수레, 지게 등을 맡기는 보관소에 맡겨 둔 채 월말계산을 하게 되면 자기 혼자만 고민하던 것을 주인이 알면 심한 꾸중을 듣고 그의 어머니를 호출하여 물건 값을 배상하라고 호통을 치는 것이다. 그렇지 않아도 불쌍한 그의 어머니 언제 한번 그렇게 잡수시고 싶어하시던 고깃국을 못 끓여 드리고 벌써 언제부터 인가는 보리밥에 쓴 된장찌개 밖엔 못 잡수시고 긴긴 여름날 화로 속같이 뜨거운 천막 안에서 불쌍하기만한 두 형제를 생각하면서 이젠 가슴아리 병마저 생겨 말치고 올라오는 속을 쓸어내리기 위해 그 한 더위에서 도 기왓장을 불에 달구 워서 배 위에 올려놓고 산송장같이 하루를 이틀을 이어 나가는 그의 어머니가 그 위탁소의(이어지는 부분의 원고가 없어짐).[123]

태일은 원금 미납액수가 점점 눈덩이처럼 불어나는 사실을 어머니나 식구들에게 끝까지 숨겼다. 괜시리 근심 걱정을 끼치는 것 같았기 때문이 다. 특히 부도의 충격으로 발병한 갖가지 질병으로 허약해진 어머니는 아 직도 외할머니가 가르쳐 준 치료 방법대로 돌멩이나 기왓장을 불에 달구 어 전신에 올려놓고 있는 상태였다. 태일은 어머니를 생각하며 하염없는 눈물 흘렸다. 식사도 제 끼니에 못하고 치료도 제대로 받지 못하는 어머니 를 떠올리며 가슴이 찢어지는 아픔을 느꼈다. 말이 판잣집이지 천막과 판 자를 대충 얽어서 만들어 놓은 집이라 바람만 세차게 불면 곧 쓰러질 것만 같은 초라한 집이었다. 더구나 한여름 무더위에 찜통 같은 천막 안에서 뜨 거운 기왓장을 배 위에 올려놓고 숨을 헐떡이고 있는 어머니를 생각하면

---

[123] 전태일 · 전태일기념사업회 엮음, 『내 죽음을 헛되이 말라』, 29-30.

장남인 자신이 잘 모시지 못하고 있다는 죄책감에 자신의 불효를 되돌아보며 하염없이 울었다.

걸핏하면 집에 들어오지 않는 아버지 그리고 늘 병환으로 누워 있는 어머니, 올망졸망한 세 명의 동생들까지 모두 돌봐야 하는 가장 노릇을 하느라 용두동에서의 태일은 그야말로 손발이 다 부르트도록 온갖 고생을 감내했다. 장남으로서의 태일은 또래의 친구들은 전혀 생각할 수 없는 가족부양의 의무감과 책임감의 무거운 십자가를 지고 있었던 것이다.

이제 지칠 대로 지친 태일은 돈을 갚으라고 채근하는 위탁업체 사장의 얼굴을 볼 자신도 없고 용기도 나지 않자 월말 계산을 하루 앞둔 8월 중순의 어느 날 가출을 감행했다. 한 푼도 없는 빈손으로 용두동 개천가에 있는 천막집을 나온 태일은 정처 없이 발길 닿는 대로 시내를 향해 무작정 걸었다. 그저 아무도 모르는 곳으로 가서 숨어 지내며 살고 싶은 마음뿐이었다. 그러나 걸어가는 그의 발걸음은 생각보다 홀가분하지만은 않았다.

온갖 염려와 생각이 그의 머리를 아프게 했다. "앞으로 어디에 가서 무엇을 하며 지내야 한단 말인가. …" 이런저런 궁리를 해도 막막할 뿐이었다. 등 뒤에서는 위탁업체 사장이 금방이라도 목덜미를 낚아챌 것만 같았다. 그리고 위탁업체 사장이 용두동 천막집으로 쳐들어가서 어머니와 식구들을 달달 볶는 상상이 자꾸만 떠올랐다. 그렇지 않아도 지난번 월말 결산할 때도 사장이 어머니를 불러오라고 해서 모시고 갔더니 자신이 보는 앞에서 원금을 빨리 갚으라고 어머니를 망신주고 윽박지르는 것을 두 눈으로 목격했기 때문이다. 이런저런 생각과 함께 정처 없이 온 종일 걸었는데 문득 돌아보니 겨우 영등포를 지나고 있었다. 그는 영등포에서 안양 방향을 향해 무작정 걷고 또 걸었다. 발바닥이 부르트도록 안양을 거쳐 수원을 향해 무작정 걸었다. 하염없이 걸어가는 그의 심정을 누가 알랴. 첫날밤을 수원에서 노숙하고 아침이 되자 수원 시내를 이리저리 기웃거리며 일자리를 알아보다가 마음을 바꿔 그 날 밤 수원역에서 대구행 열차에 몸을 실었다. 물론 열차 검표원의 눈을 속인 무임승차였다.

다음날 새벽, 대구역에 도착한 그는 이리저리 대구 시내를 떠돌다가 결국 그날 밤 마땅히 갈 곳이 없게 되자 대구에 살고 있던 큰아버지 집으로 갔다. 큰댁에서는 서울에 살고 있던 조카가 예고도 없이 갑자기 내려온 것을 보고 인사차 다니러 온 줄 알고 며칠을 기거하도록 배려하며 융숭한 대접을 하였다. 며칠이 지나자 큰댁에서는 여비를 손에 쥐어 주고 태일을 다시 서울로 올려보내려 했다. 막상 가출은 시도했으나 마땅히 갈 곳이 없게 된 전태일은 큰댁에서 열차표를 끊어준 대로 다시 서울로 되돌아왔다. 서울역에 도착했지만 용두동 집으로 되돌아갈 생각을 하니 무서운 아버지가 떠올랐다. 용기가 나지 않았다. 위탁업체 주인에게도 빠른 시일 안에 찾아가 밀린 대금문제를 마무리해 줘야 하는데 그것도 용기가 나지 않았다. 태일은 갈등하기 시작했다. 그러나 시간이 점점 흐름과 동시에 용두동 집에는 절대 들어가지 않기로 마음이 굳혀졌고,[124] 그의 가출 결심은 더 이상 흔들리지 않고 확고해졌다. 그리고 돈을 벌어 집에 들어가면 아버지가 그래도 덜 야단을 칠 것 같다는 판단에 그날부터 일거리를 찾기 시작했다. '돈을 벌어야 한다. 돈 만이 내가 살 길이다.' 스스로 다짐을 하며 일자리를 알아보기 시작했다. 이렇게 태일의 1차 가출 생활은 본격적으로 시작되었다.

2. 남대문시장 일대에서 1년간 가출 생활을 하다
  ― 1961년 8월 중순~1962년 8월 중순 (1년, 14~15세)

대구 큰댁에서 올라온 태일은 다시 서울로 돌아왔지만 용두동 집으로

---

124 이소선, 「저자와의 인터뷰 증언」, 2006.7.13.

귀가하지 않은 채 남대문시장 일대에서 일거리를 찾으러 다녔다. 그러다가 선택한 돈벌이가 신문팔이였다. 방금 인쇄되어 따끈한 온기가 있는 신문들을 한 아름 옆구리에 끼고서 "'신문이요, 신문!!" 하면서 이리저리 뛰어다니며 거리를 누볐다. 그런대로 열심히 팔아서 조금이라도 수익을 볼 수 있었으나 한밤중에 노숙할 때 경찰들이 와서 자꾸 잡아가는 바람에 더 이상 신문팔이는 힘들게 되었다. 그래서 묘책을 짜낸 것이 구두통이었다. 구두통만 있으면 노숙을 할 때 순경들이 잡아가지 않는다는 사실을 알게 된 것이다. 신문팔이도 그대로 유지하면서 구두닦이 생활을 본격적으로 시작한 태일은 까만 구두 약칠로 온몸이 지저분해지면서 점점 거지 행색이 되어가고 있었다. 그러나 태일의 마음은 용두동 생활보다는 한결 편했다. 그렇다고 구두닦이 생활이 호락호락한 것만은 아니었다. 불편한 것이 한두 가지가 아니었다. 자기 집을 지척에 두고도 갈 수 없어서 밤만 돌아오면 잠자리 걱정을 해야 했고 매번 끼니걱정을 해야만 했다. 또한 보고 싶은 식구들의 얼굴을 볼 수 없는 안타까움과 서글픔에 밤잠을 설칠 때도 많아졌다. 무엇보다 일과가 시작되면 끼니를 해결해야 할 문제가 제일 큰 고민거리였다. 그리고 순경들 눈치 보는 것 말고도 양아치 같은 구두닦이 패거리들에게 자신들의 구역을 침범했다는 이유로 돈을 빼앗기거나 온갖 구실로 행패를 당해야만 하는 것이 가장 고통스러웠던 것이다.

집을 나와 신문팔이를 하면서 남대문시장 일대에 구두통을 메고 다닌 지가 어느덧 일 년이라는 세월이 흘러갔다. 안타깝게도 필사적인 힘을 다해 구두닦이와 신문팔이로 연명했지만 막상 돈을 모으기는커녕 결국 자신의 몸을 건사하지 못해 병든 신세가 되고 말았다. 그러나 굶어죽지 않고 목숨을 연명한 것만으로도 다행스러웠다. 일 년간 구두닦이를 하는 동안 불편한 잠자리와 피로한 일과에서 유발된 위생문제 때문에 오히려 온몸에 악성 피부염이 걸렸던 것이다.

더위와 허기에 지쳐 땀을 흘리는 더욱 못 견디는 병, 그는 몸을 제대로 닦지 못하고 잠자리를 가리지 못했기 때문에 심한 피부병으로 온몸에 두드러기로 인해 조금이라도 성한 곳을 찾아볼 수 없을 정도이다. 몸에 땀이 많이 흐르자 너무 가려워서 지랄병 환자의 발작 시초처럼 온몸을 비튼다. 등을 전신주 기둥에 기댄 채 등에서 피가 나도록 비벼 대는 것이다. 못 견디게 가려움보다는 등의 물집이 터져서 피가 나는 것이 견디기에 나은 것이다.[125]

남대문 일대에서 구두닦이와 신문팔이로 연명하던 태일은 1962년 8월의 어느 여름 날, 그러니까 용두동 집을 떠난 지 꼭 1년 만에 남대문시장 생활을 청산하고 지방을 향해 무작정 내려가기로 결심했다. 돈벌이도 제대로 안 되면서 고생은 고생대로 하는 서울 생활이 지긋지긋했던 것이다. 다행히 자신과 뜻이 통하는 같은 처지의 구두닦이 동료 한 명과 함께 내려가게 되어 마음은 한결 든든했다. 부산에 내려가 돈을 벌기로 약속한 두 사람은 구두통 하나만 달랑 집어 들고 무작정 부산행 열차에 몸을 실었다. 가출하고 있는 도중에 또 다시 다른 도시로의 탈출인 셈이었다.

3. 구두닦이 동료 한 명과 부산에 내려가다
— 1962년 8월 중순~8월 말 (12일, 15세)

1) 몰매를 맞고 구두통을 빼앗긴 후 이틀을 굶다

서울역에서 기차를 탄 전태일은 이튿날 새벽녘이 다 되어서야 친구와 함께 부산진역 광장에 도착할 수 있었다. 그렇지만 막상 갈 곳이라고는 아

---

125 전태일 · 전태일기념사업회 엮음, 위의 책, 24.

무 곳도 없었다. 반겨줄 사람 하나 없는 낯선 도시였지만 그래도 부산은 그가 세 살 때 부모의 등에 업혀 이사를 와서 일곱 살 때까지 유소년 시절을 보냈던 정든 도시였고 제이의 고향같이 여기던 도시였다. 설레는 마음으로 제이의 고향같이 여기는 도시에 찾아 왔으나 냉정한 현실 세계만이 그들을 기다리고 있었다.

애초에 서울 남대문시장에서 이곳 부산으로 내려온 이유도 인정사정 없는 냉혹한 서울보다는 인정이 넘친다는 부산이 더 친근하다고 여겼기 때문이다. 그래서 함께 따라온 동료 친구에게는 "부산은 내가 살던 곳이라서 내가 다 알아서 할 테니 너는 내가 이끄는 대로 따라만 오면 된다"며 큰소리를 쳤는데 막상 내려와 보니 본인의 상상이고 착각일 뿐이었다. 더 나은 수입과 더 좋은 환경을 기대하며 찾아온 부산이지만 결국 그를 기다리고 있는 것은 굶주림과 폭력뿐이었다. 살벌한 약육강식의 세계와 치열한 생존경쟁의 법칙은 어디를 가도 마찬가지였다. 태일의 때묻지 않은 순수함이 이곳 부산이라고 해서 통할 리가 없었다. 부산의 구두닦이들이 자신들의 구역을 침범해 얼씬거리고 있는 낯선 풋내기 구두닦이들을 그냥 놔둘 리가 없었다. 역전 근처를 크게 벗어나지도 못했는데도 태일과 친구는 구두닦이 패거리들에게 걸려들어 몰매를 맞았다. 서울에서 애지중지 들러 메고 내려온 구두통마저 빼앗겨 버렸다. 가출생활에서 유일한 재산 목록 1호였던 구두통마저 양아치들에게 빼앗기자 울분과 공포가 동시에 엄습했다. 그리고 자신이 마음속으로 그리던 옛 고향 도시에 대한 기대감이 결국 실망감으로 바뀌었다.

...(중략) 우리 집은 서울에 있어. 어떡하다 보니깐 부산까지 왔지만 이때까지 다녀 본 중에 부산이 제일 못 살 곳이더라. 첫날 빡통(구두통)까지 뺏기고 이때까지 먹은 거라곤 한 끼밖에 못 먹었다.[126]

양아치들의 무시무시한 엄포에 겁이 질린 태일은 구두닦이로 돈을 벌어야겠다는 꿈은 접어 버려야 했다. 돈 한 푼 없이 부산으로 내려온 태일은 이 사건 때문에 구두닦이 동료와도 결국 헤어지게 되었고 이때부터 쫄쫄 굶기 시작했다. "… 물에 빠지게 될 때까지 꼬박 이틀을 아무것도 먹지 못한 채"[127] 구두닦이 친구를 잃어버린 태일은 홀로 허기진 배를 움켜쥐고 비틀거리면서 추억의 영도다리를 향해 발걸음을 옮겼다.

2) 부산 영도다리 방파제를 찾아가다

태일에게 있어서 부산 영도다리는 옛날 유년 시절 동생 태삼을 비롯해 친구들과 재미있게 뛰어놀던 곳이다. 또한 어머니의 등에 업혀 뱃고동 소리를 들으며 동심이 자라던 곳이다. 이 영도다리와 바닷가를 잊지 못한 태일은 굶주림에 허덕이면서도 그리웠던 유년시절의 추억을 떠올리며 입가에 미소를 머금는다. 방파제를 향해 걸어가는 태일은 보고 싶은 가족들의 얼굴을 한 명씩 떠올리며 옛 기억을 더듬는다.

태양은 마른 대지 위의 무엇이든지 태워 버릴 것 같이 이글거린다. 열네 살의 한 소년이 허기진 배를 달래면서 부산진역에서 옛날 그가 살던 영도섬 쪽으로 무거운 다리를 옮겨 놓으면서 이글거리는 태양 아래 국제시장 입구 어느 양화점 쇼 윈도우 그늘진 곳에서 잠시 갈증 나는 더위를 피하고 있다. 소년은 누구, 무엇에게 반항함이 없이 생각한다. 나는 언제나 왜 이렇게 배가 고파야 하고, 항상 괴로운 마음과 몸 그리고 떨어진 신발에 남이 입다 버린 헌 때 뭉치인 계절에 맞지 않은 옷을 입어야 할까를. 누구 하나 그

---

126 위의 책, 34.

127 위의 책, 30.

부산 영도다리가 도개되는 광경. 전태일이 가출 기간에 방문했던 60년대 초반 무렵의 장면이다.

소년의 의문을 풀어줄 사람은 없다. 다시 걷는다. 옛 기억을 더듬으면서 좌우사방을 두리 번 거리면서 힘없이 걷고 있다. 소년은 또 생각한다. '영도 섬…' 영도 섬은 옛날 내가 살던 곳, 바닷가에 가면 누가 나 위해 보리밥 한 덩이를 마련하고 있단 말인가, 쓰레기통에 쉰밥 한 덩어리가 기다리고 있단 말인가? 그렇지만 그는 가야 한다는 집념 아래 인간 본능의 옛 고향의 얄팍하면서도 천하지 않은 그리움, 마음의 그리움을 만족시켜 주기 위하여 걷고 있다. 손질하지 않아 먼지와 때로 범벅이 된 긴 머리는 이 더위를 더욱 못 참게 하는 요인이 되고 있다. 퇴색해 버린 검정 학생복 윗도리는 뜨거움을 토하는 태양의 열기를 빨아들여 그의 병든 조그마한 몸을 금방이라도 익혀 버릴 것 같았다. 더위와 허기에 지쳐 땀을 흘리는 더욱 못 견디는 병, 그는 몸을 제대로 닦지 못하고 잠자리를 가리지 못했기 때문에 심한 피부병으로 온몸에 두드러기로 인해 조그마한 성한 곳을 찾아볼 수 없을 정도이다. 몸에 땀이 많이 흐르자 너무 가려워서 지랄병 환자의 발작 시초처럼 온몸을 비튼다. 등을 전신주 기둥에 기댄 채 등에서 피가 나도록 비벼 대는 것이다.

못 견디게 가려움보다는 등의 물집이 터져서 피가 나는 것이 견디기에 낳은
것이다. 따가움을 참아 가면서 걷는 그에게 영도다리가 보인다. '아, 영도다
리.' 그는 애타게 보고 싶은 어머니, 아버지를, 동생들을 보는 그런 반가움의
혼동체의 감정을 맛보면서 잠시나마 이 더위와 등의 피로 인한 따가움과
불쾌감을 잊는 것이다. 그 그리움의 대상에 대한 감정을 다 음미하기도
전에 심한 현기증과 영양실조로 다리 난간에 힘없이 주저앉는다. 얼마만한
정신의 안정을 회복한 그는 다리를 건너 목적지인 그의 옛집이 있던 섬
최남단으로 가지 않고 오던 길을 뒤돌아 다리의 입구 밑으로 있는 계단을
밟고 내려가고 있다. 중간쯤 내려간 그는 다시 돌아서 위로 오른다. 속으로
생각을 더듬는다. 무엇이었을까? 왜 이렇게 멍할까? 많이 덥지 않은 것
같은데 이 만큼에서 보일꺼야… 아, 저기 있구나.128

전태일은 일곱 살 때까지 이곳 부산에서 살았다는 추억 하나만을 붙잡
고 요행을 바라듯 무작정 찾아왔지만 결과는 실망과 좌절뿐이었다. 더위
와 허기에 지치고, 피부병의 가려움에 지친 태일은 현기증과 영양실조로
바닥에 털썩 주저앉아 저 멀리 바다 끝 그 무엇인가를 바라보고자 했다.
그가 영도다리 앞바다에서 진정 보고자 원했던 것은 무엇이었을까?

3) 국화빵의 유혹과 단아한 여학생

배가 고파서 거의 정신이 혼미한 상태에서 길을 걷다가 우연히 국화빵
장사를 만난다. 그러나 국화빵 수레를 지키고 있던 주인은 의외로 자신이
평소 생각했던 대로 털털한 아저씨나 인심 좋고 후덕한 아줌마가 아니었

128 위의 책, 23-24.

다. 어여쁘고 총명하게 생긴 여학생이 장사하고 있었다. 아마 자기 부모님이 잠깐 자리를 비운 사이에 손수레를 지키고 있을 때 태일과 눈이 마주치게 된 것이다. 태일은 자신이 그토록 절박하게 굶주린 상황에서 아마 다른 사람이 손수레를 지키고 있었다면 당장 국화빵을 구걸했을 것이지만 단아한 교복을 입은 여학생에게만큼은 자존심과 부끄러움으로 인해 머뭇거리다가 태연한 척하며 그냥 지나친다. 이런 태일의 모습에서 그의 순진한 소년성과 사춘기의 성품을 엿볼 수가 있다.

그의 눈엔 초라한 손수레에 구워 놓은 국화빵이 보였던 것이다. 아까 다리 밑으로 내려가기 전에 자갈치시장 입구 모퉁이에 뻘건 동구리 판 위에 많이 탐스럽게 구워놓은 국화빵이 그의 안목에 잡혔던 것이다. 그렇지만 그의 흐려버린 판단력이 먹을 것임을, 계단을 반 이상이나 내려갈 때에 가르쳐 준 것이다. 자석에 쇳조각이 끌리듯이 그는 손수레 앞까지 무의식적으로 끌려간다. 허기진 배는 인간으로서 누구나 가지고 있는 수치심을 뇌의 나변에 깊이 퇴적시켜 버리고 오직 동물의 본능을 만족시키려고 그 형언하기 어려운 포식하고자 하는 괴로움에 벗어나려고 밀가루의 굽는 냄새가 물씬나는 조그마한 수레 앞에 우뚝 선다. 그에겐 그 어떤 확실하지 않지만 그 행동을 제어하는 그 무엇이 없었다면 수북히 질서있게 쌓아 놓은 그 풀빵을 마음껏 먹었으리라, 그 어떤 절차 즉 그의 입장으로서 취할 수 있는 가장 평범한 동작으로 빵의 주인을 힐끗 쳐다본다. 십분의 일 초보다 짧은 순간에 그와 빵 수레를 지키는 소녀와의 시선이 마주치며 그는 시선을 아래로 떨군다. 단발머리 여학생, 교복을 입은 채 얌전히 앉아 있는 것이 아닌가. 자기와 같은 나이의 소녀, 총명할 것 같은 눈망울을 의식하는 순간 모든 괴로움에서 잠시 해방을 받는다. 다른 누구였더라면 서슴없이 손을 내밀었을 것이다. 그렇지만 그런 상대에겐 손을 내어밀 수 없는 것이다. 그도 자기의 행동을 인식하지는 못하지만, 같은 연령의 자기 환경과 수레 주인의 교복 입은 환경, 이 엄청난 차이점과 적어도 그에게는 자기의 약점을 노출시키지 않으려는 그 연령과 그 성격의 밑바닥을 맴돌고 있던 자존심이 심한 라이벌 의식을 동반하고 그의 뇌에서 소리치자 그는 힘없이 발걸음을 옮기는 것이다. 그 총명한 눈동자에게만은 자기 자신을 조금이라도 인정을 받고 싶었던 것이다. 적어도 자기의 좋은 점만이라도.[129]

4) 점집들을 쳐다보며 점쟁이들을 비웃다

전태일이 국화빵 수레를 지나치고 주변을 배회하다가 어느 점집 골목에 이르자 손님들을 기다리고 있는 점쟁이들의 군상을 갑자기 목격하며 다소 놀라는 표정을 짓는다. 자신이 서울 남대문시장 일대 판잣집에 살 때 판잣집 주변이나 남산 초입을 오르내릴 때마다 목격한 것을 다시 한번 회상하며 오버랩 된다.

다시 계단으로 내려가면서 생각한다. 밑으로 내려가면서 시원함을 느낀 동시에 찬 해수의 냄새에 얕은 두통을 느끼면서 계단을 내려와서 우편을 돌아서자 하꼬작 만한 좁은 방안에 남의 운명을 판단하는 우스운 분들이 여기도 남산공원입구 못지 않게 많은 것을 볼 수 있다. 나는 무엇을 찾으려고 쳐다보는 것은 아니지만 천천히 지나면서 복술가들의 얼굴을 쳐다본다.[130] 층계를 조심스럽게 디디고 다리 밑으로 내려온 나는 여기도 남산공원 못지않게 남의 운명을 판단하는 분들이 많다는 것을 처음 알았다. 쓸데없이 우스운 분들의 얼굴을 쳐다보면서 오른편으로 고기배가 끄덕거리는 쪽으로 향했다.[131]

---

129 위의 책. 25.
130 위의 책. 25-26.

우측은 60년대 초반의 부산 영도다리 아래 즐비하게 늘어선 점집들 광경이다. 좌측은 다리 아래 좌판을 찾아 점을 보고 있는 지게꾼

남산 입구에 좌판을 차려 놓고 사주팔자를 보는 점쟁이, 관상쟁이, 작명가, 복술가 등을 회상하며 인간의 운명을 예언하는 일에 종사하는 그들을 비웃는다. 태일은 그들을 "우스운 분들"이라고 표현했다. 무엇이 그토록 그의 눈에 우습게 비쳤을까. 분명 남의 운명을 판단하는 그들에 대해 호의적이지 않음을 볼 수가 있다. 그가 그토록 주술이나 미신을 경멸하게 된 이유는 무엇일까? 이는 평소 자신의 운명을 자기 자신의 의지와 자주성으로 개척하려는 성품을 지니던 전태일이었기에 아마 우습게 비쳤을 것이다.

그러나 한편으로는 점쟁이들이 미신이 아닌 희망을 팔았다는 점을 간과해서는 안 된다. 각박하고 굶주리던 시대에 근심 걱정거리를 갖고 점집에 갔다가 대부분 희망을 품고 오게 된다. 특히 점쟁이가 자식에 관한 희망의 결과를 통보해주면 복채를 줘도 아깝지가 않았으며 돌아오는 발길은 가볍고 즐거웠을 것이다. 이제부터 전태일이 방파제에 도착해 대구 집으로 귀가할 때까지의 사연들을 그의 친필 수기만을 통해 직접 알아보도록 하자.

---

131 전태일, 『친필수기』, CD 사본 2, 23.

5) 무우 토막(카베츠)을 건지려다 바다에 빠지다

백여 미터 앞의 김 방파제 쪽으로 걸으면서 조그마한 기대를 건다. "방파제 끝까지 가보면 조개 새끼라도, 굴이라도 있을지 몰라" 이런 기대를 걸고 방파제 위를 걸어서 간다. 방파제 밑의 조금 경사가 느린 곳은 속을 빼어 버린 대합 껍질과 생선 비늘들이 널려 있고 두 척의 조그마한 손낚시용 목선은 앞뒤를 끄떡거린다. 조금씩 밀려오는 파도 따라서 근방에 사는 아이들 이라고 생각되는 4명의 사내아이는 방파제 끝에다 옷을 벗어놓고 깨끗하지 못한 물에 목욕을 하고 있다. 그는 방파제 끝까지 다 살펴보았지만 먹을 것을 발견 못하고 있다. 거의 아무 감각이 없는 허기를 잠시 잊은 채 명하니 바닷물을 바라보고, 돗대가 큰 배를 저쪽에서 영도다리 쪽을 향하여 가는 것과 동시에 사이렌이 울리면서 그 육중한 다리가 하늘을 향해 남쪽 중간지점 좀 못 미쳐서 서서히 올라가는 것을 바라본다. 그 올라가는 것과 시간을 맞추어 그 돗이 긴 배는 지나가는 것이다. 그 큰 배가 지나가느라고 조금씩 밀려오던 파도가 제법 크게 와서 방파제의 아랫 돌담을 때린다. 방파제의 높은 곳에 앉아 잠시 허탈한 상태에 있던 그는 정오 싸이렌 소리를 듣자 다시 배속에서 요란한 소리를 달래기 위해 본능적으로 무엇이던 섭취할 것을 찾는다. 그의 눈앞에 보이는 것은 검푸른 바닷물과 작열하는 태양뿐이었 는데 큰 배가 지나간 후 그의 반동으로 인해 어디에서 머무르고 있던 무 토막이 넘실거리는 파도에 밀려 그의 앉아 있는 방파제 밑 2메타 앞을 지나고 있는 것이다. 순간 그는 섭취할 수 있다는 판단이 채 명확하게 내리기도 전에 신발을 벗고 물로 뛰어 들었다. 순간 아차 너무 깊구나, 이런 생각이 사라지지도 못하게 잘못하면 죽는다는 형용키 어려운 심한 공포가 온 전신을 엄습하고 뇌의 활동을 마비시킨 채 다음 동작은 거의 본능적으로 허우적거린 다. 살아야 한다. 집에 가야 한다는 편견적인 욕망만이 수없이 희미하게 밀려움을 느끼면서 까마득하고 순간적으로 적어지는 어떤 검은 벽 속으로 빨려들어 가면서 가기에 포화되어 버린다.[132]

6) 40대 어부에 의해 간신히 구조되다

물에 빠지게 될 때까지 꼬박 2일간을 아무것도 먹지 못한 채 파도에 밀려 내려오는 무 토막을 건지려다 바닷물에 빠져 정신을 잃어버린 것이다. 얼마나 지났을까? 희미하면서도 멀리서 들려오는 복잡한 소음이 점점 뚜렷하게 들려오자 그는 천천히 얼굴에 생기가 돌면서 희미하게나마 정신을 회복한 것이다. 어렴풋이나마 정신을 가다듬은 그는 어느 꿈 속처럼 자기를 쳐다보는 수많은 눈, 눈들. "아, 그렇구나 그 무우 토막은… 아 여기 있구나." 그는 그때 손에 잡히는 감각을 느끼고 조금의 안도감을 가질 때 그 많은 자기를 주시하는 눈들을 재차 인식하자 서서히 밀어닥쳐 오는 온 몸의 따가움, 몸에 곰보자리처럼 돋아났던 피부병의 물집이 짠 해수에 소독이 되어 터진 피부 사이를 염기가 침입하여 견딜 수 없게 괴로운 데다가 팔월의 태양 아래 말초신경을 극도로 자극하는 것이다. 그가 무우토막을 건지려고 뛰어들은 것을 재빨리 구출한 것은 방파제에서 그물 손질을 하던 밀짚모자를 쓴, 코밑에 까만 수염을 알맞게 기른 40대 어부였다. 어부는 그를 재빨리 물에서 건져 낸 다음 많이 들이키지 않은 해수를 토하게 하고 인공호흡을 시켜서 살려 놓았던 것이다. 따가움에 사지를 틀면서 안간힘을 쏟은 그는 후다닥 일어서자 재차 물속으로 뛰어들려고 한다. 가만히 다른 구경꾼들 틈에서 한 동작 한 동작을 세밀하게 관찰하고 있던 그 어부는 재빨리 그의 두 손을 움켜쥐고 물로 못 뛰어들게 만류하였던 것이다. 두 손을 잡히고 더욱 강하게

---

132 전태일·전태일기념사업회 엮음, 위의 책, 26.

자극하여 오는 따가움을 견디려고 필사적으로 두 발을 구르며 몽당거린다.
"아저씨 제발 이 손 좀 놓아주세요. 몸이 따가워서 죽겠어요. 아저씨, 제발,
아이구 따거, 아구구 따거워, 아 옷을 좀 벗겨 주세요 아저씨 옷을, 죽겠어요."
"와 그라노 와 어디 아픈 데 있나?" "네, 아저씨 몸에 두드러기가 났는데
바닷물이 들어가니까 따가워서 그래요, 빨리 좀 이 손을 좀 놓아주세요."
이렇게 애원하자 그 어부는 알았다는 듯이 "그래라. 어디보자, 허 이런 꼴이
있나, 가만 있거라, 따갑더라도 조그만 더 참아라. 아주 시원하게 소독이
잘 될거다. 피부병엔 바닷물과 뜨거운 햇빛이면 그만이다." 이렇게 달래면서
소년의 벗어놓은 동복인 검정학생복을 태양에 물기를 증발시키기 위해 뜨거
운 바위 위에 다 두 팔을 벌린 채 널어놓고 무릎도 없는 바지도 역시 같은
식으로 널어 놓았다. 점차로 통증이 수그러지면서 군데군데 돋아 오른 곳에서
진물이 흐르고 강동강동 뛰던 것을 멈추어 간다. 증세가 호전되자 그 밀짚모자
를 높이 쓴 어부는 다른 어떤 말들을 질문하지 않고 삼십오 원의 헌 지전을
그의 곁에 두고 일어서서 얼마를 망설이다가 그물을 손질하던 곳으로 가
버렸다. 악의라고는 얼굴 한 구석에도 없는 그 막걸리 타입의 그 인정미가
넘치던 어부가 남기고 간 삼십오 원의 지전과 쭉 펴 널어놓은 두가지
옷. 간신히 바닥을 매달고 있는 까만 운동화 두 짝. 누가 널어 놓았는지
알 수 없는 약간의 조개껍질과 베어낸 자리가 누렇게 변해버린 무우 토막
하나. 이런 주위환경이 그 호기심 많은 눈초리로 그를 주시하고 있던 열댓
명의 구경꾼들의 마음에 동정심을 일으키게 하고 다시 발걸음을 돌리게
하는 것이었다. 조금 있으면 따가웁던 태양도 잠시나마 구름 속으로 들어가려
고 한다.133

133 위의 책, 30~31.

4. 다시 상경을 결심하고 서울행 기차에 오르다
   — 1962년 8월 (2일간, 15세)

기승을 부리던 태양도 어느덧 자취를 감추고 상가의 불빛이 하나, 둘 반짝일 때 그는 완전히 마르지 못한 윗도리 어깨 마침 솜 넣은 부분의 습기를 어깨로 느끼면서 후덥지근한 부산진역 대합실로 들어간다. 그는 낮에 젖었던 옷이 마를 때 곰곰이 생각한 것이다. '또 다시 서울로 가자. 여기 이대로 있다간 굶어죽기 알맞은 곳이다.' 누구 한 사람 아는 이가 없으니 어떻게 먹고 산단 말인가. 구걸을 하면 밥은 먹을 수 있지만 왕초 거지들에게 잡히면 똘만이질밖에 못하고 그렇게 되면 왕초가 시키는 대로 나쁜 것을 다해야 하고 아주 영영 헤어 나올 수 없는 악의 구렁텅이에서 살게 될 것이라고 생각했기 때문이다. '가자, 한시바삐 서울로 가자. 아무리 어려운 고통이 닥친다 해도 서울이 그 어려움을 이겨나가는 데 유리한 조건을 구비할 수 있으니까.' 이런 결단을 옷을 다 말릴 때까지 지켜보면서 혼자서 내린 결단을 하고 그 어부가 두고 간 지전으로 지쳤던 배를 채우고 상행기차 시간표를 살펴러 대합실을 나왔다. 잡초가 무성히 우거진 부산진역 뒤에서 새벽에 기어들어 갈 수 있는 조그만한 개구멍을 확인한 후 차도 옆에 즐비하게 늘어놓은 하수도용 데깡 속에서 이슬을 피할 겸 차 시간에 늦지 않게끔 선잠을 청하는 것이다.[134]

×   ×   ×   ×

어떤 변화가 있기를 조급히 기다리는 것이다. 이를테면 무임승차한 죄로 빨리 유치장으로 데려다가 규(구)류를 살리든지 아동보호소로 인계를 시키던지 그는 이런 상태에서 더 이상 못 견딜 한계점까지 온 것이었다.

---

134 위의 책, 31~32.

1) 무임승차를 시도하려다 파출소를 가다

부산에 온 날부터 지금까지 3일간을 한 끼밖에는 식사를 못하고 노숙으로 인해 무거울 대로 무거워진 몸과 허기진 배의 성화로 수시로 혼미해져 가는 정신상태 속에서 두 시간 이상 부동자세로 꿇어 앉아 있는 것이기 때문에 그는 뒷벽에 기댄 채 다리를 앞으로 편 채 힘없이 당직 순경의 눈치를 살핀다. 그러자 의자에 앉아 있던 젊은 순경은 "야, 임마 똑바로 앉아, 이 새끼야, 안 들려?" 이렇게 엄한 호령을 하지만 그는 아무런 관심이 없다는 듯이 잠시 후 닥쳐올 육신의 고통을 대수롭지 않게 여기는 태도로 자세를 바로잡지 않고 눈마저 감아 버리는 것이다. "이 새끼 봐라" 약간 짜증 섞인 표정으로 그를 걷어 차려고 하던 순경은 들었던 발을 차지 않고 내려놓은 것이다. 차려고 발을 들어도 아무런 위협을 느끼는 조그만한 반응도 보이지 않고 있었기 때문이다. 희미한 상태 속에서도 그는 한 가닥 희망을 걸고 있었던 것이다. 어쩌면 몇 번 걷어차도 내가 아무런 의식을 못 느끼는 것 같이 하고 있으면 파출소 밖으로 나가라고 할지도 모른다는 순간적인 생각으로 버티고 있었던 것이다. "야, 임마, 어서 일어서." 이렇게 세워 보려고 해도 다리에 힘이 없는 것처럼 의식이 없는 것처럼 못 일어서자, "야, 이 녀석 좀 데리고 나가라, 빨리. 그리고 이거 가지고 가서 국수라도 사 먹여, 혼자 가지고 도망가면 안돼, 빨리." 순경은 그가 기대한 대로 그를 얼마인지는 모르지만 식대까지 주어서 기차 안에서 같이 잡혔던 그 빡빡머리 소년에게 부축시켜서 내어 보냈던 것이다. 파출소에서 부축을 받아가며 도청 쪽으로 내려가는 길로 꺾어 들자 그는 부축하고 걷던 손을 놓고 빙그레 만족의 미소를 지어 보였던 것이다. "어때, 내 수단이, 이만하면 최고지?" 하는 식으로 그러자 부축을 하고 나오던 그 소년은 갑작스런 변화에 영문을 모르겠다는 듯이, "니, 일부러 그랬나?" 놀랍다고 저희들의 지혜로 순경을 속였다는 것이

대견스럽다는 듯이 만족의 미소를 띠면서 백 원짜리 헌 지전 한 장을 그에게
내어미는 것이다. "야, 너 어디 갈려고 기차 탔니? 너희 집은 어디고?" "응,
우리 집 말이가. 나는 느그 집 있나?" 빡빡머리 거지소년은 영문을 모르겠다는
듯이 의아한 표정으로 되묻는다. 그렇게 묻는 것이 불쾌하다는 듯이 약간
멸시하는 태도로 그는 대답한다. "우리 집은 서울에 있어. 어쩌다 보니까
부산까지 왔지만 이때까지 다녀 본 중에 부산이 제일 못 살 곳이더라. 첫날
빡통까지 뺏기고 이때까지 먹은 거라곤 한 끼 밖에 못 먹었다." 이런저런
이야기를 하면서 둘은 길을 건너 자갈치시장 안으로 들어간다. 그들은 어떤
초라한 풀빵과 단팥죽을 파는 판잣집 때 묻은 포장을 들치고 들어가 앉았다.
"여보세요. 팥죽 한 그릇에 얼마입니까? 빵은 얼마고요?" 그가 이렇게 물어
보자 대답은 같이 온 빡빡머리가 대답한다. "죽은 십 원이고 빵은 다섯 개
십 원이다. 백 원어치 가지믄 시큰 배가 부르게 묵을 수 있다." 이런 대답을
주고 받는 사이에 김이 나는 팥죽 두 그릇과 열다섯 개의 빵을 먹어 치운
그들은 땀이 난 콧잔등을 소매자락으로 스치면서 빵집을 나섰다. "야, 너
이름은 뭐니?" "만덕이다. 너는?" "알면 뭐하니. 배가 부르니까 졸음이 온다.
어디 시원한데 난장 꿀릴 데 없니?" "아무데서나 자다가는 산따루한테 잡혀간
다. 공원에 가서 자면 왕초한테 잡힐꺼고 좀 멀어도 영도섬 끝에 태종대에
가면 좋을거다. 이따 디게 더부면 목욕도 하고 잘 때도 있고." "그래 가보자.
옛날 내가 4살 때 영도 끝에서 살은 적이 있다. 자공장이 하나 있었던 것이
생각이 난다." "야, 가면서 빨래비누 하나 따셔라." "비누는 뭐 할라꼬."
"옷 좀 빨아 입자." "너무 더러워서 냄새가 나서 기차 안에서 의자 밑에도
안 숨겨 주겠으니까. 빨아 입어야 겠어." "병신 같은 소리 하지 마라. 누가
바닷물에 빨래하는 사람있나, 비누가 풀려야 때가지지." "소금물이라서 비누
가 안 풀란다 말이지. 그럼 갈 필요 없다. 목욕은 어제 다리 밑에서 했으니까.
또 할 필요 없고."135 (이 다음 페이지부터 2장이 찢어져 나가고 없다. 그리고

'금전대의 부피'라는 심오한 단상을 작성했다.)[136]

2) 마침내 서울행 기차에 다시 몸을 싣다

새벽 4시도 되기 전에 벌써 역전 근방은 자동차의 소음과 기관차의 웅장한 맥박소리에 악몽 속을 헤매던 나는 발작적으로 눈을 뜨고 말았다. 확성기는 서울방면 여행객의 개찰을 시끄럽게 알리고 있다. 별들은 전부가 선잠을 깬 것처럼 껌뻑거린다. 나는 마침내 철조망을 넘었다. 1, 2번 홈에는 두 대의 열차가 승객을 태우고 있었다. 나는 두 대가 다 대구 쪽으로 간다는 말을 어저께 대합실에서 들은 적이 있었다. 차표가 없으므로 어느 열차든 사람이 많이 타는 것을 타기로 결정했다. 부두 편으로 붙은 홈의 열차가 한결 사람을 많이 태우고 있었다. 나는 끝에서 4번째 객차에 올랐다. 그러자 맞은 편 승강구에서 나와 같은 처지라고 생각되는 빡빡머리 녀석이 사방을 조심스럽게 경계하면서 열차에 오르다가 나를 보자 얼른 뒤돌아 내리는 것이다. 아마 내가 꾀 심술 굳은 인상을 했던 모양이다. 사실 내 얼굴에 너는 나에 대해서 좋지 못한 여건이 되는 것이다. 열차 안에 나 같은 녀석이 많으면 많을수록 차장이나 승무원은 심한 단속을 하는, 그러니까 그 녀석은 내가 서울까지 가는데 방해물이 아닐 수 없다. 승강구에서 좌석있는 안으로 들어서자 이번에는 뒤쪽 맞은편 도어를 열고 승무원 2명이 기록철을 들고 들어오는 것이 아닌가. 순간 나는 생각할 틈도 없이 무의식적으로 의자 밑으로 기어들어 갔다. 가슴은 참새처럼 두근거리면서 어서 빨리 승무원이 통과하기를 기다렸다. 열차승객들은 나 같은 아이들은 절대로 감싸주는 것이 원칙인 것처럼 나의 바로 위에 앉은 할머니는 치마를 밑으로 내려서

---

135 위의 책, 32~35.
136 '금전대의 부피'라는 단상(斷想)은 본서 31장에 수록되어 있다.

나를 감추어 주셨다. 나는 노할머니의 말없는 인간애에 어머니에게만 맛볼
수 있었던 감정을 음미하고 나도 모르게 두 눈엔 뜨거운 눈물이 야윈볼을
적셨다. 순간, 어머니가 얼마나 그리웠는지, 그리운 동생들을 생각할 때
슬픔은 내 가슴을 온통 그리움으로 화하게 했다. 그 무엇이 섞이지 않는
순수한 감정을 빼앗아 가버리고 또다시 차가운 현실에 나를 내동댕이치고
말았다. 허기진 배와 지친 육체는 곧 잠을 청하고 만다. 먹다 버린 쓰레기들로
인해서 객차의 바닥은 온통 냄새 투성이이다. 거기에 코를 대고 엎드려서
얼마를 잤을까? 사람들의 시끄러운 잡담 속에 아직도 서울이 아닌 것을
알고 또 잠을 청하고 얼마가 지난 뒤에 사람들의 시끄러운 소리에 눈을
뜨고 직감적으로 종착역에 다 온 것을 느꼈다. 그러나 그곳은 뜻밖에도
서울이 아닌 영천이 아닌가. 대구까지 갈려고 해도 80리 길인 영천. 아,
너무나도 뜻밖의 사실에 허기진 배는 현기증을 일으킨다. 서울이라면 어떠한
수단을 부리더라도 10원짜리 수제비한 그릇을 먹을 수 있을텐데, 영천역이
웬일인가 말이다. 허기와 실망에 빠져 이젠 개찰하는 역원이 겁나지도 않았
다. 그 역원이 나를 붙잡아 가면 따라가서 매를 맞더라도 무엇이던 먹을
것을 구한다는 생각 아래 표도 없는 나는 떳떳하게 개찰구로 빠져나가고
있었다. 순간적인 조그마한 희망은 이내 실망을 맛보지 않을 수 없었다.
개찰구를 지나치자 수표원은 나를 한번 쳐다보고는 빨리 나가라고 뒷머리를
밀어 버리는 것이 아닌가? 사실 나는 그때 전형적인 거지였으니까 아예
나는 잡혀갈 가치조차도 없었던 것이다. 한산한 시골 정거장 대합실에는
서성거리는 사람도 없었고 열두 시가 지난 시골 역은 한가롭기만 했다.[137]

---

[137] 전태일,『친필수기』, CD 사본 2, 27-28.

3) 잘못 내린 영천역에서 지폐뭉치를 줍다

찌는 듯한 더위는 사람들의 왕래를 방해하는지 더위를 피해 할아버지 두 분이 한쪽 구석에 누워서 부채질을 하고 있을 뿐이다. 나는 역 한복판 벤치에 누워서 허기진 배를 달래면서 5시간 후에 떠날 대구행 기차를 기다리고 있었다. 벌써 몇 끼를 못 먹었는지 아예 이젠 배가 고픈 것이 아니고 그저 기운이 없을 뿐이다. 객차 안에서 주운 큰 타올을 베고 힘없이 벤치에 눕자 이내 잠이 퍼붓는다. 얼마를 자던 중 어린아이의 울음소리에 어렴풋이 잠을 깬 나는 4, 5메타 떨어진 벤치에서 어느 예쁜 새색시가 어린애를 달래고 있었다. (달래고 있는 모습을 보았다.) 사내아이는 연방 어머니의 무릎 위에서 펄쩍펄쩍 뛴다. 달래다 못한 새댁은 아이를 업고 대합실을 빠져나간다. 그 벤치 위에는 아까 아이를 달래려고 깎아둔 큼직한 사과가 누렇게 변한 채 놓여 있는 것이 아닌가? 먹을 수 있다는 반가움에 벌떡 일어난 나는 단숨에 사과를 집어 들자 허기 중에 벤치 밑으로 굴러 떨어지고 말았다. 몽롱한 의식 속에서도 나는 사과를 미친 듯이 씹어 먹고 있었다. 사과 한 개를 몽땅 다 먹고 난 나의 육신은 곧 활기를 찾는 듯이 안개가 자옥한 나의 시야엔 안개가 갇히고 어서 일어나서 옷에 묻은 먼지를 털고 벤치 위에 누워야 된다는 생각이 육신의 거동을 요구하는 것이 아닌가? 일어설 무렵 나는 그만 가슴이 딱 멈추는 것 같았다. 바로 내가 엎드려졌던 바닥에 돌돌 말은 백 원짜리가 떨어져 있는 것이 아닌가? 한 장도 아닌 꽤 많은 부피의 백원권이. 나는 생각할 겨를도 없이 손에 잡는 순간 역 앞 음식점 앞으로 달려갔다.[138]

---

138 위의 책, 28-29.

4) 허기진 배를 떡으로 채우고 배탈이 나다

오후 두 시쯤의 뜨거운 대기는 조금씩 불어오는 남풍에 밀리고 매미소리 단조로운 시골 역전 식당은 파리를 날리고 있었다. 주인인 듯 인심 좋게 생긴 노파는 음지쪽에 두 발을 쭉 뻗고 문기둥에 상반신을 기댄 채 입을 있는 대로 다 벌리고 졸고 있다. 이 세상 나 몰라라 하는 듯이. 노파가 발로 밀고 있는 가라스 문을 툭툭 두드리자 귀찮다는 듯이 하품과 기지개를 겸하면서 슬며시 일어서면서 나를 보자 이해를 못하겠다는 듯이 무엇으로 왜 깨웠냐고 노려보는 것이 아닌가? 한참 맛있게 낮잠을 자고 있는 것을 왜 깨웠느냐는 표정이다. "할머니, 이 인절미 50원 어치만 주세요." "말과 동시에 백 원짜리 한 장을 떡목판 위에 올려 놓았다. 나의 초라한 차림을 보고 얹잖은 표정을 지은 것이 미안하다는 듯이 그 욕심나는 흰 고물을 한 주먹 덤으로 접시 위에 올려 놓는다. 역시 돈이 제일이구나. 나는 정신없이 물도 안 마신 채 한 접시나 되는 떡을 고물도 남김없이 다 먹고는 50원 어치를 더 청했다. "천천히 먹어라. 언치겠다. 물도 먹고." 어떻게나 어둥거리면서 주워 먹었는지 처음부터 일거일동을 주시하던 노파는 물 대신 시원하고 구수한 콩국 국수 국물을 가져다 주는 것이다. "5시쯤 되면 사람들이 차를 타러 온다. 그때 가면 된다. 느그 집은 어대고? 대구 긋지는 않고." "지금은 서울입니다. 고향은 대구고요. 부산에서 서울 가는 차를 잘못 타서 여기에 오게 된 것입니다. 대구 외할머니집에 갈려구 그래요." 나는 밑도 끝도 없이 대답을 하고 초라한 모양을 자꾸 이상한 눈으로 보는 것이 싫어서 밖으로 나올려고 일어서는데 어떻게 배가 아픈지 꼼짝을 할 수가 없다. "아이구 배야, 할머니 배가 아파서 꼼짝을 못 하겠어요. 왜 이런거지요, 아이구 배야, 배가 배가." "와, 배가 많이 아프나?" "네, 꼼짝을 할 수가 없어요. 너무 많이 먹어서 그런가봐요." "그래 암만 해도 다르더라. 안만 배가 고프지만 인절미 백 원어치를 더 묵고 견딜게 뭐꼬. 그전에는 많이 굶었나?" "네, 이틀을 꼬박 사과 한 개 밖에 안 먹었어요. 아이구 배야." "아이구 이느무 자슥아야. 잘못하면 큰일 나겠다. 어서 약을 사 먹어야제." "네. 아이구 배야, 할머니가 좀 사다주세요. 돈 여기 있어요, 아이쿠." 할머니는 허둥거리면서 약을 사가지고 왔다. 활명수를 마시고 식탁에 기대고 얼마를 지나자 조금씩 배가 아픈 것이 가라앉는 것이다. 살살 걸어서 식당을 나온 나는 할머니에게 고맙다는 인사를 하고 역전 앞을 지나서 남쪽으로 내려갔다. 철길이 아지랑이를 한참 뿜어내고 있었다. 5시가 되려면 아직도 두 시간은 기다려야 되고 그 동안에 어디 물 있는데 가서 세수나 하고 발도 씻고 대구까지 차비는 충분히 되니까 차표를 사가지고 오래간만에 마음을 놓고 검표원을 쳐다볼 수가 있고 좌석에 앉아서 경치도 구경할 겸 내 수중에 아직도 5백원 하고 10원짜리가 석 장이나 있는 것이다. 이때까지 까맣게 생각 안 했던 돈 임자가 누구일까를 생각할 때 마음이 괴로웠다. 이 돈은 분명히 아까 그 새댁의 돈일 것이 틀림이 없기 때문이다. 어린아이가 무릎 위에서 뛸 때에 어디에 넣어 두었던 돈이 빠진 것이 틀림없는 것 같다. 그 순진하고 마음씨 곱게 생긴 새색시가 이 돈을 잊어버린 것을 알면 얼마나 찾을 것인가를 생각하니 너무 불쌍했다. 역에 나온 것을 보니 분명히 기차를 타고 갈려고 그랬던 것 같은데 이 돈이 없어서 차를 못 타면 어떻하나를 생각할 때 돈을 도로 돌려주고 싶은 생각도 있으나 정말 돌려주고 싶은 생각은 없었다. 이 돈을 돌려주고 나면 또 당장부터 차를 숨어 타야되고 언제 까지고 또 기간도 없이 굶주려야 되는 것이다. 이때처럼 돈에 대한 욕심이 강할 때는 이때까지는 없었다.[139]

139 위의 책, 29-31.

5. 가출의 끝, 대구 지천의 외할머니 댁을 찾다
― 1962년 8월

저녁 6시가 조금 지나서 대구역에 내렸다. 남산동에 있는 큰 집에 들어 갈려고 하면은 먼저 내려 왔을 때 집에 가라고 차비까지 주고 했는데 안 갔으니까 들어갈 수도 없고, 집에서 내가 오면은 붙잡아 두라고 연락이 되어있을 테니까. 나는 생각 끝에 반바지와 난방샤스를 사 입고 까만 운동화를 사 신고 지천[扺川]에 있는 외가집에 가기로 했다. 옛날 내가 다섯 살까지 외할머니의 젖을 만지고 잠을 잤을 정도로 나에게는 외할머니가 좋았다. 서울까지 가 봤자 누구 한 사람 반겨주는 사람은 없고 외할머니 같으면 며칠이고 지칠 대로 지친 내 몸을 쉬어가도 귀찮아 하시지 않을 것 같았다. 통근차를 타고 외할머니댁에 온 것은 밤이 깊어서였다. "아니. 이거 태일이 아니가. 니가 웬일이고, 이느무 자슥아, 흑흑." 외할머니는 나를 보시자 머리를 쓰다듬어 주시면서 닭똥같은 굵은 눈물을 흘리시는 것이다. 나도 따라 울었다. 한참을 우시고 난 후에 "그래, 이때까지 어디에 가 있었노." 나의 손을 만지면서 우시는 할머니를 볼 때에 이때까지 나의 서름이 한꺼번에 복받쳐 울면서 서울에서 집을 나와 가지고 이때까지의 이야기를 대충 하였다. "그래, 사람이라 카는 것은 부모를 잘 만나야지. 집에서 한참 학교에나 다닐 니가 팔도강산을 다 돌아다니고 그런 고생을 다 하다니" 하시면서 눈물을 줄기줄기 흘리시는 것이 어린 나에게도 너무나 서러워 하염없이 울었다. "내일 당장 가자. 느그 에미 에비는 지금 대구에 산단다." "네? 대구에 있어요? 엄마가?" 이때처럼 반가울 데가 또 어디 있었을까? 설레이는 마음을 안고 밤을 새웠다. 막상 대구에 가서의 일을 생각하니 아버지의 엄한 얼굴과 어머니의 야윈 얼굴이 교차되면서 뇌의 나변에 숨어있던 아버지의 무서운 꾸중이 뭉게뭉게 피어오르면서 나의 가슴은 순식간에 어두운 그림자가 짙게

파동친다. 그렇지만 가야 한다. 1년 이상을 못 본 동생들, 어머니, 아버지 그리고 아무리 아버지가 무서워도 지금은 무척이나 그리웁다.[140]

1) 1년 만에 가족의 품에 안기다

태일은 외할머니 김분이의 손을 잡고 대구 집에 당도해 이미 서울 용두동에서 내려와 있던 가족들의 품에 안겨 재회의 기쁨을 맛보게 됐다. 용두동에서 첫 가출을 시작해 식구들과 생이별을 한 지 1년 만의 상봉이었다. 태일은 당시의 감정을 다음과 같이 술회했다.

> 외할머니와 같이 대구에 내려온 나는 정말 형용할 수 없는 기쁨을 맛보았다. 큰 집, 작은 집 식구가 모두 나를 밝게 환영하고 그렇게 무섭던 아버지께서도 눈물로 나의 머리를 쓰다듬어 주셨다. 아… 이런 나의 부모 형제들을 나는 버리고 너무나 고달프고 힘에 겨운 여로 끝에 이제는 정말 마음의 안정을 찾은 것이다. 어머니께서는 내가 돌아온 것이 너무도 기뻐서 얼마나 많이 우시는지. 내 동생들과 나는 시간이 흐름을 모르는 채 다시 만난 이야기에 꽃을 피웠다.[141]

일기장의 표현은 태연한 척했어도 태일의 가슴 한켠엔 가족들과의 이별로 인한 크나큰 설움과 상처가 무거운 돌멩이처럼 얹혀 있었다. 부모로부터 무서운 책망을 받을 줄 알았는데 오히려 따뜻하게 대해주는 모습을 본 태일은 죽음 일보 직전까지 굶주림을 겪었으면서도 이후에도 여러 차례 지속적인 가출을 감행하게 된다. 자신의 가출 원인을 알아채지 못하는

---

140 위의 책, 31-32.
141 위의 책, 32.

부모, 그러나 그 부모를 목숨처럼 여기는 태일, 그럼에도 불구하고 무엇이 태일로 하여금 집을 나갈 수밖에 없도록 작용하는지 더 지켜보도록 하자.

2) 식구들이 용두동에서 대구로 이사 온 사연

1961년 8월 중순경, 용두동 집에서 가출한 태일을 식구들은 여기저기 수소문하며 갈만한 곳을 백방으로 알아보았으며 무려 다섯 달을 애타게 기다렸다. 부모의 입장에서는 무작정 집 나간 장남이 돌아오기를 기다리는 수밖에 없었다. 그러나 해를 넘기고 이듬해 정초가 되어도 아무 소식이 없던 중 태일의 막내 작은아버지 전흥만에 의해 느닷없이 온 식구들이 대구로 이사를 하게 된 것이다. 부도난 이후 용두동에서 힘겹게 살고 있다는 소식을 전해들은 태일의 작은아버지가 용두동에 살던 형수 이소선에게 전갈을 보낸 것이다. 내용인즉 "무조건 대구로 내려와서 작은 집 식구들과 같이 삽시다"라는 내용이다.

성실한 시동생은 남편 전상수가 돈을 잘 벌을 때 미싱 한 대를 사줬는데 그후 열심히 일을 해서 제법 넉넉한 생활을 꾸려가며 대구에서 잘 살고 있었다. 그러나 이러한 제의를 소선은 단호히 거절했다. 아무리 형제간이라도 잘 살았을 때 서로 관계가 좋은 것이지 어느 한쪽이 몹시 가난하거나 기울어지게 되면 결국은 형제간에 의리마저 상하게 된다는 것을 너무나 잘 알고 있었기 때문이다. 소선은 어떻게 하든지 시동생의 그 같은 제의를 동기간의 우애로만 깊이 받아들이고 평소보다 더 열심히 살아가야 하겠다고 굳게 마음을 먹고 있던 중이었다. 그러던 어느 날 기어코 대구에 사는 작은 아버지에게서 또 다시 연락이 왔는데 이번에는 태일의 할머니가 위독하다는 전보가 날아온 것이다. 전보 내용은 "모친이 위독하니 아이들을 데리고 급히 대구로 내려오라"는 전갈이었다.

이때 소선은 시동생의 의중을 확실히 파악할 수가 있었다. 내려오라고 전갈을 보내도 꼼짝 안 하고 있자 시동생은 가짜 내용을 적은 전보를 보내서라도 식구들을 내려오게 하려는 목적이었다. 시동생의 깊은 배려심이었다. 그러나 한편으로는 부모가 위독하다는데 자식의 도리로 가보지 않는다는 것이 진위 여부를 떠나서 마음이 꺼림칙해 일단 대구로 내려가기로 한 것이다. 이때 소선은 아이들을 용두동 집에 두고 혼자 대구로 내려갔다. 아니나 다를까, 대구에 도착하니 이미 돌아가셨다던 시어머니는 멀쩡히 살아 있는 것이 아닌가. 그 틈을 이용해 시동생은 그 길로 서울 용두동으로 가서 나머지 세 아이들을 모두 데리고 대구로 내려왔다. 이때가 1962년 1월 어느 추운 겨울의 일이다. 이때 전상수는 집에 없었기 때문에 대구에 함께 내려오지 못했다.

이렇게 해서 소선은 아이들 셋을 데리고 신혼시절 삼 년간 살았던 대구에 또 다시 내려와 살게 되었다. 한편 대구로 이사 온 전태일의 가족들은 마땅한 거처가 없자 우선 큰댁 전영조의 집에 얹혀살게 되었다. 해군 장교출신이던 작은아버지 전흥만이 용두동에서 궁핍하게 살고 있는 전태일의 식구들을 보다 못해 데리고 내려와 잠시 살게 된 곳이 큰아버지 댁이었다. 현재 대구 남산동 716번지 인근은 작은아버지 전흥만이 살던 집이 있다.

6장

대구 중등학교 학창 시절

1962년 8월~1964년 2월 (1년 6개월, 15~17세)

1. 온 식구가 큰댁에서 더부살이하다

— 1962년 1월~4월 (3개월, 15세)

전태일이 가출을 끝내고 외할머니의 손에 이끌려 대구에 살고 있는 식구들의 품에 돌아오기 반년 전인 1962년 1월경 작은아버지 전흥만은 일부러 상경해 태일이 세 동생들을 대구로 데리고 내려왔다. 해군장교 출신의 작은아버지는 마음씨도 자상하고 남자다운 인상이었다. 이때 전상수는 평소 용두동 집에는 거의 잘 안 들어 왔기 때문에 대구에 함께 내려 올 수 없었고 당분간 서울에 홀로 남아 있게 되었다. 대구에 내려온 이소선과 세 아이들은 당장 오갈 데가 없는 처지이므로 우선 큰댁 전영조의 집에 얹혀 살 수밖에 없었다. 중구 남산동 경북여고 담벼락을 끼고 살던 큰댁으로 들어가자 집안 어른들과의 생활은 첫날부터 매우 조심스러웠다. 집안의 기둥인 전상수와 태일이 집을 비우고 없는 상황에서 나머지 네 식구들의 큰

전태일이 가족들과 함께 1년 6개월 동안 셋방살이 하던 가옥의 본채(우)와 담장(좌). 사진에 보이는
본채와 일부 담벼락은 그대로이나 전태일이 가족들과 살던 셋방이 들어선 별채는 없어지고 텃밭
안에 방 터만 남았다. 현재 '대구광역시 남산동 2178-1'이다.

집 더부살이가 시작된 것이다. 친척 집에 얹혀사는 이소선의 얼굴 표정은
늘 어두웠다. 나중에는 큰아버지와의 관계가 무척이나 힘들었다. 아무리
동기간이지만 여러 아이들을 데리고 매일 삼시세끼 밥을 얻어먹는다는
것이 여간 눈치가 보이고 불편한 것이 이만저만이 아니었다. 차라리 어디
가서 동냥을 할지언정 친척 집에 얹혀 산다는 것이 그토록 힘들 줄은 미처
몰랐다.

그러던 어느 날이었다. 이사 올 때 함께 내려오지 못했던 전상수가 대
구 큰댁으로 갑자기 찾아온 것이다. 아이들은 아버지의 얼굴을 보자마자
반가워서 어쩔 줄을 몰라했다. 그제야 식구들은 큰집 더부살이에서 독립
해서 따로 나가 살 수가 있게 된 것이다. 전상수가 서울에서 내려오자 곧
큰아버지 내외의 도움으로 그해 4월 중구 남산동 명덕초등학교에서 조금
떨어진 주택가에 단칸방을 얻어 살게 되었다. 이때까지도 전태일은 가출
해서 귀가하지 않은 상태였다. 일 년이 다 되도록 아무 소식을 모르는 태
일 때문에 부모님과 동생들은 매일 근심을 하며 밤잠을 못 이뤘다.

큰아버지 내외는 태일의 식구가 살아갈 월세방을 얻어 주었고, 작은아
버지는 미싱을 한 대 사줬다. 이소선은 시다 노릇을 하고 전상수는 미싱을
돌리기 시작했는데 전상수는 헌 옷을 새 옷처럼 만드는 재주를 가졌다. 태

일의 부모는 미싱 한 대를 놓고 새롭게 살림을 꾸려 나가며 그야말로 새 출발을 하기 시작한 것이다. 전상수가 만들어 놓은 제품을 이소선이 행상을 다니며 시장이나 노점에 직접 내다 팔았다. 또한 이소선이 대구 동산병원에서 구호물자가 나오면 그걸 사다가 면도칼로 헌 옷 박음질을 뜯어 다림질을 했고 아이들도 그 일을 힘껏 도왔다. 당시 남산동 효성여고 주변에는 염색공장이 즐비했고 전태일 가족들이 살던 집 부근에는 대나무에 염색천을 길게 늘어지게 널어놓은 공장들이나 가내수공업이 많았다. 자연히 동네 아이들은 그곳에 올라가서 뛰어놀곤 했다. 그렇게 해서 생활을 꾸려 나가던 그해 8월 말경의 어느 여름날, 느닷없이 태일의 외할머니 김분이의 손에 이끌려 집으로 돌아온 것이다. 집을 나간 지 꼭 1년 만에 가출생활을 끝내고 돌아온 것이다.

2. 가출에서 귀가 후 아버지 재봉 일을 힘껏 돕다
— 1962년 8월~1963년 12월 (17개월, 5~16세)

가출에서 돌아온 태일을 보니 소선은 마치 꿈을 꾸는 것만 같았다. 그동안 태일이가 혹시 죽었을지도 모른다는 불길한 생각도 했는데 이처럼 갑자기 살아 돌아왔으니 말이다. 비록 행색은 형편없었으나 무사히 살아 돌아온 태일을 바라보니 소선은 그제서야 깊은 안도의 숨을 내쉴 수가 있었다. 자식을 잃어버린 경험을 하지 않은 사람이 어찌 그 심정을 헤아릴 수 있을 것인가? 아들 태흥을 저 세상에 먼저 보낸 이소선은 이제는 죽어도 여한이 없다는 생각이 들 정도로 마음이 기뻤다. 태일이 왜 가출을 했던가. 집안에 생계를 책임지기 위해 주방용품 장사를 하던 중 미수금의 중압감 때문이 아니던가. 태일은 집을 나간 지 일 년을 떠돌다가 이제야 자신의 품에 안긴 것이다. 얼마나 고생을 했던지 얼굴은 반쪽이나 되었고 온

몸은 심한 피부병에 걸려서 만신창이가 되어 있었다. 아들의 모습을 바라
본 소선은 가슴이 미어지는 것만 같았다.

　그런 부모의 마음을 헤아리지 못하는 듯 태일은 온 가족들과 함께 사
는 것이 몹시 기뻤는지 아버지 전상수의 미싱 일과 재단 일을 열심히 거들
면서 집안의 맏이로서 여러 가지 궂은 일들을 도맡아 해주었다. 전태일이
세 들어 살던 집에는 본채에 주인집 식구들이 살고 있었고, 별채는 서로
모르는 두 가족이 세 들어 살았는데 방 한 곳은 전태일 가족 여섯 명이 살
았고 또 한 방은 남매가 살았다. 여섯 식구가 겨우 일곱 평 남짓 되는 작은
방안에 부대끼고 살다 보니 불편
한 점이 한두 가지가 아니었으나
친척집의 눈치밥을 먹는 것보단
마음이 편하고 좋았다.

　두 가족이 방 두 칸에 부엌 두
칸을 각각 따로 사용하며 셋방살
이를 했으나 부엌은 같이 공유를
했는데 옆방에는 재일과 재일의
누나가 살았는데 재일의 누나는
틈나는 대로 맛있는 밥도 해서
주기도 하고 서로 음식을 나눠먹
곤 했다. 남학생인 재일은 까만
교복을 입고 중학교에 다녔고,
재일의 누나는 하얀 교복을 입고
여고에 다녔는데, 둘은 성실하고
참한 남매였으며 평소 태일네 식
구들을 배려하며 살았다.[142]

전태일이 살던 별채로 들어가는 행랑채의 대문.
곧 부서질 것만 같은 파란색 대문은 그대로이지만
별채는 없어지고 터만 남았다. 이 집에서 복음학
교와 청옥학교를 다녔다. 1962년 8월~1964년 2
월(15~17세)까지 살았다.

당시 아버지께서는 집에서 제품을 하고 계셨다. 작은 집에서 일거리를 가져다가 우리 집에서 재봉을 하서 가지고 그 삯으로도 우리 가정은 차츰 기반을 잡아가는 것이었다. 이럴 때 내가 왔으니 우리 집안은 일대 경사였다. 나는 꾸중하지 않으시는 아버지가 고마워서 내 힘이 닿는 데까지 집안일을 돌보리라고 다짐을 했다. 어머니께서는 나 때문에 얼마나 걱정을 많이 하셨는지, 얼굴이 무척이나 야위워 계셨지만 내가 온 지 1달이 못 되어 이내 마음의 기쁨과 안정을 얼굴로서 느낄 수 있었다. 언제든지 아버지께서 약주를 하시고 돌아오시면 괜히 죄없는 어머니만 매를 맞으시지만 그럴 때마다 나를 안고 나 때문에 괴로운 세상도 참고 살아가신다고 말씀하시면서 눈물 짓던 어질디어질고 착하신 우리 어머니를, 나 이 불효자식은 얼마나 많은 나날들을 눈물과 걱정 속에 살게 하였던가. 이 어머니의 정을 자식은 백만 분의 일이라도 알아 준다면 어머니의 천분의 일의 인내를 가졌던들 나는 가출을 안 해야 옳을 것이다. 그러나 순간적인 고통을 피하려고 하다가 1년이 넘는 나날들을 모진 고통 속에서 살아오지 않았던가? 그러나 이제부터라도 어머니, 아버지를 위하는 일이라면 그 무엇이 두려우랴, 힘이 있을 때까지 열심히 하는 것이다. 그렇게 보람찬 하루하루를 보내던 중에 나는 미싱을 돌리는 데도 제법 익숙해지기 시작했다.[143]

아버지의 미싱일을 반년 넘도록 묵묵히 도와주던 태일은 1963년 정초가 되자 공부에 대한 조바심이 나서 견딜 수가 없었다. 집안일을 거들면서 어머니에게 공부를 하고 싶어 하는 눈치를 은근히 내비쳤다. 서울 용두동에서 초등공민학교 6학년에 다녔지만 가출 사건 때문에 졸업장을 받지 못했기 때문에 아쉽게도 정식 중학교는 도저히 진학할 수가 없었다. 마음에

---

142 전태삼, 이소선, 「저자와의 인터뷰 증언」, 2006.10.4.
143 전태일, 『친필수기』, CD 사본 2, 32-33.

여유가 생기자 서서히 자신이 다닐 만한 야간학교를 틈나는 대로 알아보러 다녔다. 가출에서 귀가한 전태일은 당시 자신이 살고 있던 남산동 집에서 그리 멀지 떨어지지 않은 곳에 위치한 큰 규모의 교회인 남산장로교회를 식구들 몰래 간혹 출석을 했다. 역사가 제법 오래된 그 교회에서 운영하는 중학교 과정의 야간학교인 복음(福音)고등공민학교를 평소 눈여겨두었기 때문이다. 전태일은 그곳에서 공부하고 싶은 생각이 굴뚝처럼 일어났다.

3. 복음고등공민학교의 입학과 중단
— 1963년 3월~5월 (2개월, 16세)

1) 식구들 몰래 가끔 다닌 남산장로교회(1962.9.~1963.11.)

부모의 피복 일은 말이 좋아 사업이지 실상은 좁은 셋방 한쪽에 미싱 두 대를 놓고 옷을 만들어 생계를 유지한 것이다. 동산병원 담장에 걸어놓은 구호품과 옷들을 저렴하게 사 와서 이소선과 동생들이 면도칼로 실밥을 뜯고 다림질을 해 놓으면 거기에 아버지가 재단을 하는 일이었다. 아버지와 태일이 미싱을 돌려 옷을 만들면 어머니가 다 만든 옷을 머리에 이고 시골 장터를 돌며 내다 팔았다. 그렇게 조금씩 가족의 생활이 안정되자 전태일은 복음학교에 입학을 한다. 아버지의 재단 일을 도우며 지내던 어느 날, 워낙 아버지가 완고하고 무서워 교회를 다니고 싶다는 말이 선뜻 입에서 떨어지지 않았다. 어느 일요일 아침, 전태일은 마침 아버지의 심부름을 마치고 돌아오는 길에 대구 남산장로교회[144]로 발걸음을 옮겼다. 그날의

---

144 대구 남산장로교회(www.namsan.org) 교회연혁 참조. 대한예수교장로회(통합)측 교단으로서 당시 담임목사는 조성암이었으며 복음공민학교 교장은 김태한이었다.

교회방문은 생애 네 번째에 해당하는 교회였다. 전태일은 예배당 뒷자리에 앉아 주일예배를 드리면서 앞으로 열심히 교회를 다니기로 결심을 하며 기도를 올렸다. "하나님! 제가 태어났던 남산동 고향 동네에 다시 돌아와서 이렇게 예배드릴 수 있는 기회를 주시니 참으로 감사합니다!" 감사와 감격이 복받쳐 두 눈가에는 하염없는 눈물이 쏟아지며 양 뺨을 적셨다. 어렸을 때 생전 처음 남대문시장 입구 천막촌 건너편 성도장로교회 주일학교에 다니기 시작한 이후부터 지금까지 아무리 힘들고 어려워도 전태일은 교회를 떠나지 않았고 나름대로 열심히 다녔다. 물론 학업(교회부설 공민학교) 때문에 교회를 찾았던 적이 있는 것도 사실이지만 전태일에게 있어서 교회라는 장소는 언제나 삶에 용기를 주는 안식처였다.

언제나 교회를 찾아가면 마음이 평안함을 느꼈던 전태일은 그날 남산교회에서 드리는 예배가 마치 하나님이 임재(臨在)하는 듯한 마음이 들면서 은혜가 넘치는 것을 체험했다. 태일이 볼 때 그 교회는 하나님의 말씀과 그리스도의 사랑과 성령의 은혜가 충만한 곳처럼 보였고 교인들이 서로 진지한 교제를 나누며 사랑하는 것처럼 보였다. 분위기도 화목했고 교회 어른들에게서는 인정이 흘러 넘쳐보였던 것이다. 가족들 몰래 가끔씩 다니던 남산장로교회는 대구생활을 하던 전태일에게 영적으로나 정신적으로 위로와 휴식의 공간이 되었다.[145] 이처럼 전태일은 남산교회를 다니면서 그 교회에서 운영하는 야간학교를 알게 되었으며 그 학교를 다녀야할 사람은 바로 자기 자신이라는 것을 자각하며 마치 그 학교가 자신을 위해 존재하는 듯 여겨졌다. 태일은 그해(1963년) 3월에 그 교회에서 운영하는 야간학교인 복음고등공민학교(福音高等公民學校)에 입학해 정식으로 학교를 다니게 된다. 이곳에서 같이 입학한 정원섭과 김재철을 만나 서로

---

145 이소선, 「저자와의 인터뷰 증언」, 2006.10.5.

삼총사 친구가 되었다.

2) 복음학교에 입학하다(1963.3.)

전태일이 찾아간 복음학교(일명, 복음학원)[146]는 남산교회 예배당 하층
공간을 빌려서 운영된 정식 야간학교로서 경상북도 도지사 인가를 받은
중학교 과정의 학교였다.[147] 1948년에 개교한 복음학교는 중학교 3년 과
정을 남산교회당 1층에서 가르쳤다.[148] 전태일이 삼총사 친구들과 복음
학교의 문을 두드리던 당시의 교장은 영어학을 전공한 김태한(金泰漢) 장
로였다. 그는 그 후 남산교회 시무장로로서 대구 계명대 총장을 역임하기
도 했다.[149] 전태일은 드디어 1963년 3월 새 학기가 시작되자 자신과 함께
어울리던 삼총사 친구 정원섭, 김재철과 함께 중학교 과정의 복음학교에
입학을 했다. 전태일의 수기에는 고등공민학교 대항 종합체육대회가 경
북대 사범대 운동장에서 열리는 장면이 등장하는데 이 수기에는 달리기
대회에서 출전한 선수들의 양쪽 소속팀이 열광적으로 응원하는 광경이

---

146 복음고등공민학교 총동창회,『福音學園 五十年史』참고, 2005.

147 김태한,『雲峰 金颮漢 隨想集, 갚을 수 없는 恩惠』, 문출판사, 2005. 복음학교가 있던
남산교회당은 오늘날의 '대구광역시 중구 관덕정길 16(남산2동 941-22)'에 위치하고
있다.

148 당시 복음학원에서 대학생 교사로 수고하던 교사 출신 중에는 많은 대학교수들이 배출
되었으며 대학교 총장도 3명이나 배출되었다. 그리고 7명이 현재 남산교회 당회원(장
로)이고, '복음학원'을 졸업한 학생들 중에는 목사, 판검사 등도 여러 명이 있다.

149 김태한,「저자와의 인터뷰 증언」, 2006.10.5. 복음학교는 중학교 3년 과정을 23년간 남
산교회당 1층에서 가르치다 1968년 9월 상동에 독자적인 건물을 지어 이사하였지만 복
음학교와 남산교회는 뗄 수 없는 관계를 유지하고 있다. 1987년까지 39년까지 운영되다
가 중학교가 의무교육으로 바꾸어 더 이상 학생이 없어지게 됨으로써 그 사명이 끝나게
됨에 따라 발전적으로 해체하고 복음장학회를 설립하여 경제적으로 어려운 젊은이들에
게 장학금을 지급하고 있다.

묘사되어 있다. 이때 그 응원하는 장면에서 "청옥 이겨라!" "복음 이겨라!"
150 하는 구호들이 등장하는데 이때 언급된 '복음'이 바로 전태일이 청옥
학교 입학 전에 잠시 다녔던 이곳 복음고등공민학교를 지칭하는 것이었
다.151

3) 복음학교의 중단과 전학(1963.5.)

전태일의 이 같은 복음학교 입학의 선택과 결정은 그와 함께 입학한
삼총사 친구인 정원섭, 김재철152에게 언제나 불평거리가 되었다. 원섭이
와 재철이는 여러 가지 이유를 들어 자신들이 불쌍하다고 불만을 제기했
다. 첫째로 자신들의 집에서 학교가 멀리 떨어져 있어서 통학하기 불편하
다는 것과 둘째로 교회라는 종교기관에서 운영하는 것이 불편하다는 것
이었다. 그리고 셋째는 인근 남산동 명덕국민학교에서 운영하는 청옥학
교가 복음학교보다는 더 명문학교라는 소문 때문이었다. 이런 이유들을
들어가며 두 친구는 태일에게 학교를 옮기자고 자꾸 보챘다. 실제로 당시
두 학교(복음과 청옥)를 놓고 볼 때 복음학교는 비교가 안 될 정도로 청옥학
교가 훨씬 더 조건이 우월했다. 당시 복음학교는 현역 교사가 서너 명(교사
인력 회원수 20여 명)에 불과하고 재학생들이 50여 명 정도 되는 소규모였
다면, 청옥학교는 현역교사가 20여 명(교사인력 회원수 70여 명)에 재학생
들이 200여 명 정도가 되는 큰 규모였다.

종교적인 문제 또한 삼총사 중에서 유독 전태일 자신만 기독교 신자였
고 나머지는 기독교인이 아니었기 때문에 친구들의 불평이 충분히 이해

---

150 전태일, 『친필수기』, CD 사본 2, 36-38.
151 김재철, 「저자와의 인터뷰 증언」, 2006.10.4.
152 위와 같음.

되었다. 거리문제 또한 가만히 생각해 보면 복음학교보다는 청옥학교가 바로 자기 집 옆에 있었기 때문에 다니기가 훨씬 더 수월했다. 그리고 큰집 사촌 여동생 숙이도 마침 청옥학교에 다니고 있었다. 여러모로 학교를 옮기는 것이 나쁠 것은 없다고 판단한 전태일은 결국 복음학교에서 두 달 정도 수업을 마친 후 다시 청옥학교로 옮겨 재입학을 했던 것이다. 전태일의 수기에는 그가 청옥학교에 두 달 늦게 입학하여 공부하느라 진도가 늦어 애를 쓴 이야기가 나온다. 청옥으로 다시 입학을 해서 수업을 참석하니 이미 수업 진도가 두 달이나 앞서 나갔기 때문에 영어나 수학 과목 때문에 힘들었다며 아쉬워하는 고백은 바로 그런 연유 때문이었다.[153]

4. 청옥고등공민학교 입학과 학창 시절
— 1963년 5월~11월 (7개월, 16세)

1) 전태일을 가르친 청옥학교 교사들(1963.5~11.)

1960년에 설립된 대구 청옥고등공민학교(靑玉高等公民學校, 이하 '청옥학교')는 남산동 명덕초등학교 교사를 빌려서 운영되다가 그후 4~5년 정도 그곳에 있다가 다시 다른 장소로 옮겨 운영되었다. 그 후에도 청옥학교는 수없이 교사(校舍) 이전을 반복하였는데 이는 야간학교나 공민학교의 특성상 그럴 수밖에 없었다. 청옥학교는 당시 대구시 교육위원회에 정식인가를 받은 정식 중학교 과정의 야간학교였다. 청옥학교는 전태일의 셋방 앞에 넓은 배추밭을 지나면 바로 학교가 나올 정도로 가까웠다. 집에서 200미터 정도 떨어져 있는 청옥학교에 다녔는데 지금은 명덕초등학교

---

153 위와 같음.

사진 좌측은 전태일의 여섯 식구가 살던 7평 크기의 월세방이 있던 터전이다. 아직도 방바닥의 구들장과 창문 등이 담장과 함께 그대로 남아있고 지붕 슬레이트 한 개 남아있다. 골목에서 바라볼 때 peace라고 적힌 담장 좌측에는 전태일 식구가 살던 창가도 보인다.

학교 체육관인 명덕관이 지어져 있었다.

하루 종일 미싱을 돌리느라 피곤한 몸이지만 학교를 다니는 하루하루가 자신을 위해 존재하는 것 같았다. 훗날 전태일이 1967년에 고입검정고시를 보기 위해 참고서와 교재를 구입하며 "다음 해(1968년)에는 대입검정고시(고등학교졸업 자격시험)에 응시해서 그 시험에 합격하면 기필코 대학진학에 도전하겠다"는 일기 내용이 나온다. 전태일이 대학진학의 꿈을 포기하지 않았던 자신만만한 이유도 바로 이때 청옥학교에서 공부한 과목들은 검정고시를 볼 때 면제받을 수 있었기 때문이었다.

청옥학교 교장은 김신형(金信亨) 선생이 맡았고 세월이 흘러 청옥학교는 30여 년을 대구 시내 여기저기 옮겨 다니며 운영되어 오다가 대구제일교회 부목사를 하던 최곤필(崔坤弼) 목사가 1981년부터 청옥학교의 교장을 맡아 10년간 이어 오던 중 1992년에 들어서 마침내 폐교를 하고 말았

다. 전태일 당시 청옥학교의 교원 수급은 대구 시내에 소재하고 있던 대구
대, 경북대, 계명대, 대구효성여대(현, 대구 가톨릭대) 등 네 개 대학의 재학
생과 졸업생들이 자원봉사하는 형식으로 충당했다. 전태일의 수기에 보
면 체육대회를 하던 날 전태일이 배구대회에 출전해서 상대팀을 이기고
최후 승리를 할 때 태일에게 격려와 칭찬을 아끼지 않았던 '손 선생'이 등
장하는데 그가 바로 전태일의 담임선생이던 손정란(孫貞蘭) 선생154이었
다. 또 전태일을 가르쳤던 수학선생은 경북대 수학과를 다니던 김광평(金
光平) 선생이었는데 그는 전태일의 삼총사 친구인 김재철의 친형이었
다.155

　　특히 전태일에게 체육과 음악을 가르쳤던 예체능 담당 교사였던 이희
규(李義烜)156 선생은 당시 대구 계명대 지리학과 출신으로 전태일과 학생
들에게 체육과목과 역사, 음악과목 등을 집중적으로 가르쳤다. 군대를 갓
제대한 스물세 살 대학생이었던 이희규 선생은 수업시간만 되면 전태일
과 학생들에게 언제나 건전한 노래를 가르쳐 주었는데 당시 이희규는
KBS 합창단 소속으로 방송국에 자주 출연해서 노래를 불렀기 때문에 언
제나 건전한 노래와 명곡들을 학생들에게 자주 가르칠 수가 있었다. 그 때
문에 삶에 지친 전태일과 청옥학교 학생들이 음악시간을 매우 즐거워했
고 몹시 그 시간을 기다려 왔다. 이희규 선생이 가르치던 음악시간을 학생
들은 그 어떤 수업시간보다 좋아했으니 당연히 그 과목은 학생들에게 인
기가 있었고 새로운 신곡들을 배우기 위해 학수고대하는 시간이었다. 특
히 학생들은 음악시간만 돌아오면 더욱 밝은 표정이 되어 서로 웃고 떠들
며 화기애애한 가운데 수업을 받았다.

---

154 전태일의 담임 손정란 선생은 당시 대구 효성여대에 다니던 재학생이었다.
155 김재철, 「저자와의 인터뷰 증언」, 2006.10.4.
156 이희규, 「저자와의 인터뷰 증언」, 2006.8.23.

평소 노래를 잘 부르지 못했던 전태일의 삼총사 친구들과 학교 뒤편에 올라가서 노래 부르기를 좋아한 것도 바로 그런 연유에서 비롯된 것이다. 이희규 선생이 당시 계명대 지리학과를 다닐 때 같은 학교 철학과를 다니던 김진홍(두레마을 담임목사)과는 절친한 중학교 동창 친구이기도 했다.[157] 훗날 목사가 된 김진홍은 전태일의 여동생 전순옥이 영국에서 유학하는 동안에 물심양면으로 보살펴 주었으며 영국에서 노동학 박사학위를 받고 귀국할 때까지 두레장학재단 장학금을 통해서 유학자금과 생활자금을 지원해 주었다. 한편 청옥학교 교사들 중에서도 유독 전태일의 일기장에는 이희규 선생이 자주 등장한다. 전태일은 이 선생과 계속해서 사제 간의 서신교환과 왕래를 꾸준히 지속하고 있는 장면이 아래와 같이 곳곳에서 발견되고 있다.

1967.2.13.

내일부터 누님을 만나지 마라. 어느 책에선가 심리학자가 인간은 만나지 않으면 자연히 멀어지는 것이라고, 그 말을 믿어 보기로 하자. 이렇게 결심한 나는 대구에 계시는 이 선생님께 편지를 썼다.

"선생님 안녕하십니까? 일전에 제가 대구에서 자랑하던 저의 누님을 선생님께 소개시켜 드립니다. 선생님의 소개는 제가 상세하게 누님께 했습니다. 누님께선 서신 연락을 원하시면 제 소개로 선생님을 사귀어 보고 싶어 하십니다. 제가 웬만한 분 같으면 서로 소개를 하지 않습니다." 대략 이런 내용의 편지를 대구에 부치면서 나는 스스로 패배자의 심정을 맛보면서 일기를 쓰고 있었다.

---

157 위와 같음.

1967.2.15.

오금희 안녕. 이 선생님(이희규 선생)에게 편지를 씀으로써 그대는 영원한 찬사와 같이 사랑해선 안 될 사랑. 부디 행복하소서. 진심으로 두 손 모아 주 앞에 기원합니다. 이 선생님. 사모하는 오금희. 두 사람을 위해서는 나의 미약하나마 힘 닿는 데까지 행복을 빌리라. 이로써 잠시나마 나의 심에 자리를 잡았던 연인을 잊어야 할 때가 왔는가 보다. 부디 행복합소서.

1967.2.22.

이희규 선생은 내가 존경하는 사람이다. 그러나 한 가지 빠진 게 있다. 그것은 생활고다. 즉 경제문제. 그전에는 모르지만 지금은 도장을 차리셨다고 하지 만⋯ (생략)⋯

1967.3.4.

오늘은 이희규 선생님 편지를 아저씨께 받았다. 2월 23일날 쓴 편지인데 3월 4일인 오늘 편지가 내 손에 들어온 것이다. 답장을 빨리 해드려야지.

1967.3.18.

대구 이 선생님에게서 서신이 왔다. 18일날 오시겠다는 분이 4월 14일에 상경하신단다.[158]

전태일과 이희규 선생은 청옥학교를 그만 둔 이후에도 위와 같이 계속 깊은 신뢰를 나누며 서신교환과 만남을 가졌다. 미처 1년을 채우지도 못 하고 청옥학교를 그만두어야 했던 전태일의 근황이 궁금했던 이희규 선

---

158 닷새간 기록한 일기는 모두 전태일의 친필수기 CD 사본 7에 모두 수록되어 있음.

청옥학교 시절 전태일에게 음악을 가르친 이희규 선생의 최근 모습

생은 제자 태일과 계속 서신 왕래를 지속했다. 1967년도 당시에 이희규는 대구에 있는 자신의 집에서 한 시간 거리에 떨어진 시골에서 태권도장을 운영하고 있었다. 그러다가 1967년 연초가 되는 어느 날, 뜻하지 않게 제자 전태일로부터 한 장의 편지를 받았다. 이때 전태일은 자신이 흠모하는 연상의 아가씨였던 오금희라는 여자를 이희규 선생에게 소개를 해주기로 한 것이다. 편지 사연에는 "선생님에게 알맞은 아주 좋은 사모님 감(신부감)을 소개해 줄테니 시간을 내서 서울에 한번 선을 보러 올라 오시라"는 내용이었다. 당시 오금희는 전태일이 다니고 있던 평화시장 한미사(韓美社) 사장의 처제였는데 전태일은 자신보다 네 살이나 연상인 오금희와는 결코 이루어질 수 없는 사랑임을 깨닫고 그럴 바에야 차라리 평소 자신이 존경하던 이희규 선생에게 오금희를 소개시켜 줌으로써 자신은 깨끗이 그녀를 포기하면서도 먼 발취에서나마 평생 그녀를 바라보려고 했던 것으로 보였다.

이희규는 당시 서른두 살의 노총각이었기 때문에 결국 제자 전태일의 진지한 중매로 대구에서 1967년 4월 14일에 직접 상경하여 남산 팔각정 부근에서 오금희와 맞선을 보게 된다. 이희규 선생은 그 날의 만남에서 오금희라는 아가씨를 "키는 작지만 매우 동양적인 미모에 멋지고 단아하며 예절이 바른 전라도 아가씨"[159]로 기억하고 있었다. 그러나 오금희와 이

희규와의 만남은 제자 전태일의 중매와 갖은 노력에도 불구하고 거리상
의 제약 때문에 더 이상 진도가 나가지 못하고 결국 흐지부지되어 중단되
고 말았다. 그 후 이희규는 전태일이 분신할 무렵에도 경북 의성군 안계면
에서 태권도장을 운영하고 있었고 분신 두 달 전까지도 전태일과 서신교
환을 하였다. 사제지간의 편지 내용은 언제나 제자 전태일이 자신의 애로
사항을 선생님에게 허심탄회하게 먼저 이야기하면서 시작됐고 편지를 받
아 본 이 선생은 "너보다 더 어려운 사람을 보며 항상 용기와 희망을 잃지
말거라. 그리고 아무리 어려운 환경이 닥치더라도 꿈을 잃지 말거라"는
답장을 통해 항상 격려를 아끼지 않았다.[160]

그 후 이희규 선생은 신문에서 제자 전태일의 분신 소식을 발견했지만
처음에는 도무지 믿을 수가 없어서 다른 인물일 것으로 착각해 무심코 지
나쳤다. 그러나 지인들을 통해 청천벽력과 같은 사실을 확인한 날 이루 말
할 수 없는 감정에 북받쳐 며칠 동안을 우울하게 보내며 애통해했다고 한
다. 한편 전태일에게 격려와 용기를 아끼지 않았던 청옥학교 교사들의 모
임은 지금까지 이어지고 있다.[161] 지금부터는 전태일이 직접 작성한 회상
수기를 통해서 청옥학교 시절에 있었던 이야기들을 살펴보도록 하자.

2) 청옥학교에 입학 후 실장(반장)이 되다(1963.7.)

하루는 어머니께서 큰집에 다녀오시더니 나의 학교 문제를 이야기하셨다.
나는 뛸 듯이 기뻤다. 앞산의 허였던 차가운 눈도 녹고 훈훈한 바람이 머푸라

---

159 이희규, 「저자와의 인터뷰 증언」, 2006.
160 위와 같음.
161 당시 청옥학교 교사들의 모임과 활동은 지금까지도 26~30명의 회원이 남아 있으며 모
   임의 회장은 그동안 이희규 선생이 맡고 있다가 2006년도부터 경북대 김지학 교수가 맡
   고 있다.

를 날릴 때 큰집 사촌여동생이 다니고 있는 대구시 명덕국민학교에 세들고 있던 청옥고등공민학교에 입학하게 되었다. 남녀공학으로서 선생님은 주로 대학 3, 4학년의 학생으로서 사대학생이 대부분이었다. 학교는 야간으로서 각 학년에 1학급씩 3학급 밖에 없었다. 내가 입학할 때는 진도가 2개월가량 나갔으므로 나는 기초지식이 없어 영어와 수학은 과목 중에서 제일 힘이 들고 이해하는 데는 무척 힘이 들었다. 그렇지만 다른 과목은 다 재미있고 50분 수업시간이 너무 짧은 것 같았다. 정말 하루하루가 나를 위하여 존재하는 것 같았다. 우리 반에서도 나는 인기있는 학생이었다. 아무리 과거에 초등학교를 졸업하지 못하였지만 서울에서 다녔고, 말을 조금 재미있게 하는 재능이 있다. 그 당시 우리 반 실장은 낮에는 철공소에 다니고 밤에는 학교에 다니는 모범생이었다. … (중략) … 나는 기초지식이 없으므로 다른 학생들이 놀 때도 모자라는 영어단어를 외어야 했고 수학공식을 외어야 했다. 파나게 열심히 공부에 공부를 더한 나는 노력에 힘입어 우리반 실장이던 박헌수가 학교에 못다니게 되자 담임선생님께서 나에게 실장의 임무를 주셨다. 내가 실장이 되자 어머니께서 눈물로서 기뻐하셨고 우리 집 가정은 일대 경사가 났다. 이때까지는 집에서 삯 제품을 하면서 공부를 했지만 실장이 되고 부터는 무척 시간에 쫓기는 나날이 계속되었다. 하루 일과가 마치 기계처럼 꽉 짜여서 조금이라도 쉴 시간이 없었다. 아침 6시에 기상하면은 같은 반 학생인 재철이네 집에 원섭이와 셋이 모여서 아령을 들고 역기를 들고 앞산 비행장까지 마라톤 연습을 했다. 앞산까지 뛰어갔다가 우리 집까지 오면 식사를 하고 그때부터 아버지께서 하시는 재봉일을 도와 가면서 벽에 써 붙여둔 영어단어를 외우다가 손끝을 다리미에 닿으면 깜짝깜짝 놀라는 일이 한두 번이 아니었다. 그런 힘든 일 속에서도 실장이므로 특과활동이 많으므로 틈틈이 특과 활동에 대한 준비도 게을리할 수 없었다. 점심을 먹고 나서 다시 오후 4시 반까지 일을 계속하고 학교에 가면 그때가 하루

일과 중 가장 즐거운 시간이다.[162]

3) 짝사랑하던 부실장 김예옥(1963.5.~11.)

청옥학교 시절에 태일과 같은 반 부실장이었던 김예옥은 학교 친구들과 교사들에게도 인기가 많았다. 당시 교회에 열심히 다니고 있던 김예옥은 "너는 이다음에는 꼭 목사 부인이 될끼야"라는 말을 주변 사람들에게 자주 듣곤 하였다. 김예옥은 당시 한국 기독교 교파 중에서 가장 보수적이라고 할 수 있는 장로교의 고신(高神)측 교단에서 신앙생활을 하면서 청옥학교를 다녔다.[163] 신앙적 인품은 물론이고 미모와 실력까지 두루 갖춘 청순한 이미지의 김예옥에게 사춘기 청소년 전태일은 그만 마음을 빼앗기고 말았다. 그러나 김예옥은 실장인 태일이 부실장인 자신을 짝사랑하리라는 것을 처음에는 눈치채지 못했다. 평소 내성적이던 전태일은 자신의 사랑을 적극적으로 표현하지 못하고 속으로만 가슴앓이를 했던 것이다. 그러다가 같은 학교의 어느 남학생이 김예옥을 좋아한다는 것을 알고 나서 그 남학생과 김예옥 문제로 학교 뒷산에 올라가서 서로 옥신각신했다는 말을 훗날 김예옥이 누군가에게 전해 들었을 뿐이다.[164] 이처럼 전태일의 마음을 뒤흔들어 놓으며 연정을 품게 했던 여학생이 바로 김예옥이었던 것이다.

그 당시 우리 반 실장은 낮에는 철공소에 다니고 밤에는 학교에 다니는 모범생이었다. 남녀공학이라면 대부분이 실장은 남학생이 하고 부실장은

---

162 전태일, 『친필수기』, CD 사본 2, 33-35.
163 김예옥, 「필자와의 인터뷰 증언」, 2006.8.6.
164 위와 같음.

여학생이 하는 것이 원칙인 모양이다. 우리 반도 예외는 아니었다. 부실장은 김예옥이라는 예쁘게 생긴 여학생으로서 반에서는 1, 2등을 다투는 수재였다. 나는 이 부실장이 좋았다. 얼굴도 곱게 생겼지만 공부도 잘하고 또 내가 하는 이야기는 총명하게 잘 이해하면서 내가 교단에 나가 이야기하는 보람을 가지게 했다. 다른 학생들 같으면 아무리 의문난 점이 있어도 질문하는 여학생은 한 사람도 없는데 예옥이만은 곧잘 질문도 하고 사뭇 호기심 어린 눈으로 나를 주시하면서 나의 용기와 지혜의 도움이 되어 주었다.[165]

김예옥은 태일이 부잣집 아들인 줄로만 알고 있었다. 그도 그럴 것이 태일은 학교에 올 때마다 언제나 깔끔하게 옷을 차려 입고 왔기 때문이다. 또한 유행에 뒤처지지 않은 새로운 패션 의복을 항상 잘 어울리게 입고 왔으며 서울에서 살다가 내려왔다는 것을 알았기 때문이다. 세월이 흘렀어도 전태일은 김예옥이 늘 마음 한구석에 자리 잡고 있었다. 전태일이 분신 항거 직전 대구로 내려갔을 때 그는 김예옥을 만났고, 그녀와 처음이자 마지막 데이트를 했다.

4) 삼총사와 학교 친구들

청옥학교에서도 비록 짧은 기간을 다녔지만 태일을 좋아하는 여학생들이 더러 있었다. 차분하고 과묵했던 전태일은 여학생들에게 관심을 끌만한 인기 있는 남학생이었다. 같은 반 여자 친구로는 김예옥과 이원희 등이 있었고, 남자 친구로는 삼총사인 김재철, 정원섭, 이유영 등이 있었다. 특히 정원섭은 자신의 여동생인 정원희와 또 한 명의 남동생과 함께 삼남

---

165 전태일, 『친필수기』, CD 사본 2, 34.

매가 모두 청옥학교를 다녔
다. 삼총사는 서로 성격이
잘 맞아 자주 어울리는 친
구들이다 보니 매일 붙어
다니다시피 하는 사이가 됐
다. 특히 원섭은 아버지가
봉덕동에서 사진관을 운영
했기 때문에 낮에는 아버지
의 사진관 일을 도와주고
밤에는 청옥학교를 다녔다.
태일과 청옥학교 친구들의
사진이 유난히 많이 남아
있는 이유는 바로 원섭의
아버지가 사진관을 운영한

청옥학교를 다니던 전태일은 같은 반의 부실장 김예옥을
짝사랑했다. 앞줄 우측이 김예옥이며 나머지는 같은 반
친구들이다.

덕분이었다. 재철은 성격이 워낙 남자답고 껄렁껄렁하고 익살스러워서
별명이 "꽝철"이라고 불려졌고 훗날 서울 전농동으로 이사를 한 재철은
태일의 분신 항거하기 이전까지 수시로 접촉을 하며 우정을 나눴다. 군대
간 친구들이나 청옥학교 친구들이 서울로 올라오기라도 하는 날에는 재
철은 태일도 불러내 서로가 어울리며 놀러 다니고 자주 사진도 찍었다. 이
제 전태일의 회상수기를 통해서 청옥 시절의 삼총사들의 성격이나 특징
을 살펴보자.166

이윽고 나는 가슴에도 선명하게 다이아몬드 형의 청옥 마크를 달고 빤스는

---

166 위와 같음.

우리집에서 아버지께서 손수 만들어 주신 것을 입었다. 아버지께서 그때 우리 삼총사인 철이, 원섭이, 나, 셋에게 다 선수로서 똑같은 모양의 빤스를 만들어 주시고 꼭 일등하기를 당부하셨다. 우리 셋은 일학년 중에서는 제일 공부도 잘하는 편이고 또 성질은 제각기 다 판이하게 달랐지만 안 보고는 못 사는 죽마우였다. 원섭이는 나와 같이 마라톤과 배구에 뽑히고 재철이는 탁구와 단거리에 출전했다. 우리 삼총사의 부모님들은 다 아시는 분으로서 한 분 같이 마음이 너그러우시며 어머니로서의 부족함이 없는 분이시다. 원섭이 성격은 잠잠하고 입이 무거운 편이고 웬만한 일이면 절대로 입을 안 여는, 아주 친한 친구로서 A급에 속하는 친구이고, 거기에 반해 재철이는 노래도 잘 부르며, 그 홀쭉한 허리를 흔들면서 어색하지 않은 몸짓과 한참 유행하는 맘보 춤을 춘다고 여학생의 마후라를 빌려 쓰고 웃길 때는 정말 배가 아프고 눈물이 날 정도로 성격이 명랑한 아이고, 나는 아마 재철이와 원섭이의 중간 성격이라면 그런대로 어울릴 그런 행동을 했다. 이를테면 노래는 못 부르는 편에다가 듣기는 좋아하고 어떤 모임이든지 주동이 되어 가지고 담임선생님의 걱정도 듣는 일을 한 적도 있었다. 어떤 학생이든지 나를 싫어하는 학생은 없었다. 너무 짓궂지도 않고 침묵을 지키지도 않고 내가 실장이라서 그런지 학우들도 나를 곧잘 따랐다.[167]

그뿐만 아니라 삼총사는 함께 몰려다니면서 비가 오는 날이나 해가 지는 어두운 저녁 시간을 이용해서 재미삼아 가끔 남의 집 수박밭, 참외밭에 가서 서리를 하기도 했다. 오이밭이나 감나무밭으로 가서 몰래 따거나 줍기도 하다가 주인에게 들켜 혼난 적도 여러 번 있었는데 이는 먹는 것이 궁색했던 시절에 과일서리를 하면서 주린 배를 채운 것이다. 삼총사는 서

---

167 전태일, 『친필수기』, CD 사본 2, 35-36.

로 먹을 것이 있으면 자주 나눠 먹기도 하고 화목하게 잘 지냈다. 삼총사
와 몰려다니면서 태일은 항상 수첩 같은 것을 들고 다니며 무엇인가 메모
하며 다녔다. 전태일은 다른 학생들에 비해 항상 책을 가까이하는 학구적
인 모범생이었다.[168] 늘 끼니 걱정과 동생들 걱정을 하면서 학교를 다니다
보니 공부는 많이 하고 싶은데 집안 분위기가 공부할 수 있는 상황이 안
됐다. 친구들의 세계에서 태일의 성격은 항상 명랑한 편이었는데 어딘가
한쪽에는 그늘진 것처럼 보였으며 다른 친구들한테는 가급적 표시를 내
지는 않았으나 삼총사에게만큼은 항상 어려운 점들을 상의했으며 친구들
에게 정을 많이 주는 장점을 지녔다.[169]

5) 고등공민학교 대항 연합 체육대회 (1963.9.)

이희규 선생은 "전태일 학생은 사고방식이 올곧고 불의를 보면 참지
못하는 성품이었고 생활이 어렵더라도 고개를 숙이지 않고 자기가 할 이
야기를 다 하는 성미였으며 청옥학교에 다니는 여학생들이 학교를 마치
고 으슥한 골목이나 외진 길을 잘 다닐 수 있도록 에스코트해주는 일에도
앞장을 섰다"고 증언했다. 태일의 친구들은 식모살이, 구두닦이, 신문배
달, 날품팔이 등의 일을 하거나 어른들과 함께 공장에 다니기도 하는 등
모두가 불우한 환경이었다. 해가 지면 학교에 모여 밤 9시까지 수업을 했
고 학교가 파하면 여학생들이 무사히 귀가할 수 있도록 남학생들이 짝을

---

168 정원섭,「저자와의 인터뷰 증언」, 2007.11.15.

169 청옥학교 남녀 동창들 김예옥, 이원희, 김재철, 정원섭 등은 30년이나 지난 후에도 모임
을 자주 갖고 우정을 나누고 있다. 김재철은 서울 중랑구 망우리에서 건축업을 하고 있으
며 정원섭은 군복무 후 결혼식을 마치고 모든 가족들과 함께 적도의 나라 남미 에콰도르
에 이민 가서 한인회장을 역임하였고 지금은 미국 동부로 건너와 자녀손들과 거주하고
있다.

지어 에스코트를 하게 된 동기는 동네의 불량배들이 기승을 부리고 나쁜
짓을 저지르던 환경이었기 때문이었다. 몇몇 남학생들이 자경단까지 조
직해 학교 인근의 치안 분위기를 주도하기도 했던 것이다.

젊음과 혈기가 넘치는 청옥학교 학생들은 인근에 있는 타 고등공민학
교와의 체육대회가 짓눌렸던 가슴을 펴고 힘차게 소리칠 수 있는 유일한
기회였다. 복음학교와 청옥학교가 서로 막상막하의 라이벌 학교라서 경
쟁이 치열했으나 전태일은 두 학교를 모두 다닌 전력이 있어 더욱 의미가
있었다. 이제부터 전태일이 고등공민학교 대항 연합 체육대회에 참석하
는 과정과 마라톤 시합에 출전했는데 겨우 맨 꼴찌를 면했으나 우승하지
못하고 탈락하여 창피하게 생각했던 이야기 그리고 배구시합에서 이긴
감격적인 이야기와 부친의 명령으로 안타깝게도 정든 청옥학교를 중단한
이야기 등을 전태일의 수기장 기록만으로 자세히 알아보도록 하자.

시원한 바람이 제법 사람들의 더위에 지친 생활들을 활기를 불어넣어 줄
무렵 학교에서는 연중행사로 고등공민학교 대항 종합체육대회를 준비 중이
어서 나는 정말로 눈코 뜰 새 없는 시간 속에서도 보람찬 나날들을 맞이하였
다. 꽉 짜여진 일과 속에서 달리 준비 기간은 없었지만 아침 새벽에 마라톤
연습으로 마라톤선수로 뽑히고 배구 혼성팀에서도 선수로 뽑히고 배구 혼성
팀에도 선수로서 연습을 받아야 했다. 1학년 2학기 접어 들어서는 한 달
가량은 어떻게 허둥거렸는지 아침마다 세수할 때는 코피로 세수대야를 벌겋
게 물들었다. 모든 학교생활 중에 나는 거의 전적으로 참여하고 무슨 일이든지
솔선수범 학우들에게 도움될 일을 하는 데 전심전력을 다했다. 한참 성장기에
있던 나는 그런 고된 일과 속에서도 조금도 지칠 줄을 모르고 하루하루를
착실하게 준비하던 중 그렇게도 마음이 설레이면서 기다리던 체육대회가
경대 사대에서 열리는 날이 온 것이다. 너무 흥분한 나도 4시도 되기 전에

일어나서 준비운동을 하고 부엌에서 설쳤다. 사대 운동장에 모인 우리들은 너 나 할 것 없이 가벼운 기대와 흥분에 가슴 설레이고 다른 학교 학생들과도 같이 사진 찍고 내가 출전할 종목인 마라톤 경기가 오기를 기다렸다.[170]

(1) 마라톤 시합의 수치

드디어 마라톤 시합이 벌어지려는 순간, 선수들은 일렬로 정비하여 섰고 운동장을 여덟 바퀴 도는 시합이었다. 원을 돌기 때문에 맨 먼저 스타트가 먼저라고 생각한 나는 "땅" 출발 신호와 같이 허연 가루로 표시된 원의 제일 안쪽에 제일 선두에 섰다. 순간 우리 학교 학생들의 응원 소리와 전태일 파이팅에 나는 설레이는 가슴을 억제하면서 선두를 빼앗기지 말아야겠다는 생각을 했다. 그러나 나는 그 생각도 순간적이고 머리 속에서는 골이 쿵쿵거리면서 골대로 노는 것이 아닌가. 아 그렇다. 아침에 너무 일찍 일어나서 돌아다녔기 때문에 부엌에서 연탄가스를 마신 모양이다. 골이 노는 속도가 점점 더해가고 아무리 힘을 내려고 해도 선두를 지킬 힘이 없었다. 한 바퀴 반을 돌고 난 나는 선두를 복음학교 3년생인 키가 큰 학생에게 빼앗기고 말았다. 세 바퀴째는 선수들의 중간거리를 유지하면서 열심히 뛰고 있었다. 원섭이는 나와 나란히 뛰면서 나에게 힘을 낼 것을 권유하지만 나는 국사 선생님께서 나에게 이제는 힘을 낼 때가 되었다고 말씀하시면서 물수건을 짜서 주실 때는 정말 미안하기 짝이 없었다. 벌써 기권하는 선수가 생기고 나는 선두와 나란히 뛰게 되었다. 그러니까 한 바퀴가 처진 것이다. 나는 한 바퀴를 더 돌아야 하고 선두 선수는 이제 골인해야 할 차례인데 심판원은 내가 일등인 줄 알고 나의 팔을 나꿔채는 것이었다. 잠시 붙잡혔다가 다시 뛰기 시작한

나는 나의 바로 앞에 뛰는 복음학교 학생이 있다는 것을 알았다. 나 혼자서
텅 빈 운동장 원을 돌리면 얼마나 창피하였겠느냐 나는 나보다 더 키도 10센치
이상 크고 상급학년인 듯한 학생으로 연습을 많이 안 했는지 왼쪽 배를
누르면서 뛰는 것이 아닌가. 순간 운동장은 일대 폭소가 터졌다. 다른 선수들
은 다 골인하고 단 두 명이서 운동장 한 바퀴를 더 달려야 하니 얼마나
우스웠겠는가? 그것도 서로 앞서거니 뒷서거니 하면서 땀을 뻘뻘 흘리면서
마지막 힘을 다 내니… 구경은 학부형들이나 학생들은 보는 입장에서 우스웠
을 것이다. 꼴인 삼백 미터 정도 남았을 때 때아닌 응원이 쏟아져 나왔다.
청옥 이겨라, 복음 이겨라. 청옥 파이팅, 복음 파이팅. 조소인지 흥미를
복돋는 소리인지는 모르지만 나는 창피해서 귀밑까지 발갛게 물들어 가지고
그래도 맨 꼴찌를 해서야 되겠느냐는 마음으로 정말 젖먹던 힘까지 다 내어
달렸다. 다행히도 내가 먼저 골인을 하고 말았지만 골인과 동시에 까무러칠뻔
했다. 얼마나 골이 쿵덕거리는지 나의 본 정신이 아니라 신체의 활동으로
인해서 몸의 체온은 정상보다 훨씬 높은 것 같았고, 쿵쿵거리는 골속을
달래가면서 무리했기 때문에 기절하지 않은 것이 다행이었다. 꼴찌에서
두 번째라는 등률이 주는 무안감과 아침 일찍부터 덤벙된 나의 침착하지
못한 행동이 나무라지면서 나를 끝까지 응원해준 학부형님과 교우들 볼
면목이 없었다. 다행히도 원섭이는 5등으로서 우리 학교에서는 그런대로
체면을 유지할 수 있을 것 같다.[171]

(2) 배구시합의 승리와 영광

사태가 이 모양으로 판정되자 제일 먼저 어머니께서 나의 실망으로 가득

---

171 전태일,『친필수기』, CD 사본 2, 36~38.

찬 침울한 마음을 위로하시면서 다음 시합인 배구시합에서는 잘하라고 하시면서 계란과 주스를 사주시고 허한 나의 마음을 위로해 주셨다. 점심 시간에는 나는 학교 주최측에서 제공하는 식당에서 다른 선수들과 나란히 자리를 같이 하면서 남녀 선수들과 같이 즐거운 대화를 나눌 때 문득 내가 아직도 서울에서 방황하고 있었으면 어떻게 되었겠나를 생각할 때 가슴이 뭉클하면서 어느 면으로나 관대하시고 인자하신 어머니 아버지 그리고 나의 주위의 모든 사람들이 더 한층 사랑스럽고 어떻게든지 공부를 끝까지 해서 지금도 서울에서 고생하고 있는 친구들을 그리고 거리에서 허기진 배를 움켜쥐고 5원의 동정을 받고 양심까지도 다 내어 보여야 하는 언제든지 밀지는 생명을 연장하려고 애쓰는 불쌍한 사람들을 위해 일하리라고 막연하게 생각을 했었다. 점심시간이 끝나자 제일 먼저 우리 시합인 배구시합이 시작되었다. 시합은 사제(師弟) 혼성팀으로 우리팀은 대학교 대표선수도 두 분이나 있었기 때문에 마음 든든하였다. 우리의 선 공격으로서 시합개시 몇 분이 경과 안 되어서 우리팀이 일방적으로 게임을 리드해 가고 있었다. 마침내 내가 서브를 넣을 차례가 온 것이다. 그동안 열심히 배워 온 솜씨로서 첫 서브를 강하고 짧게 넘자, 서브가 너무 짧다고 생각했던지 상대팀의 무수비하에 첫 서브는 성공한 것이다. "전태일 파이팅, 청옥 파이팅."

이럴 때의 나의 기분이란 정말 형용할 수 없는 그런 기분이었다. 한 점을 성공시키자 이 선생님께서 또 그렇게 짧은 서브를 넣기를 하교하고 어깨를 두드리시면서 사기를 복돋아 주셨다. 두 번째 역시 성공을 거두자 운동장은 박수와 응원소리로 나는 일약 개선장군이나 된 것처럼 기뻐했다. 세 번 네 번 계속해서 내가 넣은 서브가 치열한 공방전 끝에 성공을 거두자 나의 이름이 응원 속에서 섞여 나왔고 같이 응원하시던 어머니께서는 눈물을 흘리시면서 대견해 하셨다. 나도 모르게 여덟 번째 서브까지 성공이었다. 내가 잘해서라기보다는 이상하게 양팀 공방전 끝에 꼭 우리팀이 이기는 것이 아닌가. 환호성과 흥분의 도가니 속에서 나는 마음속의 기쁨을 감추지 못하고 얼굴엔 땀과 기쁜 표정이 범벅이 되어서 나의 감정은 극에 달한 것 같다. 아홉 번째까지 성공시키고 게임이 끝났다. 시합장엔 요란한 박수갈채와 승리의 개가가 퍼지고 나는 일약 오늘 이 게임에서 마스코트가 되었다. 맑은 하늘은 구름 한 점 없이 깊으며 그늘과 그늘로 옮겨 다니면서 자라온 나는 한없이 행복감과 인간만이 누릴 수 있는 특권인 서로 간의 기쁨과 사랑을 마음껏 음미할 때 내일이 존재한다는 것이 얼마나 기쁜 일이며 내가 살아 있는 인간임을 어렴풋이나마 진심으로 조물주에게 감사했습니다. 담임 선생님인 손 선생님께서는 나를 손수 찾아 다니시며 대견해 하실 땐 얼마나 좋았는지. 선생님 손을 잡고 껑충껑충 뛰었습니다. 나는 언제부터인지 모르지만 감정에는 약한 편입니다. 조금만 불쌍한 사람을 보아도 마음이 언짢아 그날 기분은 우울한 편입니다. 내 자신이 너무 그런 환경을 속속들이 알고 있기 때문인거 같습니다. 그런고로 인해 자연히 다른 감정에도 잘 동화되며 남자인 내가 불쌍한 광경으로 인해서 코 언저리가 시큰 할 때가 많으니 말입니다.[172]

5. 부친의 명령으로 청옥학교를 중단하다
— 1963년 11월

어떻든 결실의 가을은 지나가고 살얼음이 이는 겨울이 되어 갑니다. 아버지께서 하시던 삯 제품을 그만두시고 자작으로 제품을 처음 시작하시었습니다. 겨울이 되면 자연히 사람들은 옷을 많이 입게 되고 여기에 비례하여 제품은 잘 되었습니다. 그러자 아버지께서는 저더러 학교를 중단하고 전적으로

---

172 위의 책, 38-40.

집에서 미싱일을 돌보라는 분부십니다. 저의 심정은 과연 어떠했겠습니까? 아버지의 그 말씀을 듣는 순간 나는 뇌성번개가 세상을 삼키는 것 같았습니다. 아버지의 분부를 거역할 수는 없습니다. 그렇지만 학업을 중단하기는 더욱 싫었습니다. 입학한 지 일 년이 채 못 되었지만 하루하루 나의 삶 속에서 배움을 빼버리면 무슨 희망으로 살아가겠습니까. 나는 학업에 반 미치광이가 되다시피 한 나에게 어떻게 학업을 중단하라고 하시는지 정말 애가 타고 불안하기만 합니다. 내 나이 열여섯 살에 중학교 1학년인데 지금 또 학업을 중단한다면 나는 영영 배움의 길이 막히는 것입니다. 아버지의 걱정을 들어 가면서 학교를 나가고 집 일도 예전보다 더 열심히 하였습니다. 그러나 아버지께선 학교에 가는 시간도 못 가지게 하시고 내가 예전에 집을 나갔을 때를 나무라시면서 약주를 과하게 취하시면 죄없는 어머니를 무수히 때리시는 것입니다. 내가 지금 학교에 다녀도 학교에는 공납금도 면제받고 거기에 들어가는 돈은 불과 노트 값, 연필 값뿐이 없습니다. 술은 안 잡수시고 일에만 열중하시던 아버지께서 저로 인해서 잡수시기 시작한 술은 또 다시 예전처럼 폭음을 하시고 그 사이에서 죄 없으신 어머니만이 고통과 괴로움 속에서 하루하루를 보내십니다. 그러자 아버지께서 하시는 사업은 자연히 잘 안되시고 아버지의 성격은 더욱 무서워져 갑니다. 이제는 약주를 안 취하는 날이 없고 날마다 저는 과거 때문에 아버지 앞에서 꾸중을 듣고 그 술이 다 깰 때까지 꿇어 앉아 춥고 긴 밤을 밝혀야 했습니다.[173]

전태일은 청옥학교에서 공부를 할 수 있다는 것에 대해 몹시 만족스럽게 여겼고, 그래서 그런지 집안일을 하느라 피곤할 텐데도 학교에 단 하루도 안 빠지고 열심히 다녔다. 집안에서는 태일이가 의욕적으로 일을 도와

---

173 위의 책, 40-41.

서울로 이사 온 전태일은 청옥고등공민학교 친구들이 상경하면 주로 남산을 찾아 즐거운 시간을 보냈다.

주는 모습을 보니 어머니 이소선의 마음도 한결 가벼워졌다. 그러나 그 기쁨도 잠시였다. 아버지 전상수가 느닷없이 아들 태일에게 학교에 다니지 말라고 윽박지르는 것이 아닌가. 그토록 배우고 싶어하는데 학교에 다니지 말라니 그것이 어찌 아비로서 혹은 부모로서 할 수 있는 말인가. 어머니와 태일은 하늘이 무너지는 듯했다. 전상수는 가족들의 생계를 위해 청옥학교를 그만두고 옷 만드는 일에 전적으로 매달릴 것을 요구했으며 태일은 끝내 그런 아버지의 요구를 받아들일 수밖에 없었다. 설상가상으로 전상수는 매일 술에 쩔어 살다시피 하였고 그럴 때마다 아이들을 구박하며 매질을 해대는 것이다. 소선은 어쩔 수 없이 매질을 하는 남편으로부터 아이들을 감싸 안으면서 온 몸으로 손찌검을 막아 내야 했다. 아버지의 입에서 학교에 다니지 말라는 청천 벽력같은 소리가 떨어진 그날부터 아버지를 거역하지 못하고 무서워하던 태일은 그날부터 무려 일주일을 무단으로 학교에 결석을 하게 된다. 그리곤 일주일을 학교에 가지 않고 밤낮 재봉일에만 몰두했다. 오히려 학교에 안 가는 동안에는 방안 벽에다 영어 단어를 써놓고 일을 하면서도 외우기 시작했다. 그러면서 조심스럽게 아버지에게 학교에 다시 다니게 해 달라고 몇 번을 상의하였으나 아버지는 요지부동이었다. "야, 이놈아야, 일 년만 더 고생을 하그레이. 내가 자리 잡고 나면 너를 고등학교도 보내주고 대학교도 보내줄 끼구마." 자식의 공부를 막는 무정한 아버지는 태일을 달래는 듯하더니 이내 윽박지르기까지 했다. 공부 문제에 대해서는 더 이상 아버지와는 대화가 안 된다는 것을 깨닫고 결국 태일은 가출을 결심하게 된다. 평소에도 유난히 무서웠던 아버지의 분부를 거역할 수는 없었다. 그렇다고 학업을 중단할 수도 없는 노릇이었다. 청옥학교에 입학한 지 일 년이 채 못 돼 또 다시 공부를 중단하게 된 태일은 이제 집안에서는 아무런 희망이 없다고 판단했다. 하루하루 삶 속에서 배움을 빼 버린다면 아무 희망이 없다는 그의 고백이 무색해졌다. 학교도 못가고 어느 날부터 꼼짝없이 방에 갇혀 밤낮없이 재봉일을 도와주는 일에만 매달리는 신세가 됐으니 그의 가슴은 타들어 가는 것만 같았다.

7장

대구 남산동에서 고학을 위한 가출 결행

1963년 12월 (5일, 16세)

1. 고학을 위한 가출 결행과 첫날 밤

　— 1963년 12월

전태일이 가출을 하기로 구체적으로 결심을 굳힌 어느 날이었다. 동생 태삼을 집 앞에 있는 배나무밭으로 조용히 불렀다.

"태삼아 너 내가 지금부터 하는 말을 잘 들으레이. 지금 우리가 공부하지 않으면 평생 동안 우리는 공부할 기회를 놓쳐버린다. 이번 기회를 놓치고 나면 나이 먹은 후에는 사람 구실 못하고 억수로 고생만 한데이. 일단 배워 놓고 난 다음에는 어떤 고생이라도 감수하지만 우리가 지금 배우지 않으면 절대 안된데이."

태삼이는 두 눈을 동그랗게 뜨고 형을 쳐다보았다.

"태삼아. 너 성(형)과 같이 서울에 가서 공부하자."

"응… 알았어, 형."

태삼에게 태일이 형은 거의 신적인 존재와도 같았다. 평소에 부모님보다도 더 형을 좋아하고 따랐다. 언제나 바늘 가는 데 실 가듯 형제는 붙어다녔다. 이렇게 해서 형제의 가출에 대한 모의는 끝나고 적당한 기회만을 엿보기 시작했다.[174] 그러다가 며칠 후 가출자금으로 아버지가 만들어 놓은 점퍼 여덟 장을 몰래 들고나와 서울행 열차에 몸을 실었다. 이로써 가출 첫날 밤을 서울행 기차 안에서 보내게 된다. 전태일의 회상수기를 통해 닷새 동안의 가출을 마치고 다시 집으로 돌아올 때까지의 상황을 알아보도록 하자.

1) 가출자금으로 점퍼 8장을 가지고 집을 나가다

저 하나로 인해서 우리 집안은 또다시 파탄의 구렁텅이에 빠져 갑니다. 나는 하는 수 없이 또 무섭고 괴로운 강단을 내릴 때가 온 것입니다. 그렇다. 또 집을 나가자, 이렇게 마음으로 다짐을 했습니다. 그 길만이 제일 타당한 길일 것 같습니다. 지금 이 환경에서 내가 학교를 다닌다고 하는 것은 우리 집안을 완전히 파탄의 구렁텅이에 빠지게 하는 일이고 학업을 중단하기는 죽기보다 더 싫었습니다. 서울에 가서 고학을 하기로 결심을 하고 나보다 두 살 아래인 남동생을 데리고 가기로 했습니다. 동생도 학업을 중단하고 집에서 일을 거들고 있었고 우리 사남매는 맨 막내인 순덕이만 초등학교 1학년에 다니고 있었습니다. 아버지께서는 우리들의 학업에는 영 관심이 없으십니다. 이다음에 돈을 많이 벌어가지고 가정교사를 두고 하면 20살이 넘어서 시작해도 충분히 공부를 할 수 있다고 하시면서 요사이는 하루도

---

174 전태삼, 「저자와의 인터뷰 증언」, 2006.8.26.

빼지 않고 꾸중이십니다. 그렇지만 저의 좁은 소견은 지금 이 기회를 놓치면은 영영 기회가 없을 것 같습니다. 그러나 맨주먹으로 서울에 가면 어떻게 생활을 할 수가 없으므로 집에서 아버지께서 만드시는 잠바를 몇 장 가지고 가기로 한 것입니다. 마음속으로 이렇게 계획을 세우고 기회를 보아오던 중 어머니께서는 잠바를 팔러 나가시고 아버지께선 잠바 8장을 다 만들어 놓으시고 쉬고 계실 때입니다. 제가 큰 집에 심부름을 갔다 왔습니다. 큰 집에서 마침 큰아버지 생신 일로서 아버지를 모셔 오라는 심부름으로 집에 왔을 때입니다. 이런 기회가 또 있기가 힘들겠다고 생각한 나는 아버지께서 큰 집에 간 사이에 동생과 집을 나왔습니다. 동생 가방과 나의 가방, 조그만 이불 하나 그리고 다 만들어 놓은 대인용 모직 잠바 8장을 가지고 막내 동생인 여동생에게 문단속을 잘 시킨 후 혹시나 아는 사람을 만나면 어쩌나 하는 생각으로 불이 나케 평소에는 사람의 왕래가 뜸한 길을 택해서 명덕 로타리 버스 정류장까지 왔습니다. 버스를 타고 원대 주차장까지 간 후, 거기서 왜관까지 가는 버스를 타고 가기로 한 것입니다.[175]

2) 서울행 상행선 열차에서 첫날 밤을 보내다

대구역으로 바로 나가서 기차를 탈 것 같으면 붙잡힐 염려가 있기 때문입니다. 왜관까지 온 내가 몇 시간 동안 서울행 기차를 기다리면서 제일 안타까운 것은 어머니 생각이었습니다. 그렇게 무서운 아버지께 제일 많은 괴로움을 당하실 것이고 객지에 나간 우리 두 형제의 염려로 많은 나날들을 눈물 속에 계실 것을 생각하니 마음은 그지없이 무겁고 막상 부모님 곁을 떠난다는 생각을 하니 눈물이 앞을 가려옵니다. 나라는 인간은 왜 이런 가슴 아픈

---

175 전태일, 『친필수기』, CD 사본 2, 41-42.

일이 많은지 혼자 서러워서 뜨거운 눈물이 줄기줄기 흘러 내리고 나를 형이라고 믿고 따라오는 동생을 보니 한층 더 처량했습니다. 그러나 이 시점에서 마음을 강하게 못 가지면 서울 가서 고학의 꿈은 깨어진다고 생각하니 동심에 젖지 말고 서울에서의 생활을 생각해야 되었습니다.[176]

2. 가출 둘째 날

1) (아침) 용산 역에 당도해 낯선 군인에게 우동을 사주다

야간열차를 탄 우리는 새벽 5시경에 용산역에 내렸습니다. 대구보다 얼마나 기온의 차가 심한지 역전 앞 광장에 나온 우리는 추위와 얄팍하게 무거운 불안을 맛보면서 아침식사를 하고 가라는 아주머니를 따라 허름하게 꾸민 우동집으로 들어갔습니다. 주인은 경상도 아주머니로서 친절하게 대하면서 이따가 날이 샐 때까지 불을 쪼이고 쉬어 가도 무방하다는 것입니다.[177]

용산역에 도착하니 시장기가 밀려오자 우동 집으로 들어간 형제는 우동을 주문한 후 한 그릇씩 거뜬히 해치웠다. 따끈한 우동으로 요기를 하고 나니 조금은 추위와 배고픔이 해결된 듯했다. 마침 우동집 포장마차 안으로 낯선 군인 한 명이 불쑥 들어와 이리저리 두리번거리더니 부끄러움을 무릅쓰고 형제가 먹다 남겨 둔 우동 그릇을 부러운 눈길로 쳐다보며 남은 국물 좀 마시게 해 달라고 애원하는 것이 아닌가.

"너희들 계속 그 국물을 더 마실 거냐?"

"네? 다 먹었는데요?… "

---

176 위의 책, 42.

177 위의 책, 42-43.

"그럼 이 국물 내가 다 마셔도 되지?"

"네… 그럼요."

군인은 형제가 남긴 식어 버린 우동 국물을 정신없이 들이켰다. 이때 옆에서 측은하게 바라보던 태일이 넌지시 묻는다.

"아저씨 많이 굶으셨나 봐요?"

"응, 좀 굶었다."

"그럼 제가 계산할 테니 아저씨 우동 한 그릇 시켜 드세요."

태일은 생전 처음 보는 낯선 군인에게 우동 한 그릇을 사줬다.

"정말 그냥 사준단 말야?"

군인은 우동이 나오자마자 게눈 감추듯이 한 그릇을 순식간에 다 비우며 태일을 향해 정중하게 인사 치례를 한다.

"너를 평생 잊지 않으마. 참 고맙다."

군인은 나이 어린 동생뻘에게 연신 고개를 숙이며 굽신거렸다. 전태일은 자신도 가출한 처지에 주머니 사정이 여의치 않으면서도 그토록 남에게 사랑을 베풀었던 것이다. 전태일에게는 아픈 사람이나 가난한 사람을 보면 곧 자신의 아픔으로 느끼는 고귀한 천성이 있음을 알 수 있는 대목이다.

한 참 속이 떨리는 중에 뜨끈한 우동을 한 그릇씩 먹고 난 우리는 밤새도록 열차에서 지낸 탓으로 졸음이 오고 팔다리에는 기운이 다 빠지고 어저께 아침부터 극도로 긴장된 신경은 따듯한 연탄불 앞에서 아주 녹아질 것 같았습니다.

2) (낮) 점퍼를 동대문시장에서 손해 보고 팔다

앉아서 얼마를 졸던 중 차츰 주위가 밝아오고 부산한 자동차의 소음에 졸음을 걷어치우고 우리는 버스를 타고 동대문시장까지 온 것입니다. 우선 잠바를 팔아 가지고 돈의 액수에 맞춰서 방을 얻고 어떤 조그마한 장사라도 할 생각이었습니다. 동대문 극장 옆에 어느 옷 가게에서 마음씨가 좋아 보이고 뚱뚱한 40대 정도의 아저씨에게 잠바를 팔았습니다. 전부를 5천 6백 원밖에 못 받았습니다. 집에서 어머니께서 파시면 한 장에 도매로 1천 2백원 받는 것을 7백 원 밖엔 못 받는 것입니다. 만들 때 애쓰신 아버지께무척 죄송했습니다.[178]

3) (밤) 파고다공원 사과궤짝 안에서 잠을 자다

5천 6백 원 가지고는 아무리 나쁘고 좁은 방이라도 얻을 수가 없었습니다. 궁리 끝에 사과 궤짝을 사가지고 조그마하게 우리 두 형제가 잘 수만 있게 상자를 만들기로 한 것입니다. 각구목과 사과궤짝 12개로 상자를 만들어 놓고 동생에게 맡겨 놓고 나는 무엇을 해야 할까 하고 하루를 꼬박 돌아 다녔습니다. 파고다공원 뒤 낙원시장 앞 손수레 보관소 담벼락에 서서 추위에 떨고 있을 동생을 생각하니 그렇게 모질게 추운 날씨에도 땀이 나도록 돌아다니다가 온 나를 본 동생은 금방 울상을 하면서 "행(형), 사람들이 쳐다보면서이것은 무엇이냐고 묻고 이상하게 쳐다보고 아이들이 놀리는데 내일부터는나도 형따라 돌아 다닐래" 하면서 눈물을 글썽이는 것이 아닌가? 그렇지않아도 무겁고 우울하던 내 마음은 기어이 눈물을 청하고야 만다. 겨울의짧은 해는 어둑어둑 해오고 북풍이 얼은 두 뺨을 갈기며 지나가고 뼈에까지스며 오는 외로움과 부모님에 대한 죄책감으로 나는 동생을 끌어안고 소리없이 울었습니다. 소리없이 흐느끼던 동생도 내가 울자 기어이 큰 소리로

---

178 전태일, 『친필수기』, CD 사본 2, 43.

목놓아 우는 것이 아닙니까? 지나가던 행인들은 영문도 모르면서 동정의
혀를 차면서 안타까워 했습니다. 얼마를 울고 난 우리 형제들은 아침에
만들어 두었던 괴짝 속에 이불을 나란히 덮고 누웠습니다. 뚜껑을 속으로
잠근 후 하루 종일 피곤하였기 때문에 곧 잠이 들었던 것입니다. 얼마를
잤을 즈음 심한 주위의 시끄러움과 괴짝의 동요에 잠이 깬 나는 뚜껑을
열고 밖으로 나왔습니다. 그러자 야경꾼은 의외의 광경이라는 듯이 사뭇
호기심 어린 눈으로 찬찬히 괴짝 속까지 살핀 후에 "임마, 왜 여기서 자니?
집이 없니?" "네." "집이 없어? 그럼 그전에는 어디서 있었니?" "…." 내가
아무 대꾸도 안 하자 "너 시골에서 올라왔니?" "네. 대구에서 올라 왔습니다."
"왜 대구에는 부모님이 안계시니?" "…." "너 이 새끼 도망 온 모양이구나?
그렇지?" "아니에요. 동생과 같이 고학하려고 왔어요." "그럼 애가 동생이란
말이지?" "네. 정말입니다, 여기보세요. 교과서도 학생복도 다 있자나요."
"음, 그렇지만, 이 길에서는 잠을 잘 수는 없으니까 내일 당장 다른 데로
가지고 가라." "… 네." "꼭 치워야. 잘못하다간 자동차에 치이면 내 책임이
란 말이야." "네, 꼭 다른 데로 옮기도록 하겠습니다." 옆에서 불안에 떨던
동생은 야경꾼이 가자 "형, 집에 가자. 엄마가 보고 싶어서 잠도 안 오고
어쩐지 서울에서 못살 거 같애." "야, 그렇지만 이왕 이렇게 되었는데 집에
가면 무슨 뾰족한 수가 생기니? 아버지가 무서워서 나는 못 들어 가겠어.
그리고 공부를 목적으로 왔으니까 어떠한 일을 해서라도 공부를 해야지.
지금 집에 가면 이젠 공부는 다한단 말이야." "… 그렇지만." 나는 그렇게
말했지만 내심 불안한 마음을 누를 수가 없었다. 이렇게 차가운 세상에서
더군다나 잠자리도 내일 당장 치우라고 하고 뚜렷한 일자리도 없고 돈도
이대로 가다간 며칠 못가서 떨어질텐데 피로가 한숨 잔 탓으로 조금 풀리자
걱정과 막연한 불안감이 온 골을 다 점령하고 괜한 짓을 했다는 후회와
아버지의 엄하신 얼굴과 어머니의 처량하신 얼굴이 교차되면서 정말 이대로

조용히 목숨이 끊어졌으면 싶었습니다. 이런저런 걱정 끝에 깜빡 잠이 든 것이 아니라 아침 8시가 넘어서 일어났습니다. 궤짝의 뚜껑을 열고 속에서 나오자 옆에서 손수레의 사과를 정리하고 있었던 수레꾼들은 신기한 것이나 보는 것처럼 쳐다볼 땐 딱 질색이었습니다.[179]

3. 가출 셋째 날

1) (아침~저녁) 석간신문 장사를 시작하다

궤짝을 수레 보관소에 맡기고 동생을 데리고 나는 남대문시장으로 가서 밀가루 수제비 한 그릇씩 사 먹고 구두통을 사고 솔과 약과 부속품 일체를 사고 동생은 나이가 어리니까 신문을 팔게 했습니다. 신문이 나올 시간 전까지는 나와 같이 돌아다니면서 구두 닦는 것을 배우고 오후 2시쯤 신문이 나올 때는 신문을 팔고 저녁에는 보관소에서 만나기로 했습니다. 중학교 교복을 입고 돌아다녀서 그런지 구두를 딱자고 하는 사람이 드물고 구역구역 아이들에게 발길로 차이기만 하고 큰 광솔 하나를 빼앗겨 버리고 30원 밖에 못 벌고 헤어졌습니다. 낙원시장 옆 보관소로 달려오니까 동생은 벌써 와서 기다리고 있었습니다. 아까 내가 받아 준 신문을 두 장 밖에 못 팔았다고 하면서 다방에 들어가서 팔면 잘 팔릴텐데 구두 닦는 아이들이 못 들어가게 해서 이따가 구두 닦는 아이들이 다 가버리면 팔러 간다는 것입니다. 차가운 어둠이 침울하고 얕은 하늘을 빈틈없이 장악할 즈음 나는 동생이 팔다 남은 신문을 가지고 동생과 같이 미도파 쪽으로 향해 가면서 다방마다 들고 다니면서 신문을 팔았습니다. 내가 다방에 들어가면 동생은 다방 문 앞에서 기다리고

---

179 위의 책, 43-45.

어느 다방에서는 동생이 들어가 내가 기다리고 하면 명동입구 미도파까지 온 우리들은 명동극장 앞에서 껌과 화장지를 가지고 팔러 다니는 동생 또래의 여자아이를 보았습니다. 여기에 힌트를 얻은 나는 동생에게 미제 껌과 화장지를 내일 팔게 할 계획을 하고 넉 장 남은 신문을 다 팔기 위하여 열한 시가 다 되어 가지만 서울역으로 갔습니다. 행인들의 발걸음이 어느 곳보다도 더욱 빠른 서울역에 도착한 동생은 쏟아져 나오는 여행객들을 보자 발걸음을 띄지 않고 피곤과 추위에 지친 빛 잃은 눈동자로 나를 쳐다보면서 "형. 집에 가자. 엄마가 보고 싶고 저녁엔 추워서 한잠도 못자겠더라. 오늘 저녁에는 거기에서 못 자게 하니 우알래?" 이렇게 말하는 동생의 눈엔 눈물이 글썽이고 힘없는 목소리로 한층 더 힘이 없었다. 동생의 힘없는 목소리는 남은 신문을 팔 의욕을 상실케 하고 물밀듯 밀려오는 여행객을 부러운 듯이 쳐다보게 했다. 얼마를 정신을 놓고 쳐다보던 중 하늘엔 한송이 두송이 함박눈이 내리고 있었다. 아버지 어머니 손에 매달리어 기쁜 듯이 뛰어가는 동생같은 아이를 볼 땐 동생의 마음은 어떠했을까, 말없이 동생의 차가운 손을 끌고 남대문시장으로 향해 걸었습니다.[180]

2) (밤) 남대문시장 무허가 하숙집에서 잠을 자다

차가운 외로움을 더 많이 맛보라는 듯이 조금씩 내리던 함박눈은 얼어 붙은 대지를 남김없이 살필 기세로 펑펑 쏟아지는 것이다. 발길을 재촉한 나는 동생과 같이 무허가 하숙집에서 하룻밤을 잤습니다.[181]

---

180 위의 책, 45-47.
181 위의 책, 47.

4. 가출 넷째 날

1) (아침~저녁) 귀가 문제로 온종일 갈등하다

남대문시장 자유극장 뒤 구두골목 하숙집에서 하룻밤을 보낸 동생은 아침부
터 "형 빨리 집에 가자, 냄새가 나서 그 사람들 하고는 못자겠더라. 얼마나
목욕을 오래들 안 했는지 때가 말도 못하더라. 이가 옮았는지 근지러버서
못 견디겠다…." 이렇게 사정하는 동생을 더 데리고 있겠다가는 병이 나면
어쩌나 하는 생각이 나자 무엇을 해야겠다는 의욕이 사라지고 막연한 절망감
만이 나의 작은 가슴을 압박해 옵니다. 집엔 가야 하나 안가야 하나, 하루
종일 마음의 결정을 못 내리고 목적없는 발길로 시내 중심지를 몇 바퀴
돌았지만 망설임은 계속되고 어둑어둑 어둠이 주위를 엄습해오자 말없이
따라만 다니던 동생은 다리가 아픈지 남대문 지하도 안 중앙벽에 기댄 채
쉬었다가 가자는 것입니다. 홀쭉해진 것 같은 얼굴과 힘없는 눈은 무언으로
미약한 나에게 빨리 집에 가기를 재촉하는 듯했다. 지금 대구집에서 비탄
속에 계실 어머니를 생각하자 아버지의 엄하신 것보다 더 불안하며 불쌍한
생각이 들었습니다.[182]

2) (밤) 마침내 귀가 결단을 내리고 대구행 열차를 타다

그렇다. 아무리 엄한 꾸중을 당한다 해도 어머니를 조금이라도 기쁘
게 해 드릴수 있다는 생각이 들자 저녁 8시 차를 타러 갔습니다. 책가방
하나씩만 들은 우리는 어둡고 한편은 어머니 아버지 동생들을 만나러 간

---

182 위와 같음.

다는 얄은 기쁜 마음으로 야간열차에 몸을 맡겼습니다.[183]

5. 가출 다섯째 날(가출의 끝)

(아침) 대구 역에 도착해 귀가하다

외로운 조각 달이 처량하게 주시하는 이른 새벽에 우리 두 형제는 한참 부산한 대구역에 내렸습니다. 버스를 타고 명동 로타리까지 온 나는 불안감과 그리움이 교차되는 속에서 집으로 들어갔습니다. 우리 두 형제가 별안간 방문을 두드리고 들어가자 밤잠을 못 주무시고 걱정하시던 어머니께서는 천하에 둘도 없는 이 저주해야 할 불효를 따뜻한 아랫목에 앉게 하시고 "태일아, 홍태야, 잘 왔다 잘 왔어. 어쨌던 왔으니 됐다. 됐어. 흑흑." "어머니, 잘못했어요. 정말 이제부터는 다시 엄마 곁을 떠나지 않겠어요. 울지 말아요, 엄마." 나와 동생은 꾸중 한마디 없이 따뜻이 반겨 주시는 어머니 앞에서 한없는 죄스러움과 넘치는 어머니의 정에 흐느꼈다. 아버지께서는 우리가 들어올 때 한 번 돌아 누우시고는 주무시지도 않으면서 주무시는 척 가만히 누워 계신다. "날이 새면 아버지께 용서를 빌고 지금은 빨리 자라." 이렇게 말씀하시면서 안도의 한숨을 쉬시는 것입니다. 보고 싶은 여동생 둘은 방이 더운 탓인지 그 귀여운 두 볼이 빨갛게 상기된 채 새근거리면서 자고 있었다. 따뜻한 아랫목에 눕자 솜같은 피곤함이 일시에 몰려오면서 잠이 물 붓듯이 밀려옵니다.[184]

전태일의 회상일기를 통해 닷새 동안의 숨 가쁜 가출의 과정과 고생한

---

183 위와 같음.
184 위의 책, 47-48.

이야기 그리고 다시 귀가할 때까지의 과정을 직접 알아봤다. 며칠 전 전태일이 동생 태삼에게 지금 공부하지 않으면 훗날 공부할 수 없다며 서울로 가자고 했던 원대한 계획은 동생 태삼이가 몸이 아프면서 결국 수포로 돌아가게 되었다. 대구에 내려 온 전태일은 동생 손을 잡고 명덕초등학교 운동장 앞에 서서 한참 동안을 청옥학교를 한참 쳐다 봤다. 그리고 학교 운동장을 벗어나 배추밭 고랑을 걷고 어느덧 집 앞에 이르자 아버지가 무서워 대문 안에 들어가지도 못하고 밖에서 떨고 있었다. 아버지의 매질과 야단이 겁나고 들어갈 자신이 없었던 것이다. 그때 마침 뜻하지 않게 어머니가 대문 밖을 나오는 바람에 상봉하자 세 모자는 서로 부둥켜안고 한참을 울었다.

두 번째 가출 이후 아버지 전상수는 예전보다 더 전태일과 이소선에게 난폭해지며 매일 방탕한 생활을 하며 다른 식구들까지 괴롭혔다. 자녀들의 학교문제에 대해서는 아무런 관심도 없었다. 오히려 글자 하나라도 더 배우려고 노력하는 태일의 학구열과 배움에 대한 의지를 꺾지 않는 것이 도와주는 것이었다. 그토록 다니고 싶어 하던 청옥학교를 아버지의 강압에 못 이겨 그만두게 된 이후에는 같은 반에서 실장을 하는 친구 태일을 걱정하며 삼총사 친구들이 위로 차 집으로 찾아와 친구의 아픔을 함께 나눴다.

제2부

서울 생활

8장

대구에서 서울을 향해 뿔뿔이 흩어지는 식구들

1964년 2월 12일~3월 18일 (1개월, 17세)

아버지의 방탕으로 가세가 더욱 기울어지며 집안 형편이 안 좋아진 태일의 집은 결국 대구 내당동(內堂洞)의 허상숙 씨라는 이름의 후덕한 아주머니의 집 헛간으로 이사를 하게 되었다. 4남매는 이 집에서 추운 겨울 굶주림에 지쳐 있다가 방 안에 피워 놓은 숯 탄 가스 중독으로 모두 죽을 뻔하기도 했다. 더구나 아버지의 거짓말 때문에 어머니 이소선이 전씨 집안 어른들의 오해를 받은 데다 급기야 남편의 주벽 때문에 더 이상 견디지 못한 이소선은 결국 설 전날 아침, 서울로 돈을 벌기 위해 식모살이를 하러 떠나게 된다.[1]

어머니가 서울로 떠나고 나자 더 이상 이 집에는 조금도 희망이 없다고 판단한 전태일도 막내 순덕이를 업고 곧바로 엄마를 찾아 무작정 상경

---

1 이소선, 「저자와의 인터뷰 증언」, 2005.9.22.

을 한다. 결국 대구에는 태삼과 순옥이 남매만 덩그러니 남게 되었다. 방탕하던 아버지는 식구들이 자꾸 서울로 올라가자 대구 도원동(桃園洞) 부근에 있는 점포에 임시로 취직을 했고, 남아 있던 남매를 데리고 일터가 있는 도원동의 어느 기찻길 옆 오두막으로 이사를 했다. 그러던 어느 날 결국 태삼이 마저도 순옥이를 뒤로 하고 엄마와 형을 뒤따라 상경하며 남대문시장 일대에서 생활하게 된다. 식구들이 뿔뿔이 흩어져서 서울로 올라가는 긴박한 상황을 전태일의 수기를 통해서 직접 알아보도록 하자.

1. 두 번째 가출 이후 더욱 무심해진 아버지
— 1963년 2월~1964년 2월

눈을 떴을 땐 아버지께서는 일 보러 나가시고 어머니와 여동생 둘만이 밥상을 머리맡에 준비한 채 잠이 깨기를 기다리고 있었습니다. 며칠 사이의 일이지만 어머니의 얼굴은 많은 변화가 있었습니다. 확실히 꼬집어서는 말할 수 없지만 많은 비탄의 눈물로 얼룩져 있었습니다. 일 보러 가신 아버지께서 약주를 조금 잡수시고 열 시가 조금 지나서 오셨습니다. 우리 두 죄인은 무릎 꿇고 아버지 앞에 고개를 숙였습니다. "하여튼 왔으니까 차후는 모든 행동을 깊이 생각해서 하도록 하여라. 그리고 태일이 너는 그만큼 공부가 하고 싶다면 말리지 않겠다. 부모는 다 죽어도 너 하나만 성공하면 될 테니까 집에서 나가라. 너를 집에 둘 수 없어. 큰집, 작은집이 부끄러워서 못 살겠다. 안 그래도 내일부터 당장 먹을 식량도 없고 일도 할 수 없으니까. 나도 모르겠다. 이제 너를 때린다고 해서 들을 너도 아니고 때리고 싶지도 않다. 나도 이젠 되는 대로 살아 갈테니까. 여보, 당신도 당신 살 궁리나 잘하시오. 이 조그만한 놈이 벌써부터 부모 말을 안 듣고 이 모양이니 무슨 의욕으로 내가 일을 하겠소, 빨리 나가, 안 나가면 걸어서 못 나가게 다리를 분질러

버릴 테니까." 차갑고 싸늘한 목소리로 꾸중하시는 아버지의 목소리는 나의 온몸을 조여 두는 것 같고 옆에서 동생은 눈물을 글썽이며 "아버지 다시는 안 그럴께요. 한 번만 용서해주세요." 옆에서 듣고 계시던 어머니는 "여보, 태일이가 집을 떠나면 이 추운데 어디로 갑니까? 제발 집에서 나가라는 소리는 하지 말아요. 학교는 집안 사정이 좋아지면 다시 보내고 작은 집에 보내서 일을 시킵시다." "이 여자가 뭘 잘했다고 참견이야. 세상에서 애비 말 안 듣고 마음대로 행동하는 자식을 벌어 먹일 사람이 어디있어. 지 나이 열여섯 살에 중학교 1학년인데 어떻게 공부해서 공부로 성공을 한단 말이야. 공부해 가지고 대통령이나 안된 다음에야 왜 밤낮 남의 밑에서 빌어먹기 알맞지. 어디 장관이나 국회의원들 되는 사람이 공부 가지고 하는 줄 알아. 돈 가지고 하는 거야. 돈, 이 병신 새끼야. 스무 살, 서른 살이 넘어도 돈만 있으면 공부는 얼마든지 할 수 있어. 이 병신들아, 지랄용천하지 말고 어서 못나가겠어?" 처음의 침착하신 어조와는 달리 고함을 지르시고 빗자루로 책이고 손에 잡히는 대로 나에게 던지시며 그 억센 주먹이 나의 왼쪽 귀를 호되게 내리쳤다. 순간 아찔하면서 미싱다리에 머리를 부딪친 채 나가 떨어졌다. 순간 아버지께서는 분을 못 참으시고 일어서시더니 발길로 나의 전신을 무수히 난타하시는 것이다. "어이구 아버지, 엄마. 아이쿠, 아야, 용서해 주세요." 나의 입에서는 피가 나오고 비명을 지르자 가만히 숨소리를 죽이고 불안에 떨던 동생은 나와 같이 울면서 어서 다른 사람이 와서 말려 줄 것을 바라는 것이다. 악몽 같은 시간이 지나고 아버지께서는 또 술을 잡수시러 나가셨다. 나는 매를 맞는 아픔보다는 향학열에 불타는 마음을 몰라주는 아버지의 이해할 수 없는 독단이 더욱 마음 아프고, 이제부터 언제까지고 내가 집을 나간 사실이 아버지의 나변에서 영원히 퇴적할 때까지는 시시때때로 오늘과 같은 괴로움을 당할 것을 생각하니 안타까움과 절망감에 내 이 작은 몸뚱이가 한없이 저주스러웠다.[2]

2. 삼총사 친구들이 위로하기 위해 찾아오다
— 1964년 1월

일 년 열두 달, 삼백육십 날 하루도 집에서 쉬실 날이 없으신 어머니께서 오늘도 예나 다름없이 조그만한 옷 보따리를 들고 시장엘 나가시고 하는 일도 없이 멍청히 앉아 있었다. 이때 재철이와 원섭이가 찾아왔다. "어서 와라… 오래간만이다." "응, 근데 니, 정말 학교는 안 다닐거냐. 선생님께서 그러는데 한 번 학교 사무실로 오라고 하시더라." "니가 정말 못 다닐 사정이면 실장 선거도 해야 되고 하니까 그러시는 갑더라." "응, 알았어. 그렇지만 나는 학교 사무실에도 가기가 싫어. 그러니까 철이 니가 잘 말씀을 드려. 학교는 정말 못 다니게 되고 집에서 그 대신 열심히 공부하고 있다고, 요 다음에 어느 정도 마음이 안정이 되면은 찾아 뵙겠다고 전해줘. 내 마음은 지금 미칠 것 같애. 요새 학교생활은 어때. 뭐 변한 것은 없니?" "음 뭐 특이할 건 없고 니가 왜 안 나오나 생각할 뿐이지." "너희 아버지께 내가 잘 이야기해 볼까? 그러면 다시 학교를 가게 허락하실지 누가 아냐?" 이렇게까지 말해주는 원섭이가 한없이 고마웠지만 나는 "안 그래, 우리 아버지는 아마 무슨 공부 하고는 무슨 원수진 적이 있으신지 아버지 앞에서는 책도 못 본다. 요새는 정말 하루하루가 너무 지루하고 너희들이 학교에서 재미있게 공부하는 것을 생각할 때는 정말 괴로워서 죽고 싶더라." 우리는 이런저런 이야기 끝에 점심 때가 되자 함께 명덕학교 운동장으로 왔다. 항상 셋이서 잘 가서 놀던 서편 미끄럼틀 옆 수평대에 올라 앉아 서울에서의 내가 한 일을 자세하게 이야기해줬다. 이렇게 시간을 보내던 중 학교에 일찍 오는 우리 반 여학생이 둘이서 이쪽을 쳐다보고 있는 것이다. 나는 패배감과

---

2 전태일, 『친필수기』, CD 사본 2, 48-50.

부끄러움에 얼른 집으로 오고 말았다.[3]

3. 내당동 허상숙의 집 헛간 방으로 이사하다
— 1964년 1월~3월 (2개월, 동생들은 3개월, 17세)

내가 서울에서 온 지 보름이 다 되어 가지만 아버지께서는 매일 폭음을
하시고 방세를 못 준 어머니께서는 안타까워하시고 동생은 방학책 값, 밀린
기성회비 때문에 학교에 안 가겠다고 아침마다 울면서 어머니의 지친 마음을
괴롭힐 땐 나는 하루가 또 돌아온다는 것이 무서웠다. 겨울방학이 거의
끝나 갈 무렵 우리 집은 밀린 방세를 내지 못하고 내당동 맹아학교 근방
흙벽돌로 지은 단칸방으로 이사를 했다. 문장일이 안될 무렵 우리 집은
밀린 방세를 내지 못하고 내당동 맹아학교 근방 흙벽돌로 지은 단칸방으로
이사를 했다. 아버지께서는 아직도 약주 기운이 떨어질 시간이 없이 폭음을
하시고 연약한 어머니 한 분만이 우리 여섯 식구의 빈촌 사람들이 흔히
사용하는 목구멍에 풀칠이라도 시키기 위하여 이제는 보따리도 없이 차가운
진눈개비를 마다하지 않으시고 서문시장 동상병원옆 헌 옷을 파는 노점가를
힘없으신 발걸음으로 배회하시는 것입니다. 며칠이고 불도 안들인 냉방에서
참새 새끼처럼 연약한 자기 하나를 기다리고 있을 생각 아래 거의 정신
나간 사람처럼 애만 쓰시면서 배회를 하루 종일 계속하시면서 저녁에야
겨우 칠팔십 원의 때묻은 지폐를 하루의 피나는 보답으로 얻은 것입니다.
하늘 아래 누가 이 한 여자를 존경하지 않을 수 있으리요. 배운 것도 없으며
가진 물건도 없고 이 차가운 메마른 세상에서 자기를 보호할 아무런 힘도
물질도 없으면서도 그 무엇이던 아무리 타당하지 않는 힘겨운 시련이라

---

3 위의 책, 50-51.

할지라도 현실이 자기에게 부활시키는 대로 그 작은 육체를 오리발의 물갈퀴처럼 벌리고 하나도 남김없이 받아들이고 있는 이 세상의 어머니를, 그렇지만 그의 주인이고 가장 잘 보살펴야 했던 남편인 내 아버지는 어떤 모양으로 밤마다 날마다 대했던가. "야, 이 쌍년아, 애 새끼를 데리고 나가. 안 나가면 불을 질러서 몸땅 태워 죽여 버린다. 죽일 년, 니 년이 안 벌어 가지고 오면 당장 죽을 것 같애? 문둥이 같은 년아 죽어라." 이렇게 매일 저녁 치고 때리고 몇 가지 남지 않은 세간을 매일매일의 술값으로 엿장수에게 팔아 없애고 우리들의 교과서는 하루 저녁 방을 따뜻하게 하기 위하여 다 아궁이에서 재로 사라지고 말았다.[4]

1) 숯 탄 가스 중독으로 사 남매가 죽을 뻔하다(1964.1.)

어느 날 어머니 이소선이 헛간 방에 사 남매를 데려다 놓고 어디론가 볼일을 보러 갔다. 이소선이 집을 비운 사이 방안에서는 사 남매의 생사가 엇갈리는 위험한 사건이 발생했다. 그 헛간 방은 작은아버지 집에서 700미터 정도 떨어진 위치에 있었는데 온 식구가 거의 매일 작은댁에서 밥을 얻어먹다시피 하며 어렵게 살고 있었던 시기였다. 엄동설한의 매서운 찬 바람이 휘몰아치기라도 하면 헛간 방이기 때문에 방안에서도 고드름이 얼 정도였다. 그날따라 살을 에는 듯한 강추위와 함께 찬바람이 헛간으로 불어 닥치자 태일, 태삼 형제는 근처에 있는 어느 숯 공장에서 숯 탄을 한 뭉치 주워 와서 방안 화로에 불을 지폈다. 마침 그 날은 온 식구들이 이틀째 꼬박 굶고 있었을 때였다. 방안은 밖에서 불어오는 매서운 외풍과 문틈으로 들어오는 웃풍 때문에 출입문과 창문을 온통 비닐로 쳐 놓아서 공기

---

4 위의 책, 51-52.

가 전혀 통하지 않은 밀폐된 공간이 되었다.

아무런 상식이 없었던 태일, 태삼 형제는 밀폐된 방안에서 무심코 화로 불을 붙이고 둘러앉아 쬐다가 그만 숯 탄 가스 중독이 되고 말았다. 더구나 이틀을 굶어서 기력이 없던 중에 가스에 중독된 사 남매는 사경을 헤매고 있었다. 그 무렵 주인집 아주머니 허상숙이 우연히 방문을 열어보는 바람에 발견이 되어 구사일생으로 살아날 수 있었다. 방바닥에 쓰러져 의식을 잃은 아이들을 발견한 주인집 아주머니는 아이들을 황급히 마당으로 끄집어낸 후에 시원한 공기와 바람을 쐬게 했다. 그리고 널브러져 있는 아이들을 반드시 눕혀 놓고 일일이 차가운 동치미 국물을 입에 떠 넣어 주며 응급조치를 취했던 것이다. 시간이 한참 흐르자 응급처치 덕분에 남매들은 가까스로 살아날 수 있었다. 만일 주인아주머니가 방안을 들여다보지 않았더라면 사 남매는 한겨울에 모두 비명횡사할 뻔했을 것이다.

그러나 사 남매를 살려 준 고마운 주인집 아주머니는 그 일이 있은 지 일주일 후에 온 몸에 두드러기가 나며 이상한 불치병에 걸렸는데 여기저기 찾아다니며 치료를 받았지만 아무리 용하다는 곳을 찾아다녀도 백약이 무효했다. 정확한 병명을 알 수 없던 허상숙은 몹시 고통스러워하면서도 두드러기를 치료한다며 어느 추운 겨울날, 마당 한가운데서 팬티 하나만 입은 상태로 두드러기가 난 온몸에 볏짚을 태운 열기와 연기를 쐬더니 그로부터 며칠 후 갑자기 숨지고 말았다. 전태일 집안의 생명의 은인이었던 허상숙 아줌마가 안타깝게도 세상을 떠나자 전태일의 가족들은 모두 슬퍼하며 주인아주머니의 죽음을 진심으로 애도했다.

2) 어머니를 향한 집안 어른들의 오해와 아버지의 핍박(1964.1.)

그리고는 큰집, 작은집에서는 어머니께서 우리 버릇을 나쁘게 키우셨다고 이야기하시고 돈을 꾸어 오시고는 어머니께서 장사를 잘못해서 모두 없앤다고 하시는 것입니다. 사정을 자세히 알지 못하는 큰집에서는 자연히 어머니를 욕하시고 그럴 때면 어머니께서는 우리를 붙잡고 우시는 것입니다.[5]

아버지 전상수는 술에 취해 식구들을 때리는 일이 지속됐다. 가장의 위치에서 정신을 차리고 열심히 살아도 시원치 않을 판에 허구한 날 술만 마시면 돌변하여 온 집안을 쑥대밭을 만들어 놓았다. 당연히 집안 꼴은 말이 아니었다. 날이 갈수록 식구들이 굶는 일이 많아지고 아이들은 또 다시 영양실조에 걸릴 정도로 허기지는 일이 빈번했다. 더구나 큰댁과 작은댁에서도 그런 전상수를 좋아할 리가 없었다. 그 같은 전상수의 행동에 대한 원인을 추궁하던 집안 어른들은 전상수에게 겨눈 비난의 화살을 결국 이소선에게 돌렸다. 소선은 결국 남편 때문에 울어야 했고, 이제는 집안 어른들과 친척들의 오해와 편견 때문에 또다시 울어야 했다.

집안 어른들은 이구동성으로 "여자가 통이 커서 집안 말아먹겠다." 혹은 "애들을 끔찍이 위해 주기만 했지 따끔하게 혼을 내주지 않으니 애들이 버릇이 없다"는 등의 트집을 잡았다. 소선은 태일, 태삼 형제를 밤마다 끌어안고 눈물로 지새워야 했다. 집안 어른들의 오해를 풀 길도 막막하기만 했다. 소선은 평소에 아이들에게 매질을 한 적이 거의 없었다. 그 이유는 간단했다. 제대로 먹이지도, 입히지도 못하고 남들처럼 제때 가르치지도 못하고 사는데 어떻게 매질을 할 수가 있겠느냐는 것이다. 자식들을 때리면서까지 키우고 싶은 생각이 전혀 없었다. 아이들 또한 매를 맞을 일을 하지 않는 워낙 착한 아이들이었다. 아이들이 무슨 죄가 있다고 때리는가. 공부하는 문제도 그렇다. 소선은 태일이 배우고 싶어하는 것을 결코 한 번

---

5 위의 책, 52.

도 나무란 적이 없었다. 오히려 아무리 생활이 어렵더라도 배워야지 훌륭한 사람이 될 수 있다고 가르쳤다. 이소선은 집안 어른들과 친척들의 손가락질과 비난에도 아랑곳하지 않고 소신껏 자신의 방식대로 아이들을 키워 나갈 것을 마음속 깊이 결심했다.[6]

3) 설 전날 아침에 식모살이를 떠나는 어머니(1964.2.12)

이소선이 곰곰이 생각해 보니 이대로 지낼 수는 없었다. 마음을 다잡고 굳게 다짐을 했다. 이대로 앉아서 굶어 죽을 수는 없었다. 막상 서울로 떠나가려니 어린 자식들이 눈에 아른거리고 밟혔다.

"서울로 떠나자. 앞으로 5년 정도는 죽었다고 생각을 하고 열심히 돈을 벌자. 정 안되면 식모살이라도 하면 될 것 아닌가?"
"내가 없으면 큰집이나 작은집에서 아이들을 보살펴 주겠지?!"

이 생각 저 생각을 하며 깊은 고민에 빠진 소선은 그동안 사이가 좋지 않았던 집안 친척들의 도움까지 받으려는 생각이 들자 자기 자신이 한없이 한심스럽고 비참해졌다. 그렇지만 지금은 그런 한가한 생각을 할 때가 아니었다. 이대로 지내다가는 식구들 모두 몽땅 굶어 죽을 지경이었다. 이틀을 꼬박 굶은 아이들이 숯 탄 가스 중독에 죽을 뻔했던 일을 당하고 나니 다른 도리가 없었다.[7]

태일아, 홍태야(전태삼). 너희들만은 내 마음을 알아 줄 거다. 나는 그렇게

---

6 이소선, 「저자와의 인터뷰증언」, 2005.8.20.
7 위와 같음.

나쁜 마음을 가진 사람은 아닌데 왜 큰 집에서는 나를 욕하시는지 알 수가 없구나. 내가 있으니까. 너희들까지 배를 못 채우는구나. 나 하나가 없어지면 은 큰아버지, 작은아버지께서는 도와주실 분이다. 나는 식모살이를 가야 하겠다. 이 다음에 돈벌어 가지고 다시 만나자. 그 길 만이 제일 타당한 길이다. 이제는 시장에 가도 돈벌이도 안 되고 느그들이 배고파하는 것을 더 못 보겠다. 어디 가서 선불을 받으면 빨리 송금할 테니까. 태일은 동생들 잘 돌보고 아버지한테 매 안 맞게 조심하고 엄마가 올 때까지 있어라. 알았니. 흑흑." 이렇게 말씀하시며 우리 하나하나를 자세히 쳐다보시며 우시는 어머니. 이 자식의 마음은 천갈래 만갈래 찢어지는 것 같았다. 진눈개비가 내리는 설날 아침, 아침밥도 못 잡수시고 어머니께서는 서울로 떠나셨다. 역전 파출소에 가서 사정이야기를 하고 무임승차로서 서울까지 가신 것입니다. 나 하나의 순간적인 과오 때문에 뭇 인간들이라면 다 즐거운 이 좋은 날 아침[8] 어머니와 자식은 뼈를 깎는 듯한 생이별을 했습니다. 우리 방안이 울음으로 넘칠 때 아버지께서는 어제 저녁의 폭음하신 약주 때문에 아직도 깊은 잠에서 아무 것도 모르시고 입에서는 썩는 냄새만 내시면서 잠꼬대를 하고 누워 있었습니다. 열두 시가 넘자 부스스 일어나시는 아버지께서는 오늘만은 마땅히 있어야 할 어머니가 없고 우리들 표정이 하나같이 우울하자 제일 막내를 보고 "엄마 어디 갔어, 불러 가지고 와" "…" "엄마 찾아 오라는데 왜 대답이 없어. 이것들이 이제는 벙어리가 됐나. 찬 물 한 그릇 떠오고, 빨리 말 안들어." 이렇게 버럭 고함을 지르자 어린 동생들은 불안과 슬픔을 못 참고 또 눈물을 글썽이면서 울기만 했다. 또 나에게 돌아올 매를 면하기 위하여 나는 "아버지, 어머니는 서울 갔어요. 거기서 돈 벌어 부친다고 그랬어요. 아까 아침 일찍 갔어요." 내가 이렇게 말하자 별안간 일어서서 발길로

---

8 실제로 이소선이 상경한 날은 설날(1964.2.13.)이 아니라 설날 전날(1964.2.12.)이었다.

나의 옆구리를 걷어차고 왜 갈 때 깨우지를 않았냐는 것입니다. 나는 어머니께서 떠나가신 것도 서러운데 아버지께서 또 매질을 하시니까 다른 날보다 더 몇 배 서러웁고 서러웠습니다. 나는 아버지께서 때리시는 것을 조금도 피하지 않고 일종의 반항심으로 더욱 아프게 맞는 것이 괴로우면서도 한편으로는 속이 시원하였습니다. 얼마를 반항하고 맞자 아버지는 화가 더 나시는지 부엌살림을 모조리 다 부수고 밖으로 나가셨다. 너무나도 처량하고 서글픈 설날이었다. 그날부터 엿장사를 데리고 와서 팔기 시작한 가구들은 보름이 되기 전에 남은 것이라고는 덮고 있는 이불 하나밖에 없었다.[9]

1964년 2월 13일, 아침 식사 시간이 끝나고 설거지를 마친 소선은 서울에 올라갈 결심을 완전히 굳혔다. 수중에 있는 돈을 찾아보니 단돈 15원뿐이었다. 결심을 굳히자 태일과 아이들에게 일러 줄 말을 간단히 당부하고 뒤도 안 돌아보고 집을 나섰다. 머뭇거리다가는 결심이 흔들릴 것만 같았기 때문이다. 시내버스에 올라 10원을 내고 대구 역에 도착했다. 5원밖에 안 남았으니 서울행 차표를 제대로 끊을 수 없을 것 같아 역무원을 찾아갔다. 대충 거짓말을 꾸며대며 딱한 사정을 호소했으나 역무원은 냉정하게 거절했다. 아무리 사정을 해도 공짜로 기차를 탈 수는 없다는 것이다. 역무원에게 바짝 붙어서 한 번만 선처해 달라고 사정을 해도 역무원의 표정은 변하지 않았다. 그러자 소선은 세상인심 야박하다는 생각과 가슴속에서 끓어오르는 화를 참지 못하여 기어이 울분을 터트리고야 말았다.

"아저씨도 사람인데 어떻게 그렇게 매정할 수가 있어요? 불쌍한 사람이나 사정이 있는 사람은 봐 줄 수가 있잖아요. 내가 가는 곳이 서울이니까 나는 무조건 서울 가는 기차를 탈 겁니다. 내가 차표가 없어서 서울에 무슨 일이 생기면 아저씨가 다 책임을 지셔야 됩니다."

역무원은 하도 기가 차고 어이가 없는지 이소선의 행색을 다시 한번 위 아래로 훑어보더니 잠시 후 어디선가 무임승차권을 준비해서 가져 오더니 손에 쥐어 주었다. 그러자 소선은 역무원에게 화를 낸 것이 겸연쩍기도 하고 고마워서 몇 번이나 허리를 굽혀 인사를 하고 개찰구를 빠져나갔다. 기차가 플랫폼에 들어왔다. 무임승차권을 손에 쥐고 다시 한 번 갈등을 했다. "서울을 가야만 하느냐, 아니면 그냥 대구에 남아야 하느냐"는 생각에 다시 한 번 주저하고 있었다. 그러나 "안 돼, 사람이 한 번 결심을 하면 끝까지 이뤄야지…" 하면서 "내가 가는 이 길만이 내 아이들과 내가 사는 길이다"며 다짐을 하고 이를 악물고 기차에 올랐다. 어린 자식 넷을 남겨두고 집을 떠나는 어미의 마음은 찢어질 듯 아팠다.[10]

4) 담배꽁초를 피우다 정신을 잃은 이소선 (1964. 2. 12)

마침 내일이 설 명절이라서 기차역과 플랫폼은 사람들로 복잡했다. 선물 꾸러미와 보따리를 들고 분주히 오고가는 사람들을 부러운 눈으로 바라보며 기차에 오른 소선은 이미 기차를 올라탔으나 마음은 이내 불안하고 초조했다. 아이들이 눈에 밟혀서 아무 생각이 없었다. 배고픔과 추위에 떨고 있을 아이들을 생각하니 다시 열차에서 뛰어내려 집으로 돌아가고 싶은 심정이었다. 기차는 이내 기적을 울리며 출발했다. 눈물을 흘리며 차창 밖을 바라보고 있는데 맞은편 좌석에 앉아 있는 어떤 중년남자가 담배를 피우는 모습이 눈에 뜨였다. 그 순간 "왜 남자들은 담배를 피울까? 나도 담배 좀 피워 볼까? 담배를 피우면 이 고통스런 시름에서 한시라도 벗어날

---

10 전태삼, 「저자와의 인터뷰 증언」, 2005.8.20.

수 있을까?" 갑자기 엉뚱한 생각을 한 소선은 그 자리에서 일어나 통로로 나서 담배꽁초 하나를 주웠다.

그리고는 남아있던 5원 중에서 3원을 주고 성냥을 한 갑 샀다. 소선은 곧장 화장실 안으로 들어가 문을 걸어 잠그고 쪼그리고 앉아 담배에 불을 붙인 후 첫 모금을 빨아 들었다. 처음에는 아무 맛도 모르고 마냥 피워 댔다. 손이 뜨거워질 때까지 깊게 피웠다. 그 순간 갑자기 머리가 어질어질 하더니 골이 텅 빈 것처럼 온몸에 힘이 빠지며 몸을 가눌 수가 없게 되었다. 결국 눈조차 뜰 수가 없게 되더니 세상이 빙빙 도는 것 같았다. 며칠을 굶은 허약한 상태에서 빈속에 담배를 계속 피워 댔으니 정신이 온전할 리가 없었다. 소선은 정신이 나간 몽롱한 상태로 한참을 화장실에 기대 앉아 있다가 기차가 덜컹거리는 소리에 눈을 뜨고 정신을 가다듬을 수가 있었다. 자식을 네 명이나 집에 두고 서울로 무작정 떠나는 어미의 찢어지는 심정은 담배를 피우고 나서도 조금도 진정이 되지 않았다.[11]

5) 막내 순덕이를 업고 무작정 상경하는 전태일(1964.2.27 [정월대보름], 17세)

어머니가 서울을 떠난 지 어느덧 보름이 지났다. 태일도 더 이상 이대로 살 수 없다는 판단을 했다. 아버지의 핍박과 무관심 그리고 남아 있는 동생들까지 굶주림의 공포로부터 위기감이 엄습했다. 하루라도 빨리 추위와 배고픔 그리고 아버지로부터의 속박에서 벗어나고 싶었다. 태일은 결국 정월 대보름날인 1964년 2월 27일 작은 집에서 잡곡밥을 얻어먹은 후 상경하기로 굳게 계획을 세웠다. 자신만 단신으로 올라간다면 어린 막

---

11 위와 같음.

내 여동생 순덕은 마땅히 돌볼 사람이 없었기에 순덕을 서울로 데려 가기로 결정했다. 그리고 어떻게 하든지 앞서 상경한 엄마를 꼭 찾기로 마음먹었다.

결심을 마친 태일은 작은아버지 집에서 오곡밥을 먹은 후 작은댁 식구들이 한눈을 파는 사이에 작은아버지 방에 몰래 들어가 여비를 마련하기 위해 작은아버지 손목시계를 훔쳤다. 몸 안에 몰래 시계를 숨긴 전태일은 황급히 겸연쩍은 인사를 드리고 작은댁을 빠져 나왔다. 그 같은 행동은 피치 못할 극단적인 선택이었다. 태일은 "작은아버지, 제가 이 다음에 서울 가서 성공하면 꼭 작은아버지 시계값보다 몇 백 배 더 많이 갚아 드리겠습니다"라며 마음속으로 결심했다. 작은아버지 댁을 나오자마자 지체하지 않고 순덕을 들쳐 업고 서울행 기차에 재빠르게 몸을 실었다.

정월 대보름날 나는 막내동생을 데리고 엄마를 찾아 서울로 왔다. 남동생과 여동생을 아버지께 맡겨둔 채 낯선 거리는 아니지만 당장 의지할 곳 없는 나는 동생을 등에 업은 채 찬 바람이 귓뿌리를 때리는 영하의 추위 속에서 넓고 넓은 서울거리를 음식점마다 돌아다니며 어머니의 수소문을 했다. 그렇지만 이 넓은 서울에서 어머니를 찾기란 김서방을 찾는 격이리라. 대구에서 상경하는 날, 작은 집에서 보름 잡곡밥을 얻어먹으면서 작은아버지 시계를 훔쳐가지고 팔은 돈 6백 원 중 차 삯을 제하고 얼마 남지 않은 돈은 지금은 한 푼도 안 남고 오늘 저녁부터 당장 먹을 것이 없다. 대구처럼 기온이 따뜻할 줄 알았던 우리 두 남매는 살을 베는 듯한 추위에 떨면서 어두워 오는 서울거리에서 무작정 걷고 또 걷고, 등에 업힌 막내는 추위와 피곤함에 지쳐 하루 종일 잔다.[12]

12 전태일, 『친필수기』, CD 사본 2, 54.

(1) 도원동 오두막에서 태삼과 순옥 남매만 남다(1964.3.10.)

태일이 순덕을 업고 어머니를 찾아 서울로 떠나자 이제는 태삼과 순옥
만 덩그러니 남게 되었다. 아버지 전상수는 거의 집안일에 신경을 안 쓰고
계속 술만 마셨다. 졸지에 어머니와 큰오빠, 막내 여동생 등 세 식구와 생
이별을 하게 된 순옥은 슬픔에 젖어 하루 종일 시무룩해져 있다. 느닷없이
순옥의 보호자가 된 태삼은 작은 집에서 음식을 얻어다 순옥에게 먹이며
열흘 정도 내당동 헛간 방에서 더 지낼 수밖에 없었다. 그러던 어느 날 밤,
집 앞마당에 있는 공장 터에 몇 명의 넝마주이와 양아치 가족들이 단란하
게 모닥불을 피워 놓고 불을 쬐고 있는 모습이 보였다. 평소 넝마주이들에
게 볼 수 없었던 의외의 광경이었다.

태삼은 단란한 모습을 바라보며 어머니와 형이 더욱 보고 싶어 견딜
수가 없었다. 태삼은 옆에 있던 순옥을 부둥켜안고 한참을 목 놓아 울었다.
하염없이 울던 남매는 어머니와 오빠, 형이 보고 싶어 견딜 수가 없어 두
다리를 쭉 뻗고 대성통곡을 했다. 태일이 순덕을 업고 서울로 상경한 지
열흘쯤 지난 어느 날 전상수는 집에 남아 있던 태삼과 순옥을 데리고 중구
도원동(桃園洞)의 속칭 자갈마당13 인근의 오두막집으로 이사를 갔다. 세
식구가 이사를 간 오두막집은 자갈마당에서 멀지 않은 어느 맞춤 양복집
에 임시로 취직이 되어 일을 했기 때문에 출퇴근을 위해 오두막집을 얻은
것이다. 태삼은 이사 온 그 곳에서 1주일 정도를 생활하던 어느 날 자신도
형과 엄마를 따라 서울로 올라가고 싶은 생각이 굴뚝처럼 피어올랐다.

---

13 유곽지 앞의 달성네거리는 북쪽으로 가는 관문 역할을 해서 장터(달성시장)가 열렸는데,
   습지에 자갈을 깔아 도원동 자갈마당이라 불리고 있으며 현재는 전국적으로 대구 윤락가
   를 대표하는 고유명사로 알려져 있다.

(2) 태일의 형을 뒤따라 홀로 상경하는 전태삼(1964.3.18.)

그러던 어느 날, 아버지가 양복집에 출근하고 나면 빈집에는 남매만
남게 되다 보니 동생 순옥이 자신만을 의지하는 것이 태삼에게는 무척이
나 부담스러웠다. 태삼이 자신도 평소에는 형에게 의지만 했던 터라 막상
오빠 노릇을 하려니 쩔쩔맬 수밖에 없었다. 결국 태삼도 서울로 어머니와
형을 찾아 나서기로 이내 결심을 굳혔다. 형과 함께 가출했을 때 이미 서
울에 올라간 경험도 있고 해서 결심을 굳히는 데는 어렵지 않았다. 태삼은
서울에 올라가려는 생각을 순옥에게 조심스레 건네자 순옥은 당황해하며
"오빠야 혼자 서울 가면 나는 우짜고, 아버지하고 나하고 둘만 있으면 난
우짜고?" "너는 아버지와 함께 있으면 되잖아?" 그러나 작은 오빠 태삼은
발을 동동 구르는 순옥을 뒤로 하고 매정하게 그날 상경하고 말았다. 집
부근에 있는 버스를 타고 기차역에 도착한 태삼이는 서울행 열차에 몸을
실었다.

태삼이 탄 기차가 서울역에 도착하니 이미 승객들은 영등포와 용산역
에서 다 내렸기 때문에 열차 안은 아무도 없이 텅텅 비어 있었다. 역 광장
에서 남대문 방향으로 예전의 경험을 되살려 천천히 걸으며 찾아간 곳은
다름 아닌 옛날에 살던 남대문시장 부근이었다. 그곳에 도착해서 시장 주
변을 배회하던 태삼은 떼로 몰려다니던 양아치 불량배들을 만나 실컷 몰
매를 맞았다. 그리고 며칠 후에는 거지 아이들을 만나서 또 한 번 실컷 두
들겨 맞았다. 태삼은 그런 일이 있고부터 오히려 그들과 잘 어울리며 양아
치 생활과 거지생활을 겸해 빌어먹는 생활을 시작했다. 잠자리 거처는 리
어카 보관소에서 대충 자고 밥은 회현동 일대를 돌아다니며 얻어먹었다.
어느 날이었다. 일곱 살 정도 되는 멀쩡하게 생긴 남자아이가 태삼에게 불
쑥 나타나더니 "야, 너 내하고 둘이 돌아 댕기면 된다. 알았나?" 하면서 당

돌하게 자신보다 한참 나이가 많은 태삼이를 어디론가 잡아끌었다. 이끌려간 곳은 다름 아닌 남대문 지하도였다. 지하도로 내려간 아이는 깡통을 하나 놓고 "한 푼 줍쇼, 한 푼 줍쇼" 하며 구걸하는 시범을 보이는 것이다. 매우 숙련된 솜씨로 동냥하는 법을 가르쳐 주던 그 아이는 지나가는 사람들이 깡통에 돈을 넣으면 눈여겨보고 있다가 20~30원 정도의 동전이 모아지면 행인들이 안 볼 때 재빠르게 자신의 주머니에 넣는 테크닉까지 발휘했다. 그 아이는 동전 20원이 모아지자 자리를 털고 일어나더니, 태삼을 데리고 팥죽을 사 먹으러 가자는 것이다. 태삼은 형과 엄마를 찾기보다 이런 생활에 깊숙이 젖어 들고 있었다.[14]

---

14 이소선, 「저자와의 인터뷰 증언」, 2005.8.20.

9장

참담한 서울 생활과 가족들의 상봉

1964년 2월 27일~8월 초순 (약 6개월, 17세)

1. 어머니 이소선의 식모살이와 병고

— 1964년 2월 15일~4월 20일

1) 음흉한 남자의 계교를 물리치다(1964.2.13.)

한편, 1964년 2월 15일 설날 아침, 아직 채 어둠이 가시지 않은 새벽 미명에 이소선을 싣고 온 기차는 어느덧 서울 용산역에 도착했다. 플랫폼을 빠져나오니 막상 아무 곳도 갈 곳이 없었다. 역 대합실 밖에서 혼자 쪼그리고 앉아 앞으로 살아갈 방도를 궁리했다. 무엇을 해서 돈을 벌 것이며, 어느 세월에 돈을 많이 벌어 대구에 있는 집으로 송금한단 말인가. 난감한 일이 아닐 수 없다. 이런 끝없는 가난은 왜 자신과 식구들을 따라 다니며 괴롭히는지 도무지 알 길이 없었다. 그렇다고 먼저 서울생활을 할 때 알고 지내던 사람들을 무조건 찾아가서 도움을 구한다는 것은 자존심이 허락하지 않았다. 어느덧 어둠이 걷히고 역전 광장이 활력이 돌기 시작하며 사람들의 하루 일과가 본격적으로 시작되었다. 마침 설날 당일 아침이었기 때문에 사람들이 일찍부터 여기저기서 몰려들었다. 갑자기 어느 중년 남자 한 사람이 다가오더니 "아줌마, 혹시 일자리를 구하려고 기다리는 거 아닙니까?" "식모살이라도 괜찮다면 제가 알아봐 줄 수가 있는데요." "네, 그렇기는 합니다만…." 그 남자는 왠지 친절하게 접근하며 자신을 소개했다. "저는 우유배달을 하는 사람입니다. 제가 배달하는 고객 중에 식모를 구하는 집들이 좀 있어서 일자리는 쉽게 구할 수가 있는데, 괜찮다면 저를 따라 오세요." 이소선은 마치 구세주를 만난 듯 기뻤다.

자신이 처한 어려운 사정을 즉시 해결할 수 있는 좋은 기회였기에 의심 없이 그 남자를 따라 나섰다. 그는 소선을 이끌고 우유배달 코스를 여기저기 왔다 갔다 하며 시내 골목을 데리고 다녔다. 그러더니 메모지에 약도를 그려주며 "아줌마, 제가 다른 일이 좀 있어서 그러는데 아줌마는 구로동 여기 우리 집에 가서 기다려 주실래요? 집에 가서 계시면 제가 좋은 집에 일자리를 소개해 드리겠습니다." 순박한 소선은 그제서야 음흉한 저의가 있는 그의 정체를 알아 차렸다. 속으로 "내가 무엇 때문에 서울에 올라와서 이 고생인데 너 같은 응큼한 놈한테 호락호락 당할 것 같으냐? 어디 네 놈이 먼저 한번 당해 봐라" 하는 생각을 하며 "그럼 그렇게 하겠어요 그런데 제가 아저씨 집에까지 갈 차비가 없으니 먼저 차비를 좀 주세요." 그러자 남자는 갑자기 안색과 태도가 돌변했다. 그러나 어쩔 수 없이 자신의 목적을 달성하기 위해 그는 울며 겨자 먹기로 주머니에서 5백 원을 꺼내더니 마지못해 내어주었다.

그러더니만 그 남자는 다시 말을 바꿔 "아줌마, 어차피 구로동 우리 동네에 가신다고 해도 복잡해서 우리 집을 찾을 수가 없을 거에요 그러니까

아예 이따가 오후 1시 정도에 왕십리 광무극장 앞에서 저와 만나시는 것
이 어떻겠습니까?" 그 말을 들은 소선은 그 남자의 속셈을 완전히 파악할
수 있었다. "아저씨 말대로 할게요. 그런데 제가 만일 아저씨를 극장 앞에
서 못 만나면 구로동을 찾아가야 하니 천 원만 더 주시겠어요?" 그 남자는
하는 수 없이 돈 천 원을 더 건네줄 수밖에 없었다. 우유배달을 하는 불쌍
한 사람이지만 그 남자가 미워서라기보다는 여자를 넘보려는 음탕한 마
음을 품은 것이 괘씸해서 골탕을 먹이려는 것이었다. 소선은 돈을 받고 헤
어지면서 "제가 극장 앞에서 아저씨를 못 만나서 만일 아저씨 집을 찾다가
혹시 찾지 못해 만나지 못한다 해도 날 욕하지는 마세요" 하면서 그 남자
를 물리쳤다. 아마도 그 남자는 틈나는 대로 서울역이나 용산역 등을 찾아
다니며 시골에서 갓 올라오는 순박한 여자들을 꾀어 자신의 성적인 욕구
를 해결하려는 사람이었던 것이다. 오랜만에 올라온 낯선 서울의 첫 만남
은 이렇게 해서 이소선의 지략으로 끝이 났다.

2) 서울역 직업소개소를 찾아가다(1964.2.13.)

이소선의 손에는 비록 깨끗한 돈은 아니지만 뜻하지 않게 1,500원이
라는 밑천이 생겼다. 다시 원점으로 돌아가 그녀는 이제 본격적으로 일자
리를 알아봐야 했다. 여기저기 두리번거리며 눈에 띄는 간판을 읽어 보다
가 마침 서울역 뒤편에 있는 직업소개소를 찾아가기로 했다. 그러나 차마
대낮부터 직업소개소의 문을 두드릴 용기가 나지 않았다. 명절이지만 겉
으로 바라보니 직업소개소들이 오히려 호황인 듯했다. 우동 한 그릇을 사
먹고 이리저리 시내를 돌아다니며 시간을 보내며 해가 지기만을 기다리
다가 석양이 질 무렵, 소개소 사무실 문을 열고 들어갔다. "무엇 때문에 오
셨나요?" "저는 식모를 원하는데요." "아, 그러세요? 일자리는 많이 있으니

걱정하지 마세요. 그러시면, 가정집을 원하시나요? 식당을 원하시나요?"
"네, 이왕이면 돈을 더 주는 곳으로 가고 싶은데요?" "아, 식당으로 가고 싶
다는 말씀이시군요, 혹시 그러면 조개밥을 만들 줄 아세요?" 이소선에게
는 평생 처음 듣는 요리 이름이었다. 그러나 모른다고 하면 그 일자리를
놓칠 것 같아서 "밥이라면 뭐 다 거기서 거기 일테지"라고 생각을 하며 자
신있게 조개밥을 할 줄 안다고 대답을 했다. 그렇게 해서 서울 시내 동대
문 근처의 어느 식당 주방에 취직을 하게 된 것이다. 그곳은 동대문시장
부근에 있는 '도원'(桃園)이라는 고급 음식점이었다. 그곳 주방에서 갖가
지 음식 만드는 일과 설거지, 막일 등을 하며 식모살이는 그렇게 시작됐다.
우연의 일치인지 몰라도 대구에 살고 있는 전상수의 집이 도원동(桃園洞)
에 있고 서울에서 이소선이 일하고 있는 식당이 도원(桃園)식당이었다.

3) 동대문의 도원식당 취직과 병고(1964.2.15.~4.20.)

우여곡절 끝에 15일부터 그 음식점에 출근하여 일을 하기 시작했다.
음식점 사장과 인사를 나누고 앞으로 해야 할 일들에 대해 지침을 받은 후
에, 첫날부터 정신없이 일을 맡아 열심히 움직였다. 매일 하루 일과는 똑
같았다. 음식을 만들고, 설거지를 하고, 늦은 밤이 돼서야 모든 일이 끝나
면 주방을 정리하고 하루 일과를 마친다. 대충 씻고 나면 식당 안에 딸려
있는 작은 방에서 같이 일하는 젊은 여자들과 함께 뒤섞여 잠자리에 든다.
자리에 누우면 몸이 천근만근이나 되는 듯했다. 그러면서도 대구에 두고
온 자식들을 생각하면 잠이 오지를 않았다. "아이들은 무사한 걸까? 날씨
는 추운데 밥은 얻어먹고 있는지, 막내 순덕이는 엄마를 찾지나 않을까?"
하는 갖가지 생각 때문에 머리는 아프고 잠은 오지 않았다. 그러다가 취직
한 지 닷새째가 되던 어느 날이었다. 피곤한 몸을 이끌고 화장실에 앉았더

니 곧바로 하혈을 시작하더니 정신을 잃고 말았다. 소선이 화장실에 쓰러진 것을 발견한 식당주인은 즉시 병원에 입원시켰다.

병원에서 열흘을 입원하는 도중에도 마음이 편치 않았다. 치료비 걱정이 될 뿐만 아니라, 이렇게 누워만 있으면 언제 돈을 벌어서 아이들과 살수 있을지 걱정이 앞섰기 때문이다. 식당 주인의 말은 더욱 그녀를 불안하게 했다. 자신이 부담한 병원비를 갚으려면 앞으로도 6개월을 월급없이 주방에서 더 일을 해야 갚을 수 있다는 것이다. 그녀는 병원비를 갚기 위해서라도 이를 악물고 주방일을 다시 시작하기로 했다. 의사의 만류에도 불구하고 병원을 빠져나와 다시 식당으로 돌아가 이를 악물고 일을 시작했다. 자신의 건강을 돌보지 않고 돈을 벌기 위해 몸을 혹사시키며 무리하기 시작한 것이다.[15] 그 후로도 화장실만 가면 자주 하혈을 하고 의식을 잃게 되었다. 몸이 온전치 못한 가운데 일을 하다 보니 주방일이 제대로 될 리가 없었다. 일을 하다가 비싼 그릇을 바닥에 떨어뜨려 깨뜨리기가 일쑤였고, 밥을 하기 위한 솥단지에 물도 붓지 않고 불을 지펴서 밥솥 단지 밑바닥에 구멍을 뚫어 놓기까지 했다. 다행히도 식당에서 함께 일하는 처녀들이 이런 실수를 감싸 주고 덮어 주는 바람에 일이 잘 해결되기도 했다. 그렇지만 건강은 더욱 악화되어 식당일을 도저히 할 수 없게 되자 차라리 일을 그만두고 식당을 나가는 편이 주인과 동료 직원들에게 덜 미안할 것만 같았다.[16]

---

15 이소선, 「저자와의 인터뷰 증언」, 2006.7.6.
16 위의 책, 128-129.

2. 순덕을 업고 상경해 엄마를 찾아 헤매는 전태일
　─ 1964년 2월 27일~4월 16일

한편 어린 막내 여동생 순덕이를 업고 서울역에 도착한 전태일은 어머니를 찾기 위한 필사적인 노력을 기울인다. 그러나 그것은 서울에서 김 서방 찾기 식이었다. 더구나 혼자 몸도 아니고 순덕을 등에 업고 다녀야만 하는 번거로움과 함께 끼니마다 양식을 해결해야 하는 힘든 상황이었다. 대구에서 올라올 때 가지고 온 여비는 며칠이 지나자 모두 바닥이 났고 결국 순덕을 먹여 살리려 사흘 동안 구걸을 하는 처지가 되었다. 이러다가는 머지않아 둘 다 굶어 죽을 것만 같은 위기감을 느낀 태일은 순덕을 등에 업고 신문팔이로 푼돈을 벌면서 모친의 행방을 수소문하게 된다. 결국 순덕을 업고서는 돈벌이를 제대로 할 수 없을 뿐만 아니라 엄마마저 제대로 찾을 수 없다는 것을 깨달은 태일은 이제 극단의 선택을 한다. 서대문적십자병원 앞에 순덕을 버리기로 한 것이다. 그러나 순덕을 버리고 시내로 걸어오던 태일은 순간적으로 가슴이 미어지는 아픔을 느끼며 다시 되돌아가서 동생을 찾아온다. 그 후 평화시장과 용두동을 다니며 어머니를 수소문하는 노력을 하던 그는 결국 순덕을 서울시청 사회과 분실(分室)에 맡겨 보육원으로 보낸다. 아래의 글은 태일이 순덕 때문에 겪게 된 고초와 당시의 긴박하고 애절했던 상황을 자신의 회상 일기장에 기록한 내용이다.

1) 사흘 동안 구걸하며 순덕을 먹여 살리다(1964.2.29.~3.3.)

나 역시 지칠 대로 지친 관계로 막내가 등에서 울 때는 정말 짜증이 난다. 배고픔보다는 추위와 졸음 때문에 따뜻한 곳을 찾아 남대문시장 과일 도매상 옆에서 약간 훈훈한 훈기를 쬐면서 밤을 새우고 난 후, 새벽부터 경비원에게 쫓겨 남대문극장 뒤 시계 골목으로 동생을 업고 나갔다. 낮에는 의류를 팔던 점포에 이른 새벽엔 시골에서 온 각종 화초를 도매하고 있었다. "오빠, 배고파. 응, 오빠." 등에 업혀서 어깨를 흔드는 동생을 무엇이건 얻어서라도 먹이기 위하여 나온 나는 그 화초들을 도매하는 옆에서 장사꾼들을 상대로 뜨끈한 팥죽을 파는 것을 보고는 멍청히 서 있었다. 그러자 등에 업힌 동생은 "오빠 저 팥죽 좀 사줘, 응, 오빠." "돈이 있어야 사주지 돈이 없는데 우예 사주노." 이렇게 말하면서 한 손으로 가만히 있으라고 엉덩이를 때리자 동생은 훌쩍이는 것이다. "그럼 배고픈데 어떻게, 엉, 응." 너무 어려서 학교에서 제일 앞자리에 앉는 표를 내는지 내가 화가 나도록 졸라 댄다. 팥죽을 사 잡수시던 어떤 꽃 파는 아주머니는 나에게 "너 왜 그러고 있니, 어디 갈 곳이 없니, 동생이 배고프다고 하는 것 보니까 부모가 안 계시는 모양이구나." "네, 실은 대구에서 어머니를 찾으려고 3일 전에 올라 왔어요. 그런데 찾을 수가 없고 도로 집에 내려 갈 수도 없어요." "딱하기는 그래, 어느 년이 너희 같은 자식을 두고 도망갔는지 모르지만, 너희가 너무 불쌍하구나, 어제 저녁에는 어디서 잤어?" "아니에요. 우리 엄마는 도망간 것이 아니고 식모살이를 왔어요." "그럼 너희 아버지는 안 계시니? 엄마가 식모살이를 가게 내버려 두게." 이렇게 물어 보면서 같은 꽃 파는 아주머니들과 같이 동정의 말을 던지면서 동생과 나에게 팥죽을 사주고 점심을 사먹으라고 육 십원의 돈을 걷어 주셨다. 나는 팥죽을 먹는 동생이 먹는 것이 너무 불쌍해서 목이 막혀 넘어가질 않았다. 배가 몹시 고팠던 탓으로 물 퍼 마시듯 씹지도 않고 순식간에 그릇을 비운 동생은 얼어 붙은 한기를 느끼고 나의 등어리를 의지하는 것이다. 업혀 있으면 등은 춥지만 손과 배는 따뜻하니까. 내가 아무리 힘들어도 좀처럼 내리려고 그러지를 않는다. 그 꽃파는 아주머니들이 한없이 고마웠지만 눈물과 서러움이 말문을 막기 때문에 끝내 고맙다는 인사도 못한 체 또 다시 신세계 쪽으로 걸으면서 감각없이 얼은 두 볼에는

뜨거운 눈물이 흘렀다.17

2) 순덕을 업은 채 신문을 팔며 어머니의 행방을 찾다(1964.3.5~10.)

이제는 어머니를 찾는 것도 차후 문제고 하루하루 생활이 큰 문제였다. 궁리 끝에 60원을 없애지 않기 위해 신문장사를 시작했다. 몇 달 전 홍태와 다니던 때와 무엇이 다르랴. 동생을 문밖에 세워 두고 다방에 들어가서 팔고 또 등에 업고 다니면서 파니 먼저보다 더 힘이 들고 캄캄한 절망감을 밀쳐 내려고 애써 나오지 않는 '신문이요, 신문'을 연발해야 하는 나의 거칠고 애통한 부한 환경에서 거부당한 생활. 다른 아이들보다 빨리 뛰어다녀야 한 장이라도 더 팔 수 있는 것인데, 신문 10부를 가지고 밤 열 한시나 다 되어서 다 팔고 잠자리를 찾아 다시 남대문시장으로 갔다. 10원짜리 밀가루 수제비를 한 그릇씩 먹은 후 땅콩 굽는 화로 옆에서 오늘도 자기 위하여 과일시장에서 짚을 조금 주워 가지고 바닥에 깔고 등은 화로에 기대 동생을 안은 채 긴긴 겨울밤을 새웠다. 다음 날 역시 아침 일찍, 경비원에게 쫓겨난 나는 허리가 아파서 동생을 업지는 못하고 걷게 하고 서울역 뒤 중앙시장으로 갔다. 그 근방에도 음식점이 많이 있기 때문에 점포마다 신문이 나올 시간 전까지는 어머니의 수소문을 할 수 있기 때문이다. 어떤 식당 앞에서 "아줌마 말 좀 묻겠습니다. 요 이 삼일 전에 대구에서 식모로 온 사람 없습니까?" "그런 사람 없는데 다른데 가서 알아봐요. 딱하기는 쯔쯔" 이러기를 수십 집. 추운 나에게는 하등의 도움이 되지 못하는 동정심과 부끄러움은 어떤 큰 식당에는 물어보기가 거북하게 만들었다. 내가 동생을 업고 식당엘 들어서 면 처음에는 손님인 줄 알았다가 들어온 용건을 자세히 말하면 이내 멸시나

---

17 전태일, 『친필수기』, CD 사본 2, 54-56.

동정의 눈으로 쳐다보기 때문이다. 또 신문이 팔 시간이 되어오자 신문을
받아 가지고 팔러 다닐려고 그랬지만 동생이 업힌 채로 내리려고 그러지를
않으면서 열이 많이 오르고 우는 것이다. "오빠 머리가 아파, 어디가서 좀
자자. 자부러버 죽겠다 이렇게 졸라 댄다. 나는 열이 오르고 머리가 아프다는
동생을 데리고 신문을 판다는 것은 무리임을 느끼고 다른 신문팔이에게
10원을 밑지고 넘겨주고 나의 학생복 윗도리를 벗어서 덮어 업은 후 어찌할
바를 몰랐다. 너무 추워서 감기가 걸린 것 같다. 남대문시장 약방엘 가서
동생을 보이고 약을 지었다.[18]

3) '받들회' 신문보급소의 교회 다니는 착한 아저씨(1964.3.12.~3.16.)

총재산 50원을 다 털어 준 후 약을 먹이고 춥지 않게 잘 들쳐 입은 채 동생을
따뜻한 곳에 눕히려고 지금의 뉴 코리아 자리에 있던 신문팔이 소년들의
합숙소인 '받들회'로 신문파는 아이의 소개로 갔다. 무허가 하숙집하고 비슷
한 환경인데 숙박비는 안 받고 식대는 한 끼에 30원이었다. 단 타인은 잠을
잘 수가 없으며 받들회에 가입하고 신문을 파는 소년들만이 자는 곳이었다.
어떤 뜻있는 아저씨께서 책임자이시고, 주일날마다 전원 교회로 인도하는
마음씨 고운 아저씨였다. 나는 우선 간단한 절차의 신원을 기재한 후 동생을
한 곳에 눕히고 이불을 많이 깔아 덮어 주었다. 몇 일만에 편히 누워 보는
동생은 이내 잠이 들고 나는 보증금도 없이 미도파 담당에게 신문을 받은
후 미도파 정문 일대가 나의 신문 파는 담당구역으로 위임받았다. 동생을
그곳에 눕히고 나 혼자 신문을 팔자 한결 마음이 놓이고 조금 희망이 생겼다.
신문을 다 팔고 오자 동생은 일어나서 돌아다니고 있었다. 그 넓은 방안에

---

18 위의 책, 56-57.

춥지는 않지만 혼자 있다가 나를 보자 한층 반가운지 "오빠 어디 갔다 왔어. 나를 버리고 간 줄 알고 울려고 했어." 이렇게 말하면서 내가 사가지고 온 1원짜리 풀빵을 맛있게 먹고 있었다. 아침에 약을 먹었는데 편안하게 조리를 해서 그런지 거뜬히 낳은 것이다.[19]

당시에는 서울 시내 신문팔이 청소년들은 배달이 아니라 신문을 거의 강매하는 형태였다. 물론 자신에게 배당된 구역이 정해져 있어서 그 지역에서만 돌리다 보니 길 가는 행인이나 차를 타고 가는 승객들, 혹은 상가 사무실이나 점포들을 대상으로 신문을 팔아야 했다. 처음에는 쑥스러워 쭈뼛쭈뼛하다가 익숙해지면 물불을 안 가리며 노련하게 강매를 하게 된다. 어린 동생까지 신문 보급소에 맡겨두고 배달원이라는 임시직으로 생활 전선에 뛰어든 전태일은 여동생 생각에 천천히 돌릴 수가 없어 번개처럼 돌리고 보급소로 달려간다.

60년대 서울 시내 신문팔이 소년들의 모습. 당시는 배달 업무 외에도 자기 구역 안에서 부지런히 돌아다니거나 뛰면서 남은 신문들을 판매하기도 했다.

---

19 위의 책, 57.

4) 보육원으로 보내지는 순덕과의 가슴 아픈 이별(1964.3.18.~26.)

(1) 적십자병원 앞에 순덕을 버린 후 다시 찾다(1964.3.18.)

며칠을 지나는 동안 눈은 그칠 사이 없고 다른 아이들보다 신문을 팔아온 경험이 적은 나는 동생과 나의 식대를 못 벌어서 마침내 받들회에서도 못 있게 되었다. 받들회 나의 담당 구역장에게 280원의 미수금을 남긴 채 찬 바람이 살을 베는 미끄러운 거리로 나왔다. 어떤 환경이든 우리 두 남매를 거부하는 것이다. 나는 생각 끝에 동생을 불광동에 있는 미아보호소에 맡길 생각으로 파출소엘 가서 사정 이야기를 했지만 직접 찾아가라는 것이었다. 그렇지만 직접 찾아가도 잘 받아 주지는 않을 것이라는 것이다. 동생과 같이 있으면 감기라도 들리면 이제는 약을 살 돈도 없고 같이 배를 곯아야 하기 때문에 임시 변통으로 보호소에 맡기려면 하는 수 없이 서대문 근방에서 동생을 버리면 될 것 같다는 생각에 어제 저녁부터 굶었지만 동생을 업고 서대문 적십자 병원 앞까지 왔다. "순덕아 너 여기 있어. 내가 저기 가서 밥 얻어올 테니까. 다른 데 가지 말고 조금만 기다려 응." 내가 이렇게 말하자 나의 코 막힌 음성을 듣고 조금 이상한지 아무 말 않고 고개를 끄덕이면서 "빨리 와 오빠. 응" 대답을 하면서 나의 얼굴에서 무엇이라도 더 알려는 것 같이 자세히 쳐다보는 것이다. 서대문 네거리 적십자병원 옆 남쪽 양지 바른 담벽에 세워 둔 채 광화문 쪽으로 걸어 넘어오는 나의 마음은 그 무엇으로 비유해야 알 수 있을까? 가슴은 서러움으로 꽉 차고 나를 부르는 소리가 들리는 것 같고 얼마 안 있으면 해가 넘어갈 텐데 추위에 떨면서 이 못난 오빠를 기다리면서 발을 동동 구르면서 울 것을 생각하니 발길이 떨어지질 않고 뜨거운 눈물, 소리없이 볼을 적신다. 조금 멀리 광화문 네 거리가 보이자 나는 뒤로 돌아서서 왔던 길을 정신없이 달리기 시작했다. "순덕아, 이 못나고 무능한 오빠를 용서하

고 제발 그 자리에 있어 다오. 제발, 순덕아." 나는 거의 짐승의 울부짖음을
토하면서 병원이 보일 때까지 달려 왔을 때 동생이 서 있던 근방엔 웬 사람들이
에워싸고 있었다. 몇 미터 안 남았지만 피를 말리는 것 같은 불안감과 죄책감에
헐떡이던 숨은 끊어지는 것 같았다. 다행히도 그 자리에서 울고 있는 동생의
고사리 같은 작은 두 손은 얼어서 빨개지고 내가 나타나는 순간 얼마나 큰
소리로 울면서 나에게 달려 들었던가? 모여 섰던 사람들이 의아해 했지만
그 눈초리들이 싫어서 순식간에 우는 동생을 등에 업고 달려왔던 길을 뛰었다.
울면서 달래면서 남대문시장까지 갔었다. 이 어린 동생을 버릴 수는 없고
같이 있으면은 둘 다 죽겠고 나는 어떻게 되더라도 동생은 무사해야 한다는
책임감이 남매간의 정을 가르고 어디 부잣집에라도 주어야 된다고 나를 힐책한
다. 뱃속은 하루를 꼬박 굶었기 때문에 듣기 거북한 소리를 내고 허기에 지친
동생은 따뜻한 나의 품에서 잠을 잔다. 땅콩을 굽는 화롯가에서 동생을 안은
채 얼마를 졸고 있을 때, 젊은 신사 한 분이 나를 깨웠다. "야, 왜 이러고
있니." "갈 곳이 없어서 그래요. 대구에서 엄마를 찾으려 왔는데 엄마는 못
찾고 도로 대구에 내려갈 차비도 못되어서 그래요." "그래, 언제 올라왔니?"
"일주일쯤 됩니다." "뭘 먹고 그동안 지냈니?" "신문팔이도 하고 했는데 동생
때문에 밥벌이에서 미수금까지 지고 나왔어요." "그럼 저녁도 안 먹었구나.
날 따라와. 저녁을 사 줄 테니까." "동생이 이제 잠 들어서요. 미안하지만
밥값을 주세요. 제가 어떻게 늘려서 먹겠어요." 내가 이렇게 사정하자 신사는
"너희들이 같이 있다가는 동생을 얼어 죽이겠다. 그러니까 시청 사회과를 찾아
가서 사정 이야기를 하고 당분간만 맡아 달라고 그래. 며칠 있다가 어머니를
만나면 찾아 간다고. 그리고 너는 부지런히 어머니를 찾으란 말야 알겠어?
꼭 그렇게 해라." 이런 충고를 하시면서 백 원 리 지폐 한 장을 주고 가셨다.
눈물이 나도록 고맙고 나에게는 큰 재산이 되었다. 몇 번이고 감사의 인사를
하고 동생과 같이 자유극장 뒤로 온 우리는 밀가루 수제비 한 그릇씩 사 먹고

80원을 남긴 채 돌아와 화로 옆에서 날을 밝혔다.[20]

(2) 평화시장과 용두동을 다니며 어머니 행방을 수소문 하다(1964.3.22~25.)

열 한시가 되어서 시청 사회과로 온 나는 사회과 직원에게 사정 이야기를 하고 동생을 당분간 맡아 줄 것을 호소하였다. 그러자 "여기에서는 어쩔 수가 없으니 남산 밑 아스토리아 호텔 옆 사회과 분실로 가서 여기서 보냈다고 하고 사정해봐." 이렇게 말하면서 약도를 그려 주었다. 거기에 가도 또 안되면 어떻게 하나 걱정하면서 곧바로 찾아 가지 않고 동대문 평화시장으로 갔다. 혹시나 아버지 친구되시는 분들을 만날 수 있지 않을까 하는 희박한 기대를 걸고 제품시장인 평화시장을 다 돌아다녔지만 헛수고를 하고만 나는 내일은 어떠한 수단을 쓰더라도 사회과 분실을 찾아가서 동생을 맡길 결심을 하고 옛날에 우리가 살던 용두동으로 갔다. 아무리 수치스럽지만 동생을 그런 곳에 맡겨야 한다고 결심을 한 나는 마지막으로 어머니의 행방을 알 목적으로 동생과 같이 우리가 살던 당시 제일 친하던 정 씨 아저씨 집으로서 어두워서 들어갔습니다. 아주머니는 바느질을 하고 계셨다. "아니, 태일이! 웬일이지, 그래, 집안은 다 평안하시고?, 어서 여기 앉아라" "네, 괜찮아요. 혹시 아주머니, 우리 어머니 여기 오신적 없어요?" "왜? 왜?" "사실은 집안 형편이 안 좋아서 식모살이를 왔어요." "그래, 쯔쯔, 그럴수가 있나. 그렇게 착한 사람이" "아주머니 그럼 가 봐야 겠어요. 동생이 기다리고 있어서 갈렵니다." "동생도 같이 왔니, 어느 동생인데. 가지말고 당장 가도 잘 데도 없을 테니까! 저녁 먹고 자고 가라, 하룻밤이라도 응, 가서 순덕이를 데리고 온" "네." 이렇게 하룻밤을 따뜻한 방에서 잘 땐 얼굴을 들을 수 없는 패배감과 자존심이

20 위의 책, 57-59.

나를 죽이도록 증오한다.[21]

(3) 순덕을 서울시청 사회과 분실에 맡기다(1964.3.26.)

용두동에 갔다 온 지도 벌써 며칠이 지났건만 끝내 아무런 성과도 못 얻은 나는 오늘은 아침부터 졸라대는 동생에게 먹을 것을 주지 못하고 퇴계로 아스토리아 호텔 옆 시청 사회과 분실로 찾아갔다. 나의 딱한 사정을 대충 들은 직원은 하루라도 빨리 찾아가야 된다고 하면서 이따 오후 4시에 미아보호소로 가는 시청차가 있으니까 그때 다시 오라는 것이었다. 나는 몇 번이고 감사의 인사를 한 후 동생을 데리고 동대문 평화시장 앞 대학천 시장으로 갔다. 마지막으로 고픈 배를 채워 줄 생각으로 나의 학생복 윗도리를 팔기로 한 것이다. 대구에서 만들어 입을 때에는 천은 모직 후레빠로 샀을 310원이나 주고 맞춘 것이다. 헌 옷가지를 파는 데 가서 팔기를 희망하자 한 아주머니가 "학생복은 값이 안 나가서, 이건 모직이니까 50원을 주지, 더 줄 수는 없어요" "아주머니, 그렇지만 만들 때 샀을 310원이나 주고 만들었어요. 백 원만 주실 수는 없어요?" 내가 이렇게 말하자 그만한 값어치가 안 나간다고 하면서 못 사겠다는 것이다. 다른 상점엘 갔지만 안 사겠다는 데는 어쩔 수 없어서 도로 그 아주머니에게 왔더니 아예 안 사겠다는 것이다. 사정 끝에 30원밖에 못 받아 가지고 돌아설 땐 너무나 서글퍼서 울음도 말라 버렸다. 조금 있으면 나의 곁을 떠나갈 동생에게 오랜만에 30원짜리 백반 한 상을 사먹이고 바삐 걸어서 회현동으로 갔다. 의자에 앉아서 기다리던 중 나는 동생에게 "순덕아 오빠는 저녁에 늦게 들어갈테니까 니가 먼저 가라, 이따가 차가 오면은 울지 말고 가야 한다. 거기 가면 밥도 주고 잠도 따뜻한 곳에서

---

21 위의 책, 59-60.

잘 수 있다. 나는 엄마를 더 찾아보고 갈게, 응." 내가 타이르자 동생은
밥도 주고 잠도 따뜻한 곳에서 잘 수 있다는 말에 고개를 끄떡이면서 "오빠
빨리 와, 응, 엄마하고 같이 와." 겨우 거짓말로 달래 놓자 시청 엠부란스가
왔다. 길거리에서 잡아 온 두 명의 다른 고아와 같이 차를 타고 시청까지
온 나는 시청 주차장에 차가 멈추자 "순덕아, 이따 갈게, 울지 말고 기달려."
"오빠, 빨리 와." 아무것도 모르고 차에서 내가 가는 것을 보고도 울지 않던
동생, 어쩌면 마지막이 될지도 모르는 동생을 차에 둔 채 떨어지지 않는
발길로 말 닿는 대로 남대문시장까지 갔다. 막상 단신이 되고 보니 어딘가
더욱 허전하고 윗도리가 없는 관계로 추위가 온 전신을 파고든다. 추위와
절망감으로 하룻밤을 밝힌 나는 대도백화점 안 어느 담배가게 아주머니에게
사정이야기를 하고 헌 옷가지를 사 입게 동정을 했다. "아주머니 너무 추워서
그래요. 윗도리를 사 입게 50원만 주세요. 네? 아주머니 제가 이 다음에
돈을 벌어서 갚겠어요." 이렇게 사정을 하자. "어린애가 고생이 많구나.
다른 애들처럼 나쁜 짓 하지 말고 어려우면 또 찾아 오너라. 이 돈으로 옷을
사 입고 신문장사라도 해서 꼭 갚아야 한다. 돈을 못 갚더라도 꼭 한 번
찾아 오너라." 이렇게 인자하게 대해 주시는 아주머니가 또 어디 계실까?
몇 번이고 고맙다는 인사를 한 후 하늘 끝이라도 올라갈 용기를 얻은 나는
헌 학생복 윗도리를 70원에 사 입고 구두통을 100원에 사고 따뜻한 우동
한 그릇을 사 먹일 여유가 있었다. 나를 어러 모로 착하고 불쌍하게 보셨는지.
이런 은혜를 베풀어 주신 아주머니를 평생토록 잊지 못할 것이다. 단신이
된 나는 20원짜리 싸구려 무허가 하숙집에서 잘 때면 제일 괴로운 것은
나를 울면서 기다릴 동생 생각으로 밤잠을 못자고 몸부림쳤다. 구두닦이로서
하루하루 밥벌이는 되었다. 이젠 제법 몇 푼을 속 주머니에 담아 가지고
다닐 여유가 생기자 한 푼 두푼 돈을 모으는 재미로 슬픈 과거를 달래고
있었다.[22]

5) 동생 태삼과 극적 상봉한 데 이어 어머니도 상봉하다(1964.4.5~16)

(1) 과일가게 앞에서 동생 태삼과 우연히 마주치다(1964.4.5.)

한편 형과 엄마를 찾아 혈혈단신 상경한 태삼은 남대문시장 일대에 주로 기식하면서 같은 처지의 거지들 7~8명과 매일 몰려다니면서 구걸 생활에 익숙해지고 있었다. 그들과 하루 종일 어울리는 시간에는 그런대로 재미가 있었지만 밤에는 혼자서 잠을 자야 하기 때문에 외로움에 지쳐있었다. 늘 붙어 다니던 태일 형을 그리워하며 눈물을 흘리면서 매일 잠이 들곤 하였다. 어느 날 아침 회현동 부근에서 있었던 일이다. 여느 때와 마찬가지로 남의 집 대문을 두드리면서 문전걸식을 하려고 할 때 주인집 아주머니인듯한 여성이 친절한 태도로 집안으로 데리고 들어가더니 밥상 위에 기름진 쌀밥과 갖가지 맛난 음식을 정성껏 차려 주는 것이다. 허겁지겁 밥을 다 먹어 치우자 그 여인은 넌지시 "너 이제 동냥 생활하지 말고 우리 집에서 내 아들 노릇 할래? 내가 양자로 입양을 해 줄게" 하며 뜻밖의 제의를 하는 것이 아닌가. 뜬금없는 아주머니의 말에 태삼이는 긍정도 부정도 하지 않은 채 그 집에서 점심까지 얻어 먹으며 반나절을 곰곰이 생각했다.

그러나 아무리 생각을 해 봐도 좀 이상한 생각이 들었고 가족들 얼굴이 계속 떠오르는 바람에 태삼이는 그만 그 집을 몰래 빠져나와 버렸다. 그 집에서 영원히 살아야 한다고 생각을 하니 아주머니의 호의에도 불구하고 갑자기 그 집이 싫어졌던 것이다. 그날 이후 태삼은 그 집 부근에는 얼씬도 하지 않았다. 이처럼 밥을 얻어먹으러 다니는 하루 일과와 과일 주우러 다니는 일과 말고는 태삼에게는 딱히 할 일이 아무것도 없었다. 그리

---

22 위의 책, 60-62.

고 밤이 되면 잠자리 걱정하는 것이 하루 중 가장 고된 일과였다. 저녁에
는 과일가게에 내다버린 썩은 과일을 주워 와서 썩은 부분은 파 버리고
나머지는 맛있게 먹는 일이 그래도 가장 즐거운 일이었다.

> 하루는 남대문시장 과일 점에서 구두를 닦고 있는데 남동생이 다른 두 거지
> 아이들과 어울려 다니면서 나의 구두 닦는 옆을 지나가는 것이다. 순간
> 나는 쇠뭉치로 뒷통수를 얻어맞는 충격에 말이 나오질 않았다. "홍태야,
> 야, 홍태야." 가까스로 이렇게 소리치자 홀 깃 나를 쳐다본 동생은 "형⋯."
> "홍태야." 둘이 부둥켜안고 마음껏 울었다. 다른 사람들이 쳐다보는 것이
> 아무렇지도 않았다. 우는 그 순간은 아버지의 학대와 주위의 환경이 주는
> 모든 슬픈 여건 때문에 서름에 서름을 더해 갔다.[23]

형제의 상봉일은 1964년 4월 5일, 식목일이다. 친구들과 어울려 과일
가게에서 내다 버린 썩은 과일들을 고르고 있던 태삼은 갑자기 옆에서
"야, 홍태야⋯!" 하고 누군가가 부르는 소리를 듣고 고개를 돌려 보니 자
신의 이름을 부른 사람은 다름 아닌 그토록 애타게 보고 싶어 찾아 헤매던
태일이 형이었던 것이다. 순간 형제는 누가 먼저랄 것도 없이 다른 사람들
이 구경을 하든 말든 그 자리에서 엉겨 붙어 얼싸안고 서럽게 울었다. 태
삼은 태일 형의 품속에 얼굴을 파묻고 눈물을 펑펑 쏟으며 형의 품속에서
만이 느낄 수 있는 체취를 음미하며 형을 느꼈다. 오매불망 보고 싶었던
형을 만났으니 태삼은 이제 세상에 부러울 것이 하나도 없게 되었다.[24]

---

23 위의 책, 62-63.
24 전태삼, 「저자와의 인터뷰 증언」, 2005.5.30.

(2) 비참한 무허가 하숙집살이를 시작하는 형제(1964.4.12.)

과일 집 앞에서 상봉한 날부터 두 형제는 우선 아쉬운 대로 거처가 정해질 때까지 일주일 정도는 상률의 집에서 함께 지내기로 했다. 그러나 당분간이지만 신세를 지며 산다는 것이 부담스러워 일주일이 지난 후인 4월 12일경에는 상률의 집을 나와서 상률의 어머니 소개로 남산에 있는 무허가 하숙집을 얻어서 단둘이 함께 지내게 되었다. 남산 케이블카 밑에 있는 무허가 하숙집에 지불해야 하는 하루 숙박비는 20원이었다. 알고 보니 전에 순덕이를 시청 보호소에 맡기고 태일이 혼자 지낼 때도 그 하숙집에 살던 적이 있었다. 태일이 먼저 혼자 하숙집에 살았을 때는 그런대로 구두닦이를 하며 하숙비를 내고 생활을 했지만 동생 태삼까지 데리고 와서 살게되자 사정은 전과 달랐다. 결국 태삼은 하숙집 물을 길어 나르는 일을 하고 잔심부름을 하면서 자신에게 해당되는 숙박비와 식비를 면제받을 수밖에 없었다.[25]

다시 만난 우리 두 형제는 나란히 구두통을 들고 서울거리를 헤매던 중 옛날 어머니 친구인 상률의 어머니를 통해서 어머니가 서울에 계신다는 것을 알 수 있었다. 우리는 그 아주머니의 소개로 남산 케이블카 밑 남산동 50번지에 하숙을 했다. 동생은 구두를 닦는데 서투르므로 하숙집 아주머니 권유로 당분간 하숙집 잔심부름으로 밥을 얻어먹고 지내고, 나는 계속 구두를 닦으러 다녔다.[26]

아직은 구두 닦는 일이 서투른 태삼 때문에 태일은 혼자 구두를 닦으

---

25 위와 같음.
26 위의 책, 63.

러 나간 사이 태삼은 혼자 하숙집에서 일을 할 수밖에 없었다. 형제는 굶지 않고 먹고 살아야 하기 때문에 하숙집 주인의 요구대로 물을 길어다 주고 밥 문제를 해결할 수밖에 없었다. 힘겹게 물지게를 지고 남산 언덕길을 끙끙거리며 기어 올라가는 태삼은 물지게가 힘에 부쳐 늘 휘청거렸다. 지게질을 하면서 물을 길어다 주며 제 밥벌이를 하려는 태삼의 가련한 몸부림은 태일의 마음을 찢어지게 했다. 아무리 하찮은 무허가 하숙집이라 해도 형제가 살기는 벅찬 환경이었다. 태삼은 남산 아래 병무청 앞까지 내려가서 아침부터 물통을 놓고 줄을 서서 기다렸다가 자기 차례가 되면 물통에 물을 받은 후 물지게를 지고 다시 남산 케이블카 부근까지 올라오는 작업을 아침과 저녁 끼니때마다 해야 했다. 태삼이 물지게를 지는 대가는 겨우 세끼 밥이나 얻어먹는 정도였고 그 조건으로 주인 내외는 태삼에게 온갖 잔심부름을 시켰다. 어쩌다가 태삼이 동작이 굼뜨거나 실수라도 하면 사정없이 손찌검까지 하는 것이었다.

(3) 도원식당 주방에서 어머니와의 감격적인 재회를 하다(1964.1.16.)

이 무렵 상률의 어머니로부터 어머니의 소식을 전해 들은 태일은 도원식당 주방에서 일하고 있다는 어머니를 만나려고 1964년 4월 16일 아침 일찍 동대문으로 찾아가 도원에 당도했다. 그토록 찾아 헤매던 어머니가 이곳에서 일하고 있다는 생각에 떨리는 손으로 주방문을 활짝 열고 들어섰다. 어머니와의 감격적인 상봉의 순간이었다.

이런 환경 속에서도 계절은 바뀌어서 이른 봄이 되었다. 어느 날 상률의 어머니께서 나를 찾아오셔서 그렇게도 목마르게 찾아 헤매던 어머니 소식을 전해 주셨다. "너의 어머니께서는 어제 저녁 늦게 다녀가셨다. 너희들 이야기도 자세히 했더니 며칠 사이에 오신다고 하시면서 계시는 곳을 가르쳐 주시고 갔다. 동대문백화점 앞 도원이라는 요리 집이라고 하시더라. 거기에 가서 주방에서 밥하는 아줌마를 찾으면 된다고 하시더라." 이 말을 들은 날 저녁은 한숨도 못자고 뜬눈으로 밤을 새우고 아침을 먹고 도원으로 가서 어머니를 만나 봤다. 문 밖에 서 있는 나의 초라한 모습과 부엌에서 행주치마에 손을 씻으면서 나오시는 초라한 모습은 누가 봐도 어머니와 아들임을 알게 했다. "어머니 그사이 고생 많으셨지요." "순덕이는 다음에 가도 찾을 수 있는데 맡겼니, 그 어린 것이 얼마나 울까?" 말씀을 끝맺지 못하시고 다른 사람이 볼새라 재빨리 행주치마로 눈물을 닦으시는 몇 달 전보다 퍽이나 많이 늙어 보이는 어머니, 나는 말할 수 없는 죄책감과 눈에 표나게 여위어 버린 어머니의 얼굴은 나로 하여금 어서 빨리 기술자가 되어서 돈을 벌어 다른 사람보다 좀 더 편안하게 모시리라 다짐했다. "앞으로 보름만 있으면 나도 이 집에서 나가서 조그만한 장사라도 할 수 있을 것 같다. 지금 너희들 있는 곳에 셋방을 하나 얻을 생각이다. 상률이 어머니께 잘 말씀을 드려서 아주 싼 월세방을 하나 부탁해라. 보름쯤 있으면 들어갈 수 있게." 할 말은 많았지만 장시간 면회할 수도 없는 처지라 어머니와 곧 헤어져서 직장으로 향했다.[27]

태일이 다녀간 지 얼마 후 소선은 건강이 더욱 악화되어 식당 일을 도저히 할 수 없게 되었다. 결국 그녀의 마음을 감지하였는지 식당 주인이 먼저 조용히 소선을 불렀다. "아줌마, 그 몸으로 우리 집에서 일을 한다는 것은 더 이상은 무리인 것 같네요. 병원비는 받지 않을 테니 어디 아시는 집이라도 있으시면 찾아가 보도록 하세요. 아줌마가 갈 곳을 정하신다면 제가 차비 정도는 마련해드리겠습니다." 그러자 식당 주인의 말을 엿듣고

---

27 위의 책, 64.

있던 주방 처녀들이 우르르 몰려오더니 "사장님 어떻게 그렇게 야박하게 하실 수 있어요. 아줌마 몸이 저 지경인데 그냥 쫓아내는 것은 사람의 도리가 아니잖아요. 정 내보내시려고 한다면 한 달 월급이라도 주시고 보내셔야 아줌마도 앞으로 살아갈 수 있을 거 아니에요?" 하면서 자기들 일처럼 거들어 주는 것이다. 주인은 마지못해 돈 만 원을 주면서 결국 소선을 식당에서 내보내고 말았다.[28]

6) 남산동 상률의 집 더부살이(1964.4.25~8 초순)

(1) 주방 일을 그만둔 이소선 어머니의 단칸방 더부살이(1964.4.25.)

1964년 4월 20일 식당 일을 그만두게 된 소선은 딱히 갈 곳이 없게 되자 상률의 집을 찾아가기로 마음을 정했다. 그녀가 서울 하늘 아래 그래도 부담없이 마음 도움을 받을 수 있는 곳은 유일하게 그 집뿐이었다. 엊그제 주방으로 찾아온 태일에게 상률의 집에 가 있으면 찾아가겠다고 말했기 때문에 꼭 가야만 했다. 태일과 만나서 할 말도 많이 있고 앞으로 살아갈 방도를 상의해야 하기 때문에 우선 상률네 집부터 가기 위해서 버스를 올라탔다. 그런데 버스 안에서 갑자기 하혈이 시작된 것이다. 버스 좌석에 꼼짝없이 앉아 앞좌석의 등받이를 꼭 잡으며 버스가 목적지에 도착하기를 기다리며 아픔을 참아냈다. 양쪽 바짓가랑이에 피가 엉겨 붙었고 심지어 버스 바닥까지 흥건하게 피가 흐르는 것이었다. 버스에 내려서 이를 악물고 엉거주춤한 발걸음을 옮겨 상률의 집에 당도한 소선은 그 자리에서 쓰러지고 말았다.

---

28 이소선 구술/ 민종덕 정리, 『이소선 어머니의 회상, 어머니의 길』(돌베개, 1990), 130.

그러나 상률네 식구들에 의해서 곧바로 구급차에 실려 인근 병원에 입원하자 의사들은 생명이 위독하다며 지금껏 대체 뭘 했느냐며 환자에게 오히려 화를 냈다. 그날부터 병원에 입원을 하며 혈액주사를 맞고 나니 어느 정도 회복의 기미가 보였다. 그러는 와중에 식당에서 받은 만 원은 이미 병원비로 몽땅 다 날려 보냈다. 소선은 상률의 집으로 퇴원을 한 후 몸조리를 하며 그 집 식구들의 도움을 받으며 지내게 되었다. 상률의 집은 옛날 남대문 시장입구 천막시절과 도동에 살던 시절에 잘 알고 지내던 이웃 사이로 특별히 이소선과 상률의 어머니는 친자매처럼 절친한 사이였다. 그 집 자녀들은 상률, 상필, 상숙이라고 불리는 2남 1녀를 두었는데 불행하게도 상숙이는 훗날 1966년 1월 18일에 발생한 남산동 50번지 대화재 참사 때 불에 타 죽는 끔찍한 변을 당했다.[29]

(2) 마루청 밑에서 어머니와 기거하기 시작한 전태일(1964.5~8.)

한편 하숙집 내외의 손찌검까지 당하면서 물지게로 물통을 날라다 주는 태삼의 모습을 보고 어머니와 태일은 그저 아무 힘없이 바라만 볼 수밖에 없었다. 소선은 둘째 태삼이 때문에 가슴이 찢어지는 아픔을 느끼면서 피눈물을 흘렸다. "자식들을 위해서라도 내가 일어서자. 하루 빨리 건강을 회복해 돈벌이를 하며 기반을 잡자"며 마음속으로 다짐하며 이를 악물었다. 1964년 5월경, 결국 태삼은 어쩔 수 없이 하숙집에서 일하며 지내기로 하고 태일은 그 하숙집을 빠져나와 상률의 집으로 들어가서 어머니와 함께 합쳐 살기로 결정했다. 모자는 인심이 좋은 상률의 어머니 덕분에 그 집 단칸방에서 허물없이 함께 지내게 되었으나 그 집 식구들도 단칸방 하

---

29 이소선, 「저자와의 인터뷰 증언」, 2006.7.29.

나에 다섯 식구가 뒤섞여 사는 처지라서 태일의 모자마저 그 집 식구들 틈에 끼어 살게 되었으니 상률의 방은 복잡해서 발 디딜 틈조차 없게 되었다. 남의 집에 더부살이를 하는 것은 대구에서처럼 가시방석에 앉는 것보다 더 불편했다. 그러다 보니 그 집 식구들에게 미안하여 더 이상 함께 잠을 잘 수가 없을 지경이 되었다. 혼자 얹혀 살 때는 그나마 조금 덜 미안했는데 이제 태일까지 합세해 살다 보니 불편한 점이 이만저만이 아니었다. 그래서 모자는 생각다 못해 밤만 되면 밖으로 살짝 빠져나간 후 약속장소에 서로 만나서 남산 중턱까지 걸어 올라가서 밤 12시가 되도록 이런저런 이야기를 나누며 시간을 때우다가 통행금지 시간 전에 집으로 들어와 상률의 식구들이 잠든 것을 확인한 후에 조용히 칼잠을 자야만 했다.

　어느 날부터인가 태일 모자는 하는 수 없이 그 집 마루청 밑에 가마니를 깔고 보금자리를 만들었다. 마루 밑에서 지내는 것이 오히려 마음이 편했다. 상률이 부모의 만류에도 불구하고 그날부터 마루 밑에서 잠을 자는 신세가 되고 말았다. 계절은 늦봄이 지났는데도 밤바람이 제법 차가웠다. 가마니를 바닥에 깔았지만 바닥에서 올라오는 한기 때문에 온몸을 떨게 만들었다. 모자는 서로가 자신의 옷가지를 덮어 주고 위로하면서 밤을 지새웠다. 태일이 잠이 든 것을 확인하고 어머니는 자신의 옷을 벗어서 아들 태일을 덮어 주고 잠을 청했다. 한참을 자다가 문득 눈을 떠보면 어느새 태일을 덮어 주던 옷은 이소선의 몸에 덮여 있는 것이었다. 그렇게 모자는 1964년 8월 초까지 두 달 반가량을 남산동 상률의 집 마루청 밑에서 더부살이를 하며 지냈다.[30]

---

30 위와 같음.

7) 어머니의 건강 회복과 재기(1964.5~8.)

(1) 의정부 미군부대 식모살이를 거절하다(1964. 5)

이소선은 순덕이를 고아원에서 찾아오는 문제와 태삼이를 하숙집에서 데려오는 문제를 해결하기 위해서 당장 무슨 일이든 돈벌이를 해야만 했다. 건강이 회복되지 않은 상태에서 새로운 일자리를 구한다는 것이 그리 여의치 않았다. 그러다가 1964년 5월 중순경, 이곳저곳 일자리를 알아보다 의정부에서 식모를 하면 돈을 많이 벌 수 있다며 누군가가 소개를 해주길래 알아보니 의정부 미군부대 부근에 사는 소위 양공주라고 불리는 여성들의 뒤치다꺼리를 해주는 일이었다. 월급과 부수입이 많다는 말에 관심은 갔으나 일 자체는 못마땅한 생각이 들었다.[31] 일자리를 소개한 사람이 의정부에 연락을 하자 곧 바로 미군 지프차가 달려왔다. 낯선 미군병사들을 보자 소선은 그만 일할 맛이 싹 가셨다. 아무리 돈도 좋지만 오늘날까지 고생하면서도 남부끄럽게 살지는 않았는데 이제 와서 그런 여성들의 시중이나 들고 미군들과 어울려야 된다는 것을 생각하니 끔찍한 생각이 들었다. 결국 소선을 데리러 온 미군 일행과 소개한 사람에게 미안하다는 말을 정중히 남기고 단호하게 일자리를 거절했다. 이제 소선에게는 선택의 여지가 없었다. 양공주 치다꺼리 같은 자존심 상하는 일만 아니라면 그 어떤 일이라도 닥치는 대로 하기로 결심한 것이다. 어느 정도 건강이 회복되는 기미가 보이자 소선은 물불 안 가리고 돈벌이를 알아보기 시작했다.[32]

---

31 이소선 구술, 민종덕 정리, 위의 책, 1990, 133.
32 이소선 「저자와의 인터뷰 증언」, 2006.7.29.

(2) 머리카락 자른 돈으로 장사 밑천을 마련하다(1964.5. 중순)

의정부 미군부대 식모 자리를 거절한 소선은 자신의 수중에 돈이라고
는 단 한 푼도 없다는 사실을 그제야 실감하게 되었다. 당장 장사를 해서
돈벌이를 하려면 어느 정도의 밑천이 필요했다. 5월 중순이 지날 무렵, 소
선은 생각다 못해 눈물을 머금고 자신의 머리카락을 자르기로 결심했다.
다행히 당시 가발공장의 경기가 좋아서 머리카락 시세가 높아 600원의 돈
을 받을 수 있었다. 머리를 자른 소선은 자신의 머리를 남들이 볼까 부끄
러워 수건을 쓰고 다녔다. 하숙집 주인의 구박을 받아가며 물지게를 지고
끙끙거리는 태삼과 한뎃잠을 자면서 구두닦이와 신문팔이를 하는 태일을
생각하면 머리를 깎은 것이 부끄럽거나 속상한 일이 결코 아니었다. 어서
빨리 돈을 벌어 방 한 칸을 마련해야만 막내딸 순덕이도 고아원에서 데려
올 수가 있었다. 자신의 몸이 가루가 되더라도 자녀들을 위해서 돈을 버는
것이 이소선이 살아가야 하는 가장 큰 목적이자 이유였다. 그녀는 머리카
락을 판 돈에서 얼마를 조금 더 보태 천 원을 마련해 서울역 뒤편 중앙시장
으로 찾아갔다. 보잘것없는 광주리 행상을 한다고 해도 자금이라는 것이
필요한데, 하물며 시장 안에서 장사를 하려면 밑천이 든든해야 했다. 어떤
방법으로 돈을 벌어야 할지 걱정부터 앞섰다. 머리를 잘라 판돈으로 시작
하는 장사이니만큼 소선은 이를 악물고 중앙시장에 첫발을 내디뎠다.[33]

(3) 중앙시장에서 무잎, 배춧잎을 주워 돈을 벌다(1964.5. 중순~8. 초순)

중앙시장에 당도하자 제일 먼저 눈에 띈 것은 몇몇 아낙네들이 시장을

---

33 위와 같음.

여기저기 돌아다니며 바닥에서 무엇인가를 열심히 줍는 모습이었다. 알
아보니 배춧잎이나 무잎을 주워 모아 해장국 집에 팔아넘기는 하루벌이
아줌마들이었다. 그러나 그녀들은 배춧잎을 줍는 척하면서 온전한 상품
으로 취급되는 정상적인 채소들을 표시 안 나게 훔쳐가는 무리들이었다.
그런 일이 빈번하자 시장 경비원들은 배춧잎을 줍는 여자들만 보면 도둑
취급을 하였으며 경비원들은 그녀들이 눈에 띄기만 하면 몽둥이로 쿡쿡
찌르며 못살게 구는 것이었다. 소선은 비록 자신의 처지가 힘들고 비참하
다 해도 양심적으로 돈을 벌어야겠다는 생각으로 다른 여자들처럼 채소
는 훔치지 않았다. 트럭에서 무우와 배추를 하역하는 창고 근처에는 일부
러 얼씬도 하지 않았다. 배나무밭에서는 갓끈을 고쳐 쓰면 안 되는 것이다.
괜스레 경비원이나 장사꾼들의 오해를 받을 필요가 없기 때문이었다. 그
러나 창고 근처에 가서 잎사귀를 주워야 싱싱하고 좋은 물건들을 많이 주
워 올 수가 있었고 그래야만 수입이 많아질 수가 있음에도 불구하고 소선
은 오해를 받지 않으려고 일부러 얼씬도 안 했다. 이미 남들이 다 줍고 난
후에 찌꺼기 이파리들을 줍다 보니 수입은 하루에 겨우 백 원도 안 됐다.
그래도 꾸준하고 묵묵히 한 잎 두 잎 배춧잎과 무잎을 주워 생계를 유지하
며 조금씩 돈을 모았다. 이렇게 해서 5월 중순부터 8월 초순까지 두 달 반
가량을 채소 잎을 주워 약간의 돈을 벌 수가 있었다.[34]

---

34 위와 같음.

10장

또다시 시작된 1년간의 밑바닥 서울 생활

1964년 8월 초순~1965년 8월 26일 (1년, 17~18세)

1. 상륙이 집에서 빠져나오는 모자

— 1964년 8월 초순

1964년 8월 초순 어느 날이었다. 아버지 전상수가 느닷없이 상륙의 집을 다녀갔다는 말을 전해 듣고 모자는 재빨리 그 집에서 아주 나와버렸다. 아마도 전상수가 큰딸 순옥이와 대구에서 상경해 눈에 불을 켜고 처자식들을 정신없이 찾아 헤매고 있는 듯했다. 소선은 겁이 덜컥 났다. 이제 겨우 자리가 잡혀 가고 안정이 될 만한데 갑자기 남편이 또다시 나타나서 주변을 맴돌고 있다고 생각하니 온몸이 감전된 듯했다. 어떻게 알고 여기까지 찾아왔는지 모를 일이다. 이제는 더 이상 꼬리가 잡히면 안 되겠다 싶어 상륙의 집에서 나가기로 결심했다. 더 이상 남편에게 속고 싶지 않아서였다. 또 다시 전상수와 같이 한집에 산다면 이제는 아이들의 장래가 예전

보다 더욱 비참해질 것이라는 판단에서였다. 집이라도 한 칸 장만하기 전
까지는 서로 만나지 않는 편이 나을 것이라는 생각이 들자 소선은 자신이
일하고 있는 서울역 뒤편에 있는 중앙시장 부근으로 거처를 옮기기로 결
정하고 아무런 미련 없이 태일과 함께 상률의 집을 빠져나왔다. 태일은 그
날부터 거처할 장소가 마땅히 없자 그날부터 여기저기 옮겨 다니며 한뎃
잠을 자는 신세가 되었다. 구두닦이와 신문팔이를 하던 태일은 이제부터
혼자서 숙식을 해결할 수밖에 없는 노릇이었다. 태일은 어머니와 상률네
집을 나가면서부터 무려 1년을 넘도록 서울 시내 남대문 일대에서 열두
가지 직업을 갖고 떠돌이 생활을 하며 돈을 벌기 시작했다.[35]

1) 양아치 집합소에 임시 거처를 마련하는 이소선 (1964.8. 초순)

소선은 무잎과 배춧잎을 주워 생계를 유지하는 것으로는 수입이 변변
치 않아 중앙시장 농산물 창고에서 하차작업을 하는 일에 다시금 취직을
하기로 했다. 병약한 여자의 몸이지만 어쩔 수 없이 중노동이나 다름없는
일을 하게 된 것이다. 하차작업을 하는 사람들은 주로 아낙네들의 몫이었
다. 그러기에 소선도 선뜻 그 일을 자원한 것이다. 하차작업은 야채 물건
이 지방에서 시장으로 도착하는 새벽시간에 주로 이뤄졌다. 그런 연유로
당장 시장 근처에 잠자리가 필요했다. 수중에 돈이 없으니 제대로 된 좋은
방을 구할 수가 없었던 소선은 여기저기 거처를 알아보다가 마침내 시장
부근에 돈 없고 집 없는 사람들만이 옹기종기 모여 사는 허름한 장소를 알
아냈다. 그곳은 주로 양아치들과 거지들이 모여 사는 우범지대와도 같은
곳이기 때문에 경찰들이 밤낮 들락거리며 귀찮게 하는 곳이었다. 그러나

---

35 위와 같음.

가진 돈이 없었기에 당장 임시거처가 필요한 소선은 책임자에게 자릿세 명목으로 150원을 주고 거처를 마련하게 된 것이다.

말이 거처이지 시끄러운 동네인 데다 판잣집보다도 못해서 거적때기로 대충 만든 곳이나 다름없었다. 그러나 소선은 평소 성품대로 양아치들과 잘 어울려 지냈다. 나중에는 거지들이 반찬 동냥을 해 오면 오히려 소선에게 갖다 주거나 나눠 먹기도 했다. 그곳에서 소선은 "인심 좋은 경상도 아줌마"로 통했다. 거처 문제가 해결된 소선은 열심히 하차작업을 해서 빨리 돈을 모으는 일에만 전념하였다. 태일이 시간이 날 때면 가끔 시장에 들려 어머니와 대화를 나누다가 돌아가기도 했다. 소선의 거처는 잠자리가 워낙 불편해서 태일과 같이 잘 수 있는 형편이 못됐다. 그러나 중앙시장 가까이에 어머니가 살고 있다는 것만으로도 위안을 삼은 태일은 가끔 밤중이 되면 잠자리를 찾아 중앙시장 안에 야채들이 나뒹구는 시멘트 바닥을 이부자리 삼아 아무렇게나 잠을 자기도 했다.[36]

2) 이소선의 리더십과 뛰어난 장사수완(1964.8.~1966.1.18.)

다른 사람들보다 더 부지런히 하차작업을 하던 소선에게 어찌된 영문인지 며칠을 일해도 품삯이 제대로 나오지를 않았다. 더욱 이상한 것은 품삯이 제대로 나오지 않아도 어느 누구 한 사람 불평불만을 하는 사람이 없었다. 아무래도 뭔가 좀 이상했다. 결국 내막을 알고 보니 하차작업은 형식적이고 요식적인 행위에 불과했던 것이다. 하차작업을 하고 난 뒤에 땅바닥에 흩어져 있는 배춧잎이나 약간 흠이 있는 야채 상품들에 손을 대거나 가져갈 수 있는 특권이 그들에게만 허용된 것이다. 즉 떡을 만들거나

---

36 위와 같음.

떡을 다루는 사람들에게만 떡 부스러기와 떡고물을 가져가는 것을 허용하는 이치였다. 더구나 하차작업을 하는 사람들은 업주들의 눈을 속여 심지어 물건을 훔쳐다가 몰래 내다 파는 것이었다. 그 같은 사실을 업주들은 이미 알고 있으면서도 묵인해 주었고 품삯을 받은 대신에 그와 같이 관례대로 해왔던 것이다.[37]

업주와 하차작업하는 사람들이 암묵적으로 인정하는 공공연한 비밀이 되어왔던 일을 그동안 이소선만 까맣게 몰랐던 것이다. 하차작업을 하는 사람들은 열심히 일해도 정당한 품삯을 받지 못했고, 업주들은 물건을 많이 빼앗기지 않으려고 돈을 주고 경비원을 세웠다. 결국 양쪽이 모두 고생만 하고 서로가 손해를 보는 비생산적인 먹이사슬 관계였던 것이다. 하차작업을 하는 여자들은 훔쳐낸 물건들을 헐값에 팔아넘기기 일쑤였고 경비원들은 그들을 사람대접 안 하면서 감시를 하는 것이다. 결국 소선은 하차작업을 포기하고 그들이 가지고 온 물건들을 지켜주는 일을 도맡아 했다. 하차작업을 해서 가져온 야채 물건들을 지켜 주면서 그 물건들을 정당한 값에 팔아 다시 아낙네들에게 되돌려 주었다. 여자들은 처음에는 자기들의 물건을 소선에게 맡기기를 조심스러워 했지만 속이지 않고 정당하게 일 처리를 해주니 안심하게 되면서 차츰 물건들을 맡기기 시작했다.

그들은 물건이 생기기만 하면 소선에게 가져오다 보니 나중에는 감당할 수 없을 만큼 양이 많아졌다. 저녁이 되면 여자들은 물건을 맡아서 지켜 준 대가로 소선에게 돈을 떼어 주었다. 이때 소선은 그들을 설득하기 시작했다. "아줌마들, 우리가 이제는 이런 식으로 일하지 말고 새롭게 돈을 벌어 봅시다. 물건을 훔쳐 와서 불안하게 헐값으로 팔아버릴 게 아니라 일을 끝낸 뒤 업주한테 정당하게 대가를 요구해서 적당한 양의 물건을 받

---

37 위와 같음.

아 오세요. 그리고 그 물건도 정당하게 제값을 주고 팝시다. 우리들이 지
금 일은 일대로 힘들게 하면서도 괜히 도둑년 취급을 받을 필요는 없잖아
요?" "아줌마 말이 옳아요. 이제는 아줌마가 물건을 지켜주니 불안에 떨며
훔쳐내지도 않아서 좋고, 물건은 제값을 받아서 좋다고 생각해요." 이소
선이 그들을 틈나는 대로 설득을 한 결과 이제 시장 안에는 하차작업을 통
한 부조리한 체계와 부정부패가 사라지게 되었다. 야채 물건을 훔치는 일
도 사라졌다. 업주들은 마음 놓고 일을 시켜서 좋고, 하차작업 인부들은
정당하게 대가를 받아서 좋았다. 시장 안의 모든 관계가 새롭게 변하면서
시장 사람들 모두가 서로의 신뢰관계와 그에 따른 이권이 새롭게 바뀐 것
이다. 무엇보다 인간적 신뢰관계가 회복되어 서로가 온정마저 싹트게 되
었다. 덕분에 이소선도 이제는 구석진 곳에서 물건만 지키거나 파는 일을
하지 않고 떳떳하게 제값을 받고 장사를 하게 되었으며 이것이 계기가 되
어 시장 사람들의 배려와 응원으로 길목 좋은 곳에서 야채가게를 할 수 있
게 되었다. 이때부터 시장 사람들에게 두터운 신임을 받고 매우 특별한 아
주머니로 인정을 받게 되었다.[38]

2. 리어카밀이를 비롯해 열두 가지 돈벌이를 하는 전태일
— 1964년 9월~1965년 8월 말

　　상률의 집 마루 밑에서 잠을 자며 어머니와 더부살이를 하던 전태일은
그 집을 황급히 빠져나오게 되자 당장 오갈 데가 없어졌다. 전태일은 상률
의 집에서 나온 날부터 무려 1년 이상을 또다시 힘들고 지친 밑바닥 생활
에 접어들었다. 용두동에서 미수금 중압감으로 인한 첫 번째 가출을 할 때

---

38 위와 같음.

의 일 년 동안은 말로 표현할 수 없는 고생을 했고 그 후 2년의 세월이 흘러
또 다시 1년 동안 가출 아닌 가출생활을 감당하면서 인간이 경험할 수 있
는 가장 낮은 곳까지 내려가는 밑바닥 생활을 통해 소위 '핫바리 인생'[39]을
살게 된다. 그뿐 아니라 어린 시절부터 잦은 가출을 여러 번 시도하면서
하류인생이 무엇인지 잘 알고 있었으나 가난의 운명으로부터 스스로 벗
어나지는 못했다. 더 이상 오갈 데가 없는 절박한 상황이 된 태일은 결국
열두 가지 직업을 가지고 더욱 악착같이 살기 시작했다.

다행히 어머니는 중앙시장 부근 양아치들이 기거하는 곳에 거처를 정
해 열심히 일한 덕에 시장 사람들에게 인정받으며 야채 장사를 하게 되었
으나 동생 태삼은 아직도 무허가 하숙집에서 잔심부름을 하며 지내고 있
었다. 또한 자신은 오갈 데 없는 몸이 되어 이를 악물고 일을 해야만 했다.
빨리 돈을 벌어 안정이 돼야 아동보호소에 맡겨 놓은 보고 싶은 순덕이를
데려 올 수가 있기 때문에 전태일에겐 오직 돈을 벌어야 한다는 일념만 있
을 뿐이다. 때로는 어머니가 거처를 잡은 중앙시장 부근 양아치들 처소에
서 시멘트 바닥에 지푸라기 거적을 깔고 대충 잠을 자기도 했다. 아침에
일어나서 대충 끼니를 때우고 구두통을 둘러메고 낮에는 구두를 닦고 저
녁이 되면 석간신문 장사를 하였다.

그것도 모자라 한밤중 새벽 한두 시가 되도록 서울 시내 한복판 번화
가와 뒷골목 등을 빗자루를 들고 다니며 사람들이 피우다가 버린 담배꽁
초를 쓸어 모으는 일을 했다. 양동이에 꽁초를 담아 밤새도록 까서 모아지
면 봉초 도매상에게 팔아서 조금씩 돈을 모았다. 이번 여름철과 이듬해 여
름철 성수기에는 이른바 아이스깨끼(ice cake) 장사와 일회용 우산 장사
를 하기도 했다. 그리고 껌과 휴지도 팔았다. 심지어는 손수레를 밀어주는

---

39 자신의 수기장에 '핫바리 인생'이라고 스스로 표현한 적이 있다.

리어카밀이도 하였다. 전태일은 자신이 1년 동안 고생하던 일을 회상하며
다음과 같이 여자 친구 신원희 앞에 털어놓으며 수기를 기록했다.

힘없는 다리, 머리는 지친 육체를 끌고 때에 절은 노점 구루마의 포장을
들친다. 후 불어 버리면 날아갈 것 같은 보리밥에 카베츠를 집어넣고 쓴맛밖에
없는 발그레한 고추장 한 숟가락을 넣고 비벼 먹는 것이다. 계속 떠 넣는다.
허기진 배는 입안에서 씹게 내버려 두질 않는다. 머리에서 땀이 나고 땀이
얼굴을 적신다. 소맷자락으로 쓱 닦아 버리면 소 지나간 자리가 난다. 한
끼에 15원짜리 비빔밥이다. 이것을 먹기 위하여, 허기진 창자를 채우기
위하여, 피나는 노력이 있어야 한다. 찬 이슬을 맞고 난장을 꿀리고 나면
아침 5시, 잠이 깨어 자연적으로 눈을 뜨게 된다. 추워서, 서울역 뒤의 야채시
장 시멘트 바닥에서 지푸라기를 깔고 자고 나면, 또 하루의 배를 채우기
위하여 일거리를 찾아 나서야 한다. 직업은 있다. 뒤밀이, 이것이 직업이다.
리어카뒤밀이, 서울역 뒤에서 동대문시장까지 리어카를 밀고 가면 30원을
받을 수 있다. 나이 열여섯의 체구에 늦여름, 새벽 비를 맞으면 추우련만
춥질 않다. 동대문시장까지 오면 덥다. 때에 절은 런닝 셔츠는 몸의 열기
때문에 김이 무럭무럭 난다. 막 떠오르는 태양을 받아 땀 냄새와 몸에 때
냄새가 자신의 미간조차 찌푸리게 한다. 누렇다 못해 벌겋게 보이는 이빨은
구역질이 난다. 신발은 한짝 한짝이 다른 운동화이다. 신발 집에서 버린
것을 주워서 맞춰 신기 때문에 짝이 맞질 않는다. 아니, 맞을 리가 없다.
밑바닥에서 물이 올라오지 않으면 그것으로 만족할 뿐이다.

"이런 사람이 있었다는 것을 믿겠습니까?"
"벌레보다 못한 인생이지요."
"주인 있는 개보다도 천한 인간입니다."

태일은 먼 허공을 바라보면서 잠시 이야기를 중단한다. 듣고 있던 원희도 아무말 없이 태일이 바라보는 허공을 바라보고 말없이 생각에 잠긴다. 믿어지지 않는다는 태도다. 해는 거진 다 넘어간다. 흰 구름이 빨간 낙조에 비쳐 주정뱅이 눈동자처럼 풀어진다. 아무 생각이 없는 그런 얼굴, 희고 창백한 얼굴에 벌을 기다리는 죄수의 표정이다. 모든 것을 단념한 태도, 음성까지 또렷하고 맑다. 감정이라고 없는 중을 연상케 한다. 불상을 보고 염주를 굴리면 염불을 외우는 비구니(처럼).[40]

3. 신문팔이, 구두닦이 패거리들에게 폭행당하다
— 1964년 9월~1965년 8월 말

어느 날, 태일은 눈이 퉁퉁 부은 상태에서, 온몸이 여기저기 시퍼렇게 멍이 든 채 시무룩한 표정으로 어머니를 찾아왔다. 아들의 상처를 보고 놀라 다친 이유를 물었다. 건물에서 신문을 돌리고 내려오다 실수로 계단에서 넘어졌다는 것이다. 놀라서 다친 곳을 자세히 살펴보니 분명 넘어져서 다친 상처가 아니었다. 누군가에게 몹시 폭행을 당해 생긴 상처가 확실했다. 결국 태일은 의아하게 생각한 어머니의 추궁 끝에 마지못해 다치게 된 사실을 솔직히 털어놨다. 사연인즉, 신문을 팔다가 다른 구역 신문팔이 패거리들에게 붙잡혀 혼자서 몰매를 맞은 것이다. 당시 구두닦이, 신문팔이 패거리들은 텃세가 매우 심해 폭력적이었다. 생존경쟁의 결과로 생겨난 피치 못할 일이기는 했으나 평소에 몸이 왜소하고 빈약했던 태일은 걸핏하면 양아치들에게 폭행을 당하기 일쑤였다. 조금이라도 돈을 더 벌려는 태일은 본의 아니게 다른 아이들의 구역인 줄 모르고 정신없이 신문을 팔

---

40 전태일, 『친필수기』, CD 사본 3, 12–13.

다가 느닷없이 붙잡혀 멱살을 잡히고 끌려가 흠씬 두들겨 맞는 것이다.

신문팔이의 세계에서는 그런 일들이 예삿일이었다. 구두닦이도 마찬가지였다. 한 푼이라도 더 벌어보려는 요량으로 열심히 시내 건물들을 돌아다니며 구두를 닦다 보면 자신도 모르게 다른 구역의 손님들을 상대할 때가 있다. 그럴 때면 어김없이 텃세들이 패거리로 나타나 다시는 자신들의 구역에 나타나지 못하도록 일격을 가하는 것이다. 생존세계는 이처럼 냉혹했다. 어느 날 가을에는 태일이 구두닦이 패거리들에게 사정없이 폭행을 당해 며칠을 꼼짝없이 누워 있었던 적도 있었다. 그러나 그의 성품은 그들에게 폭행을 당했다고 억울한 마음을 품고 상대를 찾아가 복수를 한다거나 같이 맞짱을 뜨는 성격은 결코 아니었으며 그럴만한 위인도 못 되었다. 언제나 조용하고 온유했던 그의 성품은 양아치들이 때리면 저항하지 않고 그냥 고분고분 맞아주는 정도였다. 이처럼 1년 동안의 밑바닥 생활을 하다 보니 양아치들의 크고 작은 공격을 수없이 당했으며 몸에 입은 상처도 여기저기 흔적으로 남게 되었다. 그런 아들의 모습을 바라보는 어머니 이소선의 심정은 찢어질 것만 같았다. 신문팔이나 구두닦이, 버스에서의 앵벌이, 구걸 등의 첫 번째 희생자는 언제나 전태일이었다.

4. 보고픈 순아, 오빠가 운다
— 1964년 9월~1965년 8월 말

아래는 전태일이 구두닦이와 우산 장사를 하면서 겪는 일들을 수기에 기록한 내용이다. 다른 구두닦이들보다 유난히 체격이 작았다는 고백도 나온다. 그가 밑바닥 생활을 하며 경험했던 비참한 숙식생활과 돈벌이 과정이 적나라하게 기록되어 있다.

저녁 노을이 건물과 건물 사이로 지며 하루의 고된 일과가 끝나는 것이다. 그리고 먹을 것을 찾아 시장의 노상 음식점의 때로 절은 포장을 들치고(들어가) 매일 보는 밥장사 아주머니의 얼굴을 표정 없이 대하는 것이다. 그리고 간혹 그날의 수입이 많으면 거기에 만족하며 누런 이빨을 드러내고 웃는 것이다. 밥이래야 보리가 7할로 섞인 보리밥에 카베추를 썰어 넣고 소금맛밖에 없는 빨간 고추장을 한 숟가락 떠 얹어주면 끝나는 것이다. 나에게는 이것이 제일 고급 식사였다. 밥은 풀기가 아주 없어 제멋대로 양재기 밖으로 기어 나올려고 한다. 그것을 조심스럽게 비벼서 땀을 졸졸 흘리면서 먹는 것이다. 먹으면서 연신 한 손으로 얼굴을 닦는다. 소매자락이 스쳐 지나간 자리에는 먼지로 거무턱턱한 얼굴이 뺨에 먼지가 닦아서 얼굴색이 달라진다. "아줌마, 물 좀 줘요." 물을 받아 마시고는 구두약에 저린 바지 주머니에서 20원을 내어 놓는다. 그리고 구두통은 밥장사 구루마에게 맡기고 잠자리를 찾아 거리로 나오는 것이다. 하숙집에 자면 20원만 가지면 잘 수 있지만 냄새와 이가 오르기 때문에 거리에 아무 구석진 곳에 자야했다. 그것이 나에게는 더욱 좋았다. 그리고 새벽에는 이슬 때문에 한기를 느끼기 때문에 일찍 일어날 수가 있다는 또 하나의 장점이 따르기 때문이다. 아침 5시가 되기 전에 구두통을 찾아 가지고 회현동의 여관 많은 곳으로 아침에 나갈 손님들의 구두를 닦는 것이다. 다른 아이들보다 먼저 설치면 5, 6십 원은 먼저 벌 수가 있기 때문에 큰 아이들한테 맞지도 않고 눈치도 안 보고 이래서 하루 종일 벌면 200원 내외를 버는 것이다. 구두를 닦으려고 돌아 다니다가 날씨가 흐리면 재빨리 '잡화상, 구두약과 우산'을 도매하는 집으로 모이는 것이다. 어깨에 걸 끈을 찾아 가지고 우산을 앞으로 매고 빗방울이 떨어지기 시작하면 "우산, 우산" 하는 소리가 명동 골목을 메우는 것이었다. 빨리 달리기 위하여 우산을 쓰지 않고 다니는 것이다. 어떤 멋쟁이 신사는 애인인 사람과 우산을 살 때 나의 몸에서 나는 냄새를 노골적으로 말하면 옆의 애인은 우산이 더럽다는 핑계로 사지 않으려고 한다. 그것도 그럴 것이 입은 지가 한 달도 넘는 바지, 매일 먼지 나는 거리를 돌아 다니면서 목욕은 자주 안 하기 때문이다. 더구나 비는 맞아서 옷은 촉촉한 데다가 몸에서 열이 나기 때문에 냄새가 안 날 리 없다.

"야, 꼬마, 얼마 벌었어?"

"얼마 못 벌었어요."

나는 늘 이렇게 대답했다. 나이는 열일곱 살이지만 같은 구역 안의 쑤산(구두 닦이)들 중에는 작았다. 오늘도 하루를 끝내고 좀 일찍이 남산을 올랐다. 어린이 놀이터 밑으로 위로 산에 나무가 우거지듯이 소풍객들이 많이 오르내린다. 북쪽을 향하면 제일 먼저 시야에 들어오는 것은 북한산과 창경원의 검푸른 숲, 그렇게 시끄럽고 복잡한 서울이 이렇게 죽은 듯이 고요하다. 움직이는 것은 아무것도 눈에 보이지 않는다. 서소문 육교의 자동차도 밤이면 보이지만 지금은 눈에 잘 띄지 않는다. 헤드라이트를 켜려면 시간이 더 있어야 하기 때문이다. 눈은 이것과 저것의 확고한 초점을 주지 않고 먼 허공 대구의 달성공원의 사람, 그 애들을 보면서 광장을, 야외음악당 앞을 가로지른다. 바람도 불지 않고 숨이 차고 햇빛은 따가운 여름의 낮 오후 5시, 무한히 내려 쬐이는 태양은 힘에 겨운 육신을 모르고 의욕이 숨는 괴로움과 절망감.

아버지, 어머니, 보고픈 순아, 오빠가 운다.[41]

---

41 전태일, 『친필수기』, CD 사본 5, 7-10.

5. 우산을 팔면서 도도한 여자에게 당한 서러움
— 1965년 8월 말

전태일은 1967년 2월 20일, 유난히 비가 많이 내리던 날, 일회용 우산 장사를 하며 겪었던 일을 상기하면서 어느 이름 모를 여인에게 당한 치욕과 상처를 잊지 못하며 당시의 비참한 심정을 수기에 남겼다. 한때 부친의 사업이 번창하던 시기에는 대도백화점에 매장도 마련해 여러 직공들과 점원들도 거느릴 정도로 자신도 한때 남부럽지 않게 잘 살았다는 장광설도 늘어놓았다. 이어서 장안에서 소문난 명문학교였던 남대문초등학교를 다녔다고 한껏 자랑을 늘어놓기도 한다. 그리고 부친의 사업과 관련된 거래처 사람들이나 부친의 친구가 몰던 승용차를 어쩌다 한번 얻어 타고 학교에 갔던 경험을 확대하여 "나도 남부럽지 않게 자가용을 타고 학교에 다녔던 귀한 집 자식"이라며 항변을 하기도 했다.

그 전에 덕수궁에서 구두를 닦고 저녁에는 신문을 팔고, 밤 1시, 2시에는 야경꾼들을 피해 다니며 조선호텔 앞에서부터 미도파 앞 그리고 국립극장 앞 그리고 명동 뒷골목을 쓸며 담배꽁초를 주워 모아 팔아서 생계를 유지하고, 잠은 덕수궁 대한문, 지금의 수위실에서 가마니를 덮고 잘 때도 눈물을 보이지 않았건만 오늘 저녁은 나도 모를 서름이 복받치는구나. 사나이답지 못하게, 지금은 호화호식하는 편이 아니냐? 말이야. 과거를 생각해 보라. 국립극장 앞 어느 당구장에서 어떤 여성이 하던 말을 생각해 보라. 비가 오는 날이었지. 그 억센 비를 맞으며 하나라도 더 팔려고 "우산!" 하는 소리에 한달음에 3층까지 뛰어올라 갔었지. "우산 하나 얼마니?" "예 35원입니다." "왜 35원이야. 전에는 30원 주고 샀는데." "아녜요, 30원이면 본전도 안됩니다." "밑지기는 뭐가 밑져, 애들은 왜 곧 죽는 소리야? 기분 잡치게." "아니

이거 헌 우산 아니야! 자루가 이게 뭐야. 곰팡이가 쓸고, 이거 헌 거로구나!"
"아, 아닙니다. 천만에요, 이건 분명히 제가 어제 금방 받아 온 거에요."
"변명은 말아! 너희들이 그런 지저분한 변명을 하니까 밤낮 그 모양 그 꼴이야,
이 거지 같은 자식아!" 그래요, 나는 태어날 때부터 거지에요, 댁에서는
태어날 때부터 그렇게 도도한 집안에서 태어났고요, 내내 도도하십시오.
저도 한 때는 남부럽지 않은 집에서 자가용 타고 남대문국민학교에 다녔답니
다. 사람팔자 시간문제입니다. 이런 일이 있은 지가 어제 그제 같구나.[42]

이렇게 태일은 1년 동안의 밑바닥 생활을 대략 마무리하고 1965년 8월
26일을 시점으로 청운의 꿈을 안고 청계천 평화시장의 시다로 드디어 취
직을 하게 된다. 봉제 계통 기술자로서 첫발을 내딛게 된 것이다. 그 후 중
앙시장에서 야채 장사하던 어머니의 돈벌이가 여유가 생기게 되자 어머
니가 벌은 돈과 자신이 번 돈을 합쳐 남산동 50번지 판잣집에 셋방을 얻어
살 수 있게 되었다. 이로써 전태일은 일 년 동안의 집 없는 설움과 가출 아
닌 가출생활도 마감하게 된다. 전태일이 평화시장에 처음으로 취직한 일
은 그의 생애에서 가장 중요한 분깃점이 되었다.

---

42 전태일, 『친필수기』, CD 사본 7, 26-27.

11장

평화시장 첫 취업과 서울 남산동 50번지 이주

1965년 8월 26일~1966년 1월 말 (약 5개월, 18~19세)

1. 삼일사 견습공으로 첫 취업을 하다
— 1965년 8월 26일~1966년 1월 18일

1965년 8월 25일 수요일 새벽, 여느 때처럼 전태일은 여관 손님들의 구두를 닦기 위해서 새벽부터 일어나 구두통을 둘러메고 여기저기 골목들을 돌아다녔다. 그러던 중 우연히 평화시장 골목 안에 있는 어느 맞춤집 가게에 붙어 있던 '시다 구함'이라는 구인광고를 보았다. 그 공장은 학생복을 전문으로 만드는 삼일사(三一社)라는 곳이었는데 직원모집 벽보를 보는 순간 그동안 아버지 전상수에게 어깨너머로 배워 왔던 미싱일과 재단일들을 떠올렸다. 아무래도 다른 직업보다는 재봉 계통이나 피복업체 계통에서 일하는 것이 다른 직업을 갖는 것보다는 친숙하다는 생각이 들었다. 자신이 가야 할 평생의 천직이 어쩌면 이런 봉재계통 기술자인지도

'시다 구함'이라는 구인광고를 보고 면접을 본 전태일. 사진은 1990~2000년대 초반의 구인광고판

모른다는 예감이 스치며 도전해보기로 군게 다짐했다. 일 년간의 방황 아닌 방황과 가출 아닌 가출생활을 접고 "이제부터는 새롭게 시작하자! 나도 이제 어엿한 직장을 가져보자!"라며 곧바로 행동으로 옮기기로 결심한 것이다.

광고에 적힌 연락처를 종이에 옮겨 적은 그는 구두를 닦으면서도 하루 온종일 마음이 설렜다. 이튿날 새벽이 되자 어느 때보다 일찍 일어나 동네 목욕탕을 찾아갔다. 그야말로 새로운 출발을 위한 경건한 목욕재개였다. 마치 우리 조상들이 제사를 올리기 전에 심신을 깨끗이 하고 금기를 범하지 않기 위해 몸과 마음을 정결하게 했던 것처럼 태일의 심정이 그와 같았다. 태일에게 있어서 평화시장의 첫 취업은 그의 생애에서 가장 분수령이 되는 분기점이다. 전태일의 삼일사 취직은 단순한 취직이 아니다. 평생 처음 가져보는 번듯한 직장이 될 수 있기 때문에 그에게는 특별한 긴장감과 흥분감이 몰려왔다. 일 년에 걸친 밑바닥 생활로 인해 생긴 찌든 때와 함께 서러움과 아픔, 상처까지 목욕을 통해 모두 씻어 내고 싶었다. 온몸의 때를 깨끗이 밀어 버리고 가뿐한 마음으로 목욕탕을 나온 태일은 아침밥을 먹는 둥 마는 둥 하고 면접을 보러 향했다.

> 하루는 구두를 닦으러 돌아다니던 중 평화시장까지 온 나는 어느 맞춤집에서 시다를 구한다고 써 붙인 것을 보고 다음날 깨끗이 목욕을 한 후 다시 그곳에 갔다. 그곳은 동대문 쪽에서 들어오자면 오른편으로 열두어 군데쯤 되는 곳으로 학생복을 전문점으로 맞추는 맞춤가게였다. 상호는 삼일사로 주인은 키가 좀 작은 편인 이북 사람이었다. 한 달 월급 1,500원이었다. 하루에 하숙비가 120원인데, 일당 50원으로는 어림도 없는 일이었지만 다니기로 결심을 하고 모자라는 돈은 아침 일찍 여관 손님들의 구두를 닦고 저녁 늦게는 껌과 휴지를 팔아 보충해야 했다. 뼈가 휘는 고된 나날이었지만 기술을 배운다는 희망과 지금 같은 서울의 지붕 아래서 이 불효자식의 고집 때문에 고생하실 어머니 생각과 배가 고파 울고 있을지 모르는 막내 동생을 생각할 때 나의 피곤함이 문제가 되지 않았다.[43]

마침내 평화시장 삼일사에 초보 견습공(시다)으로 취직한 태일은 평화 시장 출퇴근을 위해 태삼이가 살고 있는 남산 하숙집으로 들어가서 다시 거주하기로 했다. 삼일사 공장에서 일하는 근무시간 외에는 예전처럼 여관 손님들의 구두를 닦았고 그것으로도 모자라 껌과 휴지장사도 병행하며 악착같이 돈을 모았다. 태일이 그같이 빨리 돈을 벌려는 목적은 오로지 불쌍한 막내 여동생 순덕을 시립보호소에서 하루라도 빨리 데려오기 위해서였다. 돈을 빨리 모으려는 이유가 한 가지 더 있었다. 그것은 바로 시

---

43 전태일, 『친필수기』, CD 사본 2, 63-64.

새벽에는 구두닦이, 낮에는 시다, 밤에는 껌팔이를 하며 치열하게 살던 삼일
사 시절의 전태일

장에서 고생하는 불쌍한 어머니를 위해서였다. 빨리 돈을 벌어 어머니를
편히 모시고 싶었던 것이다.

취직한 지 1주일이 지난 어느 날 태일은 자신이 일하는 삼일사 작업장
에 동생 태삼을 취직시키기 위해서 태삼을 데리고 사장을 면담했다. "아
무 일이라도 상관없으니 제발 동생에게 일거리를 하나 시켜 주시면 고맙
겠습니다." 사장은 태일의 요청을 흔쾌히 허락했다. 그날부터 형제는 함
께 붙어 다니며 삼일사에서 같이 일하게 됐다. 이제 태삼이도 지긋지긋한

하숙집에서 물통을 나르지 않아도 됐다. 어느 날 아침, 형제가 평화시장으로 출근하기 위해 버스정류장에 나왔으나 마침 수중에 있는 돈은 달랑 한 사람 몫의 차비뿐이 없었다. 태일은 동생 태삼이를 버스에 먼저 태워 보내고 어쩔 수 없이 자신은 회현동에서 청계천까지 정신없이 달리면서 출근했다. 동생을 끔찍이도 아끼고 위해 주는 형의 모습을 엿볼 수가 있다.

2. 전태일의 피복 제조업체 취업 및 이직 과정
— 1965년 8월 26일~1970년 10월 27일

평화시장 일대에서 5년차 1급 재단사였던 전태일의 5년간 피복 제조업체 취업과 이직과정[44]은 위와 같이 평화시장 삼일사에 첫발을 들여 놓은 1965년 8월 26일 이후 1970년 10월 27일까지 5년 동안 같은 계통 내에서 13차례 정도나 될 정도로 많은 이직 과정을 거쳤다. 피복업체의 특성상 원래 이직률이 높기도 했지만 특별히 전태일이 근로기준법을 발견한 이후부터는 업주들로부터 부당해고 혹은 자진사표 등으로 일반 재단 기술자들보다 이직률이 남달리 높았던 것을 볼 수 있다. 서울 시내 평화시장(청계5가), 동화시장, 동대문운동장(청계6가), 수족관 상가(청계7가)에 이르기까지 즐비하게 조성된 봉제업체들은 6.25전쟁 당시 월남한 실향민들이 1961년 재봉틀을 갖추고 옷을 만들기 시작한 3층 슬래브 건물이 바로 국내 최대 규모의 옷 도산매시장인 평화시장이 된 것이며 전태일의 분신 항거 한 해 전인 1969년에는 통일상가와 동화시장도 생겨나면서 '삼동시장'(평화시장, 통일상가, 동화시장)으로 불렸다. 전태일은 이직률이 높은 봉제 계통 업체를 종횡무진 옮겨 다니면서 업주들과 노동자들에 관한 수많은 체득과 경험을 축적해간다.

---

44 김영문·이희도·전태삼, 「저자와의 인터뷰 증언」, 2006.9.26.

전태일의 5년간 피복 제조업체 취업 및 이직(移職) 과정
(1965.8.26.~1970.10.27., 5년)

순서 (나이)	상호 (근무지)	근무년도 /근무기간	기술직종 /제조상품	비고 (임금)	생활거주지
1차 (18세)	삼일사(三一社) 평화시장	1965.8.26 ~1966.1.18 (5개월)	시다(견습공) 학생복 맞춤전문	1,500원	남산동 50번지 판잣집
		1966. 1월초	미싱 보조로 진급		
2차 (19세)	남상사(南商社) 국제시장 (태평로)	1966.2~8 (6개월)	미싱 보조	3,000원	도봉동 천막집
3차 (19세)	통일사(統一社) 평화시장	1966. 8~10 (2개월)	미싱사(유일한 남자 미싱사)	7~8,000원	쌍문동 천막집
4차 (19 ~20세)	한미사(韓美社) 평화시장內 나 244호	1966.10 ~1967.12 (해고)(14 개월)	재단보조 (잠바, 코트 제조 전문)	4,000원	서울법대 뒤편 (낙산동) 자취 (1966.11 ~1967.3.2)
		1967. 2. 2 (구정연휴 직후)	재단사로 정식 진급	15,000원	
5차 (21세)	중앙피복 (中央被服) 통일상가	1968.1 ~1968.4 (4개월)	재단사	30,000원	쌍문동 천막집
6차 (21세)	형제사(兄弟社) 왕십리 중앙시장	1968.5 ~1968.10 (4개월)	재단사	30,000원	쌍문동 천막 토굴집
7차 (21세)	모드양복점 (洋服店) 동대문시장	1968.11 ~1968.12 (1개월)	재단사 (임시직)	받은 급여로 바보회 모임 경비로 지출	쌍문동 천막 토굴집
8차 (22세)	부흥사(復興社) 중부시장 (을지6가)	1969.1 ~1969.3(사표) (6개월)	재단사 (월남치마 등 제조)	30,000원	쌍문동 시멘트 블록집
9차 (22세)	협신사(協新社) 평화시장	1969.3~ 1969.7(해고) (4개월)	재단사	30,000원	쌍문동 시멘트 블록집
10차 (22세)	구로동(九老洞) 맞춤집 구로동시장	1969.7 ~1969.8 (1개월)	재단사 (임시직)	30,000원	쌍문동 시멘트 블록집
11차 (22세)	바지집 평화시장	1969. 8말경 (5일)	재단사(임시직) (바지 전문)	받은 급여로 설문지 제작 인쇄비 사용	쌍문동 시멘트 블록집
12차 (23세)	왕성사(旺盛社) 평화시장	1970. 9 ~10 초순(해고)	재단사	임금 5,000원 으로 삼동회	쌍문동 시멘트 블록집

순서 (나이)	상호 (근무지)	근무년도 /근무기간	기술직종 /제조상품	비고 (임금)	생활거주지
		(15일)		회합 비용과 현수막 제작	
13차 (23세)	삼미사(三美社) 평화시장	1970.10.20. ~27(사표) (1주일)	재단보조	2,000원	쌍문동 시멘트 블록집

전태일이 피복업체에서 근무한 이력은 정규직만이 아니었다. 소위 비정규직이라고 할 수 있는 객공(客工, 임시직) 등도 거치면서 다양한 이직률을 보여주었다.

3. 견습공 첫 급여로 어머니와 함께 천막을 구입하다
— 1965년 9월

1965년 9월 중순경의 일이다. 소선은 비록 초라한 야채 노점상이지만 중앙시장 사람들 모두가 자신을 인정하고 신용을 받는 상태에서 점포를 마련했다는 생각에 마음이 뿌듯했다. 마치 부자가 된 기분으로 첫날부터 한푼 두푼 성실히 돈을 모아갔다. 그러던 어느 날 태일이 어머니를 찾아왔다. 평소에도 이따금 시장으로 찾아와서 엄마를 만나면 첫마디부터 "엄마 배고프지? 엄마 너무 고되게 일하지 말고 쉬엄쉬엄 일해요. 입술이 많이 부르튼 것을 보니 아침에 아무것도 안 먹었지?" 하면서 마치 친구처럼 다정다감하게 대했다. 엄마를 걱정하며 어떻게 하든지 끼니를 거르지 말고 수제비라도 사 먹을 것을 신신당부하는 속 깊은 아들이었다.[45] 태일은 어디서 돈이라도 좀 생기는 날이면 어머니가 일하는 시장으로 찾아가 몰래 수수팥떡을 사 가지고 달려서 사람들이 주변에 있나 없나를 슬쩍 살펴본

---

45 이소선, 「저자와의 인터뷰 증언」, 2006.7.29.

평화시장에서 시다로 처음 취직했던 삼일사 시절의 동료 시다와 미싱 보조들과 함께한 전태일(뒷줄 한가운데)

후에 두 손으로 불쑥 떡 봉지를 내밀거나 그것으로도 모자라 떡 하나를 집어서 입에 살짝 넣어주는 자상함을 보여 주기도 했다. 그러던 어느 날 시장에 달려온 태일이 기분 좋은 얼굴로 자신의 주머니에서 560원이나 되는 돈을 척 내놓는 것이 아닌가. 평화시장에 시다로 취직을 해서 보름간 일하고 600원을 받았는데 그중에서 40원은 빵을 사 먹고 나머지를 가져온 것이라고 했다.

자세한 내막을 모르는 소선이 생각하기에 아무래도 남의 돈을 부정하게 벌은 것만 같았다. 뜻밖의 돈을 만지자 왠지 태일의 말을 믿을 수 없었다. 떠돌이 생활을 하면서 푼돈을 벌던 아들에게 갑자기 돈이 생겼다는 사실이 믿기지가 않았던 것이다. 소선은 태일을 앞세우고 아들이 취직했다는 평화시장 삼일사로 향했다. 자신이 직접 업주에게 사실 여부를 확인해야 직성이 풀릴 것만 같았다. 그러나 모든 것이 사실로 밝혀지자 태일을 칭찬했다. "태일아, 넌 어미 말을 잊지 않았구나. 아무리 힘들더라도 조금만 참고 견뎌라. 머지않아 우리가 방을 하나 구할 수 있을 테니까, 그때까지만 고생이 되더라도 꾹 참고 열심히 일해라." 속 깊은 장남 태일은 그동안 구두닦이를 하면서 평화시장에 취직해 시다 일을 배우고 있다는 사실을 어머니에게는 숨긴 것이다.

소선은 태일이 보태준 560원에서 자신이 모아둔 돈을 더 보태 3,000원을 마련하여 새 식구가 함께 살아갈 천막 하나를 샀다. 일 년 동안을 집 없이 떠돌다가 이제 겨우 취직을 해서 힘든 하숙집 생활을 하며 출근하는 두 아들을 빨리 데려오기 위해서 우선 임시거처라도 마련해야 했다.

마침 남산동 50번지 일대에는 건축을 하다가 부도로 중단된 속칭 유엔 호텔[46]이라고 불리는 골조 건물이 있었다. 그곳은 누구라도 찾아가기만 하면 손쉽게 입주할 수 있다는 소문이 여러 사람들의 입을 통해 전해 들었던 곳이다. 이미 가난하고 집 없는 사람들이 벌떼처럼 몰려들어 살고 있는 그곳에는 이미 거대한 판자촌이 형성되어 있었다. 입주민들은 그 빌딩의 층층마다 칸막이로 판잣집을 만들어 마치 바닷가의 따개비처럼 다닥다닥 붙어서 생활했던 것이다. 주소상으로 볼 때 그 건물 자체가 하나의 '통'(統)으로 형성됐으며 통은 다시 '반'(班)으로 나눠질 정도로 하나의 군락이 형성된 것이다. 행정구역상 1개의 통과 10개의 반으로 나눠진 건물 안에는 무려 3천 명의 판자촌 주민들이 살고 있었다. 그러나 그곳은 이미 포화상태가 되어 태일의 식구들이 천막을 칠 수 있는 공간이 없었다. 할 수 없이 그날 밤은 건물 관리인에게 부탁해 건물 옥상에 천막을 치고 이튿날 새벽에 천막을 철거할 수밖에 없었다. 아무리 무허가 판자촌이라 해도 자체적으로 내부 질서와 입주 절차가 있었고 관리인이 통제하고 있었기 때문이다.[47]

---

46 남산동 2가 50번지에 건축된 가칭 '유엔호텔'은 자유당 시절 관광유치사업의 일환으로 신축 중 4.19 데모가 일어나자 3층 뼈대 골조만 지어놓은 채 중단되었다. 그 후 관리사무소가 생기고 김덕승(金德勝) 씨 등 채권단이 인수받아 관리를 해 왔는데 영세민들이 미완성 건물에 판잣집을 짓기 시작했다. 건평 3,000여 평에 400여 가구 3,000여 명의 주민들이 세들어 살게 되어 1개 통 10개 반 규모의 대부락이 형성되었다. 이 건물에서 화재가 발생해 전태일의 어머니 이소선이 실명 위기에 놓였고 일가족은 도봉동으로 강제이주를 당했다.

47 이소선, 「저자와의 인터뷰 증언」, 2006.7.29.

4. 서울 남산동 50번지에 판잣집 전세방을 얻다
— 1965년 10월

나의 고된 하루하루는 다람쥐 쳇바퀴 돌듯이 하루도 변함없이 보름이 흐르고
어머니께서 남산동 50번지 무허가 판잣집에 조그마한 방을 하나 얻었다.
어머니, 나, 남동생, 세 식구는 오랜 외로움을 한 자리에서 풀면서 조금
환경이 좋아지면은 찾아올 막내 동생을 위해서 열심히 일했다. 나는 직장에서
열심히 기술을 배우는 데 전심전력을 다했다.[48]

천막집을 짓고서라도 세 식구가 함께 살려는 계획은 중단되었으나 소
선은 포기하지 않고 한 달을 더 악착같이 돈을 벌어 1965년 10월 중순이
되자 다시 남산동 50번지 일대 부근을 찾아 다니며 살 집을 알아보았다.
모자가 한 달 동안 한푼 두푼 벌은 돈이 벌써 6만 원의 거금이 됐다. 당시로
서는 제법 큰돈이었다. 소선은 전세방을 알아보기 위해 남산 케이블카 밑
에 자리하고 있는 부근 일대를 발품을 팔아가며 샅샅이 뒤졌다. 발이 부르
트도록 온종일 다녀도 6만 원의 자금으로는 일반 양옥집 주택가의 전셋집
을 도저히 구할 수가 없었다. 할 수 없이 발걸음을 50번지 일대 유엔호텔
판자촌으로 돌릴 수밖에 없었다. 그곳에서도 이틀날까지 알아보던 중 겨
우 조그마한 판잣집 하나를 계약할 수 있었다.

그래도 이제 세 식구가 함께 입주해 편히 살 수 있게 된 것이다. 소선은
그제야 두 다리를 쭉 뻗고 편히 살 수 있을 것만 같았다. 그동안 모든 식구
들이 대구에서 무작정 올라와 제각기 흩어져 떠돌이 생활을 하였으나 이
제는 그런 고통에서 벗어나게 된 것이다. 밑바닥 생활을 하면서 겪은 고통

---

48 위와 같음.

중 가장 큰 불편은 무엇보다 주택문제가 제일 컸다. 갖은 고생을 한 후 이제야 편하게 누울 수 있는 방 한 칸을 얻었으니 그 기쁨은 이루 형언할 수 없었다. 일 년 반도 넘는 세월을 서로 헤어졌다가 이처럼 오랜만에 세 모자가 같은 방에서 지내게 되자 첫날밤에는 태일, 태삼 형제는 너무 좋아서 밤잠을 설치면서 이야기꽃을 피웠다.[49]

5. 여동생 순옥과 수제비 집에서 우연히 상봉하다
— 1965년 10월 말

평화시장에서 시다로 일하고 있던 태일은 1965년 10월 말 점심을 먹으려고 평소 자주 가는 수제비 집에 갔다가 우연히 순옥이를 만났다. 느닷없이 서울 한복판에서 남매가 상봉했으니 얼마나 반가웠겠는가. 둘은 부끄러운 줄도 모르고 부둥켜안고 한참을 울었다. "순옥아, 네가 어떻게 서울에 왔니?" "응, 오빠, 얼마 전에 아버지하고 서울에 왔다. 아버지는 평화시장에 임시로 취직을 하시고 계셔." 이 말을 들은 태일은 순간 두려움이 앞섰다. 왜냐하면 아버지에게 자신이 살고 있는 집을 절대 가르쳐 주지 말라는 어머니의 당부가 있었기 때문이다. 돈을 벌어서 집을 마련하기 전까지는 불편하더라도 한동안 가족들이 서로 합치는 것을 미뤄야만 한다는 것이 어머니가 강조한 말이었다. 태일은 "순옥아, 아버지한테는 오늘 오빠를 만났다는 말을 절대 하지 말거라. 오빠가 내일 너를 꼭 찾으러 다시 올 테니 내일 이 식당에서 다시 또 만나자." 태일은 반가우면서도 괴로운 심정으로 내일을 기약하고 순옥과 헤어졌다.

그날 밤 집으로 돌아와 낮에 순옥을 만난 사실을 어머니에게 말했다.

49 위와 같음.

"태일아, 괴롭더라도 며칠 동안은 그 식당에 절대 가지 말도록 해라. 혹시 네 아버지를 만날 가능성이 있으니까 말이다. 일주일 정도 지낸 다음에 순옥이를 몰래 찾아보거라. 순옥이에게 우리는 잘 지내고 있으니 걱정하지 말고 집 장만할 때까지 잘 참고 기다리라고 일러줘라." 태일은 일주일 정도가 지난 어느 날 점심시간에 순옥이를 만났던 수제비집을 다시 찾아갔다. 그러자 마침 기다리고 있었다는 듯 순옥이도 그곳에 와 있었다. "오빠. 약속을 안 지키면 어떻게 해. 그날부터 지금까지 매일 점심시간마다 이 집에 와서 눈이 빠져라 오빠를 기다렸잖아." 순옥이가 그 말을 하는 순간 갑자기 아버지 전상수도 식당 문을 열고 불쑥 들어오는 것이 아닌가? [50]

어머니가 안 계실 때는 아침에는 여관을 다니면서 구두를 닦고 저녁엔 휴지를 팔았지만 지금은 어머니께서 서울역 뒤 중앙시장에서 야채 장사를 하시기 때문에 나는 따뜻한 밥에 편안한 잠자리에 열심히 배우면 되는, 전에 비하면 몇 배나 편안한 생활을 하고 있었다. 나의 빨리 익혀 나가는 기술을 주인아저씨도 인정하셔서 이제는 학생복 바지 정도는 나 혼자 힘으로 할 수 있게까지 되었다. 전일 내가 대구에서 학교에 다닐 때 조금씩 익혀 둔 재봉 솜씨가 한층 도움이 되었다. 이젠 월급도 한 달에 3천 원을 받게 되고 잔심부름을 하지 않아도 되는 미싱 보조가 된 것이다. 어느 날 직장에서 일을 하고 점심시간에 식당에서 점심을 먹고 있는데 아버지와 큰 여동생이 같이 식당엘 들어오셨다. 아버지는 나를 보시자 한편 놀라시면서 반가워하셨다. "엄마는 만나 봤니, 이때까지 어떻게 지냈어. 동생들과 같이 있니?" "네, 엄마하고 흥태하고 셋이 있어요. 순덕이는 알아 봤더니 천호동 보육원에 있어요. 몇 일 있다가 월급 타면 찾으러 갈 거예요." 나는 이렇게 힘없이 대답하고 머리를 숙였다.[51]

50 위와 같음.
51 전태일, 『친필수기』, CD 사본 2, 65.

태일은 아버지를 보는 순간 반가우면서도 머리가 쭈뼛쭈뼛 서는 것만 같았다. "태일아, 언젠가는 네가 꼭 나타날 줄 알았지. '너를 못 만나면 어떻게 하나' 하고 일도 제대로 못하고 너를 기다렸어." 아버지는 태일의 손을 꼭 잡고 차분한 어투로 말했다. "아버지, 저는 이제 평화시장에서 시다로 일하고 있어요, 어머니는 시장에서 이제 겨우 야채장사를 하고 자리를 잡고 있고요." 태일은 어머니가 일러준 대로 집을 한 채 장만할 때까지는 식구들이 서로 떨어져 살아야 된다는 말을 덧붙여 전해 주었다. "태일아, 이 에비가 다 잘못했다. 내가 이제부터는 술을 입에도 대지 않고 앞으로는 착실하게 살아갈끼다. 니들이 무슨 죄가 있어서 이 고생이냐. 내가 약속할끼구마, 이제는 너희들 고생 안 시키고 잘 살 것이 데이." 태일은 아버지의 말이 수긍이 갔지만 어머니의 당부 때문에 아버지의 간곡한 부탁을 외면할 수밖에 없었다.[52]

6. 온 가족이 함께 다시 모여 살다
― 1965년 10월

1) 순덕이를 보육원에서 데려오다(1965.12.)

전태일은 그 날 저녁 공장에서 퇴근을 마치고 집으로 돌아와 어머니에게 그날 낮에 순옥과 아버지를 만난 이야기를 전하자 어머니는 잘했다고 칭찬하면서 "집을 한 채라도 장만하기 전까지는 불편하더라도 각자 나름대로 열심히 일하는 곳에서 돈을 벌고 훗날 다시 만나자"라는 말을 꼭 전해 줄 것을 태일에게 당부하고 "절대로 우리 집을 가르쳐 주지 말라"는 엄

---

52 이소선, 「저자와의 인터뷰 증언」, 2006.7.29.

명을 내렸다. 이튿날 점심시간이 되자 아버지 전상수는 어제 만났던 수제
빗집으로 태일을 찾아와서 집을 가르쳐 달라며 자꾸 채근하기 시작했다.
결국 마음이 착하고 여렸던 태일은 아버지의 청을 거절하지 못하고 남산
동 50번지 판잣집으로 순옥과 아버지를 데리고 돌아왔다. 이날부터 아버
지 전상수와 모든 가족들은 마침내 한지붕 아래 같이 살게 된 것이다. 어
머니 이소선도 한 번 더 남편 전상수를 믿어 보기로 했다. 이렇게 해서 보
육원에 있는 어린 막내딸 순덕을 제외한 나머지 다섯 식구들은 드디어 남
산동 50번지 판잣집 단칸방에 함께 모여 살게 되었다.[53]

> 일이 끝난 후 집에 와서 아버지를 만났던 일과 이젠 술도 안 잡수시고 일을
> 열심히 하시면서 예전과 같이 가정을 가지시기를 희망하신다고 전하자,
> "아직은 안 된다. 서로 돈을 더 벌어서 조그만 판잣집이라도 한 채 살 때까지는
> 같이 살아서는 안 돼, 또 예전과 같이 술주정을 하시면 여기는 이층이라
> 아래채 주인에게 할 짓이 아니고 옆방에도 많은 폐가 될 테니 몇 달만 더
> 고생해서 어느 정도 저금을 하신 뒤 집을 한 채 장만한 다음에 서로 만나자고
> 전해라. 그리고 집은 절대 가르쳐 주면 안 된다. 아버지는 기술이 좋으시니까
> 동생하고 둘이 살면 몇 달 안 가서 변두리에 판잣집 정도는 사실 수 있을거야."
> 다음날 점심시간에 아버지께 이렇게 여쭙자, "이젠 염려 말고 어서 집에
> 가자. 너희들 고생이야 더 시킬 수 있나. 술은 안 먹기로 결심했다." 이렇게
> 말씀하시는 아버지를 어떻게 거절할 수 없어 공장 주인에게 말하고 아버지와
> 여동생과 같이 집엘 왔다.[54]

식구들이 모두 모여 함께 산 지 두 달이 지났고 어느덧 12월 말경이 되

---

53 위와 같음.
54 전태일, 『친필수기』, CD 사본 2, 65-66.

었다. 태일은 시청을 찾아가 막내 순덕을 데려오기 위한 절차를 밟았다. 드디어 순덕을 데려올 행정적인 절차와 수속을 마치고 순덕이 있는 곳으로 떠날 채비를 했다. 이번에 순덕을 찾아오게 된다면 생이별한 지 무려 일 년 반 만에 가족들과 모두 만나게 되는 것이다. 전태일은 자신의 손으로 직접 떠나보낸 순덕을 못 잊어 미싱 보조일 외에도 이를 악물고 신문을 팔고 구두를 닦아 그동안 돈을 모았던 것이다. 순덕을 찾아올 때 보육원에 군것질거리라도 사들고 갈 수 있을 형편이 되면 찾겠다던 때가 온 것이다. 순덕의 행방을 알아보니 천호동 보육원에 보내져 지금까지 잘 지내고 있다는 것이 확인되었다.

태일은 부리나케 천호동에 도착해 순덕을 찾았다. 그러나 다섯 살짜리 순덕은 이미 바보처럼 변해 있었다. 의아한 마음과 함께 안타까운 마음으로 아이를 집으로 데리고 온 태일은 이상하게 변해 버린 순덕이 너무도 측은해서 가슴이 미어지는 듯했다. 이후에도 한동안은 그 천진한 순덕의 표정이 마치 돌덩이처럼 굳어 있었고 멍청하게 앉아서 아무런 표정없이 혼자 있는 것을 좋아했다. 그토록 보고 싶은 가족들을 오랜만에 만났는데도 아무런 반응이나 기색이 없던 순덕은 그토록 좋아하던 태일 오빠마저 본체만체했다.

더욱 기가 막힌 사실은 새벽이 되면 순덕이가 갑자기 벌떡 일어나 머리를 곱게 빗고 방바닥에 조신하게 앉아 있는 것이 아닌가. 어린나이에 한참 잠을 자야 되는 시간인데 갑자기 일어나서 군기가 바짝 든 졸병처럼 꼿꼿하게 앉아 있는 것이다. 참으로 기가 막힌 노릇이었다. "순덕아, 왜 너 잠을 안자고 일어나서 앉아 있는 거야?" "엄마, 선생님한테 혼나지 않으려면 일찍 일어나서 머리 빗고 가만히 앉아 있어야 되요." 아동보호소라는 곳에서 얼마나 아이들을 호되고 강압적으로 다뤘으면 저 지경이 되었을까를 생각하니 온 식구들은 그저 말문이 막힐 따름이다. 아무튼 이제 온

가족이 다시는 헤어지지 말자고 서로 맹세를 했고 이제부터 단란하게 살 수 있게 된 것이다.[55]

2) 마음씨 좋은 주인 집 내외를 만나다

이소선은 세들어 살고 있는 집주인 내외에게 평소에 미안한 마음을 가질 수밖에 없었다. 계약할 때는 아이들이 없다고 말했는데 한꺼번에 세 명이나 더 생겼으니 주인댁에서 뭐라고 볼 것인가. 이소선은 아이들에게 단단히 주의를 줬다. 태일이 말고도 그 밑으로 태삼, 순옥, 순덕 등 모두 세 명이 있었으니 주인집의 눈치가 보일 수밖에 없었다. 그래서 아이들에게 밖으로 나가서 놀거나 화장실에도 가지 말고 방안에 조용히 있어야 한다고 다짐을 받았다. 다행히도 아이들은 여간 눈치가 빠른 것이 아니었다. 화장실을 다녀올 때는 한 사람씩 차례차례 조용히 다녀오는 것이었다. 어느 날 주인아주머니가 조용히 이소선을 불렀다. 드디어 올 것이 왔다고 생각하고 있는데 "아주머니, 애들이 도대체 몇 명이나 되는 거에요?" 주인에게 처음부터 속인 것을 미안하게 생각하고 있는 터라 고개를 숙이고 부드럽게 대답을 했다. "미안합니다. 아이들이 많다고 하면 방을 못 얻을까 봐서 제가 본의 아니게 거짓말을 했습니다. 태일이 말고 애들이 셋이나 더 있습니다. 조용히 시킬테니 너그럽게 봐주세요." "아이 참 아주머니도 무슨 말씀을 그렇게 하세요, 제가 애들이 많다고 그러는게 아니구요, 한참 커가는 애들을 방안에다 가두어 놓고 키워서야 되겠어요? 보통 애들처럼 장난치거나 요란하지도 않은 착한 자녀들을 두셨네요. 앞으로는 마음대로 밖에서 뛰어 놀게 하세요." 눈총을 받거나 야단을 맞을 줄 알았던 이소

선은 주인댁 여자의 마음 씀씀이에 그만 눈물이 핑 돌았다. 이처럼 주인집 여자는 여러 가지로 상당히 너그러운 마음을 가진 사람이었다.[56]

3) 다시 시작된 아버지의 주벽과 순옥이의 교회 출석

아버지와 어머니의 서먹서먹하던 분위기도 사라지고 보육원에서 데려온 동생과 다 한자리에서 오랜만에 평범한 가정생활을 했다. 그렇지만 결코 행복한 가정은 아니었다.[57]

온 가족이 모두 모여서 오랜만에 단란한 분위기가 조성되고 있을 무렵이다. 어느 날 아버지 전상수는 정신을 차린 듯 어디선가 미싱 한 대를 구입해 오더니 열심히 옷 만드는 작업을 시작했다. 그러나 며칠 열심히 일하는가 싶더니 또다시 예전처럼 술을 마시며 심한 주벽을 보이고 식구들을 달달 볶아대기 시작했다.

우리네 형제는 전부가 다 학교에 다닐 연령인데 하나도 학교에는 못 다니고 어머니께서는 시장엘 다니시지만 아버지의 실직으로 생활은 궁핍했다. 나는 홍태(전태삼)와 같이 평화시장엘 다니지만 한 달에 겨우 4천 원을 가져오는 정도였다. 아버지께서는 집안 살림이 어려워지자 또 조금씩 잡수시기 시작한 약주는 양을 더해 가면서 이젠 또 폭음을 하시는 것이다. 언제든지 술이 취하시면 어머니를 때리고 가구를 부수는 것이 순서인 듯, 가구는 남아나는 것이 없고, 아래층 집주인 아주머니는 인자하신 분이지만 이런 아버지의 처사를 좋아하지는 않았다. 나는 이런 환경 속에도 하루도 빠짐없이 동생과

---

56 위와 같음.
57 전태일, 『친필수기』, CD 사본 2, 66.

직장엘 열심히 다녔다.[58]

그런 와중에도 순옥은 저녁 식사 시간이 다 되었는데도 집에 나타나지 않는 일이 빈번했다. 밤늦은 시간이 되어서야 외출을 마치고 밝은 표정으로 돌아온 순옥에게 식구들은 "도대체 어디를 다녀왔나?"고 다그쳐 물었다. 그제야 집 부근에 있는 다락방교회에 다녀왔다는 것을 말해주는 것이다. 집 부근에 있는 남산 케이블카 아래 오른편은 중구 회현동 지역인데 그곳에는 전진(田鎭)이라는 이름을 가진 개신교 감리교의 여성 전도사가 목회하는 작은 교회가 있었다. 알고 보니 순옥이 그 교회 모임에 다니기 시작한 것이다. 그 후로도 순옥은 종종 식구들 눈에 띄지 않아서 찾고 보면 어느새 그곳에서 발견되기 일쑤였다.[59] 이 무렵 태일, 태삼 형제는 변함없이 평화시장에서 일을 하고 있었고 소선은 중앙시장에서 채소 장사를 다녔다. 이처럼 온 식구들이 돈벌이에 여념이 없던 시기에 뜻하지 않게 집 안에 교회 모임을 다니는 식구가 생기기 시작한 것이다.

---

58 위와 같음.
59 위와 같음.

12장

서울대학교 학생들과 '만나지 못한 만남'의 인연들

1965년 8월 26일~1970년 11월 (5년, 18~23세)

1. 우연히 서울대학교 캠퍼스 언저리에서 지낸 전태일
— 1965년~1970년

청계천 평화시장에 취직한 전태일은 그때부터 서울대학교 학생들과 묘한 인연이 시작되었다. 그러나 직접적인 인연보다는 간접적인 인연으로 서로 얽혔으며 특히 분신 항거를 기점으로 사후의 인연이 더 많아졌다. 그렇다면 전태일과 서울대 학생들과 무슨 관련이 있을까? 쉽게 말하자면 전태일은 서울대 학생들을 통해 평소 어떤 영향을 받았으며, 역으로 서울대 학생들은 전태일을 통해 어떤 영향을 받았는지 살펴봐야 한다. 서로가 어떤 영향을 주고받았으며 어떤 인연이었는지 전태일의 발자취와 친필 수기장을 통해 알아보도록 하자.

전태일이 용두동에 살던 시절 부근에 있던 서울대학교 사범대 용두동 캠퍼스 전경. 1957년도 모습

전태일이 평화시장에 첫발을 내디딘 때는 1965년 8월 26일로, 그 시기는 1965년 3월 조영래(趙英來)가 경기고를 졸업하고 서울대 전체 수석의 최고득점으로 서울대 법대를 입학해 한일굴욕회담에 반대하는 투쟁60를 벌였던 6월 22일 직후였다. 그리고 이듬해인 1966년 3월에는 장기표(張琪杓)가 뒤를 이어 서울대 법대에 늦깎이로 입학한다. 천재에 속하는 조영래는 이미 고등학교 3학년 때부터 6.3 한일회담 반대시위를 주동해 학교에서 정학처분을 받았던 터라 서울대에 입학한 이후 졸업할 때까지 대정부 투쟁과 시위에 늘 앞장섰다. 한일굴욕외교회담 반대는 물론 삼성재벌밀수규탄시위, 6.7부정선거항의, 삼선개헌반대, 교련반대, 유신헌법철폐 등 헤아릴 수 없이 많은 학생운동을 주도했다. 또 장기표는 서울대학교 법대 재학시절 단과대 학생회장으로서 노동문제에도 깊은 관심을 가졌고, 전태일의 분신 항거 소식을 접하자 그의 장례식을 서울대학교 학생장으로 치르겠다고 가족에게 제의하면서 전태일과의 인연이 시작됐다. 전태일

---

60 신동호, 「제18화: 65년을 풍미한 서울법대 운동권들」, 뉴스메이커, 2003.

전태일이 평화시장에서 일할 당시 공장 바로 옆에 있던 서울대 음대 캠퍼스 전경. 1959년에 을지로 6가의 약학대학으로 입주하면서 음대 을지로 캠퍼스 시대가 되었다.

의 분신 항거는 후일 그가 노동운동에 지속적인 관심을 쏟는 계기가 됐다.

이렇게 해서 전태일, 조영래, 장기표 세 사람은 같은 시기에 서로의 영역에서 불의에 저항하기 위한 투쟁을 시작하며 역사의 공간에서 인연을 맺어 간다. 마침 전태일이 공장에서 일하는 아는 형과 자취생활을 했던 곳이 서울대 법대 캠퍼스 담장 앞에 있던 낙산동이며 인근 동숭동에는 서울대 문리대가 있었다. 또한 전태일이 일하고 있는 평화시장의 공장 건물 바로 앞에는 서울대 음대가 을지로 6가 사이에 자리 잡고 있었다. 전태일의 친필수기에는 그 당시 상황이 몇 차례 언급되어있다.

검정 동복 코트에 검정 바지 약간 굽이 높은 검정 구두를 신은 청년, 얼굴은 너무 희기 때문에 누구나 병자로 취급해 주는 그런 청년이 평화시장 두 건물 사이 음대(서울대 음대)로 통하는 도로 입구에서 서성거린다. 검은 덥수룩한 머리에 한 오 분간 헤아리면 다 헤아릴 수 있는 결코 수염이라고 할 수 없는 검정 털, 나이야 이제 겨우 스물 두셋밖에 안 되었는데 차림새는

통 관심을 두지 않는 것이 역력히 나타난다.[61]

　우연의 일치겠지만 전태일이 평화시장에 첫발을 디딘 후에도 서울대 캠퍼스의 지근거리에서 생활한 것을 볼 수 있다. 또한 전태일의 이주경로를 거슬러 올라가 보면 이태원 헛간 방에서 살다가 다시 용두동 천막촌으로 이주했을 때 전태일의 천막집이 있는 용두동 개천가 인근에는 서울대 사범대가 자리하고 있었다. 당시 동대문 밖 용두동에 있던 사범대 캠퍼스는 가정대와 함께 있어서 비교적 조용한 면학 분위기였으나 그곳에서도 시국 데모는 다른 단과대와 더불어 빈번하게 발생했다. 전태일이 용두동에 거주했던 시절은 그의 나이 14세로 이제 막 청소년이 되는 과정이었다.

　이처럼 전태일에게 서울대 캠퍼스와의 인연들은 대학생들을 향한 극단의 부러움과 함께 자연스럽게 학생들이 이웃사촌처럼 느껴지게 되는 계기가 되었다.[62] 전태일은 1969년에 재단사들의 모임을 통해서 바보회를 조직했는데 모임을 만드는 과정에서 재단사 친구인 김영문을 평화시장 건물 2층 복도에서 가끔 마주쳤다. 이때 두 사람은 언제나 서울대 음대 쪽 방향을 내려다보며 머리를 맞대고 노동문제를 상의했다. 주로 재단사 모임에 대한 운영문제와 근로조건 개선문제에 대한 심도 있는 이야기를 나눌 때 자연스레 음대를 바라보며 대화를 나눈 것이다.[63] 허리가 휘도록 작업을 하다 복도로 나와서 가끔 휴식을 취할 때 어렴풋이 들려오는 서울대 학생들의 노랫소리와 악기소리를 들으며 전태일은 부러움도 느꼈다.

　그뿐만 아니라 전태일은 바보회 모임 시절, 친구들에게 데모니 파업이

---

61 전태일, 『친필수기』, CD 사본 5, 20-21.
62 훗날 전태일의 막내 여동생 전순덕은 전주 출신의 서울대 철학과 출신인 임삼진(林三鎭)과 결혼하게 됨으로써 전태일은 서울대 출신 매제(妹弟)를 두게 되었다.
63 김영문, 「저자와의 인터뷰 증언」, 2006.9.19.

전태일은 평화시장 공장 난간에 나와 바로 옆에 있던 음대 을지로 캠퍼스 건물을 바라보며 상념에 젖을 때가 많았다. 사진은 중부시장에서 일할 때 모습

니 하는 용어들을 자주 언급을 했는데, 1969년도는 이른바 삼선개헌파동으로 서울대학교 학생들의 데모가 매우 빈번한 해였다. 이때 전태일은 평화시장 주변에서 학생들이 데모하는 광경을 여러 차례 목격하면서 깊은

충격과 도전을 받았다. 전태일이 일하던 평화시장 주변과 그가 살고 있던 집 주변에는 이와 같이 서울대학교의 단과대학들이 흩어져 있었다. 간혹 서울대 학생들의 데모가 있는 날이면 학생들의 함성이 그가 일하는 평화 시장까지 들려왔고 바람과 함께 진압 경찰의 최루탄 가스가 날아올 정도 였다. 그리고 학생과 경찰 양측이 서로 충돌하는 일도 흔하게 목격했다. 그 무렵 전태일은 재단사 친구들과 모인 자리에서 "야, 서울대학교 학생 들이 데모 한 번 신나게 잘 하더라" 하면서, "우리도 잘 아는 대학생 친구 한 명 있어서 데모하는 방법 좀 배웠으면 원이 없겠다" 하고 한탄하기도 했다.[64]

훗날 전태일이 평화시장에서 노동청과 평화시장 업주들을 압박하며 용의주도하게 투쟁을 진두지휘할 수 있었던 비결은 인근 서울대 학생들 의 각종 시국 관련 데모를 빈번하게 목격하면서 어느 정도 체득된 것도 크 게 한 몫 작용했으리라. 그렇다면 전태일이의 평화시장에서 일하면서 실 제 목격했던 서울대 학생들의 각종 시위나 데모들은 당시 조영래와 장기 표 주도로 이루어진 경우가 많았기 때문에 결국 전태일에게 세미하게 직 접적인 영향을 끼친 사람들은 바로 조영래와 장기표라고 해도 과언은 아 니다. 그렇다면 서울대학교 학생들은 전태일을 낳았고, 전태일은 다시 서 울대학교 학생들을 낳게 된 것으로도 볼 수 있을 것이다. 평화시장 노동자 전태일이라는 인물과 명문 서울대 학생들은 언뜻 서로 잘 어울리지 않고 극대칭을 이루는 것처럼 보인다. 전태일이라는 인물은 정식 초등학교도 제대로 졸업하지 못한 짧은 학력의 하류 인생이라는 선입견을 지니고 있 는 반면 서울대 학생들이라고 하면 최고의 수재들과 학구파들일 것이라 는 고정관념을 대개 갖고 있다. 그럼에도 불구하고 전태일과 서울대생들

---

64 조영래, 『전태일 평전』(돌베개, 2001), 230.

은 생전에는 물론 사후에도 그 어느 누구도 끊을 수 없는 질긴 인연의 씨줄과 날줄로 연결되어 있었던 것이다.

전태일은 분신 항거 한 달여 전에 있었던 노동청 국정감사 당일 삼동회 회원들과 함께 노동청사 앞에서 시위계획을 주도하며 약속을 이행하지 않는 노동청 공무원들을 집중 공략하는 대범한 책략을 세웠다. 이런 용의주도한 리더십의 이면에는 평소 서울대 학생들의 시위를 주도면밀하게 눈여겨 본 것에서 비롯되었으며 서울대 학생들의 반정부 시위를 목격한 전태일은 자연스럽게 자발적 저항정신을 체득함과 동시에 어느 정도 스스로 의식화되어 가고 있었다고 볼 수 있다. 전태일의 분신 항거한 직후에는 서울대 법대의 장기표를 비롯한 운동권 학생들의 직접적인 주도로 전태일을 추도하는 집회들이 연이어 개최되었는데 이처럼 서울대 학생들의 그 같은 행동의 이면에는 자신들과 같은 또래의 노동자 친구 전태일을 향한 순수한 우정에서 비롯된 동기와 친구 전태일의 분신 항거를 반정부 규탄 시위의 구실로 삼으려는 전략이 작용되었던 것이다.

분신한 지 십여 년이 지난 후 결국 조영래라는 법대 출신의 고시합격생에 의해서 그의 죽음에 관한 책 『전태일 평전』이 출간됨으로써 서울대와 전태일의 인연은 더욱 깊어져 갔다. 평생 배움에 대한 열망을 품고 살다가 결국 평화시장의 수많은 노동자들을 위해 자신을 던져 버린 전태일은 비록 학업의 뜻을 이루지는 못했으나 죽어서나마 헤아릴 수 없이 많은 대학생 친구들을 얻었다. 그것도 이 나라에 가장 공부 잘했던 조영래라는 믿음직한 친구와 엘리트 법대생 장기표를 비롯해 수많은 명문대 남녀 학생들이 전태일의 친구임을 자처하고 뜻과 유지를 면면히 이어가고 있으니 전태일은 아마 대학생 친구가 가장 많은 사람으로 기네스북에 기록될 것이다. 한 번도 만나 보지도 못한 친구 전태일과의 인연과 우정이 이토록 아름답고 위대하게 이어지는 사례는 매우 드문 일일 것이다. 그리고 해가 갈수록 전태일과 서울대 학생들과의 우정은 오히려 돈독히 빛나는 것을 볼 수가 있다. 그렇다면 지금부터는 전태일, 조영래, 장기표 이 세 사람의 만남과 인연을 구체적으로 알아보자.

2. 전태일, 조영래, 장기표 3인의 '만나지 못한 만남'의 인연 — 1966년

전태일은 서울대 법대의 조영래와 장기표라는 학생을 실제로 만나서 대화를 나눴다거나 서로 접촉하거나 생활한 적이 단 한 번도 없었다. 그러나 전태일이 낙산동 서울대 법대 뒤에서 같은 공장에서 일하는 아는 형과 자취하던 시기인 1966년~1967년 사이에 아마 서울대 법대생이던 조영래와 장기표가 동숭동과 낙산동 대학가의 저잣거리에서 길을 걸어가다 전태일과 서로 눈이 마주치거나 옷깃을 스쳤을 기회가 있을 수는 있다. 전태일이 분신 항거하기 직전인 1970년 10월경 경향신문의 평화시장 특보를 '자유의 종'에 전재한 일로 인해서 장기표가 실제로 전태일을 만날 뻔했던 적이 있긴 하였으나 전태일의 분신으로 결국 두 사람의 만남은 무산되었다.

전태일, 조영래, 장기표의 젊은 시절

　　전태일은 1948년 8월 26일, 경북 대구에서 출생했고, 조영래는 1947년 3월 26일, 같은 대구에서 태어났으며 3인 중에 제일 나이가 많은 장기표는 1945년 12월 27일, 경남 김해에서 출생했다. 장기표의 생일이 12월 말(27일)인 것을 감안해도 세 사람은 각각 두 살에서 세 살 정도의 나이 차이가 났다. 나이 서열로 형과 동생을 구분하자면 제일 막내는 전태일이고, 가운데가 조영래, 제일 맏형 격은 장기표였다. 그리고 세 사람은 모두 경상도라는 지역에서 출생해 각각 어린 시절을 그곳에서 보냈고 연배도 비슷한 세대라는 유사점을 지니고 있다. 조영래와 장기표는 당시 서울대학교 법대에 입학한 수재들로서 조영래는 1965년에 입학했고 장기표는 1년 뒤인 1966년에 입학을 했다. 조영래는 이미 천재로 소문이 나있던 상황에서 경기고 3학년 재학 중인 1964년 3월에 이미 한일외교회담을 반대하는 시위를 주동한 이유로 정학처분을 당했으면서도 이듬해 서울대학교에 전체 수석으로 입학하는 기염을 토했다. 조영래는 김근태, 손학규와 함께 이른바 '경기고 61회 삼총사'였다. 이들은 경기고의 변론반(辯論班)에 속해 있었다.[65] 경기고 변론반은 1960~1970년대 학생운동사에 중요한 인물을 많이 배출했는데 당시 고3 학생이던 조영래와 경기고 재학생들이 1964년 6.3사태 때 "이것이 민족적 민주주의더냐"라는 유명한 플래카드를 들고 국회의사당으로 들고 나왔는데 이 현수막은 이들의 변론반 1년 선배인 정세현(통일부장관 역임)이 만들어 준 것이다. 조영래보다 두 살이나 많은 해방둥이 장기표는 마산공고를 졸업하고 2년 늦게 서울대에 입학해 조영래에게 1년 후배가 된 만학의 법학도였다. 이 두 사람은 서로 법대 선후배로서의 관계를 유지하며 학창시절의 인연을 시작했다.

　　선후배 관계가 엄격했던 당시 법대 학풍과 전통에 의해서 장기표는 자

---

65 신동호,『뉴스메이커』(2003), 553-555호.

경기고 3학년 시절, 한일회담 반대시위를 주도한 조영래, 선두에서 시위를 이끌고 있다(맨 우측 현수막 앞).

신의 나이를 떠나서 연하의 조영래를 선배로 깍듯이 대접했다. 1966년도 새 학기에 장기표는 이제 막 신입생인 대학 새내기 1학년이었고, 조영래는 2학년에 재학 중이었다. 그러나 두 사람은 같은 법대를 다녔으나 일 년 가까이 각자의 활동에만 열중했기 때문에 직접적으로 서로 교분을 나눌 기회는 없었다. 그러다가 그해 가을이 되어서야 두 사람은 처음으로 직접적인 만남을 갖게 된다. 장기표와 조영래가 처음으로 만난 날은 1966년 10월 15일을 기점으로 한 그 주간이었다. 마침 그 날은 서울대학교 개교기념일 행사 중이었다. 원래 학교의 설립일은 1946년 8월 22일이었으나 개교기념일은 매년 10월 15일에 치루는 전통이 있었다.[66] 대개 개교기념일이 있는 1주일 동안은 가을축제가 열리는데 이때 개교기념 행사의 하나로 용산 효창운동장에서 교내 체육대회가 열렸다.[67] 마침 이날 체육대회에서 달리기 시합에 출전한 장기표는 1,500m 달리기에 출전했으나 맨 꼴찌로

66 서울대학교(http://www.sou.ac.kr) 연혁 참조.
67 조영래, "장기표는 무슨 죄가 그리 많은가", 「한겨레신문」, 1988.10.6.

뒤처져서 남들이 골인한 뒤에도 만장의 박수와 폭소를 한 몸에 받으며 마지막까지 한 바퀴를 혼자서 더 달렸다.

이 광경은 마치 3년 전인 1963년 가을에 전태일이 대구 경북대 사범대 운동장에서 열렸던 야간학교 대항 체육대회에서 청옥고등공민학교 마라톤 대표로 출전을 했을 때를 연상케 한다. 그날 아침 전태일은 밤잠을 설치며 새벽 일찍 일어나 설레는 마음으로 부엌을 들락거리느라 연탄가스를 맡는 바람에 머리가 무거워 결국 달리기 시합에서 꼴찌를 했다. 이때 전태일은 유일하게 자신을 뒤따라오는 상대편 복음고등공민학교 출전 선수와 엎치락뒤치락하며 꼴찌에서 1, 2등을 다투게 되었는데 결국 꼴찌는 면했으나 전태일은 마라톤 시합 결과 때문에 자신을 응원해준 학생들과 학부모들에게 부끄럽고 무안해서 면목이 없었다는 이야기를 수기에 고백했다. 조영래는 이날 체육대회 행사가 끝나고 집으로 돌아가는 버스 안에서 장기표에게 말을 건네며 "실력도 안 되는 사람이 어떻게 마라톤 시합에 출전할 생각을 했느냐"고 농담 삼아 던지시 물어 보았다. 이때 장기표는 "그냥 파란 가을 하늘 아래서 마음껏 한 번 달려 보고 싶었습니다"라며 천역덕스럽게 대답을 했다. 이렇게 해서 장기표와 조영래 두 사람의 막역한 인연이 시작되었다.[68]

3. 서울대 법대 캠퍼스 담장을 사이에 둔 3인의 갈림길
— 1966년~1967년

체육대회를 통해서 알게 된 이후로 장기표와 조영래 두 사람은 서로 친한 선후배 겸 친구가 되어 우정이 돈독해져 가고 있었다. 사석에서는 간

---

68 장기표, 「저자와의 인터뷰 증언」, 2005.11.12.

혹 장기표가 형님 노릇을 은연중에 했고 공석에서는 어김없이 조영래가
선배 노릇을 했으며 가끔 기분에 따라 두 사람은 그런 선후배 관계를 무시
하고 친구처럼 편하게 지내기도 했다. 어느덧 1967년 새해가 되었고 날씨
가 매섭게 추운 겨울 어느 날이었다. 조영래와 장기표 두 사람은 웬일인지
그날따라 동숭동 대학로 밤길을 걸으며 서로 옥신각신하고 있었다. 무엇
인가 열띤 입씨름을 하며 두 사람은 끝없이 밤길을 걷고 있었다. 그날 논
쟁의 화두는 월남전에 자원입대하기로 결심을 굳힌 장기표 때문에 비롯
되었다.

장기표는 이미 신입생의 신분으로 1966년 9월에 '삼성 재벌 사카린 밀
수 규탄시위'를 하면서 학생운동에 데뷔를 한 상태였다. 이날 조영래는 동
숭동 길을 걷다 서다를 반복하며 베트남 파병부대에 자원 입대하겠다는
장기표를 극구 만류하며 설득하고 있었다. 그러나 장기표의 결심은 요지
부동이며 옹고집이었다. "사람이 죽고 사는 것은 하늘에 달렸고 나로서는
역사의 현장을 직접 체험하지 않고는 견딜 수가 없다"며 자신의 소신을 굽
히지 않았고 초지일관하였다. 장기표는 그 한마디 말로 자신의 의지를 확
고히 보여주며 조영래로 하여금 결국 설득을 단념케 만들었다.[69]

조영래는 속으로 "가난한 농사꾼의 아들로 태어나 갖은 고생 끝에 남
들이 부러워하는 서울법대까지 들어왔으면 육법전서 한 가지만을 의지해
서 판검사로 출세해 부모님을 기쁘게 해 드릴 일이지 목숨을 걸고 역사의
현장을 체험하겠다는 것이 대체 무슨 해괴하고 망령된 생각인가?"라며 장
기표를 이내 못마땅하게 생각했을 수도 있었을 것이다. 결국 장기표는 바
로 그해(1967년 초) 입대해 월남전에 지원했고 70년 초 군복무를 마쳤다.
그렇다면 당시 전태일은 두 법대 학생이 월남전 입대문제를 놓고 옥신각

---

69 위와 같음.

신하고 있었을 무렵 어디에서 무엇을 하고 있었을까? 놀랍게도 전태일은 서울대 법대 담장 너머에 살고 있었다. 당시 전태일은 1966년 11월~1967년 3월까지 법대 뒤 낙산동에서 자취를 하고 있었다. 그의 친필수기를 보면 자취방 이야기가 언급돼 있다.

> 내가 도봉산에서 다니는 것이 불편하다고 하자 홍선이 형은 "태일아, 내일부터 나하고 같이 지내자. 방은 셋방이고 좁지만 둘이는 충분히 지낼 수 있을 거야." "정말? 방 주인이 싫어하지 않을까. 식구가 늘면." "괜찮다. 잠만 자고 밥은 나와서 먹는데, 어때." 그날 저녁 집에서 허락을 받은 나는 조그만 짐을 가지고 홍선이 형과 서울대학교 법대 뒤 낙산동에서 지내게 되었다. 어느덧 내가 공장에 들어온 지도 4개월이 넘었다.[70]

수기장의 회상처럼 전태일과 서울대 법대와의 인연은 이렇게 이어지고 있었다. 1966년 당시 평화시장 한미사에 근무하고 있던 태일은 자신보다 앞서서 한미사에서 재단보조로 근무했던 홍선이라는 사람과 의형제를 맺고 친하게 지내던 중 홍선이의 배려와 호의로 함께 자취생활을 시작하게 되었다. 홍선은 전태일보다 두 살이나 연상인 21세였고 당시 전태일은 19세였다. 그런데 자취방이 지금의 대학로인 동숭동과 붙어있는 낙산동의 서울대 법대 담장 바로 너머였다는 것은 묘한 인연이 아닐 수 없다. 비록 담장 너머였을 망정 서울대 법대 캠퍼스와 아주 가까이하게 된 것은 묵시적으로 전태일과 서울대 법대 학생들과의 훗날 전개될 인연을 예고한 것이다.

자취방 바로 코앞에 있는 서울대 법대 교정을 바라보며 당시 전태일은

---

70 전태일 · 전태일기념사업회 엮음, 『내 죽음을 헛되이 말라』, 78.

서울대 문리대·법대·미대가 있는 동숭동 캠퍼스 정문(상)과 법대 캠퍼스(하). 전태일은 법대 캠퍼스 담장 앞 낙산동에서 한 때 아는 형과 자취를 했다. 그때 캠퍼스 안에서는 조영래와 장기표가 법대를 다니고 있었다.

무슨 생각을 했을까? 두 사람의 대학생 친구 조영래와 장기표가 육법전서와 씨름을 하고 있었을 때 전태일은 주로 법대 앞 자취방에서 문학 서적과 시를 탐닉하거나 짝사랑하는 연상의 오금회를 생각하며 지냈다. 또한 못다한 공부도 틈틈이 하고 있었으나 주로 고독과 씨름하는 시간을 보냈던

전태일의 장례식도 치르지 않은 상태에서 서울대 법대 학생들이 가장 먼저 전태일의 추도식을 거행했다. 법대 인근 낙산동에서 자취를 하던 전태일은 담장 너머 법대학생들이 훗날 자신의 추도식을 캠퍼스에서 거행해 줄 것이라고는 예상 못했을 것이다.

시기였다. 전태일이 20세가 되던 1967년 2월 24일에 기록한 일기에는 당시 상황을 자세히 회고하고 있다.

> 오늘도 보람 없는 하루를 보내는구나. 하루를 넘기면서 아쉬움이 없다니.
> 내 정신이 이토록 타락할 줄은 나 자신도 이때까지 생각해 본 적이 없다.
> (중략) 이런 일기를 쓰면서 미련이 남았다고 할까? 혼자 서울법대 뒤 낙산동
> 에서 밤이면 시집을 찾아 놓고 외롭고 고독으로 가득 찬 마음을 마음껏
> 외롭게 만들어서 어떤 한구석에 외로움을 즐기는 취미가 하루하루 늘어
> 갔다.71

---

71 전태일 · 전태일기념사업회 엮음, 『내 죽음을 헛되이 말라』, 1988. 돌베개. 86.

전태일의 분신 항거 사건이 발생하자 가장 먼저 서울대 법대생들이 분연히 일어섰다. 강의실에도 전태일의 죽음을 애통해하는 구호들을 적어 놓았다.

　　장기표는 자신의 결정대로 월남전에 입대를 했고 3년간의 군복무를 마친 후 1970년 3월 새 학기에 법대 2학년에 무사히 복학했다. 그리고 법대 이념 서클인 '사회법학회' 멤버로 활동하며 공부와 겸해서 사회문제에 다시 눈을 돌리기 시작했다. 장기표가 월남에서 군 복무하는 3년 동안 조영래는 고등학교 때 했던 한일회담 반대시위를 대학 입학 후에도 계속 이어 나갔고 1967년 6월에는 6.8부정선거 규탄시위를 주도했다. 한편 조영래는 서울대 데모의 본거지를 문리대에서 법대로 옮겨 올 만큼 줄곧 학생운동에 열정적이었고 주도적이었다. 그리고 장기표가 제대할 무렵인 1969년 8월에는 학부를 졸업한 법대 대학원생의 신분으로 3선 개헌 반대운동을 주도하며 각종 학내 시국시위를 주도하였다. 조영래는 온갖 학생시위를 주도한 주동자이면서도 서울대 전체 수석이라는 덕분에 징계처분 대상에서 제외되어 결국 1969년 2월에 무사히 학부(대학교)를 졸업할 수

있었다. 이처럼 각각 두 대학생 친구가 자신의 길을 가고 있는 동안 전태
일도 서울대 법대 뒤 낙산동 자취방 생활을 정리하고 다시 쌍문동 집으로
들어가 가족들과 함께 살며 평화시장을 출퇴근하며 그곳에서의 노동참상
을 본격적으로 겪게 된다. 장기표가 군에 입대하고 있는 동안 조영래는 학
내 데모 주동자로서 부정과 부패와 맞서 싸웠고, 전태일은 평화시장에서
노동문제 해결책 때문에 처절하게 고민하고 있었던 것이다.[72]

4. 소설 작품 속에서라도 법대생이 되고 싶어했던 전태일
   — 1967년 6월

전태일의 수기장 노트에는 단순히 그의 일기 내용만 있는 것이 아니라
자작 소설도 많다. 그러나 안타깝게도 소설을 완성하지 못하고 대부분 소
설 초안에 머물러 있는 것을 볼 수 있는데, 아래의 내용을 읽어보면 그가
얼마나 법대생이 되고 싶었는지를 뒷받침하는 내용이 적나라하게 등장
한다.

1967년 6월 30일, 장충단 공원
처음 뵙겠습니다. 제가 펜팔난을 보고 마음에 드는 이름을 가려낸 것이
아마 정희씨의 이름입니다.
저는 금년 21세입니다. 시내 모처에 직장을 가지고 있습니다. 이름은 전태일
입니다. 저의 취미는 독서, 영화감상 등 여러 가지입니다. 미술에는 상당한
취미를 가지는데 소질이 없습니다.[73]

---

72 신동호, 「뉴스메이커」, 553-555호.
73 전태일, 『친필수기』, CD 사본 6, 2.

위에 언급된 전태일의 수기장 내용에는 펜팔 상대인 '정희'라는 여성이 등장한다. 이 내용은 전태일이 직접 친필로 노트에 작성한 소설 초안 속에 등장하는 여성 인물과 동일한 인물이다. 저 글을 통해 정희라는 여성이 가상의 인물이 아닌 실제 인물이었다는 것도 확인되었다. 그런데 전태일의 소설 초안에 등장하는 정희라는 여자 주인공과 전태일 자신으로 추정되는 남자 주인공 '김준오'는 이루어질 수 없는 비극적 사랑으로 끝이 난다. 그런데 이 소설 속 남자 주인공의 신분이 바로 법대생이다. 주인공인 김준오는 수면제 과다복용으로 자살로서 생을 마감하는데 그의 사망기사가 동아일보에 보도되면서 그의 죽음이 왜곡된다는 내용까지 줄거리로 언급되어 있다. 아래는 전태일의 수기장에 기록된 이른바 '준오의 사망 관련 신문기사'이다.

그 우울한 낯을 내던 정희. 우수를 깐 짙은 호수는 방울방울 수정을 떨군다. 석간신문은 무릎 위에 핀 채로.

동아일보 ××년 ××월 ××일
법학도, 법 자체의 모순을 시정하지 못하자 법이 시정되기를 기도 자살. 서울특별시 관수동 25의 4호에 세들어 자취를 하던 법대생 김준오 군. 오늘 아침 새벽 2시 50분쯤, 방에서 신음하던 것을 주인집에서 발견, 곧 성모병원에 급송되었으나 워낙 다량복용으로 아침 4시 50분에 숨졌다. 유족은 아무도 없었으며 책상엔 소녀의 초상화가 있었을 뿐이다. 김준오 군은 전쟁고아이면서도 학우들은 그가 고아인 것을 전혀 몰랐다고 한다. 언제나 명랑한 성격에 자존심이 강한 사람이라 구차한 형편을 몰랐다고 한다. 구명이라는 것은 보도통제로 기사화하지 못한 것이 유감이다. 이중환 성모병원 원장의 말은 원래 심장병의 증세가 있었던 것으로 보인단 말씀이시다.74

이처럼 전태일은 자작소설 내용에서조차 자신을 대신한 남자 주인공을 법대생으로 설정할 정도로 법대생이 되고 싶어했다. 그의 마음속 저변과 심리에는 항상 법대생에 대한 동경과 열망이 있던 것으로 보인다. 또한 전태일은 이 소설을 통해 성모병원으로 후송된 이야기 등 자신의 실제 운명을 소름끼칠 정도로 정확히 예견하고 있다.

5. 전태일이 목격한 서울대 학생시위의 주역들
— 1965년~1970년

6.3세대 막내로서 60년대 후반 서울대 학생운동을 주도해온 조영래(65학번)는 입학 후 세월이 흐름에 따라 학내뿐 아니라 타 대학과 기성세대 운동권까지 아우르는 소위 운동권 거물이 되어 있었다. 조영래를 중심으로 한 운동권 인맥[75]을 잠시 살펴보면 조영래의 경기고 동기이자 상대 학생 김근태(65학번)는 3학년 때인 1967년 6.8 부정선거 규탄시위에 참가해 제적되는 바람에 군대에 끌려갔다가 1970년 3월에 복학했다. 이미 상대 학생운동 지도부가 돼 있었던 그는 3선 개헌 반대운동에 깊숙이 개입했다. 조영래의 1년 후배 장기표(66학번)와 2년 후배 이신범(67학번)은 조영래의 둘도 없는 동지였으며 대학이란 이름의 전쟁터에서 막역한 전우로 지냈다. 이신범은 서울 법대에 입학해 신입생 오리엔테이션 직후 사회법학회에 가입했는데 이 학회는 뿌리 깊은 법대 이념 서클로서 당시 회장은 3학년 조영래였다. 이 학회는 계속 지속되어 오다가 1970년 10월 전태일 분신 항거 한 달 전에 발간된 학회지 「자유의 종」 제2호에 평화시장의 문제를 다룬 경향신문기사를 장기표가 게재하기도 했다.

---

74 전태일, 『친필수기』, CD 사본 2, 5-8.
75 전태일, 『친필수기』, CD 사본 6, 2.

이신범은 조영래와 문리대 사학과 복학생인 이현배(63학번)가 주동한 6.8 부정선거 규탄시위 때 처음으로 데모에 참가한다. 2학년 들어 학생회 상임위원을 맡으며 사법시험을 포기한 이신범은 2학기를 휴학하고 1969년에 복학, 문리대 유인태, 서중석과 교양과정부의 이철 등과 함께 3선 개헌 반대 시위를 모의하는 등 여러 시위를 주도하다 결국 무기정학을 당했다.[76] 또 한 명의 운동권 리더는 상대 69학번 심재권이다. 전북 전주의 중소기업 집안 출신인 그는 조영래보다 한 살 많은 1946년생이지만 검정고시를 통해 뒤늦게 상대에 입학했다. 그의 4형제는 모두 서울대에 진학해 민주화의 고초를 겪은 것으로 유명하다. 그가 입학한 1969년도에 서울대 측은 교양과정부를 신설, 각 단과대 신입생을 공대가 있는 공릉동 캠퍼스로 몰아넣었다.

아마도 당시 서울대에서 벌어지는 거의 모든 데모의 본산지라고 할 수 있는 문리대, 법대, 상대 등의 의식화된 선배로부터 새내기 신입생들을 차단시키려는 학교 당국의 조치였으며 때 묻지 않은 1학년 신입생들을 반정부 의식화에서 격리, 보호하려는 의도였던 것이다. 얼핏 생각하기에는 교양과정 학부생들은 학생운동의 무풍지대인 공대 선배들과 함께 조용히 어울려 시국에 연연하지 않고 대학생활에 적응할 것 같이 당국은 판단했던 것이다. 그런데 이런 상황을 역이용해 심재권은 상대의 운동권을 역동적으로 이끌었다. 늦깎이 신입생 심재권이 처음 기획한 첫 학생운동은 신동수, 심재권, 이호웅, 이철, 원혜영과 함께 후진국사회연구회(후사연)를 조직한 것이다. 이는 결국 69학번 그룹이 막강 학내세력을 형성하는 계기가 된다. 3선 개헌 저지가 물거품이 되자 심재권은 "이대로 좌절할 수 있겠느냐"며 교양과정부에 모여 있는 문리대, 법대, 상대 1학년 학생들을 규합,

---

76 그 후 1971년 2월에 무죄가 선고되었다.

전태일은 평화시장 공장 인근에 있는 음대 캠퍼스 방향을 바라보는 경우가 많았다. 사진은 중부시장에서 일할 때 모습

서울대 최초의 3개 단과대 연합서클인 후사연을 조직한다.

이때 문리대의 신동수, 이호웅, 장성효와 법대의 최희원, 상대의 심재권, 김상곤 등이 주축이 되었다. 김근태와 경기고 동기로서 뒤늦게 69학번으로 문리대에 들어온 신동수는 당시 거의 모든 학생운동에 깊숙이 개입하고 있었지만 결코 드러나는 일이 전혀 없는 인물로 유명했다. 70학번인 상대 김문수도 뒤에 후사연 맴버가 된다. 원혜영의 증언77에 의하면 후사연에서 처음 활동한 것이 청계천 판자촌 실태조사와 광주 대단지 이주 등을 조사하고 문제점을 연구하는 것 등이었다. 후사연의 출현은 서울대 학생운동사에서 중요한 의미를 지닌다. 왜냐하면 각 단과대별 서클 중심으로 따로 놀 수밖에 없는 학생운동 조직이 하나로 통합되는 결과를 낳았기 때문이다. 문리대 운동권, 법대 운동권, 상대 운동권 등으로 분화된 형태가 아니라 후사연을 고리로 범서울대 운동권의 단일 대오가 갖춰짐으로

77 "긴급조치 9호세대 대탐험, 예비시위로 분위기를 띄워라", 「뉴스메이커」, 2005.3.18.

써 엄청난 시너지 효과를 창출하는 것이었다.

실제로 이들 69학번이 2학년이 됐을 때 기존 서클은 회원확보에 적잖은 어려움을 겪는다. 쓸만한 재목은 이미 후사연 맴버가 모두 되어 있었기 때문이다. 당시 문리대 운동권의 본산 격인 문우회마저 난감한 지경에 빠질 정도였다. 유인태, 유영표 등이 주도하던 문우회는 후사연과 묘한 갈등을 빚으며 세가 위축되는 상황에 이른다. 공대 출신으로 전태일과 나이가 가장 비슷한 1948년 10월 6일생 서경석(66학번)은 대학을 졸업할 무렵에 전태일 분신 항거 사건이 발생하자 새문안교회에서 '참여와 호소의 금식 기도회'라는 이름으로 추모 농성을 벌이면서 기독교 학생운동의 서막을 열었다. 'KSCF'(한국기독학생회총연맹)가 그동안의 보수적 노선을 청산하고 1970년대 민주화운동의 주역으로 등극하는 계기가 되었던 것이다. 1966년 공대에 입학할 때까지만 해도 엔지니어를 꿈꾸는 평범한 공학도였던 그가 미국 MIT공대 박사가 되기를 포기하고 운동권에 투신한 것은 서울고 단짝이자 서울법대 66학번인 박세일 때문이었다. 박세일과 함께 이념서적에 탐닉한 그는 2학년 때는 아예 휴학을 하고 본격적인 사회주의 공부에 빠져든다.

그는 박세일의 소개로 조영래를 만났고, 조영래를 매개로 장기표를 알게 된다. 어설픈 철학 청년 서경석을 운동권으로 의식화시킨 것은 상대에 조직된 '경제복지회'였다. 또한 'CCC'(한국대학생선교회) 입석수양관에서 상대 휴학생이자 경제복지회 회장인 박성준을 만나면서부터 본격적으로 시작됐다. 박성준의 부인 한명숙과 김근태, 강철규 등을 알게 된 것도 경제복지회를 통해서였다. 박성준에게 비밀지도를 받으면서 서경석의 꿈은 엔지니어가 아니라 사회주의 혁명가로 변해갔다. 4학년이 되자 서경석은 산업사회연구회라는 이념 서클을 만들면서 학생운동 불모지였던 공대를 변모시켰다. 공대 학생운동의 효시가 되는 이 서클은 유재현과 신철영

등 훗날 그와 시민운동을 함께하는 많은 인재를 배출했다. 또한 소위 71세
대라고 불리는 운동권은 65~71학번까지 다양하게 걸쳐 있지만 그 중심
세력은 1971년 정상적으로 학교를 다녔을 때 4학년이 되는 68학번이다.
이 68학번을 축으로 한 67~69학번이 왕성하게 활동한 1969~ 1971년은 정
치, 사회적으로 매우 중요한 시대이기도 하다.

바로 이 기간에 전태일의 분신 항거 사건이 발생한 것이다. 정치적으
로 볼 때 박정희 정권이 장기집권 체제로 가기 위한 사전 정지 작업을 하는
기간이었으며, 사회적으로는 산업화와 개발독재의 모순이 드러나기 시
작한 시기였다. 먼저 정치적인 측면을 보면 68학번이 갓 입학한 해인 1968
년 8월 무렵부터 대학가에는 박정희의 3선 연임 문제가 이슈로 대두한다.
학생운동권에서는 이 문제를 놓고 내부 노선투쟁이 전개된다. 이 문제 먼
저 이슈화해 3선 개헌 음모를 조기에 차단하자는 부류와 그렇게 하면 박
정권의 음모를 공식화시켜주는 꼴이 되기 때문에 자제해야 한다는 세력
이 공존하고 있었는데 결국 강경론이 승리하게 되었다. 학생들은 1969년
3선 개헌 반대투쟁에 역량을 집중하고 이는 박 정권에 3선개헌 논의의 물
꼬를 터주는 셈이 되었다.[78] 이런 가운데 1970년 3월에 야당인 신민당 대
통령 후보로 김대중이 선출된다. 68학번이 3학년에 되는 해인 1970년은
박정희 군부정권의 9년 집권이 낳은 사회적 모순이 한꺼번에 폭발한 해[79]
이기도 하다.

또한 분신 항거 이듬해인 1971년은 대통령 선거와 국회위원 선거가 있
는 해였다. 4학년이 되어 학생운동을 후배에게 물려줘야 할 68학번이 손

---

78 위와 같음.

79 1970년 4월 8일에 발생한 와우아파트 붕괴 사고는 박정희 정권이 추구해온 고도성장 정
책의 허상이 만천하에 드러난 상징적 사건이었으며 연이어 그해 11월 13일에 발생한 전
태일의 분신 항거 사건은 산업화 과정에서 소외된 노동자 문제가 극단적으로 표출된 사건
으로서 학생운동권을 온통 충격으로 몰아넣었다.

을 떼지 못하고 계속 끌려간 이유는 이런 시대적 중요성에 있었다. 실제로 1971년 들어서도 사회적 모순구조는 끊임없이 표출됐던 것이다.[80] 그 후 세월이 흘러 일명 '김씨 아저씨'라고 불리던 장기표는 1974년부터 1975년 까지 평화시장에서 위장취업을 했다. 서른 살의 나이에 시다를 할 수는 없 었기에 "앞으로 피복제조 사업을 하려고 한다"며 주로 다리미질과 일명 시아게[81]를 하면서 노학연대를 모색했고 정치학과 출신 손학규는 탄광 노 동자 생활을 거쳐 제정구와 함께 청계천에서 빈민운동에 뛰어들었다. 법 대 학생회 간부였던 이광택은 전태일의 분신 항거하기 전 부산지역 노동 자들의 생활실태를 현장 조사한 일이 있었으며 김문수는 초기에는 청계 피복노조 간부들에게 한자와 상식을 가르쳐 주기로 했으나 자신이 직접 노동현장을 배우고 싶어 재단일을 배워 취업하기도 했다.

지금까지 전태일의 영향을 받은 서울대 학생들과 그들이 이끌었던 각 종 시위와 사회활동을 알아보았다. 그들은 전태일의 친구가 되어 국내 정 계와 경제계는 물론 노동계, 학계, 종교계를 비롯해 한국 사회 전반에 걸 쳐 많은 영향을 끼치고 있는 인재들이 되었다. 전태일의 분신 항거를 기점 으로 전태일과 우정을 맺었던 서울대 출신들은 이처럼 사회 요소에 널리 포진하여 아직도 각자의 영역에서 전태일의 뜻을 실현하려는 "전태일의 사람"이 되었으나 친구 전태일의 정신과 반대의 길을 가는 사람들도 더러 있다. 사람은 책을 만들고 책은 사람을 만든다는 격언에 비유하자면 결국 전태일은 서울대 학생들을 만들었고 서울대 학생들은 다시 전태일을 만 들었고 그 전태일은 또 다시 서울대 학생들을 새롭게 빚어내며 지금도 역

---

80 1971년 8월 10일 일어난 광주 대단지 사건은 개발독재가 낳은 빈민 문제가 폭동으로까지 비화한 큰 사건이었으며 아울러 정인숙 살해 사건과 윤필용 독직 사건 등 부정부패 스캔 들은 당시 사회상을 말해주는 한 단면이었다.

81 마무리 작업단계를 담당하는 직공을 뜻하는 일본어.

사를 만들어 가고 있다.

6. 전태일과 조영래, 빛나는 우정은 죽음보다 강하고

서울대 학생들 중에서도 조영래는 전태일과 참으로 미묘한 관계에 있다. 조영래와 전태일의 직접적인 인연은 1970년 전태일의 장례식이 서울대 법과대학 주관으로 치뤄졌을 때 조영래가 직접 참석하면서부터 시작된다. 비록 두 사람은 살아서는 한 번도 만나보지 못했으나 조영래는 끝까지 친구 전태일의 유지를 받들고자 치열한 삶을 살다가 짧은 생애를 마치고 친구 태일의 뒤를 따랐다. 조영래와 전태일 두 사람은 태어난 지역과 사망한 장소가 같았으며, 심지어 마지막에 묻힌 묘소마저 같은 묘역 지근거리에 묻혀있으니, 이런 인연도 드물 것이다.

그뿐이 아니다. 전태일은 죽어서도 당시 미혼이었던 조영래에게 배우자까지 맺어 주는 역할을 했다. 수배를 받던 조영래는 부인 이옥경과 비밀리에 결혼을 해서 갓난 아들까지 있었는데, 이 두 사람의 만남도 알고 보면 전태일 때문이었다. 전태일 분신 항거 사건이 발생하자 이화여대 신문방송학과에 재학 중이던 이옥경은 이 사건에 대해 무관심한 사회를 비난하는 글을 신문에 기고했고, 당시 서울대에 재학 중이던 조영래는 이런 글을 쓴 훌륭한 여성이 누구인지를 일부러 알아보았고 이를 계기로 두 사람이 연애를 하며 마침내 결혼까지 성사됐기 때문이다.

조영래도 단명했으나 정확히 전태일보다 곱절의 나이를 더 살았다. 아무튼 단명한 두 친구는 생존 시에는 그처럼 서로의 존재를 알지도 못했고 알 수도 없었으나 죽음이라는 매개체로 더욱 더 깊어진 관계가 되었다. 같은 연배지만 두 사람은 하늘과 땅만큼이나 각자 다른 길을 걸어왔다. 한 사람은 초등학교도 제대로 졸업하지 못한 사회의 밑바닥 인생을 살아 왔

조영래의 시대별 사진. 고교 시절(좌)과 대학교 시절(중), 변호사 시절(우) 모습

고 한 사람은 크게 부요한 환경은 아니었지만 엘리트 코스인 경기중·고등
학교와 서울대학교를 전체 수석으로 입학한 수재였기 때문이다.[82] 그 후
법대 학부를 졸업한 조영래는 대학원을 다니며 법조인의 길을 준비하던
중에 고시를 준비하기 위해 내려간 시골 절간에서 전태일의 평화시장 분
신 항거 보도 기사를 읽고 전태일의 존재를 알게 되었다. 그 후 사법고시
에 합격한 조영래는 이후 전태일을 세상에 올바로 알리고자 장기표의 도
움을 받아가며 비밀리에 전태일의 인간 사랑과 투쟁을 담은 책을 혼신의
힘을 다해 집필했다.

전태일의 경우 조영래가 있었기에 그의 유지가 더 힘 있게 펼쳐질 수
있었고 그의 존재가 세상에 더 자세히 알려지게 되었다. 경기도 마석 모란
공원에 있는 전태일의 묘소에 당도하려면 조영래의 무덤을 거쳐 가야 하
는 것처럼 조영래는 전태일을 "외치는 자"였고 전태일의 길을 "예비하는
자"였다. 조영래가 쓴 『전태일 평전』은 출판된 후부터 지금까지 많은 사
람들을 변화시키고 사회를 변화시키는 역할을 하고 있다. 두 사람의 관계
를 기독교에 비유한다고 가정할 때 전태일이 예수라면 조영래는 세례자

---

82 경기고와 서울대를 졸업한 사람들을 일컬어 소위 KS(경기고, 서울대)라고 일컫는다.

요한이나 사도 바울의 역할을 동시에 해낸 사람이었고 장기표는 수제자 베드로의 역할이었다고 할 수 있을 것이다.

그렇다면 조영래는 왜 편안한 삶을 내던지고 자신과 아무런 인연도 없는 생면부지의 노동자 전태일의 삶과 투쟁 그리고 그의 죽음을 복원시키려고 노력했을까? 이는 조영래가 지니고 있는 남다른 인간애에서 비롯된 것으로 보인다. 조금이라도 불쌍한 사람만 보면 마음 아파하는 조영래의 심정은 전태일과 너무나도 흡사했다. 법대 재학시절의 조영래를 살펴보면 대학에 입학한 후, 불의를 보면 참지 못하는 조영래는 학생시위를 가담하고 주도한 전력 때문에 1학년 과정은 수석 입학자의 이미지에 걸맞지 않게 좋은 성적을 거두지는 못했다. 사회운동과 운동권에 깊이 관여한 조영래는 상급반에 오를수록 출석률이 극히 저조했고 성적도 떨어졌다. 뿐만 아니라 학교 측으로부터 두 차례의 근신과 정학을 당하기까지 했다. 동급생들의 눈에는 전혀 모범생이 아니었다.[83] 그런 이유들은 바로 조영래가 현실에 안주하지 않고 어떤 불이익을 당하더라도 기필코 사랑과 정의를 실천하려고 했기 때문에 발생한 일들에 불과했다. 이런 성격이 바로 전태일과 조영래의 닮은 점이었다.

조영래도 여느 법조인처럼 안락한 삶을 살 수가 있었다. 그는 굳이 서울대 전체 수석이 아니더라도 근엄한 법복을 입은 검판사로서 미래가 보장된 우수한 법대생이었다. 그러나 당시 박정희 정권하에서 법조계의 만연한 '인간을 위한 법'이 아닌 '법을 위해 인간이 재단(裁斷)'되는 현실을 통탄하면서 인간을 위한 세상과 인간을 위한 법을 실현하기 위해 여생을 마치기로 결심했다. 아울러 전태일은 평화시장의 5년차 일류 재단사였기 때문에 자신의 영달만을 꾀했다면 주는 월급이나 꼬박 챙기고 남들처럼

---

83 "긴급조치 9호 세대 비화, 귀신이 데모를 주동하다", 「뉴스메이커」, 2004.7.23.

편하게 잘 먹고 잘 살았을 것이다. 그랬더라면 그는 결혼해서 집 한 채도 장만해고 자식들을 여럿 낳고 단란한 가정을 꾸리고 살았을 것이다. 전태일은 '옷을 재단하는 평화시장 노동자들을 인간이 아닌 기계 취급하는 것'에 대해 저항하며 '인간 해방'을 부르짖었다. 전태일은 현실에 안주하지 않고 자신의 한 몸을 과감히 던졌다. 이런 점이 두 사람의 공통점이다.

한편 우여곡절 끝에 1년간의 시험 준비를 마친 조영래는 71년 사법시험에 합격했다. 그러나 사법연수원 재학 중에 발생한 서울대 내란음모사건의 주모자로 심재권, 장기표, 이신범 등과 함께 체포되어 1년 6개월간 수형생활을 하게 된다. 결국 1973년에 복역을 마치고 만기출소를 하지만 다음해 전국민주청년학생총연맹(민청학련) 사건으로 수배되면서 그 후 1979년까지 6년 가까운 피신 생활을 시작한다. 피신생활 중에도 사회의 민주화를 향한 투쟁의 불꽃을 삭이지 않았고, 3년여에 걸친 각고의 노력과 장기표의 도움으로 '어느 청년노동자의 삶과 죽음'을 집필했다. 암울하기만 한 수배의 시간조차도 자포와 체념이 아닌 투쟁의 기회로 활용한 것이다.[84] 도피생활을 하면서도 3년의 시간을 들여 어머니 이소선을 직접 만났고 전태일과 함께했던 청계천 노동자들을 알기 위해 청계천 일대를 누볐고 장기표를 통해 전해 받은 전태일의 친필수기를 잘 정리해서 책을 집필했던 것이다. 수배생활 중에 펴낸 그 책이 바로 훗날 『전태일 평전』이라는 제목으로 재출간되면서 사회에 큰 파문을 던졌다. 그러나 친구 전태일의 분신을 노동운동과 민주화운동의 횃불로 승화시킨 불후의 걸작인 그 책은 단순한 조영래의 글재주의 산물이 아니었다. 그것은 조영래의 혈관을 관통한 인간에 대한 뜨거운 사랑과 결연한 투혼 그리고 어떤 순간에서도 자신은 물론 남들에게까지 희망의 빛을 던져주는 타고난 낙천성의 소

---

84 안경환, 『조영래 평전』(2006), 203-237.

산이라고 할 수 있다.[85] 조영래는 자신이 직접 집필했음에도 불구하고 생전에 그 책의 저자가 자신임을 세상 누구에게도 밝히지 않고 끝내 숨을 거뒀다. 그가 죽은 지 1년이 지나고 난 후에야 1차 개정판 출판을 통해 처음으로 그가 집필자였다는 것이 세상에 밝혀졌다.

전적으로 자신을 드러내지 않고자 하는 깊은 겸손을 지닌 그는 전태일을 향해 항상 죄의식을 가졌으며 태일을 마음속의 영원한 친구로 자처하며 불꽃같이 살았던 진정한 전태일의 친구였다. 전태일이 비로소 그의 죽음을 통해 자신의 이름이 드러냈듯 조영래 역시 죽고 나서야 자신의 이름을 드러낸 것이다. 조영래는 한마디로 정의하기 힘든 다중적 성격의 소유자였으나 그의 삶 어느 곳에서나 쉽게 발견되는 일관된 주제는 오직 인간에 대한 헌신적인 사랑이었다. 조영래의 역작 『전태일 평전』에 그려진 전태일은 다분히 순교자적으로 그려졌다고 보여진다. 불교신자였던 조영래는 기독교신자였던 전태일의 순교자적인 삶을 살고자 했다. 한 인간이 평생을 통해 이뤄낼 수 있는 모든 인간적 순수의 결정체로서 마흔네 살의 삶을 불사르는 그는 환하게 타오르는 빛이 되어 스물두 살에 불꽃이 된 전태일을 뒤따라서 이 세상을 떠났다. 공교롭게도 조영래와 전태일 두 사람은 태어난 장소(대구)와 사망한 장소(명동성모병원)가 동일했으며 심지어 마지막 유택인 묘지(마석모란공원)까지도 몇 발자국 지척을 두고 함께 하고 있다.

---

85 1980년 제5공화국의 등장과 함께 수배생활을 마친 조영래는 사법연수원에 재입학하여 83년 변호사 개업을 했다. 이후 1980~90년대 인권변호사로 맹활약을 펼쳤는데 특히 1984년 9월 대홍수 때의 '망원동 수해배상사건'의 승소, 1985년 대우어패럴 사건을 비롯한 각종 노동사건의 변론, 여성의 정년도 남성과 똑같이 55세라는 판결을 받아낸 '이경숙 씨 사건' 그리고 문귀동 부천서 형사를 기어코 법의 심판대에 올린 '권인숙양 사건' 등이 그의 손을 거쳐 갔고 변호사 협의회 인권보고서를 집필하기도 하였다. 또 보도지침 사건, 박길재 사건(상봉동 진폐증 보상문제)을 담당하였으며, 기타 노동, 빈민, 공해, 학생운동 관련사건 등 인권번호에 전력하였다.

제3부

노동·연애·신앙 생활

13장

서울 남산동 50번지 화재 참극과 다락방교회

1966년 1월 18~27일 (약 10일, 19세)

1. 온 가족의 보금자리가 잿더미로 변하다
— 1966년 1월 18일

대구에서 제각각 흩어져 서울로 올라온 식구들이 한 명씩 상봉을 하더니 이윽고 이듬해인 1965년 10월 말경이 되어서야 우여곡절 끝에 온 식구들이 다시 모여 살게 되었다. 서로 산발적으로 각자 살면서 말로 형언할 수 없는 고생을 하던 식구들이 드디어 방 한 칸을 마련해 단란한 가정생활을 시작하려 하자 고난의 신은 이를 허락하지 않았다. 서울 남산동 50번지 판자촌 단칸방에 모여 살아가던 식구들은 두 달 후인 12월 말경에 막내 순덕마저 천호동 아동보호소에서 찾아오면서 흩어졌던 일가족이 모두 상봉하며 모처럼 한 지붕 아래 살게 되었는데 뜻하지 않게 50번지 일대의 모든 판잣집에 큰 화재가 난 것이다. 화재는 1966년 1월 18일(음력 1965. 12. 27)

화요일 밤 10시가 다 된 시각에 발생해 삽시간에 모든 건물을 태워버렸다.
그 날도 어느 때와 마찬가지로 저녁 식사를 마친 식구들이 대부분 단잠에
빠져 있을 시각이었다.

그 날 이소선은 중앙시장 야채 가게에서 하루 종일 장사를 끝내고 지
친 몸을 이끌고 집으로 돌아왔고, 태일, 태삼 형제도 역시 평화시장에서
하루 종일 미싱일을 마치고 집으로 돌아와 지친 채 누워있었다. 그러나 전
상수는 초저녁부터 술에 취해 곯아떨어져 인사불성이었다. 그날따라 온
식구들은 다른 날보다 더욱 피곤에 지쳐 저녁식사를 마치자마자 초저녁
부터 일찍 잠자리에 들었다. 한겨울이라 해가 짧기도 했지만 하루씩 벌어
먹고 사는 막노동, 노점상, 넝마주이, 날품팔이하는 사람들이 주로 기숙하
는 동네라서 그런지 그 시각은 모두가 고요히 잠을 자고 있었다. 평소에도
서울 시내라고는 생각이 안 될 정도로 저녁이 되면 적막강산이었다.

그러나 불길이 점점 활활 타들어 오는 위태로운 상황에서도 그날따라
식구들은 서로 뒤엉켜 정신없이 코를 골며 깊은 잠에 빠져 있었다. 그때
어디선가 사람들의 비명소리와 함께 쿵쾅거리는 소리가 들리면서 건물이
무너지는 소리가 들렸다. 유난히 잠귀가 밝은 태일이가 갑자기 자리에서
벌떡 일어났다.[1] 당시 신문기사를 각각 확인해 보면 그 당시 화재가 얼마
나 처참했는가를 짐작케 한다. 조선일보 1면에는 "어젯밤 남산동에 대화
(大火). 3백 60가구의 밀집된 판잣집 전소. 10여 명 행방불명. 18일 밤 9시
30분쯤 남산동 2가 50번지 9통 일대 판자촌이…"라는 기사 제목과 함께
아래의 설명이 이어졌다.

화재 현장인 남산동 2가 50번지 가칭 유엔호텔은 자유당 시절 관광유치 사업

---

1 이소선, 「저자와의 인터뷰 증언」, 2006.3.22.

의 일환으로 신축 공사를 하던 중에 4.19 데모가 일어나자 공사가 중단되고 3층 뼈대 골조만 남긴 채 중단되었다. 그 후 유엔호텔 관리사무소가 생기고 김덕승(金德勝) 씨 등 채권단이 인수받아 관리를 해 왔는데 영세민들이 미완성 건물에 판잣집을 짓기 시작하여 건평 3,000여 평에 400여 가구 3,000여 명의 주민이 들어 살게 되어 행정구역상 1개의 통과 10개의 반으로 그 규모가 형성되어 대부락이 되었던 것이다.[2]

이어서 3면에도 "혹한 뚫은 아비규환, 순간의 참변… 확인할 길 없는 생사, 남산동 화재현장…"이라는 제목 아래 다음과 같은 기사가 실렸다.

서울 중앙방송국 밑 남산동 일대는 올 겨울 들어 가장 큰 화재로 아비규환의 수라장을 이루었다… (중략)… 화재 현장에는 50여 대의 소방차가 출동을 하여… 남산 약수터 일대와 한국삭도(케이블카) 앞 광장에 피난한 이재민들은 타는 집을 바라보며 통곡들을 했고 불이 난 줄도 모르고 뒤늦게 귀가한 부모들은 불길 속에서 못 나온 어린 자식 또는 노부모의 이름을 부르며 몸부림치는 모습은 보기에도 애처로웠다. 길 건너편 건물들에서는 불이 붙을 새라 물건 나르기에 정신이 없었고… (생략).[3]

기사 내용대로 한밤중의 화마로 인해 현장은 그야말로 아비규환이었다. 이튿날 기사 7면에도 "21명 소사, 중상도 11명, 4백 65가구 전소, 이재민 2천 2백여. 잿더미에 묻힌 '날품생계' 남산동 화재 상보…"라는 제목 아래 다음과 같은 기사가 실렸다.

---

2 「朝鮮日報」, 1966.1.19., 1면.
3 「朝鮮日報」, 1966.1.19., 3면.

18일 밤에 일어난 서울 남산 판자촌 화재로 465가구가 전소하고, 21명이 타죽고 중화상 11명과 2,244명의 이재민을 냈다. 화제는 짓다 만 3층 콘크리트 슬라브 건물 아래층에 사는 김희제 씨 연탄난로 베마개에서 불이 붙어 바닥에 깐 가마니로 옮겨 붙어 초속 3m의 강한 북서풍에 날려 겨우 1시간 20분 동안에 동 건물 안의 400여 가구와 그 이웃에 흩어져 있는 50여 가구의 판잣집들을 종이 집처럼 태워 버린 것이다. 속칭 유엔호텔이라고 불리우는 이 건물은 건평 1,500평으로 구 자유당의 장경근 씨가 착공하였으나 잇따른 정변에 완공을 못하고 비워 두자 지게, 리어카를 끄는 막벌이, 넝마주이 노점상 날품팔이꾼이 입주해 1개 통(統)을 이루고 살아 왔었다. 이날 소방도로도 없는데 호스가 얼어 소방 작업이 제대로 되지가 않은 데다가 기름 묻은 천막지붕, 바짝 마른 판자, 두터운 종이 벽이라서 방화 10분 만에 불이 번진 것이다. 엉겁결에 속내의를 입은 채, 맨 발로 이불을 둘러쓰고 불길을 피해 나온 주민들은 2층에서 뛰어내리기도 했고 불길에 머리를 태우거나 속살을 데워 고통의 신음들을 했다. 이재민들은 이웃 남산국민학교에 수용되어 집단구호를 받고 있었다.[4]

남산동 2가 판자촌은 지금의 숭의여자대학 건너편 남산케이블카 매표소에 인접한 동네였다. 당시 무작정 상경한 이농자들은 서울 지역 자투리 땅이나 빈터만 있으면 집을 짓고 살았으며 화재가 난 유엔호텔 공사 중단 부지 안에서 실제로는 460여 가구가 살고 있었으나 소방차 진입이 불가능했다. 결국 화재로 3천여 명의 이재민이 발생했으며 일간 신문들은 호외를 발행해 참사 사실을 보도했고, 영부인 육영수도 위로 방문을 했다.

---

4 「朝鮮日報」, 1966.1.20., 7면.

1966년 1월 18일 한밤중에 전태일의 일가족이 살던 남산동 2가 유엔호텔 자리 판자촌에서 화재가 발생했다. 화재가 진화된 이튿날 아침 장면. 460가구 3천 명의 이재민이 발생했고 30명이 사망했다.

2. 화재 현장에서 구사일생으로 빠져 나오다
— 1966년 1월 18일

참으로 아비규환이 따로 없었다. 워낙 엄동설한의 한밤중 곤히 잠자던 중에 당한 재앙이라 손을 쓸 겨를이 없었다. 엉겁결에 깨어난 식구들은 경황없이 이리저리 갈피를 못 잡고 허둥댈 뿐이었다. 마침 전태일이 살던 판잣집은 하필이면 화재가 난 지역의 가장 한복판에 자리 잡고 있었다. 때마침 불어 닥친 강풍에 의해 불길은 삽시간에 태일의 식구들이 사는 거처 한복판으로 옮겨붙었다. 워낙 불에 잘 타는 나무판자로 벽을 만들었기 때문에 서로 다닥다닥 붙어 있던 판잣집들은 순식간에 와르르 무너졌다. 더구

나 시커먼 기름칠이 된 판자때기들과 종이 상자 등을 얽어 만든 집들이라
서 마치 마른 낙엽을 태우듯 삽시간에 타들어 갔다.

　밖에서 퉁탕거리는 소리와 비명소리에 놀란 태일은 잠에서 깨어나 불
이 난 것을 직감적으로 느끼고 동생들과 부모님을 모두 흔들어 깨운 후 재
빠르게 방문을 열어 제치고 식구들을 밀치듯 모두 내보냈다. 식구들이 가
까스로 밖으로 몸을 피하는 순간 쿵하는 소리가 나서 뒤를 돌아보니 방금
전에 빠져 나온 집의 방 한가운데가 와르르 무너져 내리는 것이었다. 몇
초만 늦었어도 식구들은 처참하게 타 죽거나 불길에 깔려 죽을 뻔했던 아
찔한 순간이었다. 그러나 더 기가 막힌 일은 지금부터 벌어졌다. 태일의
식구들이 불길과 연기를 피해 좁은 통로를 빠져 나가려던 순간이었다. 갑
자기 뛰쳐나온 이웃들이 서로 뒤엉켜 넘어지며 바닥에 쓰러지니까 뒤 따
라오던 사람들들 발에 걸려 넘어지더니 넘어진 사람들이 점점 불어나서
마치 산더미처럼 쌓이게 된 것이다. 도망가야 할 유일한 길목이 막혀버린
것이다. 서로 먼저 나가려고 아우성을 치며 밀치고 잡아당기는 실랑이 속
에 사람들이 넘어지다 보니 마치 넘어진 사람들이 시체처럼 쌓였던 것이
다. 절박한 피난민들은 이에 아랑곳하지 않고 쓰러진 사람을 딛고 올라서
는 등 빠져나가려고 발버둥을 쳤다.

　그러다 보니 계속해서 사람들이 덮치는 바람에 쓰러진 사람들이 비명
소리를 내며 아우성을 치는 아비규환 그 자체였다. 맨 뒤에서 발을 동동
구르며 뜨거운 불길을 피하려던 사람들은 할 수 없이 몽둥이를 들고 나타
나 넘어진 사람들을 사정없이 두들겨 패면서 간신히 좁은 길목을 트고 도
망을 치기 시작하였다. 활활 타오르는 불길은 걷잡을 수 없이 남산동 50번
지 일대를 순식간에 잿더미로 만들어버렸다. 이때 태일의 식구들도 트인
길을 따라 간신히 빠져 나왔으나 이 과정에서 어머니 이소선은 큰 충격을
받아 눈에 이상증세가 오게 된 것이다. 여기저기 불에 타다 남은 시체와

비명소리들은 차마 눈 뜨고는 볼 수 없을 지경이었다. 어떤 사람들은 김칫독 항아리 속이나 하수구 속에 머리를 처박고 죽었는데 몸뚱이가 절반은 불에 타고 절반은 남아 있는 모습들이 여기저기 눈에 띄었다. 태일의 식구들은 살림살이는 고사하고 숟가락 하나 건지지 못한 채 내복 하나만 겨우 걸친 채로 빠져나왔으며 양말조차 신지 못하고 빠져나온 여섯 식구들은 엄동설한의 추위 속에 오들오들 떨면서 명동 세무서 부근에 있는 남산초등학교운동장으로 대피했다. 살을 에는 듯한 추위지만 오히려 화재현장의 거대한 불꽃과 열기 때문에 밤하늘 아래 남산동 기슭의 차가운 공기는 오히려 얼굴이 화끈거릴 정도로 뜨거웠고 환한 대낮 같았다. 맨발로 대피소로 향해 걷고 있다 보니 땅바닥은 마치 얼음장처럼 차가워 태일네 식구들의 발은 모두 꽁꽁 얼어 버렸다.[5]

3. 어머니 이소선의 실명과 화재민 1차 수용소 생활
— 1966년 1월 19일

전태일의 식구들과 살아남은 주민들은 그 날 밤 긴급대피소인 남산초등학교 교실의 차가운 마루에서 하룻밤을 보냈는데 다행히 급히 파견된 적십자사에서 지급된 담요와 이불을 덮고 그나마 대충 잘 수가 있었다. 밤을 뜬눈으로 지새우며 자는 둥 마는 둥 하고 이튿날 아침을 맞이한 태일의 식구들은 적십자사 구호팀에서 나눠주는 숟가락과 그릇을 받아 강냉이죽으로 아침 끼니를 대충 때웠다. 그래도 이소선과 식구들은 이재민 수용소에 구호품으로 온 식량 중에 "라면이라는 걸 생전 처음 먹었다"고 했다. 여기저기서 성금이 모아지고 구호물품들이 전달되었는데 카바레 직원, 이

---

5 이소선, 「저자와의 인터뷰 증언」, 2006.3.22.

발사 등 가난한 이들이 주로 이재민 성금을 냈다고 한다.

아침을 먹고 난 이소선에게 심각한 일이 발생했다. 화재의 충격과 영향으로 두 눈에 이상이 생긴 것이다. 갑자기 두 눈이 점점 흐려지더니 앞이 희뿌옇게 보이며 시력이 급격히 저하되었다. 시간이 흐를수록 점점 더 희미해지더니 결국은 전혀 앞을 볼 수가 없게 되었다.

"태일아, 엄마 눈이 잘 안 보인다. 앞이 아주 흐리게 보여…."

"네? 엄마. 왜 그래. 정말 안 보여?"

"이 일을 어쩌면 좋으냐. 안 보인다. 애들아 엄마 눈이 아무것도 안 보인다. 앞을 전혀 볼 수가 없다…."

이소선은 두 눈이 아프면서 보이지 않는 불편함을 장남 태일과 식구들에게 하소연했다. 참으로 기막힌 일이 아닐 수 없다. 남산 도동에 살 때 4.19 직후 고등학교 단체복 주문 건으로 사기를 당해 부도의 충격으로 인해 몸이 쇠약해지면서 정신분열증이 걸리면서 시력이 약해진 상태였는데 그나마 이번 화재사건의 충격으로 완전히 앞을 볼 수가 없게 된 것이다. 이소선은 그 날부터 소경처럼 더듬거리며 길을 걷게 되었고 사물을 분간할 수 없게 되어 다른 사람의 부축을 받아야만 움직일 수 있는 지경이 되었다. 영락없이 소경이나 다름없는 신세가 되고 만 것이다. 태일의 식구들을 따라다니는 불행과 고난의 그림자는 도대체 멈출 줄을 몰랐다. 식구들은 화재민 긴급대피소 겸 1차 화재민 수용소로 사용되던 남산초등학교 교실에서 열흘을 지내다가 그달 27일 서울 외곽 도봉동에 있는 2차 수용소로 강제 이주하게 된다.[6] 정부와 서울시가 이재민들을 도심 외곽으로 내쫓는 계획을 세웠는데 서울 창동과 신림동이 그 대상지였다. 그 같은 사실을 통고받자 생계의 위협을 받은 이재민 판자촌 사람들은 남산초등학교를 본

6 이소선, 「저자와의 인터뷰 증언」, 2006.3.22.

거지로 하여 극렬하게 저항하며 발버둥 쳤으나 소용이 없었다. 정부와 서울시는 심지어 수도경비사 트럭까지 동원해 강제로 이주작전을 감행한 것이다. 그래도 이재민들은 "창동으로 보내려면 차라리 죽음을 달라!!"라고 외치며 데모를 벌였으나 오히려 강경 진압으로 인해 중상자들만 속출했다. 결국 이재민들은 창동의 중랑천과 방학천 백사장에 버려지고 천막생활을 해야 했다.

4. 감리교 전진 전도사와 회현동 다락방교회

1) 전태일과 가족들의 기독교 신앙의 뿌리

마침 남산동 50번지 화재사건이 발생한 장소 바로 옆 회현동에는 일명 다락방교회라고 불리는 특별한 교회가 있었다. 그곳을 목회하고 있던 목회자는 감리교의 전진(田鎭)이라는 여성 전도사로서 당시에는 사람들이 그를 가리켜 일명 '선생님', '원장님,' '전도사님,' '장로님' 등 다양한 명칭으로 불렀다. 그녀는 화재사건이 발생하자 신속하게 긴급구호와 여러 구제선교 지원을 통해 빈민목회의 진가를 발휘했다. 이미 그 다락방교회는 화재가 나기 이전부터 태일의 여동생 순옥이 다니고 있었다. 화재 이후 전태일의 일가족이 도봉동 화재민 수용소로 강제 이주할 때 전진 전도사도 재빠르게 대처했다. 전도사는 구호활동과 병행해 대형 천막을 사다가 도봉동 화재민 수용소 안에 천막 교회를 설립한 것이다. 그 후 두 눈이 실명된 이소선이 쌀집 할머니의 전도를 받아 그 천막 교회를 나가면서 백일기도를 통해 고침을 받아 두 눈이 떠지게 되는 기적이 일어난 것이다. 그 기적을 보고 놀란 전태일과 나머지 동생 태삼과 순덕도 그때부터 본격적으로 예수를 믿고 교회를 열심히 다니기 시작한 것이다. 심지어 교회 나가

전진(田鎭) 전도사의 신학교 졸업사진(좌)과 원장시절(우). 전태일을 비롯해 일가족이 신앙생활을 시작할 때부터 담당한 목회자이며 창현교회와 임마누엘수도원, 대한수도원을 목회하며 원장을 맡았다.

는 것을 심하게 반대하던 아버지 전상수마저도 운명하기 직전에 개과천선하듯 교회를 다니기 시작해 신앙생활을 하다가 운명을 했다.[7]

전진 원장이 남산 회현동에서 도봉동 벌판으로 대형천막을 사들고 달려간 결과로 인해 천막 교회가 세워졌고 그 교회에서 이소선의 실명된 두 눈이 떠졌던 것이다. 그것이 발단이 되어 전태일의 가족과 전진 원장과의 친밀한 인연이 시작되었다. 전태일은 남산동 화재 시까지 모두 네 군데의 교회를 다녔던 교회 인연이 있었지만 그가 본격적으로 예수를 믿고 기독교 신앙에 입문한 것은 다섯 번째 교회인 이곳 천막 교회 시절부터였다. 1966년도에 도봉동 화재민 수용소 안에 설립된 천막 교회를 그해 6월 중순경부터 다니면서부터 태일의 신앙은 본격적으로 시작되었다. 그가 창동(도봉동, 쌍문동)지역에서 기독교 신앙생활을 한 기간은 불과 5년(1966.

7 위와 같음.

6~1970. 11)이 채 안 된다. 그러나 전태일은 짧은 그 기간에 깊은 기독교 신앙의 경지에 도달하였으며 아울러 그런 신앙의 배후에는 어머니 이소선의 뜨겁고 불같은 기도가 있었기에 가능했다. 그리고 그 이면에는 또한 전진 원장이라는 독특한 목회자의 신앙적 감화력과 영향이 컸던 것이다.[8]

특히 전진 원장의 목회 이력을 잠시 살펴보면 그녀는 이미 6.25 전쟁 당시(1951. 9. 28)부터 실질적으로 서울 삼각산 임마누엘수도원에 깊이 관여하며 목회활동을 하고 있었다. 그러다가 전쟁이 끝난 1954년 4월에 임마누엘수도원에 대한 재산상의 실제 소유권자였던 유재헌(劉在獻) 목사의 유가족들에게 쫓겨나고 말았다. 그 후 안타까운 마음으로 오랜 기간을 수도원에 대한 미련을 두고 있던 그녀는 무려 16년 동안 건축기금을 모아가며 수도원을 되찾기 위해 기도와 재정을 준비했다. 그러던 중 전진 원장은 1970년이 되어서야 다시 임마누엘 수도원을 재건하게 되었다.[9] 이때 수도원을 재건하는 과정에서 태일은 그의 친한 친구 한 명을 데리고 삼각산에 올라가서 당시 김동완(NCCK 총무 역임) 전도사에 의해 약 5개 월여 동안에 걸쳐 순수한 노동봉사를 자원하여 수도원 건축공사에 자신의 몸을 헌신한다.[10]

또한 태일은 강원도 철원에 있는 대한수도원을 어머니 이소선과 간혹 다니기도 했으며 1970년 삼각산 임마누엘수도원의 공사가 끝나고 하산한 이후 분신 직전까지 줄 곳 임마누엘수도원을 틈나는 대로 찾아가서 기도와 묵상을 했던 것을 확인할 수 있다. 그러므로 삼각산의 임마누엘수도

---

8 전태일과 가족들의 기독교 신앙은 회현동 '다락방 교회'와 전태일이 분신 항거할 때까지 다녔던 창동의 '창현(彰顯)감리교회' 그리고 서울 삼각산의 '임마누엘수도원'과 강원도 철원의 '대한수도원'(大韓修道院)과 밀접한 관계가 있다. 이 교회들과 수도원들은 감리교의 전진 원장이라는 여성 목회자 한 사람에 의해 직접 운영되고 설립된 교회와 수도원들이다.
9 전진,『눈물이 강이 되고 피땀이 옥토 되어』(은혜기획사, 1994).
10 김동완, 「저자와의 인터뷰 증언」, 2005.8.9.

원과 철원의 대한수도원 그리고 서울 남산 회현동의 다락방교회, 창동의
창현감리교회가 전진 원장(전도사)에 의해서 설립되어 운영되었다는 사
실은 전태일의 기독교 신앙에 매우 중요한 부분이다. 이 네 곳은 서로 유
기적으로 밀접한 관계[11]를 맺고 있으며 그 한 사람의 여인 즉 전진이라는
여성 교역자로부터 동일한 영향을 받고 있음을 확인할 수 있다.[12]

아울러 전태일은 그 교회와 수도원들의 영향을 받으며 약 5년여 기간
의 개신교 신앙생활을 해 왔던 것이며 아울러 그 신앙의 배후에는 전진이
라는 여성 목회자의 커다란 영향이 있었음을 알 수 있다. 전태일과 어머니
이소선을 비롯한 그의 가족들의 기독교 신앙의 뿌리는 전진 원장과 그가
설립한 교회와 수도원에 기인하고 있음도 확인할 수 있다. 누군가 신앙을
소유했다면 그 신앙은 그 사람의 사상을 형성하게 된다. 그리고 그 사상은
곧 그 사람의 행동을 낳게 된다. 전태일의 사상과 인간애의 발로가 되는
기독교적 배경을 파악하면서 그가 어떤 종교적 여정을 걸어왔는가를 살
펴보자.

2) 화재민과 고통을 함께 했던 전진 전도사의 다락방교회

남산동 50번지 대화재 당시 전진 원장은 감리교의 여성 장로(長老)와
여성 전도사(傳道師)를 겸임하고 있었다.[13] 또한 회현동 다락방교회를 목
회할 당시 그녀는 주일이 돌아오면 평신도처럼 서울 남산에 있는 남산감
리교회에 교적을 두고 주일예배에 출석했다.[14] 지금의 남산3호 터널 북측

---

11 전진 원장과 관련된 교회와 수도원들은 모두 기독교대한감리회에 소속되어 있는 동일한
   재단이며 같은 교리와 신학, 목회관을 교류한다.
12 전진, 『눈물이 강이 되고 피땀이 옥토 되어』.
13 우리나라 초창기 감리교단에서는 기혼여성에게 목사 안수를 주지 않았기 때문에 당시 기
   혼자였던 전진은 평생을 전도사로 머무르며 목회사역을 했다.

입구에 자리한 회현동 남산감리교회(현 서울 반포동 위치)는 평양 최초의
감리교회였던 남산현교회 교인들이 월남해 그들이 주축이 돼 세운 교회
였다. 월남한 교인들이 남산현교회 이윤영 목사 등과 함께 서울에 와서 일
본인이 버리고 간 욱정교회를 인수해 새 설립한 교회였다. 전진 전도사는
이 교회 장로였으며 같은 교회에는 국회의원과 장관을 지내는 박현숙도
같은 교회 장로로 출석하고 있었다.

그리고 평일에는 회현동 다락방교회에 늘 거주하며 집회와 예배를 인
도하면서 그 지역에서 특수목회와 빈민목회를 하고 있었다. 또한 전진 전
도사는 동시에 강원도 철원에 있는 대한수도원의 원장으로서도 활동하고
있었으나 주로 남산 회현동 다락방교회에 머무르며 소위 가정제단운동
(家庭祭壇運動)과 기도제단운동(祈禱祭壇運動) 등을 펼치며 왕성한 목회
활동을 하고 있던 중이었다.15 마침 대형화재사건이 발생한 당일은 우연
하게도 다락방교회 전진 원장의 생일16이었다. 전진은 화재가 발생한 그
날이 자신의 생일이었지만 특별한 행사나 모임이 없이 자신의 다락방교
회 안에 있는 다다미방에 머무르고 있었다. 그러다가 그 교회를 다니던 어
느 교인을 통해 화재 소식을 접한 것이다. 전진 원장의 회고록을 통해 당
시의 상황을 살펴보자.

(화재가 발생했던) 그해 음력 12월 27일(양력 1966. 1. 18), 그 날은 공교롭
게도 내 생일이었다. … (중략) … 조촐한 저녁을 마치고 쉬고 있는데 어떤 교인
이 울면서 달려와 "우리 동네에 불이 났다"며 창백한 안색이었다. 케이블카가
운행되는 그 아랫동네에서의 대화재였다. 우리는 그때 회현동에서 부엌도 없는

---

14 위의 책, 175.
15 위의 책, 501.
16 전진 원장의 생일은 음력으로 1912년 12월 27일이다.

다다미방에서 살고 있을 때였는데, 우리들보다 더 조악한 환경에 살고 있던 남산 근처의 주민들 500여 세대에 대화재가 발생한 것이다. 그 피해는 끔찍했다. 3천여 명의 이재민이 발생했고 27명이 소사(燒死)했다. 많은 이들이 불에 그을려 죽거나 심각한 화상을 입고 신음했다. 날씨는 매섭게 추웠고 유족들의 엄청난 슬픔은 서울 장안을 뒤흔들었다. 나는 주위의 요청으로 그들 일부의 장례식을 집행했고 그들은 시유지에 묻혔다. 살아남은 이재민들은 남산국민학교에 수용됐다. 시청에서는 그들을 변두리인 신림동, 창동 등지로 집단 이주시키려 했지만 떠나려 하지를 않았다. 현장에서 그런 모습을 목격하면서 나는 답답하고 클클했다. 그때 돈 10만 원이면 방 하나를 얻을 수 있었지만 우리에겐 그렇게 많은 돈이 없었다. 저들을 어떻게 도와야 할 것인가로 고민했다.[17]

전진은 즉시 이재민을 찾아가 위로 심방을 하며 각자에게 필요한 도움의 손길을 주거나 장례식을 치러주기도 했다. 그리고 얼마 후 대형천막을 구입해 도봉동 화재민촌으로 달려가 화재민촌 구역 안에 천막 교회를 세우게 된다. 그 천막 교회는 바로 오늘날의 쌍문동의 창현감리교회의 모체가 된다.

5. 서울 외곽 도봉동으로 강제 이주당하다
— 1966년 1월 27일

결국 태일의 가족들과 화재민들은 서울시 당국의 정책에 따라 서울 외곽지대인 도봉동[18]의 미원 공장 부근 하천가로 강제 이주를 하게 될 수밖

---

17 전진, 『눈물이 강이 되고 피땀이 옥토되어』, 227.
18 당시 행정 명칭으로는 '성북구 창동'이었으나 대부분의 사람들은 인근의 도봉동, 방학동, 쌍문동을 모두 아우르며 대부분 '창동'이라 일컬었다.

에 없었다. 당시 신문기사를 보면 "창동에 정착 계획, 남산동 화재민"이라는 제목 하에 다음과 같은 내용이 실렸다.

> 서울시는 20일 남산동 화재민을 성북구 창동에 정착시키기로 했다. 시 보사국은 예비비 700만 원을 지출 천막 200장을 구입, 4세대 당 천막 1장씩으로 간이 수용시킬 방침인데 방학이 끝나는 이달 말까지 모두 이주시킬 것이라 한다.[19]

화재민 긴급대피소 겸 1차 화재민 수용소로 사용되던 남산초등학교 교실에서 열흘 정도를 지내다가 어느 날 전태일의 식구들과 화재민들은 트럭을 타고 도봉동을 향해 출발했다. 화재 당시 숟가락 하나 건져내지 못하고 양말조차 신지 못한 상태로 빠져나왔기 때문에 알거지나 다름없었다. 전적으로 정부와 적십자의 도움으로 겨우 연명하며 살 수밖에 없는 상태에서 오히려 당국이 시키는 대로 따르기로 하는 편이 더 나을 것 같았다. 그래서 태일의 가족들은 순순히 시 당국자를 따를 수밖에 없었다. 더구나 이번 화재로 인해서 평소에 많은 도움을 받고 살았던 상률이 부모들은 크나큰 슬픔을 당했다. 상필의 여동생 상숙이 이번 화재로 불에 타서 죽었기 때문이다. 그 때문에 앞을 못 보는 이소선은 자신의 처지도 딱했지만 평소 한 식구처럼 서로 도움을 주며 오래 전부터 가까이 지냈던 상필네 식구들을 위로하느라 정신이 없었다.[20] 전태일의 식구들과 화재민들은 1월 27일 오후에 강제적으로 제2차 수용소인 도봉동[21] 하천가로 이주당하여 그 곳에서 화재민 천막촌을 형성하며 살게 된다. 그리고 그 도봉동 화재민

---

19 「朝鮮日報」, 1966.1.21., 3면.

20 이소선, 「저자와의 인터뷰 증언」, 2005.9.23.

21 오늘날의 방학동 715번지 미원 공장 터 일대.

촌에서 8개월 정도를 거주하다가 당국의 화재민, 철거민 분산 정책에 의해 다시 3차 수용소인 쌍문동(창동)의 공동묘지 터로 이주해 그 곳에서 정착하며 전태일이 1970년 11월 분신 항거할 때까지 줄 곳 그곳에서 살게 되었다. 그후 전태일의 분신 항거 사건 이후 그곳은 재개발 아파트(쌍문동 삼익세라믹 아파트)가 들어섰고 이소선 어머니를 비롯해 오늘날까지도 전태삼과 그의 가족들은 그곳에서 살고 있다.[22]

---

22 이소선,「저자와의 인터뷰 증언」, 2005.9.23. 전태일의 아파트와 같은 단지에 있는 필자의 아파트는 바로 그 옆 108동에 자리 잡고 있다.

14장

도봉동 천막촌 공동생활과 천막 교회 설립
1966년 1월 27일~10월 중순 (8개월, 19세)

1. 도봉동 화재민 2차 수용소에 설치한 대형천막에 살다
— 1966년 1월 27일

화재민 긴급 대피소로 사용되던 남산국민학교 운동장에서 출발한 화재민 트럭행렬은 어디론가 향해 출발하기 시작했다. 그 광경은 마치 전쟁 중에 피난민들을 가득 실은 것처럼 장관을 이뤘다. 트럭들은 전태일의 가족 여섯 식구[23]를 비롯해 화재민들을 콩나물시루처럼 잔뜩 싣고 뒤뚱거리면서도 쏜살같이 출발했다. 한참을 달리던 트럭들이 마침내 도착한 곳은 도봉동의 어느 하천가 백사장[24]이었다. 도착 즉시 곧바로 짐짝 부리듯 탑

---

23 전상수, 이소선, 전태일, 전태삼, 전순옥, 전순덕.
24 오늘날의 도봉구 방학동 715번지 미원공장 부근 하천을 말한다.

승자들을 쏟아 놓은 트럭들은 다시 어디론가 떠나갔다. 하천가는 순식간에 마치 수용소 군도와도 같은 광경을 연출했다. 때마침 도봉산 자락에서 불어오는 1월의 살을 에는 듯한 매서운 바람은 하천가를 휘몰아쳤다.

화재민들은 해가 지고 땅거미가 지는 시각이 되도록 당국에서 지급해 준 천막을 공터에 설치하느라 정신이 없었다. 한밤중까지 천막설치 작업은 계속 이어졌으나 강한 바람 때문에 수월하지가 않았다. 당국에서는 천막 내부 바닥을 까는 데 사용하라며 겨우 1가구당 가마니 2장씩을 지급했는데 이는 한 가구당 사용할 수 있는 면적이 무조건 가마니 두 장 정도의 공간 면적으로 제한한다는 의미였다. 아주 늦은 시간이 돼서야 모든 설치 작업을 마치고 도봉동에서 첫날 밤을 맞이하게 된 것이다. 이날부터 전태일과 가족들은 커다란 천막 안에 여러 세대 식구들이 함께 뒤엉켜 공동생활을 해야만 했다. 그러나 한밤중에도 계속 몰아닥치는 세찬 바람 때문에 천막 한가운데를 떠받치는 기둥이 견디지 못해 곧 쓰러질 듯 비틀거렸다. 식구들은 밤새 불안에 떨며 천막 한가운데로 옹기종기 모여 앉아 번갈아가며 천막기둥을 잡고 뜬눈으로 밤을 지새웠다.

천막 크기에 따라 다소 차이가 있었으나 대형천막 1개당 8~12가구가 입주해 가마니 위에서 대충 새우잠을 자야 했다. 이튿날이 밝아오자 사람들은 냉기가 모락모락 피어오르는 천막을 철거하고 다시금 튼튼하게 천막을 설치하기 시작했다. 아침식사는 이른 아침에 도착한 옥수수가루로 죽을 끓여 먹었고 오후에는 보리, 밀가루, 안남미(알람미)[25] 등의 구호품 양식들이 속속 도착해 겨우 밥을 지어 먹을 수 있었다. 날이 밝아 해가 비추면서 하천 백사장과 공터 위에 드러난 천막촌은 일대 장관을 연출했다. 천막의 군상은 마치 군부대 막사처럼 보였으며 영락없이 군인들의 전쟁 포로수용

---

25 베트남 중부지역에서 생산된 수입쌀. 안남미를 비롯해 동남아에서 생산되는 쌀은 찰기가 없다.

이재민 천막촌 광경. 처음에는 공동 천막 생활을 하다가 후에 각 가정마다 천막 한 채가 주어졌다.

소처럼 보였다. 태일의 가족들이 배치받은 천막은 천막촌 첫 번째 줄 오른쪽 맨 끝에서 두 번째였다.[26] 화장실은 천막촌 왼쪽에 있었는데 그냥 한쪽 구석에 드럼통 하나 땅에 묻어놓고 대충 공동으로 사용할 수 있도록 했다. 화장실을 다녀 올 때는 천막을 친 밧줄이 일렬로 줄을 맞춰서 가지런히 설치되었기 때문에 화장실을 오갈 때마다 태일, 태삼 형제는 그 와중에도 장난기가 발동해 줄을 손으로 하나씩 세어가면서 장난을 치기도 했고 때로는 기타 줄을 튕기는 것처럼 튕기면서 화장실을 다녀오기도 했다.

전태일의 가족들과 화재민들은 그날부터 약 8개 월 가량을 그곳에서 생활했는데 눈이 내리는 날이면 천막에 쌓인 눈 때문에 천막이 붕괴되지 않도록 불안에 떨어야 했고, 비가 오는 날이면 하천에 물이 넘쳐 물난리 걱정을 해야 했다. 이소선은 "비 오는 날에는 바닥에 물이 흥건해 천막이 쓰러지지 않도록 돌을 받치고 살아야 했다"고 증언했다. 당국에서는 한 가구당 구제 자금으로 16만 원이라는 액수를 지급했는데도 불구하고 어

---

26 이소선, 「저자와의 인터뷰 증언」, 2005.9.23.

처구니없이 담당공무원과 내통한 동네 화재민 책임자가 그 돈을 몽땅 들고 도망을 치는 사건이 발생하기도 했다. 그러나 시간이 흐를수록 화재민촌의 인구와 천막 수가 점점 불어나기 시작하더니 나중에는 걷잡을 수 없을 정도로 포화상태가 됐다. 그 이유는 당시 서울 시내에는 남산일대 화재민뿐 아니라 다른 지역의 철거민들도 트럭에 실려 이곳으로 강제 이주되어 왔기 때문이다.

그러니까 나중에 트럭에 실려 온 사람들은 단순한 일반 화재민들이 아니라 당국의 무허가촌 강제 철거계획에 의한 모종의 음모에 의해서 방화로 저질러진 화재사건의 피해자들이었던 것이다. 1966년 10월이 되어 수용소의 포화상태가 극에 달하게 되자 화재민촌이라는 명칭보다는 이재민촌이라는 명칭이 더 어울릴 정도로 화재민과 철거민들이 뒤섞여 살았으며 "화재민은 곧 이재민이다"라는 소문이 생길 정도로 이재민들이 몰려들었던 것이다. 시 당국은 자신들의 목적을 달성하려고 방화라는 교묘한 방법으로 빈민들을 강제 철거했던 것이다. 천막촌은 어느덧 도봉산 자락까지 늘어나 헤아릴 수 없이 확장되었고 교통편은 고작 버스가 하루에 두세 번 만 운행되었다. 논둑을 따라 도봉산까지 들어온 버스를 이용해 매일 일터나 직장에 나가려는 태일의 식구들과 주민들은 매일 만원 버스 때문에 출퇴근하기가 거의 불가능할 정도의 교통지옥을 겪었다.[27]

2. 모래 벌판 위에 세워진 천막 교회
— 1966년 2월 2일

이런 와중에도 절망감으로 가득한 화재민촌 안에 용기와 희망을 주는

---

27 이소선, 「저자와의 인터뷰 증언」, 2005.9.23.

교회가 들어왔다. 화재 당시 남산 회현동에서 다락방교회를 담임하던 전진 전도사는 자신의 목회를 도와주던 여성 목회자인 이종옥(李鐘玉) 전도사를 도봉동 천막촌으로 긴급 파송하여 천막 교회를 맡도록 했다. 그리고 담임전도사를 비롯해 이재민 지원을 하던 박현숙 장로와 전진 원장은 이재민을 향해 "하나님을 만나라! 하나님을 뵙자"라고 외쳤다. 혹독한 엄동설한이었으나 병자가 일어서는 치유 은사가 일어나면서 인파들이 몰려 천막 교회가 비좁게 됐다. 전진의 회고록을[28] 통해 그 당시 천막 교회가 들어선 상황을 살펴보자.

저들을 어떻게 도와야할 것인가로 고민했다. 나는 있는 돈을 모아서 남대문시장으로 달려갔다. 아들 최조영 목사[29]와 함께 대형천막을 구입했다. 내 마음이 얼마나 조급했던지 평소에 행동이 민첩하다고 느꼈던 아들이 좀 더 싼 가격에 천막을 구입하겠다고 흥정을 하면서 다니길래 "그따위로 해서 언제 일하겠느냐"고 힐책했다. 물론 돈을 아끼려는 것은 좋지만 당시 엄동설한에 밖에서 떨고 있는 이재민들에게는 그것이 문제가 아니었다. 앞뒤를 재고 흥정을 할 상황이 아니었다. 추진력과 박력있게 처리할 사안은 따로 있는 것이다. 나는 1개 소대가 사용할 만한 크기의 천막 여러 개를 구입하여 후다닥 용달차에 실어 이재민들이 떨고 있는 창동 모래벌판으로 달려갔다. 그들의 생활 근거지 마련에 힘을 썼고 성심껏 도왔다. 아울러(구입해 온 것 중에 남은) 한 천막에서는 교회를 열었다. 너무 감사한 것은 그 혹독한 시련의 겨울, 내가 인도하는 예배 집회에서 소경이 눈을 뜨는 역사가[30] 일어난 일이었다. 전적인 하나님의 은혜였다.

---

28 전진, 『눈물이 강이 되고 피땀이 옥토 되어』.

29 최조영은 당시 청년이었으나 후에 신학 공부를 하여 목사가 되었다. 훗날 모친(전진 원장)이 대한수도원장을 맡던 중 운명하자 모친의 뒤를 이어 원장직을 맡았다.

30 여기에 등장하는 소경은 바로 전태일의 어머니 이소선을 두고 한 말이었다.

나는 오갈 데 없고 가진 것 없는 가엾은 이재민들에게 "하나님을 만나라! 하나님을 뵈옵자"라고 설교했다. 이적(異蹟) 기사(奇事) 소문은 삽시간에 퍼졌고 많은 사람들이 몰려왔다. 천막 교회로는 (더 이상) 버티기가 힘들었다."[31]

한겨울 엄동설한에 세워진 천막 교회의 내부를 들어가면 마치 에스키모인들이 사는 얼음집처럼 등골이 오싹했다. 천막 교회의 구조는 말이 교회당이지 단순하게 대형천막 하나를 설치하고 바닥에는 가마니를 깔아 놓고 정면에 십자가를 걸고 나무 강대상 하나 놓은 것이 전부였다. 새벽예배를 드리기 위해 천막 출입문을 열고 들어가면 천장과 입구가 온통 새하얗게 성에가 끼여 군청색 천막은 온통 하얀 얼음꽃이 피어있었다. 강풍과 냉기가 온통 천막 내부를 감돌고 있으니 바닥에 깔아 놓은 가마니에도 성에가 끼고 얼어 버려 마치 얼음장에 앉는 것 같아 도저히 사람이 앉아 있을 수 없을 지경이었다. 이 천막 교회는 전태일이 살고 있는 공동 천막집에서 약간 떨어진 맨 왼쪽 끝에 세워졌기 때문에 태일과 태삼 형제는 이 천막 교회에 다니면서 장난기가 발동해 화장실을 오갈 때처럼 천막 줄을 튕기며 다녔다.[32]

3. 남상사 취업과 구리토막 줍는 돈벌이
— 1966년 3월

어느덧 시간이 흘러 도봉동 천막촌에 이주한 지도 한 달 정도가 지났다. 식구들은 천막 생활에 어느 정도 익숙해지며 적응하고 있었다. 아버지 전상수는 다시 시장에 다니며 객공으로 재단일을 하기 시작했다. 일거리

31 전진, 위의 책, 227-228.
32 이소선, 「저자와의 인터뷰 증언」, 2005.9.23.

가 없으면 집에서 놀 수밖에 없는 임시직이라서 반은 일하고 반은 놀다시
피 했다. 이때 태일은 동생 태삼을 데리고 남대문 태평로에 있는 국제시장
남상사(南商社)에 미싱 보조로 취직을 했다.[33] 봉제 계통에는 삼일사에 이
어 두 번째 취직이었다. 남자들이 벌어오는 일정하지 않은 수입만으로는
여섯 식구가 먹고 살기에는 턱없이 부족했다. 더구나 부도의 충격과 화재
의 충격으로 눈이 잘 안 보이는 어머니 이소선은 돈벌이를 할 수 없었고
오히려 치료비와 약값이 더 많이 들어갔다. 이소선은 실명된 눈을 고치기
위해서 용하다는 무당이나 점쟁이를 찾아다니느라 제법 많은 돈을 지출
했으며 형제는 하는 수 없이 일을 마치고 집으로 돌아온 후에도 부업을 위
해 한전(韓電)에서 전기공사하는 현장을 아버지와 함께 틈틈이 찾아다녔
다. 전봇대 공사현장인 논밭이나 야산에는 한전 기술자들이 작업하다가
토막 난 전깃줄이나 구리 토막을 간혹 땅바닥에 떨어뜨리는데 이때 떨어
진 구리토막들을 줍기 위해 부지런히 돌아다녔던 것이다. 굵은 전깃줄은
모두 구리로 만들기 때문에 고물상에 내다 팔면 어느 정도 돈벌이가 되었
다. 태일의 집 남자들 세 명은 전봇대를 따라 다니며 부수입을 올렸고 그
돈은 살림에 보탬이 되었다.[34]

4. 예수를 믿고 두 눈이 고쳐진 이소선 어머니
— 1966년 2월 말~6월 중순

1) 점점 더 미신에 가까운 토속신앙에 빠져 들어가다(1966.1. 말)

당시 이소선은 철저하게 미신에 가까운 토속신앙을 믿었다. 그녀는 화

---

33 위와 같음.
34 위와 같음.

재가 난 남산동 50번지 시절뿐만 아니라 그 이전에도 교회를 철저히 부정했던 사람이다. 도봉동 천막촌에 처음 이주를 와서도 변함없이 밥상에 촛불을 켜두고 제단을 꾸밀 정도였다. 언제나 자신과 식구들의 만수무강을 기원하며 정한수 한 그릇을 올려놓고 간절히 절을 하던 소선은 앞이 안 보이게 되자 더욱 적극적으로 점집을 찾아다니거나 푸닥거리를 하러 다녔다. 이때는 혼자 다니지 않고 예전부터 알고 지내던 사람들이나 이웃들까지 함께 데리고 다니기도 했으니 천지신명을 믿는 토속신앙에 대한 그의 정성이 얼마나 지극하였는지 알 수 있다. 그러나 그의 지극한 정성과 노력에도 불구하고 그녀의 몸은 계속 쇠약해지기 시작했고 용하다는 점쟁이나 보살을 찾아다녔으나 별 차도가 없이 오히려 날이 갈수록 신경이 쇠약해져만 갔다. 심지어 온몸이 나무토막같이 빼빼 말라가면서 밤이 되면 불면증에 시달렸다.[35] 더구나 두 눈이 보이지 않는 자신의 신세를 한탄하면서 억장이 무너지는 아픔을 남몰래 겪어야 했다. 이러한 소선을 하늘은 외면하지 않고 육신의 두 눈을 고쳐 주었을 뿐 아니라 영혼의 눈도 열어주었다.[36]

2) 이소선을 향한 쌀집 할머니의 관심과 전도(1966.1.)

도봉산 기슭에 자리 잡은 공동 천막촌에도 어느 덧 4월의 봄이 찾아 왔고 날씨도 제법 포근해지기 시작했다. 이소선은 천막촌 구역에 사는 쌀집 할머니(남산동 시절부터 쌀집 운영)의 헌신적인 사랑과 전도로 생애 처음으로 교회라는 곳에 발을 내딛게 되었다. 사람 사는 곳에는 어디에나 빈부의 차이는 있게 마련인 것처럼 천막촌에도 예외는 아니었다. 친척들의 도움을 받거나 재정적으로 넉넉한 친척을 둔 사람들은 다른 이웃들보다 좀 더 경제적

---

35 이소선, 「저자와의 인터뷰 증언」, 2005.9.23.
36 전진, 위의 책, 227-228.

으로 여유로운 생활을 했다. 남산동 50번지 시절부터 동네 사람들이 그 쌀집 할머니에게 많은 신세를 졌는데 생활이 넉넉한 이 할머니는 천막 교회에서 권사의 직분을 가진 독실한 신자였다. 대부분 쌀이나 연탄을 구입할 때 그냥 외상으로 가져가서 나중에 월급 타는 날에 갚는 방식이었다.

그러던 중 이 할머니도 화재를 당해 화재민이 되어 이곳 천막촌으로 이주해서 이소선과 이웃으로 생활하게 된 것이다. 고맙게도 할머니 권사의 특별한 관심은 오로지 앞이 잘 안 보이는 소선을 보살펴 주며 예수 믿게 하는 것 외에는 없었다. 맹인이나 다름없는 소선을 매일 찾아가 지극한 사랑과 정성으로 보살펴 주었다. 미싱 보조로 취직해 한 푼이라도 더 벌어야 하는 태일, 태삼 형제는 어머니를 따라다니며 병수발을 들어줄 수 있는 상황이 못 되었기 때문에 평일에는 아무도 수발들어 주거나 따라다니는 식구들이 없었다. 그러나 간혹 굿을 하거나 의사를 찾아다녀도 두 눈은 점점 아파오고 백약이 무효한 절박한 상황에서 결국 30대 나이의 젊은 소선은 "이제 나는 아주 앞 못 보는 병신이 되었구나. 내가 이렇게 계속 산다면 식구들에게 얼마나 큰 피해를 줄까?"라는 자포자기의 심정과 몸과 마음이 쇠약해진 상태에서 죽음까지 생각하고 있었을 때였다.

그러던 중에 쌀집 할머니의 사랑과 정성에 감동이 되어 전도를 받고 어쩔 수 없이 선심을 쓰듯 한 번만 교회에 나가 주겠다며 교회로 이끌려가게 된 것이다. 평소에 쌀집 할머니가 종종 자신의 집에 찾아오는 날이면 소선은 쌀값을 받으러 온 줄로 알고 기가 죽어 아무말도 못한 채 미안한 표정을 짓는다.

"태일이 엄마, 나는 쌀값을 받으러 온 게 아니야, 쌀값은 이다음에 예수 믿고 축복받아서 돈을 많이 벌면 그때나 갚으시게나."

"네? … 아이구 죄송스러워서…."

이소선은 할머니 권사의 정성과 함께 쌀값을 못 갚은 송구한 마음 때문에 어쩔 수 없이 교회에 따라나섰던 것이다. 자존심이 강한 소선은 처음에는 교회 다니는 것을 대수롭지 않게 여겼다.

"할머니, 오늘 딱 한 번만 교회에 나가 줄게요 이번에 딱 한 번 만입니다."

할머니에게 선포하고 생전 처음으로 주일예배를 따라 나섰다. 그러나 당시 화재민들 중에는 순수한 신앙 때문에 교회를 찾아온 이들도 간혹 있었지만 대부분 천막 교회에서 나눠주는 갖가지 구호물품을 받기 위해 나오는 사람들이 대부분이었다. 예배당 안에는 열광적으로 부르는 찬송과 큰 소리로 부르짖는 통성기도의 열기로 분위기는 한껏 고조되었는데 토속신앙을 믿던 소선에게 그런 광경이 영적으로 통할 리가 없었다. 소선은 예배시간이 너무 답답하고 지루해 도저히 자리에 앉아 있을 수가 없었다. 또한 이종옥 전도사의 설교는 도무지 무슨 얘기인지 한 마디도 알아들을 수가 없고 따분했다. 더구나 두 눈이 보이지 않던 소선은 그날따라 귀조차 잘 들리지 않았으니 예배를 제대로 드릴 리가 만무했다. 안타깝게도 생애 처음으로 찾아간 교회의 시끄러운 예배 소리에 소선은 미쳐버릴 것만 같았고 교회에 대한 첫인상이 그다지 좋지 않게 받아들여졌던 것이다.[37]

3) 교회 다니자마자 백일기도를 시작하다(1966. 2. 말~6. 초)

교회를 한 번 다녀온 이후에도 쌀집 할머니는 이소선을 계속 찾아가 "두 눈이 떠지려면 새벽예배를 드려야 한다"며 은근히 새벽기도를 권유했다. 두 번 다시는 교회에 나가기 싫었지만 두 눈이 떠진다는 할머니의 말에 귀가 솔깃해졌다. 마지막으로 도전한다는 마음으로 어렵게 새벽예배를 나가기로 결심이 섰다. 자존심이 강한 소선은 천막 교회에서 드려지는

---

37 이소선, 「저자와의 인터뷰 증언」, 2005.9.23.

주일 예배시간을 피해 남들 눈에 띄지 않기 위해 아무도 몰래 새벽기도를 다니기 시작했다. 토속신앙을 믿던 사람이 하루아침에 변해서 교회를 다닌다고 소문이 나면 이웃들과 주변 사람들이 어떻게 생각할지 몰라 그녀는 남들보다 더 새벽 일찍 일어나서 몰래 다니기 시작한 것이다. 처음에는 큰딸 순옥이가 "앞도 안 보이는 어머니가 어떻게 혼자 밤길을 다녀요?" 하면서 몇 번을 부축해 다니기도 했으나 그 후부터는 곤히 잠을 자는 순옥이를 새벽 두 시경에 깨우기가 미안해 혼자 더듬거리면서 새벽기도를 나갔다.

그러던 어느 날, 잠에서 깨어날 시간이 되었다. 소선은 그날도 어김없이 일찍 일어나 혼자 더듬거리며 교회를 찾아가다가 천막에 쳐 놓은 밧줄에 걸려 넘어지고 말았다. 갑자기 땅바닥으로 나뒹굴면서 얼굴에 생채기까지 났다. 그러나 그 후로도 포기하지 않고 계속 기도회를 꾸준히 다녔다. 그러던 어느 날, 천막 교회 입구에 거의 도착을 했을 무렵 이번에도 지난번처럼 실수하는 바람에 밧줄에 걸려 넘어졌다. 땅바닥에 엎어져 잘 일어나지도 못하고 버둥대고 있었을 때였다. 마침 어디선가 동네 개 한 마리가 끙끙거리며 다가오더니 소선의 몸에 오줌을 싸고 가는 것이 아닌가. 서럽고 기가 막혔다. 소선은 그런 서글픈 고통을 겪게 되면서 앞이 안 보이는 불편함이 얼마나 큰 고통인가를 뼈저리게 절감했다. 눈이 안 보이는 고통을 겪어보지 않은 사람들은 모를 것이다.

천막집에서 교회까지는 100미터 남짓 되는 거리였으나 앞이 안 보이다 보니 넘어지지 않고 안전하게 다니기 위해 어린 아기가 땅바닥을 네 발로 엉금엉금 기어 다니듯 조심스레 기어 다녔다. 이소선은 이런 어려움을 겪으면서 오직 병이 낫겠다는 일념으로 열심히 교회를 다녔다. 어떤 때는 새벽기도를 나오는 교인들과 마주치지 않으려고 예배 시작 전에 몰래 교회에 들어가서 기도를 드리고 살짝 빠져나오다가 예배시간 직전에 막 교회를 나오는 교인들 일행과 마주치기도 했다. 그러나 백일 기도회 초기에는 어설프게 교회를 다니던 이소선은 날이 갈수록 조금씩 믿음이 성장하기 시작했다. 여러 우여곡절 끝에 석 달이 순식간에 지나고 드디어 손꼽아 기다리던 백일기도 마지막 날이 하루 앞으로 다가왔다.

이소선의 기도는 그때까지만 해도 매우 단순하면서도 소박한 내용이었다. "하나님, 쌀집 할머니가 말하기를, 백일기도를 드리면 하나님이 모든 소원을 다 들어주신다고 했는데 이제 보니 쌀집 할머니도 거짓말쟁이고 하나님도 엉터리네요?" 하면서 투정을 부리는 기도를 올릴 정도였다. 기도하는 방법도 제대로 배우지 못했으니 내용이 엉터리였음은 당연했다. "하나님, 제 눈 좀 뜨게 해 주세요. 그러면 앞으로 예수 잘 믿겠습니다. 아셨죠?" 그런 식의 기도만 반복하다가 다시금 마음이 꺼림칙하면 하나님께 다시 용서해 달라는 식의 기도를 드리는 방식이었다. 한참 용서해 달라는 기도를 하다가 이제는 자신의 신세를 한탄하는 내용으로 기도가 바뀐다. 그리고 신세 한탄조의 기도는 다시 하나님을 향해 항의하는 내용의 기도로 바뀐다. 이런 이소선의 푸념은 백일기도가 다 끝나가는 데도 아무런 기적이 일어나지 않은 것에 대한 원망이었다. 이런 와중에도 천막 교회를 담임하고 있는 전도사는 소선을 위해 특별히 안찰(按擦)기도를 해주며 관심을 가졌고 이때부터 소선은 가끔 대한수도원 특별집회에 참석해 전진 원장의 안찰기도를 받기도 했다[38]

4) 백 일째 되는 날, 뜨거운 신유의 불을 받다(1966.6. 초)

우여곡절 끝에 어느덧 99일째 되는 날이 되었다. 이 날도 이소선은 여

---

[38] 당시 철원 대한수도원이나 삼각산 임마누엘수도원, 회현동 다락방교회에서 사역하는 교역자들은 '안찰'(按擦)이라는 독특한 방법의 안수기도 방법을 시행했는데 이는 손바닥으로 환부를 반복적으로 찰싹 때리는 방식의 치료기도를 말한다.

느 때와 마찬가지로 교회 강대상 앞에 엎드려 간절한 기도를 드렸다. "하나님 아버지, 이제 내일이 백 일째 되는 날인데 이젠 창피해서 어떻게 합니까. 나는 이제 앞으로 절대로 교회 안 나갑니다. 나는 이제 내일이면 여기서 죽어버릴 테니 하나님이 알아서 하셔요." 마치 하나님께 엄포를 놓으며 따지듯이 드리는 그녀의 기도를 정작 하나님이 들으신다면 얼마나 어처구니없을까? 드디어 하루가 지나고 백 일째 되는 날 새벽예배 시간이 돌아왔다. 이때 강대상 앞에 엎드려 기도하던 소선에게 신기하고 놀라운 현상이 일어나기 시작했다. 예배당 강대상이 있는 바로 위 천장에서 갑자기 딸기만한 크기의 불덩이가 천천히 아래로 내려오는 것이 이소선의 눈에 보이기 시작했다. 그러다가 잠시 후 그 불덩이가 다시 위로 올라가고, 그 불은 다시 계란만한 크기의 불덩이로 커지면서 천장에서 내려 왔다가 잠시 후 다시 위로 올라가는 것이 아닌가? 그 다음에는 사과만한 크기의 불덩이가 내려왔다가 다시 위로 올라가더니 나중에는 점점 커지더니 수박만한 크기의 불덩이가 내려오는 것이었다. 이런 희한하고 놀라운 일이 어디 있단 말인가? 앞이 전혀 안 보이던 이소선의 두 눈이 불덩이를 보게 된 것이다.

무엇인가 보인다는 것은 이미 시력이 회복되었거나 눈이 떠졌다는 증거이다. 그동안 아무 사물이나 형체를 볼 수가 없었는데 방금 자신의 두 눈으로 불덩이를 본 것이다. 그러더니 잠시 후 그 수박크기만한 불덩이가 이제는 강대상 위로 올라가지 않고 움직이지도 않은 채 그대로 공중에 머물러 있는 것이었다. 그 광경을 바라보던 소선은 갑자기 무서운 생각이 들었다. 순간 온몸이 점점 떨려오기 시작했다. "저 불덩어리가 지금 나에게 덮치거나 떨어지면 어떻게 할까?" 그런 두려운 생각을 하던 찰나에 자신도 모르게 두 눈을 딱 감아버렸다. 바로 그 순간이었다. 그 커다란 불덩이가 갑자기 넙적한 모양으로 변하면서 멍석으로 덮어버리듯 소선을 덮쳐

버렸다. 느닷없이 불덩이 세례를 받은 것이다.

이소선은 얼마나 그 불이 뜨거웠는지 온몸이 타들어가는 것만 같았고 익어버릴 것만 같았다. 그리고 얼마나 그 광경이 무서웠던지 바닥에 깔고 앉아 있던 가마니를 두 손으로 쥐어뜯으며 살려 달라며 하나님께 부르짖을 정도였다. 한편, 두려움에 벌벌 떨면서도 소선은 순간적으로 두 손을 얼굴에 대더니 두 눈을 연신 비벼 대면서 뜨거움에 몸부림을 쳤다. 그녀가 눈을 비볐을 때는 자의적이 아니었고 알 수 없는 그 어떤 힘의 작용에 의한 행동이었다. 미친 듯이 눈을 비벼 댄 소선은 불덩이가 너무 뜨겁고 화끈거려서 진이 다 빠져 거의 죽게 될 지경까지 되었다. 머리부터 발끝까지 땀이 비 오듯 해 온몸이 땀에 젖어 있었고 뜨거운 불의 열기가 온몸을 휘감았다. 그러나 이게 웬일인가? 안타깝게도 소선의 눈은 그 시각부터 퉁퉁 부어오르기 시작하더니 점점 보기 흉한 얼굴로 변해버리기 시작했다. 시간이 한참 흐른 후 강대상 앞에서 겨우 몸을 추스르게 된 소선은 휘청거리는 몸을 이끌고 예배당을 간신히 빠져나와 집으로 돌아왔다. 소선은 그 시간부터 불덩이를 받은 후유증으로 이불을 뒤집어쓴 채 꼼짝 못하고 이틀 동안을 누워 있었다.[39]

5) 담임 전도사가 고소당할 처지가 되다

그러나 종교적으로 신비한 체험을 한 소선에게 예기치 않은 문제가 발생했다. 백 일째 되는 날 아침에 천막 교회당에서 알 수 없는 불을 받은 소선은 기운이 모두 빠진 채로 집으로 돌아와서 자리에 몸져누웠는데 그날부터 남편 전상수는 웬일인지 거의 이틀 동안 아내 이소선의 얼굴을 한 번

---

39 이소선, 위와 같음.

도 쳐다보거나 대화를 나누지 않고 본체만체하는 것이었다. 그러던 전상수가 사흘째 되는 날 느닷없이 소선의 얼굴을 자세히 훑어보더니 "당신 눈과 얼굴이 왜 그래?"라며 흠칫 놀라더니 다그쳐 물었다. 퉁퉁 부어버린 이소선의 눈두덩은 이미 흉측한 모습으로 변해 버렸다. 평소 술에 취하지 않은 날에는 다정다감하게 아내를 대했던 전상수는 걱정스런 표정으로 소선의 눈가를 바라보며 깊은 생각에 잠겼다. 그는 속으로 생각하기를 아내의 눈과 얼굴을 흉측스럽게 만든 장본인이 다름 아닌 임마누엘수도원의 전전 원장과 천막 교회 이종옥 전도사라고 판단을 했던 것이다. 그도 그럴 것이 아내가 평소 두 눈에 안찰을 받고 있다는 것을 잘 알고 있던 터였다. 전상수는 갑자기 "이 전도사에게 안수받고 나서 그 후유증 때문에 우리 집 사람이 저렇게 잘못 됐으니 전도사를 어쩔 수 없이 경찰에 고발하겠다"며 난리를 치는 것이 아닌가? 그렇지 않아도 아픈 두 눈을 안수한답시고 흠씬 때려서 이제는 병원에 가서 돈을 주고도 고칠 수 없게 만들었다며 흥분한 것이다.

전상수는 순옥이를 교회로 급히 보내 전도사를 집으로 불러오게 했다. 한참 후 이 전도사가 집에 찾아오자 전상수는 흥분한 어조로 노려보며 "이 전도사님이 안수기도한답시고 태일 엄마 눈을 저렇게 엉망진창으로 만들어 놨지 않소? 도대체 왜 두 눈이 볼썽사납게 저렇게 된 거요? 아무튼 나는 당신을 경찰에 고소할 테니 그리 아시오! 그리고 나 지금 고소할 돈이 없으니까 고소비용을 좀 가지고 오시오!!" 그러나 뜻밖에도 이 전도사는 이미 각오했다는 듯, 아무 말 없이 죄인처럼 전상수의 꾸지람을 듣고 조용히 밖으로 나가더니 잠시 후 정말로 얼마의 돈을 구해 가지고 들어온 것이다. 돈을 받아 든 전상수는 옷을 갈아입더니 밖으로 횡하니 나가 버렸다. 소선은 이 전도사에게 "애들 아버지가 정말로 고소하면 어떻게 하려고 돈을 갖다 주세요?" 하며 걱정을 했다.

그런데 집을 나간 남편은 이틀이 지나도 집에 안 들어 오더니 사흘째 되는 날 불쑥 집에 들어왔다. 이소선은 남편에게 "그래, 당신 소원대로 이 전도사님을 고발했소?" 하며 다그쳐 묻자 전상수는 능청스럽게 "아무런 말대꾸도 안 하는 착한 전도사를 어떻게 고발할 수 있노?" 하며 엊그제와 는 달리 갑자기 너그러운 태도를 보이는 것이었다. 천만다행으로 고소는 하지 않았다는 것이다. 전상수는 자신이 가지고 나간 돈에서 이틀 동안 얼마를 사용했으니 모자라는 것을 더 채워서 이 전도사에게 다시 되돌려 주라며 이번 사건을 조용히 마무리하려고 했던 것이다.[40]

6) 두 눈이 떠지며 집안에 복음의 소식이 전해지다(1966.6. 중순)

고소사건 소동이 있고 나서 열흘이 지난 어느 날이었다. 퉁퉁 부어버린 이소선의 두 눈이 차츰차츰 가라앉기 시작하는 것이었다. 딱지가 떨어지듯이 비늘 같은 것이 눈 주변에서 자꾸 떨어지더니 어느새 부기도 빠져버렸다. 소선은 그동안 동네 사람들 보기 창피해 밖에도 나가지도 못하고 열흘 동안 식구들 눈치를 봐가며 두문불출했다. 심지어 요강 단지를 방안에 갖다 놓고 용변을 해결하던 중이었다. 이때 큰딸 순옥이 "엄마, 세수대야에 물 떠왔으니 세수를 하세요" 하면서 손수 세수를 시켰다. 이때 세수를 마친 이소선의 얼굴을 순옥이 수건으로 닦는 순간 눈이 보이기 시작했다. 옆집 천막에는 마침 국수를 뽑아내는 간이 국수공장이 있었는데 그 집 빨래 줄에는 기계에서 막 뽑은 국수를 건조하기 위해 넣어놓은 것이 있었다. 마침 소선의 눈에 그 광경이 훤히 보였던 것이다. 이때 순옥이 "엄마 이제 보이나요?" "잘 보인다." 그러자 감격한 순옥이 울면서 그 자리에 꿇

---

40 이소선, 위와 같음.

기독교 신앙에 열심을 품고 교회를 다니던 시절의 이소선(좌에서 두 번째)이 성경책과 찬송가를 품고 창현교회 교우들과 함께 한 장면

어앉아 하나님께 감사의 기도를 올렸다. 순옥은 엄마의 눈을 재차 확인하기 위해 "엄마 이거 뭐야?" 하며 벽에 걸려 있는 점퍼들을 가리켰다. "이것은 태일이 잠바, 저것은 아버지 잠바" 하면서 자신의 두 눈이 잘 보인다는 것을 딸에게 확인시켜 주었다.

이때 남편 전상수가 그 소식을 듣고 황급히 들어오자 순옥은 반가움에 "아버지, 엄마 눈이 떠져서 이제 잘 보인대요" 하며 폴짝 뛰며 기뻐하자 전상수는 놀라는 표정으로 "그래? 그럼 이거는 뭐야?" 하면서 성경책과 찬송가를 손가락으로 가리켰다. 그러면 이소선은 "그건 내 성경책이요" 하면서 확인시켜 주었다. 그러고도 못 믿겠는지 전상수는 자신의 이름 全.相.秀(전.상.수)를 한자로 써놓고 또 다시 확인을 했다. 이번에도 이소선은 제법 또박또박 맞췄다. 전상수는 그래도 못 믿겠는지 아내를 밖으로 데리고 나가더니 버스가 지나가는 것을 가르치며 "그럼 저 버스 색깔이 무슨 색인지 맞춰 봐" 하며 재차 확인을 했다. 이소선은 버스 색깔과 함께 그 옆에 도로 위에 있는 채소장사의 소쿠리가 보이는 것까지도 정확하게 확인시켜 주었다. 그제서야 남편은 "아이구 이거 참말이구나" 하면서 놀라움을 금치 못했다. 그 이후부터 전상수는 이소선이 교회에 나가는 것에 대해서 반대하지 않았으며 아무런 잔소리도 못했다. 아내의 두 눈이 떠지는 기적을 자신이 직접 목격했기 때문이다. 이윽고 큰딸 순옥이 교회에 달려가서 이 전도사를 모셔 오자 집에 도착한 전도사는 감사의 예배를 드렸다. 이때부터 태일과 태삼, 순덕 등 나머지 동생들도 본격적으로 천막 교회를 다니기 시작했다. 순옥은 이미 남산동 다락방교회 때부터 교회를 다니며 예수를 믿기 시작했기 때문에 식구들 중에는 가장 먼저 천막 교회를 다니고 있었다. 이렇게 해서 평생토록 어두운 가난과 질병으로 점철된 전태일의 가정에 하늘의 빛이 환하게 깃들이게 된 것이다.[41]

5. 새롭게 거듭나는 이소선과 식구들
— 1966년 7월~8월

1) 새 출발 새 이름, 이소선에서 이변진이 되다

소경처럼 눈이 먼 이소선의 두 눈이 고침을 받은 시기는 1966년 6월 초였다. 그녀의 나이 어느덧 서른여덟이 되던 해였다. 소선의 생활은 이제 모든 면에서 달라지기 시작했다. 집안에 모셔졌던 촛대와 신주단지들은 모두 밖으로 내다 버리고 이제부터 교회가 생활의 전부가 되었고 삶의 중심이 되었고 비가 오나 눈이 오나 교회를 다니기 시작한 것이다. 전진 원장과 이종옥 전도사의 안찰기도 그리고 자신의 백일기도 정성을 통해 두 눈이 고침받았다고 믿는 소선은 우선 철원에 있는 대한수도원 전전 원장

---

41 이소선, 「저자와의 인터뷰 증언」, 2006.3.9.

에게 감사를 표시하기 위해서 이종옥 전도사와 함께 찾아갔다. 소선을 만난 전진 원장은 "내가 오늘부터 너에게 새로운 이름을 지어준다. 너는 오늘부터 이소선이 아니라 이변진(李變眞)이다"며 느닷없이 새로운 이름을 지어 준 것이다. 이변진이라는 의미는 실로암 연못가에서 38년 된 중풍병자가 예수를 만나 고침을 받은 것처럼 이소선이 두 눈을 고침받은 나이가 마침 38세가 되던 해였기 때문에 지었다는 것이다. 그리고 "너는 이제 진리(眞理)로 새롭게 변(變)했으니 네 이름은 李-變-眞인거야"라며 나름대로 새 이름에는 성서적이고 영적인 뜻이 있다는 것을 차근차근 설명해 주었다. 당시 전진 원장은 국내외적으로 워낙 많은 활동을 하고 있던 시기였고 명성이 자자했기 때문에 그런 목회자가 소선을 향해 관심을 갖고 다가서자 마침내 이소선은 기독교에 귀의하게 되었고 차츰 목회자로서의 전진 원장을 점점 닮아 가고 싶을 정도로 마음속에 자리매김하고 있었다. 전진에게 특별한 이름을 부여받고 안수기도를 받은 이후부터 소선에게 총기와 지혜가 더욱 생기기 시작했고 종교적으로 신비하고 영적인 일들이 벌어지기 시작했다.[42]

2) 영안이 열리며 신유와 예언의 능력을 받는 이소선

두 눈을 고침받고 난 이후에도 이 전도사는 특별히 소선에게 더 많은 기도와 안수를 해주며 가깝게 지내고 있었다. 소선은 밤낮을 교회에서 기도생활을 하며 지냈는데 이제는 옛날처럼 무당집을 찾아다니는 것이 아니라 전전 원장이 인도하는 수도원과 교회들을 찾아다니며 설교를 듣고 안찰기도를 받는 것이 유일한 낙이 되었다. 어느 날, 전진은 예배시간에

---

42 위와 같음.

소선을 불러내더니 두 눈을 고침받은 간증을 하라며 강단에 세웠다. 이때 소선은 간증을 통해 자신의 두 눈이 고쳐진 것은 하나님의 능력과 사랑이며 미신에 빠져있던 자신을 구원받게 해줬다며 병고침에 대한 감사의 증거를 하였다. 소선은 비록 천막에서 공동으로 생활하는 가난하고 비참한 처지의 삶이지만 마치 천국에서 사는 것처럼 하루하루가 마냥 기쁘고 즐겁기만 하다며 간증을 한 것이다. 그 무렵 대한수도원 집회에서 있었던 일이다. 수도원 예배당 안에 입추의 여지가 없이 운집한 신자들은 설교가 끝나고 전진 원장에게 안수기도를 받는 시간이 되자 서로가 먼저 받으려고 머리를 들이밀며 몰려들기 시작했다. 이때 소선도 다른 신자들처럼 안수기도를 받기 위해 고개를 숙이고 머리를 들이밀자 소선을 쳐다본 전진 원장은 충격적인 말을 던졌다.

"이변진(이소선)!! 너는 이제부터는 나한테 안수기도를 받지 말고 너도 나와 같이 교인들 머리에 안수기도를 해 주거라!!" 당시 한국의 개신교계는 대한수도원의 전전 원장과 현신애 권사, 이현자 권사 등 세 명의 여성 부흥사들이 앞다퉈 국내외 각종 신유집회와 은사집회를 인도하며 왕성하게 활동하던 시기였다. 특히 3인들 중에서도 전진 원장의 경우 전국에 있는 수많은 일반 교회 신자들이 그를 만나려고 철원에 있는 대한수도원 집회를 참석하며 은혜를 체험했다. 당시 이태영 변호사[43]와 박현숙 장관[44] 등 유력한 여성 인사들도 그 수도원을 출입하거나 그 수도원과 관련해서 몸담고 봉사할 정도였다. 그러한 전진 원장이 이제 겨우 병 고침 받고 예수를 믿기 시작한 풋내기 신자인 이소선을 향해 "다른 사람을 안수해 주라!"

---

43 변호사, 한국가정법률상담소 설립자. 정일형 외무장관의 부인이며 정대철 전 국회의원의 모친이다.

44 4대, 6대 국회의원. 이승만 정부시절 여성무임소장관을 역임. 더 자세한 내용은 본서, 제26부를 참조할 것.

는 뜻밖의 말을 한 것이다. 전진의 입장에서 그만큼 영적으로나 믿음적으로 이소선이 충분히 능력이 있고 자질을 갖추고 있다고 평가했던 것이다. 원장의 눈에도 이소선이 비록 초신자였으나 영권(靈權)이나 영력(靈力)이 범상치가 않았고 매우 특별한 사람으로 보였던 것이다.

원장의 평가는 정확했다. 소선은 그날부터 집회할 때 안수하는 시간이 되면 원장과 함께 신자들의 머리에 안수기도를 해주었는데 이 무렵부터 소선은 병 고치는 능력 외에도 다른 사람들의 앞날이나 문제를 예언해주는 은사도 받게 된 것이다. 심지어 환자에게 손을 얹기만 해도 병이 고쳐지는 기적이 일어났고 사람들의 얼굴만 쳐다봐도 그 사람 마음의 생각을 통찰하는 투시(透視)의 은사도 받게 되었다.[45] 더구나 같은 동네에 사는 이웃사람들까지도 소선에게 몰려와서 어려운 일이 있으면 상담을 하는 바람에 이제 그녀는 천막촌에서는 없어서는 안 될 존재가 되어 있었다. 당시 월남전이 한창이던 1966년 7월의 어느 초여름 날이었다. 그 날도 다른 날처럼 이소선이 집에 앉아서 기도를 드리고 있었는데 갑자기 사람들이 몰려들었다. 기도를 받기 위해 찾아온 일행들 중에는 점잖게 생긴 중년 남자도 한 명 섞여 있었다. 알고 보니 시내 모 교회에 다니는 시무장로였다. 기독교 신자임에도 불구하고 어디선가 이소선의 소문을 듣고 상담을 하기 위해 급히 찾아온 것이다. 그 장로는 자신의 아들이 현재 월남전에 참전을 했는데 무려 일 년 동안 연락이 끊겨 생사를 모른다며 울상이 되어 있었다. 행방불명이 된 자신의 아들이 죽었는지 살았는지 생사여부만이라도 알아봐 달라는 것이었다.

자신의 아들이 청룡부대에서 군 복무하던 중에 작년(1965. 10.) 이맘때 국군 최초로 월남에 파병되어 캄란만(灣)이라는 곳에 무사히 도착했다고 전갈을 받았다고 한다. 그 후 아들로부터 간간히 안부편지를 받아서 아들의 월남생활에 대한 소식을 소상히 알고 있었는데 어느 날부터 갑자기 연락이 두절되어 불안하다는 것이다. 결국 아들이 죽었는지 살았는지 궁금하고 불안해서 못 견디겠다는 것이 그녀를 찾아온 이유였다. 원래 예수를 믿는 사람들은 점쟁이들처럼 점을 치거나 사주팔주를 보는 것을 금지하고 있음에도 그 장로는 워낙 다급한 마음에 이소선을 찾아와 서슴없이 예언기도를 요청한 것이다. 워낙 소선의 영안이 맑다는 소문을 듣고 찾아와서 부탁을 한 것이니 거절할 수 없었다. 할 수 없이 그 문제를 놓고 그 자리에서 기도를 할 수밖에 없었다. 한참 기도를 올린 소선은 "장로님의 아들은 절대 죽지 않았어요. 반드시 살아서 돌아올 겁니다. 아드님은 지금 물이 없는 깊은 우물 속에 빠져 있는데 그 우물 속에 물이 차면 한국에 있는 장로님 집으로 틀림없이 살아 돌아와서 장로님 품에 안길 것입니다." 워낙 확신에 찬 이소선의 예언을 듣고 그 장로는 안심하며 평안한 표정으로 집으로 돌아갔다. 그날 이소선이 그 장로를 위해 기도할 때 본 환상은 물이 전혀 없는 깊은 우물 바닥에서 장로의 아들이 홀로 서 있는데 밝은 빛이 위에서 끌어 올리는 광경을 환상으로 봤기 때문에 그런 답변을 해준 것이다. 그 후 그 장로의 아들은 실제로 살아 돌아와 부모의 품에 안겼다. 일 년 동안 아무런 연락이 없던 아들이 갑자기 월남에서 귀국해 집으로 불쑥 찾아온 것이었다. 그날 이후로 그 장로는 소선을 자주 찾아와서 감사를 표하며 친분을 맺으며 오랫동안 가까이 지냈다.[46] 이와 같이 소선은 남다른 영적 체험과 신비한 은사를 받으며 신앙생활에 몰입하기 시작했다.

---

46 위와 같음.

3) 태일을 위한 이소선 어머니의 특별한 기도와 소원

이소선은 두 눈을 고침받은 사건이 계기가 되어 신앙이 깊어지면서 믿음도 급속도로 성장했다. 마침 천막 교회가 도봉동 미원 공장 부근에서 쌍문동으로 옮긴 이후 소선은 곧 천막 교회 집사가 되었는데 집사로 임명받은 이후부터는 더욱 불철주야 교회 중심으로 살아가게 된다. 특히 쌍문동으로 이전한 천막 교회는 전태일의 천막집과 붙어 있어서 이소선이 교회에서 기도하는 소리는 천막 휘장 너머 잠자고 있는 전태일의 식구들 귓전에 다 들릴 정도로 가깝고 애절하게 들렸다. 식구들은 언제나 어머니의 기도 소리를 들으며 잠이 들었고 또한 기도 소리를 들으며 잠에서 깨어났다. 이소선이 새벽기도를 마치고 홀로 천막예배당 구석에 앉아 기도를 끝낼 즈음에는 이미 동녘이 환하게 밝아 일과가 시작되기 때문에 어머니의 기도 소리는 마치 자명종 소리 역할을 했다. 식구들은 어머니의 기도 소리와 때를 맞춰 이부자리에서 눈을 뜨며 기상을 하는 생활이 익숙해진 것이다.

또한 밤에는 이소선 어머니가 매일 예배당에서 철야기도를 하기 때문에 아이들이 하루 일과를 마치고 잠자리에 누워 잠을 청할 때 기도 소리를 들으며 잠이 들었다. 이와 같이 전태일은 어머니가 불철주야 오직 자신을 위해 간절한 기도를 올리는 소리를 들으며 하루 일과를 보냈다. 특히 이소선은 여러 자녀들 중에서도 특별히 장남 태일을 위해서는 매일 특별기도를 올렸다. 신기하게도 태일을 위한 기도가 저절로 나왔기 때문에 가능했다. 기도 내용은 "태일이 다른 사람들보다 더 정직하고 남을 위해 사는 사람이 되게 해 달라"는 것과 "이 세상에서 없어서는 안 될 사람으로 태일을 하나님이 써 달라"는 것이었다. 이소선은 처음 교회를 나간 날부터 시작해 무려 8년 동안 단 하루도 빠짐없이 새벽기도회를 나갔는데[47] 그럴 때마다 그녀가 간구한 내용은 항상 "우리 태일이가 언제나 약한 자를 도와주

고, 불쌍한 자와 억압받는 자를 위해 희생할 수 있는 아들이 되게 해 주읍
소서"라는 소원의 기도였다. 그 후 소선은 청계천 분신 항거 사건이 발생
하고 나서 곰곰이 생각해 보니, 왜 하필 자신의 고귀한 아들을 위한 기도
의 내용이 "남을 위해 희생하게 해 달라"는 것이었을까, 그 부분에 대해서
는 이소선 자신도 지금까지 의문이었다. 그런 기도 제목이 의도적으로 나
온 것이 아니었고 입만 벌려 기도를 시작하면 그 기도가 저절로 나왔기 때
문에 참으로 기이하게 여겨졌던 것이다.[48]

---

47 이소선이 1966년 2월 말부터 나가기 시작한 창현감리교회 새벽예배는 전태일의 분신 항
   거 이후에도 계속 이어져 1972년 장기표 은신처 제공사건으로 교회에서 출교 조치를 당
   할 때까지 8년간 한 번도 빠짐없이 계속됐다.
48 이소선, 「저자와의 인터뷰 증언」, 2006.3.9..

15장

남상사와 통일사에서
본격적인 미싱기술을 익히다

1966년 2월 중순~10월 (8개월, 19세)

1. 국제시장 남상사에 미싱 보조로 취직하다

— 1966년 2월~8월

1) 춘애의 호의를 거절하다

전태일은 1967년 2월 22일 자신의 일기에 남대문에서 미싱 보조로 일했던 내용을 회상하며 짧게 언급하고 있다. 당시 전태일은 중구 태평로 2가 28번지 국제시장 내에 있던 남상사(南商社, 일명 남대문상사)에서 동생 태삼과 미싱 보조로 일하고 있었다.

먼저, 한 1년쯤 전에 남대문서 미싱할 때 춘애라는 사람이 나를 동생하자는
것을 거절했다는 기억이 난다. 그때는 왜 거절했는지 모른다.[49]

전태일의 일기에서 언급한 '남대문'은 바로 남상사(南商社)를 일컫는
다. 그가 평화시장 봉제계통에 첫발을 들여놓은 삼일사(三一社)에 시다
로 취직해 견습생으로서 열심히 배우며 약 5개월가량 일하다가 남산동 50
번지 화재사건이 발생하자 결국 삼일사를 그만두게 되었다. 그 후 전태일
은 화재민들이 도봉동 천막촌으로 강제 이주하게 되자 식구들이 거주할
천막 설치작업과 식구들이 정착하여 생활할 수 있도록 집안일을 보살피
고 안정시킨 후 다시 그 해 2월 중순부터 남대문에 있는 남상사에 미싱보
조로 취직을 하게 된다.

전태일은 언제나 동생 태삼을 그림자처럼 데리고 다니면서 기술자들
을 돕는 보조 일을 하도록 배려했으며 결국 형제가 모두 돈벌이를 하게 된
것이다.[50] 그러나 남상사에 출근하려면 아침 일찍 일어나 교통전쟁을 치러
야만 했다. 콩나물시루 같은 만원 버스에 올라타면 주체할 수 없을 정도로
가득 찬 승객들 때문에 형제는 공장에 도착하기 전부터 손가락 하나 움직
일 수 없을 정도로 힘이 빠진다. 한편 전태일이 남상사에서 미싱 보조를 하
던 어느 날, 춘애(春愛)라는 아가씨가 전태일에게 적극적으로 관심을 보이
며 구애작전을 펼쳤다. 그러나 전태일은 웬일인지 춘애라는 아가씨가 자
신의 이상형이 아니었는지 호의를 보기 좋게 거절했다. 그러나 남상사라
는 공장은 전태일이 평화시장에서 일한 두 번째 직장으로, 춘애의 호의를
거절한 미안함의 추억이 서린 곳이다.

---

49 전태일, 『친필수기』, CD 사본 7, 30.
50 이소선, 「저자와의 인터뷰 증언」, 2006.3.20.

2) 태일과 태삼 형제를 도둑으로 오인한 공장장

전태일은 남상사(南商社)에서 2월 중순에서 8월 초까지 반 년 정도 근무했다. 형제가 남상사에 처음 출근한 지 서너 달이 지난 6월 말경의 일이었다. 당시는 집안의 어려운 살림살이 때문에 형제는 점심 도시락조차 변변히 싸 올 수 있는 형편이 못 되었다. 그러다 보니 어머니와 순옥이가 싸주는 밀가루 개떡을 점심 도시락으로 겨우 가져 올 수밖에 없었다. 눈이 고쳐진 어머니가 아침 일찍 일어나 부엌일을 하며 가마솥에 물을 끓이거나 아침밥을 지을 때 언제나 빼놓지 않고 개떡을 만들었다. 개떡의 주 재료인 밀가루 반죽이 거의 다 익어 가면 부엌칼로 마치 피자를 자르듯 여러 등분으로 자른다. 이것은 밀가루를 주재료로 만든 떡인데 콩을 넣는 경우도 있다. 그런대로 쫄깃한 맛도 있으며 누룩 없는 거친 빵 같아서 시장기를 대충 때울만한 요깃거리는 되었다. 그것이 바로 소위 밀가루 개떡이다.

이것을 점심 대용으로 종이에 대충 싸주면 형제는 보자기에 싸서 공장으로 출근한 후 점심시간이 돌아오면 공장 담벼락으로 나가서 양지바른 담벼락에 앉아 점심끼니로 먹었다. 어느 날이었다. 매일 점심시간이

남상사에서 미싱보조를 할 때 동료와 함께

돌아오기만 하면 보자기 뭉치 하나를 옆구리에 끼고 쭈뼛거리며 밖으로 나가는 형제를 눈여겨 본 공장장이 이를 수상히 여겨 미행했던 것이다. 그날도 여느 때처럼 아무렇지도 않게 담장 밑에 쪼그려 앉아 막 보자기를 풀려는 찰나에 등 뒤에서 공장장이 갑자기 나타나더니 형제의 뒷덜미를 잡아 제치는 것이었다. 깜짝 놀란 형제가 벌떡 일어나 어쩔 줄을 몰라 하며 의아해하고 있을 때 공장장은 재빠른 손동작으로 보따리 뭉치를 빼앗더니 직접 펼쳐 보는 것이었다.

그러나 뜻밖에도 그 속에서는 공장에서 빼돌린 의류제품이 나올 줄 알았는데 밀가루 개떡 쪼가리들만 한 뭉치 나오는 것이 아닌가. 공장장은 평소에 전태일이 지니고 다니던 개떡 뭉치 보따리를 작업장에서 훔친 옷 보따리로 오인한 것이었다. 평소에도 공장 내부에서 일하는 직공들이 간혹 물건을 몰래 빼돌리는 경우가 있었기 때문에 공장장은 형제가 점심시간을 이용해 밖으로 몰래 빼돌리는 것으로 크게 의심해 왔던 것이다. 그 순간 공장장은 얼굴이 빨개지면서 겸연쩍은 표정으로 형제를 우동집으로 데려가더니 "계산은 내가 했으니 우동을 잘 먹고 일하러 들어가라"는 말만 남기고 황급히 나가 버렸다. 형제의 점심 도시락을 목격한 공장장은 오히려 죄지은 사람처럼 미안한 마음과 함께 짜릿한 아픔을 느꼈던 것이다. 도대체 얼마나 가난하기에 이토록 궁색한 도시락을 싸오는가를 의문으로 품은 채 공장장은 울컥한 심정으로 우동집을 뛰쳐나간 것이다. 다른 직공들은 대부분 식구들이 정성껏 싸주는 도시락을 싸와서 점심을 맛있게 먹고 있지만 형제는 늘 밀가루 개떡을 먹는 것이 부끄러워 밖으로 나가 남들 몰래 먹었던 것이다. 그날 이후로도 식생활 향상이 안 된 형제는 점심시간이 돌아오면 난처한 것은 여전했다.[51]

---

51 위와 같음.

2. 평화시장 통일사에 미싱사로 취직하다
— 1966년 8월~10월

1) 유일한 남자 미싱사로 취직한 후 억울한 일을 목격하다

전태일은 그해 8월 초 남상사를 그만두고 잠시 쉬다가 다시 아동복 막바지를 만드는 통일사(統一社)에 취직을 했다. 그때가 8월 중순경이어서 추석 대목을 한 달여 앞둔 상태였기 때문에 때마침 통일사에 취직을 하자마자 분위기를 살펴보니 공장과 가게 사람들은 눈코 뜰 새 없이 바쁘게 일을 하고 있었다. 그러나 이곳에서 재단 계통의 비리를 처음으로 접하면서 전태일은 억울함을 스스로 호소하게 된다. 업주의 비리를 직접 목격하고도 아무 말을 할 수 없는 답답한 자신의 처지와 불철주야 열심히 일했으나 그에 대한 대가를 받지 못하며 미싱사로 일하고 있는 자신의 착잡한 심정을 토로했다. 그리고 자신의 주위에는 매일 참혹한 생활을 하고 있는 이웃 공장의 직공들과 어린 여공들이 있다는 것을 처음으로 뼈저리게 깨달았다.

삼일사에서 미싱 보조로서 기술을 어느 정도 손에 익힌 후에 평화시장 통일사에서 어린이들 막바지 만드는 데에 미싱사로 취직을 했다. 추석 대목을 하는 중이라 일이 바빠서 아침에서부터 밤 11시까지 작업을 시킨다. 이렇게 장시간 작업을 해도 물건이 딸리면 그땐 야간작업을 시키는 것이다. 내가 일하는 작업장엔 미싱이 열대가 넘고 일하는 직공들이 30명이 훨씬 넘었다. 직공들은 거의 다 35세 전후의 아저씨와 나와 나의 동생뿐이었다. 추석을 한 달가량 앞 둔 제품 집은 대목 일로서 분주하기 비길 데가 없다. 그런데 한 가지 내가 억울하다고 생각한 것은 너무 작업이 힘들 게 작업시간이

길고 힘에 겨운 야간작업을 시키는 것이다. 공장 안에서 절대적인 책임자인 재단사의 말을 거역할 수 없어 하기 싫은 야간작업을 하고 나면 그 다음 날은 평일보다 작업량이 형편없이 떨어지지만 공장 주인보다 경제적으로 약자인 우리 직공들은 어쩔 도리가 없는 것이다. 직공들은 어린이들 바지를 만들어 내는 매수에 따라 월말계산을 한다. 그런데 여기에 한 가지 우리 미싱사들이 다 같은 불만은 처음 일을 시작할 때 1매 당 얼마를 지불한다는 것을 재단사와 적당히 타협해서 주는 것이다. 언제나 이 모양이기 때문에 일이 바빠 직공들이 매수를 많이 올려도 겨우 평균 월급보다 조금 낮은 월급을 받을 뿐이다. 더구나 직공들이 대부분 여공들이기 때문에 주인들의 이런 비리 사실을 직접적으로 따지는 예가 드물고 대부분 불만을 잘 나타내지도 않았다. 나는 이런 계통에서 미싱사로서는 처음 당하는 일이지만 너무 억울했다. 아무리 열심히 밤잠 못 자고 많은 양의 바지를 만들어야 끝에 가서는 피땀 흘린 대가를 못 찾았기 때문이다. 그렇지만 아는 사람도 별로 없고 나는 미싱사들 중에서 유독 혼자만의 남자였기 때문에 어쩔 도리가 없었다.[52]

작업장 상황을 보면 업주는 나이 어린 순진한 미싱사들이 따지거나 대항하는 경우가 거의 없다는 것을 교묘히 이용해 자신의 배를 채우고 있었다. 종업원들을 마치 종 부리듯 부리며 거기에 맞는 임금을 지급하지도 않은 것을 볼 수 있다. 나이 어린 처녀들이 소위 "사장님"이라는 존재 앞에서 갖게 되는 위축감과 권위 때문에 선뜻 나서서 자신들의 권리를 당당하게 주장하기 힘들었다. 미싱사들은 경제적인 약자였기 때문에 만일 사장이 직장을 그만두라고 한마디 하면 그 날부터 아무 대꾸도 못하고 그만 둘 수

---

52 전태일, 『친필수기』, CD 사본 2, 66-67.

밖에 없다는 막연한 불안감 때문이었다. 근로기준법이 전혀 지켜지지 않았기 때문에 사장의 말이 곧 법이고 규칙이었다. 평화시장 공장에는 전국 각 지방 소도시와 시골에서 올라와 재봉 기술을 배워 보겠다는 나이 어린 소녀들과 처녀들이 대부분이었다. 그나마 그들의 자리는 언제나 불안했다. 봉제기술을 배우기 위해서는 심지어 월급을 하나도 안 받고 어떻게 하든 미싱 기술을 배워보겠다는 사람들이 줄을 서서 기다렸기 때문에 경쟁자들이 많은 것이다. 그런 사실 때문에 오히려 업주들은 기세가 등등했고 시다들과 미싱사들의 중간역할을 하는 재단사들을 이용해서 나이 어린 여공들을 혹사시켰던 것이다. 마치 카지노에서 쏟아지는 돈을 보고 환장한 사람들처럼 업주들에게는 노동자들의 고통이 눈에 들어올 리가 없었다. 기본권을 짓밟고 들어선 군사독재 정권도 10억 불 수출목표 아래 신음하고 있는 노동자들의 고통이 들어올 리가 없었다. 끔찍한 노동 현실을 개선하는 일은 오로지 노동자 스스로에게 주어졌을 뿐이다.

2) 재단사와 업주와의 유착 관계와 먹이사슬

전태일은 통일사에서 재단사와 업주의 유착관계와 비리를 보고 최초로 분노를 일으켰다. 훗날 노동운동을 하게 된 최초의 동기유발이 결정적으로 이곳 통일사에서 기원한 것이다. 재단사와 업주가 서로의 이익을 위해 미싱사와 시다들을 볼모로 하는 먹이사슬 체계와 유착을 목격하며 지적했고 미싱사들과 동병상린의 입장에서 함께 마음 아파했던 것이다. 그래도 제법 소문난 일류 미싱 기술자들 중에는 간혹 업주와 다투거나 싸우는 일이 생기면 할말을 다하고 직장을 그만두는 경우가 종종 있다. 그런 기술자의 경우, 워낙 이름 있고 소문난 기술자라면 언제든지 다른 공장으로 옮겨갈 수 있고 소위 스카우트 제의도 받을 수 있다. 그러나 대부분 힘

통일사에 입사하기 직전이던 어느 여름날 장충체육관을 지나던 길에 포즈를 취한 전태일

없고 나이 어린 일반 미싱 사들은 자신이 현재 일하고 있는 공장을 떠나서 다른 공장으로 옮겨 간다는 것은 그리 단순하거나 쉬운 문제가 아니었다.

하루라도 돈벌이가 아쉬운 상황에 새로운 직장을 알아보느라 오랜 기간을 일을 못 하면 손해가 막심할 뿐더러 새 직장으로 옮긴다고 해도 새로운 주인에게 이전보다 더 나은 급여를 받는다는 보장도 없었다. 오히려 공장을 그만둘 때는 전에 있던 직장에서 노임을 떼어 먹히는 일이 빈번할 뿐이었다. 미싱사들이 행여 업주의 미움을 받기라도 하면 당장 입지가 불리해지고 그곳에서 일하기는 더욱 힘들어지며 급료는 더욱 박하게 된다. 그러다 보니 업주들은 아무 거리낌 없이 미싱사들을 철야작업, 명절 대목작업 등의 명목으로 마음대로 부려 먹을 수 있는 것이다. 전태일이 품었던 가장 큰 불만은 업주가 왜 하필이면 일한 만큼의 노임과 대우를 미싱사와 시다들에게 안 돌려 주고 그들의 땀의 대가를 왜 가로채는가 하는 것이었다.

큰 주문을 받아 놓거나 명절 대목이 되면 어떻게 하든 철야작업을 해서라도 일을 끝내주어야 한다. 전태일은 그런 것을 이해 못 하는 것이 아

니었다. 당장 눈앞에 닥친 큰 일거리들은 해결해야 한다는 데는 충분히 동
의한다. 일하는 것 자체를 거부하는 것이 아니기 때문이다. 그러나 밤낮
허리가 휘도록 일을 했으면 거기에 상응하는 응분의 대가와 적절한 임금
을 지급해야 함에도 불구하고 재단사와 업주가 그것을 묵인한 것이다. 재
단사와 업주는 미싱사들과 시다들이 받아야 할 임금이나 이익을 중간에
서 서로 착복하거나 공유하고 있다는 자체가 전태일을 분노하게 했던 것
이다.

> 나는 재단사가 나쁘다고 생각하고 나도 어서 빨리 재단사가 되어서 공임타협
> 을 할 때는 약한 직공들 편에 서서 적당한 타협을 하리라고 결심했다. 사실
> 그땐 다른 직공들이 다 작업량에 의해서 임금을 계산했지만 재단사나 재단보
> 조 등 특종을 사용하는 사람들은 월급제였던 것이다. 아주 큰 공장을 제외하고
> 는 공장장이 없는 공장은 재단사가 공장장까지 겸하여 직공들의 절대적인
> 문제인 입사와 해고의 문제까지 재단사가 마음대로 관리했다. 그렇기 때문에
> 재단사는 주인에게도 절대적인 존재였고 우리 직공들의 건의 사항도 재단사
> 를 통해서 주인에게 건의되며 재단사는 절대적으로 양심껏 중립을 지켜야
> 할 사람인 것이다. 그렇지만 주인에게 월급을 받는 약점에 의해서 자연히
> 주인에게 편파적이었다.[53]

당시 재단사들은 대부분 이삼십 대의 건장한 청장년 남자들이어서 어
린 직공들보다는 세상 물정에 밝았다. 그리고 그들은 일찌감치 봉제계통
에서 잔뼈가 굵은 사람들이었기 때문에 업주들이 만만하게 다루기가 쉽
지 않은 사람들이다. 그렇기 때문에 재단사의 위치는 그 공장이 망하느냐

---

53 전태일, 『친필수기』, CD 사본 2, 67-68.

흥하느냐가 달려 있을 정도였다. 재단사 한 명이 잘못 들어오는 날에는 그 공장 업주는 그때부터 돈벌이가 잘 안 될 뿐만 아니라 모든 직공들에게도 악영향을 미칠 수 있다. 또한 재단사 한 사람이 일을 잘못해 주거나 일손을 놓고 요령을 피우기 시작하면 그 공장은 치명적인 영향을 받기 때문에 업주에게 있어서 재단사는 절대적인 존재라고 했던 것이다.

그러나 거슬러 올라가면 모든 실권을 가진 존재는 공장의 업주들이다. 재단사들은 미싱사의 경우와 달라 정규적인 계약직으로 월급을 받는다. 재단사는 대부분 자신이 몸담고 있는 업주에게 잘 보이고 아부라도 하면 그곳에서 오래도록 근무할 수 있으며 월급이나 처우가 확실히 달라진다. 업주는 재단사를 뽑을 때 가급적 자기 사람이 될 수 있는 사람을 선택한다. 업주는 재단사를 손아귀에 넣고 그를 활용해 미싱사와 시다 등 하층 노동자들을 마음대로 부려 먹기를 바라기 때문이다. 이런 업주와 재단사의 유착 관계가 생기게 되면 재단사가 주인에게 잘 보이려고 편파적인 행동을 해서 자신의 아랫사람들에게는 형편없이 대하거나 기계처럼 부려 먹고 사장에게는 여러 모양으로 아첨하는 현상이 발생한다.

이 같은 사실을 전태일은 그의 수기에서 지적했던 것이다. 전태일은 자신이 재단사가 되면 통일사의 재단사같이 우유부단하고 기회주의적인 사람은 되지 않겠다며 결심한다. 결국 통일사 사장의 작태를 목격한 일은 기필코 자신은 양심적이고 정직한 재단사가 되겠다고 다짐을 하며 그 공장을 그만두는 계기가 된 것이다. 그렇게 혹사당하던 추석 명절의 대목 작업이 끝나고 명절 동안 휴가가 시작되자 두 달 동안 일한 통일사를 그만두고 앞으로는 미싱일을 절대 하지 않고 재단사 일을 배우겠다며 새로운 일자리를 알아보러 돌아다니게 된다. 이처럼 이직률이 많다 보니 어떤 공장은 한 달에 한 번은 꼭 쉰다느니, 일 잘하는 사람에게는 명절 때 쌀 한 포대씩을 나눠 준다느니 하는 경품을 내거는 업주들도 있어서 소문에 솔깃해서 옮겨 가봐도 역시 마찬가지였다. 그리고 곧 바로 모집광고를 통해 다른 직장을 얻어 취직을 하게 되는데 그곳이 바로 평화시장 재단사로서 전태일 생애의 분수령이 되는 한미사(韓美社)라는 공장이다.

16장

쌍문동 화재민 천막촌으로 이주해 정착하다

1966년 10월 중순~1970년 11월 11일 (4년, 19~23세)

1. 화재민 3차 수용지인 쌍문동 공동묘지 터로 이주하다
— 1966년 10월 중순

　1966년 10월 중순에 접어든 어느 날, 서울시 당국에서는 이미 포화상태가 된 도봉동의 화재민 촌과 철거민 천막촌에 대한 대책을 세우며 분산정책을 마련했다. 도봉동에서 다시 상계동, 봉천동, 신림동, 삼양동, 창동, 쌍문동 등으로 이재민들을 분산시키기로 결정을 한 것이다. 이때 전태일의 가족들은 도봉동에서 쌍문동(창동)으로 이주하게 되었으며 이때 쌍문동으로 이주한 세대는 57세대 정도였다. 전태일의 가족들은 8개월간의 지긋지긋한 도봉동 공동천막촌에서 벗어나서 새로운 보금자리인 쌍문동에 도착했다. 그러나 이곳의 상황 역시 도봉동 천막촌과 크게 다를 바가 없었다. 언덕에 자리 잡은 풀밭에 천막을 직접 세워야 했으며 가난한 밑바

닥 신세는 여전했다. 다행히 이번에 당국에서는 지난번과는 달리 1세대
에 천막을 1개씩 지급을 해줬으며 1세대 당 20평 남짓 되는 주거용 부지
를 모두에게 분양해 주었다. 그동안 공동으로 천막을 사용하며 불편한 생
활을 해 왔던 가족들은 다행스럽게 생각을 했다. 그러나 쌍문동에 이주하
고 보니 살아갈 부지는 공동묘지 터였으며 이미 묘지 봉분들을 불도저로
밀어 놓은 상태였다. 부지에는 묘지의 붉은 황토 흙들을 여기저기 파헤쳐
서 간혹 사람의 뼛조각과 유골들이 여기저기 굴러다닐 정도였다.

오래전 전태일이 여덟 살 되던 해에 남대문시장 입구 무허가 천막촌에
살 때 미아리 삼양동으로 강제 이주를 당했을 때도 공동묘지 터였는데 이
번에도 역시 공동묘지 터였다. 묘지는 대부분 이장을 했고 봉분이 그대로
남아 있는 곳도 간혹 있었다. 전태일의 식구들이 배당을 받아 천막을 쳐야
하는 장소에는 무덤의 비석, 상석, 좌판, 망부석 등이 여기저기 어지럽게
쓰러져 있었다. 황량하고 공포스러운 분위기였지만 여섯 식구는 감사한
마음으로 새로운 보금자리를 꾸몄다. 비록 공동묘지 터였지만 이미 밑바
닥 생활에 익숙할 대로 익숙한 그들은 오히려 삶의 여유를 보이기까지 했
다. 주민들은 부지 안에 흐르고 있던 조그마한 개천을 임시로 건널 수 있
도록 임시가교를 만들었는데 건설자재는 주로 여기저기 굴러다니는 관
짝들을 사용했을 정도였다. 그래도 그들은 아무렇지도 않게 그곳에서 태
연하게 살아가기 시작했다.[54]

---

54 이소선, 「저자와의 인터뷰 증언」, 2006.3.20.

2. 천막 교회도 쌍문동으로 이전하다
― 1966년 10월 말경

당국의 이재민 분산정책의 와중에서 마침 도봉동 수용소 천막촌에 설립된 천막 교회도 철수를 앞두고 어느 지역이든지 선택해 속히 자리를 옮겨야만 했다. 전진 원장과 이종옥 전도사는 서울 시내 어느 지역으로 천막 교회를 옮겨야 하는가를 놓고 고민하다가 전태일 가족들이 이주하는 쌍문동 지역으로 옮겨 가기로 결정했다. 천막 교회의 담임인 이종옥 전도사와 전태일의 가족은 몇몇 교인들과 함께 천막 교회를 걷어 쌍문동으로 이사를 했다. 쌍문동 공동묘지 터에 도착해보니 천막 교회가 배당받은 위치는 전태일의 천막집과 나란히 붙어 있었다. 마침 거주할 사택조차 변변치 못한 이 전도사는 전태일의 천막집에서 더부살이 생활을 하며 목회를 했다. 경기도 양주와 의정부 쪽에서 한강을 향해 흐르는 중랑천 모래사장을 낀 가난한 동네가 쌍문동 지역이었다. 서울로 몰려온 이농자들이 중랑천과 그 지류 방학천(放鶴洞) 가에 무허가 판잣집을 짓고 살았는데 특히 시골에서 올라온 이농자들은 날품팔이를 하면서 도시 빈민이 된 것이다. 그 중에서도 '쌍문동 208번지' 일대는 공동묘지였다.

이때부터 이 전도사는 전태일의 식구들과 한 가족처럼 살면서 쌍문동 천막 교회 목회를 본격적으로 시작하였고 천막 교회 예배당과 전태일의 천막집이 함께 붙어있어 전태일과 그의 식구들은 더 한층 기독교에 몰입할 기회가 많아졌다. 전태일에게는 개신교 신앙이 보다 진일보할 수 있는 절호의 기회가 되었다. 어쩌면 전태일을 향한 하늘의 특별한 배려와 섭리였을 것이다. 교회당과 가정집이 나란히 붙어 있는 경우는 그리 흔한 일이 아니다. 천막 휘장 하나 사이로 교회당과 가정집이 붙어 있으니 서로 한 공간이나 다름없었다. 전태일은 이제 신앙생활을 게을리할 수도 없게 되었다.

그 날부터 천막 교회에서 울려 퍼지는 기도와 찬송 소리 그리고 설교
소리가 전태일의 집안에 자연스럽게 울려 퍼지게 되었다. 전태일의 집은
이제 일반 가정집이 아니라 거의 절반은 예배당이 된 셈이다. 이런 연유로
해서 전태일은 서서히 하나님을 떠나서는 결코 살 수 없는 하나님의 사람
이 되어가고 있었다. 식구들은 교회의 핵심 일꾼들이 되었고 빠지지 않고
예배를 참석하는 모범적인 신자 가정이 되었다. 전태일의 현실은 비록 보
잘것없는 천막이었으나 언제나 천국을 노래하는 생활이 되어가고 있었
다. 교회를 가까이하고부터 전태일의 의식은 점점 하나님께 상정되어 가
고 있었으며 그의 모든 가치관과 인생관은 기독교 신앙으로 점차 형성되
어 가고 있었다. 그의 신앙의 주춧돌이 되는 천막 교회의 모든 일정은 곧
전태일의 생활과 맞물려 전태일 삶의 중심이 되었던 것이다.[55]

3. 천막 교회 새벽예배를 알리는 종 치기 청년이 된 전태일
— 1966년 10월 말경

전태일의 천막집과 천막 교회가 서로 붙어 있게 되자 전태일, 전태삼
형제는 자연스레 새벽예배 때마다 종(鐘)을 치는 종 치기 담당이 되었다.
형제가 집에 못 들어올 때나 혹은 피곤해서 잠자리에서 일어나지 못할 경
우에는 어머니가 대신 새벽종을 쳤다. 휘장 하나만 들추면 곧 교회당인 편
리함이 주어진 반면 전태일의 집에는 귀찮은 일도 빈번해졌다. 천막 교회
는 벽돌로 건축된 일반 교회당과는 달리 한낱 대형 텐트로 만든 움막에
불과했기 때문에 아직 갖추지 못한 것들이 너무 많았다. 교회 십자가 탑이
나 종탑, 간판 등이 아직 설치되지 않은 상태였기 때문에 전태일의 천막 안

---

55 위와 같음.

전태일이 자신의 천막집에 보관하며 새벽예배를 알리는 종을 치던 교회 종(모형도). 종탑에 걸린 종이 아니라 주로 손에 들고 형제가 협력해 수동으로 쳤다.

에 교회 종을 보관했다. 그 종은 서울 시내 어느 큰 교회에서 무상으로 헌물한 다소 고급스러운 종이었는데 허술한 천막 교회 안에 종을 보관하면 분실될 염려가 있다는 이 전도사의 부탁을 받고 전태일은 자신의 천막집 방바닥에 틀을 짜서 특별히 종을 보관하며 관리를 해왔다.

종탑이 없기 때문에 전태일은 자신의 천막 안에서 매일 새벽 4시 30분과 새벽 5시, 두 번에 걸쳐서 초종(初鐘)과 재종(再鐘)을 울리며 예배를 알리는 새벽종을 쳤던 것이다. 형제는 졸린 눈을 비비며 새벽 4시가 되면 어김없이 일찍 일어나서 머리를 감고 옷을 정갈하게 갈아입은 후 새벽종을 쳤다. 동생 태삼이 두 손으로 종을 힘껏 들어 올리면 형 태일은 반복적으로 힘껏 종을 치는 식이었다. 때로 태삼이 피곤에 지쳐 못 일어나면 태일의 혼자 종을 칠 때도 종종 있었다. 종을 혼자 높이 든 채 힘차게 좌우로 흔들면 종소리가 크게 울려 퍼졌다.[56] 아버지 전상수는 두 아들이 새벽종을 치느라 새벽부터 일어나 부산을 떨며 잠자리를 시끄럽게 방해해도 아무런 야단을 치지 않았다. 아내 이소선의 실명된 눈이 신앙의 힘으로 거짓말처럼 깨끗이 고쳐진 것을 직접 목격했기 때문에 신

56 위와 같음.

의 존재에 대해서 어느 정도 실감하고 있던 차였으니 그럴 만도 했다. 새벽 종소리가 어둠을 가르며 세상을 향해 울려 퍼지듯 전태일의 신앙은 점점 세상을 향해 깊은 여운을 남기며 믿음의 청년으로 성장해 가고 있었다. 전태일이 울리는 새벽 종소리가 잠자는 세상을 깨울 때 거짓과 위선 그리고 무지와 편견으로 가득 찬 이 세상의 어둠도 서서히 걷히고 있었다.

4. 이소선의 전도 생활과 뜨거운 이웃사랑

이소선은 도봉동과 쌍문동 천막촌에 사는 동안 무려 73명이나 전도를 했을 정도로 교회에 열심히 다녔다. 두 눈을 기적적으로 고침받은 자신만의 확고한 체험신앙이 있었기에 가능한 일들이었다. 그렇게 많은 사람들을 전도했다는 것은 당시 57세대로 구성된 화재민촌 천막집 가구 수를 비교해 볼 때 집집마다 거의 한 명씩은 교회로 데려온 것이나 다름없었다. 이소선은 1967년에 세례를 받아 그 후 집사가 되었고 구역장을 맡으면서 교회 일이라면 물불을 안 가리고 봉사했다. 또한 소선은 동네에서 초상이 발생하면 상가를 일일이 찾아다니며 염(殮)을 해주는 등 서서히 동네 터줏대감이 되어 갔다. 당연히 동네 사람들은 그런 소선을 무척이나 좋아하며 따랐다. 특히 한동네에 사는 이웃에 초상이 나게 되면 물불을 안 가리고 적극적으로 도와주다 보니 동네 사람들에게 인정받는 교회 집사님으로 소문이 났다. 워낙 어렵게 사는 사람들만 모여 사는 곳이므로 초상이 나도 장의사를 부르기가 무척 부담이 가고 힘들었다. 장의비용이 많이 들었을 뿐만 아니라 죽은 당사자가 만일 폐병으로 사망했다면 장의사들은 염을 하는 것조차 매우 꺼려했기 때문이었다.

그렇다고 해서 아무나 나서서 직접 염을 할 수도 없는 노릇이었다. 어쩌다가 염쟁이(장의사)를 부르면 돈을 많이 달라고 요구하거나 폐병이 옮는다는 이유로 아예 거절하기 일쑤였다. 아무나 선뜻 나서지 않는 상황에서 상을 당한 유족들이 고민하고 낙심하게 될 때 소선은 아무 말 없이 마스크를 쓰고 직접 나서서 손수 염을 해줬다. 그뿐만 아니라 염을 하는 데 소요되는 모든 비용도 모두 자신이 부담을 했다. 그러한 소문을 듣고 동네 사람들은 물론 당시 창동에서 멀리 떨어진 동네에서도 초상이 나면 무조건 이소선을 찾아와 도움을 요청하는 것이었다. 젊은 아녀자의 몸으로 염을 한다는 것이 결코 쉬운 일이 아니었으나 이런 어려운 일을 당할 때 누군가가 도와주지 않는다면 그들은 어떻게 살아갈 수 있겠느냐는 생각을 하던 이소선은 자신도 어렵게 살아가면서도 자신보다 더 나약하고 가난한 약자들을 발 벗고 도와준 것이다. 이소선은 교회에 다니면서 점점 성령에 충만해지며 어느덧 그리스도의 사랑으로 가득한 사람으로 변화되어 있었다. 이소선의 열심은 그 누구도 말릴 수가 없었다. 또한 그녀는 동네를 일일이 뒤지다시피 찾아다니며 어려움을 당한 사람들을 발견하면 도와주었을 뿐 아니라 여러 가지 경조사에 궂은일들을 도맡아 했다. 그뿐 아니라 끼니를 굶는 집들이 있으면 일일이 찾아가서 밀가루 한 포대나 국수 한 뭉치라도 구해다가 그 집에 갖다 주었다. 가장 못사는 사람이 아파서 죽을 지경이 되면 쇠고기 꼬리라도 사다가 푹 삶아다 주고, 누가 끼니도 못 잇고 자식들 학교를 못 보내면 동회(동사무소)에 찾아가서 직원들과 싸우다시피 해 밀가루나 보리 쌀 한 포대라도 구호양식을 타다 주었다. 그러니 동네 사람들이 소선을 싫어할 리가 없었다. 또한 한밤중 동네 아이가 아프거나 갑자기 배탈만 나도 사람들은 한밤중이라도 무조건 달려와 소선에게 기도와 의료상담을 받거나 응급처치 도움을 받았다. 이렇게 해서 전태일 가족들의 쌍문동 생활은 점차 안정되며 뿌리를 내려가고 있었다. 이 무렵 부친 전상수는 가까운 도봉동 삼양모방(三養毛紡) 직원들의 유니폼을 만드는 단체복 주문을 하청받아 천막집 안에 미싱 한 대를 들여놓고 작업하며 살림에 도움을 주고 있었다. 이렇게 예전처럼 다시 미싱을 돌리며 일을 하는 전상수는 두 아들 태일과 태삼이 평화시장에 일하는 것을 바라보며 속으로 대견스러워했으나 정작 두 아들이 교회에 다니는 것과 식구들이 교회에 헌금을 내는 것을 은근히 불만스럽게 생각하기 시작했다.[57]

57 위와 같음.

17장

한미사 재단보조 취업을 통해 노동참상을 겪다

1966년 10월~1967년 12월 (14개월, 19~20세)

1. 한미사에 재단보조로 취직하다

― 1966년 10월

전태일은 통일사를 과감히 그만두고 평화시장 노동자로서 생애 분수령이 되는 한미사(韓美社)라는 공장에 재단보조로 새롭게 취직했다. 초창기만 해도 전태일은 꿈 많고 순진한 초보 노동자에 불과했으나 시간이 흐를수록 한미사는 태일을 자극했다. 당시 평화시장 공장들이 대부분 그랬지만 이 공장은 다른 곳보다 더 여공들과 직공들에게 억압과 착취를 자행했다. 특히 한미사에 근무하던 후반기에는 한미사 업주의 이중성과 교활함을 목격하며 노동참상에 대한 끓어오르는 분노를 일으키도록 만든다. 아래는 전태일이 한미사에 입사하는 과정을 수기에 기록한 내용이다.

그렇게 힘들게 추석 대목 일을 끝내고 명절 동안 며칠의 쉬는 날이었다.

나는 미싱 일을 하지 않고 재단을 배우기 위하여 평화시장을 돌아 다녔다. 평화시장 뒷골목을 재단보조 자리를 찾아 헤매던 중 어느 잠바 집에서 재단보조를 구한다고 써 붙여 있는 것을 보고 주인아저씨인 듯한 50대 전후의 체격이 작고 안경을 낀 아저씨가 금고에 기대어 앉아 있는 가게 안으로 들어갔다. "안녕하십니까? 저 실은 재단보조를 구하시나 해서 왔습니다." 내가 이렇게 인사를 하고 말하자 그 아저씨는 안경을 벗어 손수건에 닦아 다시 쓰고는 "사람을 구하는데 자네가 일을 하려고 하는 사람인가?" 하면서 나의 위아래를 훑어보면서 옆 의자에 앉기를 권했다. "아니, 괜찮습니다. … 네, 제가 일을 배울려고 합니다." 이렇게 말하면서 의자에 앉자, "전에는 무슨 일을 했었는데?" "네, 명절 쉬기 전까지는 여기 들어오는 입구 근방의 통일사에서 미싱을 했어요. 여자들만 하는데 끼어서 하기가 거북하고 이왕이면은 남자로서 재단사가 좋겠다고 생각해서입니다." "그렇지, 고향은 어디지? 부모님은 계시고?" 이렇게 퍽 친절하게 물어오셨다. "네, 고향은 대구입니다. 네, 아버지와 어머니도 같이 계십니다." "그러면 됐어. 내일부터 출근하도록 하지. 우리 집에도 보조가 있었는데 일을 그만둘 것 같아. 벌써 몇 일째 안 나오거던. 일은 바쁜데." "네, 안녕히 계세요. 내일 아침 출근하겠습니다." 인사를 하고 나온 나는 한결 마음이 기쁘면서도 재단사가 되기 위해 일을 배우는 보조의 월급은 고작해야 3천 원 내외밖에 되지 않아 어머니한테 미안한 마음으로 우울했다. 다음 날 아침 출근한 나는 가게로 통해서 주인아저씨와 공장으로 왔다. 공장은 평화시장 안 2층 나 244호에 있었다. 가게는 한미사로 공장에 미싱은 8대였고 안 쓰는 미싱이 두 대 있었다. 내가 공장 이 층에 올라가자 재단사인 신씨가 어저께 주인아저씨께 말을 들었다며 친절히 대해 주셨다. 내가 하는 일은 이층 재단 판에서 나라시를 잡고 원단가게로 심부름을 하고 잠바나 코트 만드는 데 들어가는 싱을 짜르는 일이었다. 나는 처음 재단을 배우려고 생각할 때 결심한 바 있어 열심히 나에게 맡겨진 일을 했다. 내가 가기 전까지는 무질서하게 방치해 있던 환경을 깨끗이 정리하고 시다들이 이층에 부속을 가지러 오면은 기다리는 일이 없고 찾는 일이 없도록 잘 정돈해 두고, 주머니, 후다, 싱 같은 것은 언제든지 풍부하게 잘라 두었다. 아침 8시 반까지 출근하면 평균 퇴근 시간이 오후 10시였다. 그렇지만 열심히 배운다는 생각 아래 고단한 것을 참고 이 공장에 들어온 지도 일주일이 넘었다.[58]

2. 버스 차비를 몽땅 털어 여공들에게 풀빵을 사주다
― 1966년 2월~1967년 12월

한미사에 다니던 전태일은 어느 날 공장에서 같이 일하는 행색이 초라하게 보이는 동료에게 큰아버지가 오랜만에 큰맘 먹고 사준 스웨터와 운동화까지 벗어 주었다.[59] 그뿐 아니라 때로 평화시장에서 창동까지 걸어 다니면서 자신의 버스 차비를 몽땅 털어 1원짜리 풀빵을 사서 어린 여공들과 작업장의 허기진 동료들에게 나눠 주기도 했다. 타인의 아픔과 고통을 목격하면 즉시 자신의 아픔으로 전이되는 특징을 지니는 전태일의 순박하고 아름다운 심성은 천부적으로 하늘이 내려 준 것이 아니라면 불가능하다. 한미사에 입사한 태일은 이곳에서도 여전히 사랑의 등불이 되어 가고 있었다. 아래는 창동에 살기 직전 도봉동 천막촌에 살았을 때 회사로 출퇴근하면서 겪은 교통편에 관해 술회한 것이다.

하루는 저녁 늦게 어머니께서 주무시지 않고 기다리고 계셨다. 나는 그때 늦게 도봉산 우리 집에까지 버스가 없어서 미아리 종점까지 타고 오면은

---

58 전태일, 『친필수기』, CD 사본 2, 68-69.
59 이소선, 「저자와의 인터뷰 증언」, 2006.3.20.

한 시간 남짓 걸려서 걸어서 우리 집까지 왔던 것이다.

"태일이 너 아무리 해도 병이 나던지 무슨 일이 나겠다. 이렇게 늦게
어떻게 다닐 수 있니. 기술을 배우는 것도 좋지만 몸이 성해야지." "네, 그
렇지만 어쩔 수 없는 걸요. 힘은 들지만 어떻게 도리가 있어야지요." 돈이
있어서 공장 근처에 방을 얻으면 되겠지만 그럴 수도 없었다. 이렇게 고된
하루하루를 기술을 배운다는 신념 아래 열심히 참고 견뎠다.[60]

당시 서울 외곽 도봉동 화재민촌에 살았던 태일은 시내로 들어가려면
유일한 교통수단이 버스였다. 그러나 항상 만원버스였기 때문에 매번 생
지옥을 겪어야만 했으며 그나마 두 번 정도를 갈아타야만 갈 수가 있었다.
도봉동에서 시내 청계천 6가까지 출
퇴근 왕복 버스비는 30원이었다. 편
도요금은 물론 15원이다. 그러나 15
원으로는 부족해 다음날 교통비까
지 더 보태 30원을 마련한 후 노점의
풀빵을 구입해 여공들에게 나눠 준
것이다. 보통 서른 명 정도의 여공이
옹기종기 모여 일했기 때문에 인원
수를 맞춰 한 개씩이라도 나눠야 했
다. 그가 단골로 들리는 풀빵 장사 아
주머니는 태일이 풀빵을 사러 들릴
때마다 항상 덤으로 서너 개씩을 더
얹어 주곤 했는데 풀빵 1개에 1원씩

1960년대 후반 서울 청계천 일대 시장 골목
의 국화빵 장사

60 전태일, 위의 책, 69-70.

했으니 따끈한 풀빵 30개를 푸짐하게 봉지에 넣어 공장 안에 들어오면 점심시간이 채 돌아오기 전에 이미 시장기가 돌아 허기진 여공들과 직공들의 출출한 배를 조금이나마 채워 줄 수가 있었던 것이다.

하루는 태삼이가 얼굴을 찡그리며 어머니에게 투정하듯 "엄마, 나 이젠 형아 하고 같이 버스 안 타고 다닐 거예요"라고 투덜거리는 것이다. 이유를 들어보니 형이 동생 태삼에게 자꾸만 "야, 태삼아 네 차비로 풀빵 사먹고 집에는 형과 같이 천천히 걸어가자"며 자주 보챈다는 것이다. 그처럼 전태일은 자신의 차비뿐 아니라 동생의 차비까지 빼앗아서라도 직공들에게 풀빵을 사주고 싶었던 것이다.

> 그날이 아마 태일의 생일이었지. 생일날이니 미역국은 못 끓여줘도 맛있는 김이라도 한 장씩 사줘야지 하고는 김을 한 첩 샀는데 숫자를 헤아려보니 열 장이 들어가 있더라고. 우리 식구들이 나까지 다섯 명인데 두 장씩 주고 나면 되는 건데 그래도 주인공이 태일이니까 내가 먹을 김을 한 장 더 태일에게 주려고 모두 세 장 줬지요. 그랬더니 작은아들 태삼이 '엄마는 너무 형만 챙기고 나하고 차별하는 거예요? 그렇지 않아도 형 때문에 버스도 안 타고 걸어 다니는데…. 나중에 알고 보니 어쩌다가 한 번 그런 게 아니라 그 이후에도 죽을 때까지 3, 4년 동안 그랬더라고. 밥 먹듯이 철야작업을 하느라 밤잠을 제대로 못 잤으니 낮에 꾸벅꾸벅 졸면서도 일을 해야만 하는 여공들이 눈에 밟힌 거지.[61]

배고픔에 지쳐 골이 잔뜩 나서 입을 삐죽거리며 집으로 돌아와도 태일과의 약속 때문에 차비로 여공들 풀빵을 사주느라 걸어 다닌다는 이야기

---

61 이소선, 「저자와의 인터뷰 증언」, 2006.3.20.

를 지금까지 어머니에게 말을 하지 않았던 것이다. 버스비를 모두 털었기
때문에 청계천 6가에서 도봉산까지 터덜터덜 걸어가는 것은 예삿일이 아
니라 고통 그 자체를 수반한다. 간혹 작업이 늦게 끝나는 날에는 자신의
주린 배를 움켜잡고 온종일 지친 몸을 이끌고 흐느적거리며 집으로 걸어
오다가 밤 12시 통금시간에 걸려서 파출소에 잡혀 꼼짝없이 밤을 지새우
다 통금이 풀리면 다시 집에 걸어오는 일이 잦아졌다. 전태일이 처음으로
파출소에서 밤을 지새우던 날이었다. 소선은 혹시 아들에게 무슨 변고라
도 생겼을까 하고 뜬눈으로 밤을 지새우며 아들을 기다렸다.

　밤 12시가 넘어 1시가 더 지났는데도 아들이 나타나지를 않자 소선은
불길한 생각이 들기 시작했다. 평화시장에 취직한 이후로 한 번도 이런 적
이 없었고 행여 집에 못 들어오는 날에는 반드시 연락을 취하던 아들이었
기에 걱정은 더 커졌다. 소선이 뜬눈으로 밤을 보내고 교회 새벽기도를 마

전태일, 전태삼 형제가 이용하는 시내버스는 언제나 콩나물시루처럼 만원이었다. 사진은 쌍문동
에서 서울역을 운행하는 시내버스 안내양이 온몸으로 승객을 안으로 밀어 넣는 장면.

치고 집에 돌아오자 아침이 훤히 밝아왔다. 때마침 아들 태일이 투덜투덜 힘없이 걸어오는 것이 저만치 보였다. 온몸이 이슬에 젖은 채 어깨는 축 처져 있었고 얼굴에는 핏기가 하나도 없이 창백했다. 피곤에 지쳐 있는 아들을 붙들고 차마 다그쳐 물어 볼 수가 없던 어머니는 아들을 편하게 대해 주려고 더 이상 깊은 이야기를 나누지 않았다. 태일은 잠시 눈을 붙이고 여느 때와 마찬가지로 다시 밥을 챙겨 먹고 출근 준비를 서두르는 것이다. 그 후로도 계속해서 그런 일이 종종 발생하자 소선은 아예 큰맘을 먹고 불러 앉혔다. 그리고 밤을 새우고 집에 걸어 들어오는 까닭을 물었다.

"엄마, 너무 심려 말아요. 집에 걸어오다가 통금 때문에 파출소에서 자고 왔어요."

"좀 일찍 다니면 될 텐데 왜 그렇게 자꾸 통금에 걸리느냐. 매일 공장 일이 그렇게까지 늦게 끝나는 거냐?"

"그건 아녀요, 공장 한구석에서 잠을 자는 어린 시다들이 밤잠을 제대로 못 자는지 매일 오전 시간만 되면 꾸벅꾸벅 졸면서 작업들을 하잖아요. 너무 불쌍하기도 하고 당장 주어진 작업 할당량을 빨리 마쳐야 하는데 시다들은 힘없이 졸고 있으니 그냥 쳐다보고 있기에 답답하잖아요. 더구나 점심시간은 아직 많이 남은 것 같고 시다들의 배에서는 꼬르륵 소리가 나길래 풀빵을 사서 골고루 나누어 주었더니 작업장 분위기가 훨씬 좋아지면서 오전 시간에 거뜬히 일들을 해내더라구요. 그래서 집에 올 때 차비가 없어서 걸어오느라 파출소에서 잔 거에요."

어머니 이소선은 아들의 선행 때문에 때로는 야속했지만 그렇다고 원망할 수도 없는 노릇이었다.[62] 그것이 사람 사는 도리였기 때문이다. 오로지 자신만을 생각하는 각박한 이기주의가 판을 치는 세상에 남모르게 조

---

62 위와 같음.

용히 사랑을 실천하는 아들을 보고 무엇이라 나무라겠는가. 전태일이 자신의 차비를 털어 풀빵을 사준 일들은 그 후로도 끊이지 않고 계속되었다. 마침내 직장 동료와 함께 룸메이트가 되어 자취방 생활을 시작하고 이어서 사장으로부터 재단사로 승진 제의를 받는 이야기를 그의 일기를 통해 알아보자.

3. 전태일의 눈에 들어온 누런 국화빵

전태일은 일주일에 서너 번을 반복적으로 하는 일 중에 하나가 오전이나 오후 풀빵 장사를 찾아가는 일이다. 침침한 곳에서 밥을 굶으면서 일하는 어린 여공들이 안쓰러워 국화빵을 사주려고 슬그머니 공장 문을 열고 밖으로 나가 오래전부터 공장 건물 입구 한쪽에 자리를 잡고 풀빵을 파는 아주머니를 찾는다. 얼마 전까지 남편도 가끔씩 나와 장사를 거들어주었는데 요즘은 몸이 불편해 아주머니 혼자 장사를 하고 있었다. 어느 날은 15원어치를, 어느 날은 30원어치를 사기도 하고 돈이 없는 날은 외상으로 사가다 보니 단골이 되었다. 전태일은 국화빵을 살 때마다 자신이 14세 때 가출하면서 겪은 굶주림의 악몽을 자주 떠올렸다.

가출을 감행한 전태일은 1962년 여름, 부산에 도착해 자신이 어릴 적 살던 부산진역을 지나 무작정 영도 바다를 향해 걸었다. 사흘을 굶은 전태일의 눈에 노릇노릇하게 익은 국화빵이 한눈에 들어온 것이다. 군침이 넘어간 것은 당연한 일이다. 그러나 안타깝게도 빵을 굽는 주인은 나이가 지긋한 아주머니가 아니라 16~17세로 보이는 단발머리를 한 단아한 여학생이었다. 너무 배가 고파서 그 여학생에게 동정심을 호소하고 싶었지만 짧은 시간에 여러 생각을 한 끝에 전태일은 그냥 지나쳤다. 그리고 양배추의 속고갱이가 떠 있는 영도다리 인근 바닷속으로 풍덩 뛰어들었다가 익사

부산으로 가출할 때나 평화시장에서 일할 때 늘 배고팠던 전태일의 눈에 들어온 누런 국화빵

직전에 가까스로 어부에게 구조되어 목숨은 건졌다. 그러나 사흘을 굶어 지칠 대로 지쳐 흐느적거리던 그가 바다에 떠 있는 속고갱이 한 조각을 건지기 위해 주저 없이 바다로 뛰어들 정도로 극한의 굶주림을 겪으면서도 왜 국화빵을 파는 단아한 여학생에게 동정을 구하지 않았을까? 그것은 인간으로서 최소한의 자존감이었던 것이다. 견딜 수 없을 정도로 배가 고팠으나 열네 살짜리 사춘기 소년의 전태일은 같은 또래의 여학생에게 만큼은 차마 구걸을 하고 싶지 않았던 것이다. 당장의 배고픔과 가난을 모면하는 것보다 '인간의 존엄'이 더 중요하다는 사실을 전태일은 이미 알고 있었던 것이다.

그랬기 때문에 그가 훗날 평화시장에서 참혹한 노동 착취와 억압에 당당하게 맞설 수 있었던 것이고, 그렇기 때문에 '근로기준법을 지키라', '일요일은 쉬게 하라'고 외치면서 자신의 몸을 불사를 수 있었던 것이다. 그가 분신 항거하면서 외친 소리들은 한 청년의 단순한 노동구호를 넘어 '인간의 존엄을 위한 권리 언어'였던 것이다. 배고픔보다 인간의 존엄이 더 중요한 것을 알았던 전태일이었기에 어린 시다들에게 버스 값을 털어서 풀빵을 사서 먹이고 청계천에서 도봉동까지 두세 시간을 거뜬하게 걸어

다닐 수 있었던 것이다. 그것은 자신의 것을 먼저 내어놓고 모든 사람이 오순도순 나눠 먹을 수 있는 나눔의 촉매자 역할 그 이상을 넘어 인간으로서 존엄과 가치가 얼마나 소중한 것인지를 자기 삶으로 웅변한 것이다. 아래 글은 전태일이 홍선이와 의형제를 맺는 과정과 한미사 사장에게 재단사 승진 제의를 받는 이야기를 직접 자기 일기장에 기록한 내용이다.

4. 의형제를 맺은 홍선이와 자취방 생활을 하다
— 1967년 2월

하루는 먼저 이 집에서 재단보조를 했다는 청년이 왔다. 먼저 있던 미싱사들은 다 아는지 재미있게 이야기를 하고 있었다. 한참 이야기를 하고 이층에 올라간 청년은 나에게 손을 내밀며 "우리 서로 알고 지냅시다. 저는 홍선이라고 합니다." 이렇게 인사를 나눈 후 이런저런 이야기를 주고받았다. 초면이지만 조금 험악한 얼굴과는 달리 퍽 호감이 가는 사람이었다. 이야기에는 대충 미싱사들에게 들은 나의 이야기였다. "퍽 일을 잘 하신다고 들었습니다. 정말 이층이 깨끗하군요. 아주 칭찬들을 많이 합니다. 특히 시다들은 더 하던데요. 하하." "별 말씀을 다하십니

함께 자취하며 의형제를 맺은 홍선이 형과 사진관을 방문해 전통 남여의상을 입고 찍은 장면. 좌측이 전태일

다." 이런저런 이야기 끝에 퇴근시간이 가까워지자 그 청년은 가버렸다. 그 청년도 나에게 첫인상이 참 좋았다 하면서 이틀이 멀다 하고 공장으로 찾아왔다. 어느 사이에 나는 홍선이 청년을 형이라고 부르고 친형같이 따랐다. 나이는 나보다 두 살 위인 21살이었다. 키는 나보다 훨씬 컸으며 막내이기 때문에 내가 형이라고 부르는 것을 좋아했으며 나는 장남이기 때문에 '형'이라고 부르기를 좋아했다. 내가 도봉산에서 다니는 것이 불편하다고 하자 홍선이 형은 "태일아, 내일부터 나하고 같이 지내자. 방은 셋방이고 좁지만 둘이는 충분히 지낼 수 있을 거야." 그 날 저녁 집에서 허락을 받은 나는 조그만 짐을 가지고 홍선이 형과 서울대학교 법대 뒤 낙산동에서 지내게 되었다. 어느 덧 내가 이 공장에 들어온 지도 3개월이 넘었다.[63]

5. 사장에게 재단사 승진 제의를 받다
　　— 1967년 2월

그렇게 눈코 뜰 사이 없이 바쁘던 설 대목 일이 끝나고 있을 즈음 점심시간이 시작될 때 가게에서 전화가 왔다. 나를 가게로 내려오라는 것이다. 점심을 먹지 말고 내려오라는 말에 꽤 급한 일이 있구나 싶어 내려갔더니 주인아주머니께서 나에게 "보조가 일을 열심히 하니까 아저씨께서 점심을 사 주신대" 이렇게 말씀하셨다. 나는 이 말이 너무 고맙고 이때까지 열심히 일한 보람을 느낄 수 있었다. 주인 아저씨와 식당을 온 나는 "아저씨, 제가 뭘 열심히 한 게 있습니까? 해야 될 일을 한 것뿐인데요." 이렇게 말하자 "아니야, 보조는 다른 사람과 일하는 것이 달라. 내가 이때까지 여러 사람을 써 봤지만 그렇게 정직하고 열심히 일하는 사람은 처음 봤어. 원단가게에서 주는 심부름

63 전태일,『친필수기』, CD 사본 2, 70-71.

◀ 한미사 재단사 시절 회사 야유회에서 사장 가족과 함께 한 장면. 좌측이 전태일, 우측이 사장과 그의 아들

▶ 한미사 재단사 시절 회사 야유회에서 아버지 겸 친구처럼 가깝게 지내던 자크집 아저씨와 함께 한 전태일

값도 다 가지고 올 때 그때부터 주의 깊게 보조를 관찰하고 있었지." 이런 이야기를 하고 있던 중에 떡국이 두 그릇 들어왔다. 한 그릇을 맛있게 다 먹고 난 나는 일어서려고 하자 "보조에게 한 가지 물어 보겠는데 재단사를 내보내려고 하는데 재단사 대신에 우리 집 일을 열심히 해 주겠어?" 이렇게 말씀하시는 것이다. 내가 일은 할 수 있지만 재단사에게 미안한 일이다. 이렇게 생각하고 대답을 빨리 못하자 "재단사는 나가기로 되어 있으니까 미안할 건 없어." 재단사가 나가게 되었다는 말에 나는 승낙을 했다. "네, 할 줄을 모르지만 힘닿는 데까지 열심히 해 보겠습니다."[64]

6. 한미사의 혹사와 노동 참상
 — 1966년 10월~1967년 12월

전태일은 한미사에서 일하면서 아래의 짧은 수기에서만 수차례 죽음을 언급할 정도로 혹사를 당했다. "정말 죽고 싶다", "정히 못 견디겠다",

---

64 위의 책, 71.

"육체적 고통이 나를 죽음을 생각하게 하는 것이 아니다. 정신적 고통이 더욱 심하기 때문이다", "정말 고통이 이만저만이 아니다. 언제나 이 괴로움이 없어지나", "죽어버리면 다 깨끗하겠지", "죽음이 무엇이냐? 언제 죽어도 한 번은 죽을 몸, 조금 일찍 죽는다는 것뿐이다", "죽어버리자 태일아, 金泰壹, 죽엄을…"이라는 등의 언급을 일곱 차례나 반복할 정도로 노동의 극한을 견디지 못해 죽음에 이르는 생각을 하게 된다. 태일은 밑바닥 생활을 하면서 열두 가지 이상의 궂은일을 해 온 터라 웬만해서는 힘든 줄 모르는 청년이다. 그런 그가 얼마나 일이 힘들었으면 "하루 15시간을 칼질과 다리미질을 하며 지내야 하는 괴로움, 허리가 결리고 손바닥이 부르터 피가 나고, 손목과 다리가 조금도 쉬지 않고 아프니 정말 죽고 싶다"고 독백했다. 아무리 큰 포부를 가지고 인내와 노력을 해도 혼자서 세 사람의 몫을 감당하는 정도의 중노동은 도저히 견딜 수 없는 상황이었다.

1) 혼자서 세 사람 몫을 감당하다

1967년 3월 9일

5일 날 남산 팔각정에서 찍은 사진이 오늘 2시경에 가게에 도착했다. 오늘이 3月 9日이니까 2月 13日날 상경해서 오늘까지 36日간이다. 정말 지루한 하루하루였다. 겨우 오늘 원단 130마를 구했으니 정말 속이 탄다. 나단 130마 중에서 61마를 가지고 봄 잠바 36장을 칼질했다. 그리고 우라를 칼질하는데 주인집에서 허정이와 종주를 잃어버렸다고 야단이다. 결국 꼬마들이 집으로 돌아왔다.

— 3月 9日. one 極.[65]

---

65 위의 책, 9.

▲ 열악한 노동 여건에서 일하는 한미사의 동료들과 함께 잠시 휴식을 취하는 장면. 맨 우측이 전태일

▶ 허리도 제대로 펼 수 없는 닭장같이 좁은 공간에서 일하는 당시 평화시장 노동자들

▼ 고개를 제대로 들 수 없어 허리를 숙이고 일하는 평화시장 여성 노동자가 닭장같이 좁은 작업장 공간에서 일하는 장면

1967년 3월 18일

끝 날이 인생의 종점이겠지. 정말 하루하루가 못 견디게 괴로움의 연속이다. 아침 8시부터 저녁 11시까지 하루 15시간을 칼질과 다리미질을 하며 지내야 하는 괴로움, 허리가 결리고 손바닥이 부르터 피가 나고, 손목과 다리가 조금도 쉬지 않고 아프니 정말 죽고 싶다. 사나이 큰 포부를 가지고 인내와 노력이 있어야 한다지만 정히 못 견디겠다. 육체적 고통이 나를 죽음을 생각하게 하는 것이 아니다. 정신적 고통이 더욱 심하기 때문이다. 두 가지 가운데 한 가지만 없어도 좋겠다. 미싱 6대에 시다가 6명, 그 사람이 할 걸 나 혼자서 다 해 주어야 하니, 다른 집 같으면 재단사, 보조, 시아게 잘하는 사람 3명이 해야 할 일을 나 혼자 해주어야 하니, 정말 고통이 이만저만이 아니다. 언제나 이 괴로움이 없어지나. 죽어버리면 다 깨끗하겠지, 죽음이 무엇이냐? 언제 죽어도 한 번은 죽을 몸, 조금 일찍 죽는다는 것뿐이다. 아… 대구 이 선생님께서 서신이 왔다. 18일 날 오시겠다는 분이 4月 14日날 상경하신단다. 죽어버리자 태일아, 金泰壹, 죽엄을….

― 3月 16日. 23시 55분. jun Ome.[66]

2) 작업장의 혹독한 참상

점심시간에 도시락 뚜껑을 열면 몇 숟가락 뜨기도 전에 시커먼 꽁보리밥 위에 먼지가 뽀얗게 내려앉아 먹을 맛이 떨어져도 여공들은 웃어가며 맛있게 먹었다. 사실 공장 안은 워낙 먼지가 많이 떠돌고 있어서 마스크를 써야 했다. 하지만 좁은 공간에서 마스크를 쓰는 것 역시 숨이 막히는 것을 감수해야 한다. 그런데 어느 공장에서는 어린 시다가 마스크를 쓴 모습

---

66 위의 책, 40.

이 건방지다며 따귀를 때린 업주도 있었다고 한다. 대부분의 여성노동자들은 자취방 하나 얻을 돈조차 없어 공장 바닥에서 새우잠을 자며 그곳에서 숙식을 해결해야만 하기도 했다.

어지럽게 들려오는 쇠금속 소리, 짜증 섞인 미싱사들의 언성, 무엇이 현재의 실재인지를 분간 못하면서 그 속에서 나도 부지런히 그들과 같이 해 나갔다. 무의미하게, 내가 아는 방법대로, 지금 내가 하고 있는 일 이외에는 무아지경이다. 아니, 내가 하고 있는 일 자체도 순서대로 지금 이 순간에 알아야 될 행동만이 질서 정연하게 자동적으로 행하여지고 있는 것이다. 실제로 나는 일의 방관자나 다름없다. 내 육신이 일을 하고 누가 시키는 것이 아니라 이때까지의 영감과 이 소란스러운 분위기가 몇 인치, 몇 푼을 가르키는 것이다. 다 긋고 나면 나라시가 되고, 다 되면 또 내가 잘랐다. 왜 이렇게 의욕이 없는 일을 하고 있는지 나 자신도 모르겠다. 그러나 어렴풋이 생각이 확실해질 때는 퇴근 시간이 다 될 때이다. 세면을 하고 외출복으로 바꿔 입고, 인사를 하고 집으로 오면 밥상이 기다리고 있다. 밥을 먹고 몇 마디 지껄이다가 드러누우면 그걸로 하루가 끝나는 거다. 무시무시한 가을의 고독은 또 나를 아는 체 미소해 오는구나. 언제나 나는 너 가을에게 굴복을 했다. 제발 나를 아는 체하지 말아다오. 나는 있는 사력을 다해 너를 기피했건만 너는 너무 잔인하게 미소해 오는구나. 그 미소가 나의 가슴 끝까지 파고들면 코언저리가 시큰거린다. 나는 너를 또 반기고 밀어내어 힘이 모자라면 너에게 끌려 어떤 무엇이든지 너의 뜻대로 나에게 부합시키더라. 그러면 열병에 시달리는 패잔병처럼 어서 현재가 부활되기를 기도하고 현재가 말하기를 체념도 하고.[67]

---

67 위의 책, 20.

청계천 생활 몇 년만 하다 보면 폐병에 걸려 죽어나가는 어린 여공들이 속출했지만 보상을 받거나 산재보험 혜택을 받는 일은 전혀 없었다. 심지어 재봉틀 바늘이 손톱에 박히면 펜치로 빼버린 다음 미싱 기름을 발라주고 곧바로 일을 시키는 업주도 있었으니 그야말로 노동자는 기계였고 손가락은 부품이었던 것이다. 청계천 일대에는 2천여 개의 피복 공장이 성황을 이루고 있었으며 1년만 공장을 운영하면 집을 사고 3년이면 빌딩을 산다느니 하던 시절이었으나 그런 것은 모두 업주들과 사장들에게 해당되는 말들이다. 하지만 그 밑에서 일하는 2만 7천여 노동자들에게 돌아오는 것은 끔찍한 노동과 가난뿐이었다. 하루 평균 14시간에서 16시간까지, 일요일은 물론 국경일조차 거의 놀지 못한 채 일 년 내내 혹독한 노동에 시달려야 했다.

7. 전태일을 분노케 한 노동력 착취율

1960년대 후반에서 1970년까지 열악한 노동 상황은 총생산과 수출이 아무리 늘어도 개선되지 않았으니 이는 마치 전쟁에 승리해도 병사들에겐 전리품이 일절 분배되지 않는 노예의 군역과도 같은 상황이었다. 누가 뭐래도 업주들만 배부른 구조였다. 전태일은 1967년 2월 22일에 기록한 일기에서 자시 자신을 가리켜 "경제문제 계산기"[68]라는 표현을 했다. 이는 그가 14년 동안의 굶주림과 생활고에서 스스로 터득하며 남다르게 익힌 계산적인 감각을 말하는 것이었다. 그뿐만 아니라 전태일은 원래 수학적인 재능과 감각이 남달리 빠른 사람이었다. 이미 밝혀진 대로 남대문 국민학교에 잠시 다닐 때는 학교 대표로 서울시 국민학교 대항 산수경시대회에 출전해 최고 성적을 받아 당시 윤정석 교장이 그를 전교생들 앞에

---

68 전태일·전태일기념사업회 엮음, 『내 죽음을 헛되이 말라』, 103.

서 업고 다닐 정도였다. 그 정도로 산수를 비롯해 수학적인 계산력에는 재능이 남달랐다. 이러한 전태일이 자신이 일했던 삼일사, 남상사, 통일사, 한미사를 비롯한 평화시장의 거의 모든 업체들이 노동자들에게 돌아갈 이윤을 불합리한 방식으로 가로채는 착취와 억압을 직접 체험하고서 가만히 보고만 있을 리가 없었다. 자신을 경제문제 계산기라고 자부할 만큼 계산적인 전태일은 마침내 업주들의 횡포와 독식에 대해 저항하기 위해 체계적인 근거를 마련하기 시작했다.

당시 대부분의 평화시장 노동자들은 분명히 "저임금(노동력 가치 이하의 임금)과 장시간 노동이라는 이름의 초과 착취"[69]라는 고통을 당하고 있었다. 전태일이 일하던 한미사뿐 아니라 평화시장의 거의 모든 업체들의 노동력 착취율은 당시 세계 최고 수치라고 할 수가 있다. 당시 평화시장 노동자들이 하루 8시간 노동을 했다고 가정할 때의 기준으로 계산해 본다면 노동자는 단지 '43분'만을 자신의 임금을 위해서 노동을 한 것으로 결론이 난다. 노동자들은 나머지 7시간 17분에 대해서는 아무런 물질적 보상을 받지 못하고 고스란히 업주들을 위해 희생만 한 것이다. 그리고 평화시장 노동자들이 하루 평균 16시간 노동했다고 가정할 때 노동자들은 자신을 위해서는 고작 '86분'(1시간 23분)을 일한 것이고 업주들을 위해서는 무려 '14시간 34분'의 노동을 한 것이 된다. 이처럼 노동자들은 14시간 34분에 대해서는 아무런 물질적 보상을 받지 못하고 업주들만 독식하는 불합리한 임금 구조에 시달렸던 것이다. 자신을 위한 노동력 시간 투자와 업주를 위한 노동력 시간 투자가 현저하게 차이가 있음을 발견할 수가 있다. 당시 평화시장의 노동자들을 착취한 구체적인 규모를 측정하기 위해서는 '착취율'이라는 계산 방법을 사용해야 한다. 착취율은 다음의 공식에 의해

---

69 장상환, "이영훈 교수의 한국경제사 분석은 타당한가", 「교수신문」, 2007.4.28.

서 결정될 수 있다.[70]

$$착취율 = \frac{잉여 가치}{임금과 기타의 급료} \times 100$$

원단과 재료와 기계, 건물과 다른 설비의 사용, 기술비용, 감가상각, 생산물의 배달, 운송 등에 16,293,000원을 지불하였다고 볼 때 이것을 '불변자본'이라고 한다. 평화시장 노동자들은 이러한 불변자본에 자신의 노동력을 가하여 27,000,000원에 달하는 생산제품과 서비스를 생산할 수 있었다. 그러나 이 중에서 단지 2,280,000원만이 노동자들에게 임금과 기타 방식으로 지불이 되었다. 순수이윤을 비롯해 나머지 24,720,000원은 모두가 업주들에게 돌아갔던 것이다. 이것을 기초로 해서 착취율을 계산해 보면

$$\frac{24,720,000원}{2,280,000원} \times 100 = 1,083\%$$

즉 노동자 한 사람이 1원을 받을 때마다 업주는 노동자로부터 10.83원(약 11원 가까이)을 거둬들인다. 달리 표현해 보면 노동자들이 만들어낸 제품과 서비스의 91%가 업주들에게 돌아갔다면 노동자들에게는 단지 9%만이 돌아간 것이다.

■ 업주들에게 돌아간 양: $\frac{24,720,000원}{27,000,000원} = 9.91 \times 100 = 91\%$

■ 노동자들에게 돌아간 양: $\frac{2,280,000원}{27,000,000원} = 0.09 \times 100 = 9\%$

이처럼 노동자들은 철저히 업주를 위해 하루 16시간을 허리 한 번 제

---

70 에일러/ 일꾼자료실 옮김, 『진정한 노동조합운동』 (만민사, 1989), 21-27.

대로 펴지 못하고 햇빛도 안 들어오는 어두침침한 작업장에서 실먼지 마셔가며 중노동을 했지만 그들에게 돌아간 대가는 쥐꼬리만한 9%의 공임뿐이었고 나머지 91%는 모두 업주들이 독식을 한 것이다. 그렇다면 평화시장 노동자들이 8시간 노동을 했을 경우를 기준으로 해서 계산해 볼 때 노동자는 단지 43분 만을 자신의 임금을 위해 일한 것이고 나머지 7시간 17분에 대해서는 아무런 보상도 받지 못하고 오로지 업주와 자본가를 위해서 철저히 착취당했던 것이다.

■ 8시간 × 60분 × 0.91(91%) = 437분(7시간 17분)
■ 8시간 × 60분 × 0.09(9%) = 43분

또한 평화시장 노동자들이 16시간 노동했을 경우를 기준으로 해서 계산해 볼 때 노동자는 겨우 83분(1시간 23분)만을 자신의 임금을 위해서 일한 것이고 무려 874시간(14시간 34분)에 대해서는 아무런 보상을 받지 못했다.

■ 16시간 × 60분 × 0.91(91%) = 874(14시간 34분)
■ 16시간 × 60분 × 0.09(9%) = 83분(1시간 23분)

이처럼 경제문제 계산기였던 전태일은 자신을 비롯한 평화시장의 남여 직공들이 그토록 힘들게 중노동을 하면서도 정당한 노임과 대가를 받지 못하고 업주들에게 모두 빼앗기는 것에 대해서 극도로 분노할 수밖에 없었다.[71]

---

71 여기에 수록된 노동 착취률 공식은 KMU(KILUSANG MAYO UNO, 5월 1일 운동)의 세계적인 노동운동 연구단체인 에일러(Eiler; Ecumenical Institue Labor Education Research, 필리핀 기독교노동교육연구소)에서 발행한 GTU(Genuine Trade

한미사 동료들과 강원도 해수욕장에 가서 즐거운 한때를 보내는 전태일. 각 사진 우측이 전태일

Unionism)교재를 통해서 공개된 노동력 착취률 계산방식을 활용한 것이다. 1968~1970
년도 당시 청계천 평화시장의 노동력 착취상황을 단순 비교하여 산출해 본 것이다.

18장

오금희에게 사랑의 열병을 앓다

1966년 10월~1967년 12월 말 (14개월, 19~20세)

한편 전태일은 한미사에서 혹사를 당하면서도 한편으로는 오금희라는 아가씨에게 사랑의 열병을 앓는다. 오금희(吳金姬)는 전태일이 몸 담고 있는 한미사 사장의 처제였다. 열아홉 살(48년생)이었던 전태일보다 네 살이나 연상인 스물세 살(44년생)의 처녀였다. 당시는 대부분 연상의 여인과는 이루어질 수 없는 사랑으로 간주했으며 이런 경우에는 대개 결혼을 단념하거나 아예 포기하던 풍습이 있었다. 이 수기를 읽어 보면 전태일은 오금희에게 얼마나 애정을 품고 있었는가를 구구절절 확인할 수 있다. 오금희와의 첫 만남이 시작된 1966년 10월부터 1967년 12월까지 1년이 넘는 동안 있었던 전태일만의 사랑의 연정을 아래 일기를 통해 살펴보자.

1. 한미사 사장의 처제 오금희와의 첫 만남

이런 일이 있은 후 설을 10여 일 앞두고 대목 일이 끝났다. 지방이 고향인 미싱사들과 시다들이 기뻐들 하면서 집에 가지만 나는 집이 도봉산인데도 갈 수 없었다.[72] 돈이 한 푼도 없기 때문이다. 전에 미싱사로 있었을 때에는 칠팔천 원씩을 가지고 들어갈 수 있었는데 지금은 한 달에 4천원 밖에 못 받는데 그나마도 식비로 쓰고 용돈도 궁한 형편이다. 방세가 많이 드는 것은 아니지만 연탄값과 수도세, 전기세를 홍선이 형과 반반 나누어서 내고 나면 구경 한 번 안 가도 식비가 모자라는 것이다. 이런 환경이지만 그래도 공장에 다니면서 돈을 번다는 것을 동네 사람들이 다 아는데 어떻게 동생들 옷가지 하나 안 사가지고 들어 갈 수가 없었다. 주인아저씨, 아주머니는 지방으로 수금을 가신다고 하시면서 남은 물건 값을 가르쳐 주시고 "보조는 집엘 안 간다니까 우리 집에 와서 있으면서 이모하고 같이 가게를 좀 봐요. 한 일주일이면 돼요." 주인아주머니는 이렇게 말씀하시면서 주인아주머니 동생인 스물세 살 된 처녀를 나에게 소개시켜 주셨다. 가게 내려가서 두 번 본 적은 있었지만 막상 소개를 받자 괜히 얼굴이 붉어지면서 수줍어지는 것이다.

처녀 이름은 이(오)금희였다. 공장에 찾아오는 사람도 없고 홍선이 형도 고향인 경기도로 가 버리고 집에도 갈 처지가 못 된 나는 어떻게 일이 시작될 때까지 기다리나 걱정을 하고 있던 차에 아주 바라던 것을 들어 주시는 것 같은 기분이었다. 다음 날 아침 차로 주인 내외분은 지방으로 수금을 가시고 나는 일찍 가게 문을 열고 손님을 기다리고 있었다. 어떤 남자 손님이 와서 물건을 흥정하고 있을 때 주인아주머니 동생인 처녀가 밥을 가지고

---

72 전태일, 『친필수기』, CD 사본 2, 71.

왔다. "재단사, 식사하세요. 식기 전에 빨리요." 예쁜 장미꽃 무늬가 박힌 3층 찬합에 팥밥을 담고 여러 가지 찬이 정성스럽게 담겨 있었다. 나이가 이제 겨우 십팔구세 밖에 안 들어 보이고 얼굴 어느 곳을 봐도 이제 갓 고등학교 교복을 벗고 대학 초년생 같은 청초함을 발산하고 있었다. 2, 3개월 전에 가게에서 두 번 볼 때는 아무런 감정을 못 느꼈는데, 지금 이 처녀가 손수 들고나온 밥을 먹으면서는 이상하리만큼 나 자신이 대견스럽고 사랑스러웠다. 식사를 다 마치자 "물 드세요" 하면서 집에서 가지고 온 물통에서 뜨끈한 숭늉을 부어 주는 그 손, 마치 상아로 조각을 한 것 같은 맑은 베지색의 조그만 손을 눈앞에서 움직일 때 너무나 탐스러워서 힘껏 만지고 싶은 충동을 억제했다. 바로 맞은편 가게는 아직도 문을 열지 않고 우리 가게가 아마 제일 먼저 문을 연 관계로 꽤 많은 매상고를 올렸다.

정오가 다 될 때까지 나란히 앉아 있었지만 나는 한 마디도 먼저 말을 못하는 그런 성격을 가지고 있었다. 처녀가 먼저 물어 보면 사뭇 정확하게 사무적인 대답을 할 뿐 내 스스로 화제를 만들 줄도 몰랐으며 대답을 할 때도 시선은 한 번도 똑바로 쳐다보지를 못했다. 지금 생각해도 너무 이상하리만큼 수줍어했었다. 내가 너무 수줍어하고 어려워하자 처녀는 어려운 분위기를 없애려고 나에게 여러 가지 질문을 해 왔다. "재단사 고향은 어디예요?" 충청도 사투리가 연하게 섞인 서울말로 상냥하게 물으면 "경상북도 대구입니다." 무뚝뚝하게 아무런 감정을 내포하지 않으려고 사무적인 태도로 대답한다. 내가 이렇게 대답하면 처녀는 얇은 수치심과 호기심 어린 표정으로 몇 분간은 아무런 질문을 안했다. 처녀에게 대답하는 것과는 달리, 손님이 물건을 사러 오면 퍽 친절하게 대하고 저속하지 않은 재미있는 유머를 섞어가면서 그냥 흥정을 잘했다. 내가 흥정을 할 땐 처녀는 우습다는 듯이 약간 보조개를 얼굴에 나타내면서 나의 한 마디 한 마디를 기억해 두는 것 같았다.

짧은 겨울 해는 어느 덧 자취를 감추고 조그마한 싸락눈이 벌어진 채양 사이로 떨어지고 있었다. 바로 앞집은 가게 문을 닫고 들어가고 옆 집도 문을 닫는 소리가 요란하다. "재단사요, 문을 닫고 들어가요." "조금 더 있다가 들어가겠습니다. 먼저 들어가십시오." "다른 가게도 다 들어가는데 있으면 얼마나 더 팔겠어요?" "네, 다른 가게가 다 들어가면은 가겠습니다." "그렇지만…." 나는 아저씨께서 가시면서 시키시는 대로 맨 마지막에 문을 닫기로 한 것이다. "그럼 가겠어요. 빨리 들어오세요. 네?" "네. 먼저 가십시오. 빨리 가도록 하겠습니다." 저녁 10시가 넘자 장부를 정리하고 문 단속을 잘하고 주인집을 향해 동대문 옆으로 걸었다. 몇 시간 전에 내린 싸락눈은 밝은 전깃불에 반사되어 곱게 반짝이고 오가는 행인들의 발바닥에 눌러 고운 결정체가 부서져 버리기도 한다. 동대문 지하도를 건너서 돌산을 향해 걸으면서 곰곰이 생각해 봤다. 정말 주인아주머니 말씀대로 스물셋일까? 처녀의 어느 곳을 봐도 믿어지지 않는 나이다. 나보다 더 어려 보이는데…. 주인집은 창신동 채석장 못미처 넓은 운동장 같은 평지 한 가운데 전형적인 일본식 양옥이었다. 빨간 기와로 자붕이 경사가 아주 급한 호화로운 집이었다. 현관문을 노크하자, "네, 조그만 기다리세요" 하면서 급히 무엇을 정리하는 소리가 들리면서 이내 처녀가 문을 열어 주었다. 현관문을 들어서자 왼쪽 부엌에 세수 비누와 타올이 있고 따뜻한 세숫물이 준비되어 있었다. "재단사요. 세수하시겠어요. 잠바는 벗어 주세요." 나는 대꾸도 하지 않고 시키는 대로 했다. 방엔 처녀의 마음을 한눈으로 짐작이 가게 차려진 밥상이 나를 기다리고 있었다. 나에게는 분에 넘치는 식사였다. 양은 많지 않았지만 여러 가지 찬은 시장하던 나의 구미를 더욱 돋구었다. 내가 너무 탐스럽게 먹어 보이자 처녀는 "재단사는 어쩜 그렇게 맛있게 잡수세요. 보고 있는 사람이 먹고 싶을 정도에요." "참, 저녁은 하셨는지 모르겠습니다." "네 먹었어요. 너무 맛있게 잡수시니까 괜히 해 본 소리예요." 식사가 끝나고 나자 "재단사요, 저쪽 방으로 가요. 음악 좋아하지 않으세요?" "네, 좋아합니다만…." 나는 약간 당돌하면서도 거북하지 않게 나를 리드해가는 그녀가 더 없이 좋았다. 마루를 건너 처녀의 방을 들어서자 포근하고 율동적인 체리핑크가 감미롭게 흐르고 있었다. 방안의 분위기가 퍽 마음을 안정시키는 것이다. 언제부터인가 나는 이런 안정된 분위기를 좋아하는 습관이 있었다. 언제나 들어 올려나 하고 기다려도 처녀는 들어오는 기색이 없었다. 부엌에서 무엇을 씻는 소리만이 간혹 들릴 뿐이다. … 들어오면 먼저 감사하다는 인사말을 어떻게 한다? 이름을 어떻게 불러야 될까? 이런 생각을 하고 있을 때 쟁반에 과일을 담아가지고 처녀가 들어왔다. "준비해 둔 것이 없어서 과자를 조금 사 왔어요." 이렇게 상냥하게 말하면서 쟁반을 놓고 살며시 문을 닫고 큰 방으로 건너가는 것이다. 나는 반벙어리 이상으로 말수가 적었다. 어떤 말부터 해야 될지 몰랐기 때문이다. 그저 시키면 시키는 대로 행할 줄만 아는 아주 소극적인 태도를 취할 수밖에 몰랐다. 처녀가 시키는 대로 큰 방에서 오랜만에 나에게는 호화로운 침실에 누웠지만 좀처럼 잠은 오지 않고 처녀가 빨아다 널어놓은 나의 밤색 양말을 보면서 여러 가지 생각을 했다. 왜? 이런 극진한 대접을 받아야 하나. 집에서는 지금쯤 나를 애타게 기다릴텐데…. 저 처녀는 내가 무엇인데 이토록 정성스럽게 보살펴 줄까?[73]

2. 나의 누님이 되어주세요

이런저런 생각을 하면서 잠이 들었다. 주인 내외분이 수금을 가신 지 4, 5일이 지나고 그사이 나는 처녀를 이모라고 부르고 있었다. 나는 이모를 무척 따랐다. 어제 아침 일찍 문을 열고 있을 때 주인아저씨께서 가게로 직접 오셨다. 아마 내가 매일 몇 시쯤 문을 여는지 직접 보려고 그러셨나

73 전태일, 『친필수기』, CD 사본 2, 89-93.

보다. 아침 6시 조금 지나서였다. "보조는 매일 이렇게 일찍 문을 열었어?"
"네, 다른 가게보다 제일 먼저 여는 것이 좋기 때문입니다." 아저씨께서
집으로 들어가시고 얼마가 지나자 이모가 아침밥을 가지고 왔다. 나는 지금이
야말로 내가 하고 싶은 말을 할 때라고 생각하고 아무도 없을 때 하려고
벼르던 말을 했다. 지금 말하지 않으면 또 다시 둘이 만날 기회가 희박하기
때문이다. 나는 용기를 내어 "이모, 실은 부탁이 하나 있는데요. 들어 주시겠
어요?" 두근거리는 가슴을 억제하면서 조심스럽게 이모의 얼굴을 쳐다보았
다. 이모는 그 진주알처럼 희고 잘 정리된 치아를 살며시 들이내면서 양
볼에 보조개를 피운다.

"무슨 부탁인데요. 재단사가 나한테 부탁할 일이 다 있어요?" "네, 여러
날을 생각해서 결론을 부탁드리는 것입니다. 한낱 철없는 어린아이의 장난으
로만 생각하지 마시고 들어주세요. 사실 이모도 아시겠지만 저는 외로운
사람입니다. 그런데 이모를 알고부터는 이 세상에 누구보다도 명랑하고
즐거운 생활을 하고 있었어요. 며칠 사이였지만 정말 저에게는 더 없는
기쁨의 날들이었습니다. 그런데 주인아저씨께선 오늘 오셨기 때문에 지금
말씀드리는 것입니다. 저는 형님이나 누님이 없습니다. 누님이 되어 주세요."
나는 약간 부끄러움과 두근거리는 가슴을 억제하면서 빠르게 가슴속에 있던
말을 해 버렸다. 가만히 머리를 숙이고 듣고 있던 이모는, "재단사. 말은
잘 들었어요. 그렇지만 나는 아직 마음의 결정을 하기에 앞서 재단사에게
할 말이 있어요. 사실은 저도 재단사를 처음 볼 때 첫 인상이 좋았어요.
언니한테 재단사가 퍽 성실하고 일도 믿음직스럽게 잘하며 보통 청년들보다
다르다는 것을 알았어요. 그리고요, 며칠간 같이 있으면서 직접 재단사를
대하는 사이 언니의 말이 맞다는 것을 알았어요. 그런데 제가 한 가지 생각하
지 못한 것은 이렇게 빨리 재단사가 말 할 줄은 몰랐어요. 저도 그 문제를
전혀 생각 안한 것은 아니지만 이런 문제는 빨리 결정할 문제가 아니라고

생각해요. 그러니까 재단사도 좀 더 생각해 보세요. 저보단 더 모든 면으로 좋은 사람이 있을 거예요. 저도 재단사가 기대하는 그만한 사람이 되는지 생각해 보겠어요. 며칠 있다가 다시 한번 만나요. 그때까지 생각해서 서로 확답을 교환해요." 이모는 이렇게 말하고 가만히 나를 쳐다본다. 나는 일순간 패배감 비슷한 감정이 얼굴을 화끈거리게 하고 얼굴을 들 수 없었다. 아주 거절당한 것이 아닌데 얼마나 무안한지 쥐구멍이 있으면 기어들어 가고 싶다.[74]

3. 비가 내리는 날 사랑의 확답을 받다

오늘은 아침부터 우울하기만 하던 하늘이 기어이 울음을 터트리고야 말았다. 나의 답답한 마음을 알기나 한 듯이…. 며칠 생각해 보고 서로가 변치 않을 의남매를 맺고자 말하던 이모가 일주일이 다 되어 가는데도 한 번도 가게나 공장에 나타나지 않는다. 정말 너무 야속하다. 모처럼 느껴 본 나 아닌 다른 사람의 정이었는데 벌써 끝이 났단 말인가. 그렇지 않으면 이모가 바쁜 일이 있어서, 좀처럼 시간이 없는 걸까? 이런저런 공상을 하면서 가게에 우두커니 앉아 있을 때에 이모가 들어오는 것이다. 나는 너무 반가워서 하마터면 이모하고 소리를 지를 뻔했다. 받치고 온 우산을 접어 놓으면서 하얗게 웃는다. "이모, 왜 요사이 한 번도 오질 않았어요?" 나는 이렇게 반가움을 나타낸다는게 도로 성난 사람이 하는 말투로 이모에게 말했다. 그러자, "어머, 재단사 화났나 봐요. 나는 나대로 바빠서 못 왔는데 재단사도 화날 때가 있어요… 호호." 이렇게 말하자 나도 슬며시 웃고 말았다. 이모에게 나의 누님이 되어 주겠다는 대답을 들을 땐 하늘 끝까지 올라가는 기분이었다.

---

74 전태일, 위의 책, 94-95.

보잘것없는 나를 동생으로서 대하여 주신다는 누님의 정에 보답하는 것은 이 집 일을 지금보다 더욱 열심히 해서 누님의 언니네 집이 부자가 되는 것이 내가 할 수 있는 최선의 길이라고 그 자리에서 굳게 마음에 다짐했다.75

4. 현실 앞에서 사랑을 포기하다

오늘도 이모와 주인집에서 전축을 듣고 둘이서 화투 놀이를 하고 재미있게 하루를 보냈다. 그러나 나는 불안한 그 무엇이 나의 마음속에서 서서히 성장하고 있다는 것을 알았다. 누님으로 만족할 줄 알았던 나의 감정이 누님을 떠나서 왜 내가 나이를 작게 먹었던가? 누님은 나보다 왜 나이를 많이 먹어야 되나를 생각하고 언젠가는 나의 곁을 떠날 것이라고 생각하면, 그렇게 같이 재미있게 듣던 전축의 재즈곡이 아무런 음향을 나타내고 있지 않는다. 언제까지고 같이 이 상태로 같이 살 수는 없을까? 누님이 나의 아내가 되는 길은 없을까? 그 하얀 손이 나 아닌 다른 사람의 손에 잡히면 나는 어떻게 하란 말인가. 아, 미칠 것만 같다. 이렇게 생각하면 할수록 누님은 더욱 나의 마음속에 확고부동한 뿌리를 내리는 것이다. 그렇지만 끝내 이루어질 수 없는 나 혼자만의 나쁜 욕심일 것이라면 더욱 더 깊이 뿌리를 내리기 전에 제거하여야 현명한 방법이 아닐까? 누구 하나 나의 이 번뇌를 바로 잡아 줄 사람이 나의 주위에는 없기 때문에 나는 여러 날을 혼자 고민했다.

고민에 고민을 거듭한 어느 날, 나는 깊은 죄의식을 깨달았다. 지금 이 시간 집에선 이 불효의 자식을 위해서 마음으로 정성을 드리고 계실 어머니가 생각났기 때문이다. 그렇다. 지금 내가 이런 사치에 한 눈을 팔 시기가 아니다.

---

75 전태일, 『친필수기』, CD 사본 2, 95-95.

나는 우리 집의 장남이 아니냐. 집안의 모든 일을 책임지고 이끌어 나가야
할 내가 이 무슨 엉뚱한 일에 고민을 하다니. 남자가 한 번 누님이라고 정했으
면 누님이지 무슨 다른 생각을 품다니. 그렇다. 이렇게 아름다운 누님께
그런 생각을 품는다는 것은 누님을 모독하는 것이 아닌가. 내일부터 누님을
만나지 마라. 어느 책에선가 심리학자가 인간은 만나지 않으면 자연히 멀어지
는 것이라고, 그 말을 믿어 보기로 하자. 이렇게 결심한 나는 대구에 계시는
이 선생님께 편지를 썼다.

"선생님 안녕하십니까? 일전에 제가 대구에서 자랑하던 저의 누님을 선생님
께 소개시켜 드립니다. 선생님의 소개는 제가 상세하게 누님께 했습니다.
누님께선 서신 연락을 원하시면 제 소개로 선생님을 사귀어 보고 싶어 하십니
다. 제가 웬만한 분 같으면 서로 소개를 하지 않습니다." 대략 이런 내용의
편지를 대구에 부치면서 나는 스스로 패배자의 심정을 맛보면서 일기를
쓰고 있었다.

1967.2.14.

오늘도 보람 없이 하루를 보내는구나. 하루를 넘기면서 아쉬움이 없다니.
내 정신이 이토록 타락할 줄은 나 자신도 이때까지 생각해 본 적이 없다.
젊음을, 순수한 사랑을, 출세를 위해서 스승에게 맡기다니. 그렇지만 존경하
시는 선생님이었기에…. 좀 더 현실적으로 냉정해야 할까? 이때까지 많은
여자들 곁에서 일을 했지만 누나만큼 나를 따르고 한 시도 빼놓지 않고
생각하게 한 사람은 그녀 혼자뿐이다. 사귀어 온 지도 얼마 되지 않지만
분명히 그녀는 한 여성으로서 모든 것을 다 갖춘 사람이다. 선생님께 편지를
한 것이 잘한 것인지 못된 것인지는 나 자신도 모르겠다. 다만 한 가지 목표를
향하여 행했을 뿐이다. 솔직히 지극히 사랑하는 사람을 나의 앞날의 출세를
위하여 이 공장의 완전한 재단사가 되기 위해서, 내 스스로 절제할 수 없는

감정의 포로가 되기 이전에, 한참 피어나던 사랑을 찍어버린 것이다. 마음에 내린 뿌리가 아무리 강하다고 하더라도 줄기 없이 뿌리가 얼마나 더 존재하겠는가. 곧 퇴화하고 말겠지. 부디 동심을 버리고 현실에 충실하라.

이런 일기를 쓰면서도 미련이 남았다고 할까? 혼자 서울대 법대 뒤 낙산동에서 시집을 찾아 놓고 외롭고 고독으로 가득 찬 마음을 마음껏 외롭게 만들어서 어떤 한구석에 외로움을 즐기는 취미가 하루하루 늘어만 갔다. 공장 일을 하지 않지만 하루도 빠지지 않고 출근을 했다. 일이야 할 것 없어도 매일매일 출근하는 것이 의무라고 생각했다. 또 다른 이유는 점심 한 끼를 얻어먹기 위해서, 하루하루가 무척 지루하고 바람 없는 해변처럼 단조로움보다는 나으리라. 벌써 3월 달이지만 일은 시작하지 않는구나.[76]

---

76 전태일, 『친필수기』, CD 사본 2, 96-99.

19장

일기로 사랑을 말하다

1967년 2월 14일~3월 23일 (40일, 20세)

전태일은 오금희와의 만남과 사랑이 시작되면서 연민의 정을 홀로 키워 오다가 급기야 만난 지 넉 달이 지난 1967년 2월 14일부터는 아예 직접 일기를 쓰기 시작했다. 이때 기록한 그의 일기는 회상일기가 아닌 매일 기록한 실시간 기록한 일기로서 그 내용을 살펴보면 오금희에 대한 사랑과 이루어질 수 없는 사랑의 아픔에 대한 애틋한 내용으로 가득 차 있다. 아래에 수록된 내용들은 일기라고 하기보다는 차라리 오금희를 향한 절절한 사랑의 세레나데이자 고백서라고 할 수가 있다.

1. 누나의 행복을 빌어 주며

오금희 안녕. 이 선생님(이희규 선생)에게 편지를 씀으로써 그대는 영원한 천사와 같이 사랑해선 안 될 사랑. 부디 행복하소서. 진심으로 두 손 모아주 앞에 기원합니다. 이 선생님. 사모하는 오금희. 두 사람을 위해서는 나의 미약하나마 힘 닿는 데까지 행복을 빌리라. 이로써 잠시나마 나의 심에 자리를 잡았던 연인을 잊어야 할 때가 왔는가 보다. 부디 행복하소서

×××

인생은 나그네 길. 어디서 왔다가 어디로 가느냐. 목숨을 걸고 사랑을 해도 못 맺을 사랑이기에 사랑에 운명 속에 외로운 그대와 나. 어두운 밤하늘 비오는 낙동강 저녁놀이 짙어지면 흘려보낸 내 청춘. 못 견디게 괴로워도 울지 못하고 가는 님을 웃음으로 보내는 마음. 그 누구가 알아주리 기막힌 내 사연을. 슬픔과 고독과 외로움을 펜 끝에 그어 보는 이 밤도 깊어만 가는구

청옥고등공민학교 시절 여학생들과 함께한 전태일

나. 시간아 흘러라, 어서. 나의 외로움에 젖은 가슴을 달래어 줄 사람을 위하여. 비록 잠시나마 나의 생애 최고의 행복의 시간과 순간이었다. 그렇지만 지금은 이미 다른 사람아. 정말 황금이 원수로구나. 못 견디게 외로운 이 밤을 짓궂게 없는 사람을 찾는구나. 과연 잘한 짓일까? 부디 잘한 짓이어라. 그리고 지금부터 잊어라. 그리고 생각을 말자. 내일 16일 날 한 번. 더 만나고 안녕. 泰極 _ 1967.2.15. 23시 [이정표][77]

77 전태일, 『친필수기』, CD 사본 7, 17.

잠시나마 나에게도 행복은 있었다. 그렇지만 이젠 행복의 종소리가 끝이로구나. 종을 울리는 것 같은 짧은 순간을 못 잊어 애태우다니. 어저께 아니, 오늘 아침까지만 해도 희망과 용기를 주던 그 사람. 영원한 추억으로 끝나리.

×××

어두운 밤이 가면 아침이 오고 장미는 시들어도 다시 피련만 사랑은 불사조인가 물망초인가. 내 가슴 벌레먹는 그님이건만 남몰래 이 노래를 님께 바치리 서글픈 마음 달랠 길 없어 오늘도 나 혼자 쓸쓸히 찬비를 맞으며 아무도 없는 남산 길을 추억을 더듬으며 천천히 천천히 걷는다네. 걸어서 간다네. 지금 어디서 무얼하고 있지. 설마 나를 잊은 것은 아니겠지. 어차피 맺지 못할 인연이라면 잊어라 잊어야지. 나도 잊으마. 인간은 불행의 연속이다. 그렇기 때문에 알지 못하여 애태우며 몸부림하지. 이름도 성도 모르는 그 사람. 얼굴도 모르는 그 사람 기약 없이 기다리지.

×××

오늘 16일 날, 편지를 우체통에 넣으면서 그 사람은 영원한 나의 추억 속이 되어 버렸다. 이로써 나에게는 아무도 없는 허무한 가슴만이… 왜 금희 그 사람이 나이를, 아니 내가 왜? 나이를 무정할사 알자나 말 것을, 만나지나 말았더라면 사랑이 무엇인지 몰랐을 것을.

_ 泰極. 16일 20시.[78]

오늘은 그런대로 재미있는 하루였다. 이모와 같이 화투를 치고 같이 웃고 즐겼으니깐 … (중략) ….

_ 18日 22시.[79]

---

78 위의 책, 19.
79 위의 책, 22.

2. 가슴속에 북받쳐 오는 고독과 설움

1967.2.20.

··· (중략)··· 19시쯤 되어서 미도파 상층 미우만 극장80을 갔다. 007 절대절
망과 또 한가지는 제목은 잘 모르겠고 영국 영화 '실업왕 찰스와 기억상실증'
이라고 해 두자. 육군대위 찰스, 이 사람이 전쟁 당시 심한 쇼크로 기억을
상실하고 병원에서 입원을 하고 있다가 전쟁에 이기고 사람들의 행렬소리에
그만 정신이 팔려서 병원을 나와서 사람들 틈에 밀려다니다가 몸이 피로해지
자 어느 집 문 앞에 서게 되고 그렇고 그렇게 된다. 영화를 보는 시간이나마
고독이 없어지지. 일단 집에 들어오면 고독은 또 다시 역습해 온다. 나에게
친구가 있다면 이럴 때 와서 잘 벗이라도 되어주면 얼마나 좋을까? 친구,
여자친구, 남자친구. 내일은, 아니 12시가 넘었으니까 오늘이지. 지금이
24시 30분, 앞으로 한 시간만 더 있다가 자자. 9시 전에 공장에 가서 기다리다
가 10시까지 이모가 공장에 나오지 않으면 가게로 내려간다. 하여튼 이모를
만나서 공장 문을 열어가지고 바지와 잠바를 꺼내고 이모와 같이 집에 들어가
서 있다가 두 시에 동회 앞에서 선애 친구와 14시에 만나서 15시 30분까지
시간을 보내다가 16시에 학교에 가서 책을 사가지고 집으로 들어갈 판이다.
이렇게 시간을 보내도 잠이 오지 않고 정신만 똑똑하구나. 대구에서 편지는
왔는지. 마음에 상처를 남겨 놓고 또 다시 하루가 시작되는구나. 시간은
가지 않고 잠은 오지 않는데 시나 하나 골라보자.81

---

80 당시 백화점들은 주로 꼭대기 층에 극장을 운영했는데 대부분 3류 극장이었다. 미도파백
    화점은 미우만극장, 동화백화점(신세계)은 동화극장, 화신백화점은 화신극장 등을 운영
    했다.
81 전태일, 『친필수기』, CD 사본 7, 24.

전태일이 즐겨 찾던 1960년대 중반의 미도파 건물. 건물 상층에 동시상영을 하던 3류 극장이 있었다.

1967.2.20.

… (중략)… 다른 건 다 참아도 가슴속에 복받쳐 오는 고독과 설움은 당해낼 자신이 없구나. 오늘 저녁은 왜 이럴까? 정말 이상하다. 금희 그 사람 생각까지 겹쳐서. 사랑해선 안될 사랑인데. 금희 그 사람과 나 사이에 선생님과 존경을 갈라놓았지만 어떻하란 말이냐? 태극아, 동심을 버리고 현실에 충실하라. 남자가 한 번 먹은 마음 변하지 말아야지. 너는 지금 20살이야. 올해 무엇을 뚜렷한 것을 완성시켜야 돼. 알겠지?[82]

3. 잠시라도 누님 곁에 더 있고 싶다

1967.2.22.

결국 마음의 약속이 깨어졌구나. 3일을 금식하겠다던 내가 두 끼밖에 못
참았으니까. 오늘은 아침부터 비가 짓궂게 오전까지 내리는구나. 마음과
같이 하늘이 침통하기만 하구나…. 마음에는 누가 올 것 같은 기대를 걸고
하루를 허무하게 보내는구나. 오후 5시께 이모네 집에를 갔다. 밥을 먹고
호두, 밤, 땅콩, 잣을 까먹고 나오려는데 이모가 한 달 후에는 이모 자기도
돈 벌러 간다는 소리를 듣고 그 어린애 같은 순진성에 얼굴이라도 만지고
싶은 심한 충격에 나 자신이 놀란다. 그래서 문 사이에 마루 쪽에 한 발,
방안에 한 발을 디밀고 한 번 더 이모에게 극장구경을 시켜 달라고 졸랐지.
그 앳된 모습이 너무 순진해서라기보다는 내 마음을 사로잡아서! 그렇지만
지금은 또 다시 고독감에 헤어날 길 없어서 펜을 든 것이다. 이 고독이
언제 없어지고 밝고 명랑한 기분으로 잠자리에 들게 될 날이 있을까? 빨리
공장이라도 시작되면은 많은 사람들과 어울리게 되면은 이런 고독감은 없겠
지. 이모 집에서 나올 때 가지고 나온 소설, 풋내기 처녀는 빵집에 앉아서
다 읽어 버렸으니. 여학생 하루미의 진실성 그리고 복잡하고 때 묻은 어른들의
세계를 모르는 것에 마음을 주다니 정말 어른들의 세계를 안다는 자체부터가
벌써 마음에 죄의식을 가진다는 소설이었다. 어서 빨리 시작해서 이모를
대하지를 말아야지. 이대로 자꾸 만나서 이야기하게 되면은 정말 헤어날
수 없는 감정에 포로가 되겠다. 단, 한가지, 이모한테 빚진 것이 있을 뿐이다.
이모가 나를 보는 순간, 내가 이모를 보는 순간 서로 친밀감을 가졌다는
것. 이것이 인연이었다. 그 언젠가 이모가 말했지. 마음속으로 동생같이

---

82 위의 책, 27.

생각했다고, 그래서 말도 높이지 않고 놓는다고, 먼저 한 1년쯤 전에 남대문서
미싱할 때 춘애라는 사람이 나를 동생하자는 것을 거절했던 기억이 있다.
그때는 내가 왜? 거절했는지 모른다. 그럼 난 이때까지 가면을 쓰고 사람을
상대하여 왔단 말인가. 현실을 알면서 현실을 아는 것을 나쁘게 생각하고
증오하고 언어로써 피하려 하다니. 그리고 현실을 모르는 소설 따위의 형용인
물에게 동경하다니 도대체 무엇이 무엇인지 분간할 수가 없구나. 그렇지만
이럴 때에는 나의 마음의 키를 잡아 줄 그 누군가 필요해. 나 혼자 자문자답해
야 아무런 목표를 정할 수 없어. 나를 잘 이해해 줄 누나를 한 사람 삼아야
하겠어. 이희규 선생님은 내가 존경하는 사람이다. 그러나 한 가지 빠진
게 있다. 그것은 생활고다. 즉 경제문제. 그 전에는 모르지만 지금은 도장을
차리셨다고 하지만, 내가 근 3년간 고생해 가면서 직장생활에서 얻은 건
경제를 먼저 파악해야 한다는 점. 최소한 인격과 경제는 반비례한다는 것이
다. 물질에 구애를 받지 않는 서양 사람들이 들으면 기절할 소리다. 충분한
생활을 하는 사람도 그러나 나는 좀 다르다. 3년 동안의 고생이 나를 그렇게
만든 것이다. '우리집에서 14년 동안의 고역이 나를 경제문제 계산기로
만든 것이다.' '언제나 식생활 문제로 골치를 썩이던 소년시절이 아닌가?'
그렇다고 해서 내 자신이 정신은 바르지 못해도 경제문제만 풍부하면 된다는
것이 아니고 인격에서 경제를 끼어야 비로소 좋구나 하는 식이다. 경제가
없다고 나쁘다는 것은 아니다. 경제를 살핀다. 벌써 한 시를 알리는구나.
그렇지만 알 수 없는 고독이 또 몰려오는구나. 그대는 이 밤에 무엇을 생각하
십니까. 누나는 지금쯤 잠이 들었는지요. 그렇지 않으면 동생 생각을 하고
나와 똑같이 펜을 잡고 있습니까? 누나는 외롭지 않으세요. 나처럼 동생
생각을 많이 하나요. 누나. 희 누나. 그 정에 찬 음성소리가 듣고 싶어요.
누나. 빨리 날이 새거라. 이토록 누나를 그리며 이 밤도 차가운 이불 속을
파고든다.

직장 남여 동료들과 함께 남산을 다니며 구경하던 중 팔각정 앞에서 사진을 찍은 전태일. 당시 젊은 남성들은 부츠를 신는 것이 유행이었다. 좌측에서 두 번째가 전태일이다.

_ 2月 22日 25시 晶. 희야.

23일 0시 55분+15분=1시 10분[83]

… (중략)… 이모한테는 정말 10일간 폐를 끼쳤다. 여름에 블라우스라도 한 벌 멋진 걸로 해 드려야지. 금희. 정말 감사합니다. 그 사이에 폐 많이 끼쳤습니다. 그 사이나마 외롭고 고독하던 나에게 누나같이 해 주시고 동생처럼 사랑해 주시던 누나, 금희 누나. 안녕, 안녕. 사람은 한 번 만났으면 헤어지는 것이 원칙이고, 만나게 되는 것이고 그렇지만 물 없고 인기 없는 사막을 가던 나에게 잠시 보이다가 말던 신기루라도 좋아, 영원한 오아시스보다도 더 좋아서요, 정말입니다. 고독을 씹는다는 것은 어리석은 짓일꺼다. 이제부턴 고독을 씹지 말고 생각하지도 말자. 고독할 땐 책이라도 읽고 정 못 참겠으면 밖을 돌아다니더라도 고독이란 아예 생각을 말자. 고독과

---

83 위의 책, 30-31.

아무리 싸워 봤자 이길 수는 없는 것이니까!

_ 2月 24日 金泰壹. 23시 45분.[84]

… (중략)… 내일은 전부 다 정리하고 모래부터는 칼질을 하겠지. 3월
1일부터는 미싱사들이 나올 테고 그때부터는 내 세상이다. 저녁에는 누나네
집에서 누나와 화투치기를 재미있게 했다. 정말 시간 가는 줄 모르고 웃으면서
재미있게 놀았다. 며칠 후 조용히 만나서 부르고 태도를 확실히 하고 누나로
대해야겠다.

_ 2월 26일. 金泰壹.[85]

4. 하루 15시간 작업을 해도 누나만 곁에 있다면

행복하여라. 내 사랑 아베마리아, 마음속에 상처는 나 아-아-를 울려도 행복하
기를 나는 비네. 내 마음에 등불이여, 언제까지나 꺼지지 마오. 언제까지나
나를 밝혀 주오. 내 마음에 등불이여. 나의 사랑 나의 행복 마음에 평안이여
언제까지나 떠나지 마오. 언제까지나 언제까지나 떠나지 마오. 인생이 시들면
누나도 또 나도 가야겠지. 그렇지만 누나를 떠나보내지 않을 테야, 누나, 희
누나.

누나가 생각하는 것보다 나는 누나를 백곱 천곱 더 생각합니다. 지금 나에게
누나가 떠나고 나면 나는 동생은 아마 죽음을 택할지 몰라요. 못 견디게
괴로워도 누나 생각만 하면 기운이 나고 괴로움이 가신답니다. 그렇지만
동대문 지하도에서 헤어질 때도 나를 누나는 돌아보지 않았지. 야속한 희
누나.

하루 15시간 일을 하지만 누나만 있으면 괴로움을 몰라요. 누나를 생각하는

---

84 위의 책, 33.

85 위의 책, 34.

전태일이 동료들과 함께 사진을 찍은 장소를 살펴보면 항상 바닥에는 연탄가루와 쓰레기가 흩어져있는 환경이었다. 그런 환경에서 하루 15시간 이상 노동을 했다. 사진 위는 우측 발이 전태일, 아래는 흰 고무신이 전태일의 발이다.

마음 열 번이고 백 번이고 부르고 싶은 누나라는 소리. 그렇지만 불러보지도 못하는 소리. 이때까지 딱 두 번 누나라고 불러 보았구나. 누나가 계란을 사 주었지. 빈 깍지를 기념으로 두려고 그랬는데 흥선이 형이 나 없는 사이에 그 귀중한 것을 깨어 버렸다. 누나에겐 미안하기 이를 데 없다. 오늘도 누나와 같이 23시 45분까지 공장에서 시야게를 했다. 그렇지만 고단하지를 않았다. 누나와 같이라면 아무리 힘든 일이라도 다 하지 싶으다.

이 밤도 누나를 생각하면서.

_ 3月 18日 24시. 泰極.86

5. 누나의 말 한마디에 완전히 사로잡히다

오늘은 12까지 자리에서 일어나지 않았다. 13시가 되었을 때 7번과 1번이 집으로 찾아 왔다. 14시 반경에 가게에 갔다. 세심 어리게 생각해 주는 누나. 어제 저녁에는 나에게 빵을 많이 먹지 말라고 그랬지. 빵 속에 넣은 팥에 나쁜 단 것이 들었다고. 정말 고마워요. 희 누나. 이 세상에서 나 혼자만의 누가 뭐래도 우리 누나가 되어야 해요. 다른 사람보고는 동생이라고 그러지 마세요. 누나의 걱정과 사랑을 다른 사람에겐 조금 양보할 수 없어요. 누나가 시집가면 신혼여행을 제주도로 간다고 했지요. 누나가 만약에 시집을 가면 나는 누나 생각이 떠날 때까지 울겠어요. 설음에 겹도록 희 누나 이름을 부르겠어요. 울다가 지쳐서 죽는 한이 있더라도 생각이 떠날 때까지 울겠어요. 그리고 나의 모든 것을 다 버리고 싶어요. 나 자신까지도 버릴지 몰라요. 누나, 희 누나, 어머니 같은 인자하고 고요한 누나, 누나가 내 곁에서 떠날 때에는 내 생애에 최고의 비극을 맛보는 순간일 거예요. 누나, 언제까지나 떠나지 마세요. 부탁이에요, 제발. 요 사이는 왜 그런지 누나가 나의 옆을 떠나려고 하는 것 같아요. 어제 저녁에 누나가 오늘은 다른데 나가 돌아다니지 말고 집에서 잠을 자라고 그랬지요. 누나의 그 말에 복종하는 뜻에서 13시까지 이불 속에서 일어나지 않았는지도 몰라요. 누나도 동생을 생각해 보세요. 얼마나 마음이 기쁜지, 그리고 산다는 자체에 기쁨을 느끼는지를. 이 밤도 누나의 얼굴을 그리며 이별의 자체를 미워하면서.

_ 그리운, 보고픈 희. 1967. 3. 19. 泰極.[87]

---

86 전태일, 『친필수기』, CD 사본 7, 40.
87 위의 책, 41.

6. 누나가 없으니 작업시간이 싫증나다

괴로운 하루였다. 아침 일찍이 왔다 갔으니 저녁에는 오지 않을 거라는 생각을 하면서 일을 하니 하는 일이 싫증이 나고 일을 하고 있지만 정신은 누나 곁에 가 있으니 일이 될 수가 없다. 눈에서는 핏발이 서고 눈이 아물거린다. 하루라도 누나를 만나지 않으면 못 견딜 것 같다. 누나, 지금 이 시각에 무얼 생각해요. 한시도 빼지 않고 누나의 생각이 곁에 있어요. 나의 정신과 생각을 다 가져간 누나, 호수처럼 잔잔하고 언제나 우수에 잠긴 누나의 마음. 불러보고 싶은 누나 소리. 누-나-아.

누나, 희 누나가 만약에 나를 두고 다른 동생을 또 정한다면 나는 죽을 거예요. 내가 죽은 다음에라도 나를 동생이라고 부르세요. 그리고 이 수기장을 누가 보기 전에 누나가 가져가세요. 두고두고 누나 혼자만 보세요. 지금도 이야기하고픈 내 누님, 얼굴이 보름달처럼 둥긋이 내 마음에 떠오른다. 웃는 얼굴이.
_ 희 누나 얼굴을 그리며. 3月 20日 泰極, jung.[88]

어제 저녁 12시부터 오늘 아침 1시 반까지 누나를 생각하는 마음을 그리느라고 잠을 못자서 오늘은 일을 하면서 졸았다. 그렇지만 누나가 공장에 와서 조금도 피곤하지를 모르겠다. 지금 이 시각에도 이야기하고픈 금희 누나. 누나, 지금 이 시각에 무얼 하세요. 한시도 희 누나의 모습이 나의 곁을 떠나지 않아요. 나의 心을 가져간 누나. 나의 생각을 가져간 누나. 나를 잠 못 이루게 하는 누나. 보름달처럼 나를 보면 언제나 웃지만 달처럼 언제나 마음은 비념에 잠긴 누님. 동생은 眞情心 누나만 생각하지만 달처럼 차가운 우리 누난… 나아는 외로워 잠 못 이루네. 잠 못 이루네. 잠못 이루네. 내일은 아침 5시반에 공장에를 가야 하겠다. 누나가 7시경에 온다고 하니까 누나가

---

88 위의 책, 42.

오기 전에 내가 미리 가서 일을 많이 해 놓아야지.

_ 3月 23日 23시 40분. 泰壹.[89]

7. 가을과 겨울 사이에서

지금 이때 누나는 나를 생각할까? 누나.

백지에 그어지는 선, 누나를 내 마음에 긋는 선,

샛별이 줄 때면 누나도 졸겠지. 나는 울어야 하지.

×××

삼각지에 갈 때는 빨간 장미를 달지

너는 흰 장미를.

×××

물결치는 인파를 넘어 여기는 도봉산,

자랑이나 하듯이 높이 버티고 있는 너 정말 엄숙하구나.

무작정 오르며 너의 참 뜻을 알게 되고

무작정 걸으면 너의 속삭임을 알게 되고

바쁘게 내리면 너를 잊어버리고 만, 나.

국화꽃 피는 가을,

찬 서리에 겨울을 알고

황금빛으로 퇴색하는 잔디 밟으며 겨울을 알고

그렇지만 지금은 서리 내리는 가을,

못 잊을 옛 추억도 퇴색하는구나.

겨울과 가을 사이에… 極, 極, 昌, 壹, 極.[90]

---

89 위의 책, 43.

90 전태일, 『친필수기』, CD 사본 5, 3.

20장

시로 실연의 아픔을 달래다

1967년 2월 14일~11월 3일 (10개월, 20세)

1. 잠 못 이루는 밤, 시 낭송으로 목마른 입술을 적시다
— 1967년 2월 14일~3월 23일

전태일은 1967년 2월 1일부터 3월 23일까지 한 달 반가량을 거의 매일 빠지지 않고 일기를 썼는데 이미 밝혀진 대로 일기의 대부분은 오금희(吳金姬)를 그리워하는 사랑의 고백으로 일관되어 있다. 특히 1967년 2월 20일에는 자신의 일기장에 "(중략) 마음에 상처를 남겨 놓고 또 다시 하루가 시작되는구나. 시간은 가지 않고 잠은 오지 않는데 시나 하나 골라보자"라고 적어 놓을 정도로 잠 못 이루는 밤이 많았다. 마음이 울적 할 때나 잠이 오지 않을 때는 여지없이 시를 읊거나 암송했다. 또한 그의 일기 중간 사이마다 틈틈이 국내외 시인들의 명시를 인용하여 삽화와 함께 곁들여 그의 일기장을 더욱 돋보이게 했다. 특히 국내 유명시인들의 11편의 시를

덕수궁을 찾아가
과거 자신이 덕수
궁 대한문 앞에서
한뎃잠을 자며 구
두닦이와 신문팔
이 일을 하던 때를
회상하며 찍은 듯
한 사진

인용하였는데 그중 9편은 모두 김소월의 시를 인용하였고 나머지 두 편
은 노산 이은상과 장만영의 시를 각각 한 편씩 인용했다. 사랑의 열병을
앓고 있었던 전태일의 아픈 심사는 시인들 중에서도 주로 소월의 시로서
만 달랠 수 있었던 것으로 보인다. 태일은 주로 사랑과 이별을 주 소재로
노래한 소월의 시에 심취하며 자신이 처한 현실에서 위로를 받으며 동시
에 자신의 사랑과 이별을 노래했던 것이다. 그의 수기에 등장하는 유명시
중에서 가장 먼저 등장하는 장만영의 시 한 편을 부분적으로 인용하면서
전태일의 일기는 시작된다.

1) 자신의 처지를 초애 장만영의 '정동 골목'에 비유하다

1967.2.15.
그 무렵
나에게는 사랑하는 소녀 하나 없었건만
어딘가 내 아내 될 사람이 있을 것 같아

음악 소리에 젖는 가슴 위에
희망은 보름달처럼 둥긋이 떠올랐다[91]

태일은 3월 15일자 자신의 일기에 초애 장만영[92]의 '정동(貞洞)골목'을 후반부 일부만 인용하였다. 이 시를 통해 자신의 암담하고 각박한 현실을 위로 받으려 했고 이 시 속에 그동안 자신이 20여 년을 살아오면서 겪은 여러 고난의 체험이 고스란히 녹아져 있다고 간주했다. 그리고 시 내용을 통해 자신이 처한 배움(학업)과 사랑(연애)이라는 두 가지 문제에 대해 공감하기에 이른다. 그런 연유로 인해 이 시가 더욱 자신의 마음에 와 닿아 애송했던 것이다. 전태일은 대구에서 복음학교와 청옥학교를 다니는 동안 추억의 학창시절을 잠시나마 만끽했던 적이 있다. 그는 일평생 갖가지 고학과 배움에 대한 열정을 품으며 "배움만이 나에겐 자랑이었다"는 고백을 해왔는데 이런 자신의 학구열과 처지가 이 시의 내용과 맞물려 공감대를 형성하게 된 것이다. 이 시의 원작을 모두 살펴보면 전태일이 처한 현실과 심리를 충분히 떠올릴 수가 있고 왜 이 시를 애송했는지 어느 정도 이해가 된다. "정동(貞洞) 골목" 원작을 살펴보자.

얼마나 우쭐대며 다녔었나
이 골목 정동 길을
해어진 교복을 입었지만
배움만이 나에겐 자랑이었다

---

91 전태일, 『친필수기』, CD 사본 7, 18.
92 초애 장만영(張萬榮), 1914.1.25~1975. 황해도 연백 출생. 1932년, 「동광」지에 투고한
   시 '봄노래'가 김억의 추천을 받으면서 문단에 데뷔하여 '마음의 여름밤, 양, 축제, 유년송,
   시장에 가는 날, 유엔묘지, 바람이 지나간다, 일기초, 밤의 서정, 저녁 종소리' 등의 작품들
   과 「장만영 시선집」 등을 발표하였고 그 후 '병실에서, 광화문 빌딩' 등을 발표했다.

도서관 한구석 침침한 속에서
온종일 글을 읽다
돌아오는 황혼이면
무수한 피아노 소리
피아노 소리 분수와 같이 눈부시더라

그 무렵
나에겐 사랑하는 소녀 하나 없었건만
어딘가 내 아내 될 사람이 꼭 있을 것 같아
음악 소리에 젖는 가슴 위에
희망은 보름달처럼 둥긋이 떠올랐다.

그 후 20년
커어다란 노목이 서 있는 이 골목
고색창연한 긴 기와 담은
먼지 속에 예대로인데
지난날의 소녀들은 어디로 갔을까,
오늘은 그 피아노 소리조차 들을 길 없구나

"낡고 헤어진 교복, 배움에 대한 자긍심" 그리고 "소녀와 아내 될 사람"
의 관계를 통해 전태일은 이 시에서 오금희라는 여성을 떠올리기에 충분
했다. 여기서 한 가지 주목할 것은 평소 전태일은 평화시장에서 미싱사와
재단사로 일을 할 때도 항상 그의 주된 의상 패션 중의 하나는 머리에 베
레모처럼 보이는 교모를 즐겨 쓰는 것이었다. 그가 즐겨 쓰던 모자는 당시
중·고등학교 남학생들이 주로 쓰고 다니던 검은 학생모였다. 그에게는 언

제나 학교 교정이나 대학 캠퍼스에 대한 아쉬움과 미련이 남아 있었다는 것을 의미하며 "나도 머지않아 학생이 될 것이다"라는 희망적 예표를 보여주는 것이다. 그리고 자신과 모두를 향해 "나에게는 배움에 대한 포부와 꿈이 아직 살아 있다"는 선포였다.

또한 그가 용두동에서 가출해 1년간의 생활이 끝날 즈음 구두닦이 친구와 함께 부산에 내려왔을 때 바닷물에 빠져 익사할 뻔했던 적이 있었다. 그가 간신히 구조될 당시 입고 있던 옷도 역시 당시 중·고등학생들이 겨울철에 입고 다니는 검정교복이었다. 학생들이 겨울에나 입는 낡아 빠진 동복을 전태일은 왜 한 여름에도 입고 다녔을까? 마땅히 입을 옷이 없어서 그랬기도 했지만 그보다 더 큰 이유가 있었던 것이다. 그것은 바로 전태일이 세상을 향해 "나는 아직 포기하지 않았다. 나는 아직도 배움의 열정과 꿈을 지니고 있다"고 외치는 자기 확증의 결과물이었던 것이다.

2) 오금희의 집을 서성이며 노산 이은상의 '그 집 앞'을 애송하다

오가며 그 집 앞을 지나노라면

그리워 나도 몰래 발이 머물고

오히려 눈에 띌까 다시 걸어도

되오며 그 자리에 서졌습니다.

내 영혼의 촛불 뒤로 샛별아 숨어라

1967. 2. 20. 1시. 泰昌[93]

전태일의 수기장에 쓴 이은상[94]의 '그 집 앞'이라는 시는 전태일이 2월

---

93 전태일, 『친필수기』, CD 사본 7, 25.
94 노산 이은상(鷺山 李殷相), 1903.10.2.~1982.9.18. 한국의 시조시인. 주요 작품으로는

20일자 일기 하단부에 적혀있다. 그러나 네 줄까지는 노산의 시가 분명하나 마지막 다섯 번째 줄은 전태일 자신의 자작 구절로 마무리했다. "내 영혼의 촛불 뒤로 샛별아 숨어라"는 구절을 보면 촛불은 전태일 자신이며 샛별은 오금희를 지칭한다. 이는 아직도 오금희를 마음속에서 놓아주지 못하는 자신의 심경을 노래한 것이다. 한편 자신이 그토록 사랑하는 오금희를 생각하며 그녀가 살고 있는 동대문 창신동 채석장 인근에 있던 오금희의 거처를 생각하며 이 시를 애송했던 것으로 보인다. 서울 창신동과 숭인동 지역 중 가장 높은 곳에 세워진 채석장은 동대문 지하도를 거쳐 창신동의 어느 주택가의 넓은 마당을 소유한 오금희의 집은 자신이 출근하는 한미사 사장의 처제인 오금희가 언니와 형부(사장 부부)와 함께 살고 있는 집이다. 전태일이 오금희를 만날 당시에는 파란 잔디밭 정원과 더불어 아름답게 조경이 꾸며진 멋진 양옥집이었다. 오금희는 빨간 기와집이면서 전형적인 일본식 양옥집 형태의 고급스런 저택이었던 이 집에서 언니 내외와 함께 단란하게 살고 있었다.

오금희와 처음으로 접촉했던 어느 날의 일이다. 전태일은 오금희의 초청으로 밤늦게 그녀의 집을 찾아가서 융숭한 대접을 받고 그 날 밤을 그 집에서 묵는다. 사실 오금희라는 여성에게 처음 이성으로서 눈을 뜨고 그녀에게 사랑의 감정이 처음 싹트게 된 직접적인 계기는 바로 그 날, 그 집에서 단 둘의 만남에서 비롯되었다. 태일은 그 집에서 하룻밤을 묵는 동안 결국 그녀에게 반해 버린 것이다. 오금희는 유난히 하얗고 고운 손으로 따뜻한 세숫물을 받아서 태일이가 씻을 수 있도록 배려해 주었다. 그뿐 아니라 저녁식사를 손수 장만해서 융숭한 밥상을 차려주기까지 했고 저녁을

___

노산사화집, 노산시조집, 노산시문집, 이충무공 일대기, 난중일기 해의, 나의 인생관, 민족의 향기, 안중근 의사 자서전 등이 있다. 노산은 '그 집 앞'처럼 서정성이 있는 시를 많이 썼으나 친일행적이 논란이 되고 있다.

전태일이 자기 일기
장에 쓴 낙서와 그림

먹은 후에는 그녀와의 감미로운 음악 감상과 간식시간을 가졌다. 밤이 깊
어지자 오금희는 전태일이 묵을 침실을 세심하게 배려하기까지 하는 등
오금희의 자상하고 아름다운 마음 씀씀이에 태일은 반했다. 그날 이후부
터 태일은 "그 집 앞"을 잊을 수가 없었다. 그날 밤, 사랑에 굶주린 전태일
은 오금희에게 마음을 온통 빼앗겨 버렸다. 1967년 어느 겨울 밤, 싸락눈
이 조금씩 내리는 시각에 찾아 갔던 "그 집 앞"은 전태일의 뇌의 나변에서
결코 지워질 수 없는 각인된 장소였다.

저녁 10시가 넘자 장부를 정리하고 문단속을 잘하고 주인집을 향해 동대문
옆으로 걸었다. 몇 시간 전에 내린 싸락눈은 밝은 전깃불에 반사되어 곱게
반짝이고 오가는 행인들의 발바닥에 고운 결정체가 부서져 버리기도 한다.
동대문 지하도를 건너서 돌산을 향해 걸으면서 곰곰이 생각해 봤다….95

이처럼 전태일은 그 당시 오금희의 집을 처음 찾아가던 상황을 노래하
며 "그 집 앞"의 추억을 곱씹으며 잠 못 이루는 밤을 보낸 것이다. 그 후로

95 전태일, 『친필수기』, CD 사본 7, 26.

도 전태일은 그 집 앞을 여러 차례 배회한다.

3) 김소월의 시 아홉 편을 애송하며 아픔을 달래다

전태일은 장만영과 이은상의 시 두 편을 제외하고는 자신의 일기에 인용한 시들의 대부분을 모두 소월의 시로 채웠다. 한국 근대시 형성기에 중요한 위치를 차지했던 소월에게서 전태일은 과연 어떤 위로와 영향을 받았을까? 소월과 태일 두 사람을 대비해 보면 상당 부분 유사한 점이 있음을 확인할 수 있다. 문학에 관심이 없는 평범한 청년들조차 젊은 시절에는 한두 번 쯤 시상에 젖어 소월의 시를 읊조리며 연애편지나 일기장을 장식한 적이 있을 것이다. 그러나 전태일의 경우는 달랐다. 그는 낭만에 빠질 정도로 한가로운 처지가 아니라 처절했기 때문이다. 밤마다 소월의 시를 애송한 것은 단순하게 일기장에 몇 구절 적는 차원을 넘어 사랑의 아픔과 이별을 더 이상 견딜 수 없어 돌파구를 찾기 위한 자구책의 일환이었다. 전태일이 소월의 시 세계로 깊이 빠져든 것은 필연이고 선택이었다.

민중적 정감과 우리나라 전통적인 한의 정서를 여성적 정조와 민요적 율조로 표현[96] 한 소월의 시를 과감히 일기장에 도배하다시피 하며 자신의 처지와 일체화했다. 그의 일기장에는 '못 잊어', '밤', '초혼'(招魂) 그리고 '부부', '산유화', '잊었던 맘', '옛 이야기', '진달래꽃', '널' 등 무려 9편을 인용하며 사랑의 아픔을 달랬다. 전태일은 소월의 시에 매료된 정도가 아니라 자신의 것으로 육화했던 것이다. 시인 소월을 흔히 청초한 생애를 살았던 인

---

96 김소월 시는 예나 지금이나 많은 이들에게 민족혼에 대한 일깨움을 주기도 하고 민족적 정감을 아름다운 언어로써 구현하여 공감을 일으키고 있어 김소월을 민족시인이라고 부른다. 소월의 시는 주로 7·5조의 정형률을 많이 써서 전통적인 한을 노래했기 때문에 우리 정서에 딱 들어맞았다. 또한 짙은 향토성을 전통적인 서정으로 노래했기 때문에 아무런 부담 없이 시대와 세대를 초월해 오늘날까지도 많은 이들의 심금을 울리고 있다.

물로 착각하기 쉽다. 주옥같은 그의 시어들을 떠올리면 그의 생애도 아름답게 마무리된 것으로 생각하지만 사실 소월(김정식)은 1934년 33세의 젊은 나이에 아편을 먹고 음독자살로 생을 마감했다.

소월이 그렇게 되기까지 얼마나 많은 고뇌의 밤을 뜬눈으로 보내야 했으며 얼마나 처절하게 인간 실존에 대해 몸부림치며 번뇌했는가를 엿볼 수 있다. 이런 고통 속에 탄생한 소월의 시들을 음미했던 태일은 어쩌면 자신도 소월의 삶과 비슷한 여정으로 점점 흘러가고 있음을 자각하고 있었을 것이다. 태일은 비련에 떠난 소월의 삶과 자신을 오버랩하며 작품의 세계와 현실이 일치된 듯 깊은 몰입에 들어갔다. 전태일이 선별해 일기장에 인용한 9개의 시편들은 마치 여성 화자(話者)의 목소리를 통해 전달하는 듯한 시어들로 가득하다. 결국 전태일은 '널뛰기'라는 소월의 시를 자신의 일기장에 옮겨 쓰면서 "담 밖에는 수양의 늘어진 가지, 늘어진 가지는 '오오 금희 누나,' 희젓이 늘어져서 그늘이 깊소"라며 소월의 원작을 살짝 변형하면서 오금희를 대비하기까지 했다. 소월의 시를 통해서 만나고 떠나가는 사랑의 원리와 그에 대한 삶의 인식을 깨달았던 것이다.

〈못잊어〉

못잊어 생각이 나겠지요

그런 대로 한 세상 지내시구료

사노라면 잊힐 날 있으리라

못잊어 생각이 나겠지요

그런대로 세월만 가라시구려

못 잊어도 더러는 잊히오리다

그러나 또 한껏 이렇지요

그리워 살뜰히 못 잊는데

어쩌면 생각이 떠나지요?

이 시를 읽고 정말 너무나 말도 표현할 수 없는 감정에 사로잡혀 다른 시를
또 하나 골랐다.
혼자 냉방에서 잠들기란 정말 외롭고 고독한 것이다.
_ 18日 22시.[97]

〈밤〉
홀로 잠들기가 참말 외로와요
밤에는 사무치도록 그리워와요
이리도 무던히
아주 얼굴조차 잊힐 듯해요
벌써 해가 지고 어둡는데요
이곳은 인천에 제물포 이름난 곳
부슬부슬 오는 비에 밤이 더디고
바다 바람이 춥기만 합니다
다만 고요히 누워 들으면
다만 고요히 누워 들으면
하이얗게 밀려드는 봄 밀물이
눈앞을 가로막고 흐느낄 뿐이야요

〈초혼〉
산산이 부서진 이름이여

---

97 전태일, 위의 책, 22.

허공중에 헤어진 이름여

불러도 주인없는 이름이여

부르다가 내가 죽을 이름이여

심중에 남아 있는 말 한마디는

끝끝내 마저 하지 못하였구나

사랑하던 그 사람이여

사랑하던 그 사람이여

붉은 해는 서산마루에 걸리우구나

사슴의 무리도 슬퍼운다.

떨어져 나가 앉은 산 위에서

나는 그대의 이름을 부르노라.

서름에 겹도록 부르노라.

서름에 겹도록 부르노라.

부르는 소리가 비껴 가지만

하늘과 땅 사이가 너무 넓구나.

선 채로 이 자리에 돌이 되어도98

〈부부〉

정분으로 얽은 딴 두 몸이라면,

서로 어그점인들 또 있으랴.

한평생이라도 반 백년

못 사는 이 인생에

연분의 긴 실이 그 무엇이랴

---

98 위의 책, 23.

나는 말하려노라, 아무러나,
죽어서도 한 곳에 묻히더라.

〈산유화〉
산에는 꽃 피네
꽃이 피네
갈 봄 여름 없이
꽃이 피네.
산에 산에
피는 꽃은
저만치 혼자서 피어있네
산에서 우는 작은 새여
꽃이 좋아
산에서 사노라네.
산에는 꽃 지네
꽃이 지네
갈 봄 여름 없이
꽃이 지네.
1967. 2. 20. 1시. 泰昌

〈잊었던 맘〉
집을 떠나 먼 저곳에
외로이도 다니던 내 심사를
바람 불어 봄꽃이 필때에
어쩌타 그대는 또 왔는고

저도 잊고 나니 저 모르던 그대
어찌하여 옛날의 꿈조차 함께 오던가.
쓸데도 없이 서럽게만 오고 가는 맘[99]

〈옛 이야기〉
고요하고 어두운 밤이 오면은
어스레한 등불에 밤이 오며는
외로움에 아픔에 다만 혼자서
하염없는 눈물에 저는 웁니다.
제 한 몸도 예전엔 눈물 모르고
조그마한 세상을 보냈답니다.
그때는 지난날의 옛이야기도
아무 설움 모르고 외었답니다.
그런데 우리 님이 가신 뒤에는
아주 저를 버리고 가신 뒤에는
전날에 제게 있던 모든 것들이
가지가지 없어지고 말았답니다.
그러나 그 한때에 외어 두었던
옛이야기뿐만은 남았습니다.
나날이 짙어가는 옛이야기는
부질없이 제 몸을 울려줍니다.
_ 1967. 2. 20. 외로운 (희)야. 泰極. 틂. 23시.[100]

---

99 위의 책, 28.
100 위와 같음.

〈진달래꽃〉

나 보기가 역겨워

가실 때에는

말없이 고이 보내드리우리다.

영변에 약산

진달래꽃

아름 따다 가실 길에 뿌리우리다.

가시는 걸음걸음

놓인 그 꽃을

사뿐히 즈려 밟고 가시옵소서

나보기가 역겨워

가실 때에는

죽어도 아니 눈물 흘리우리라

〈널(널뛰기)〉

성촌의 아가씨들

널 뛰노나

초파일 날이라고

널은 뛰지요.

바람 불어요

바람이 분다고

담안에는 수양의 버드나무

채색줄 충충 그네 매지를 말아요

담 밖에는 수양의 늘어진 가지

늘어진 가지는

전태일이 직접 김소월의 시 〈진달래〉를 적어 놓은 일기장

오오 금희 누나

휘젓이 늘어져서 그늘이 깊소

좋다 봄날은

몸에 겹지

널뛰는 성촌의 아가씨들

널은 사랑의 버릇이라오

_ 2月 20日 24시.101

2. 정희라는 여성과의 펜팔
— 1967년 6월 30일

전태일은 1967년 5월 15일경 그의 수기에 단상(斷想) 하나를 기록한다. 그리고 이어서 6월 30일경에는 정희라는 여성과 펜팔을 시도한 것으로 확인되는 단상 하나를 또 하나 작성했다. 그리고 이어서 그해 11월 초에는 그의 일기장에 외국 유명시인들의 명시를 적어 놓고 시에 흠뻑 젖어 드는 것을 볼 수 있다.

1) 수필적 단상

거리의 프라타나스가 훈풍을 받고 기지개 켜는 5월.
허무하고 공허한 마음에 상춘(上春)하고 싶은 심정.
뻔히 알면서도 실없는 짓인 줄을
그렇지만 나쁜 것은 아니다.
언제나 침묵을 지켜서 말을 안해서
부득 실한 존재가 되어서도 사람은 말한다.
제까짓게 바른 말, 작대기 같은 말만 하고
어떻게 며칠이나 존재할 것 같으냐고
땅이 둥글고 하늘이 둥근 것을 누가 인식을 못해서가 아니다.
다 自己. 自己의 인생관이 다른 것을.
색깔과 크기와 부피와 무게 용도가 다르기 때문에 존재하는 것을.102

---

101 위의 책, 29.
102 전태일, 『친필수기』, CD 사본 6, 2.

2) 정희와의 펜팔(1967.6.30.)

전태일은 오금희와의 이루어질 수 없는 사랑 때문에 억지로라도 그녀를 잊으려는 의도에서 어느 여성과의 펜팔을 시작하게 된다. 허전하고 공허한 마음을 달래기 위한 그의 일기장 글에서 주목할 것은 펜팔 하는 상대의 이름이 정희라는 이름의 여성이다. 정희는 전태일이 작성한 완성된 소설 초안 <사랑이라는 이름의 수갑(手匣)>에 등장하는 주인공 여성의 이름과 동일한 이름이다. 짧게 언급된 펜팔에 관한 기록을 살펴보도록 하자.

1967년 6월 30일 장충단 공원
처음 뵙겠습니다. 제가 펜팔 난을 보고 마음에 드는 이름을 가려낸 것이
아마 정희씨의 이름입니다.
저는 금년 21세입니다. 시내 모처에 직장을 가지고 있습니다. 이름은 전태일
입니다. 저의 취미는 독서 영화감상 등 여러 가지입니다. 미술에는 상당한
취미를 가지는데 소질이 없습니다.[103]

위의 언급은 정희라는 여성이 소설 초안 속에 등장했던 가상의 인물이 아닌 실제 펜팔 상대였다는 것이 확인되는 구절이다. 소설 초안에 등장하는 정희라는 여자 주인공과 전태일 자신으로 추정되는 남자 주인공 김준오는 이루어질 수 없는 비극적 사랑으로 끝이 난다. 결국 주인공인 법대생 김준오 군은 수면제 과다복용으로 자살을 하며 생을 마감한다. 그리고 동아일보에는 그의 사망기사가 보도되며 그의 죽음이 왜곡된다는 내용이 언급되어 있다. 아마도 전태일은 펜팔에서 알게 된 정희라는 여성의 이름

---

103 위의 책, 15.

을 소설 속 여주인공의 이름으로 실제 인용한 것으로 보아 정희라는 여성
과 실제로 어느 정도 교제가 있었던 것으로 추정된다.

3. 외국의 명시들을 통해 가슴 아픈 사랑을 노래하다
― 1967년 11월 3일

전태일은 1967년도 11월에 접어들면서 연애시를 주로 썼던 영국의 대
표적인 여류시인 로세티(Rossetti)와 가톨릭과 개신교 풍의 시세계를 넘나
들며 영적인 시를 썼던 아일랜드 출신의 예이츠(Yeats) 그리고 사랑을 노
래하며 농촌 마을의 생활을 솔직하고 서정적으로 노래한 스코틀랜드 출
신의 번스(Burns) 등 3인의 시에 매료당한다. 소월의 시 못지않게 서정적
이며 애틋한 비감마저 느끼게 해주는 이들 3인의 시어들에 전태일은 듬뿍
젖어든다. 3인의 공통점은 다분히 기독교적인 종교적 색채와 서정적인 신
비함이 엿보이는 특징과 함께 죽음과 이별과 사랑을 노래했다. 이들의 시
를 통해 태일은 그의 사랑과 신앙과 삶은 물론 다가올 자신의 죽음조차 조
명했던 것으로 보인다.

1) 실연에 빠진 문학청년, 로세티(Rossetti)의 시어들과 만나다

〈내가 죽으면 사랑하는 이여〉
내가 죽으면 사랑하는 이여
날 위해 슬픈 노래 부르지 마세요
머리맡에 장미꽃도 심지 말고
그늘 많은 전나무도 심지 마세요.
이 몸 위에 푸른 풀 나거든 그대로 버려두세요.

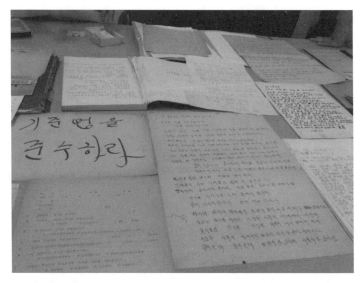

전태일은 생전에 노트 7권 분량의 친필 수기를 남겼다. 때론 실연의 아픔을 달래기 위해 문학서적과 명시들을 옮겨 적으며 낭송하기도 하고 문학적 소질도 있어서 자작시와 소설 등을 적기도 했다.

소낙비를 맞거나 이슬에 젖거나

그리고 기억하고 싶거든 기억해 주세요.

잊고 싶거든 잊어버리고

나는(나무들의) 그늘도 못 볼거야요

나는 비가와도 모를 거예요

나이팅게일이 괴로운 듯이 자꾸 울어도

나는 그 소리 못 들을 거야요

그리고 밝지도 않고 어둡지도 않은

어스름 속에서 꿈을 꾸면서

어쩌면 혹시 기억할 거예요

어쩌면 혹시 잊어버리고[104]

_ 1967. 11. 3. 20. 壹.

　　이처럼 전태일은 영국의 대표적인 여류시인 로세티[105]에게 매료되는
데 그녀는 기독교 신앙상의 이유 때문에 두 차례의 실연으로 결혼을 단념
한 전력이 있으며, 연애시의 대부분은 좌절된 사랑에 대한 노래들이다. 이
러한 시를 선택한 전태일은 자신의 상황과 견주어 애틋한 심정으로 애송
했음을 볼 수 있다. 로세티가 애타게 노래했던 사랑의 시어들은 실연에 빠
진 문학청년 태일을 충분히 매료시키고도 남음이 있는 작품이었다. 이어
서 전태일의 일기장에 연이어 인용한 예이츠와 번스의 시를 각각 살펴보
도록 하자.

2) 예이츠(Yeats)를 통해 삶과 죽음을 냉정하게 바라보다

〈패니에게〉

나는 갈망한다. 그대의 진실한 사랑을— 영원한 사랑을

애태우지 않는 자비로운 사랑을

일편단심의 의심없는 진실한 사랑을

가장이 없고 눈에 보이는 오점 없는 사랑을!

아! 그대의 전부를 나에게 가지게 하라 — 모든 것을

모든 것을 나의 것이 되게 하라

그 자태, 그 미모, 그 달콤한 사랑의 미향,

그대의 기쓰(키스)를— 그 손을 그 인자한 눈을

---

104 위의 책, 15.

105 로세티(Christina Georgina Rossetti, 1830.12.5~1894.12.29)의 작품은 대부분 세
　　련된 시어, 확실한 운율법, 온화한 정감이 만들어내는 시경 등으로 신비적 분위기를 자아
　　낸다. D.G. 로세티의 누이동생으로 태어나서 어린 시절부터 시를 몹시 좋아했던 그녀는
　　1848년부터 오빠들의 결사(結社)인 라파엘 전파(前派)의 기관지에 '꿈의 나라' 등 7편
　　의 우수한 서정시를 익명으로 실었다.

따뜻하고 흰 투명한 천만의 환락을 감춘 앞가슴을 그대 자신을— 그대의
혼을— 제발 나에게 그 모든 것을
전부 다오. 눈썹만한 조그만 정열이라도 남겨둔다면 나는 죽으리.
만일에 더 산다 할지라도 그대의 보잘것없는 이 종은 나태한 안개에 빠져
인생의 목적을 잃고
내 마음의 뚜껑은 그 미각을 잊어 내 자존심도 어느 때에는 사라지고 말
것을.106

_ 1967. 11. 3. 20. 壹.

아일랜드 출신인 예이츠는 20세기 영미 시단의 대표적인 시인으로 꼽
히고 있는 인물인데 그의 삶에서 주목할 만한 특징은 그의 시 <헌의 알>
을 1938년에 완성한 후 1년도 채 되지 않아 외국에서 죽은 사건이다.
1948년 그의 시신은 슬라이고로 결국 넘겨져서 드럼클리프에 있는 작은
개신교 교회 묘지에 매장되었다. 그곳은 그의 『마지막 시집』(1939)에
수록된 시 <벤 블벤 아래에서>에 명시된 장소였다. 그의 비문에는 자신
이 직접 썼던, "삶과 죽음을 냉정히 바라보라. 그리고 지나가라!"라는 글
이 새겨져 있다. 훗날에 벌어질 자신의 죽음을 예견하고 있던 전태일의 상
상력은 예이츠107의 생애와 작품들을 통해서도 충분히 자신과 공감대가
형성됐다. 예이츠의 생애와 죽음이 전태일에게 어느 정도 정신적인 영향
을 작게나마 끼쳤다고 볼 수 있다. 전태일의 소설 초안 <사랑이라는 이름

---

106 전태일, 『친필수기』, CD 사본 6, 18.
107 예이츠(William Butler Yeats, 1856~1939)는 영국에서 화가의 아들로 태어나 화가가
되려고 미술학교에 다니기도 했지만 그는 곧 문학 쪽으로 진로를 바꾸었는데 정통적인
기독교 대신 여러 형태의 신비주의, 민담, 영매술, 신플라톤 사상 등에 몰두했으나 그
후 낭만주의 시도 썼다. 1936년 자신이 사랑했던 시이며 대부분 자기 친구들이 쓴 시
모음집 『옥스퍼드 현대시 모음집』이 발간되었다.

의 수갑(手匣)>에 언급된 내용처럼 전태일은 이미 자신의 죽음을 미리 내다 보았고 자신이 죽은 이후에 벌어질 일들조차 섬뜩할 정도로 예견했다. 다분히 기독교적 사상의 배경을 지닌 전태일은 자신의 처지와도 같았던 예이츠의 낭만적인 시를 애송하며 사랑과 이별을 노래했던 것이다.

3) 번스(Burns)를 통해 영원한 사랑에 대해 눈을 뜨다

〈내 사랑은 빨간, 빨간 장미꽃〉

내 사랑은 유월에 새로 핀

빨간, 빨간 장미꽃

내 사랑은 곡조 맞춰 연주하는 곱디고운 멜로디

알뜰히도 너는 예쁘길래

사무치게 나는 반했단다.

벽해(碧海)가 상전(桑田)이 되기까지

내 사랑은 변하지 않으리

벽해가 상전이 되기까지

바윗돌이 햇빛에 녹기까지

내 사랑은 변하지 않으리

꿈같은 인생 지나는 동안

잘있거라 부디 내 사랑아

잘있어라 얼른 다녀오마

만리를 가도 내 사랑아

내사 그대 다시 오마[108]

---

108 전태일, 『친필수기』, CD 사본 6, 19.

영국 출신의 번스[109]는 지금까지도 스코틀랜드 민중들의 사랑과 존경을 받고 있다. 18세기 잉글랜드의 고전 취미의 영향에서 벗어난 그의 독특하고 소박한 시들은 전 세계적으로 애송되고 있다. 순수한 성품의 전태일은 이런 번스의 시를 통해 영원한 사랑에 대해 눈을 뜨게 되었고 인생을 노래하게 했다. 또한 스코틀랜드 방언으로 농민들의 소박하고 순수한 감정을 표현했던 번스의 작품들은 전태일이 1967년 초에 <산 꿈>이라는 자작시를 작성하는 데도 어느 정도 영향을 준 듯하다. 번스는 일명 스코틀랜드의 김소월이라고 불리우는 시인이므로 유난히 소월을 좋아했던 전태일로서는 번스와 문학적으로 교감되는 부분이 많았던 것으로 보인다.

4. 금언으로 마음을 다잡다

전태일은 외국의 명시를 인용한 후 이미 잘 알려진 금언(金言)을 인용하거나 자신이 직접 금언을 창작해 스스로 마음을 다잡는 것을 볼 수 있다.

Constant dropping wears aways the stone(한결같은 낙숫물이 돌을 판다)
구르는 돌은 이끼가 끼지 않는다.
사랑하는 사람의 사표는 받지 말라
쉬지 않으면 마침내 이루리

---

109 번스(Rubert Burns, 1759~1796)는 스코틀랜드 에리셔에서 출생해 전국 각지의 농장을 돌아다니며 농사를 짓는 틈틈이 옛 시와 가요를 익혔으며, 스코틀랜드의 방언으로 노래하였다. 옛 민요를 개작하거나 시를 짓기도 하였고 프랑스혁명에 공감해 민족의 자유독립을 노래해 당국의 주목을 받기도 했다. 그의 시는 18세기 잉글랜드 고전 취미의 영향에서 벗어나, 스코틀랜드 서민의 소박하고 순수한 감정을 표현한 점에 특징이 있다. 그의 진면목은 '둔 강독'(1791)이나 '빨갛고 빨간 장미'(1796)와 같이 자연과 여자를 노래한 서정시, '올드 랭 사인'(1788), '호밀밭에서'와 같은 가요에 있다.

하나가 모여서 열이 된다

구르는 눈은 빨리 커진다

열 마디 계획보다 한 가지 실천.[110]

110 위의 책, 20.

21장

검정고시로 대학 진학에 도전하다

1967년 2월~7월 말(약 6개월, 20세)

1. 전태일의 배움에 대한 열정과 학력

— 1956년~1970년

전태일의 학력

순위	입학/재학기간 (나이)	학교이름	학교재단	학제 (수업했던 기간)
1	1956~1957 (9~10세)	서울 남대문초등공민학교 (南大門初等公民學校)	서울 남대문장로교회 (예장통합) 부설 야간학교	초등공민학교 과정/초등학교 취학연령이 한 살 초과되어 2학 년으로 편입했고 3학년을 마침 (2년간 수업)
2	1960.3~10 (13세)	서울 남대문초등학교 (南大門國民學校)	문교부(교육부) 직속 정규학교	정규 초등학교 과정/편입시험 지원자 중에 유일하게 합격하여 4학년에 편입학(약 8개월 수업)
3	1961.3~8 (14세)	서울 동광초등공민학교 (東光初等公民學校)	서울 동광장로교회 (예장통합) 부설 야간 학교	초등공민학교 정/6학년으로 편 입학(6개월 수업)
4	1963.3~5	대구 복음고등공민학교	대구 남산장로교회	고등공민학교는 중학교 1학년

순위	입학/재학기간 (나이)	학교이름	학교재단	학제 (수업했던 기간)
	(16세)	(福音高等公民學校)	(예장통합) 부설 야간학교	과정으로서 복음학교에 2개월 다니다가 중단(2개월 수업)
5	1963.5~11 (16세)	대구 청옥고등공민학교 (靑玉高等公民學校)	대구 명덕(明德) 초등학교內 야간학교	복음학교를 중단하고 고등공민 학교 중학교 1학년 과정의 청옥 학교에 다시 입학(7개월 수업)
6	1967.2.20~7 (20세)	1967학년도 고입 검정고시 (중학교 졸업자격과정)	독학(獨學) 실행	1967년 8월에 있을 고입 검정 고시를 준비하기 위해 맘보바지 와 석유곤로 등을 팔아서 연합 중−고등통신강의록 중학1권 및 각종 교재를 구입해 본격적으로 공부를 시작.
7	1967.8. ~1968.3 (20~21세)	1968학년도 대입 검정고시 (고등학교 졸업자격과정)	독학(獨學) 계획	고입 검정고시에 합격하면 연이 어 1968년 3월에 시행하는 대입 검정고시에 응시할 계획을 세움.
8	1968.11. (21세)	1968학년도 대입 예비고사 (정규대학 입시)	독학(獨學) 계획	1968년도 대입 수능에 합격한 다면 연말에 치루는 대입시험 에 응시해 정규대학에 입학하 겠다는 계획을 세움.
9	근로기준법 독학 및 연구 1967.7초 ~1970.11.13 (20~23세)	① 고입과 대입 검정고시를 대비해 1967년 2월 20일부터 독학하던 중 부친 전상 수로부터 1967년 7월초, 우연히 근로기준법의 존재를 알게 된 후 검정고시 응시계 획을 포기하고 중고서점에서 근로기준법 소책자를 구입해 독학으로 근로기준법을 공부하기 시작. ② 1968년 12월에는 국한문혼용 노동법전문서적을 모친의 도움으로 당시 2천 7 백 원을 주고 구입. ③ 1970년 11월 13일. 청계천에서 분신 항거하기까지 3년 동안 잠시도 자신의 손에서 떼지 않고 공부하였을 뿐 아니라 죽음을 결단한 전후에는 모친에게도 근로 기준법을 가르치며 전수함. ④ 바보회, 삼동회 회원들과도 틈틈이 모여 근로기준법 연구에 전념. ⑤ 근로기준법을 바탕으로 평화시장 업주들과 정부 당국을 상대로 진정서를 제출 하고 노동자의 권리보장을 위해 투쟁.		
10	남대문 초등학교 명예졸업장 수여 (2006.2.15)	남대문초등학교(국민학교)에서 명예졸업장 받다. 2006년도 서울 남산초등학교(교장: 황명자) 제61회 졸업식에서 전태일은 민주화 운동과 노동운동에 공헌한 업적으로 입학한 지 46년 만에 모친 가족들이 참석한 가운데 후배 졸업생 6학년생들과 함께 졸업장을 받다. 이날 졸업장은 어머니 이소 선이 대신 받음(남대문국민학교는 1979년에 폐교되고 그 후부터 학적관리업무는 남산초등학교로 이관되어 관리중). 전태일의 졸업장은 이 명예졸업장이 유일하다.		

2. 전태일이 다닌 공민학교와 성경구락부

1) 전태일과 공민학교 수업

전태일의 학력은 규정하기가 애매모호하다. 실제로 다니던 학교들은 문교부(교육부) 산하 정규 학교인 남대문초등학교(초등학교)를 제외하면 나머지 모든 학교는 공민학교들이다. 당시 장로교 통합측 교단[111]에서 독점적으로 운영하다시피 했던 공민학교들은 6.25 전쟁 직후 시작됐다. 전국에 열화와 같이 퍼진 성경구락부(聖經俱樂部) 제도를 도입 적용해 통합측 교단 산하의 중대형 교회들을 통해 초등공민학교나 고등공민학교들을 운영했다. 전태일이 거쳐 간 학교들을 살펴보면 그가 얼마나 처절하게 학업에 대한 열망으로 가득 차 있었는지를 확인할 수 있다. 학교에 다니지 못하도록 억압하는 부친의 끊임없는 핍박과 가족들의 무관심 그리고 가난 속에서도 전태일은 포기하지 않는 불굴의 의지로 배움의 열정을 불태워 나갔다. 특히 어릴 때부터 천성적으로 학구열을 지녔던 그는 많은 난관과 불가능 속에서도 집념을 가지고 주경야독했다. 그의 일기장 여백에조차 한자와 영어 단어 연습을 한 흔적이 곳곳에 보일 정도로 모질게 공부했다.

전태일은 대구 청옥학교를 중퇴한 이후에도 학구열과 학문적 진리에 대한 갈망을 계속 이어갔다. 그가 1970년 3월 17일 밤 10시에 자신의 노트에 모범업체설립계획서를 작성하면서 "B. 자금을 구하기 위하여"라는 부분에서 "나는 학력이 없으므로 대학 동창이 없다"며 노골적으로 고백했

---

111 학교재단을 표기 할 때 '통합측' 표시는 해당 교회가 소속한 교단을 언급한 것이다. 예) 통합측: 장신대, 합동측: 총신대, 고신측: 고신대, 기장측: 한신대, 대신측: 안양대 등이다. 전태일은 모두 통합측 교단에 소속한 교회에서 운영한 공민학교를 다닌 것으로 확인된다.

다. 그처럼 그는 언제나 학력에 대한 아쉬운 미련과 자책을 하면서 살아왔다. 그나마 다행스러운 것은 그가 어린 시절부터 문교부의 법령에 보장된 공민학교(公民學校)라는 제도112를 통해 배움에 대한 갈망을 해결할 수 있었다는 점이다. 당시 초등공민학교와 고등공민학교는 교육법상 보장된 학교들이었다. 그런 규정을 근거로 전태일의 학력은 초등공민학교에 입학을 하면서 시작된다. 소년 전태일은 맨 처음 1957년 4월에 남대문장

가난했던 1960년대였지만 골목에 앉아 틈만 나면 책을 읽는 중학교 학생들의 모습

로교회의 문을 두드리면서 초등공민학교와 성경구락부제도를 통한 교육을 받기 시작했다. 당시 취학연령이 한 살 초과되어 2학년으로 편입학 전태일은 2년 동안을 꾸준히 다닌 후 3학년까지 무사히 마쳤다. 그리고 3년 후 (1960년)에는 문교부 정규학교인 남대문국민학교에 4학년으로 편입시험을 치루고 당당히 지원자 중에 유일하게 단독 합격하여 학교를 다니게 된다.

---

112 공민학교제도는 초등교육을 받지 못한 청소년과 학교교육을 받지 못한 일반 성인들을 위해 국민생활에 필요한 보통교육과 공민적 사회교육을 실시하는 성인교육기관이었다. 당시 규정에는 초등공민학교는 초등교육을 받지 못한 연령이 초과한 자를 입학시켜 수업연한을 3년으로 하였고 고등공민학교는 국민학교 또는 공민학교를 졸업한 자를 입학시켜 수업연한을 1년 또는 3년으로 한다고 규정했다. 그러나 전태일의 경우 실제 학교 현장에서는 이런 규정을 탈피해 학교행정이 유동적으로 적용되었다.

전태일이 사후에 받은 남산초
교 명예졸업장(상)과 전태일을
대신해 졸업장을 받는 이소선
어머니

　　그러나 전태일은 1960년 4.19의 혼란 속에서 학교를 상대로 단체복을
납품하던 부친의 사업이 사기를 당해서 부도가 나는 바람에 결국 그해 학
교를 중퇴하고 말았다. 그 후 전태일은 낮에는 주방용품 장사를 하고 밤에
는 지친 몸을 이끌고 집 근처에 있던 용두동 동광장로교회에서 운영하던
동광초등공민학교에 6학년에 편입해서 열심히 공부하던 중에 위탁판매
미수금 때문에 가출을 하게 된다. 결국 전태일은 동광학교를 6개월 정도
를 다니다가 다시 중단할 수밖에 없었다. 그 후 가출 생활에서 1년 만에 귀
가해 대구에 살고 있는 가족들과 합류하여 대구 남산장로교회에서 운영

하던 복음고등공민학교 중학교 과정을 그해 3월에 입학했다. 그러나 복음학교를 두 달간을 다니다가 삼총사 친구들이 복음학교에서 수업받는 것을 반대하는 바람에 다시 그해 5월에 인근에 있는 청옥고등공민학교로 옮겨서 중간 입학을 했다.

그러나 청옥학교를 다니는 도중에 부친의 학업중단 명령으로 학교생활을 한 지 7개월 만에 결국 또 다시 학교를 중단할 수밖에 없었다. 파란만장한 그의 공민학교 이력이 말해 주듯이 결국 전태일의 최종학력은 애매모호하게 되고 말았다. 최선을 다해서 꾸준히 공부했지만 안타깝게도 졸업장을 받거나 유종의 미를 거두지 못했으며 동광초등공민학교에서도 결국 졸업장을 받지 못했다. 그리고 대구에서도 역시 중학교 과정의 복음학교와 청옥학교를 다니기는 했으나 고등공민학교 졸업장을 받지를 못했던 것이다.

2) 대한성경구락부 제도와 교육정책

(1) 대한성경구락부 제도

한편 전태일이 최초로 다닌 남대문초등공민학교를 필두로 용두동의 동광초등공민학교와 대구의 복음고등공민학교 등은 당시 대한청소년성경구락부[113]라는 이름의 청소년 단체에서 제공하는 인적 자료와 교육자료를 공급받으며 학교를 운영했다.[114] 전태일은 자신이 다니던 공민학교들을 통해서 공부와 함께 개신교 신앙이 싹튼 것이다. 성경구락부는 1927년 미국 북장로교 선교사 프란시스 퀸슬러[115]가 구걸을 하던 어린이 6명

---

113 오늘날의 대한성경구락부: KBCM(Korea Bible Club Movement)를 말한다.
114 주선동, 「성경구락부의 발전과정에 관한 연구」 (연세대학교, 1975).

을 평양 광명서관 2층에 불러들여 성경과 신앙을 가르친 것에서 시작되었
다.[116] 그러다가 그가 광복 후인 1949년에 다시 내한하여 서울에서 청소년
성경구락부운동을 재개하여 피어선신학교, 해방교회, 창신교회, 영락교
회, 상도교회, 서대문교회, 충무교회, 동광교회,[117]효자교회, 도원동교회
등 10개 구락부를 설립했던 것이다[118]

그 후 6.25 전쟁이 일어나자 이를 계기로 성경구락부 조직은 전국적으
로 활발하게 확산[119]되었는데 대구, 대전, 제주, 부산, 거제도 등지에 구락
부들이 설립되었으며 전쟁 고아, 피난민 자녀 등 수많은 불우 청소년을 대
상으로 성경구락부운동이 활발하게 전개되었다.[120] 1954년에는 전국 17
개 지부 671개 구락부에 70,000여 명의 학생들이 교육을 받기도 했다.[121]
이때 전태일이 최초로 입학한 남대문초등공민학교(남대문장로교회)와 용
두동의 동광초등공민학교(동광장로교회)에서도 성경구락부가 도입되어
정규국민학교(초등학교)를 못 다닌 어린 학생들에게 배움의 기회를 제공
했다. 그 후 전태일이 대구에서 복음고등공민학교를 입학할 때도 그 학교
를 운영하던 대구 남산장로교회에서도 성경구락부의 영향을 받아 운영하
였다. 그리고 복음학교에 이어 다시 편입학했던 청옥고등공민학교는 일

---

115 Francis Kinser: 한국명으로는 권세열. 장로교 목사이며 신학박사였다.

116 高桓圭, "聖經俱樂部의 歷史的研究와 基督敎教育에 미친 影響", 연세대 연합신학대
　　학원 석사학위논문, 1974.

117 동광교회는 전태일이 용두동에서 거주하며 다니던 동광초등공민학교를 말한다.

118 대한성경구락부, 홈페이지 (http://www.kb7cm.or.kr) 연혁 참조.

119 성갑식, "성경구락부운동의 교육정책", 『교회 사회 선교』 (대한기독교서회, 1984.)

120 성경구락부의 교육대상은 비정규학교의 학생들, 특히 600만 교육대상의 전부가 될 수
　　있다. 해방 이전에는 국민학교에 못 다닌 사람들에게 문맹퇴치를 위해 성경을 가르쳤고
　　해방 후에는 중-고등학교 연령층이 그 대상이 되어 독특한 그룹 활동과 성경교육을 시키
　　는 것이 구락부의 목적이었다(성갑식, 위의 책).

121 휴전 후 정부의 초등학교 의무교육실시령으로 초등부 교육대상이 점차 축소되었고,
　　1959년부터는 중고등부 교육에 주력하였다.

반 야학으로 시작하여 운영[122]되어 오다가 그 후 30년 동안 대구 시내를 여기저기 장소를 찾아 옮겨 다니며 운영됐다.[123] 결국 전태일이 다니던 야학과 공민학교를 운영하던 각 학교들은 모두 기독교의 영향과 성경구락부의 제도에 의해 운영된 것이다.

(2) 대한성경구락부의 교육정책

전태일을 비롯한 당시의 어린이들과 청소년들은 공민학교에서 무엇을 배웠는지 우선 퀸슬러 박사가 만든 성경구락부 제도의 교육정책 세 가지를 살펴보도록 하자. 구체적인 교육목표와 내용들 중에서 주목할 만한 것은 신약성경 누가복음의 2장과 10장의 두 가지 구절을 핵심근거로 해서 교육의 근간을 세웠다는 것이다. 두 구절을 통해 성경구락부 교육의 정체성을 확립하고 뼈대를 세운 것이다.[124] 성경구락부가 성서에 등장하는 아동 시절의 예수를 모든 어린이와 청소년들이 본받아야 할 모델로 삼았던 것처럼 전태일은 초등공민학교와 고등공민학교에 입학해 학업과 신앙을 연마하며 아래와 같이 성경구락부 교육정책의 세 가지 영향을 충실히 받았던 것이다.

첫째, 성경구락부의 교육목표는 '예수 모방'이다.[125] 아동들과 청소년들로 하여금 예수 그리스도를 믿고 예수의 온전한 생활을 본받아(모방하여) 자라도

---

122 당시 청옥학교 교장은 김신형(金信亨) 선생이 맡아 봉사했다.

123 이희규 · 김지학, 「저자와의 인터뷰 증언」, 2006.10.8. 청옥고등공민학교는 대구제일교회 부목사를 지냈던 최곤필(崔坤弼) 목사가 1981년부터 교장을 맡아서 10년간 운영해 오다가 1992년에 이르러 마침내 폐교했다.

124 대한성경구락부(http://www.kb7cm.or.kr), 성경구락부 교육원리 참조.

125 위와 같음.

록 했다.126

둘째, 성경구락부의 교육내용은 신약성서 누가복음 2장과 10장을 근거로 하여 두 가지 종류의 4대 생활을 실천하는 것이다. 먼저 누가복음 2장 52절127에는 소년 예수의 지육(智育), 체육(體育), 영육(靈育), 덕육(德育)이 드러난다. ① 지육: 예수는 그 지혜와 ② 체육: 그 키가 자라가며 ③ 영육: 하나님과 ④ 덕육: 사람에게 더 사랑스러워 가시더라. 128 이처럼 누가복음 2장에는 소년 예수의 네 가지 방면의 전인적 생활이 나타난다. 이어서 누가복음 10장 27절129에는 메시야 사역을 하던 예수 그리스도가 강조한 네 가지 방면의 전인적인 생활이 나온다. ① 사회생활(社會生活): 네 마음을 다하며 ② 종교생활(宗教生活): 목숨을 다하며 ③ 체육생활(體育生活): 힘을 다하며 ④ 지육생활(智育生活): 뜻을 다하여130 등의 예수의 계명을 지키는 네 가지 전인적 생활을 말한다. 이처럼 누가복음 2장처럼 어린이들의 모범인 소년 시절 예수의 네 가지 생활을 습득하는 것과 누가복음 10장처럼 예수 그리스도가 가르쳐준 계명을 네 가지 생활로 적용하여 실천하는 것이다.

셋째, 성경구락부 교육방법에는 자치 훈련131과 단체 활동132 두 가지가 있다. 자치 훈련은 학생을 교육 활동의 주체로 보아 교사의 일방적인 지식 전달에서 한걸음 더 나아가 학생 스스로가 교육과정에 적극적으로 참여하는 경험

---

126 위와 같음.

127 누가 2:52 예수는 그 지혜와 그 키가 자라가며 하나님과 사람에게 더 사랑스러워 가시더라.

128 성경구락부, 위와 같음.

129 누가 10:27. 네 마음을 다하며 목숨을 다하며 힘을 다하며 뜻을 다하여 주 너의 하나님을 사랑하고 또한 네 이웃을 네 몸과 같이 사랑하라 하였나이다.

130 성경구락부, 위와 같음.

131 자치훈련: 학생을 교육활동의 주체로 보아 교사의 일방적인 지식 전달에서 한걸음 더 나아가 학생 스스로가 교육과정에 적극적으로 참여 하는 경험을 통하여 자신의 능력을 개발하고 자취력을 향상토록 하는 운동이다.

132 단체활동: 자신이 지녀야 할 태도와 타인과의 적용에 의해서 생활하는 방법을 배우게 하여 기독교인으로 성장하는 필수적인 생활훈련으로 올바른 사회관을 가지게 한다.

을 통해 자신의 능력을 개발하고 자치력을 향상토록 하는 것이다. 단체 활동은 자신이 지녀야 할 태도와 타인과의 관계를 터득하는 방법을 배우게 하여 기독교인으로 성장하는 필수적 생활훈련으로 무장해 올바른 사회관을 가지게 한다는 데 있다. 이 두 가지 훈련은 누가복음 2장 52절의 예수의 계명 중에서 첫째 계명인 "주 하나님을 사랑하고"와 둘째 계명인 "네 이웃을 네 몸과 같이 사랑하라"는 계명을 실천하는 구체적인 학습 훈련을 말한다.

이와 같이 소년 전태일은 아동 시절의 예수를 모델로 본받는 교육을 받으며 성장했고 실제로 자기 자신도 예수를 닮기 위한 노력을 하며 살아갔던 것이다. 전태일의 희생정신은 이런 교육에서 은연중에 학습되었던 것이다. 성경구락부의 정책에 의한 공민학교 교육에 흥미를 느끼며 공부를 했던 전태일은 언제 어디서나 학업과 신앙을 꾸준하게 연마하며 성장하는 것을 볼 수가 있다.[133]

3. 고입과 대입 검정고시를 준비하다
— 1967년 7월

전태일은 자신이 다닌 여러 초등공민학교나 고등공민학교들 중 어느 곳 한군데 졸업하지 못했다. 그러던 중에 드디어 1967년 2월 중순경 그의 일기에서 "이듬해인 1968년도 3월에는 기필코 대학입학 시험을 치룰 것"을 과감히 결단하고 자기 스스로를 향해 대학교 진학에 대한 당찬 도전을 선포했다. 1967년 당시 그는 평화시장 한미사 작업장에서 혹사를 당하며 노동을 하고 있던 무렵이었다. 정신적 육체적으로 가장 힘들고 어려운 시

---

133 대한성경구락부, 『검은 땅에 피어난 꽃들』(보이스사, 1900).

기에도 대학 진학과 학업에 관련하여 원대한 계획을 세우며 검정고시[134]
를 준비하는 과정을 그의 일기장을 통해 살펴보자.

1967. 2. 17.

20일 날 인덕상회 98호 집에 작업복을 임시 하러 가기로 했지만 민생고
해결 때문에 고민이로구나. 일을 하려고 갈려고 했지만 먹을 게 있어야
가지. 물건이라곤 팔 수 있는 것은 곤로와 입고 다니는 맘보바지밖에 없으니
참 고민이로고. 둘 다 판다고 해봐야 고작 많이 받아야 400원. 곤로는 아직
월부도 다 물지 못했는데 팔 수 없는 물건이고 바지는 고작 백원. 그렇지만
태창이 용기를 내라. 그리고 내일 근심하지 말고 3일 후를 생각하라.[135]

1967. 2. 18.

… (중략)… 그리고 전에 신청한 '연합중고등 강의록' 안내서가 아침에
배달되었으니까. 나에게 지금 이 성격이 나쁜지 좋은 성격인지 몰라도 한
푼 없는 내가 어떻게 강의록을 받을 생각을 하니 전기 곤로와 대목에 산
맘보바지와 입고 다니던 잠바를 팔아서 620원을 만들 결심을 하고 오늘은
기분이 좋아서 일기를 쓴다. '나에게는 배움을 빼고 나면 아무것도 없다.'
그렇지만 그 기분도 한때, 벌써 고독감이 전신을 역습해 오는구나.[136] 독감이
전신을 역습해 오는구나.

---

134 1925년 일제 조선총독부에 의해 서울과 평양에서 처음 실시된 검정고시(檢定考試)에
　서 유래되었다. 이때는 남녀가 응시과목에 차이가 있었다. 남자는 12과목, 여자는 9과목
　이었다. 이 제도의 밑바탕은 1903년 일본 문부성령으로 공시된 '전문학교 입학자격 검정
　규정'에 근거한 것이다.

135 전태일, 『친필수기』, CD 사본 7, 21.

136 위의 책, 22.

1967. 2. 20. 새벽1시

어제 저녁 결심했던 대로 바지와 곤로를 팔았다. 두 가지에 380원 밖에 못 받았다. 살 때는 900원과 280원, (모두) 1180원 들은 것을 380원이라니 정말 어처구니가 없는 노릇이다. 30원을 가지고 아침을 먹고 나서 공중전화로 28-6467을 걸어 보았지만 전화 신호는 가는데 받는 사람이 없었다. 가게에서 청소를 하고 저녁에 들어갈 때 나오지 않는 말로 100%의 자존심을 꺾어가며 내일 500원만 더해 달라고 부탁을 했다. 곤로와 바지를 팔고 명함을 한 장 주었으니 참 우스운 일이다.[137]

1967. 2. 20. 새벽 1시

마침내 생각대로 했다. 시청 뒤 보건사회부 옆 학원사 2층에 가서 연합중고등 통신강의록 중학 1권을 150원에 샀다. 이로써 희미해져 가는 배움의 정신을 내 마음 한 곳에 심한 타격을 줌으로써 다시 똑똑하게 그리고 단단하게 붙들어 맨 것이다. 남은 다 하는데 나라고 못할 리가 어디있어. 해 보자. 그리고 내년 3월에는 꼭 대학입시를 보자. 앞으로 376일 남았구나. 1년하고 10일. 재단을 하면서 하루에 저녁 2시간씩만 공부하면 내년에는 대학입시를 보겠지. 해보자. 해라. 주인아주머니는 내가 일을 꾸준히 하지 않을 줄 알고 돈 500원을 융통해 주지 않으시지만 나는 그 집에다가 희망이 없는 줄로 안다. 돈 15원 남은 걸로 노트 10원짜리 하나를 사고 5원 남은 건 내일 전화비다. 내일부터 23일까지 금식이다. 설마 3일 금식에 죽지야 않겠지. 태극이 똑똑히 들어. 정신수양의 금식이야. '먹을 게 없어서가 아니다.' 오늘은 내가 처음으로 눈물을 보았다. 콧잔등이 시큰해 오고 눈물이 나는구나. 입술이 타고 왜 눈물이 나는지 나도 모르겠다. 그저 실컷 울었을 뿐이다.[138]

---

137 위의 책, 24.
138 위의 책, 26.

1967. 2. 23.

… (중략)… 다음 강의록을 받아볼 때는 이름을 전태일로 해야지. 한 一자를 모일일 자 즉 합칠일 자, 全泰壹, 온전전 자에 클태 자에 합칠 일자. … (중략)… 내일부터는 힘 닿는 데까지 열심히 일해서 주인의 공을 갚고 이 해 안에 안전한 재단사가 되자.139

1967. 2. 26.

예전에는 남녀칠세부동석이라 하였지만 지금은 같은 동석이다. 천자책을 사가지고 제일 처음 쓰고 배운 자가 한 일자, 壹자다. 그 다음이 寵增抗極, 총증항극. 즉 총애가 더하면 더할수록 교만과 게으름을 피우지 말고 극진히 열성을 다하라는 뜻이다. 이제부터 이 글을 하루아침에 한 번씩을 외워야겠다. 이 글대로 하면 실수가 없을 것이다.140

평소 전태일의 학구열은 어느 누구도 따라갈 수 없을 만큼 높았다. 그러나 안타깝게도 가정 형편 때문에 국민학교(초등학교)나 중학교의 변변한 졸업장 하나 없이 결과적으로 어정쩡한 최종학력이 되고 말았다. 이런 상황에서 그는 1967년 2월 18일 우편을 통해 연합중고등강의록 안내 책자를 받아보았다. 그리고 20일에는 서울시청 부근에 있는 검정고시 전문학원 서점을 찾아가 중학 1권 참고서와 교재를 구입했다. 그리고 고입검정고시141를 통해 그해에 무난히 합격하리라고 가정하고 그 이듬해인 1968년도 3월에 대입검정고시142에 응시하려는 계획도 세웠다.

---

139 위의 책, 32.
140 위의 책, 34.
141 고입검정고시는 중학교 졸업자격을 인정해 주는 시험이다.
142 대입검정고시는 고등학교 졸업자격을 인정해 주는 시험이다.

그리고 전태일은 계획대로 착실히 고검 준비를 실행에 옮겼으며 매일 이어지는 평화시장의 힘든 노동을 마치고 파김치가 된 상태에서도 집으로 돌아오면 검정고시 참고서와 교재를 펼쳐 놓고 고검준비에 여념이 없었다. 자신이 결단한 대로 대검에 응시하면 그토록 꿈에도 그리던 대학생이 되는 일이 실제 가능한 일이라고 믿었던 것이다. 때마침 하늘이 내려준 좋은 기회가 그에게 닥쳐왔다. 1967년 여름에 치루는 고검에 합격을 하면 이듬해인 68년도 대검에 응시할 수 있었고 그 대검에 무사히 통과된다면 연말에 치러지는 대학입시에 도전하는 것이 가능했던 것이다. 그의 계획과 맞물려 때마침 당시 문교부 당국에서는 대입검정고시 명칭을 많은 국민이 혼동하고 있다는 지적을 받고 '고등학교 졸업학력 검정고시'로 개명을 하고 새롭게 검정고시에 관련한 법령[143] 을 발표했다.

검정고시[144] 명칭을 바꾸면서 변경된 법령의 핵심은 "어려운 가운데서도 학구열을 가진 뜻이 있는 응시생들은 쉽게 합격할 수 있도록" 좀 더 활짝 문을 열어 놓았다는 것이다. 그래서 전태일의 마음을 더욱 설레게 했다. 1967년에 전태일의 준비했던 고검 응시자격은 고등학교 졸업자 및 이와 동등 이상의 학력이 있는 자 혹은 3년제 고등공민학교 기술학교 및 중학교에 준하는 각종 학교 졸업자 또는 졸업 예정자였다.

전태일은 남대문초등공민학교와 남대문국민학교(초등학교) 졸업을

---

143 1950년도에 대학 입학자격 검정고시 규정이 정부의 문교부령으로 첫 공시되었는데 이 당시 시험과목은 아홉 과목이었다. 1951년에는 추가로 고등학교 입학자격 검정 규정 (일명; 고검)이 교육부령으로 고시되었다. 그 후 1957년부터는 문교부에서 검정고시를 주관하던 것을 서울대학교 등 여러 명문 대학으로 차츰 이관해 실시해 왔다.

144 전태일이 1967년 2월부터 준비한 검정고시와 맞물려 1968년에는 문교부에서 검정고시에 대한 교육법 시행령을 개정하면서 대입입학자격 검정고시(일명: 대검)를 대학입학예비고사와 구별하기 위하여 그 명칭을 '고등학교졸업학력 검정고시'로 개정해 몇 개 대학에서 실시하던 것을 1970년부터는 서울시 교육위원회를 비롯한 각 시도 교육위원회에서 검정고시를 주관해 설시하고 있다.

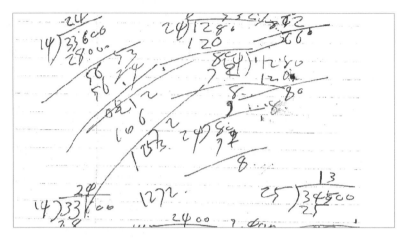

전태일이 자기 일기장에 계산한 흔적. 수학 공부를 하거나 계산을 하기 위해 간혹 자기 일기장 여백에 계산을 했다.

못 했지만 학점을 인정받아 용두동 동광초등공민학교를 6학년에 편입했다. 그리고 그 학력으로 대구의 복음고등공민학교에 입학했고 이어서 청옥고등공민학교로 전학을 가면서 편입했다. 전태일은 그런 학력을 부분적으로 모두 인정받아 고검 시험을 치를 수 있다는 사실을 알아보고 고검 준비를 했던 것이다. 전태일이 정식 초등학교와 정식 중학교를 졸업했다면 별 문제없지만 정식 중학교 졸업장이 없기 때문에 궁여지책으로 최종 학교였던 대구 청옥학교에서 공부한 이수과목들을 고검시험과목에서 일부 면제를 받을 수 있었기 때문에 도전 계획이 가능했던 것이다. 그리고 고검에 합격하면 드디어 남들처럼 멋진 검정 교복을 입고 검은 교모를 멋들어지게 눌러 쓰고 책가방을 옆구리에 끼고 그토록 소원하던 정식 고등학교에 다닐 수 있다는 꿈을 놓지 않았다. 하지만 평화시장에서 힘든 노동을 하며 근근이 가족들의 생계를 책임지고 있는 그에게는 꿈만 같은 일이었다. 그리고 전태일이 고검 준비를 하던 중에 부친으로부터 전해들은 근로기준법의 존재를 알고 난 이후부터는 모든 검정고시 준비를 일순간에 포기해야만 했다. 자신의 출세와 학구열보다도 평화시장의 어린 여공들과 수만 명의 노동자들의 생명과 건강 그리고 재산을 지키는 일이 더 시급하고 소중하다고 깨달았기 때문이다. 전태일은 근로기준법을 구입한 그날부터 분신 항거하기까지 오직 근로기준법 책과 밤낮으로 씨름하며 매달리게 됨으로써 결국 대학 진학의 꿈은 산산이 깨어지고 말았던 것이다.

4. 제도권 학교공부 대신 근로기준법 연구에 전념하다
— 1967년 7월~1970년 11월

전태일이 대학 진학의 도전을 포기하고 새롭게 펼쳐 본 근로기준법 법령집은 낯설고 신기했다. 밤마다 쌍문동 천막집 호롱불 아래서 한문투성이로 된 어려운 내용의 책갈피를 넘기다가 모르는 한자가 나오면 "어머니, 대학생 아들을 둔 친구 좀 없어요? 나도 대학생 친구 하나 있었으면 원이 없겠는데…"라며 탄식했다. 전태일의 근로기준법 연구는 어두침침한 작업장이나 털털거리며 달리는 시내버스 안에서나 혹은 자신의 집 골방에서 밤낮을 가리지 않고 계속되었다. 여름이면 밀려오는 잠과 모기를 내쫓으며 밤을 지새웠고 겨울이면 불도 없는 썰렁한 냉방에서 여기저기 헤진 나일론 이불을 머리끝까지

검은색 학생모를 쓰고 있는 전태일이 작업장의 석유 곤로와 재봉틀 앞에서 포즈를 취하고 있다.

둘러쓰고 손을 호호 불어가면서 근로기준법 책장을 넘겼던 것이다.[145] 그의 공부는 단순한 독서나 연구가 아니라 실로 전장에서의 사투와도 같았다. 자신이 모르는 한문이 나오면 대학생 출신인 국수집을 운영하던 광식이 아저씨를 찾아가 기어코 글자를 배워야만 직성이 풀렸다. 손때 묻은 책장을 넘기다가 모르는 단어가 나오면 두세 시가 넘는 한밤중에도 광식이 아저씨를 찾아가 잠자고 있던 그를 흔들어 깨우며 미안하다는 말을 열 번도 더하고 자세히 물어보기도 했다.[146] 그토록 열망하던 대학진학의 꿈을 포기할 수 있었던 이유는 평화시장의 어린 여공들과 노동자들의 고통과 신음소리가 다급하게 들렸고 자신의 꿈보다 더 소중하게 여겨졌기 때문이다.

---

145 이소선, 「저자와의 인터뷰 증언」, 2006.12.15.
146 위와 같음.

22장

확고한 기독교 신앙 형성과 교회 헌신
1967년 1월~4월 (3개월, 20세)

1. 천막에서도 천국을 노래하다
— 1967년 1월

1) 자작시 〈나의 산 꿈〉을 작성하다

쌍문동의 야트막한 야산 기슭에 최종 정착해 자리 잡은 전태일은 1966년 12월 말 초라한 자신의 천막집에서 훈훈한 자작시 한 편을 작성했다. 문학적인 측면에서 검증해 보면 다듬어지지 않은 미완성의 시처럼 보일 수 있을 것이다. 약간 내용상의 조화가 없어 보이며 난맥이 자주 등장하기도 한다. 그러나 전체적으로 음미해 보면 전태일의 신앙세계와 그의 서정적인 시상의 세계를 조금이나마 엿 볼 수가 있다. 이 시를 통해 그가 절망적인 상황에서도 언제나 희망을 노래하는 아주 긍정적이고 포용적인 인

물이라는 것을 쉽게 확인할 수가 있게 된다. 특히 이 시를 작성한 1967년
초에는 아직 그가 어떤 수기나 집필 활동을 적극적으로 하기 이전의 시기
였기 때문에 이 시의 의미는 더욱 크다고 하겠다.

〈나의 산 꿈〉
눈은 길을 덮고
또 천막에 무겁게 쌓인다
나는 산 꿈 위로 발걸음을 옮겨
명랑한 원희와
문에 서 있는 너를 보러 가련다

나는 가난하여
가진 건 오직 산 꿈
나의 산 꿈
나의 산 꿈들
오직 주님의 말씀 아래

들 넘어 도봉산
숲에 종달새가 운다
종달새 우짖으며
밭에 있겠지
거기엔 또한 사람이 살고
사람이 사는 곳엔 사랑이 있다지.

함박눈 내리는 겨울 밤

세상도 궁창도 모두 하얗다

천막에 눈아

쌓일 테면 쌓여라

비야 폭풍아

마음대로 늘어진 천막을 휘어잡고

흔들어라 마음껏

나는 결단코 원망치 않으리

내 마음엔 오직 생기 돋는 파란 "싹"

아울러

따뜻한 봄바람

품고 있으니

그 옛날 우리들도 한 자리에

같이 정다운 대화로 꽃 핀 일도 있었는데

피리 소리 장구 소리 들을 때마다

흘러간 설음 되살아 오네

이제 또 한해가 지나면

반드시 우리들도 기쁠 걸세…147

2) 자작시의 배경과 시구 해석

이 시는 자신이 거주하는 쌍문동 골짜기 기슭에 자리 잡은 천막집 그리고 그 집과 함께 나란히 붙어 있던 천막 교회를 배경으로 하고 있다. 어

---

147 전태일, 『친필수기』, CD 사본 2, 18.

느 겨울 폭설이 내려 자신이 거주하는 천막 지붕이 휘늘어지도록 수북이 쌓인 설경을 바라보며 지은 시이다. 초라하고 불운해 보이는 처지를 한탄하는 내용은 찾아보기 힘들다. 오히려 자신의 지나간 생애와 앞으로 다가올 미래를 깊이 생각하며 어떤 고난이 닥쳐와도 결단코 꿈을 잃지 않을 것을 암시한다. 그리고 흔들리지 않는 자신의 신앙을 스스로 다짐하며 확인하는 내용으로 일관되어 있다. 네 개의 단락으로 구성되어 있는 이 시는 각 단락이 서로 유기적인 연관을 맺고 있는 것을 볼 수 있다. 각 단락을 하나씩 살펴보도록 하자.

눈은 길을 덮고/ 또 천막에 무겁게 쌓인다/… 너를 보러 가련다

전태일은 먼저 자신의 인생길을 가로 막으며 억압하는 많은 방해 요소들을 '눈'(雪)으로 표현했다. 예기치 않은 눈발이 갑자기 흩날리기 시작하면 급기야 사람들이 통행할 수 없을 정도로 순식간에 길을 덮어버린다. 폭설이 내리게 되면 시야가 잘 보이지 않으므로 당장 자신이 서 있는 위치에서 착시현상마저 겪으며 목적지는 물론 방향 감각마저 잃어버리게 된다. 뿐만 아니라 온 세상은 폭설로 뒤덮이게 마련이다. 순식간에 내린 폭설은 어느덧 자신의 주거지인 천막집과 자신이 출석하는 천막 교회까지 무겁게 뒤덮고 있다. 이것은 전태일에게 무엇을 뜻하는가. 너무 무거운 고난의 무게가 자신을 움씬 못하도록 짓누르고 억압하는 것을 묘사한 것이다. 폭설이라는 이름의 고난은 자신이 가야 할 길을 가로막고 꼼짝 못하도록 발목을 붙들고 있을 뿐만 아니라 머리 위에서조차 짓누르고 있다. 그 눈이 제거되는 유일한 방법은 햇볕이 강하게 내리쬐거나 계절적으로 빨리 봄이 오는 수밖에 없다. 그래서 전태일은 여기서 따사로운 햇빛이 비추는 봄날 같은 미래를 꿈꾸고 있는 것이다.

여기에서 언급된 '원희'라는 인물은 누구를 지칭하는지 정확히 알 수 가 없으나 전태일과 관련된 원희라는 인물이 실제로 그의 주변에 세 명이 등장을 한다. 첫 번째 인물은 삼총사 친구 정원섭의 여동생 '정원희'가 있 고 두 번째는 청옥학교 같은 반 여학생 친구 중에 김예옥과 절친했던 '이원 희'라는 여학생 친구가 있다. 그리고 세 번째는 신석병의 딸인 '신원희'라 는 여성이 있다. 이 시에서 언급된 인물은 아마도 신원희일 가능성이 많다. 전태일은 1년 동안 밑바닥 생활을 하면서 힘든 구루마밀이 등의 이야기를 술회할 때 신원희와 대화하는 형식으로 그의 일기장 회상수기에 언급한 적이 있다. 신원희라는 여성은 전태일이 고생했던 시절의 모든 과거를 파 악하고 있었던 인물이며 자신의 심중에 있는 이야기를 허심탄회하게 나 눌 수 있었던 유일한 대상이었다. 이 시에서 신원희는 전태일에게 있어서 명랑하고 밝은 이미지로 인식된 여성으로 묘사되었다.

나는 가난하여 / 가진 건 오직 산 꿈

비록 자신은 가난하여서 남들처럼 가진 것은 아무것도 없지만 "나에 게는 꿈이 있다"고 노래한다. 그가 가진 것이라고는 오로지 꿈이다. 그 꿈 은 남들에게는 없는 매우 고귀하고 소중한 자신만의 비밀스러운 꿈이다. 여기에서 그가 말한 꿈은 밤에 잘 때 꾸는 꿈이 아니라 비전으로서의 꿈을 말하며 아울러 자신의 꿈은 죽어 있는 꿈이 아니라 "살아 있는 꿈(산 꿈)" 이라고 확실히 못 박아 말한다. 청년 전태일이 꾸던 꿈들은 일장춘몽이 아 니라 말 그대로 살아 있는 꿈이었다.

나의 산 꿈들 / 오직 주님의 말씀 아래

그리고 그 꿈들은 구체적으로 "하나님의 말씀(주님의 말씀)" 아래에서 만 이루어질 수 있다며 결론짓고 첫 단락을 마무리한다. 하나님의 말씀이 그에게는 꿈 자체였고 희망이었다. 또한 그의 꿈은 곧 하나님의 말씀에 귀 착된다. 자신의 꿈들은 하나님의 말씀의 기준 안에서 효력을 발휘할 수가 있다고 증언한 것이다. 하나님의 말씀 아래에서 만이 가능하다는 그의 꿈 들이란 오직 인간 사랑이었다. 자신의 꿈은 하나님 한 분에게만 초점이 맞 추어진다. 이 세상 아무것도 소유하지 않아도 하나님 한 분으로 만족한다 는 의미이다. 그리고 주님의 그 말씀만이 그의 꿈을 이루어 줄 수 있는 원 동력이 된다는 확신에 찬 고백이다. 아마 주님의 말씀은 그의 꿈을 이루어 줄 수 있는 삶의 유일한 기준과 푯대가 된다는 의미일 것이다.

돌 넘어 도봉산 / 숲에 종달새가 운다

전태일이 도봉동이나 쌍문동에 거주할 때 항상 그의 시야에는 거대하 게 우뚝 서 있는 도봉산이 보인다. 그 산은 계절마다 조화를 이루며 온갖 산천초목으로 어우러진 모습으로 변함없이 버티고 서 있다. 그리고 언제 나 많은 사람들과 동물들이 그 산을 찾는다. 특별히 이 단락에서 그는 산속 "숲에 종달새가 운다"라고 표현했다. 종달새는 우리나라에서는 어디서든 지 흔히 볼 수 있는 텃새이며 겨울새 종류이다. 그러나 눈이 내리는 엄동설 한에는 종달새가 거의 울지 않는다. 해마다 시기적으로 주로 3-4월 경, 봄 이 시작되어서야 종달새는 지저귀며 울기 시작한다. 그것도 종달새는 숲 속이라는 장소보다는 주로 평지의 풀밭이나 보리밭에서 활동을 하며 운다. 그러나 전태일은 그토록 추운 한겨울 임에도 불구하고 종달새의 우는 소리 를 들었던 것이다. 그것도 숲속에서 울고 있는 종달새를 말이다. 그것은 무 엇을 의미하는가. 그가 처한 현실은 아직도 추운 겨울이지만 곧 종달새가 우짖으면 따뜻한 봄이 곧 온다는 사실을 내다본 것이다. 참담할 정도로 매섭게 추운 현실세계가 빨리 지나가고 따뜻한 봄날 같은 미래가 속히 찾아올 것이라는 염원이 담겨져 있다. 겨울 같은 현실에 살고 있는 전태일에게 있어서 따뜻한 봄의 계절은 희망의 미래이며 간절한 소망이다.

종달새 우짖으며 / 밭에 있겠지

종달새는 산속이나 숲속보다는 주로 강가 풀밭이나 보리밭, 밀밭 등지를 좋아하며 서식한다. 그리고 흙을 오목하게 파서 그 속에 둥지를 틀고 알을 낳는다. 전태일이 소원한 대로 도봉산 숲에서 울던 종달새가 어느덧 푸른 보리밭으로 날아와서 지저귀며 울기 시작했다고 노래한다. 즉 봄이 찾아 온 것이다. 농부들이 밭에서 일하는 계절인 봄이 찾아온 것이다. 그래서 종달새들의 본거지인 보리밭을 찾은 것이다.

거기엔 또한 사람이 살고 / 사람이 사는 곳엔 사랑이 있다지

종달새가 주로 즐겨 찾는 보리밭과 밀밭에는 언제나 열심히 일하는 농부들이 있다. 그리고 그 주변에는 사람들이 옹기종기 모여 사는 작은 마을들이 곳곳에 자리를 잡기 마련이다. 사람 사는 마을에는 또한 사랑과 인정이 넘쳐 나기 마련이다. 세상인심이 아무리 각박해도 언제나 인간 공동체는 사랑이 필수요소이며 사랑 없는 이 세상은 아마도 더 이상 존재할 수가 없을 것이다. 전태일은 사람에게만이 찾을 수 있는 그 어떤 사랑의 갈급함을 느끼고 있었던 것으로 보인다.

함박눈 내리는 겨울밤 / 세상도 궁창도 모두 하얗다

이 셋째 단락의 내용은 계속해서 다시 첫 단락으로 이어진다. 이 세상 현실은 다시 함박눈이 펑펑 내리는 추운 겨울밤으로 다시 되돌아간다. 그는 너무 많은 눈이 내려서 이 세상뿐만이 아니라 하늘의 궁창(穹蒼)까지도 하얗게 보인다고 언급했다. 궁창은 천지 곧 하늘과 땅 중에서 하늘에 속한 영역으로서 대기권을 넘어가는 더 높은 하늘의 영역을 말한다. 천지와 궁창마저도 온통 하얗게 눈으로 뒤덮였다는 것은 무엇을 의미하는 것인가. 말로 형언할 수 없는 무서운 고난이 자신의 삶을 온통 송두리째 뒤덮고 있음을 말해 주고 있다. 그것은 무서운 일이다. 한 치 앞을 내다볼 수 없는 칠흑 같은 한밤중도 무섭지만 온 천지가 눈으로 뒤덮인 세상은 더 무섭다. 마치 온 세상이 온통 흰 눈으로 덮인 것같이 고난의 폭설은 그렇게 전태일을 뒤덮고 있었다.

천막에 눈아 / 쌓일 테면 쌓여라 / 비야 폭풍아 / 마음대로 늘어진 천막을 휘어잡고 / 흔들어라 마음껏

자신을 끊임없이 따라 다니며 불행을 가져다주는 저주스러운 것들을 체념하듯 조소한다. 그리고 많은 눈이 내려 천막을 짓누르는 것처럼 자신을 억누르는 이 불공평한 억압의 세상을 향해 외친 것이다. 그리고 자신과 가족들에게 사정없이 불어 닥치는 가난과 질병의 저주스런 폭풍한설을 향해 "어디 해 볼 테면 한번 해 봐라" 하는 식의 자신만만한 어조로 조롱한다. 또 이 구절은 한편으로는 체념조 섞인 탄식 아닌 탄식조이기도 했다. 특히 "늘어진 천막을 휘어잡고"처럼 자신을 괴롭히는 불행이라는 존재가 매우 악착같고 집요함을 묘사하고 있다. 마치 한 번 먹잇감을 물면 놓지 않으려는 맹수처럼 불행이라는 이름의 짐승은 자신을 그림자처럼 따라 다니며 물고 늘어졌다. 그러나 그는 이미 그런 고난의 경지에 달관한 듯

이제는 여유롭게 어디 한 번 "마음껏 흔들어 보라"며 조소한다. 그에게는 믿는 구석이 있었기 때문이다. 다음 구절들을 살펴보며 그에게 무엇이 있었기에 그토록 큰소리를 칠 수가 있었을까를 알아보자.

나는 결단코 원망치 않으리

그리고 전태일은 말한다. 아무도 원망하지 않겠다고. 결코 불행을 가져다주는 저주스러운 요소들인 너희 가난, 질병, 재앙들을 나는 결단코 원망하지 않겠다. 그리고 앞으로도 어떤 알 수 없는 고난이 무섭게 불어 닥쳐온다 해도 나는 절대로 탓하거나 원망하지 않겠다는 무한대의 긍정과 포용의 마음을 나타낸다. 참으로 전태일다움을 엿볼 수 있는 대목이다.

내 마음엔 오직 생기 돋는 파란 "싹"

아무리 차가운 비바람, 폭풍우, 눈보라가 몰아쳐 자신을 뒤흔들어 놓는다 해도 자신의 마음속에는 이미 생기가 돋는 파란 "싹"이 자라고 있으며 그 싹은 이미 파릇파릇한 색으로 싱싱하게 자라나고 있다. 그것은 그의 굳건한 종교적 믿음과 꿈을 상징하고 있다. 그리고 파릇파릇한 싹은 그의 미래와 젊음의 희망을 상징하고 있다. 생각해 보라. 천지가 온통 눈으로 덮인 엄동설한에 어느 대지의 한구석에서 생기가 넘치는 파란 싹이 자라고 있다는 사실은 생각만 해도 기운이 넘친다.

아울러 / 따뜻한 봄바람 / 품고 있으니

비록 추운 겨울 날씨에서도 오직 그 "파란 싹"을 보호하며 살려줄 수 있는 것은 오직 따뜻한 봄바람이다. 그리고 더 나아가 그 싹을 무럭무럭 자라나게 할 수 있는 "따뜻한 봄바람"을 자신은 이미 가슴속에 품고 있다고 노래하고 있다. 그것은 곧 생명이다. 그는 어떤 고난도 긍정적으로 받아들일 자세와 마음가짐을 지니고 있다. 따뜻한 봄바람만 품고 있다면 아무리 날씨가 추워도 우습게 이겨낼 수가 있다. 생명의 경외와 전태일이 지니고 있는 끈질긴 생명력을 표현한 것이다.

그 옛날 우리들도 한 자리에 / 같이 정다운 대화로 꽃 핀 일도 있었는데

옛날 학창시절의 친구들을 떠올리며 그리워한다. 그리고 정다운 대화로 밤을 지새운 벗들과의 추억을 생각하며 과거로 기억을 거슬러 올라간다.

피리 소리 장구 소리 들을 때마다 / 흘러간 설음 되살아 오네

이윽고 어디선가 멀리서 들려오는 풍악소리 같은 음악 소리를 듣게 된다. 그 음악은 흥겨우면서도 구슬픈 곡조를 자아내는 두 가지 악기 즉 피리와 장구라는 악기 소리였다. 피리와 장구라는 두 악기는 상반되는 감정을 불러일으킨다. 피리 소리는 구성지고 슬픈 소리를 낸다. 반면 장구 소리는 신명나고 흥겹다. 그것은 무엇을 의미하는가. 전태일 자신의 지나온 삶의 명암을 말해주는 것이다. 피리소리처럼 슬픈 날들이 주로 많았지만 때로는 장구 소리같이 흥겹고 재미있는 날들도 많았다. 피리 소리와 장구 소리가 화합하여 풍악 놀이라는 하모니를 이루듯 전태일이 슬펐던 나날들과 즐거웠던 지난날들이 서로 어우러지는 것을 묘사한다. 슬픔과 즐거움의 세월은 이제 씨줄과 날줄이 되었고 그런 삶의 편린들을 엮어 남은 미래의 삶을 더욱 더 아름답게 엮어가는 것을 의미한다. 두 가지 악기소리를

들으며 고통스러웠던 자신의 과거를 잠시 서글퍼하기도 한다.

반드시 / 우리들도 기쁠 걸세…

지금은 비록 고통스럽고 슬픈 날들이 많지만 앞으로 조금만 더 참고 견디면 좋은 날이 돌아오리라는 희망으로 충만해 있다. 이제 또 한 해가 지나고 새해가 되면 "반드시" 기쁜 날이 돌아올 것이라며 노래하는 전태일은 비록 자신은 지금 초라한 천막(天幕)집에 살고 있을지라도 언제나 천국(天國)을 노래하고 있는 것이다.

2. 학업을 위한 교회에서, 신앙을 위한 교회로

전태일은 그의 나이 일곱 살 때부터 열여섯 살이 될 때까지 여러 가지 의미에서 다양한 교회를 다녔다. 그러나 주일학교 시절을 제외하고 나머지는 교회당을 하나의 교육기관의 연장으로 생각하고 공민학교 수업 때문에 찾은 것이다. 못다 이룬 학업에 대한 열망에 의해 교회당을 찾았던 전태일은 그 후 스무 살이 될 때까지 모두 네 군데의 교회를 다닌 것으로 확인되었다. 일곱 살 때인 1954년 10월 무렵에는 남대문시장 입구 옆 천막촌에 살고 있을 때 길 건너 육교 반대편에 있었던 성도장로교회를 다녔다. 전태일의 동생 태삼을 데리고 그 교회 주일학교에 다닌 것이 생애 최초의 기록이 되었다.[148] 형제는 그 교회 주일학교를 다닐 때 자신들을 담당한 주일학교 여선생이 매번 학생들의 이름을 직접 새긴 연필을 선물로 나눠 주었는데 이처럼 간식과 선물을 듬뿍 받으며 교회를 다니던 형제는 판잣

---

148 이소선, 「저자와의 인터뷰 증언」, 2006.12.15.

집이 철거를 당해 미아리 삼양동으로 이사를 가기 직전까지 그 교회를 신나게 다녔다.

그 이후로 전태일은 세 군데의 교회당을 찾게 되는데 이때부터는 신앙 생활을 위해서 교회를 찾기보다는 배움에 대한 열망과 학업 때문에 교회를 다녔던 것이다. 집안 형편 때문에 정규교육을 배우지 못한 전태일은 자신이 살고 있는 지역에 위치한 큰 장로교회에서 운영하는 초등공민학교나 고등공민학교를 찾아다녔던 것이다. 그 첫 번째 교회가 바로 남대문 세브란스병원 옆에 위치해 있던 남대문초등공민학교를 입학하기 위해 1956년 3월 그 학교를 운영하던 남대문장로교회를 찾아갔을 때였다.[149] 두 번째는 1961년 3월 동대문구 용두동에 있던 동광초등공민학교를 편입하기 위해 그 학교를 운영하던 동광장로교회를 찾을 때였다. 그리고 세 번째는 용두동에서 가출 후 1963년 3월 대구 남산동에 있던 복음고등공민학교를 다니기 위해 그 학교를 운영하던 대구 남산장로교회를 찾았을 때였다. 전태일은 대구 남산교회 주일예배를 몇 번 참석을 했으나 신앙생활을 했던 것은 아니었다.[150] 그 당시 경북대학교 사범대학 기독학생회 김태한 회장 (남산교회 원로장로)이 6.25 전쟁으로 학교에 가지 못하는 젊은이들에게 중학교 교육과정을 가르치며 그들에게 복음을 전파하기 위해 설립한 고등공민학교인 복음학교는 중학교 3년 과정을 23년간 남산교회당 1층에서 가르치다 1968년 9월 상동에 독자적인 건물을 지어 이사했으나 복음학교와 남산교회는 뗄 수 없는 관계를 유지하고 있다.

이처럼 전태일이 아홉 살 때 동생 태삼과 남대문 성도교회를 다닌 것을 제외하고는 그 이후 다녔던 몇 군데의 교회들은 모두 배움에 대한 간절

---

149 이소선, 「저자와의 인터뷰 증언」, 2006.12.15.
150 그로부터 두 달 후에는 다시 청옥고등공민학교에 편입했다. 훗날 청옥학교도 최곤필 목사에 의해서 운영되다가 1992년에 폐교됨.

한 열망 때문에 부설학교를 찾아간 것이었지 종교적인 열망이나 신앙적
동기 때문에 찾아간 것은 아니었다. 그러다가 스무 살을 맞이한 전태일이
도봉동 화재민 천막촌에 설립된 천막 교회를 1966년 6월부터 다니게 되
면서 신앙생활을 위한 첫걸음이 시작된 것이다. 전태일이 도봉동 천막 교
회인 창현감리교회[151]를 처음 나가던 무렵 모든 식구들 중에서 가장 먼저
교회를 다닌 사람은 여동생 전순옥이었다. 순옥은 남산 케이블카 아래에
전진 전도사가 목회하던 다락방교회를 다녔다. 그리고 이어서 어머니 이
소선이 가장 먼저 천막으로 친 창현교회를 다녔다.

　이소선의 두 눈이 고쳐지는 기적을 체험한 후에는 나머지 식구들인 전
태일, 전태삼, 전순덕도 본격적으로 천막 교회를 나가게 되었다. 교회를
나가지 않고 버티던 아버지 전상수도 훗날 쌍문동 천막 교회를 나가게 되
면서 드디어 집안 식구들 여섯 명이 모두 교회를 다니게 된 것이다. 당시
전태일이 다니던 천막 교회는 설립자인 대한수도원 전진 원장(전도사)의
오순절(五旬節)적인 목회를 이어받아 매우 뜨겁고 열정적으로 운영되었
기 때문에 전태일 가족의 신앙도 보수적인 신앙을 갖게 되었으며 천막 교
회 안에서의 전태일은 언제나 열성적이었고 순종적이고 순수했다.

3. 주일학교 교사에 임명이 되다
　　─ 1967년 1월

　전태일은 예수를 본격적으로 믿은 이듬해인 1967년 정초에 드린 창현
교회 신년예배에서 주일학교 교사로 임명되었다. 한 해 동안 교회에서 일
할 제직(집사)과 봉사자(교사, 성가대원)를 발표하는 자리에서 교사로 임명

---

151 천막 교회는 훗날 창현감리교회의 모체가 되었으며 오늘날은 쌍문동 갈릴리교회로 이름
　이 바뀌었다.

전태일이 다닌 창현교회당의 모습. 1982년부터 갈릴리교회로 이름이 바뀌었다(좌측은 1980년대 초반, 우측은 현재 모습). 전태일은 창현교회 개척 초기 천막 교회부터 다녔고 흙벽돌 교회당과 시멘트블록 교회당 등을 지을 때 건축을 위한 노동봉사를 했다.

된 것이다.[152] 천막을 친 개척교회였고 마땅히 고학년들을 가르칠만한 인재들이 없어서 전태일이 상급반인 5, 6학년 학생들을 맡아서 가르쳤다. 교사에 임명된 후로는 언제나 토요일만 돌아오면 설레는 마음으로 주일을 기다렸고 일요일에 교회에서 아이들을 가르칠 준비를 철저히 했다. 주중에도 틈만 나면 교회에서 가르칠 공과 책과 분반 공부를 준비하기에 여념이 없었다. 특히 전태일은 주일학교 예배시간이 돌아오면 아이들 앞에서 구연동화를 하듯 재미있게 가르쳤기 때문에 모두가 찬물을 끼얹은 듯 조용했다. 그러나 전태일이 주일학교 교사생활을 하면서 가장 안타까워했던 것은 일요일에 빠지지 않고 예배를 참석하는 주일성수(主日聖守) 문제였다.

자신이 다니는 평화시장 업체들은 일요일마다 거의 쉬지 않고 노동자들에게 일을 시켰다. 한 달에 겨우 한 번 정도만 출근을 안 하고 나머지는 모두 출근을 했기 때문에 그 점을 괴로워했다.[153] 그렇기 때문에 전태일은 교회에 나가는 날만큼은 최선을 다해 아이들을 가르쳤다. 그로부터 3년

152 이소선, 「저자와의 인터뷰 증언」, 2006.12.15.
153 위와 같음.

재단사가 되기로 결심할 무렵 청옥학교 시절의 삼총사 친구였던 김재철(좌)과 정원섭(가
운데)과 장충체육관 앞에서 포즈를 취한 전태일

후 그가 청계천 평화시장에서 분신 항거하며 부르짖은 마지막 외침 중에
하나가 "일요일(주일)은 쉬게 하라"였다. 이같은 절규는 먼저 평화시장 근
로자들을 위해 근로기준법을 준수하라는 부르짖음이었으나 그보다 더 큰
근원적인 이유는 공장노동자들 중에 자신을 포함해 자신과 똑같은 기독
교 신자들이 일요일에는 마음 편하게 예배를 드릴 수 있도록 하려는 배려
의 마음 때문이었다.154

4. 평화시장 업주들의 이중적 신앙행태에 분노하다
— 1967년 1월

당시 평화시장의 업주들 중에는 기독교 신자들이 다수를 차지했다. 특
히 '평화시장'(平和市場)155이라는 명칭도 이북에서 월남한 피난민들에 의

---

154 위와 같음.

해서 대부분 세워졌기 때문에 "평화통일을 염원한다"는 의미에서 평화시장이라고 이름을 지었다.[155] 월남민들은 거의 대부분 이북에서 내려올 때부터 기독교 신앙생활을 하던 사람들이 주류를 이루고 있었다. 그들은 투철한 반공주의자들이었으며 근본주의 신학의 성향을 지닌 보수적인 신자들이 많았다. 또한 업주들 중에는 교회에서 직분을 받은 신자들이 상당수를 차지했다. 그들은 매주 일요일이 돌아오면 자신들은 꼬박꼬박 교회에 나가 주일예배를 드리고 봉사활동을 하면서도 정작 자신들이 운영하는 공장이나 작업장에는 일요일에도 문을 열었다. 이처럼 업주들은 일요일에도 문을 열어 놓고 가동하며 시다들과 미싱사, 재단사들이 의무적으로 출근하도록 해 평일처럼 일을 시켰던 것이다.[157]

　그리고 때로는 일요일에도 철야작업을 하는 날에는 어김없이 각성제(覺醒劑)[158]까지 먹여 가며 밤늦도록 중노동을 시켰다. 이 약을 먹으면 중추신경이나 교감신경이 흥분돼서 잠을 쫓고 피로를 느끼지 못한다. 안타깝게도 그런 노동자들 중에는 전태일처럼 교회를 다니는 신자들이 제법 많았으나 그들은 업주들 때문에 주일에도 교회에 갈 수가 없었다. 자신들은 교회에 나가 예배를 드리며 신자 행세를 하면서 막상 자신의 공장에서 일하는 직공들은 공장에 가두다시피 하며 혹사시키는 행위는 전태일의 입장에서 볼 때 참된 신앙인의 모습이 아니었다. 평화시장 업주들 중에 이런 이중적인 신앙인들과 모순이 많다는 것을 전태일은 제대로 파악한 것이다.[159]

　교회 다니는 업주들은 기독교를 믿는 힘없는 노동자들의 교회출석을

155 평화시장 홈페이지(http://www.pyounghwa.com), 연혁 참조.

156 「한국일보」, 2001.1.4., 사회면.

157 이소선, 「저자와의 인터뷰 증언」, 2006.12.15.

158 약 성분은 일종의 페네틸아민 계열의 중추흥분제이다.

159 이소선, 「저자와의 인터뷰 증언」, 2006.12.15.

다양한 방식으로 제한했던 것이다. 그러나 자신이 세운 회사의 직원들이 일요일에도 출근해서 힘들게 생산한 제품들의 이익금으로 업주들은 자신들의 교회에 정성껏 헌금을 바친 것이다. 전태일이 분신 항거하며 부르짖은 구호 중에 "일요일은 쉬게 하라"는 외침은 "주일은 쉬게 해 달라"와 같은 의미였다. 종교적인 신앙의 발로에 기인한 외침이었던 것이다. 아무튼 교사로 임명을 받은 전태일은 이미 천막 교회 담임 교역자인 이 전도사에게 인정을 받아 과분하리만치 넘치는 칭찬과 사랑을 독차지하며 신앙생활을 지속했다. 전태일은 언제든지 교회나 동네에서 교인들이나 동네 사람들을 마주치면 예의바르게 인사 잘하는 성실하고 예의바른 청년으로 소문나 있었다. 열 번을 마주치면 열 번을 모두 인사하는 성품이었다.[160] 전태일도 사춘기를 거치면서 청소년에서 청년으로 변모해 가는 또래의 친구들처럼 술과 담배를 배울 만도 한데 자신의 신앙적 신념과 가정적인 환경 때문에 일절 주초를 가까이 하지 않았다. 1966년도 연말에 있었던 성탄절 이브 행사에는 전태일 자신이 직접 성극에 출연하기 위해 아이들과 밤을 새워 가며 연극을 준비하기도 했다. 그 이후로 해마다 성탄절이 돌아오면 축하 공연과 성탄예배를 직접 챙기며 준비하던 신실한 믿음의 청년이 되었다.[161]

5. 삼총사 친구 김재철에게 전도하다

대구서 살던 전태일은 1964년 2월 서울로 식모살이를 떠난 어머니를 찾기 위해 막내 순덕이를 업고 식구들 중에 가장 먼저 상경했다. 그 후 모든 식구들이 그 뒤를 이어 뿔뿔이 올라온 이후 여러 우여곡절 끝에 모든 식구

---

160 위와 같음.
161 이소선, 「저자와의 인터뷰 증언」, 2007.2.25.

가 남산동 2가 50번지 판잣집에 정착했다. 그 후 전태일의 청옥학교 시절의
삼총사이자 단짝 친구였던 김재철(金在哲)과 그의 식구들도 대구에서 서
울 동대문구 전농동(典農洞)으로 이사를 오게 되었다. 그때부터 전태일과
김재철은 같은 서울 하늘 아래 살면서 자주 왕래하며 친하게 지냈다.

그러던 중 남산동 화재사건을 만나 도봉동으로 이사를 온 전태일은 화
재사건으로 두 눈이 실명된 어머니가 교회에 다니면서 백일기도를 통해
기적적으로 눈이 고쳐지게 되자 가족들은 신앙 체험을 다른 사람들에게
간증하며 전도 활동을 펼치기도 했다. 특히 전농동 재철의 집으로 자주 찾
아가서 밤을 새워 가며 대화를 나누곤 하였는데 그때마다 시간 가는 줄 모
르고 성경 이야기와 식구들이 예수 믿게 된 이야기를 화제 삼아 밤을 지새
웠다. 그뿐 아니라 전태일은 평소에도 그를 만나기만 하면 전도를 해서 재
철의 귀에 못이 박힐 정도였다.[162] 그 때문에 김재철은 전태일을 통해 기
독교에 대해서 많이 알게 되었으며 김재철도 전태일이 살고 있는 쌍문동
천막집과 토굴집에 왕래하며 친분을 나누게 되었는데 그때마다 전태일은
변함없이 전도했다. 김재철의 증언에 의하면 "전태일은 나를 만날 때마다
입만 벌리면 하나님과 교회 이야기였으며 나는 너무 빈번하게 전도를 받
아서 지긋지긋할 정도였다"고 회고했다.

6. 흙벽돌 교회당 건축(1차) 봉사를 하다
　　— 1967년 4월

드디어 전태일은 쌍문동 자신의 천막집과 바로 옆에 붙어 있는 천막
교회를 몇몇 교인들과 함께 걷어내고야 말았다. 쌍문동 산 1번지에 부지

---

162 김재철, 「저자와의 인터뷰 증언」, 2006.9.27.

를 마련해 새롭게 흙벽돌로 교회를 짓는다는 계획이 발표된 것이다. 이때 전태일은 동생 태삼이와 막둥이라고 불리는 청년 한 명을 데리고 손수 흙 벽돌을 찍어 내는 작업을 하며 교회당을 건축하는 일에 앞장을 섰다. 바쁜 와중에도 틈을 내어 청년들과 함께 논바닥으로 가서 볏짚을 구해 리어커로 공사현장에 실어 날라 볏짚을 여물처럼 썰어서 진흙과 버무린 후에 벽돌을 찍는 틀 속에 집어넣고 흙벽돌을 찍어 냈다. 당연히 그 일은 무보수였다. 전태일은 자원하는 마음으로 교회를 짓는 일에 기쁨으로 앞장서서 헌신했다.

공사를 시작한 지 한 달여 만에 어느덧 30평 정도 되는 아담한 교회당이 그 모습을 드러냈다. 이제 초라한 천막 교회에서 벗어나 아담하고 정취있는 교회당에서 예배를 드리게 되자 모든 교인들은 매우 기뻐했으며 특히 담임교역자인 이 전도사는 교인들 중에서도 가장 많은 노동봉사를 한 전태일, 태삼 형제에게 칭찬을 아끼지 않았다. 그 교회는 그로부터 1년 후인 1968년 4월경에 흙벽돌을 허물고 다시 그 자리에 시멘트 벽돌로 반듯한 교회당 건축을 시작했다. 그리고 그 교회는 '창현교회'(倉賢敎會)라는 이름으로 기독교대한감리회 총회에 정식으로 등록을 하며 새 출발을 하게 된다.

7. 전태일과 관련된 교회와 수도원

전태일과 관련된 교회와 수도원

교회					
번호	출석 기간 (나이)	교회 이름 지역	소속 교파 (교회 설립 년도)	해당 목회자	직분(직책)
1	1954.10 ~1955.6 (7~8세)	성도장로교회 (聖都長老教會) 서울 회현동	대한예수교 장로회(합동) (1947.6.21)	1대 담임: 황은균(黃殷均) 목사	교회 주일학교 학생
2	1956.3 ~1957.12 (9~10세)	남대문장로교회 (南大門長老教會) 서울 남대문로	대한예수교 장로회(통합) (1885.6.21)	8대 담임: 김태묵(金泰黙) 목사 9대 담임: 배명준(裵明俊) 목사	교회부설 야학 출석 (초등공민학교 학생)
3	1961.3 ~8 (14세)	동광장로교회 (東光長老教會) 서울 용두동	대한예수교 장로회(통합) (1948.2.22)	1대 담임: 장영호(張永昊) 목사	교회부설 야학 출석 (초등공민학교 학생)
4	1962.9 ~1963.12 (15~16세)	남산장로교회 (南山長老教會) 대구 남산동	대한예수교 장로회(통합) (1914.7)	5대 담임: 조성암(趙星岩) 목사	교회부설 야학 출석 (고등공민학교 학생)
5	1966.6 ~1970.11. 8 (19~23세)	창현감리교회 (倉賢監理教會) 서울 쌍문동	기독교대한 감리회 (1966.2.15)	설립자: 전진(田鎭) 전도사(女) *1대: 이종옥(李鐘玉) 전도사(女) *2대: 방영신(方英申) 목사(女)	*교회 출석 신자 *교회 새벽 종치기 담당 *교회 주일학교 교사 *두 차례의 교회 건축 공사장에서 노동 헌신
수도원					
1	1967.5 ~1969.말 (20~22세)	대한수도원 (大韓修禱園) 강원도 철원	기독교대한 감리회 (1940.10.24)	원장: 전진 전도사	수도원 부흥집회 참석
2	1970.1 ~11.13 (23세)	임마누엘 수도원 서울 삼각산	기독교대한 감리회 (1950.6.11.)	원장: 전진 전도사	*수도원 부흥집회 참석 *5개월간 수도원 건축 현장 노동 헌신

23장

자기 이름을 다양하게 개명하다

1967년 2월 24일 (20세)

　　지금까지도 각 언론이나 각종 서적과 문서에는 전태일의 한자 이름 표기가 '全泰一'과 '全泰壹'로 혼용되고 있다. 그 이유는 1967년 2월에 자신의 한문 이름을 개명하여 이름의 끝 글자인 '일'(一)자를 '일'(壹)자로 변경해 일기장 등에 사용한 것에서 연유한다. 그러나 분명한 것은 원래 전태일의 호적상의 본명은 '全泰日'163이다. 그러나 그 호적상의 이름은 실제 생활에서는 거의 사용된 적이 없었다. 비록 호적상의 한자이름은 아니지만 그가 유아시절부터 20세가 될 때까지 무려 20여 년 동안 실제로 사용한 이름은 '全泰一'이었다. 그러다가 1967년 2월, 우연한 기회에 을지로 작명가에 의해 개명을 한 직후부터는 다시 '全泰壹'로 변경해서 3년간 사용을 하

---

163 전상수, 「제적등본」, 서울시 도봉구청 발급, 2006. 3. 이 문서에는 전태일의 부친 전상수가 1951. 7. 18. 뒤늦게 아들 전태일의 출생신고를 하였으며 이때 한자이름을 全泰日로 접수했다.

던 중 평화시장에서 분신 항거하였다. 그리고 그가 분신 직후 실려 갔던 명동 성모병원에서 고통스럽게 임종하는 과정을 지켜 본 병원 간호사 수녀와 담당 신부들에 의해 천주교 영세(領洗)[164]를 받게 된다. 이때 전태일이 부여받은 영세명은 '요셉'(Joseph)이었다. 요셉이라는 이름은 구약성경 창세기에 등장하는 야곱의 아들 요셉을 지칭하는 이름이다. '전요셉'이라는 그의 세례명은 그가 사망선고를 받고 그가 누워있는 성모병원 시신안치실 냉동실 명패에도 표기가 되었다. 그러므로 전태일의 한자이름 표기는 모두 세 가지로 결론지을 수 있다. 호적상의 '全泰日'과 경기도 마석 모란공원묘지 비석에 세로로 음각된 '全泰一' 그리고 그가 평소에 문서나 명함 등에 사용한 '全泰壹' 등이다. 그러므로 세 가지 표기를 모두 사용해도 무방하다고 볼 수 있다. 그리고 그가 개명한 이후에 자신이 손수 작명한 이름이 두 개가 더 추가로 일기장에서 발견되었는데 그것은 바로 '전태극'(全泰極)과 '전태창'(全泰昌)이라는 이름이다. 태극과 태창은 그가 일기장에서 빈번하게 사용했던 이름이다. 이렇게 해서 전태일은 모두 5개의 이름을 남겼으며 가톨릭 영세명 '전요셉'까지 포함한다면 전태일은 모두 여섯 개의 이름을 남긴 셈이다.

1. 全泰日에서 全泰一로, 다시 全泰壹로 변경된 사연
  — 1967년 2월 24일

우선 그의 이름 한자 표기가 全泰一에서 全泰壹로 변경된 사연을 살펴보도록 하자.[165] 전태일의 생존 시 그의 이름에 얽힌 기이한 사연이 하나 있었다. 1967년 2월 23일 초저녁 태일(泰一)은 동생 태삼(泰三)과 함께 퇴근길

---

164 임종하는 사람들에게 베푸는 세례의식으로서 가톨릭 대세(代洗)를 말한다.
165 전태일(全泰日)로 이름이 지어지게 된 사연은 본서 2장을 참조할 것.

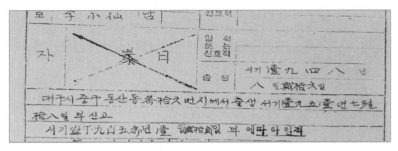

부친의 출생신고에 의한 호적에는 전태일의 한문이름이 '全泰日'이며 출생 장소는 '대구시 중구 동산동 36번지'이다.

버스를 타기 위해 청계천을 지나 을지로 방산시장 앞을 부지런히 걷고 있었다. 형제는 그날도 남들이 보기에 부러울 만큼 다정하게 손을 잡으며 걷고 있었다. 부근에는 사람들이 분주히 오가는 인도 위에 좌판을 벌여놓고 점을 치거나 사주팔자를 보는 사람들이 천자문 책자나 옥편 등을 파는 사람들과 옹기종기 모여 있는 노점상들이 즐비했다. 그때 어느 점쟁이 노인 한 명이 마침 지나가던 형제를 부르더니 자기 앞에 끌어다 앉히는 것이었다.

점쟁이의 호객 행위에 갑자기 무방비 상태의 형제가 불려 간 셈이다. 결국 이 날 전태일은 측은한 마음으로 점쟁이 노인에게 그 자리에서 천자문 책을 한 권 사 줬다. 두 사람의 버스 차비를 모두 털어서 천자문 책을 산 것이다. 그 때문에 결국 두 사람은 그날 저녁 걸어서 창동 집까지 갈 수밖에 없었다. 더구나 전태일은 점쟁이 노인이 얼마나 측은했던지 자신이 입고 있던 어머니가 사준 새 점퍼도 벗어 주었다. 그리고 점쟁이에게 점퍼를 벗어 준 사실을 어머니에게는 비밀로 해 달라는 말을 태삼에게는 신신당부하기도 했다.

그런 일이 있은 다음날(24일)이었다.[166] 그날도 형제는 어제와 마찬가지로 을지로 방산시장을 지나 점쟁이들이 운집한 곳을 지나고 있었다. 마

침 어제 그 노인은 어제 태일이 베푼 고마운 온정 때문에 그랬는지 아주
친절한 표정으로 형제를 향해 손짓을 하며 부르는 것이다. 태일과 태삼은
겸연쩍어하는 표정을 지으며 점쟁이 앞에 쪼그리고 앉았다. 노인은 어제
일을 떠올리며 오늘은 그냥 돈을 안 받고 두 사람의 이름 풀이를 해주겠다
며 선심을 썼다. 턱을 괴고 앉아 물끄러미 바라보는 형제를 향하여 노인은
형제가 태어난 일시(日時)와 한문 이름을 각각 물어보며 종이 위에 받아
적더니 한참을 끙끙거리며 이름 풀이를 하기 시작했다.

　　그러더니 먼저 동생 태삼을 향하여 경상도 사투리가 심하게 섞인 말씨
로 "이제부터는 니가 장남이데이! 니가 느그 집에 곧 장남이 될거래이" 하
며 뜬금없는 말을 하는 것이 아닌가. 곧 이어 아무 영문도 모르고 눈만 껌
뻑이고 있는 태일을 향해서도 또 다시 알 수 없는 말을 한마디 내던지는
것이다. "네 명(命)이 아주 짧데이. 네 이름을 당장 바꿔라! 그리고 끝자를
바꿔야 네 큰 뜻을 이룰 수가 있다!"며 수수께끼 같은 말을 내던지는 것이
다. 그러자 태일은 "그럼 무엇으로 제 이름을 바꿉니까?" 하고 궁금하다는
듯 바짝 다가앉아 물어보았다. "음… 네 이름 끝 자를 '하나 일(壹)'자로 바
꿔서 사용해 보그래이, 네 명이 아주 짧기 때문에 획(劃)을 많이 긋는 글자
로 바꿔야 네가 조금이라도 더 오래 살 수가 있다카이. 그리고 가급적이면
한 일 자(一)를 사용하지 말고 다른 글자를 바꿔서 사용해 보그래이"라며
마치 산신령 같은 근엄한 말들을 연이어 쏟아냈다. 그런 연유 때문에 그날
부터 전태일은 자신의 이름 끝 자 '한 일'(一)을 '하나 일'(壹)로 바꿔 사용하
기 시작했다.[167] 그의 문서나 일기장, 명함 등에는 그날 이후로 '하나 일'
(壹)자로 바꿔 사용하는 것을 눈에 띄게 볼 수가 있다. 그러나 태일에게는
개명하는 문제 때문에 당장 큰 고민거리가 하나 생겼다. 당시 교회를 다니

167 위와 같음.

수기장에 기록된 개명한 이름의 종류와 의미

구분	개명한 이름들	수기장에 기록된 횟수	함축된 의미
全泰壹	전태일(全泰壹)	7회 이상 ① 1967.2.24 ② 1967.2.26 ③ 1967.2.24 ④ 1969.12.19 ⑤ 1970.3.17 ⑥ 1970.10.6(근로조건개선 진정서 서명) ⑦ 1970.3(모범업체설립계획서 뒷장에 낙서) 外	■ 명(命)이 짧으니 획(劃)이 많은 글자를 택해야 수명이 길어진다는 작명가의 말 때문에 '한일 자(一)'보다 획이 열 개나 더 많은 '하나일 자(壹)'로 변경함. ■ 작명가는 '한일 자(一)'를 사용하지 않아야 큰 뜻을 이룰 수가 있으며 끝 자를 '하나일 자(壹)' 外에도 여러 가지로 바꿔서 개명하도록 권유함.
	태일(泰壹)	2회 ① 1967.3.2 ② 1967.3.23	
	일(壹)	1회: 1967.3.4	
全泰極	태극(泰極)	6회 ① 1967.2.15 ② 1967.2.16. ③ 1967.2.17 ④ 1967.3.18. ⑤ 1967.3.19 ⑥ 1967.3.20	'지극히 크다'는 의미로 사용함과 동시에 태극기(太極旗)를 지칭할 때 연상되는 의미로서 우리나라에서 큰 영향을 끼칠 수 있는 인물이나 선구자가 되고자 하는 의미로 사용했다.
	극(極)	3회 ① 1967.2.15 ② 1967.3.5. ③ 1967.3.9	
全泰昌	태창(泰昌)	2회 ① 1967.2.14 ② 1967.2.20	'크게 창성하다'는 의미로 사용함과 동시에 자신의 모범업체 설립이 창대하게 발전하기 위한 간절한 소원에서 사용하였다.
	창(昌)	1회: 1967.2.22	
혼용	태극(泰極), 창(昌)	2회 ① 1967.2.17 ② 1967.2.20	'지극히 크고 번성하다'는 의미로 태극과 창을 병행해서 사용함.
서명	θme(데오스미) *의미: 전태일은 "신과 자신과의 합일" 혹은 자신이 "하나님의 사람"이라는 뜻으로 일기장을 마무리하며 서명할 때 사용했다.	194회 ① 1967.3.4 ② 1967.3.7. ③ 67.3.9 ④ 1967.3.18	θ(데오스)는 헬라어로 '하나님'이며 여기에 영어의 'me'라는 단어를 합성했다. 언제나 하나님이 자신과 함께 동행하고 있다는 의미와 함께 신과 자신과의 합일을 염원하는 의미에서 일기장을 마무리 할 때 서명하는 용도로 사용함.

며 신앙생활을 하던 전태일은 그날 만난 점쟁이의 말을 무시하면서도 한 편으로는 혼란스러웠다. 그는 평소 점을 치는 행위와 사주팔자, 관상을 보 는 행위를 미신행위라며 우습게 여겨왔기 때문이다. 그러나 전태일은 천 성적으로 남의 말을 잘 거절하지 못하는 성품이라 당분간 점쟁이의 말대 로 이름을 바꿔서 사용하기 시작한 것이다.

그리고 그 후 점쟁이가 지어준 이름 외에도 자신이 나름대로 새로운 이 름을 만들기도 했다. 또한 어머니 이소선의 이름을 '이변진'으로 바꿔 준 대 한수도원의 전전 원장의 신앙적 영향을 받아 'θme'(데오스미)[168]와 같은 합 성 단어를 일기장 말미에 혹은 일기를 마무리하는 서명으로 늘 사용하기도 했다.[169] 또한 그의 일기장을 보면 일기를 마무리하면서 날짜와 시간을 표 기한 다음에는 언제나 '태극'(泰極)과 '태창'(泰昌)을 혼용해 사용하기도 하 였고 '태'(泰)라는 글자를 빼고 '극'(極)과 '창'(昌)이 들어간 이름도 사용을 했다. 이로써 전태일이 스스로 개명한 이름들을 종합해 보면 태극(泰極), 태창(泰昌) 혹은 극(極), 창(昌) 들이 등장하는데 이런 이름들을 수시로 바 꿔가며 그의 일기를 마무리했다. 1969년 말에 기록한 낙서에는 '국극'(國 極), '창품'(昌品) 등의 단어도 등장하는데 그의 이름 속에는 반드시 극(極) 과 창(昌)을 집어넣는 것을 볼 수가 있다. 다음의 일기에는 그가 개명과 관 련된 당시의 심정과 점쟁이를 만난 날의 이야기를 기록하였다.[170]

1967.2.17.

… (중략)… 곤로는 아직 월부도 다물지 못했는데 팔 수 없는 물건이고

---

168 개신교에서는 '하나님'을 헬라어 약자로 'θ'(theos)로 표기한다. 'me'는 영어로 '나'를 의미하는 단어로서 전태일은 θ와 me를 합성해서 일기장에 'θme'로 표기했다. 이는 신과 자신과의 합일을 염원하는 것을 의미한다.

169 전태일, 『친필수기』, CD 사본 7, 38-40.

170 이소선·전태삼, 「저자와의 인터뷰 증언」, 2007.2.25.

바지는 고작 백 원. 그렇지만 태창이 용기를 내라.… 171

1967.2.23.
… 다음 고등강의록을 받아 볼 때에는 이름을 전태일로 해야지 한 일(一)자를 모일일 자, 합칠일 자, 全泰壹, 온전전 자에 클태 자에 합칠 일 자.172

1976.2.24.
오늘은 아침부터 기분이 좋았다. 시작하는 날이니까. 아침 9시에 시장에 나가서 2시에 아저씨께 돈 500원을 받았다. 그렇지만 잠바 찾는데 250원을 주고(나머지) 250원을 가지고 식비 80원, 경비 30원, 泰一이 이름 보는데 30원, 남은 건 100원뿐이다. … 어제 저녁에 버스를 타지 않고 그냥 집으로 돌아오다 그 노인네가 가여워서 천자 책을 팔아 준 것이 인연이 되어 내 이름 끝자 一자를 壹자로 고쳐서 해명을 해보니 과연 하늘과 땅이 뜻이 맞아 하는 일이 대성하라는 것이다. 그렇지만 형벌이 끼었다고 하지만 내가 공과 사를 구별하고 한눈을 팔지 않고 주님 앞에 부끄러운 짓을 하지 않았는데 누가 나를 형벌을 준단 말이냐? 이제부터 지나던 일은 싹 잊어버리자. 매사에 충실하자.173

1967.2.26.
"… 천자 책을 사가지고 제일 처음 쓰고 배운 자가 한일자, 壹자다…."174
아무튼 태일, 태삼 형제는 점쟁이 노인 때문에 생각지도 않은 사주팔

---

171 전태일, 『친필수기』, CD 사본 7, 21.
172 위의 책, 32.
173 위의 책, 33.
174 위의 책, 35.

자를 보고 집으로 돌아가는 버스에 올랐다. 버스 안에서 동생은 형을 바라
보며 천진스런 표정으로 "이제부터는 내가 형이야! 이제 형아는 오늘부터
나한테 형이라구 불러야 된다구!! 점쟁이 할아버지 말대로 형아는 이제부
터 내 동생이 되는거야! 알았지?" 하며 장난을 쳤다.[175] 그러나 전태일의 개
명 노력에도 불구하고 훗날 전태일은 끝내 그 점쟁이의 말대로 장남의 자
리를 동생 태삼에게 내어주었다.

2. 전태일의 한자 이름 표기와 그 의미들

전태일의 한자 이름 표기와 그 의미

이름의 구분		종류	내용
실명 (實名)	본명(本名)	全泰日	호적상의 실제 본명이다. 출생(1948.8.26.)한 지 3년 후 (1951.7.18)에 부친이 직접 동사무소에 출생신고를 하면서 올린 한자 이름이며 실제 생활에서는 거의 사용하지 않은 호적상의 이름일 뿐이다.
	원명(原名)	全泰一	본명은 아니지만 유아시절부터 20세(1967.2)까지 무려 20여 년 동안 공식적으로 사용한 실명으로서 개명 직전까지 사용하였다.
가명 (假名)	개명(改名)	全泰壹	20세(1967.2)가 되던 해에 우연히 을지로 작명가에 의해 개명을 하면서 1970.11.13. 분신 항거할 때까지 3년 동안 일기장이나 생활 속에 사용한 이름이다. 개명한 이름들 중에서 가장 대표적으로 사용된 이름이다. 자신의 각종 수기, 문서, 명함 등에 적극적으로 사용했다.
	예명(藝名)	全泰極 全泰昌	20세(1967.2) 이후 자신이 손수 직접 개명한 이름이다. 주로 자신의 수기장이나 노트에만 사용했다.
	대세(代洗) 세례명	전요셉 (Joseph)	1970.11.13. 평화시장 분신 항거 직후 임종을 맞이하자 명동성모병원 측에서 가톨릭 대세(代洗)를 주었는데 이때 받은 영세명(領洗名)이다. 병원 시신 냉동실 명패에도 표기되어 사용되었다. 실제 그의 생애는 구약성경에 등장하는 꿈의 사람 요셉과 유사했다.

175 이소선·전태삼, 「저자와의 인터뷰 증언」, 2007.2.25.

24장

강원도 철원 대한수도원에 오르다

1967년 5월~1970년 3월 (3년, 20~23세)

1. 전태일이 대한수도원 가는 날

전태일은 예수를 본격적으로 믿고 창현교회를 다닌 1966년 6월부터 1970년 4월 말까지 강원도 철원에 위치한 대한수도원(大韓修道院)을 틈나는 대로 다녔다. 1968년 5월의 어느 날이었다. 평소에도 태일은 대한수도원을 가는 날이 돌아오면 하루 종일 기분이 들떠 있다. 가끔 그곳에 가면 은혜로운 예배를 드린다는 기대감도 있었지만 무청이나 배춧잎을 말린 시래기 된장국이나 고깃국에 쌀밥을 마음껏 먹을 수 있다는 생각이 기분을 더욱 들뜨게 했던 것이다. 대한수도원에는 일 년에 두 차례 큰 집회(예배)가 있는 날에는 언제나 식당에 진수성찬이 마련된다. 그 날도 특별 부흥집회가 시작되는 날이기 때문에 자신이 일하고 있는 공장의 사장에게 정중히 양해를 구하고 평소보다 좀 더 일찍 퇴근을 했다. 일찍 퇴근하

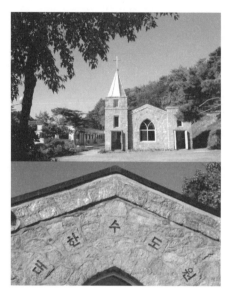

강원도 철원의 대한수도원 전경. 이소선 어머니와 전
태일이 다녔던 예배당 모습 그대로이다.

는 일은 평소에 자주 있는 일
이 아니었기 때문에 가능했
다. 평소에도 어머니가 며칠
정도 먼저 수도원을 가서 주
방에서 봉사를 하고 있으면
태일은 날을 잡아 어머니를
뒤따라 수도원으로 은혜를
받으러 다닌 것이다.[176]

당시 대한수도원은 매년
정기적으로 특별부흥집회 행
사를 5월 둘째 주간과 8월 둘
째 주간에 대대적으로 열었는
데 이때는 교파와 교단을 초

월해 전국에서 수많은 신자들이 몰려들어 인산인해를 이룬다. 월요일부터
일요일까지 한 주간 내내 매일 집회가 열리는 이 부흥회에 대한 소문은 국
내 교계에서도 명성이 자자했다. 일터에서 서둘러 퇴근한 태일은 쌍문동
집에 들려 대충 옷을 갈아입고 준비물을 간단히 챙긴 후 수유리에서 출발
하는 철원행 시외버스 정류장을 향해 총총걸음으로 나간다. 신속히 움직
여야만 대한수도원 첫날 밤 집회에 늦지 않게 참석할 수 있기 때문이다. 강
원도 철원행 시외버스를 올라타면 수유리를 출발해 의정부 시내를 거쳐 운
천(雲泉) 읍내를 통과하고 이어서 한참을 달려 신철원(新鐵原)을 거쳐 마침
내 지포리(芝浦里) 버스정류장에서 하차를 해야 한다.

지포리 버스정류장에 내리면 외진 허허벌판 논밭이 펼쳐지며 비포장

도로 진입로를 따라 서북쪽 방향으로 약 십 여리 길을 걸어 가야야만 수도
원 경내에 도착할 수가 있다. 어느 때는 진입로 신작로를 한참 걷다 보면
차량을 몰고 수도원을 들어가는 신자들이 먼지를 일으키며 지나갈 때가
있다. 태일은 기회를 놓칠새라 잽싸게 손을 흔들어 차량을 세운 후 양해를
얻은 후 차를 얻어 타고 수도원까지 들어가는 경우도 종종 있었다.[177] 매
번 허겁지겁 수도원에 도착하던 태일은 그날도 저녁 부흥집회가 이제 막
시작된 예배당의 뒷자리를 비집고 들어가 간신히 자리를 잡았다. 입추의
여지없이 신자들로 꽉 들어찬 예배당에서는 뜨거운 열기가 뿜어 나왔다.
수도원을 이끄는 전진 원장의 설교와 안수기도와 안찰기도는 당시 매우
유명했다. 장장 서너 시간의 부흥집회를 마치고 나면 후끈후끈한 열기로
가득 찬 예배당을 잠시 빠져나와 열기를 식힌 후 잠시 쉬었다가 다시 예배
당에 들어가 강대상 앞에 다른 신자들과 뒤섞여 통성기도를 하다가 그 자
리에 엎드려 선잠을 잔다.[178]

다음날 새벽이 되면 기도하다가 쓰러져 잠을 자던 그 자리에 앉아서
새벽예배를 드린 전태일은 예배가 끝나자마자 직장 출근 때문에 아침식
사도 못하고 시외버스 첫차를 탈 채비를 서둘러야 했다. 전태일은 마침 수
도원 경내에서 어머니 이소선과 잠시 마주쳤다. 소선은 수도원에서 치루
는 집회를 준비하기 위해 며칠 전에 미리 도착해 일손이 부족한 주방의 일
을 도맡아 음식 준비를 하던 중이었다. 동료 교인들 몇몇과 함께 매번 주
방 봉사 일을 해 온 소선은 주로 주방에서 나물로 반찬을 만들거나 아궁이
에 불을 지펴 밥을 짓고 설거지를 하는 등 힘든 일들만 담당했다.

"너 태일의 아니냐? 여긴 웬일이냐? 언제 왔노?"

"응, 엄마 나 어제 밤에 막차 타고 들어 왔어요."

177 이소선, 「저자와의 인터뷰 증언」, 2007.9.20.
178 최조영, 「저자와의 인터뷰 증언」, 1999.3.10.

어머니와 아들의 반가운 만남도 잠시뿐, 태일은 출근을 하기 위해 수도원 정문을 황급히 뛰어나간다. 다시 십리나 되는 지포리 버스 정류장을 향해 뛰어가야만 했다. 몹시 배가 고플 텐데도 어젯밤에는 밤 예배를 마치고 엄마를 찾아와 저녁식사를 차려 달라는 말도 안 하고 밤새 기도만하고 떠나는 아들이 못내 마음에 걸렸다. 어머니 이소선은 아들이 수도원을 나서는 뒷모습을 보며 대견스럽기도 하고 한편으로는 보기에 안쓰러워 마음이 아픈 적이 여러 번 있었다.[179]

2. 수도원의 영구적인 표어 '제단에 붙은 불을 끄지 말라'

"제단에 붙은 불을 끄지 말라"는 문장은 대한수도원의 설립 표어이며 수도원 설립 선언문에도 표기되어 있다. 대한수도원의 초대 원장인 유재헌(劉在獻) 목사의 호(號)가 화단(火壇)이다. 유 목사의 호를 직역하자면 "불(火)의 제단(祭壇)"이라는 뜻이다. 해방과 6.25전쟁을 거치면서 대한수도원도 많은 어려움을 겪었다. 전쟁에 의한 직접적인 피해도 있었지만 수도원을 이끌던 남성 목회자들이 떠나간 뒤 수도원은 폐쇄 위기에 처하기까지 했다. 대한수도원장으로 있던 유재헌 목사는 전쟁 중 북행을 했고 박경룡 목사와 이성해 집사는 일반 목회를 위해 외지로 떠난 상황에서 전진 전도사가 수도원을 이어받으며 지켰던 것이다. 과거 유재헌 목사의 부탁을 받고 수도원 헌금을 전하기 위해 철원에 왔다가 수도원 살림을 맡으면서 마침내 원장까지 된 것이다. 유 목사의 뒤를 이어 전진 전도사가 수도원의 원장을 맡으면서 전진의 시대가 되었어도 이 주제와 표어는 지금까지 변함이 없다. 근래 많은 사람들이 대한수도원을 생각하면 두 가지가 떠

---

179 위와 같음.

오른다고 한다. 바로 '전진 원장'이라는 인물과 '불'(火)이라는 단어이다. 대한수도원의 예배당 강단 중앙 십자가 위에는 매우 큰 글씨로 '불'이라는 붉은색 글자가 궁서체의 양각 입체 간판으로 붙어 있다.

그리고 바로 밑에는 "제단에 붙은 불을 끄지 말라"는 표어가 붙어 있다. 이 강단 글자는 당시나 오늘날이나 단 한 번도 바뀌지 않고 1년 365일, 수십 년간 붙어 있다. 전태일이 대한수도원을 다녔던 시절에는 현재 사용하는 큰 예배당이 건축되기 이전이므로 존재하지 않았고 현재 작은 예배당으로 사용하는 곳이 바로 전태일 당시 사용하던 집회 장소였다. 전태일은 현재 남아 있는 소예배당 자리에서 예배를 드렸는데 그 내부의 강단도 현재의 큰 예배당과 마찬가지로 동일한 표어가 지금까지 붙어 있다. 전진 원장은 자서전을 통해서 '제단의 불'에 관한 자신의 성경관을 다음과 같이 피력하였다.

> 성경에서 불은 하나님의 현현(顯現: 나타남)이나 활동하심의 상징이다. 이스라엘에게 하나님 자신의 뜻을 나타내시는 하나의 수단이었으며 '노하심과 깊은 사랑, 관심을 드러내는 방법'으로 불을 사용하셨다. 또한 교회는 그리스도의 산 제물의 결과로 말미암아 세계를 태우는(사랑하는) 불(火)로서 살아간다. 불은 심판의 불이 아니라 하나님의 나타나심을 의미한다. (중략) 그리스도를 구주로 고백하는 이들의 봉사생활은 하나님께서 기꺼이 받아들이는 산 제물로서 태우는 불이다. (중략) 따라서 '제단의 불'은 하나님의 현현의 불을 의미한다. 레위기 6장 13절에는 '제단의 불을 꺼뜨리지 않게 하라'고 말한다. 하나님이 제사를 받으시는 증거는 그 제물에 여호와의 불에 사름이 있었듯이 성령의 역사가 우리 내면세계에서 불이 타오르듯이, 지속되어야 하는 것이다.[180]

불에 대한 성경적인 의미를 해석하며 "불꽃을 신자들의 삶"으로 적용했던 전진 원장은 수도원을 찾아오는 사람들에게 개인적으로 기도해줄 때마다 "네가 섬기는 교회에서 성령의 불쏘시개 역할을 하라"고 자주 강조했다. 전태일이 생계를 위해 숨가쁘게 살아가면서도 틈을 내서 수도원을 다니며 듣고 배웠던 설교가 진정 그의 삶에 불꽃의 의미로 적용된 것인가? 전태일은 수도원의 표어처럼 자자신의 몸을 불태워 산제사로 드린 것인가? 그렇다면 너무나 역설적이다. 수도원에서 강조한 불은 당연히 화학적 성분의 '불'(fire)을 의미하는 것이 아니다. 그럼에도 불구하고 전태일은 자신의 몸에 스스로 기름을 끼얹고 활활 타오르는 불기둥이 되었다. 수도원에서는 1년 365일 언제나 "불의 복음"이 선포되었으며 전태일은 그 수도원에 갈 때마다 뜨거운 그 강단의 열기 아래 엎드려 밤새도록 무엇을 기도했을까? 자신의 일기장 표현대로 "1달러 값어치도 안 나가는 육체"지만 하늘의 제단에 온전히 자신을 산 채로 드리고 싶었던 것일까? 자신이 드릴 것이라고는 보잘것없는 육체 하나뿐인 것을 알고 그 몸을 불태워 바치려 했던 것일까? 수도원 선언문처럼 진정한 인간회복 운동의 산 제물이 된 것인가? 그렇다면 전진 원장의 자서전에서 전용재 목사[181]가 언급한 대한수도원의 설립선언문에 관한 설명서를 알아보도록 하자.

대한수도원 선언문에서도 밝힌 것처럼 구약적(舊約的) 유형제단(有形祭壇)이 아닌 신약적(新約的) 무형제단(無形祭壇) 운동을 그 목표로 하고 있다. 구약의 유형제단은 단번에 자기를 제사로 드려 죄를 없게 하시는(신약 성경 히브리서 9장 6절) 그리스도의 희생제사 이전에 필요했던 것이다. …
(중략) 그런데 신약적 무형제단에도 유형제단에 있던 피(聖子 하나님), 불

180 전진, 『눈물이 강이 되고 피땀이 옥토 되어』, 211-212.
181 전용재는 분당 불꽃감리교회 담임목사로서 전진 원장의 조카이다.

대한수도원의 표어 '제단에 붙은 불을 끄지 말라'는 전태일 당시나 지금이나 한 번도 변경되지 않고 지속되고 있다.

(聖靈 하나님), 기둥(聖父 하나님)이 있는데 그 의미 하는 바는 첫째, 기도제단(祈禱祭壇)이다. …(중략) 둘째, 하나님을 만나는 거룩한 임재제단(臨在祭壇)이다. …(중략) 셋째, 번제제단(燔祭祭壇)을 뜻한다. 이는 이곳(대한수도원)에서 기도하고 주님을 만나고 온전히 변화해서 내 몸과 마음을 주님의 영광을 위해 나라와 민족을 위해 완전한 번제로 태워 드림을 궁극의 목표로 하는 것을 말한다. 수도원 예배당 안에는 "제단에 붙은 불을 끄지 말라"고 쓰어 있는 표어를 볼 수 있는데 이는 기도의 불, 성령의 불, 희생의 불을 끄지 말라는 뜻이다.[182]

그러나 근본주의 신학을 따르는 보수 계열의 교회에서 신앙생활을 하

---

182 전진, 위의 책, 37-38.

는 신자들은 교회 다니는 것으로 만족하지 않고 소위 은혜받으러 다닌다며 이곳저곳 기도원과 수도원을 기웃거리며 기복적이고 신비주의적인 욕구를 채운다. 그러나 그들뿐이 아니라 많은 신자들이 세상의 빛이 되지 못하고 '신앙 따로, 행동 따로'의 이중적인 성향들로 치우쳤고 현세보다는 내세에 몰입해 있다. 이를 뒷받침하듯 한국교회 원로인 김지길 목사[183]는 어느 날 필자에게 이런 말을 전해주었다.

오래전에 영국의 어느 신학자와 목회자들로 구성된 방문단이 한국교회를 연구하기 위해 몇 달 동안 한국에 체류하며 수많은 교회와 기도원, 신학교들을 탐방했던 적이 있었습니다. 당시 한국교회는 세계적으로 전례가 없을 정도로 부흥하고 있었기 때문에 그 원인과 비결을 찾기 위해 그들은 무수히 많은 신자들과 목회자들을 만났고 깊은 대화를 나눴지요. 또한 한국 사회 곳곳을 둘러보며 기독교 신자들이 사회에서 어떤 역할을 하고 역사에 어떻게 영향을 끼치는가를 세심하게 관찰하였으며 교회와 사회의 상관관계를 깊이 있게 관찰하고 모든 일정을 마치고 돌아갔습니다. 그런데 그들이 떠나던 날 마지막으로 저와 한국교회에 남긴 말이 무엇인지 아십니까? "한국교회에 불이 붙었다고 해서 그 불을 견학하러 왔는데 이미 한국교회는 불은 꺼지고 연기만 자욱합니다"라고 정곡을 찌르더군요. 그 말을 전해주던 그들은 실망의 눈초리와 표정을 우리에게 남기고 홀연히 떠났습니다.[184]

그들이 한국교회 신자들의 신앙생활을 종합적으로 평가해 보니 사회성과 역사성이 현저히 떨어질 뿐만 아니라 신자로서의 정체성이 삶 가운

---

[183] 아현감리교회 원로목사이며 한국기독교지도자협의회장 등을 역임한 교계원로 중에 한 사람이다.
[184] 김지길, 「저자와의 인터뷰 증언」, 2003.5.20.

데 행동으로 증명이 안 되고 점점 사회의 지탄을 받고 있다는 뼈아픈 지적
이었다. 이어서 전용재 목사는 '대한수도원에 관한 연구발표'를 통해 초대
원장인 유재헌 목사와 그의 뒤를 이은 전진 원장이나 모두 성령운동사역
과 인간회복운동사역을 역점에 두었다고 밝혔다.

> … 다음과 같은 온전한 인간회복에 도달하도록 하는 것이 수도원의 목표라
> 하겠다. 수도원운동의 첫 동지이셨으며 불(火)의 사자였던 화단 유재헌 목사
> 의 이 고백이야말로 수도원 운동을 통한 인간회복 사역이 지향하는 최종 목표
> 를 여실히 보여주고 있는 대목이라 할 수 있다. (중략) 화장(化粧)하지 못한
> 채 나온 피의 노래인 것이 사실이다. (중략) 한국의 강단마다, 제단마다 이
> 불이 쏟아져 내려 "내가 이 불을 이 땅에 던지러 왔노니 이 불이 붙었으면 무엇
> 을 원하리요"[185]라고 하시던 주님의 탄식을 덜어드리고 새로운 영적 인간 회
> 복운동이 불같이 일어나리라고 믿는다.[186]

이처럼 전태일은 그의 기독교 신앙생활의 멘토가 되었던 전진 원장의
대한수도원 설립 정신의 영향을 어느 정도 받았던 것은 사실이며 특히 대
한수도원 설립선언문과 인간 회복 운동 측면에서 볼 때 전태일의 평소 희
생정신은 분신 항거 사건과 직간접으로 연관되어 있다고 볼 수 있다. 특히
전태일은 분신 항거를 결단하고 같은 인물에 의해 설립된 임마누엘수도
원에서 노동하며 번뇌를 했는데 그 수도원 역시 같은 설립목표를 지닌 곳
이었다.

---

185 마태복음 10:34-36; 누가복음 12:49-50.
186 전진, 위의 책, 47.

3. 전태일과 대한수도원 측의 노동교리

전태일은 노동의 신성함을 그 누구보다도 잘 알고 있던 평화시장 봉제업체, 피복업계의 노동자였다. 그는 평소 매우 신실하며 충직한 노동자였으며 자신이 속한 공장에서 항상 정직하고 성실하여 업주에게 인정받는 근면한 청년이었다. 그에게는 오히려 경건하고 순수한 노동자라는 표현이 더 적절할 것이다. 다행인지 불행인지는 몰라도 전태일이 다니던 창현감리교회와 대한수도원, 임마누엘수도원은 다른 일반적 기도원이나 수도원과는 달리 노동에 대해서 매우 독특한 교리적 성향을 지닌 곳이다. 그래서 그런지 전태일에게 형성된 노동관은 두 곳의 수도원에 의해 더욱 더확고하게 각인되며 이는 또다시 전태일 자신만이 지닌 독특한 노동관과 희생정신이 형성된 계기가 되었다. 대한수도원 측에서 주장하는 표어와설립 이념으로 인해 전태일은 그 누구보다도 노동에 대한 신성함과 진지함을 더욱 인지하고 있었다.

누군가에게 노동은 고통 그 자체이며 인격 포기일 수도 있다. 자신의자아실현을 위해 혹은 가족들의 생계수단을 위해 노동을 하는 사람들도있으나 노동을 싫어하고 원하지 않지만 어쩔 수 없이 하는 사람들도 있다. 그러나 종교가 앞장서 무조건 노동을 신성시하는 경우 노동의 미화나 신성화의 위험성이 도사리고 있다. 이는 자칫 천부적으로 부여받은 인간의권리나 인권, 존엄성을 무시할 수 있으며 노동에 대한 무조건적인 미화로인한 문제점은 신의 이름으로 돈과 자본에 자신의 권리와 인격과 시간을고스란히 종속시키는 것을 합리화하는 우를 범할 수 있다. 한편 전진 원장의 자서전에도 대한수도원이 다른 수도원이나 기도원과는 확실히 차별성이 있다는 것을 강조하였다. 그의 아들 최조영 목사를 통해서 노동에 대한자신의 철학을 확고하게 언급했는데 특히 대한수도원이라는 명칭에 대해서 다음과 같이 소신을 밝혔다.

기도와 노동은 어떤 관계가 있는가? (중략) 흔히들 "기도원과 수도원은 어떻
게 다른가?"라고 묻는다. … (중략) 기도원(祈禱院)은 기도하는 곳이다. 수
도원(修道院)도 물론 '기도하는 일'이 최우선이다. 그러나 대한수도원은 구
교(가톨릭)의 修道院이 아니고 (그렇다고) 修禱院도 아니다. 대한수도원
은 修·禱·園이다.… (중략) 수양에는 정신수양과 육체수양이 병행되어야
한다. … (중략) 행함이 없는 믿음은 죽은 믿음이다. 일하지 않고 기도만 하는
것은 사회생활과 동떨어진 것이다. 성경에도 "일하기 싫은 자는 먹지도 말라"
그래서 대한수도원에서는 금식기도를 반대는 하지 않으나 적극 장려도 하지
않는다.[187]

이처럼 '신성한 노동을 하는 곳' 혹은 '노동을 신성하게 여기는 곳'이 바
로 대한수도원이었다. 그 때문에 대한수도원에 기도하러 온 사람들은 일
단 누구든지 기도하는 일과 노동하는 일을 병행해야만 했다. 그렇다고 해
서 억지로 하거나 의무적으로 시키는 것은 아니다. 자발적인 마음으로 노
동에 동참하도록 유도한다. 그곳에서 예배를 드리거나 기도를 하기 위해
체류하는 사람들은 수도원의 각종 노동 봉사에 아무런 거리낌 없이 동참
해야 한다. 대한수도원은 수만 평 되는 자체 소유의 농장과 논밭에서 농사
를 직접 짓는다. 봄에는 파종하고 여름에는 김을 매거나 거름을 주고 가을
에는 추수하여 수확된 농산물로 수도원에 방문하는 신자들에게 제공하며
자급자족을 한다.

그 때문에 수도원에 기도하러 온 사람들이나 임시로 거주하는 사람은

---

187 위의 책, 33.

누구든지 이 곡식과 농산물로 무료로 식사를 제공받는다. 그래서 전태일도 이곳 수도원을 방문하는 날에는 쌀밥과 맛있는 반찬을 사먹지 않고 배급받는다는 것 때문에 항상 즐거워했던 것이다. 협동농장은 아니지만 논과 밭이 있는 들판에 나가 직접 논농사나 밭농사를 짓거나 산에서 땔감을 해 오는 일, 부엌에서는 밥 짓는 일과 도로보수 작업과 운전하는 일, 사람을 실어 나르는 일과 수도원 경내와 예배당 안팎을 깨끗이 청소하는 일, 크고 작은 건물을 건축하는 일 등 자신에게 알맞는 일거리를 찾아 헌신과 봉사를 했다. 예전에는 직접 수도원에서 지포리까지 십여 리나 되는 길을 지게질해서 필요한 물건들을 운반하기도 했다. 수만 평의 농토 또한 수도원에서 노동으로 봉사한 이들의 땀의 결실로 구입하게 된 것이다. 이처럼 전태일은 대한수도원에서 직간접적으로 노동의 신성함을 배웠으며 대한수도원의 주제처럼 불꽃처럼 그의 생애를 살았다.

제4부

노동운동에 눈을 뜨다

25장

창현교회 건축공사에 헌신하다

1968년 4월~5월 (2개월, 22세)

1. 창현교회 유래와 건축시공

— 1968년 4월

1) 박현숙 장관의 헌금으로 공사가 시작되다(1968.4.)

전태일이 도봉동 시절부터 다닌 천막 교회가 쌍문동 천막촌으로 이전한 후에도 천막 교회는 계속 그 상태를 유지해오다가 쌍문동 산 1번지에 천막 교회를 탈피하기 위해 처음으로 흙벽돌 교회당을 건축하였다. 그 이후에 교회 측에서 다시 규모 있게 제대로 된 교회당을 짓기 위해 시멘트 벽돌로 교회당을 건축하려는 계획에 들어갔으며 결국 새로 건축해 완공된 교회는 창현감리교회(倉賢監理敎會)라는 정식 명칭으로 기독교대한감리교 총회와 소속연회에 등록이 되며 새 출발을 하였다. 이때 건축에 필요한 자금은 박현숙(朴賢淑) 장관(무임소장관, 국회의원)[1]이 예배당 신축공사를 할 수 있도록 일시불로 거액의 헌금을 했기에 건축이 가능했다. 당시로서는 거액을 바친 박 장관은 그 교회를 다닌 김동완 전도사(NCCK 총무 역임)에게 목회자의 길을 갈 수 있도록 감리교신학대학교(감신대)의 등록금을 후원해 주기도 하였다.[2] 박현숙 장관과 대한수도원의 전진 원장은 같은 남산감리교회 교인으로서 일제강점기 시절부터 동지적 관계를 유지하며 서로 존경해 오던 중 이신덕 교장 소개로 박현숙이 호의적으로 전진에게 다가와 서로 교분을 나누면서 두 사람은 더욱 가까워지게 되었다.[3] 박현숙은 고위 공직자 생활과 정치인의 활동을 하는 바쁜 와중에도 전진 원장이 벌이는 수도원운동에 적극 협력을 하였다.

1963년에 이신덕 교장과 함께 전진을 찾아온 박현숙은 국회의원 출마에 대해 자문을 구했는데 당시 정치에는 관심도 없고 문외한이던 전진은 김승남, 문선호등과 함께 신앙적 측면에서 박현숙을 협력하기로 결의하였고 결국 전진은 박현숙의 선거 자문을 해주는 참모로 등용되었다. 그 결과 박현숙은 1963년에 철원을 근거로 국회의원에 입후보해 당선되었는데 개표하는 날 5~6명의 입후보자 중에서 최다득점으로 당선되어 그때부터 정치인의 여정이 시작되었다. 그때 선거본부에 차려 두었던 작은 예배실이 있었는데 그 예배실이 사라질 것을 염려해 그곳에 집 한 채를 사들였고 그 교회 이름을 '박현숙 기념교회'라고 명명할 정도로 개신교 신앙에 투

1 평남에서 출생한 박현숙(朴賢淑)은 임영신 박사와 김활란 박사에 이어 역대 세 번째로 여성장관에 발탁되었다. 임영신(중앙대학교 설립자)도 박현숙의 제자였다. 박현숙은 평양승의여학교를 다니던 15세부터 3.1 운동에 가담했으며 3.1운동으로 5년 동안 도합 세 차례에 걸쳐 옥살이를 했다. 이승만 정부에서 1952.10.9~54.6.30까지 제4대 무임소장관을 지냈고 1958.5~1960.7까지 제4대 국회의원(자유당소속, 금화)과 1963.12~1966까지 제6대 국회의원(공화당소속, 전국구)을 지냈다.
2 김동완 목사, 「저자와의 인터뷰 증언」, 2005.7.20.
3 전진,『눈물이 강이 되고 피땀이 옥토 되어』, 220-224.

철했다.[4]

그 후 박현숙은 창동(쌍문동)에 화재민촌을 중심으로 세워진 흙벽돌 교회가 이번에 새로 교회당을 건축하기 위해 애쓴다는 소식을 듣고 1968년 4월 당시 금액으로 200만 원을 흔쾌히 건축헌금으로 드렸다. 이때 교회 측에서는 쌍문동 산 1번지에 대지 200평을 임대 계약하여 그곳에 전체 면적 50평의 교회당(40평)과 목사관(10평)을 건축하여 완공하였던 것이다.[5] 모든 교인들은 박현숙 장관을 기념하기 위하여 신축된 교회 이름을 '倉洞(창동)+朴賢淑(박현숙)'에서 각각 글자를 따와 '창현교회'(倉賢敎會)라고 지었다.[6] 또한 교회당 머릿돌에 '박현숙 장로 기념교회'라고 새겼으며 그 후 창현감리교회는 전태일 사후에 오랫동안 내부 분열과 소송사건으로 인해 교회 주변 쌍문동 지역주민들에게 따가운 눈총을 받아 오던 중 교회 명칭을 '갈릴리교회'로 개명[7]하여 오늘에 이르고 있다. 그 후 1970년에 전 태일이 분신 항거하기 전 5개월간 피땀 흘려 공사를 했던 삼각산수도원 상량식(上樑式)에 박현숙 장관도 참석[8]하였으며 박 장관은 전진 원장과의 지속적인 인연으로 대한수도원의 이사와 이사장을 역임[9]하다가 85세에 운명했다.

2) 공사 책임자로 김동완 전도사가 파송되다(1968.4)

당시 김동완(金東完)은 인천의 인하대학교(인하공대 전기과)를 졸업하

---

4 위의 책. 411-414.

5 갈릴리감리교회, 『교회요람』, 교회연혁, 2006.

6 전진, 위의 책, 414.

7 방인근, 「저자와의 인터뷰 증언」, 2006.8.9.

8 전진, 위의 책, 사진도록 10번.

9 전진, 위의 책, 510.

창현교회당 건축 공사 책임자로 파송된 김동완 전도사(훗날 NCCK 총무 역임). 전태일과 함께 교회건축 공사를 진행해 완공했다.

고 그 이후에도 한동안 인천지역에서 지내고 있다가 1967년 중순, 당시 인천지역의 대형교회인 인천 숭의감리교회[10] 이성해 목사를 찾아가 인생 진로문제를 놓고 상담하게 된다. 상담하면서 "저의 진로 문제를 놓고 조용히 하나님께 기도를 하고 싶은데 어느 기도원을 가면 좋겠습니까?"라고 물었더니 "이왕이면 강원도 철원에 있는 대한수도원으로 가라"며 권유받았다. 이에 김동완은 곧바로 수도원에 들어갈 채비를 하여 그해 3월 1일에 대한수도원에 들어갔다. 원래는 1주일만 머무를 것으로 계획하고 수도원에 들어갔는데 그곳에서 무려 열 달이나 기거를 하게 된 것이다.[11] 수도원에서 매일 드려지는 예배와 각종 집회 때마다 성령의 은혜를 크게 체험하였기 때문에 시간 가는 줄을 몰랐기 때문이다. 1주일 후 하산할 계획으로 들어갔으나 그곳 경치도 좋을 뿐만 아니라 기도하러 온 여러 사람들과 친분을 맺는 것도 좋아서 예기치 않게 무려 열 달을 묵게 된 것이다. 그는 그곳에서 지내는 동안 수도원 내에서 노동 봉사를 기쁨으로 하였으며 산에 가서 땔감에 사용되는 나무를 하기도 하고 논밭에서 농사짓는 일을 하기도 했고 매일 드리는 예배에 참석해 은혜를 체험하는 생활을 보냈다.

그런 연유로 해서 당시 대한수도원 안팎에서는 김동완이 은혜받은 청년으로 소문이 돌고 있었다. 그러다가 열 달이 지난 어느 날 김동완은 전

---

10 인천숭의감리교회는 이호문 목사의 부친 이성해 목사에 의해 설립됐다.

11 김동완 목사, 「저자와의 인터뷰 증언」, 2005.7.20.

진 원장을 만나 앞으로의 진로를 상담하였다. 이때 전 원장은 "마침 서울 남산동 50번지 화재민들이 도봉구 창동에 이주해 그곳에 천막 교회를 개척했는데 그 교회가 이제는 제법 부흥을 해서 어쩔 수 없이 건축을 할 때가 되어 새로 교회당을 지을 예정이니 김동완 선생이 그 교회를 맡아서 건축을 한번 해 보라"며 권유하였고 김동완을 즉시 파송했다. 전진 원장에 의해 창현교회의 건축현장 감독 겸 전도사로 파송된 김동완은 이때 그 교회를 다니던 전태일을 알게 된 것이다. 이때 김동완과 전태일은 함께 손을 잡고 시멘트 벽돌로 짓는 교회당 건축공사(2차 건축)를 하면서 가장 앞장 서게 된다. 지난번 흙벽돌 교회당 건축(1차 건축) 때와 마찬가지로 이번에도 전태일은 자신의 교회당이 새롭게 건축되는 것을 몹시 기뻐하며 본인뿐 아니라 온 가족들이 동참하도록 앞장섰다.[12]

2. 전태일과 온 식구들이 교회공사에 헌신하다
— 1968년 4월~5월

교회건축의 임무를 띠고 창현교회에 부임해 온 김동완은 교인들에게 부임 인사를 했다. 마침 담임교역자였던 이종옥 전도사는 교인들에게 "앞으로 김동완 선생을 호칭할 때는 전도사님이라고 부르세요!" 하며 광고까지 했다. 그러나 간혹 교인들 중에는 어쩌다 그 사실을 망각하고 "선생님!"이라고 습관적으로 부르면 이 전도사가 "전도사님"으로 다시 부르라며 야단을 치곤 했다. 이때 전태일과 그의 가족들은 교회당 건축에 모두 자원하여 무보수로 공사를 도왔다. 특별히 전태일은 동생 태삼을 비롯해서 교회 청년들과 함께 근 두 달여 동안 공사에 매달리며 노동을 했다. 전태일은

---

12 위와 같음.

온갖 궂은 일을 도맡다시피 하며 닥치는 대로 일을 했다. 전태일은 시멘트를 모래와 자갈과 함께 버무리는 힘든 일들도 거침없이 했고 그 결과로 건축공사는 순조롭게 진행될 수 있었다. 어머니 이소선과 동생 전순옥은 늦은 밤을 이용해 교회 몇몇 여성 교인들과 함께 상계동 방면까지 직접 걸어가서 돌을 주워 나르는 일을 하기도 했다. 산에 있는 돌을 나르는 것이 낮에 사람들의 눈에 띄면 곤란했기 때문이다. 또한 소선은 낮에는 광주리 행상을 해야 했기 때문에 밤에만 주로 노동봉사 일을 했다.[13]

　교회 방침대로 공사현장 인부들은 일주일 동안 열심히 일하다가도 매주 토요일 저녁이면 무조건 공사를 마무리했다. 이때 김동완과 전태일은 노동 일을 마친 토요일 오후가 되면 건축에 동원되었던 교회 청년들과 함께 매번 공중목욕탕을 찾아갔다. 목욕탕에 도착한 일행들은 각자 자신의 몸을 닦느라 여념이 없지만 전태일은 한 사람 한 사람 찾아다니며 청년들의 등을 밀어 주었다. 전태일은 인솔자인 김동완의 등 뒤로 다가와서 "전도사님도 등 좀 내미세요" 하면서 김동완의 등을 밀어주는 세심한 배려를 하였다.

　어느 날 전태일의 그 같은 마음에 감동된 김동완은 목욕탕 안에 흩어져 각자 자신의 때를 밀기에 여념이 없는 청년들을 모두 불러 모아 "다들 한 줄로 길게 앉아서 서로 앞사람의 등을 밀어 주기로 하자"며 기차놀이식으로 앞사람의 등을 밀어주기도 했다.[14] 이렇게 해서 공사를 시작한 지 두 달여 만에 마침내 무허가 건물 40평이 번듯한 교회당으로 변모하게 되었다. 예배당은 의자 없는 마룻바닥으로 깔았다. 그리고 소위 '9.28서울 수복일'에 때맞추어 전진 원장은 창현교회당 건축완공기념으로 그해 9월 28일 '성전봉헌예배'를 성대하게 치렀다. 봉헌식에 모인 내외 손님들이 김동

---

13 이소선, 「저자와의 인터뷰 증언」, 2006.8.10.
14 김동완 목사, 「저자와의 인터뷰 증언」, 2005.7.20.

완 전도사의 능력이나 열심을 인정해 정식으로 신학교에 입학할 것을 권
유하였는데 이때 박현숙 장로는 김동완이 신학교에 입학을 하면 등록금
과 학비 전액을 지원해 주기로 약조까지 했다. 그것이 인연이 되어 결국
김동완은 감리교신학대학교 2학년에 편입학을 하게 되었고 그 후 1970년
전태일의 분신 항거와 맞물려 김동완은 감리교신학교의 학생회장에 당선
되었다. 김동완은 분신 항거 사건 직후 즉시 이소선 어머니를 학교로 초청
해 전교생들 앞에서 신앙 간증을 듣도록 했으며 이를 계기로 서울 시내 학
생시위운동이 촉발하는 계기가 되도록 했다. 김동완은 감리교신학교를
구심점으로 전국의 신학대학교들이 중심이 되어 각종 학생시위를 주도하
는 능력을 발휘했으며 이로써 감신대가 다른 일반대학들보다 더 앞장서
민주화운동 시위에 적극 가담하는 데 큰 기여를 했다.[15]

3. 방영신 목사의 부임과 이종옥 전도사의 이임
　　－ 1968년 5월~1969년 5월

　한편 전진 원장은 교회가 제 모습을 갖추고 건축이 되어가자 1968년
5월 10일 기독교대한감리회 동부연회 서울지방 창현구역으로 정식 등록
하고 교회 이름을 '창현감리교회'라 명명하여 본부에 등록하였다.[16] 이어
서 당시 여성목회자인 방영신 목사를 그 교회에 담임으로 부임하여 시무
토록 했다. 방 목사는 전진 원장이 명성을 날리며 전국 집회를 다닐 때 곁
에서 보좌하며 협조해 준 인물이었다. 방 목사는 매우 근본주의적이고 보
수적인 성향을 지니고 있었는데 심지어 교회당 안에서 드럼이나 기타 등
악기들을 일절 사용하지 못하도록 했고 교인들이 다방에 출입하는 것조

---

15 위와 같음.
16 갈릴리감리교회, 「교회요람」, 교회연혁, 5.

차도 철저히 금지시켰다. 방 목사가 담임으로 부임하자 3년간 담임을 맡았던 이종옥 전도사는 교회 내에서 입지가 좁아지며 점점 역할이 약해지게 되었다.

교회당 건축과 더불어 새로운 목사가 정식으로 부임을 했으니 교인들도 어쩔 수 없이 질서를 따라야 했으며 전도사의 신분과 목사의 신분이 직책상 다르다 보니 어쩔 도리가 없었다. 그러나 교인들은 대부분은 천막 교회 초창기부터 자신들과 함께 동고동락했던 이 전도사와 미운 정 고운 정이 다 들었기 때문에 변함없이 그를 어머니처럼 따랐다. 그런 연고로 교인들은 새로 부임한 방 목사보다 이 전도사에게 더 우호적일 수밖에 없었다. 결국 3년이 넘도록 시무했던 이 전도사는 다른 곳으로 떠날 수밖에 없었다. 방 목사가 부임한 지 약 1년이 되던 어느 날 이종옥 전도사는 강원도 안흥 지역의 시골 마을로 부임하며 그동안 정들었던 교회를 떠나고 말았다. 이 전도사는 교회를 떠나기 직전에 은밀하게 전태일의 집에 들러 이소선과 전태일, 전순옥 등 자신과 초창기 시절부터 고생했던 믿음의 동지들에게 자신이 곧 이 교회를 멀리 떠날 것을 귀띔해 주자 전태일의 가족들은 밤을 새워가며 서로 부둥켜 안고 아쉬움의 눈물을 흘렸다. 이종옥이 떠난 뒤에도 이소선은 안흥을 종종 찾아가 이 전도사와의 좋은 관계를 유지하였다.[17] 한편 새로 부임한 방영신 목사는 이념적으로는 극우성향이었으며 신학적으로는 근본주의 교리를 신봉하는 보수성향의 여성목회자였다. 결국 전태일이 분신 항거하여 명동성모병원에 빈소를 차리자 뒤늦게 찾아와서 대뜸 내뱉은 말이 "빨갱이"였다. 이 발언은 이소선 어머니는 방 목사에게 크게 실망하는 계기가 되었다. 자신이 담임하고 있는 교회 청년 신자가 의로운 죽음을 당했는데 "빨갱이"라는 말로 모독을 한 것이다.

---

17 이소선, 「저자와의 인터뷰 증언」, 2006.8.10.

26장

부친을 통해
근로기준법과 노동운동에 눈을 뜨다
1967년 7월 (20세)

1. 아버지 전상수가 영향을 받았던 국내 노동운동 사건들

어느 날이었다. 전상수는 평화시장의 노동 현실에 대해 고민하는 아들 전태일에게 어쩔 수 없이 자신이 평생 겪으며 형성된 자신의 노동관을 허심탄회하게 꺼내 놓았다. 사실 전상수는 태일이 노동문제를 제기하면 그의 표정이 이내 굳어지면서 "그런 것은 왜 또 자꾸 묻느냐"며 화를 내기도 했다. 태일이 평화시장의 노동문제에 대해 호기심을 갖고 아버지에게 자꾸 질문을 하면 "태일이 이놈아. 제발 택도 없는 소리 하지 말거라. 지금은 네가 그런 일에 나설 때가 아니다. 노동운동은 네가 나이가 더 많아지면 그때 해도 된다. 지금은 절대 나서지 마라. 그리고 그 일이 얼마나 힘들고 비참한 일인데 하필이면 네가 왜 그 일에 뛰어들려고 하느냐. 절대 못한다.
아버지는 절대 그 일을 허락할 수 없다" 하며 아들이 노동운동에 대한 말
을 입 밖에도 꺼내지 못하도록 막았던 터였다. 그렇지만 그 후로도 궁금한
것을 가르쳐 달라며 집요하게 보채는 전태일을 보고 전상수는 아들의 진
지한 모습에서 범상한 각오와 태도가 아님을 알고 그때부터는 생각을 달
리하게 된 것이다. 상수는 결국 자신이 겪은 노동운동에 대한 이야기들을
조심스럽게 들려주며 아들에게 단단히 주의를 주었다.[18]

그는 아들의 증언에 따라 평화시장 업주들의 불법을 조목조목 지적해
주었고 근로기준법의 존재를 자세히 알려 주기까지 했다.[19] 그뿐만 아니
라 우리나라 근로기준법 적용범위의 변천과정에 대해서도 자신의 과거를
회상하며 자세하게 알려주기까지 했다. 한마디로 전상수는 아들 전태일
의 "보이지 않는 코트 위의 감독"이었으며 전태일은 "필드에서 뛰어야만
하는 선수"였던 셈이다. 장남 태일에게 끼친 영향으로 말미암아 아들이
현실적인 노동운동에 눈을 뜨게 되었고 근로기준법의 존재를 알게 됨으
로써 평화시장 노동문제에 전념할 수 있게 된 것이다. 부자지간의 이런 노
력의 결과로 노동운동의 불모지나 다름없던 노동계는 마침내 전태일의
분신 항거로 인해 억눌렸던 노동자 인권의 횃불이 드높이 올려지는 계기
가 마련되었다. 전태일 사건 이전까지는 우리나라 노동운동은 침체기를
넘어 휴면기였다.

이런 상황에서 고요하던 노동운동은 전태일로 인해 폭풍전야처럼 잠
에서 깨어나 일제히 분주해지기 시작한 것이다. 더 나아가 전태일의 분신
항거는 마침내 노동운동의 복원을 알리는 거대한 불꽃이 되었던 것이다.
많은 이들이 전상수를 평가할 때 "자신의 가족들을 평생 괴롭히고 과음과

---

18 이소선, 「저자와의 인터뷰 증언」, 2006.6.20.
19 이소선, 「저자와의 인터뷰 증언」, 2006.8.10.

주벽으로 방탕한 생활을 했던 인물" 혹은 "피복업체 사업의 연이은 실패로 가족들에게 씻을 수 없는 가난과 상처를 안겨 준 가부장적인 인물" 정도로만 파악하고 있다. 물론 그런 말들은 모두 근거 있는 말들이다. 그러나 그보다 더 중요한 것은 전상수가 아들 전태일에게 노동운동의 필요성과 당시 평화시장의 처절한 노동현실 인식의 단서를 제공했다는 사실이다. 전상수는 아들에게 평화시장 노동문제의 심각성을 뿌리 깊게 심어 준 장본인이었으며 근로기준법과 노동법의 존재를 최초로 알려주고 가르쳐 준 당사자였음을 알아야 한다.

청소년에서 청년으로 변모해 가는 18세의 전태일이 평화시장 노동자로 처음 일하게 된 것은 1965년 8월 무렵이다. 당시에도 엄연히 존재하던 근로기준법은 거의 사문화되어 철저히 무시되고 있던 시절이었다. 업주들이 법을 어겨가며 열두어 살 정도 된 어린 소녀들을 점심을 굶겨 가며 하루 14~16시간 노동을 시키고 그에 대한 대가로 일당 70~80원(당시 다방의 커피 한잔에 50원)을 달랑 지급해도 근로기준법은 아무런 효력을 발휘하지 못했다. 그러나 매일 힘든 노동을 하던 전태일은 아버지의 도움으로 굶주림과 중노동으로 고통받는 어린 노동자들을 바라보며 "우리는 너무 억울하고 회사는 너무 잔인하다"는 자각이 싹트게 되었으며, 더 나아가 그런 분노는 동료들에 대한 사랑과 연민으로 발전하게 됐다. 부친으로부터 노동운동 경험담을 전해 들으며 "노동자를 보호하는 법이 분명히 있다"는 사실도 처음 알았으며 그것은 그에게 커다란 충격으로 와 닿았다. 전태일은 이제 자신이 해야 할 일을 분명히 깨달은 것이다.

아버지 전상수에게 평화시장 노동문제를 상의할 때마다 태일은 언제나 진지한 모습이었고 현장감 넘치는 호소 그 자체였다. 노동문제를 아버지와 최초로 상의하던 1967년 7월 전태일에게 노동문제의 관심사는 이미 통일사나 한미사뿐만이 아니라 평화시장 전체 업체들에게까지 광범위하

게 확대되었다. 앞서 한미사에서 벌어진 노동여건의 참혹상을 몸소 체험
했던 전태일은 거의 매일 집으로 돌아와 식사를 마치고 나면 노동문제에
대해 집요한 질문공세와 호기심으로 아버지를 대면하였다. 전태일은 때
론 야단을 맞으면서도 굽힐 줄 모르는 의지를 가지고 아버지를 설득해 마
침내 노동운동과 근로기준법에 대한 조언과 권면을 받게 된 것이다. 그 결
과 투쟁이라는 이름의 평화시장 노동운동의 중요한 단서를 찾게 된 것이
다. [20]

이처럼 다 쓰러져가는 판잣집에서 나눈 부자간의 대화는 가물가물 사
라지던 박정희 정권하의 노동운동 복원의 시작을 알리는 역사적인 첫 고
동소리였던 것이다. 전태일은 그 후부터 노동운동에 무관심한 사회여론
과 지식인들에게 노동문제의 심각성을 자각하게 하려고 자신이 처한 처
지에서 무단히 애를 쓰며 몸부림을 쳤다. 그의 유서에 기록된 "나를 아는
모든 나여, 나를 모르는 모든 나"인 모든 노동자들을 향해 현실에 안주하
거나 체념하지 말 것을 촉구하며 고도성장의 허구성과 비인간적 반민주
적인 노동정책을 만천하에 폭로했던 것이다. 전태일의 이런 몸부림에서
시작된 분신 항거 사건은 결국 노동해방 이상의 의미를 넘어 자본주의 사
회의 인간해방 그 자체가 되었다. 결국 쌍문동 판자촌 허름한 방안에서 나
눈 부자간의 끊임없는 대화는 박정희 정권 하의 격렬한 노동운동의 단초
가 되었고 이 땅의 노동운동과 민주화운동의 커다란 기폭제가 되었다.

1) 전상수의 피복 제조업체 운영과 취업 · 이직 과정

그렇다면 전태일의 부친 전상수의 노동관에 직접적인 영향을 미친 피

---

20 본서 1장을 참조할 것.

복업체 취업 및 이직 과정을 알아보도록 하자. 전상수는 46년의 짧은 생애를 살면서 봉제계통과 피복계통에서는 알아주는 일류 기술자임에도 불구하고 무려 20여 차례 정도 이직과 취업을 반복하며 살아왔다. 때로는 사업을 시작해서 번창하는가 싶으면 어느새 실패해서 쫄딱 망했다. 또다시 오뚝이처럼 일어나서 새롭게 다시 일어서는가 싶으면 또 다시 부도가 나거나 망하는 일을 반복한 것이다. 사업에 실패하면 궁여지책으로 봉제계통의 직장에 취업을 하거나 얼마 후 다시 그 일을 그만두는 일도 부지기수였다. 부도와 실패를 연속으로 맞으면 또 다시 분연히 일어서기를 반복하던 전상수는 어쩌면 당시 우리 시대 아버지들의 자화상이기도 하다. 전상수가 살았던 시대의 환경과 여건은 당시 복잡한 국내정세나 혼란스러운 시국과 맞물려 언제나 실패와 부도를 안겨주었고 그런 그의 식구들은 전상수를 따라 다니며 전국을 무대로 야반도주 하듯 옮겨 다니는 삶을 겪어야만 했다.

그 결과 자신은 물론 아내 이소선과 태일을 비롯한 4남매는 언제나 가난과 굶주림에서 고통받아야 했으며 자식들은 밑바닥 인생살이를 면치 못했다. 전상수는 1947년 8월 결혼 후 1969년 6월에 운명할 때까지 식구들을 데리고 무려 39차례나 거듭되는 거주지 이동을 해야만 했다. 이러한 전상수에게 언제나 힘이 되어 주었던 것은 술과 미싱 기계였다. 언제나 미싱일을 통해 열심히 일했고 아울러 술을 통해서는 좌절을 달랬던 것이다. 술과 미싱은 그의 인생 동반자였고 삶 자체였다. 그리고 말년에는 짧은 기간이지만 개신교 신앙에 귀의하여 생애를 마쳤다. 그의 파란만장한 직업의 변천과정을 알아보도록 하자.

전상수의 피복 제조업체 사업과 취업·이직 과정
1945.10~1969.6(24년간)

순서(나이)	업종 및 분야(근무기간)	근무 연도와 일터	내 용
1차 (22~23세)	최초의 봉제기술 습득 및 견습공 취업(1년)	1945.10~1946.10 대구	해방 직후 봉제공장에 취업해 최초로 봉제기술을 습득하며 일하다가 '9월 전국 총파업'과 '10월 대구항쟁'을 맞아 직접 가담했다.
2차 (23~24세)	양복기술자 취업 (약 1년)	1946.10~1947.9 대구	대구항쟁이 끝난 직후 다른 직장에서 양복기술자로 일하다가 중매로 이소선을 만나 결혼하다.
3차 (24~27세)	소규모 가내 봉제업 운영(2년 6개월)	1947.9~1950.3 대구 동산동(東山洞)	신혼방에 미싱기계를 들여 놓고 부부가 피복제품을 만들어 가게에 납품했다. 무리한 사업확장으로 사업이 실패해 부산으로 이주(1차 사업 실패)하다.
4차 (27~28세)	피복가게 재단사 취업 (약 15개월)	1950.3~1951.12 부산 중구 남포동 자갈치국제시장	부산 자갈치국제시장내 피복가게에 겨우 취직했다. 집 없는 세 식구는 피복가게에서 숙식했고 가게 앞에서 전태삼이 태어나다.
5차 (28~29세)	하야리아(Hialeah) 미군부대 양복점, 세탁소 취업 (11개월)	1951.12~1952.11 부산진구 연지동(蓮池洞)	온 가족이 영도구 천막촌으로 이사한 후 연지동에 있던 하야리아(Hialeah) 미군부대 내 주한미군 기지 사령부 영내 양복점에 취직하다.
6차 (29~31세)	소규모 양복제조업체 운영(15개월)	1952.11~1954.5 부산 동구 범일동(凡一洞)	미군부대 군수물자 원단을 공급받아 소규모 양복제조사업을 시작해 번창했으나 물품창고에 있던 피복 원단이 관리소홀로 탈색되어 타격을 입고 재기불능의 부도(2차 사업 실패)를 맞았다.
7차 (31세)	보자기 공장 운영 (약 4개월)	1954.5~1954.8 부산 동구 범일동(凡一洞)	다시 재기하려고 남아있던 원단으로 보자기 제조공장을 차렸으나 사업부진으로 결국 부도(3차 사업실패)를 맞고 무작정 상경했다.
8차 (31~32세)	봉제업체 객공, 막노동 임시직(약 10개월)	1954.8~1955.6 남대문, 동대문 일대	식구들과 상경한 전상수는 막노동, 임시직, 봉제업체 객공(客工) 등으로 겨우 연명했다.

순서(나이)	업종 및 분야(근무기간)	근무 연도와 일터	내 용
9차 (32세~33세)	평화시장 취업 (1년 4개월)	1955.6~1956.10 서울 평화시장	평화시상에 취직해 월급 받던 날 삼양동 움막집으로 귀가 도중 강도를 만나 돈봉투를 빼앗기자 보복의 두려움으로 남산 도동으로 이사해 그곳에서 계속 평화시장으로 출근했다.
10차 (33세~35세)	소규모 가내 봉제업 운영(약 15개월)	1956.10~1958.7 서울 도동 판잣집	평화시장을 그만두고 도동 판자집에 미싱 한 대를 들여놓고 가내 봉제업을 시작하자 주문이 쇄도하며 사업이 번창했다.
11차 (35세~37세)	대도백화점 매장운영 및 단체복주문 납품업 (1년 9개월)	1958.7~1960.4 ① 대도백화점 매장운영 ② 도동 판잣집공장 운영	평화시장을 그만두고 도동 판자집에 미싱 한대를 들여놓고 가내 봉제업을 시작하자 주문이 쇄도하며 사업이 번창했다.
12차 (38세~39세)	평화시장 객공 취업 (10개월)	1961~1962.1 서울 용두동	부도 직후 이태원을 거쳐 용두동 판잣집으로 이주후 평화시장에서 객공(客工)으로 드물게 일하다 대구 큰 형님 집으로 식구들과 이사했다.
13차 (39~41세)	소규모 家內 봉제업 (1년 9개월)	1961 ~1962.1 서울 용두동	부도 직후 이태원을 거쳐 용두동 판잣집으로 이주 후 평화시장에서 객공(客工)으로 드물게 일하다 대구 큰 형님 집으로 식구들과 이사했다.
14차 (41세)	양복집 취업 (약 7개월)	1964.3~1964.10 대구 도원동(挑源洞)	식구들이 뿔뿔이 상경한 후 남은 태삼, 순옥을 데리고 대구 도원동 자갈마당 기찻길 옆 빈집으로 이사 후 그 부근의 양복점 재단사로 취직하다.
15차 (41~42세)	평화시장 임시직, 객공 (1년)	1964.10~1965.10 서울 평화시장, 중부시장	차남 태삼이 마저 상경하자 홀로 남은 장녀 순옥이를 데리고 상경해 평화시장, 중부시장 등지를 떠돌며 임시직과 객공으로 일하다.
16차 (42세~43세)	소규모 가내 봉제업 운영(약 3개월)	1965.10.19.~1966. 1.18 서울 남산동 50번지	가족들이 상봉 후 남산동 50번지 판잣집에 다시 미싱 한 대를 장만해 혼자 봉제일을 시작하다.
17차 (43세~44세)	객공 (약 1년 3개월)	1966.3~1967.6 서울 평화시장	남산동 50번지 판잣집에 대형화재가 발생해 도봉동 화재민 천막촌으

순서(나이)	업종 및 분야(근무기간)	근무 연도와 일터	내 용
			로 이주하여 그곳에서 다시 평화시장에 객공으로 일을 하다.
18차 (44~45세)	소규모 가내 봉제업 운영(1년)	1967.6~1968.6 서울 도봉구 쌍문동	천막집에 미싱기계를 들여놓고 간혹 주문제품 일거리를 받아 납품하는 일을 하다.
19차 (45~46세)	소규모 가내 봉제업 운영(4개월)	1968.6~1968.10 서울 도봉구 쌍문동	도봉동 천막 집에 미싱을 들여놓고 도봉동 삼양모방(三養毛紡) 직원들의 유니폼 주문을 하청받아 납품일을 하다.
20차 (46세)	소규모 가내 봉제업 운영(약 8개월)	1968.10~1969.6 서울 도봉구 쌍문동	운명 직전까지 집에서 간간히 주문을 하청받아 납품일을 하다가 1969.6.14. 새벽 1시 운명함.

2) 전상수가 대구·부산 시절에 격은 노동운동 사건들

전상수는 이소선과 결혼하기 한 해 전인 1946년에 9월 전국 총파업과 10월 대구항쟁을 겪었다. 이때 전상수는 어쩔 수 없이 자신이 몸담고 있던 방직회사에 소속된 노동자로서 자연스럽게 동참하게 되었다. 그때부터 시작해서 노동운동 사건들을 자주 목격하면서 노동자들이 억울한 일을 당하는 모습과 탄압받는 모습, 혹은 노동자들이 피를 흘리며 투쟁하는 모습들을 바라보며 젊은 시절을 보냈다. 당시 23세였던 청년 전상수가 살던 시대야말로 우리나라 노동운동의 서막이 올랐던 시기였다. 앞서 밝혔듯이 9월과 10월의 노동자 총파업 투쟁사건에 본인이 가담하면서 말할 수 없는 자괴감과 비극을 맛보기도 했다. 그리고 결혼 후 1950년 3월에서 1954년 8월까지 부산으로 이주해 4년 반 동안 거주하는 동안 6.25라는 전쟁의 비극을 겪었다. 그리고 전국에서 내려온 피난민들을 자신의 집 셋방에 들여놓고 직접 몸을 부대끼며 살기도 했다.

　그리고 전상수는 부산에서 전쟁을 겪으며 지내는 동안 이번엔 1951~1952년까지 2년 동안 지루하게 계속된 남한 최대의 대규모 파업을 현장에서 목격하기도 했다. 당시 부산에 있던 방직회사였던 조선방직회사에서 6천 명의 노동자들이 파업을 하며 투쟁하는 모습을 직접 체험했던 것이다. 그리고 전상수가 아내 이소선과 함께 부산 하야리아 미군부대에서 일할 때는 무려 12,000명의 한인 군무원들과 노동자들이 총파업을 하는 것을 직접 체험했다.[21] 전상수가 미군부대에 근무하며 파업을 겪은 사건은 미군이라는 특수한 대상으로 발생한 파업사건으로서 당시 전무후무한 일이었다. 부산에서 사업 실패로 서울로 이주하기 직전인 1954년 8월경에 바로 그 미군부대의 파업을 직접 목격했고 사업이 망한 후 곧바로 상경했다. 이처럼 대구와 부산 시절에 겪은 노동운동들은 전상수가 노동운동관을 형성하는 데 지대한 영향을 끼쳤다.[22]

전상수가 대구·부산 시절에 겪은 노동운동 사건들
1945.10.~1954.8.(약 10년간)

파업명칭(파업시기) 당시연령	내용
9월 전국총파업 (1946.9) 23세	1946년 9월 23일, 철도노동조합의 파업을 시작으로 일어난 전국적 파업으로서 서울을 비롯해 전국적으로 미군정청의 운수 노동자 감원과 월급 삭감에 반발해 노동자와 노동조합이 나서서 총파업을 단행한 사건이다. 26일부터는 조선노동조합 전국평의회(전평) 산하의 전국 각 산업별 노동조합들이 전평 주도하에 파업에 돌입하자 사태는 전국적으로 확산되었는데 26일에는 출판노동조합, 28일에는 중앙전화국노동조합, 29에는 대구지역 40여 개 공장노동조합을 비롯해 전국의 전기, 해운 등 중요기관의 노동조합이 일제히 파업에 들어감으로써 9월 총파업이 시작되었다. 이

21 이원보, 『한국노동운동사 100년의 기록』, 경제와 사회. 통권 67호 (2005. 가을), 335-339.
22 이소선, 「저자와의 인터뷰 증언」, 2006. 8. 10.

파업명칭(파업시기) 당시연령	내용
	때 전상수도 함께 노동자로서 참가하였다.
10월 대구항쟁 (1946.10) 23세	1946년 10월에는 3.1운동 이래 최대 규모의 농민, 시민들의 봉기가 일어났는데 이 사건이 곧 대구 10월 항쟁이다. 1일, 대구 시청 앞에서 1만여 명의 시민이 모여 식량을 요구하며 시위를 벌였고 저녁 7시, 경찰과 민중들이 팽팽히 대치한 상태에서 경찰이 쏜 총에 사망자와 부상자가 생겨나자 대구 노동자들의 파업은 순식간에 항쟁으로 확대되었다. 당시 경찰기록을 보면 사망 136명(경찰 및 관리 63명, 일반인 73명) 부상자 162명, 건물 파괴 및 전소 776동이나 실상은 그 이상인 것으로 추정되는 큰 사건이며 전상수도 참가하였다.
부산조선방직총파업 (1951.9~52.1.21) 28~29세	남한 최대의 방직공장인 부산의 조선방직(6천 명)에서 전쟁 중에 파업이 일어났다. 이승만은 1951년 9월 자기 심복 강일매를 사장으로 임명했고 부임 후 강 사장은 근속노동자를 해고하며 120명을 신규채용하고, 상공부 지시의 인상임금을 지급하지 않고, 노동자들에게 후생용 광목을 지급하지 않으면서 욕설과 구타를 예사로 하여 비난을 받았다. 노조간부 2명에 대한 해고를 기점으로 노동자들의 분노가 폭발해 투쟁이 시작됐고 노동자들은 '강일매 파면', '인사문제 원상복구' 등 4개 항목을 요구했다. 1952년 1월 21일 여성노동자 1천여 명이 부산에서 개회중인 국회의사당 앞으로 몰려가 시위를 벌였다. 이어 노동자들은 시가행진을 하며 조선방직 본사 앞에서 농성을 벌이다 경찰과 충돌했다. 지속되는 투쟁에도 노조간부들이 구속되고 어용노조가 만들어진 상태에서 대한노총 위원장의 투항으로 파업은 종결됐다. 이 사건으로 1천여 명의 노동자가 파면당했고 약 500명이 회사를 자신 사퇴했다. 전상수는 이때 부산에 거주하며 부산시를 떠들썩하게 했던 이 사건의 모든 과정을 목격하였다.
전국부두노동자 총파업 (1952.7.17) 29세	전국부두노동조합연맹체인 대한노총자유연맹이 임금 280%를 요구하는 파업을 단행했다. 결국 파업결과로 군수물자 하역작업과 미군측이 일일 고용하는 일용직 노동자 임금을 200%, 청부노동자 노임을 100%를 인상하며 종결되었다. 전상수는 부산의 여러 부두에서 파업하는 현장을 직접 목격하였다.
부산하야리아 미군부대 군무원, 노동자 총파업 (1954.8) 31세	속칭 하야리아 미군부대에서 일하던 1만 2천 명의 한인 노동자들이 임금인상과 한국 근로기준법 적용을 요구하며 총파업을 벌였다. 이 부대는 주한미군기지사령부가 들어선 부대였는데 이때 전상수는 양복제조사업을 하던 시기였지만 자신이 일하던 미군부대에서 발생한 파업에 대해 소상히 목격했다. 결국 전상수는 이 부대에서 부도를 맞고 곧바로 서울로 이주하였다.

2. 전태일 부자가 생존 시 발생한 노동운동 약사
— 1961년 5월~1970년 1월

전상수는 22세 때인 1945년 8월, 부친 전암회의 명령으로 최초로 봉제
기술을 배우며 공장에 다녔다. 그리고 37세 되던 해인 1960년 4월 19일 이
전까지 약 15년 동안 발생한 국내 여성노동자 투쟁사건들을 통해 우리나
라 여성 노동자들의 투쟁 활약상도 자연스럽게 알게 되었다. 이 사건들은
훗날 자신의 아들 전태일이 그토록 고민하며 애착을 갖던 평화시장 노동
문제의 핵심을 차지하는 어린 여성 노동자들을 떠올리며 비교하게 되었
던 것이다. 당시 평화시장 노동자들의 대부분을 차지하던 남녀 비율은 여
성노동자들이 압도적으로 많았다. 전상수는 아들 태일이 이런 여성노동
자들과 손을 잡고 문제를 해결해 갈 수 있다는 구체적인 실례를 제시하며
가능성을 제공해 주었던 것이다. 박정희가 집권하며 잠자고 있던 노동운
동의 휴면기 상태에서 전상수는 아들 전태일에게 과거의 적극적인 여성
노동자들의 투쟁역사를 회상하며 투쟁의식을 간접적으로 고취시킨 것이
다. 당시는 유교적인 영향으로 인해 여성들의 최고 미덕이 매사에 조신하
고 경거망동하지 않는 것을 가르치던 때였다.

아무리 억울한 일을 당해도 감히 여성의 신분으로 파업이나 투쟁하는
일에 나선다는 것을 엄두도 못 내던 시절이었다. 그러나 전상수는 아들에
게 불가능하다는 생각을 하지 말 것을 지적하며 긍정적으로 노동운동의
가능성을 제시했으며 그와 동시에 험한 노동운동을 해야 하는 아들의 장
래를 생각해 한때 극구 반대하기도 했던 것이다. 장남이 노동운동 때문에
젊은 나이에 어떤 화를 당하지나 않을까 해서 노심초사한 결론이었다. 그
래서 아예 노동운동에서 손을 떼게 만들 작정으로 호되게 야단을 치기도
했고 노동운동에 대한 운을 떼기만 해도 집에서 내쫓았던 적도 있었다. 그

러나 이제는 생각이 달라졌다. 아들 전태일이 진심으로 평화시장에서 고통받고 있는 나이 어린 수많은 여공들을 진심으로 사랑하고 아끼고 있다는 사실을 확인했기 때문이었다. 또한 아버지가 15년 동안 겪은 노동운동 이야기는 물론 해방 이전의 일제 강점기 우리나라 여성노동자들의 노동운동 투쟁사의 이야기도 태일에게는 크나 큰 역사적 교훈이 되어 평화시장의 여공들을 바라보는 관점을 형성하는 데 밑거름이 되었던 것이다.

1) 노동자 실태와 노동정책(1960~1971)

전태일은 청계천 평화시장의 노동문제에 본격적으로 관여하면서 바보회와 삼동회 활동을 통해 업주와 평화시장 주식회사 그리고 시청과 노동청, 언론사 등을 찾아다니며 진정을 넣거나 설득을 했다. 그러나 그 당시 전태일이 가장 먼저 방문했어야 할 기관은 바로 노동조합 사무실이었다. 그러나 전태일의 노동조합을 직접 찾아갔다는 이야기는 전혀 들을 수가 없다. 다만 한미사에서 재단사로 승진해 일하던 중 노동참상을 직접 겪으며 충격을 받은 전태일이 당시 평화시장 노조를 결성하던 선배 재단사들에게 찾아가 조언과 협조를 요청했으나 선배들로부터 "바보짓"이라는 핀잔을 들으며 노동문제에 개입하는 것을 저지당했다.[23] 그 당시까지 전태일은 평화시장에 노조사무실이 존재하고 있음을 전혀 인지하지도 못했다. 노동자들이 인지하지 못할 정도의 노조활동이었다면 얼마나 유명무실했는지 불을 보듯 뻔하다. 이것은 허수아비 같은 어용노조와 기존의 국내 노조 활동의 빈약함을 여실히 증명하는 것이었다.

박정희 시대의 경제개발 밑천은 양질의 저렴하고 풍부한 노동력이었

---

23 김영문, 「저자와의 인터뷰 증언」, 2006.7.20.

으므로 저임금과 장시간 노동은 평화시장뿐만이 아니라 우리나라 노동
현실의 전반적인 특징이기도 했다. 따라서 이를 바로잡기 위한 노동자들
의 투쟁도 격화될 수밖에 없었고, 그에 따라 기업가와 정부의 대응도 무자
비하고 폭력적으로 변했다. 이렇게 누적된 노동문제는 1970년에 접어들
면서 폭발 직전에 놓이게 되었는데 이 시기 노동운동의 주체를 분류하면
우선 한국노총을 들 수 있으나, 이 단체는 노동자들의 문제를 근본적으로
해결할 수 있는 능력을 갖지 못하였을 뿐만 아니라 정치적 중립을 포기함
으로써 훗날 유신체제의 시녀로 전락하고 말았다. 전상수는 자신이
1945~ 1960년까지의 벌어진 노동운동들과 직간접적으로 겪은 봉제업체
나 제사(製絲), 방직(紡織) 계통의 공장에서 여성노동자들이 파업 사례들
을 눈여겨보아 잘 알고 있었던 터라 이런 조언을 들은 전태일은 평화시장
의 수많은 나이 어린 여공들을 자신이 대변한다면 어느 정도 해결될 수 있
다는 자신감을 얻었던 것이다. 전상수는 1945~1960년까지의 15년 동안
의 노동운동사[24]를 통해 남측 사회에서 노동운동이 무엇인지 그 핵심을
파악하고 있었으며 특히 자신이 22세 청년시절부터 4.19혁명 시기까지
살아오면서 겪었던 여성들의 노동 운동사 이야기는 태일에게 있어서는
새로운 신세계처럼 받아들여졌다.

그렇다면 먼저 1960~1970년의 10여 년 동안의 노동정책[25] 개괄을 살
펴보자. 5.16 쿠데타를 일으켜 정권을 장악한 박정희는 1962년부터 경제
성장을 명분으로 내세우고 제1차 경제개발 5개년 계획에 착수하였다. 박
정희 군사정권은 경제성장을 저임금과 장시간 노동에 기초한 획일적 수

---

24 조돈문, 「특집: 한국의 현대사」, 1950년대 대한노총노동조합과 계급지배 재생산, 카톨릭
   대, 2004. 여기에서 1960년은 4월 혁명 이전 1월부터 3월까지를 포함함.

25 노동운동역사자료 데이터베이스(http://wbook.labordata.org), 전국노동조합협회,
   제1장 1절, 참조.

출경제 전략을 추진하였는데, 저임금 노동자의 공급은 농촌을 급격히 해체시켜 농민을 이농시켜 도시나 공장지대로 영입시킴으로써 가능하였다. 통계청자료에 따르면 1960년 당시 전체인구의 56.3%에 달하던 농촌인구가 박정희 정권 말기인 1979년에는 전체인구의 29%에 불과한 540만 명으로 줄어들었다. 이농인구는 대부분 공단과 도시빈민으로 유입되어 저임금, 장시간 노동을 제공하는 저수지 역할을 했던 것이다.[26]

한편 박정희 정권은 1972년 유신체제를 구축하면서 노동자를 통제하는 법규를 전면적으로 제정하기 시작했는데 특히 외국자본 투자유치 계획을 위해서 외자기업에 대한 지원정책을 수립하였다. 이것을 국내 노동자들의 생존권을 짓밟는 방향으로 진척시켜 나갔던 것이다. 박 정권은 1969년 12월 20일에는 '외자기업의 노동조합 및 쟁의조성에 관한 특례법'을 제정하였고 곧 이어 1970년 1월 1일 '외국인 투자기업의 노동조합 및 노동쟁의 조정에 관한 임시특례법'을 공포하였다. 이 임시특례법에 의하여 외국자본이 투자한 기업의 노동자들은 자주적이고 민주적인 단결권과 단체 행동권을 행사할 수 없게 되었다. 이 법이야말로 국내 노동자들이 외국 자본가들에게 어떠한 저항도 할 수 없도록 만든 노예화 법률이었다. 이 법안이 공포되자, 외자기업 내 수많은 노동자들이 이 법을 반대하는 투쟁을 전개했고, 특히 16개 면방업체의 노동자들은 연합쟁의에 돌입하였다. 노동자들의 투쟁이 본격화되자 박 정권은 곧바로 긴급조정권을 발동하였으며, 외국자본들은 직장폐쇄에 이어 자본 철수조치를 단행하였다. 이 과정에서 많은 노동자들이 임금도 제대로 받지 못한 채 집단 실업자가 되어야만 했다.[27]

---

26 통계청, 『통계로 본 한국의 발자취』(1995), 87.
27 노동운동역사자료 데이터베이스, 위와 같음.

2) 1960년대 노동운동과 박정희 군사정권의 등장

1959년 말에 이르러 대한독립촉성 전국노총동맹(이하 대한노총)의 어용 행각에 실망을 느낀 노동자들을 중심으로 민주화 요구가 표면화되기 시작하였다. 그러나 이러한 움직임에 대해 한국노동조합총연맹(이하 한국노총)의 전신인 대한노총의 역할은 자유당의 비호 아래 폭력단이나 경찰을 노동현장으로 끌어들여 폭력으로 진압하는 것이 고작이었다. 대한노총의 이러한 작태는 민주화를 바라는 조합원들의 불만을 누적시켰고, 동시에 대한노총에 대한 개혁을 시도하기에 이르렀다. 1959년 10월에는 대한노총에 반대하고 민주노조를 지향하는 세력들이 모여 새운 민주적 노동단체인 전국노동조합협의회(이하 전국노협)를 조직하였다. 전국노협은 그 강령에서 ① 자주적이고 민주적인 노동운동을 통한 노동자의 인권회복과 복지확대를 위한 투쟁, ② 노사가 평등한 사회를 건설하기 위한 투쟁, ③ 민족의 주권 확립을 위한 활동과 국제연대 활동을 전개할 것 등을 밝혔다. 당시 전국노협의 발표에 따르면 전국 총 노조수 541개, 27만 명 중 311개, 14만 명이 전국노협 참가를 결의하였다. 1960년 4.19혁명과 자유당의 몰락으로 권력에 의해 양성되어 온 대한노총이 해체되었고, 노동운동은 양적 확대와 함께 질적으로도 새로운 단계에 들어서기 시작했다.

그러나 전국노협은 대한노총의 반노동자적 행태를 분명히 인식하고 있었음에도 불구하고, 노동운동의 비약적 발전기에 노동 대중들이 나아갈 올바른 방향을 제시하는 데 실패함으로써 대한노총을 중심으로 제기하기 시작한 '총단결' 요구에 밀려 대한노총과의 통합을 단행하지 않을 수 없었다. 이렇게 하여 '전국노협'과 '대한노총'은 조직통합을 단행하여 '한국노동조합연맹'(이하 한국노련)을 출범시켰다. 이 시기에는 노동조합 결성이 활발하게 전개되어 1959년 말 559개 노조 28만 명이었던 것이 1960

년 말에는 914개 노조 32만 명으로 늘어났고, 중소기업은 물론이고 언론, 은행, 교원 등 화이트칼라 노동자들에게 노동조합이 설립되기 시작하였다. 미국과 매판자본의 적극적인 지지하에 박정희 등 소수의 정치군인들이 쿠데타를 일으켜 권력을 장악하자 그 세력들은 기존에 설립되어 있던 모든 노동조합을 해산시키고 '국가재건최고위원회 포고령 제6호'를 발령하여 8월에는 정부가 임명한 9명의 위원으로 하여금 '한국 노동단체 재건 위원회'를 조직하였다. 이어 이 위원회는 대한노총에서 활동했던 인물들을 중심으로 '한국노동조합총연맹'을 만들게 하였다.[28]

(1) 근로기준법 개정(1961.12.)

1953년 제정된 노동법은 5.16 쿠데타에 의해 집권한 박정희 군사정부에 의해 수시로 개정되었다. 쿠데타 직후인 1961년 5월 22일에는 포고령 제6호에 의해 일거에 노동관계 법령의 효력이 정지되었고 모든 노동단체가 해산되었다. 이어 1961년 8월 20일에 공포된 '근로자의 단체 활동에 관한 임시조치법'(법령 제672호)에 의해 노동조합 활동이 재개되었으나 정부에 의해 한국노총이 만들어졌다. 박정희 정권은 특히 '장기 경제개발 계획'의 추진과 관련해 노동자들의 저항을 부분적으로 약화시키고 포섭하겠다는 차원에서 1961년 12월에 근로기준법을 개정하였다. 주요 개정 내용은 퇴직금제도(제28조), 휴업지급과 노동시간, 휴식시간, 연차유급휴가 등에 관하여 단서조항(제47조의 2, 제48조 제2항 단서조항)을 두어 예외를 대폭 인정하였고, 금품청산 기일을 연장(제30조)하는 개악을 단행했다. 반면 잘 시행될 수 없는 준법에 대한 벌칙 강화를 내세워 노동법 개악을 은폐하고

---

28 위와 같음.

자 하였다.[29]

(2) 집단적 노사관계법 개정(1963년 4~12월)

한편 박 정권은 경제성장의 지속적 추진을 위하여 노동쟁의를 근절시키는 것을 목표로 1963년 4월 17일과 12월 7일 두 차례에 걸쳐 노동조합법, 노동쟁의조정법, 노동위원회법을 개정하였으며 같은 해 12월 6일에는 또 한 차례 노동쟁의조정법과 노동위원회법을 개정하였다. 그뿐만 아니라 직업안정법, 선원법, 산업재해보상보험법, 직원훈련법을 제정하거나, 개정하여 산업화에 필요한 인력양성을 위한 법률적 토대를 만들어 놓았다. 1963년 세 차례에 걸쳐서 개정된 노동조합법의 주요 내용을 살펴보면, 노동자 단체가 '기존 노동조합의 정상적인 운영을 방해하는 것을 목적으로 하는 경우에는 노동조합으로 인정하지 않겠다'는 규정(제3조 단서 5호)이 신설되었고, 노사협의회 설치에 관한 규정이 신설(제6조, 제14조, 제12호, 제33조 제4항, 노동쟁의법 제5조)되어 노동조합 활동이 크게 제약받게 되었다.

또한 노동조합에 대한 자유설립주의가 부정되어 행정관청으로부터 설립 신고증을 교부받도록 했으며(제13조, 제15조), 노동조합 임시총회 소집권자의 지명권을 행정관청에 부여한 것(제35조, 제3항), 사용자의 부당노동행위에 관한 개정 전의 법률상의 처벌주의(예방주의)에서 구제주의(원상회복주의)로 전환(제39조, 제44조), 노동조합의 전국적 단일조직 형태를 지향하는 산업별노조(제13조 제1항 5호, 제3항, 제14조 11호, 제26조 제2항, 제33조 제2항) 조직형태를 강제적으로 전환시키는 등 노동조합을 유명무

---

29 방하남, 「퇴직연금제도실행방안」(노동부 한국노동연구원, 2003).

실하게 하는 법률들로 개정되었다. 노동쟁의조정법도 1963년 4월 17일, 12월 7일, 12월 16일에 각각 개정되었다. 주된 개정 내용은 공익사업 범위의 확대(제4조), 노동쟁의 조정을 위한 노동위원회 산하 특별조정위원회의 설치를 통한 조정전치주의의 도입(제10조), 산하 노동조합이 쟁의행위를 하기 전에 전국적 규모의 노동조합에 의한 사전승인을 받도록 한 것(제12조 제2항), 노동조합이 쟁의행위를 하기 전에 노동위원회에 의해 적법 여부를 심사받도록 한 것(제16조 제2항, 제4항), 알선서, 조정서, 중재제정의 효력을 확정판결과 동일한 것으로 했던 것을 단체협약과 동일한 것으로 한 것(제21조, 제29조, 제 39조), 노동쟁의에 대한 긴급조정제를 신설한 것(제40조) 등 노동자들의 쟁의행위를 법률적으로 완전히 봉쇄하는 것들이었다. 노동위원회법 역시 1963년에만 세 차례 개정되었다. 노동위원회법의 주요한 개정 내용은 위원회 구성이 노·사·공익대표 3자 동수로 구성되는 상식을 깨고, 공익위원만 3~5명으로 할 수 있게 하여 형평성을 완전히 무시하였으며, 특히 공익위원들의 권한을 대폭 강화하여 노동조합 규약의 취소와 변경과 노동조합의 해산에 관한 사항, 법령 해석권 등을 부여함으로써 노동조합법과 노동쟁의조정법에도 불구하고 생겨날 수 있는 쟁의를 원천 봉쇄해버렸다.[30]

(3) 노동자를 노예화하는 외국인투자기업의 노동조합 및 노동쟁의조정에 관한 임시특례법 제정공포(1970.5.14.)

이 법률은 외국인투자기업체의 노사협조를 증진하며 외자유치를 촉진함으로써 국민경제 발전에 기여한다는 명목 하에 노동조합 설립과 노

---

30 노동운동역사자료 데이터베이스, 위와 같음.

동쟁의조정에 관한 특례를 규정할 목적으로 1970년 1월 1일 법률 제2192호로 공포, 시행되었다. 또한 이 법의 시행령은 1970년 5월 14일에 대통령령 제5003조로 공포되었다. 이 법률은 외국인이 10만 달러 이상 출자한 전기, 전자, 화학, 유류, 제철, 금속, 수송, 관광사업과 출자액이 이에 미치지 못하더라도 그 제품을 전량 수출하는 사업에 적용하였다. 이러한 사업장에서는 노동쟁의에 대한 강제중재가 적용되었고, 노동조합 설립이 제약되는 등 노동삼권이 실질적으로 중지되었다. 이상과 같은 노동법 개정은 "노동문제 발생의 근원을 덮어두고 노동운동만을 억제하려는 단견"이라는 여론을 불러 일으켰다. 심지어 한국노총에서조차 '정치활동 금지'와 '노동쟁의의 적법판정제도'를 중심으로 개정 내용에 대해 반발했던 것이다. 한국노총이 제출한 재개정 청원서를 국회에 제출하여 보사위원회에서 심의를 마친 후 통과했지만 본회의에서는 부결됨으로써 노동악법은 그대로 굳혀졌다.[31] 이로써 박정희 정권은 경제발전에 조금이라도 장애가 된다고 판단되는 노동자들의 집단적 활동을 철저히 감시하고 통제할 수 있게 되었다. 결국 노동자들은 1960년대 군사정권의 지배 하에서 저임금으로 경제성장의 바탕을 마련한 군부와 재벌의 희생 제물로 전락한 것이다. 실제로 1969년대 연평균 노동생산성 증가율은 12.6%에 이르렀지만 노동자들의 임금상승률은 3.4%에 지나지 않았다. 따라서 노동자들은 자신의 생존권을 사수하기 위한 투쟁을 전개했던 바, 비상계엄이 해제된 1963년, 16만 8,843명이 89건의 여러 가지 형태의 쟁의를 일으켰고, 1968년에는 20만 5,941명이 112건의 쟁의를 일으켰다.[32]

---

31 위와 같음.

32 이환균, "외국인 투자기업의 노동조합 및 노동쟁의 조정에 관한 임시특례법", 「법제월보」 1970년 9월호 (법제처).

3. 1960년대 국내 주요 노동자 투쟁사건

1960년대 국내 주요 노동자 투쟁사건

순위	투쟁일시	투쟁업체	투쟁내용
1	1963.6	16개 정부 관리기업체	보수통제법 폐기투쟁
2	1963.7	외기노조 의정부지부	해고 반대투쟁
3	1964.7	마산방직	임금인상 투쟁
4	1964.11	조선방직	해고 반대투쟁
5	1965.5	동신화학	연장근로수당 지급요구 투쟁
6	1965.5	고려석면	기아임금 시정요구 농성투쟁
7	1965.11	외기노조 KSC지부	노스웨스트 항공사의 인력파견업체였던 한국산업안전주식회사(KSC) 노동자들의 파업투쟁
8	1966.2	외기노조 파주지부	퇴직금 누진제 실시요구 파업투쟁
9	1966.2	외기노조 일본상사분회	임금인상 요구투쟁
10	1967.6~8	섬유노조	섬유노조 산하 각 지부의 임금인상투쟁
11	1967.11	좌석버스지부	자동차노조 산하 지부로서 전국규모의 임금인상투쟁
12	1968.3	철도노조	쟁의위협 투쟁
13	1968.4	동양기계	승급요구 농성투쟁
14	1968.6	대전방직	체불임금 지급요구 농성투쟁
15	1969.6	대한조선공사	임금인상을 요구하며 가두시위
16	1970.1	16개 면방(綿紡) 업체	외국인 투자기업의 노동조합 및 노동쟁의 조정에 관한 임시특례법이 공포되자, 외자기업 내 수많은 노동자들이 이 법을 반대하는 투쟁을 전개했고, 특히 16개 면방(綿紡) 업체의 노동자들은 연합쟁의에 돌입했다.

전반적으로 1960년 후반 들어서는 노동운동이 조금씩 활발해지기는 했지만 아직 조직력에 바탕을 두지 못하고 있었기 때문에 저항운동은 체계적이지 못하고 산발적이었다. 그러던 중 이미 농촌인구가 반으로 줄어들고 도시로 인구가 집중되기 시작하자 산업현장의 대부분이 열악한 노

동조건에 시달리고 있었던 1970년도에 들어서 전태일의 분신 항거 사건으로 노동운동사의 새로운 전기가 마련된 된 것이다. 1970년 11월 27일, 장례식을 마친 2주 후 수많은 협박과 탄압 속에서도 전태일 어머니 이소선의 주도로 마침내 1970년대 최초의 민주노조인 '청계피복 노동조합'이 탄생했고 이를 계기로 노동자들의 투쟁은 일시에 전국으로 확산되어 1971년에는 무려 1,656건의 노동자 투쟁이 일어나게 되는 계기가 되었다.[33]

4. 아버지 전상수를 통해 노동운동과 근로기준법에 눈을 뜨다
  — 1967년 6월

1) 노동법에 대해 본격적으로 연구하다(1967.6. 말)

전태일이 노동운동의 필요성을 자각하게 된 시기는 인간의 진정한 가치보다는 인위적인 가치가 우선시 되던 60년대 말의 산업사회 시대였다. 전태일은 그가 일하는 공장뿐만 아니라 대부분의 평화시장 입주업체와 공장들에서도 동일하게 많은 문제점들이 드러나고 있다는 것을 확인하였다. 전태일과 수많은 노동자들은 자신들이 일하는 공장에서 최저 생계비에도 못 미치는 부당한 대우와 열악한 노동환경에서 일하다 보니 단지 하나의 기계나 도구로만 취급을 받았다. 인간들을 위해 물건이나 상품들이 존재해야 함에도 불구하고 거꾸로 물건과 상품을 위해서 인간이 존재하는 사회처럼 돼 버렸으며 이러한 가치역전 현상이 서울 대도시 한복판에

---

33 위와 같음.

서 벌어지고 있었던 것이다.

전상수가 아들 태일에게 심각하게 들려준 노동운동과 노동법 이야기
는 위에서 언급한 대로 1940년대부터 이미 알고 있었던 범위와 한계 내에
서 가르쳐 준 것이다. 노동법에 눈을 뜬 태일은 자신과 노동자들을 구해낼
수 있는 법규는 오직 근로기준법 하나뿐이라고 생각했다. 근로기준법은
"헌법에 따라서 근로조건의 기준을 정함으로써 근로자의 기본적 생활을
보장, 향상시키며 균형있는 국민경제의 발전을 도모하기 위해 제정한 법"
이라고 제1조에 명시되어 있었다. 이제껏 이런 법에 대해 무지하게 살아
온 태일에게는 근로자의 생활을 보장하고 향상시키기 위한 법률이 마련
되어 있다는 사실 하나만으로도 마치 암흑 속에서 한 줄기 빛을 발견한 것
처럼 놀라운 환희와 희열이었다.

모든 것을 빼앗기고도 아무렇지도 않게 살아가고 있는 밑바닥 인생에
게도 인간답게 살 수 있는 권리가 있다는 법조문 자체가 그에게는 눈물겨
운 자각이었다. 그것은 인간의 참된 자유와 해방을 위한 모든 저항의 시초
가 되었던 것이다. 당시 존재하던 근로기준법은 전태일의 눈으로 볼 때는
청계천 평화시장 내에서만큼은 한낱 빛 좋은 개살구에 불과했다. 근로기
준법 제42조, "근로시간은 휴게시간을 제하고 1일 8시간, 1주일 48시간을
기준으로 한다. 단, 당사자 간의 합의에 의하여 1주일에 60시간을 한도로
한다"는 규정을 읽었을 때 전태일은 무릎을 치고 "그러면 그렇지!!" 하며
탄성을 질렀다. 또 제45조, "사용자는 근로자에 대하여 1주일에 평균 1회
이상의 유급휴일을 주어야 한다"는 구절을 보았을 때는 하루에 14시간, 1
주일에 98시간 이상의 노동이 청계천 어디에서나 공공연히 벌어지고 있
었던 현실 속에서 어쩔 수 없다고 생각하며 속만 태우던 그에게는 충격이
었다.

어디 그뿐인가. 유해 위험작업에 관한 규정(43조), 여공에 대한 월 1일

의 유급생리휴가(59조), 18세 미만의 어린 근로자들에 대한 교육시설 규정
(63조), 건강진단(71조), 재해보산(제8장), 여자와 18세 미만 근로자에 관한
야간작업 금지 규정(56조) 등등의 꿈같은 이야기들의 글자들이 눈 앞에 펼
쳐지자, 그동안 자신이 겪고 목격했던 평화시장의 비인간적 노동현실에
대한 분노가 새삼스럽게 끓어올랐다.[34] 근로시간인 7시간(경우에 따라서
는 9시간)을 지키지 않을 때 사용주는 2년 이상의 징역이나 2만 원 이하의
벌금에 처하도록 되어 있으며, 또 제108조에는 근로감독관이 이 법에 위
반된 사실을 알고도 고의로 묵과할 때는 3년 이하의 징역 또는 5년 이하의
자격정지에 처한다고 못 박고 있었다. 그럼에도 불구하고, 전태일은 평화
시장에서 몇 년 동안 일하는 사이에 공장마다 근로시간 규정이 제대로 지
켜진 적이 단 한 번도 없었다는 것을 알게 되었고 더 나아가 이 법규가 완
전히 무시되는데도 업주가 처벌을 당했다거나 근로감독관이 문책을 당했
다는 소식을 단 한 번도 들어보지 못했다.

　이처럼 노동자들의 입장에서 이렇게 좋은 규정들이 만들어져 있는 줄
도 모르고 그저 공장에서는 사장 혼자 마음대로 하는 것인 줄만 알고 속아
서 살아온 자신이 너무나도 어리석었다고 느꼈다. 한편 당시의 여성노동
자를 위한 관련 법규에는 1948년 정부수립과 더불어 헌법과 근로기준법
안에는 분명히 여성평등을 명시하였다. 특히 1952년 8월에 제정된 근로
기준법은 직장여성 보호규정으로 산전 산후 1개월 이상 유급휴가, 유급
생리휴가, 무리한 작업금지, 남녀평등 대우 등을 규정하고 1953년 5월 1
일에 정식으로 공포되었다. 이제 전태일은 앞으로 자신이 어떻게 싸워야
할 것인가에 대한 목표가 분명히 정해졌다. 그것은 먼저 자기 자신과의 싸
움이었다. 자신의 무지 때문에 이런 법규도 모르고 세월을 보낸 것이 너무

---

34 조영래, 『전태일 평전』, 153.

억울하고 분통이 터졌다. 그는 근로기준법과 노동법 공부를 통해서만 자신이 당면한 문제를 해결할 수 있다는 것을 알게 되었으며 그 길만이 살 길이라는 것을 자각하게 된 것이다.

이때부터 전태일은 1년 365일 이 근로기준법 책자를 손에서 뗄 수가 없었고 그의 머릿속에서는 언제나 근로기준법 조항들이 떠나지를 않았다. 오직 평화시장에서의 진정한 평화를 위해서는 그 책을 공부하는 수밖에 다른 도리가 없었다. 전태일은 그동안 맘보바지와 석유곤로를 팔아 장만한 고입검정고시 교재를 놓고 밤낮으로 공부하던 일을 눈물을 머금고 중단했다. 그리고 대학진학의 꿈도 과감히 포기했다. 무엇보다도 근로기준법과 노동운동 연구가 더 시급했기 때문이었다. 그는 노동법 전문서적을 직접 접하게 되면서 새 세상에 눈을 뜨게 된 것이 어쩌면 하늘의 섭리로 받아들여졌다. 그러나 노동운동에 뛰어들기는 했지만 현실의 벽은 너무나 두터웠다.

2) 아버지의 조언 직후 근로기준법 소책자 구입(1967.7. 초)

전태일은 부친의 무심한 듯하면서도 정곡을 찌르는 조언을 들은 지 며칠이 지난 1967년 7월 초 소책자로 된 근로기준법 한 권을 구입했다. 근로기준법을 구하기 위해 청계천 중고서점을 여기저기 찾아 헤매다가 드디어 한 곳에서 발견하고 주머니를 털어 책자를 구입했던 것이다. 책을 손에 들은 전태일은 떨렸다. 그것은 자신이 원하는 책을 손에 쥐었다는 기쁨과 함께 알 수 없는 막중한 책임감에 엄습하는 떨림이었다. 그 후로 전태일은 그 책은 언제나 옆구리에 끼고 다녔는데, 심지어 잠을 잘 때나 놀러 갈 때도 가까이하며 읽었다. 그리하여 이듬해인 1968년 12월 말까지 1년 반이라는 기간 동안 반질반질하게 손때가 묻을 정도로 읽고 공부했다.

그동안 전태일은 간혹 남이 읽고 난 신문을 주워 읽을 때도 있었고 시사적인 문제나 시국에 관한 관심 때문에 잡지도 읽었다. 그런 전태일의 옆구리와 두 손에는 잡다한 서적들이나 구겨진 신문이 아닌 근로기준법이라는 책이 있었다. 부친과의 대화 도중에 근로기준법의 존재를 알게 된 이후 그토록 열망했던 검정고시 응시계획을 포기하고 아울러

평화시장 2층에 있는 한미사 공장 앞에서 동료들과 함께한 전태일. 가운데는 재단사, 우측은 재단보조 동료이다.

대학진학의 꿈조차 과감히 접고 오직 근로기준법 연구에 몰두하기 시작한 것이다. 자기 한 사람의 영달을 위한 대학진학보다 평화시장의 어린 여공들과 수 많은 노동자들의 권익과 생명을 되찾는 일이 더 시급했기 때문이었다. 전태일은 근로기준법 소책자를 독학으로 공부하기 시작하여 검정고시 준비를 할 때보다 더 열심히 노력을 했다. 그렇게 전태일은 자기 친구 김영문과 함께 바보회 모임을 시작할 때 다방에 모인 회원들에게 근로기준법 내용의 법조문 일부를 어설프게나마 인용할 정도의 수준이 되었다. 그래서 그 근로기준법 소책자는 1968년 12월 27일 바보회 창립을 위한 두 번째 회합을 가실 때까지 꾸준히 모임을 위해 사용되었던 것이다.[35]

3) 어머니의 도움으로 축조근로기준법책자 구입(1968.12. 말)

전태일은 바보회 창립을 위한 두 번째 회합을 가질 때까지 일 년 반가
량을 그 소책자만을 들고 사용해 오다가 창립 며칠 후인 1968년 12월 30일
드디어 국한문혼용으로 된 노동법전문서적『축조근로기준법해설』(逐條
勤勞基準法解說)36을 어머니의 도움으로 구입했다. 책값은 2,700원이나
되는 거금이었다. 책을 사기 전 어느 날 전태일은 이소선에게 도움을 요청
했다. "엄마, 나 이제는 제대로 된 근로기준법 책을 사야 될 것 같으니 얼마
정도 보태 줘요." 이소선은 아들의 간청에 일숫돈을 냈다. 아들이 절반을
내고 어머니가 절반을 내서 그 책을 마련한 것이다.37 이 책은 지난번 구했
던 소책자보다 더 구체적이고 자세한 내용이 수록되어 있는 최신 근로기
준법 서적이었다. 그러나 안타깝게도 어려운 법조 문구와 난해한 법률 용
어가 잔뜩 적혀있을 뿐만 아니라 거의 절반 이상은 한문으로 작성된 책이
었다. 한문 실력이 부족했던 전태일에게는 넘어야 할 태산이 아닐 수 없
다. 훗날 발견된 그의 일기장 여백 곳곳에 한문 공부를 한 흔적이 여기저
기 보이는데, 이는 근로기준법을 이해하기 위한 노력의 흔적이었다. 전태
일은 법조문이 너무 어렵고 난해한 한문으로 서술되어 있자 도저히 안 되
겠는지 "엄마, 혹시 엄마 친구 중에 대학생 아들이 있는 분이 계시면 나한
테 소개 좀 해 주세요" 하며 도움을 요청했다.

그러자 이소선의 머릿속에 얼핏 스쳐가는 한 사람이 떠올랐다. 바로
한 동네에 살고 있는 광식이라는 이웃사람이었는데 그는 이북에서 피난

---

35 이소선, 「저자와의 인터뷰 증언」, 2006.8.10.
36 저자인 심태식 박사는 서울대학교 법과대학출신으로 1955년에 경희대학교 교수로 임용
   된 후『축조근로기준법해설』을 집필하였다. 1982년 10월 경희대학교의 총장으로 부임하
   였고 1987년부터 1989년까지 한국노동법학회 회장을 역임하였다.
37 이소선, 「저자와의 인터뷰 증언」, 2006.8.10.

내려온 나이 많은 중년 남성으로서 국수 장사를 하고 있었다. 이미 그 시절에 대학을 졸업한 인재였다. 소선은 "동네 아래에 광식이 아저씨라는 국수 장사하는 양반이 있는데 대학을 나왔다. 한문하고 영어는 물론이고 어려운 글줄깨나 잘 알려 줄 것이다"고 일러 주었다. 태일은 반색을 하며 바싹 다가서서 "엄마, 나한테 그 아저씨 한 번만 꼭 만나게 해 주세요"라며 애원했다. 이튿날 소선은 광식을 만나러 일찍 찾아갔는데 아들의 이야기를 들려주며 잘 좀 가르쳐 달라고 부탁했다. 광식은 "아, 거. 태일이요? 인사 잘하는 태일이요?" 하면서 이미 태일이를 평소 눈여겨보아 잘 알고 있다며 흔쾌히 허락을 하는 것이었다.

그도 그럴 것이 태일은 당시 동네 사람들을 마주치면 열 번을 보면 열 번을 인사하는 예절 바른 청년이었다. 광식 아저씨는 언제든지 모르는 것이 있으면 찾아와서 물어보라며 친절하게 호의를 베풀어 주었다. 이렇게 하여 전태일은 광식 아저씨를 통해서 근로기준법을 공부하는 데 더 한층 박차를 가하게 되었다. 사람은 그냥 죽으란 법은 없는 모양이다. 가난하고 학교에 다니지 못한 사람들만 모여 사는 빈민촌 동네에서 이처럼 적절한 때에 도움을 줄 수 있는 사람을 만나게 될 줄 누가 알았겠는가. 그날부터 시작해서 전태일은 밤낮없이 광식 아저씨를 귀찮을 정도로 찾아가며 근로기준법을 공부하기 시작했다.[38]

4) 전태일의 노동법 강의, 청중은 어머니 단 한 사람뿐

전태일은 자신이 배운 근로기준법을 어머니에게 가르치며 전수하였다. 어느 날 아들 태일이 뜬금없이 근로기준법에 대해 가르쳐 준다고 하자

---

38 위와 같음.

1963년에 '축조근로기준법'을 집필한 심태식 박사. 전태일이 분신할 때 이 책도 함께 불탔으며 그 사건으로 인해 한때 곤혹을 치렀다. 사건 후 약 10년만인 1979년에 다시 '축조근로기준법해설'을 출간했다.

"엄마가 그런 걸 배워서 무엇에 필요하겠니. 나는 그거 배워도 아무짝에도 쓸데없을 것 같은데?"라며 거절했다. 그러나 아들의 집요한 부탁을 거절할 수 없었다. 그녀는 아들을 너무 사랑했고 어머니와 아들의 마음이 서로 통하고 맞았기 때문에 결국 근로기준법을 함께 공부할 수밖에 없었다. 낮에는 시장에서 보따리 장사하느라 피곤하지만 집에 돌아오면 어김없이 아들에게 근로기준법을 배워야 했다. 밤이면 기승을 부리는 모기들 때문에 병에 담겨진 모기약을 입으로 불어서 온몸에 뿌리고 근로기준법 공부를 계속해 나갔다. 모기에 뜯기면서 배우는 공부는 소선에게는 오히려 잔잔한 즐거움이고 보람이었다. 특히 전태일은 어머니에게 숙제를 내주거나 암기하도록 했다. 한 가지를 가르쳐 주면 그다음 날은 꼭 암기를 해서 답을 말해야 했다. 법조문이나 전문용어를 풀이하는 설명을 한마디도 틀리지 않고 다 외우고 나면 전태일은 "우리 엄마는 역시 한 번만 가르쳐 주면 절대 잊어버리지 않고 다음 날에 다시 외우시는 것을 보면 박사이십니다. 엄마, 고마워요" 하며 몹시 좋아했다. 심지어 이소선은 "유니온 숍 (union shop)조항39, 부당노동행위, 월차휴가…" 등의 어려운 노동법 용어들을 거침없이 외웠다. 당시 보따리 행상을 하면서 오로지 교회만 열심히

───────────────

39 고용된 노동자는 일정 기간 안에 노동조합의 조합원이 되어야 하는 노동조합 가입제도를 말한다.

다녔던 보통 아낙네에 불과한 소선에게 그런 용어들은 현실과는 너무 동떨어진 말들이었고 당장 어디에 써먹을 데가 하나도 없을 듯 보였다. 그러나 아들 태일은 어머니가 근로기준법을 배우거나 암기하면 아주 좋아하고 흡족해하는 모습을 보았기 때문에 그런 재미로 암기하며 숙제를 할 뿐이었다.

언제나 집에 돌아와서 저녁 식사를 마치고 상을 물리고 나면 아들 전태일의 근로기준법 강의를 들었다. 그러다가 태일은 1969년도에 접어들면서 근로기준법을 가르치는 자리에서 어머니를 향해 "엄마, 지금 제가 가르칠 때 잘 배워 두세요. 안 그러면 나중에 후회할 날이 꼭 돌아올 거예요"라는 묘한 말을 자주 남겼다. 이미 죽음을 결단하고 그런 말을 암시한 것 같았다. 그러자 소선은 "내 아들이 이렇게 멀쩡히 살아 있는데 필요하면 그때그때 너한테 직접 물어보면 될 텐데 뭘?" 하며 맞장구를 쳐주었다. 그 후 소선은 그러한 아들의 말을 평소에도 자주 듣게 되자 어느 날은 이상한 예감이 들었다.

이소선은 자리에서 벌떡 일어서며 "너 아까 엄마한테 한 말 다시 한 번 해 봐라" 했더니 "제가 무슨 말을 했다고 그러세요?" "방금 전에 너하고 같이 살면 나는 너한테 물어보면 되지, 그럼 넌 나하고 떨어져서 산다는 거냐? 엄마는 해석이 그렇게밖에 안 된다!"며 따지듯이 물었다. "엄마, 신경 쓰지 마세요. 저 혼자 중얼거린 말들인데요 뭘…" 하며 말끝을 흐리며 얼버무리는 것이다. 그리고 그 후부터는 "아들이 멀쩡한데 내가 이걸 꼭 배야 할 이유가 뭐가 있나?"라는 생각이 들어 공부하는 것을 멀리하기 시작했다. 간혹 아들이 시키는 숙제도 게을리했고 공부도 점점 참석을 안 했다. 그러나 아들 전태일의 집요한 공세에 이소선은 다시금 근로기준법을 배워가기 시작했다. 행여나 어머니가 게으름을 피우면 "후회할 날이 돌아올지 모르니 열심히 배워두시라"고 혼잣말로 구시렁거리며 어머니에게 불

평했다. 세월이 흘러 전태일이 분신 사건으로 세상을 떠나게 되자 소선은
그제서야 아들이 왜 그토록 근로기준법을 자신에게 가르치려고 애를 썼
는지 깨닫게 되었다. 자신을 대신해서 어머니를 노동운동에 뛰어들게 하
려던 것임을 아들이 죽은 후에야 알게 된 것이다.[40]

---

40 이소선, 「저자와의 인터뷰 증언」, 2006.8.10.

27장

평화시장 노조 선배들의 실패를 거울삼다

1967년 10월~1970년 11월 (4년, 20~23세)

1. 재단사 선배들이 설립한 평화시장 노동조합
— 1966년 11월~1967년 10월

전태일이 한미사에 근무하고 있을 무렵에는 이미 평화시장 내에서 전태일의 선배 재단사들이 주축이 돼 평화시장 노조가 결성되어 있었다. 그러나 그들은 서울 시내 노조 외곽을 맴돌며 기생하고 있던 브로커들이나 모리배들과 결탁이 되어 노조를 결성하게 됨으로써 순수한 노동운동을 했다고 볼 수가 없었다. 노동운동가 자질을 갖추지 못한 그들은 기초가 튼튼하지 못한 상태에서 노조를 시작했고, 노동조합의 순수성과 정통성이 결여된 기형적이고 파행적인 노조를 태동시켰다. 만일 이들이 조직한 노조가 평화시장 내에서 정상적으로 활동하며 노조로서 제 구실과 역할을 했더라면 전태일의 분신 항거 사건은 결코 발생하지 않았을 것이다. 전태

일은 실패한 선배 노조원들의 단점과 실패의 원인을 되짚어가며 자신만
큼은 그러한 노동운동을 하지 않으리라 다짐한다. 선배들의 실패를 거울
삼아 정치적이고 관료적인 노조에서 떠나 노동자들을 순수하게 아끼는
마음에서 출발해 노동자들의 입장을 대변하기 위해 안간힘을 쓰던 전태
일은 정치적이거나 이해 타산적인 문제에 눈을 돌리지 않고 순수한 노동
문제에만 개입하며 자신의 온 정열을 바치고자 했다.

그렇다면 전태일 선배들이 결성한 평화시장 노조는 당시 노동조합법
과 어떤 관계가 있었는가? 당시 정부의 상황을 자세히 살펴보면 당시 제삼
공화국의 노동조합법에는 복수 노조가 금지되고 각 단위노조는 산별 노
조의 산하조직으로 규정되어 산별 노조의 통제권이 행사되었지만 단체교
섭에서는 산별노조가 교섭단위가 되는 것이 아니라 지부의 독자성이 인
정되었다. 이것은 노동법상으로는 산업별 노조이면서도 산별노조의 힘
인 거대한 조직력의 임금 협상들에는 아무런 무기가 되지 못하는 것으로
작용하였으며 산별노조나 한국노총이 개별단위 노조의 노동운동에 연대
하거나 적극적인 지원활동을 하지 않았다. 당시 상급 노동조합이었던 한
국노총과 산별노조는 지부와 분회와 같은 산하조직에 대해서 막강한 통
제권을 행사하였다. 그러나 단위 노조의 결성 움직임이나 근로조건개선
움직임에 대한 탄압에 대해서는 소극적인 자세로 방관적으로 일관하였
다. 결국 지부나 분회의 성공 여부는 각각 그들의 소속된 직장 내의 노동
자들의 단결력과 투쟁의지에 좌우되게 되었던 것이다. 또한 박정희 집권
이후 60년대 들어서 급격히 증가된 노동집약적 수출산업과 특히 여성노
동자들로 구성된 섬유업체, 봉제업체 등의 노동자들은 대부분 노동조합
에서 동떨어진 미조직 노동자들로 방치되어 있다시피 했다.[41] 이와 같이

---

41 이원보 「한국노동운동과산별노조건설」, 발제1: 산별노조의 필요성과 건설과제, 2004.

전태일의 선배들이 결성한 최초의 평화시장 노조는 평화시장 노동자들에게 아무런 영향력을 끼치지 못하는 무력하고 유명무실한 기관으로 전락되어 있었다.

2. 전태일 이전의 평화시장 노동운동

최초의 평화시장 노조 설립과 전태일의 독자적 노동운동

순서	최초의 평화시장 노조 설립과정		전태일의 독자적 노동운동	
	일시	내용	일시	내용
1	1966.11.	전태일의 선배 재단사들이 주축이 돼 불순한 의도를 가진 노조 브로커들과 함께 평화시장 노조를 결성. 회사 측에서 마련해준 노조사무실에 목(木) 간판을 걸고 노조업무를 시작하다.	1966.11.	통일사를 거쳐 한미사에 입사하면서 서서히 평화시장 노동참상을 목격하다. 이 당시까지도 전태일은 선배들이 결성한 노조사무실의 존재조차 몰랐다.
2	1966.11. ~1967.10.	노조결성 1년여 만에 아래의 요인 때문에 노조활동은 실패하고 중단됐다. ①노조설립 신고절차가 복잡했고 결성된 후에도 당국의 규제 장치가 많음 ②회사와 업주의 방해와 비협조 ③노조의 홍보부족 ④순수노동자들의 노조 필요성 인식의 부족과 공감대 형성 실패 ⑤순수 노동자들이 동참하는 노조조직률이 매우 낮음 ⑥업주나 회사측을 상대로 결단력 있는 투쟁의지가 전혀 없었음 ⑦노조간부들이 노조간판을 자신들의 치부와 명예수단으로 이용하며 파행적으로 운영 ⑧노조간부들의 그릇된 노조관과 책임의식결여	1967.6~7.	한미사에서 재단사로 한 단계 승진해 일하던 중 노동참상을 직접 겪으며 충격을 받아 평화시장 노조를 결성했던 선배 재단사들에게 조언과 협조를 요청했다. 그러나 노동문제에 개입하는 것을 제지당하며 '바보짓'이라는 핀잔을 들음. 전태일은 그 당시까지 평화시장에 노조사무실이 존재하고 있음을 전혀 인지하지 못했다. 이때부터 부친에게 근로기준법과 노동운동에 대해 조언을 듣고 평화시장 노동문제를 해결하기 위해 본격적으로 근로기준법 공부를 준비한다.
3	1967.10.	노조사무실 목(木) 간판을 내리고 폐쇄한 채 노조업무는 무	1967.7. ~1968.12.	①근로기준법 소책자 구입 (1967.7. 중순)

		기한 중단되었고 사무실은 3년 동안 방치되었다.		②축조근로기준법 책자 구입 (1968.12.30.)
4	1967.10. ~1970.11.	폐쇄한 이후에 노조원들은 일 상으로 돌아갔고 그중 일부는 평화시장 재단사로 일하며 평 화시장 노조운동에 지속적인 관심을 두었다. 또 일부는 노조 브로커들과 계속 결탁해 서울 시내 여러 노조운동 외곽에서 기생하며 돈벌이가 되는 노조 일에 관여하며 평화시장에서 재기를 노리고 있었다.	1967.12. ~1968.1.	김영문과의 만남과 바보회의 시작
			1969.6. ~1969.12. 초	바보회를 조직해 진정단체 활동. ①바보회 창립총회 및 회장에 선임(1969.6.26.) ②평화시장 설문지 배포 및 회 수 활동(1969.8.중순) ③바보회 활동의 정지와 해체 상태(1969.12.초)
			1970.9.16.	삼동회를 조직해 투쟁활동을 전개하였다. 삼동(三棟)친목회 발족과 활동 (1970.9.16.)
1970.11.13. 전태일은 삼동회를 주축으로 평화시장에서 시위 도중 분신 항거				
5	1970.11.18	노조에 실패한 선배 재단사들 이 자원하여 전태일의 장례식 에 관여하며 적극 참여함.	1970.11.13 ~18.	어머니 이소선의 엿새 동안의 영안실 투쟁 및 장례식.
6	1970.11.19	전태일의 장례식 다음 날(1970.11.19.) 이소선과 삼동회원들이 회사 측으로 부터 예비 노조사무실을 강력히 요구하며 사무실을 찾아갔다. 그러나 그 사무 실은 이미 전태일의 시장 선배들이 실패해 폐쇄한 평화시장 노조사무실이었 다. 이날 이소선 일행이 사무실을 청소하던 중에 전임자들이 사용하던 목(木) 간판이 사무실 한쪽 구석 먼지 속에 방치되어 있는 것이 발견됨.		
7	1970.11.23	삼동(三棟)노조 사무실이 평화시장 옥상에 마련되어 청계피복노동조합 결성 을 준비하다. 이때 실패한 전태일의 노조 선배들이 자신들의 이익과 영리를 목 적으로 동참하다.		
8	1970.11.25	청계피복노조 준비위원회가 열렸으며 김성길은 이날 실패한 노조 선배들의 불 순한 의도를 물리치고 초대지부장에 선임됨. 실패한 선배들은 자신들의 입지 가 불리해지자 앙심을 품고 이틀 후 열린 청계피복노조 결성식장에 난입하여 저지하며 방해함.		
9	1970.11.27	실패한 노조 선배들은 노조 브로커 세력들과 규합하여 청계피복노조 결성을 방해하려는 목적으로 식장에 난입했다. 이소선의 격려사 연설 직전에 난동을 부리는 추태를 보이다가 결국 무력으로 식장에서 쫓겨남.		

1) 사무실에서 발견된 평화시장 노조간판(1970.11.19)

많은 사람이 전태일의 평화시장 노동운동을 생각할 때 착각하는 것이 하나 있다. 그것은 바로 전태일의 분신 항거 이전에는 평화시장은 물론 국내에서조차 노동운동이 부재했거나 불모지였던 것으로 오해한다. 그러나 전태일 분신 사건 이전에도 우리나라 노동운동은 계속 이어져 왔으며 심지어 이미 평화시장 내에서조차 이미 노동조합이 설립돼 활동한 것을 확인할 수가 있었다. 많은 이들이 과연 전태일 이전에 평화시장에 무슨 노동조합이 있었을까 의구심을 품는다. 확실한 사실은 전태일의 부친으로부터 근로기준법과 노동운동에 대해 눈을 뜨기 이전에 이미 평화시장 내에서 조직적인 노동운동과 노동조합이 설립된 적이 있었다. 그러나 안타깝게도 그러한 노조와 노동운동은 불순한 저의와 목적에서 결성된 것이기 때문에 결국 실패하고 중단이 된다. 그 자초지종과 근거를 알아보도록 하자.

전태일의 어머니 이소선은 아들의 장례식을 마친 그 이튿날인 1970년 11월 19일에 아침을 먹는 둥 마는 둥 아들 친구들인 삼동회원들과 함께 일찍 집을 나서 청계천 평화시장으로 향했다. 노동청장과 평화시장 사장이 약속한 삼동(三棟: 평화시장, 동화시장, 통일상가) 예비 노조사무실에 도착해 일일이 확인했으나 약속했던 곳이 한 군데도 문이 열려있지 않았다. 더구나 문 앞에는 경비를 지키게 하여 아무도 들어가지 못하도록 제지하였다. 이소선은 화가 머리끝까지 나서 평화시장 회사 사무실을 쳐들어가다시피 하여 약조를 이행하지 않은 것에 대해 강력하게 항의하였다. 심지어 사무실 집기들을 뒤집어엎으며 소동을 벌인 후에야 회사 측에서 겨우 예비 노조사무실을 열어주었다. 쓰레기들이 잔뜩 쌓인 더러운 창고 같은 사무실을 이소선 일행이 깨끗이 청소하며 정리정돈을 하고 있었을 때였다. 청소 도중에 그 사무실에서 이상한 물건이 하나 발견되었는데 그것은 다름 아닌 '평화시장 노동조합'이라고 써있는 세로 목조 간판이었다.[42]

---

42 이소선, 「저자와의 인터뷰 증언」, 2006.8.11.

사진은 1981년 1월 21일 새벽, 아무도 없는 청계피복노조 사무실에
경찰들이 침입해 노조사무실 집기와 간판 등을 끌어내 인도에 방치했
다. 이소선 어머니가 망연자실한 표정으로 앉아있는 모습

창고 같은 허름한 사무실 구석에 처박혀 오랫동안 먼지와 찌든 때로
더럽혀진 이 목 간판은 도대체 무슨 의미일까? 이것은 평화시장에서 전태
일 이전에 이미 노동조합이 설립되었다는 것을 의미하는 것이다. 아무도
모르는 이 평화시장 노동조합 간판은 왜 이곳에 방치되었고, 누구에 의해
서 언제 세워진 것일까? 그리고 왜 문을 닫고 간판이 내려진 것인지 사뭇
궁금하지 않을 수 없다.[43]

2) 폐쇄된 노조사무실과 목(木) 간판의 주역들

알고 보니 그 간판의 주인공들은 전태일이 노동문제에 관여하기 훨씬
이전에 평화시장에서 노동조합을 결성했다가 실패한 선배들의 것이었다.
평화시장에서 잔뼈가 굵은 재단사 선배들이 주축을 이루고 있던 노조로
서 이는 전태일의 모친 이소선 어머니가 주축이 된 청계피복노조보다 훨

---

43 위와 같음.

씬 앞서 결성했던 흔적들이었다. 선배들은 몇몇 불순한 노조 운동가들과 노조를 가장한 모리배들과 결탁이 되어 있었다. 그들은 노조행정에 대해서는 여러 가지 해박하게 알고 있었으나 정작 노동자들을 위한 진정한 노조가 아니었던 것이다. 평소 자신들의 기득권이나 세력 다툼을 일삼으며 자리다툼을 하기 일쑤였고 어떻게 하든지 편하게 앉아 감투나 쓰고 돈벌이나 할 요량으로 노조를 차린 것에 불과했다. 결국 노동자들을 외면한 노조가 되었고 노동자들을 대변하려는 부류들이 아니라 정부와 업주들과 쉽사리 타협하려는 어용노조였다. 그러니 그런 노조가 평화시장에서 제대로 유지되거나 운영될 리가 만무했다.

결국 그들은 여러 요인들로 인해 결성된 지 약 1년여 만에 실패하여 그동안 노조랍시고 활동하던 일상적인 행위들마저 중단하고 말았다.[44] 애초에 노조를 결성을 할 때 신고 절차가 복잡했고 가까스로 결성된 후에도 당국의 규제 장치와 간섭이 많았다. 또한 회사와 업주들의 노골적인 방해와 비협조로 노조활동은 순탄하지가 않았다. 또한 노조 간부들의 소극적인 활동 때문에 노조의 존재를 알리는 홍보의 부재를 낳았으며 몇몇 관심 있는 순수 노동자들만 동참하는 등 낮은 노조 조직률을 보였던 것이다. 실제로 일하고 있는 나이 어린 소녀들과 시골에서 올라온 여성 노동자들로부터 노조의 존재와 필요성을 알리지 못했고 전혀 공감대 형성을 이루지 못했다. 그리고 가장 중요한 실패 요인 중에 하나는 노조원들이 평화시장 업주들이나 회사 측을 상대로 결단력 있는 투쟁의지를 갖지 못한 데 있었다. 노동자 권익을 위해 일하고자 하는 열의와 의지가 전혀 없었으며 설상가상으로 평화시장 노조를 자신들의 치부수단과 명예수단으로 이용하려는 사고를 지녔던 인물들이다. 이는 노조 간부들의 그릇된 노조관과 책임

---

44 위와 같음.

의식 결여, 전문성의 결여 등에서 비롯된 것이다. 결국 그들은 노조사무실 간판을 내리고 사무실을 폐쇄하며 노조업무를 무기한 중단했고 그러는 동안 전태일의 분신 항거 사건이 발생했던 것이다. 장례식 이튿날 이소선 일행에게 간판이 발견되는 순간까지 그들의 노조활동은 먼지더미 속에 방치되어 왔던 것이다.[45]

3) '바보 같은 짓 하지 마라'며 만류하는 선배들

선배노조들은 다시 일상으로 돌아와 일부는 평화시장 재단사로 순수하게 근무하고 있었다. 그러나 그 후로도 평화시장 노조운동에는 계속 관심을 두고 있었다. 이들은 기회를 엿보며 이리저리 돈벌이가 되는 일에 관여하며 평화시장 노조설립의 재기를 노리고 있었다. 이러한 와중에 전태일의 평화시장의 근로조건 참상을 자각하고 자원하여 노동문제를 고민하며 이리저리 알아보러 다닐 때 그들은 오히려 부정적인 생각과 불가능하다는 생각을 전태일에게 집어넣어 주었다. 결국 전태일과 그의 동료들은 선배 노조원들에게서 아무것도 배울 것이 없었다. 그들은 하나같이 "우리가 해 보니까 안 되더라", "우리도 노조를 만들어 무진 애를 쓰고 노력을 했지만 결국 바위로 계란치기더라"며 푸념조로 일축해 버리며 의욕에 넘치던 전태일의 의지를 꺾어 버렸다. 당시 전태일이 물불 안 가리고 노동문제에 뛰어들며 활동할 때 그들은 '바보 같은 짓'이라며 놀리고 비아냥거렸다. 재단사 모임을 '바보회'라고 이름을 지은 것도 바로 그러한 연유에서 비롯된 것이다. 선배들에게 좋은 자문을 기대하던 전태일은 오히려 선배들을 만나고 나면 위축되는 꼴이 되었다. 그들은 전태일이나 후배 노동운

---

45 김영문, 「저자와의 인터뷰 증언」, 2006.7.20.

동가들에게 용기를 주거나 힘을 북돋아 주려는 것이 아니라 혹시라도 자신들의 기득권을 빼앗긴다는 위기감을 느꼈던 것이다. 전태일과 실패한 선배 노조원들은 이렇게 해서 평화시장의 노동현실 문제에 대해서 극명한 차이를 보이며 다른 입장을 보이게 되었다.[46]

4) 대회장에서 난동을 피운 노조선배들(1970.11.27.)

전태일의 장례식(11월 18일)을 치룬 지 닷새만인 12월 23일이 되어서야 노조 설립을 위해 평화시장 옥상에 삼동(三棟)노조 사무실이 마련되었다. 이때 노동조합 결성에 참여한 사람들은 삼동회원들만이 아니었다. 그중에는 연합노조에서 나온 사람들과 노총에서 나온 사람들도 섞여 있었다. 그들은 노조를 결성하는 과정에서 상호 대립과 협력을 하던 사람들이었다. 그중에서도 가장 두드러진 부류는 바로 전태일에게 "바보 같은 짓을 하지 말어"라며 만류했던 선배 재단사들과 앞서 평화시장 노조에 관여했다 실패한 사람들도 섞여 있었다. 우여곡절 끝에 그들도 청계피복노조 결성에 동참하게 된 것이다. 그런데 전태일의 친구들인 삼동회원들은 노동운동의 '노'(勞)자도 모르는 사람들이 대부분이었다. 심지어 노동청과 노동조합을 구별하지 못하는 사람들도 있었고 노동조합을 정부에서 나서서 만들어 주는 것으로 착각하는 사람들도 있었다.[47] 그러나 실패한 적이 있는 전태일의 선배들은 노동조합에 대해 훤히 알고 있었다.

그러나 애석하게도 그들은 적극적인 투쟁의지가 없다는 것과 노조를 통해 자신들의 돈벌이와 명예욕을 충족하려는 잘못된 사고를 가졌던 것이다. 그러니 이소선의 입장에서 바라 볼 때 태일의 재단사 친구들에게 노

---

46 위와 같음.
47 이소선 구술/ 민종덕 정리, 『이소선 어머니의 회상, 어머니의 길』(돌베개, 1990), 146.

조결성을 맡기자니 어설프다는 생각이 들었고 선배들에게 맡기자니 불안한 마음이 들게 된 것이다. 이런 상태에서 염려했던 대로 전태일의 친구 재단사들과 노조에 실패한 경험이 있던 선배들과 주도권을 놓고 신경전이 벌어진 것이다. 전태일의 친구들은 선배들을 제치고 선뜻 나설 수도 없는 노릇이었고 그렇다고 해서 잘못된 사고방식을 지닌 선배들에게 새로운 노조를 맡길 수도 없는 난처한 처지였다.[48] 결국 1970년 11월 25일에 옥상 사무실에서 준비위원회가 열렸고, 여러 후보를 제치고 초대 지부장에 김성길이 선임되었고 이틀 후 전태일이 분신 항거한 지 2주가 지난 11월 27일이 되어서야 드디어 노총회의실에서 청계피복노동조합 결성식이 개최되었다.

그런데 느닷없이 노조에 실패했던 선배들이 청계피복노조 결성식을 의도적으로 방해하고 저지하려고 결성식 회의장에 난입해 소란을 피우기 시작했다. 그들은 당시 깡패세력들과 규합하여 노동조합을 조직해 팔아먹는 작태를 일삼고 있었다. 태극기와 연합노조기가 나란히 부착되어 있는 단상에서 격려사를 하려던 이소선은 난동을 피우는 깡패들과 노조 브로커들과 맞서 빗자루를 들고 혼신의 힘을 다해 몸싸움을 벌이며 싸웠다.[49] 결국 그들은 전태일의 친구들과 유도 5단의 노총 조직부장에게 두들겨 맞고 쫓겨나고 말았다. 이처럼 실패한 선배들은 끝까지 평화시장에서 순수한 노동운동과 노조활동을 방해하고 왜곡시킨 장본인들이었다. 전태일은 생전에도 그런 선배들을 거울삼아 자신은 결코 그런 부류가 되지 않으려고 안간힘을 썼던 것이다.

48 위와 같음.
49 이소선, 「저자와의 인터뷰 증언」, 2006.8.11.

3. 전태일이 새롭게 조직하려던 노동조합 운동

1960년대에는 노동자의 증가와 더불어 조합원의 수가 증가되었으나 노조의 조직률은 15%선을 넘지 못했다. 노조 조직률이 낮은 원인은 공장 노동자 수의 대다수가 중소 영세기업 노동자였고 대기업의 경우에는 노조설립의 방해공작이 극심하여 설립 자체가 힘들었기 때문이다. 또한 워낙 노조설립 절차가 까다롭고 복잡하여 그 절차를 두고 "의도적인 장애 장치"라고 불릴 정도였다. 이러한 때에 전태일이 분신하기 직전인 1968년과 1969년에 전경련과 대한상공회의소 같은 경영자 단체들은 번갈아 가면서 노동법 개정 건의안을 국회에 제출했다. 이러한 경영자 단체의 개정안 골자는 주로 근로시간의 연장과 유급휴가 일수의 축소였다. 또한 시간외 근무수당, 야간휴일 근무수당 인하와 산전·산후휴가의 축소, 부녀 및 연소 근로자의 노동시간 연장들의 내용을 골자로 하고 있었다. 이런 노동자들을 외면한 악법이자 반인권적인 법안을 제출했다는 자체가 박정희 정권의 부도덕함을 나타내는 증거가 된다. 전태일 분신 직전의 우리나라 노동자의 주당 노동시간은 세계 최장시간이었던 것이 그 같은 사실을 대변해준다.

평화시장의 노동자들이 기계처럼 일을 하며 짐승 같은 대우를 받던 상황에서 전태일은 선배들의 실패를 거울삼아 노동문제에 대한 원대한 계획을 세웠다. 전태일은 평화시장 일대에서 일하는 수만 명에 달하는 노동자들을 대변하는 순수한 노동조합이 없다는 것에 대해 사뭇 스스로 놀라게 된다. 그리고 자신이 그 일에 온전히 헌신하리라는 결단을 내리게 된다. 전태일이 평화시장에서 위험분자로 낙인찍히고 실직을 한 상태에서 막노동을 시작하기 직전인 1969년 9월 초, 전농동에 살고 있는 삼총사 친구 김재철을 만나러 찾아간 것에서 그의 분명한 의지를 발견할 수가 있다. 그날 김재철의 집에서 두 사람은 주로 평화시장의 노동여건 참상을 화제로 이야기를 나누었는데 전태일은 재철에게 바보회 모임에 총무를 맡아 줄 것을 권유했다.[50]

당시 재철은 평화시장에서 일하는 재단사나 직공이 아님에도 불구하고 태일은 친한 친구 재철을 자신이 관여하는 노동운동에 지원군으로 끌어들이려는 계획을 세웠던 것이다. 태일은 재철에게 "앞으로 노조의 모임을 본격적으로 만들 텐데 재철이 네가 노조의 총무일 좀 맡아 줘라" 하며 적극적으로 끌어당겼던 것이다. 마침 재철은 변변한 직업이 없이 집에서 쉬고 있던 중이었다. 그러나 재철은 태일이의 속셈을 알아차리고 그 자리에서 거절해 버렸다.[51] 전태일은 한사코 거절하는 재철에게 "우리가 앞으로 회비를 걷어서 너한테 월급도 줄 테니 네가 이 일을 좀 전적으로 맡아서 나를 좀 도와줘라. 너도 지금 딱히 하는 일도 없지 않니?"라며 채근하다시피 했다. 김재철은 당시 친구 전태일이 5년차 재단사로서 회사에서 시키는 일만해도 최고의 대우를 받고 편하게 살 수 있음에도 불구하고 굳이 노동운동문제에 깊이 관여해 화를 자초하려는 태도가 몹시 못 마땅했던 것이다. 재철은 진정으로 친구를 위하는 마음에서 그 같은 제의를 단호하게 거절한 것이다. 이처럼 전태일은 노동운동을 통해 정직하고 모범적인 노조설립에 관한 계획을 차근차근 세워 두고 있었다.[52]

---

50 김재철, 「저자와의 인터뷰 증언」, 2006.9.20.
51 위와 같음.
52 위와 같음.

28장

바보회를 조직해 진정 단체로 활동하다
1967년 12월~1969년 12월 7일 (2년, 20~22세)

1. 바보회의 시작, 김영문과의 만남
— 1967년 12월~1968년 1월

전태일이 김영문을 처음 만난 것은 한미사를 그만두기 직전 무렵이었다. 김영문은 동화시장에서 일을 하고 있었고, 전태일은 평화시장 한미사에서 재단사로 근무하고 있었다. 두 사람은 일 때문에 왔다갔다 하면서 서로 낯이 익을 정도가 되었다. 그 후 태일이 한미사를 그만두고 들어간 통일상가 중앙피복은 공장이 서로 가까운 곳에 위치하고 있어서 두 사람은 만날 기회가 더 많아졌다. 그리고 태일은 중앙피복의 동료 재단사인 이희도와도 가깝게 지내고 있었다.[53] 이희도의 고향이 경북 예천으로 고향이 가깝다는 이유로 더욱 친해졌다.[54] 바보회의 태동은 이 무렵 김영문과 알

---

53 이희도, 「저자와의 인터뷰 증언」, 2006.9.21.

고 지내면서부터 시작이 된다. 김영문과 전태일 두 사람은 우연히 자주 마
주치는 관계에서 깊은 친구 사이가 되었다.

그들은 점심식사를 함께 하기도 했고 세상 돌아가는 이런저런 이야기
를 나누며 객지생활의 고달프고 힘든 처지에 대해 마음속에 있는 이야기
들을 꺼내 놓으며 우정을 돈독히 나누고 있었다. 이때 전태일은 이미 평화
시장 노동자들의 문제에 대해 관심을 갖고 심각한 고민을 하던 시기였다.
전태일은 김영문과 친분이 두터워지면서 그를 만날 때마다 노동자들의
작업환경이나 구체적인 노동시간 등에 대해서 불만을 토로하며 하루빨리
시정되어야 한다며 무거운 표정으로 김영문에게 역설하듯 했다. 김영문
은 자신도 전혀 생각하지 않았던 문제들을 전태일이 심각하게 제기하는
것을 보고 자신의 무능함을 느끼기까지 했다.

이때 태일은 부친으로부터 배운 근로기준법 조문을 들고 다니며 만날
때마다 구체적으로 조목조목 짚어가며 일요일 휴무, 야간근무수당, 정기
건강검진 등에 대해서 나열하며 문제를 제기하였다. 태일이의 말을 듣고
있노라면 현재 거의 모든 평화시장 업체가 법규를 지키고 있지 않다는 것
을 쉽게 알 수가 있었다. 그러나 그것을 시정한다는 것은 너무나 높은 현
실의 벽이었다. 오래전부터 관행으로 내려오던 것을 하루아침에 쉽게 바
꿀 수 없을 뿐 아니라 그럴만한 명분이나 책임도 없었다. 그러나 태일이
법조문을 설명할 때는 약간 생소하기는 했으나 어딘가 모르게 가슴속으
로부터 뜨거움이 치솟고 올라옴을 느낄 수가 있었고, 김영문 자신도 그동
안 당하면서 살아왔다는 억울함이 느껴졌다. 전태일은 결국 친구 김영문
에게 동기유발을 시켰다. 태일과의 끝없는 대화를 통해 이제 영문이도 새
로운 각도에서 업체들과 노동자들을 바라보게 되었고 어느덧 태일과 평

---

54 김재철, 「저자와의 인터뷰 증언」, 2006.9.20.

화시장의 노동문제에 대해서 일체감이 형성되고 있었다. 두 사람은 그 후로도 종종 만나서 대화를 나누며 구체적으로 문제를 고민하기 시작했다.

1) 재단사들의 모임을 제의하다(1968.12.16.)

그해 12월 중순 어느 날이었다. 근로기준법 조문을 달달 외다시피 한 태일은 확신이 섰다. 이제는 평화시장 노동자들의 문제들을 혼자 고민하거나 추상적인 관념으로만 머무르면 안 된다고 생각했던 것이다. 거리에는 크리스마스 캐롤이 울리고 구세군 자선냄비 종소리가 딸랑이고 있던 어느 날 전태일은 영문이와 만났다. "영문아, 노동자들을 한 사람 한 사람 따로 놓고 보면 힘없고 가난한 존재들이지만 만약에 우리들이 하나로 뭉친다면 큰 힘이 될 수가 있을 것이고 무시 못 하는 세력이 될 수가 있다. 그러니까 근로조건 개선은 결코 호락호락한 일이 아니니 우선 우리 같은 재단사들이 주축이 돼서 모임부터 만들어 볼까? 네 생각은 어때?" "… 글쎄?" "우리들이 한데 뭉쳐 데모를 하면 업주들이 몇 개 법조문 정도는 들어줄 수가 있지 않겠나?" "야, 태일아, 우리가 그런 큰일을 할 수가 있을까? 그러다가 우리 모두 잘못되는 거 아냐?" 조금은 두려운 생각이 들었지만 어차피 이런 문제는 누군가가 해야 한다고 생각했기 때문에 태일의 확신과 열의에 가득 찬 제의에 영문은 흔쾌히 수락을 했다. 그래서 그 순간부터 모임에 대해 구체적으로 의논하기 시작했다. 두 사람은 머리를 맞대고 모임의 성격과 운영문제와 모이게 될 장소 등을 상의했다.[55]

---

55 위와 같음.

▲ 한참 풀빵을 나누던 시절의 전태일이
밤중에 공원에서 잠시 휴식을 취하던 중
동료와 찍은 사진. 우측이 전태일
◀ 바보회 활동 당시의 전태일

2) 첫 번째 회합을 갖다(1968.12.20.)

그로부터 나흘 후인 12월 20일 저녁에 드디어 첫 모임이 열렸다. 이날 모임은 많은 수가 아닌 십여 명 정도의 인원이 모였고, 그들 중에는 대부분 직장을 옮기려고 쉬고 있는 재단사들 위주로 참석을 하였다. 두 사람은 열심히 재단사들을 찾아다니며 설득했지만 대부분 현직에 있는 재단사들은 생계 문제의 두려움과 작업시간에 쫓겨서 잘 호응해주지 않았다. 결국 그날 모임에 태일은 일곱 명을, 영문이는 세 명을 데리고 와서 도합 열 명의 재단사들이 첫 모임을 가졌다. 장소는 동화시장 밑에 있던 은하수 다방이었다. 어두침침한 다방 한구석에 소파를 이어 붙여 좌석을 마련한 후 어색한 분위기에서 서로 통성명을 나누며 머리를 맞대고 자리에 앉았다. 대부분이 초면인 관계로 서로 인맥을 확인하며 고향 이야기와 월급 이야기

전태일이 바보회 모임을 할 때 자주 이용했던 은하수다방의 당시 모습

들을 나누며 화기애애한 분위기에서 대화가 진행되었다. 모임을 주도한 태일은 주변을 두리번거리며 대화의 본론을 유도하기 시작했다. 서로가 이처럼 만났으니 앞으로는 서로 어려운 일이 있을 때 서로 돕고 협력하자 며 대화를 이끌어 나갔다. 그날 밤의 모임은 전태일이 마무리를 하며, "현 재 평화시장의 노동자들이 혹사당하며 불이익을 당하고 있으니 앞으로 우리가 이것을 시정하기 위해서는 서로가 한데 뭉쳐야 할 것이며 거기에 대한 좋은 의견을 준비했다가 다음 번 모임 때 하나씩 발표하는 걸로 합시 다" 하고 결론을 내고 끝이 났다. 이때 다행스럽게도 진지하게 앉아 있던 어느 재단사가 태일에게 악수를 청하며 "나도 재단사를 하면서 평소에 깨 달은 것이 많으니 다음에 만나서는 한 번 진지하게 이야기 좀 해 봅시다" 라며 큰 관심을 나타내기도 했다.[56]

---

56 조영래, 『전태일 평전』, 159.

3) 두 번째 회합을 갖다(1968.12.27.)

두 번째 모임은 1주일 후에 동화시장 상가에 있는 은하수다방[57]에서 다시 가졌다. 친구 김영문의 자취방은 너무 좁았고 전태일의 창동 집은 아버지가 있다 보니 아무래도 불편했기 때문이었다. 한 시간 남짓, 통성명을 하고 서로 누구누구를 아느냐는 식으로 신상을 확인한 후 친목회를 만들기로 동의했다. 그런데 아직 모임의 이름도 정해지지 않았을 때 전태일이 말을 꺼냈다. 그날 모임은 십여 명의 재단사들이 모두 참석하기는 했으나 모임의 원래 취지대로 평화시장 노동현실 문제나 근로조건 개선 문제에 대한 의견 등은 한마디도 언급하지 않고 주로 개인적인 사담을 나누며 이야기꽃을 피웠다. 워낙 재단사들은 회의에 익숙하지 않은 사람들이 대부분이었고 태일조차도 그런 경험이 거의 없어서 결국 두 번째 모임도 별다른 성과 없이 끝났다. 그러나 태일에게 몹시 안타까운 사실은 대부분의 재단사들이 자신처럼 평화시장 노동문제를 심각하게 고민하는 사람들이 거의 없다는 것이었다. 재단사들은 이 모임에 대해서 단지 친목회 정도의 의미 이상을 벗어나지 못하고 있었다. 전태일은 모두가 자신의 마음과 똑같지 않다는 것을 깊이 깨닫게 된 것이다. 모임의 찻값은 언제나 전태일이 부담했으며 몇 차례 모임을 가질 때마다 여러 비용은 김영문과 전태일이 냈으며 언제나 남을 위한 배려심이 많은 전태일은 구로동의 맞춤집에서 일해주고 받은 월급 3만 원을 찻값으로 다 지불할 정도였다.

---

57 위와 같음.

4) 빈번한 모임을 갖다(1968.12.27.~1969.6.20.)

그 후에도 전태일은 영문과 거의 매일 작업장 근처에서 만나 머리를 맞대고 모임에 대해 의견을 교환했다. 두 사람은 자신들의 뜻대로 모임이 원활히 이루어지도록 정기모임을 잘 이끌어 나갈 것을 다짐하였다. 두 번째 모임 이후에도 태일은 친목회의 모임을 6개월 동안 계속해서 시간이 날 때마다 종종 열었다. 만날 때마다 태일은 재단사들에게 근로기준법 조문을 하나하나 설명해 주며 자신들이 처한 현실을 일깨워 줬다. 그러자 차츰차츰 그들도 인식이 바뀌어 가며 자신들의 처지와 위치가 어떠한가를 알게 되었다. 그동안 자신들이 얼마나 업주들에게 불이익을 당해 왔으며 같이 일하는 미싱사와 시다들이 얼마나 비인간적으로 대우받으며 중노동에 시달리고 있는가를 점차 깨닫게 된 것이다.[58]

2. 아버지 전상수가 운명하다
— 1969년 6월 14일

전태일의 부친 전상수는 운명하기 2년 전부터 집에다 미싱 한 대를 갖다 놓고 열심히 일을 하며 살림에 보탬을 주고 있었다. 재단기술, 미싱기술, 재봉틀 기술 등을 두루 갖춘 전상수는 이때 생긴 수입을 아내 이소선에게 꼬박꼬박 갖다 주었다. 그러나 소선은 남편 몰래 수입의 십분의 일을 구별해서 십일조를 떼어 교회에 헌금을 했는데, 나중에 그 사실을 알게 된 전상수는 교회에 헌금하는 것을 반대하면서 무척이나 식구들을 타박하였다. "아직은 우리 집안이 교회에 헌금할 만큼 넉넉한 상황은 아니니 헌금

---

58 위와 같음.

같은 것은 다음에 내라"는 주장이었다. 그러던 전상수가 어느 날 갑자기 돌변하기 시작했다. 그날이 바로 1969년 5월 25일이었다. 태일이 교회 새벽종을 치려고 자리에서 일어나는데 아버지 전상수도 두 아들과 함께 잠자리에서 일어나더니 머리를 감고 세수를 하며 옷을 정갈하게 입고는 아들들과 함께 새벽예배를 나가려는 것이다.

그러자 전태일은 "이제 우리 아버지가 하시는 일이 잘 풀리시고 수입도 생기니 힘이 나시고 기분이 좋으셔서 교회를 다니시나 보다"며 단순한 생각을 하면서도 뛸 듯이 기뻐했다.[59] 그러나 그런 이유 치고는 너무나 다르게 아버지가 변화되었다. 그날 이후 평생을 마시던 술을 끊은 것이다. 날마다 태삼을 시켜 주전자로 막걸리 심부름을 시킨 후 연신 맛술을 마셔댔던 아버지가 금주를 선언한 것이다. 그뿐만이 아니라 아들들이 길거리를 돌아다니면서 주워 온 담배꽁초를 모아서 갖다 주면 그중에서 좋은 장초를 골라서 연신 줄담배를 피우던 전상수가 이제는 담배마저도 끊은 것이었다. 그것도 타의에 의해서가 아닌 자기 스스로 결단을 내린 것이다.[60] 이제 온 가족들은 표현할 수 없을 정도로 달라진 전상수를 바라보며 "이제 우리 아버지가 마음을 잡고 새사람이 되었다"고 이웃들에게 말할 정도였다.

전상수는 열심히 교회를 다니며 하나님을 믿었다. 그러나 1969년 6월 14일 밤 12시경에 갑자기 머리가 아프다며 두통을 호소하더니 뒤로 벌렁 쓰러져 버리는 것이었다. 일평생 무리하게 술을 많이 마셨던 그는 평소 고혈압 증세가 있었는데 결국 혈관이 터지며 온몸이 점점 굳어 버리면서 숨이 넘어가려는 증세를 보인 것이다. 식구들은 한밤중에 갑자기 벌어진 일이라 당황할 겨를조차 없었다. 이때 이소선이 가위를 들고 남편 전상수의 머리 뒷부분 귓불을 찔러 피를 흘리게 하는 등 막힌 피를 통하게 하는 응급

---

59 이소선, 「저자와의 인터뷰 증언」, 2006.8.11.
60 위와 같음.

조치를 취했다.[61] 그럼에도 불구하고 전상수는 결국 숨을 거두고 말았다. 아내 이소선과 4남매를 남겨두고 46세를 일기로 운명한 것이다. 평생 마셔댄 폭음이 화근이 되었던 것이다. 전상수가 운명한 지 1년 후 전태일은 삼각산 임마누엘수도원에 올라가 자기 숙소에서 부친의 1주기를 앞두고 일기장에 부친을 회고하며 부친의 일생을 요약하는 글을 작성했다. 그 글은 '부친의 약력 보고서'[62]라는 제목으로 기록되어 있다. 아들 전태일에게 근로기준법과 노동운동에 관해 코치를 해주던 아버지 전상수는 나머지 모든 것을 장남 태일에게 맡기고 허망하게 세상을 떠나고 만 것이다.

3. 바보회의 창립총회를 열다
— 1969년 6월 26일

재단사들과 첫 모임을 시작한 지 반년이 흐른 이듬해 6월 말이 되자 드디어 바보회 창립총회가 열렸다. 모임의 비밀이 누설될 것을 염려해 업주들과 많은 직공들의 눈을 피해 평화시장에서 멀리 떨어진 을지로 6가 덕수중학교 근처의 중국음식점에서 모임을 갖기로 약속했다. 이날 모임에서 전태일은 재단사들의 모임 명칭을 '바보회'로 지을 것을 제안하였다. 재단사 모임을 주도적으로 이끌던 전태일에 의해서 이름이 결정된 것이다. 말 그대로 바보는 바보일 뿐이다. 전태일과 재단사들은 왜 하필이면 그런 이름을 지었을까? 동기는 여러 가지 있었다. 첫째는 재단사 선배들이 했던 말 때문이었다. 전태일이 재단사 모임을 가지려고 선배 재단사들을 찾아다니며 동참해주기를 요청했지만 그들은 막무가내로 거절하며 소극적으로 일관했다. 이미 조직된 평화시장 노조의 실패를 거론하며 더 이상

---

61 위와 같음.
62 전태일, 『친필수기』, CD 사본 6, 7.

바보회 명함. 전태일이 바보회 회장에 당선된 후 사흘 만에 을지로 인쇄소에서 만들었다.

노동문제에 끼어들기를 주저했고 자신들의 몸을 사린 것이다. 선배들은 누구보다도 모임의 필요성과 시급성을 알면서도 "바보같이 너희들이 뭘 안다고 그런 일을 벌이느냐, 그건 바위로 계란 깨는 일이다"며 부정적인 태도를 보였다. 둘째로 전태일과 재단사 친구들은 지금까지 업주와 주인에게 무조건 복종하며 살아왔는데 그것은 결국 잘한 일이 아니고 바보 같은 짓이었다는 것을 깨달은 것이다. 당당하게 인간대접을 받으며 살아갈 권리와 법적인 보장이 있었는데도 그 사실을 몰랐으니 바보라는 것이다. 모임을 이끌며 회의를 주도하는 과정에서 회원들의 인기를 한 몸에 받았던 전태일은 이 날 바보회의 초대 회장에 당선되었다. 그의 회장 당선은 당연한 순리였다. 명칭에 대한 전태일의 설명이 끝나자 모여 있던 재단사들은 박수를 치며 만장일치로 단체 이름을 채택을 했다. "우리는 참 그동안 바보처럼 살았다, 우리는 정말로 바보들이다"라는 공동의 연대감이 형성되면서 다시는 바보 같은 삶을 되풀이 하지 않으리라고 서로 다짐을 했

다. 전태일과 회원들은 스스로 똑똑한 인간임을 거부하며 스스로 바보같
이 살기를 선언한 자리였다. 그들 스스로가 고난의 길을 자초하니 진정으
로 바보들이었던 것이다.

4. 바보회 회장에 당선된 전태일이 내린 활동지침
— 1969년 6월 26일

전태일은 을지로 6가 중국음식점에서 열린 총회에서 회장에 당선된
후 그 날 밤 11시경에 바보회 회원 십여 명을 이끌고 쌍문동 집으로 들이
닥쳤다.[63] 아들의 친구들이 갑자기 들이닥친 것을 본 이소선은 속으로 "드
디어 올 것이 왔구나" 하는 생각을 하며 불안한 마음으로 아들의 친구들을
맞이했다. 태일은 자기 방으로 회원들을 들여보내고 작은 목소리로 친구
들과 소곤소곤 몇 마디 대화를 나누더니 이내 어머니가 있는 부엌으로 들
어왔다. "엄마, 우리는 저녁식사를 하고 왔으니까 별다른 음식은 준비하
지 마시구요, 비지찌개나 끓여주세요" 하며 천 원을 내놓았다. "비지 사와
서 솥단지에 넣고 물만 붓고 간을 맞춰 놓고 엄마는 그냥 들어가서 주무세
요. 나머지는 제가 알아서 할게요." 어머니를 방으로 들어가도록 한 이후
부터 전태일은 이날 밤 친구들과 밤이 맞도록 진지하게 평화시장 노동문
제에 대해 의견을 나눴다.

노동운동에 관한 서적을 많이 읽고 있었던 전태일은 평소에도 노동운
동이 처음 발생한 나라가 영국이라는 것을 자주 거론했다. 세계에서 산업
혁명을 맨 먼저 이룩한 나라가 영국이었으며 그 영국이 세계 노동운동의
선구적인 나라라는 것을 익히 알고 있었던 것이다. 특히 17세기 후반에 조

---

63 이소선, 「저자와의 인터뷰 증언」, 2006.8.11.

합원들이 만든 우애조합[64] 이 있었는데 이 조합은 상호 부조와 친목 도모를 목적으로 조직된 것으로 널리 알려져 있다.[65] 그 후 영국의 노동조합운동은 이 조합의 영향을 받아 공제운동(共濟運動)의 형태[66]로 이어졌는데 노동운동에 관한 전문서적을 많이 읽은 전태일은 바보회 회장에 당선되면서 앞으로 이 조직을 마치 영국의 우애조합처럼 생각하며 친목단체 형태로 운영하려 했다.[67] 아무튼 전태일이 적극적인 노동운동은 아버지 전상수가 운명했기에 가능했던 것이다. 부친이 생존해 있었다면 친구들을 집으로 데려와서 밤새 노동문제 회의를 하는 것이 불가능했을 것이다.[68]

5. 바보회의 활동

1) 평화시장 노동실태 설문지 제작(1969.8.)

(1) 설문지 양식

바보회 회장에 당선된 전태일은 바보회의 첫 사업으로 1969년 8월 중순경 집에서 5일간 임시직으로 취직을 해서 받은 노임으로 노동실태 조사용 설문지를 을지로 인쇄소에서 300매 가량 제작을 했다. 그가 제작한 설문지 양식은 다음과 같다.[69]

---

64 우애조합(友愛組合)의 영문은 Friendly Society이다.

65 안승천, 「세계노동운동사」 (울산노동자신문, 2004).

66 鎰魯, 우대형, 『박영사 경제학 대사전』 (박영사, 2002).

67 김영문, 「저자와의 인터뷰 증언」, 2006.7.20.

68 이소선, 「저자와의 인터뷰 증언」, 2006.8.11.

69 권영희 제공, 「권영희 작성 설문지」 (1969).

성 명		성별		종교	
생년 월일	19 년 월 일				
본 적					
주민등록지					
직 종		경력			
1개월에 며칠을 쉽니까? ( )					
2. 1개월에 며칠을 쉬기를 희망합니까? ( )					
	A. 휴일마다 B. 일요일마다 C. 2번 D. 1번				
3. 왜 주일마다 쉬지를 못합니까?					
	A. 수당을 더 벌기 위하여				
	B. 기업주가 강요하기 때문에				
	C. 공장규칙이니까				
4. 1일에 몇 시간을 작업합니까? ( )시부터 ( )시까지					
5. 몇 시부터 몇 시까지 작업을 하시면 적당하시겠습니까?					
	( )시부터 ( )시까지				
6. 왜 본의 아닌 시간을 작업하십니까?					
	A. 수당을 더 벌기 위하여				
	B. 일이 바쁘니까				
	C. 공장주가 강요하기 때문에				
7. 그만한 시간이면 당신 건강에 어떤 영향을 줄 것 같은가?					
	A. 무방하다 B. 피로하다 C. 유해하다 D. 모르겠다				
8. 건강상태는?					
	A. 신경통 B. 식사를 못한다 C. 신경성 위장병 D. 폐결핵 E. 눈에 이상이 있다(날씨가 좋은 날은 눈을 똑바로 뜨지 못하고 눈을 바로 뜨려면 정상이 아니다) F. 심장병				
9. 작업장에서 근로기준법 22조의 규정을 비치한 것을 볼수는?					
	A. 있다 B. 없다				
10. 보건소의 건강진단은?					
	A. 1개월에 한 번 B. 4개월에 한 번 C. 6개월에 한 번 D. 1년에 한 번 E. 전혀 없다				
11. 당신 교양을 위한 서적은?					
	A. 본다 B. 안 본다 C. 볼 시간이 없다				
12. 취미					
13. 1개월 수당					

(2) 설문지에 대한 전태일 자신의 답변내용을 기록한 설문지

전태일은 자신이 제작한 설문지 양식[70]에 우선적으로 자신이 가장 먼

---

70 조영래, 『전태일 평전』, 256.

설문 항목	답변
1	2일
2	B
3	B
4	오전 8시부터 오후 10시까지
5	오전 8시부터 오후 5시까지
6	C
7	B, C
8	A,B,C,E
9	B
10	E
11	C
12	독서
13	23,000원

저 솔선해서 항목에 답했다. 아래의 빈칸을 꼼꼼히 채운 답변들을 확인해 보면 전태일의 처지가 얼마나 극심한 처지에 있는지 쉽게 알 수 있다. 가장 먼저 "현재 1개월에 며칠을 쉬고 있는가?"에 대한 항목에 대해서는 '이틀'(2일)이라고 적었고, "1개월에 며칠 정도를 쉬기를 희망하느냐"에 대한 질문에는 'B. 일요일마다'라고 적었다. 세 번째로 "왜 주일마다 쉬지를 못하는가에 대한 이유"에 대해서는 'B. 기업주가 강요하기 때문에'라고 답변했으며 이어

서 "하루에 몇 시간을 작업하고 있느냐?"에 대한 질문에는 '오전 5시부터 밤 10시까지'라고 적었다. 이어서 다섯 번째 질문인 "몇 시부터 몇 시까지 작업을 하시면 적당하겠느냐?"는 질문에는 '오전 5시부터 오후 5시까지'라고 적었으며, 여섯 번째 질문인 "왜 본의 아닌 시간을 작업 하냐?"는 질문에는 'C. 공장주가 강요하기 때문에'라고 답했다. 이어서 "그만한 시간이면 당신 건강에 어떤 영향을 줄 것 같은가?"라는 질문에는 'B. 피로하다'와 'C. 유해하다'는 두 개 항목을 적었으며, 여덟 번째 질문인 "당신의 현재 건강상태는 어떠한가?"에 대한 질문에는 'A. 신경통', 'B. 식사를 못한다', 'C. 신경성 위장병', 'E. 눈에 이상이 있다(날씨가 좋은 날은 눈을 똑바로 뜨지 못하고 눈을 바로 뜨려면 정상이 아니다)'라고 무려 네 가지를 썼다.

이어서 "작업장에서 근로기준법 22조의 규정을 비치한 것을 볼 수 있었느냐"는 질문에는 'B. 없었다'라고 적었으며, 열 번째 질문인 "보건소의

건강진단경험이 있느냐?"에 대한 질문은 'E. 전혀 없다'고 적었다. "당신 교양을 위해 서적을 읽어 본 적이 있느냐?"라는 질문에는 'C. 볼 시간이 없다'고 적었으며, "취미가 무엇이냐?"라는 질문에는 '독서'라고 적었다. 마지막 열세 번째 항목에는 "1개월 수당이 얼마냐?"는 질문에는 '23000원'이라고 적은 것을 볼 수 있다. 이와 같은 설문지 답변을 통해 전태일 자신의 건강상태와 현재 처한 어려움과 노동여건은 물론 희망사항이 무엇인지 상세히 파악할 수 있다.

2) 설문지 배포와 회수를 위한 1차 작전(1969.8. 중순)

전태일은 8월 중순부터 비밀리에 몇몇 회원들과 함께 설문지를 배포하기 시작했다. 전태일은 우선 인쇄된 300매 중에서 3분의 1인 100매 정도만 실험적으로 돌려 보기로 했다. 전태일은 평소에 눈여겨 두었던 믿을 만한 재단사나 미싱사들에게 접근하여 설문지를 은밀히 전해 주었다. 그들에게 설문지를 전달하면서 특별히 업주나 공장장이 자리를 비운 틈을 이용해 눈치껏 공장 안의 다른 노동자들에게 신속히 돌릴 것을 당부했다. 그러나 전태일의 신신당부에도 불구하고 회원들은 주밀하지 못한 처신을 했다. 모두들 처음 겪는 일들이라서 일처리가 어설프게 된 것이다. 설문지를 돌리다가 업주들 눈에 띄게 되어 설문지는 배포되지도 못하고 중간에서 빼앗기거나 찢겨진 상태로 휴지통으로 들어가고 말았다. 우여곡절 끝에 1차로 배포한 설문지는 겨우 30매 정도만 작성되어 회수가 되었고 나머지 70매는 아예 수거를 못 했다. 결국 돌리지 않은 설문지는 그대로 보관하고 다음을 기약할 수밖에 없었다.[71] 그러나 이 설문지 배포사건으로

---

71 위의 책, 180.

인해서 전태일은 평화시장 주식회사 측으로부터 경계 인물로 지목이 되었다. 바보회 회원들도 이번 일로 인해 직장에서 해고당하거나 위험분자로 낙인찍히는 것이 두려워 머뭇거리고 있었다. 이제 막 걸음마를 시작하는 바보회에 블랙리스트라는 낙인이 찍힌 것이다.

3) 설문지를 기초로 서울시청과 노동청을 찾아가다(1969.8. 말)

비록 설문지는 30여 매가 회수되었지만 전태일은 그것이 마치 현금이나 집문서보다도 더 귀하게 느껴졌다. 설문지를 집으로 가져와 애지중지 다루면서 노동자들의 애환이 담겨진 그 종이들을 일일이 분석하며 밤새도록 통계를 작성했다. 그리고 그것을 진정서(陳情書) 형식으로 작성하여 이튿날 서울시청 근로감독관실로 찾아갔다. 그러나 근로감독관은 자신을 환영하거나 수고했다고 등을 두드려주기는커녕 귀찮은 듯이 대하는 것이다. 찾아온 용건을 말하기 위해서 눈에 빛을 발산하며 차근차근 설명을 해 나가자 감독관은 태일이의 말문을 가로 막으며 "내가 지금 바쁘니 핵심만 간단히 말해!"라며 불친절하게 응대했다. 그러나 핵심적인 설명도 듣는 둥 마는 둥 주변만 두리번거리며 딴짓을 하던 감독관은 "서류를 두고 돌아가 있어라"는 한 마디만 불쑥 내뱉고 자리에서 벌떡 일어나는 것이었다. 전태일은 담당 공무원이 자신을 무시한 것에 대해 훗날 자신의 수기장에 '모범업체설립계획서—진심으로 하고 싶은 일'에 소상히 기록하며 술회한 적이 있다.[72] 시청을 나온 전태일은 이번에는 노동청을 찾아갔다. 노동청에서는 담당자가 약간 성의 있는 태도를 보이며 진정서 서류를 접수했으니 머지않아 실태조사를 나가겠다는 약속을 하고 전태일을 그냥 돌

---

72 전태일 · 전태일기념사업회 엮음, 『내 죽음을 헛되이 말라』, 155-156.

려보냈다. 그 후로 노동청에서는 약속대로 실태조사를 나왔으나 매우 형
식적인 조사였다. 업주들과의 결탁과 부정·비리가 오가는 상황에서는 그
들의 조사는 한낱 요식행위에 불과했다.[73]

6. 바보회 활동자금에 쪼들리다
— 1969년 8월 말~12월

1969년 8월 말이 되자 설문지 배포 사건은 전태일에게 현실로 다가왔
다. 어느 날 집으로 돌아온 전태일은 어머니 이소선에게 "엄마, 이제 나는
평화시장에서는 더 이상 일할 수 없을 거 같아요. 전태일이라는 이름이 시
장 안에 소문이 다 퍼져서 이젠 얼굴을 제대로 들고 다닐 수가 없게 됐어
요!" 실망과 좌절로 가득한 전태일의 얼굴에는 풀이 꺾인 듯 보였다. 그 소
리를 듣고 있던 소선은 마침 속으로 잘 됐다는 듯이 "네가 그 일을 해야 아
무도 알아주지 않는다. 네 스스로 자초한 일이니 어쩌겠느냐. 너하고 우리
식구들만 괜시리 고생이니 이제는 그 일 좀 그만 좀 해라." 소선은 이참에
아들이 그 지긋지긋한 근로기준법 공부나 노동문제에서 손을 떼도록 하
고 싶었다. 설문지 배포사건 이후 평화시장에서 취업이 안 된 전태일은 집
에는 한 푼의 돈도 가져오지 못했다. 평화시장에서는 도저히 취직이 안 되
니 다른 대책을 세워야만 했다. 이제 부친도 없는 집안의 가장으로서 돈벌
이를 못 한다면 큰일이 아닐 수 없다.

그는 여기저기 구인광고와 인맥 등을 통해 임시직이나 객공을 하며 근
근이 돈벌이를 할 수밖에 없었다. 그러는 와중에도 전태일은 일이 없는 날
에는 계속해서 평화시장 노동자들과 바보회원들을 만나서 노동실태를 조

73 김영문, 「저자와의 인터뷰 증언」, 2006.7.20.

사하고 자료를 수집하는 일을 게을리하지 않았다. 그나마 임시직 벌이마
저 바보회의 운영자금으로 사용하고 나면 전태일의 수중에는 남는 돈이
아예 없었다. 결국 어머니를 통해 빚을 끌어다 쓸 수밖에 없는 지경이 되
고 말았다. 이듬해인 1970년 봄에는 그동안 끌어 쓴 빚이 원리 합계만 무
려 십만 원에 가까웠다.[74] 이처럼 가난한 중에도 전태일은 평화시장의 참
상을 알리는데 자신의 돈은 물론 남의 돈까지 빚을 내서 바보회 운영자금
으로 썼던 것이다. 어느 날은 심지어 돈을 갚으라고 독촉하던 빚쟁이가 전
태일을 향해 "남의 돈을 쓰고도 빨리 안 갚는 놈은 차라리 쥐약을 먹고 뒈
지는 편이 낫다"며 갖은 욕설과 저주를 퍼붓기도 했다.[75]

7. 바보회 활동의 정지와 해체
— 1969년 12월 초

바보회를 이끌어 가던 전태일은 청계천 노동자들을 위해 대의를 품고
무엇인가를 해 보려고 부단히 발버둥쳤지만 바보회 회원들은 제대로 따
라 주지 못했다. 차라리 전태일의 의도와 마음을 이해하고 헤아려주는 사
람들이 없다고 봐야 할 것이다. 바보회에 속한 재단사들은 대부분 새로운
직장을 얻기 위한 과정에서 심심풀이 식으로 시간을 때우거나 친구들과
어울릴 목적으로 참석한 사람들이 대부분이었고, 그중에는 친구를 사귀
거나 취업 정보를 얻기 위해 나온 사람들도 있었다. 그러나 김영문을 비롯
한 한두 친구들은 전태일의 영향을 받아 이미 노동운동에 열심을 가지고
참여하기도 했다. 그러나 나머지 회원들은 새롭게 직장을 얻고 나면 언제
그랬냐는 듯이 바보회 모임에 일절 참석을 하지 않고 모습을 드러내지 않

---

74 이소선, 「저자와의 인터뷰 증언」, 2006.8.11.
75 위와 같음.

왔다. 그나마 열심을 가지고 있던 나머지 두세 명 정도의 회원도 군대에
입대를 하고 나니 바보회는 점점 그 활력을 잃어 갔다. 결국 바보회는 전
체 모임 한번 변변하게 열지 못하고 유명무실해지고 말았다. 설문지 사건
이후로 몸을 사린 회원들 때문에 바보회 활동은 아예 중단되고 말았다. 그
리고 연말부터는 재단사들의 모임보다는 태일이 혼자서 집에서 골똘히
생각에 잠기는 시간을 더 많이 갖는다.[76] 이제 바보회는 사실상 해체된 것
이나 다름없었다. 회장에 처음 당선된 며칠 후 전태일은 기쁜 마음에 인쇄
소로 달려가 자신의 바보회 회장 명함을 새겨 왔다. 그러나 바보회가 중단
이 된 이후에도 모임에 대한 미련과 아쉬움을 버리지 못해 전태일은 만나
는 사람마다 자신의 명함을 뿌렸다[77]

　이처럼 자신을 향하여 스스
로 바보라고 인식하고 공개적으
로 드러낸 것과 더 나아가 모두
를 향하여 자신이 세운 단체를
바보들의 모임이라고 불러 달라
고 요청한 것은 이 세상의 거꾸
로 된 가치관에 대한 도전이었
고, 자신이 가려고 하는 길이 절
대로 그릇된 길이 아니라고 하는
강렬한 자기 확신의 표현이었다.
태일과 그의 친구들이 택한 바보
의 길은 결국 인간의 길이었으며

바보회 시절의 전태일

76 위와 같음
77 그날 이후로도 심지어 도봉산 등산을 하면서도 바위틈에 바보회 명함을 여러 장 꽂아두고
　올 정도로 전태일은 바보회에 대한 미련과 포부를 갖고 있었다.

자기 자신을 가장 똑똑하다고 여기고 사는 사람들을 향한 역설의 혁명이
었다.

29장

자신의 생애 같은 '맨발의 청춘'을 노래하다

1966년~1970년 (19~22세)

지금까지 전태일이 걸어온 발자취를 따라가며 그의 인간적인 면모와 생활방식 그리고 귀감이 될 만한 미담이나 감동적인 증언들은 여러 장에서 조금씩 다뤘다. 이번에는 그의 가정생활은 어떠했으며 좋아하는 음식과 노래는 무엇이며 친구들과의 소소한 인간관계 등은 어떠했는지 알아보고자 한다.

1. 맨발의 청춘 전태일, 자신의 운명을 노래하다

1) 집에선 듬직한 오빠, 직장에선 어린 여공들의 지원자

전태일은 평소 공장에서 일을 마치고 집에 돌아오면 피곤할 텐데도 의젓한 장남으로, 듬직한 형으로, 다정다감한 오빠로 식구들을 대했다. 이재민들과 철거민들이 옹기종기 모여 사는 판자집이라 겨울철이 돌아오면 방안 천장이나 벽 사이로 스미는 외풍이 무척 세다 보니 식구들은 따뜻한 아랫목으로 몰려들기 마련이다. 전태일은 한 달에 한두 번 쉬는 일요일에 교회를 다녀오고 나면 동생들을 방 아랫목에 앉혀 놓고 옹기종기 모여 다정한 이야기를 나누거나 자신이 평소 재미있게 읽었던 책 내용을 들려주는 것을 마치 오락시간처럼 여기며 좋아했다. 어느 날 전태일은 이불이 덮인 아랫목에 앉아 두 발을 이불 속에 집어 놓더니 동생들을 향해 "애들아, 추우니까 너희들도 이리 와서 발을 집어넣고 지금부터 내가 들려주는 이야기를 잘 들어봐" 하면서 즉흥적으로 이야기보따리를 풀어놓는다.

전태일이 방금 다녀온 창현교회에서 주일학교 교사를 할 때도 자신이 맡은 초등학교 5~6학년 고학년 반 학생들에게도 이런 식으로 가르치다 보니 아이들이 무척 좋아하며 따랐고 공과공부 시간을 손꼽아 기다렸다. 이윽고 동생들도 따뜻한 아랫목 이불 속에 발을 넣은 후 귀를 쫑긋 세우면 이야기를 들을 준비가 다 되었다고 판단한 태일은 자리에서 벌떡 일어나 마치 방송에 출연이라도 한 것처럼 마이크를 잡은 흉내를 내면서 엊그제 읽었던 책 내용을 마치 구연동화식으로 들려주기 시작한다. 호기심과 함께 한참 이야기 속에 빠져들다 보면 조르르 앉아 있던 세 명의 동생들은 아이들처럼 마냥 신이 나서 박장대소하기도 했다. 전태일은 마치 자기 자신이 대단한 아나운서라도 되는 양, 책 속에 나오는 캐릭터들을 상상하며 직접 등장인물들의 흉내를 내면서 맛깔스럽게 풀어가다 보면 어느새 저녁때가 돌아올 정도로 시간 가는 줄 몰랐다.

마치 원맨쇼를 하듯 얼굴표정과 몸짓 등을 동원해 익살스럽게 전하는 그 모습이 동생들은 오히려 더 흥미가 있었던 것이다. 그런 시간이 너무 즐겁고 재밌어서 오빠가 집에 있는 일요일 오후가 돌아오면 이야기를 들려 달라고 늘 보챌 정도였다. 전태일은 성인이 되어서도 외출할 때는 넥타이 없는 양복을 즐겨 입고 머리도 단정히 다듬었는데 그의 패션 감각과 의복을 관리하는 지혜는 매우 특별했다. 퇴근하면 매일 밤 잠자기 전에 이불(요) 밑에 양복바지를 깔아 놓은 채 잠을 자고 일어나면 밤새 이불 밑에서 짓눌린 양복 기지가 아침이면 마치 다림질을 한 것처럼 빳빳하게 날이 선 바지로 변모하기 때문에 전태일은 그런 식으로 깔끔하게 옷을 관리하며 멋스럽게 입고 다녔던 것이다. 그러나 평화시장은 한 달에 한 번만 쉬는 공장들이 대부분이라서 이런 추억도 그다지 계속해서 이어지지 못했다.

그러나 저렇게 재미있고 동생들과 식구들을 즐겁게 대해 주는 다른 한쪽으로, 자기 자신이 잘되기보다는 동생들만큼은 열심히 공부를 해서 사회적으로 훌륭한 인재가 되기를 바랐던 전태일은 동생들이 학교 시험을 보고 집에 오면 시험지를 검사해서 한 문제가 틀릴 때마다 한 대씩 종아리를 매섭게 때렸던 무서운 오빠이자 가장이었다. 동생들의 등록금 학비도 전태일이 챙겨서 보태줘야 했다. 여자란 가정적이고 순결해야 한다는 가부장적 면모도 지녔던 전태일은 여동생이 간혹 집에 늦게라도 들어오는 날이면 남학생들과 어울리지 못하도록 야단을 치며 주의를 줄 정도로 동생들에게는 엄격했다.

또한 어머니와는 친구처럼 다정한 모자관계를 유지했다. 그러다 보니 전태일과 이소선은 밤마다 참 많은 이야기를 나눴다. 전태일은 아무리 피곤해도 집으로 퇴근하면 이소선에게 이것저것 캐묻기를 좋아했다. 미영이는 별일이 없었는지, 국수집 광식이 아저씨는 장사가 잘되는지, 연탄 집 총각은 나이가 몇 살인지 등 동네 이웃들 근황을 묻기도 했고, 이어서 오늘 행상을 나간 어머니의 장사가 잘됐는지, 장사가 힘들지는 않았는지를 일일이 확인했다. 이소선이 하나씩 대답을 해주면 "고생하셨어요", "힘드셨겠어요"라며 전태일은 일일이 맞장구를 쳐 주며 응대했다. 태일도 하루 동안 있었던 일을 이소선에게 빠짐없이 이야기했다. 오늘 공장에서 벌어진 일들을 물론이고 점심에는 어떤 음식을 먹었는지, 오늘은 누구를 만났는지 등 시시콜콜한 이야기도 마치 친구에게 하듯 허심탄회하게 들려주었다.

무엇보다 작업장에서 피를 토하던 어린 미싱사 이야기, 배고픈 시다들 이야기, 공장과 매장을 같이 운영하는 직장에서 일 할 때는 가끔 전태일도 매장에서 옷을 파는 일도 했는데 손님 중에 까다로운 손님이 있었다는 둥 그리고 손님들한테 헌옷을 사고팔았던 이야기들로 밤늦도록 도란도란 이야기를 나눈다. 얼마나 모자관계가 다정했는지 전태일이 분신 항거하여 빈소가 마련된 성모병원 영안실을 지키던 태일의 큰집과 친척 어른들은 혹시 이소선이 아들 곁을 따라 죽을 수도 있다고 판단해 철저히 감시할 정도였다. 늘 안쓰럽게만 여긴 장남 태일이 어느덧 무엇이 틀리고 맞는 것인지, 옳고 그른 것이 무엇인지, 무엇이 인간의 도리이고 무엇이 비인간적인 것인지 논리적으로 설명할 줄 아는 아들로 성장한 것이다. 그러다 보니 공장에서 일하는 어린 여공들이 피곤에 지쳐 졸면서 일하다가 다리미에 화상을 입은 사건이나 폐병에 걸려 병원에 데려간 이야기, 화장실에 갔더니 한쪽 구석에 쪼그리고 앉아 훌쩍거리며 울고 있는 이야기, 어린 시다들이 공장장이나 재단사에게 욕먹고 나서 눈물을 글썽이는 이야기 등을 어머니에게 털어놓을 때는 얼굴도 분노와 안타까움의 표정을 지으며 격정적일 때가 많았다. 전태일에게는 이 모든 것들이 그냥 소소하게 지나칠 수 없는 큰일로 여겨졌던 것이다.

한편 직장에서 전태일은 작업을 하는 도중에도 어떻게 하면 극악한 작업환경을 개선할 것인가를 골똘히 생각했고 휴식시간에 믿을만한 동료들을 잠깐 만나 이야기를 꺼내기 시작하면 어린 여공들에 대한 처우 문제부터 제기하곤 했다. 또한 바보회 친구들이나 삼동회 친구들을 다방에서 만날 때도 전태일의 화제는 주로 작업장 안에서 힘들게 일하는 어린 여공들을 걱정하는 이야기가 대부분이었다. 이처럼 그는 어린 여공들의 든든한 후원자이자 방패막이였던 것이다. 그러나 전태일도 다양한 친구들을 자주 만났다. 외로운 객지생활에 만난 좋은 친구들과 더불어 술 잘 마시고 노는 데도 흥미를 가지는 여느 청년들과 어울려 주기도 했다. 친구들과 회식을 하거나 공장 동료들과 야유회에 놀러가면 '맨발의 청춘'이라는 가요를 부르기를 무척 좋아했으며 제법 그럴싸하게 노래를 불러제쳤다.

2) '맨발의 청춘' 노래 가사와 영화 줄거리처럼 살다

평소에도 전태일은 교회와 수도원을 다니는 독실한 기독교신자였기 때문에 바보회나 삼동회 친구들과 어울려 분위기를 맞춰줄 때를 제외하고는 술과 담배를 일절 입에 대지 않았다. 그가 다닌 교회와 수도원을 담임한 목회자들이 근본주의와 신비주의에 속한 보수신앙을 강조하였으므로 전태일의 종교 관념과 생활도 겉으로 볼 때 보수적이었다. 그러니 바보회나 삼동회 모임을 하면 여느 일반 청년들처럼 세속적으로 먹고 노는 대화에 관심을 두기보다 늘 진지한 표정으로 평화시장 노동자들의 근로조건 개선 이야기 위주로 대화를 이어갔다. 친구들은 그런 전태일이 재미있을 리가 없다. 때론 태일이를 향해 농담 삼아 재미없다는 식으로 불만을 털어놓을 때도 많았다. 그럴 때면 친구들의 성화에 못 이겨 겨우 막걸리 한두 잔 마시고 담배도 한 개피씩 받아 피우며 분위기를 맞춰주는 정도였다. 친구들과 놀 때도 술은 별로 좋아하지는 않아서 중국집에서 고량주 한두 잔을 마시거나 거리의 술집에서 친구들의 생일파티를 해줄 때 막걸리 한두 잔 나눠 마시는 정도였다.

비록 보수적인 생활을 했던 전태일도 평화시장에서 시다로 발을 들여놓고 본격적으로 재봉 일을 하던 그는 당시 유행하던 최희준의 노래 '맨발

의 청춘'을 능숙하게 소화하며 따라 부르는 예능감각도 지녔고 친구들과
놀 때는 분위기를 주도하기도 했다. 계곡이나 해수욕장으로 야유회를 가
서 여흥을 즐기는 시간이 되면 '맨발의 청춘'을 멋스럽게 불렀던 그는 춤은
물론 익살스런 표정과 바보스런 몸짓으로 동료들을 즐겁게 해줬다. 가끔
대구에서 청옥학교 친구들이 상경하면 그들을 데리고 서울 남산을 올라
바위에 걸터앉아 역시 그 노래를 구성지게 불렀다. 한번은 전태일의 친구
김영문과 같은 공장에서 인하는 동료들과 기차를 타고 경기도 금곡릉으
로 놀러간 적이 있었다. 그 자리에 이미 전태일의 다른 친구들이 따로 놀
러 와 있어서 자연스럽게 태일이 구심점이 되면서 양쪽 친구들이 합석을
하고 놀았던 적도 있었다. 대구에서 친구들이 서울로 놀러 와도 전태일은
혼자만 나가는 것이 아니라 공장의 친구들을 데리고 나와 서로 양쪽을 인
사시켜준 후에 합류하도록 하는 스타일이었다.

　혼자서는 술과 담배를 안 했던 전태일도 일단 친구들과 만나서 놀게
되면 춤과 노래는 그야말로 선수였다. 친구들이 워낙 놀기를 좋아하였으
니 함께 통기타 치며 유행가를 부르고 놀거나 카세트를 틀어놓고 트위스
트, 개다리춤, 다이아몬드춤을 추면서 신나게 놀았다. 특히 '맨발의 청춘'
이라는 영화 속에서 트위스트 김이 춤을 추는 장면이 나온 이후 그때부터
한국의 젊은이들에게 트위스트 붐이 조성되기도 했는데, 전태일도 친구
들과 어울려 개다리춤과 함께 트위스트 춤도 잘 췄던 것이다.

　'맨발의 청춘' 가사는 그러고 보니 우연의 일치인지는 몰라도 그가 살
아온 생애와 흡사했다. '맨발의 청춘' 노래가 발표된 이듬해는 그 노래와
동일한 제목으로 만든 신성일과 엄앵란이 주연한 영화 '맨발의 청춘'이 개
봉됐다. 섬뜩하리만치 전태일은 '맨발의 청춘' 노래 가사나 영화 줄거리와
비슷한 운명을 살았던 것이다. 전태일이 누구이던가. 집요하고 끈질긴 가
난 때문에 신문팔이 담배꽁초 줍기 등을 하면서 거리의 사나이로 살아갈

때는 야경꾼의 단속에도, 평화시장에 취직해 숱한 해고를 당하며 업주와 관청과 형사들의 집요한 방해에도 결국 다음 목적지로 걸어가던 그야말로 맨발의 청춘이었다.

눈물도 한숨도 나 혼자 씹어 삼키며, 밤거리의 뒷골목을 누비고 다녀도
사랑만은 단 하나의 목숨을 걸었다. 거리의 자식이라 욕하지 말라.
그대를 태양처럼 우러러보는, 사나이 이 가슴을 알아줄 날 있으리라.

외롭고 슬프면 하늘만 바라보면서, 맨발로 걸어 왔네 사나이 험한 길을
상처뿐인 이 가슴에 나 홀로 달랬네. 내버린 자식이라 비웃지 말라
내 생전 처음으로 바친 순정은, 머나먼 천국에서 그대 옆에 피어나리.

1963년에 발표된 '맨발의 청춘'은 가수 최희준이 부르면서 당대 최고의 노래로 장안의 화제를 몰고 왔다. 노소를 불문하고 많은 남성들이 따라 불렀는데 더구나 이듬해인 64년에는 신성일, 엄앵란 주연(김기덕 감독)의 '맨발의 청춘'이라는 영화가 개봉되면서 그 열풍은 더했다. 영화 줄거리에는 폭력배 서두수(신성일)와 상류층인 요안나(엄앵란)가 서로 사랑을 느끼게 되면서 이야기가 전개되는데 초반에는 서로의 다른 생활 방식을 이해하려고 애쓰는 장면이 나온다. 그러나 두 사람은 요안나 부모의 강력한 반대에 부딪히며 어려움을 겪게 되고 결국 여러 우여곡절 끝에 두 사람은 아무도 모르는 시골로 도망을 친다. 그리고 두 사람은 단 하룻밤의 행복을 느낀 후 함께 동반자살을 택한다는 가슴 아픈 결말로 끝난다.

전태일은 아마 이 노래와 영화로가 자신의 가슴으로 전이된 그 무엇인가를 느꼈을 것이다. 자신의 일기장 표현대로 다른 사람들이 잘 가지 않는 "좌회전의 길"을 가기로 한 그는 아무도 가지 않으려는 그 길을 외롭게 맨

신성일, 엄앵란 주연의 영화 '맨발의 청춘'의 영화포스터(좌)와 가수 최희준이 부른 '맨발의 청춘' 레코드판 표지(우)

발로 걷다가 결국 자신을 모두 불태우고 홀연히 세상을 떠난 것이다. 부드럽고 구수한 음색의 최희준의 노래와 당대 최고의 배우들이 연기했던 장면들은 맨발로 가야만 하는 전태일 자신에 대한 운명적 노래이자 거부할 수 없는 예언적 영상임을 감지했을 것이다. 영화 속 남주인공의 청바지와 가죽점퍼 그리고 반항적인 눈빛은 기성세대에 저항하는 청춘 캐릭터의 상징이 되었으나 오히려 전태일은 검은 학생모를 자주 쓰고 다니거나 넥타이를 안 맨 양복을 정갈하게 입고 다닌 것으로 그런 유행을 대신했다. 그러나 전태일은 진짜 멋쟁이처럼 옷을 정갈하게 입고 다녔으며 사진찍기도 좋아했다. 이는 삼총사 친구 정원섭의 부친이 사진관을 운영해서 유난히 사진을 많이 찍을 수가 있었다.

3) '맨발의 청춘'을 즐겨 부를 수밖에 없었던 사연

상식과 진실조차 의심받는 시대에 살았던 전태일은 그 시대나 앞으로의 시대를 통 털어도 가장 순수했던 사람 중에 한 명에 속할 것이다. 소년에서 청소년기로 접어들던 예민한 시기의 전태일은 아버지의 잦은 폭력과 주벽에도 불구하고 장남으로서 반항 한번 제대로 해보지 못하고 묵묵히 참고 받아냈다. 그야말로 "눈물도 한숨도 나 혼자 씹어 삼키며" 부모에게 순종을 해야만 하는 바른 소년이자 청소년으로 살아왔다. 심지어 부친은 열심히 다니던 대구 청옥학교조차 다니지 못하도록 반대해서 학업을 중단할 수밖에 없었다. 그런 상처를 받았어도 신세 한탄을 하거나 부모에게 제대로 따진 적이 없었다. 견디다 못한 전태일은 가출을 시도했고 마땅한 거처가 없이 떠돌이였던 전태일은 연명을 위한 호구지책으로 신문팔이 등을 하면서 새벽부터 한밤중까지 "밤거리의 뒷골목을 누비고" 다녔다. 도심 거리의 뒷골목을 돌아다니며 여관을 상대로 돌며 구두닦이를 하다가 '시다모집' 구인광고를 보고 처음으로 평화시장에 시다로 취직했다. 그리고 열심히 일해서 받은 첫 월급을 어머니에게 몽땅 내어주자 어머니는 그 돈으로 천막을 구입해서 마침내 남산 판자촌 일대에 천막집을 짓게 된다.

그 후 전태일은 자신이 일하는 평화시장 한미사 사장의 처제였던 오금희라는 여성을 짝사랑하게 되면서 매일 밤 자신의 일기장에 사랑의 세레나데를 위한 고백과 시어들을 쏟아 놓았다. 여성에 대한 전태일의 이상형은 얼굴이 곱고 순종적인 성격의 아가씨를 좋아하던 편이었는데 그 상대가 바로 오금희였다. 그런 전태일에게 "사랑만은 단 하나의 목숨을 걸었다"는 가사가 절절히 와 닿았던 것이다. 단 하나의 목숨과도 바꿀 정도의 사랑을 경험했으나 그저 멀찌감치 바라보며 가슴앓이를 해야만 하는 자신의 처지와 노래 가사가 비슷했던 것이다. 그러면서 "그대를 태양처럼 우러러 보는 사나이 이 가슴을 알아줄 날 있으리라"며 위안을 삼았을 것이다. 짝사랑의 고통을 아파했던 전태일은 결국 연상의 여성 오금희와는 이루지 못할 사랑임을 깨닫게 되고 대구 청옥학교 시절 자신을 가르친 이희규 선생에게 오금희를 소개해주려는 노력까지 감행하기도 했다. 짝사랑임에도 불구하고 상대 여성에 대해 끝까지 책임을 지려는 자세를 보였던 것이다.

한편 전태일이 평화시장에 취직해서 작업장에서 일을 하다 보니 10대 소녀 여공들은 그 어느 누구도 관심을 두지 않고 사각지대에 놓여 있다는 것을 알게 됐다. 업주로부터 그저 돈벌이 수단의 소모품처럼 취급당하는 광경을 본 전태일은 곧 그들을 위해 자신의 몸을 던지기로 결심하게 된다. 노동력에 대해 업주들로부터 아동 착취를 당하던 10대의 소녀 여공들은 얼마나 힘들었는지 화장실에 가서 몰래 울고 있는 것은 다반사였다. 소녀들은 이제 막 청소년기에 접어들 무렵인데 밤샘 노동에 시달리며 잠 쫓는 약을 먹어가며 중노동을 하면서도 영양을 보충하기는커녕 먼지가 눈처럼 쌓이는 꽁보리밥 도시락도 제대로 못 먹어가며 깡마른 발육기를 보내고 있었다. 돈벌이에 급급한 업주에게는 마치 투명인간처럼 그들이 보이지 않는 존재에 불과했던 것이다. 그러다가 햇빛도 안 들어오는 닭장 같은 먼지구덩이 다락방에서 몇 년 동안 일하다가 폐병이 걸려 피를 토하고 쓰러지면 곧바로 해고를 당하며 쫓겨나가는 광경을 목격한 전태일은 사랑의 대상이 청계천 어린 여공들과 노동자들로 바뀌게 된 것이다. 앞으로는 그들을 위해서 하나뿐인 자신의 목숨을 거는 굳은 맹세를 한 것이다. 전태일에게 어떻게 이 문제를 극복할 것인가 방향을 제시해주는 사람이 없었으니 외로워졌고, 자신의 무기력을 깨닫고 절망에 빠졌다. "거리의 자식이라 욕하지 말라." 그러다 보니 결국 그는 어머니와 동생들, 친구들에게 영영 지울 수 없는 업보를 남길 수밖에 없었다.

2절 가사는 전태일의 운명을 예언이라도 하듯 절정을 이룬다. 험한 소
년기와 청소년기를 버텨내며 가난과 굶주림 속에서도 배움의 열정을 잃
지 않기 위해 "외롭고 슬프면 하늘만 바라보면서" 묵묵히 맨발로 걸어왔
던 그는 여공들만 감싸는 자신도 업주에 의해 매번 휴직과 해고를 반복적
으로 당하다 보니 사나이 가는 길에 "상처뿐인 이 가슴에 나 홀로 달랬네"
라는 가사는 자신의 처지를 대변하고 있다고 여긴 것이다. 그리고 자기 자
신의 전부인 노동자들을 위해 마침내 자신의 목숨을 걸기로 결심한다. 그
러기에 "내버린 자식이라 비웃지 말라"는 가사는 자신이 노동자들을 위해
뛸수록 업주들과 공장 사람들은 손가락질을 하고 경멸하며 비웃었고 홀
로 남겨지게 될 부모와 동생들을 남겨두고 이제는 더 많은 부모 형제를 얻
는 길로 떠날 결단을 하기 시작한 것이다.

전태일은 재단사가 되었어도 여느 재단사들처럼 미싱사나 시다들에
게 명령조로 하대하거나 독하게 굴어야 했으나, 그는 오히려 반대로 행동
을 했기 때문에 업주에게 배척당하거나 해고를 당했다. 재단사는 미싱사
나 시다들에게 하나의 권력의 자리임에도 불구하고, 그는 오히려 밝고 명
랑하게 시다들과 소녀 여공들을 대했으며 언제나 친절하게 잘 대해줬다.
어린 여공들에 대한 연민과 긍휼 그리고 그들을 돌보려는 배려심과 이타
적인 마음은 전태일에게는 마치 가슴 속에 고목처럼 깊게 뿌리 내려 있는
사랑이었던 것이다. 육체적인 사랑의 본능이란 마치 인화 물질에 점화되
듯 활활 타오르고 끝이 나지만, 전태일이 결단한 숭고한 사랑은 내일의 태
양도 감히 넘볼 수 없는 영역의 우주적 사랑이었다. 평화시장의 연약한 노
동자들을 위해 자신의 목숨을 걸기로 작정한 그는 "이 순간 이후의 세계에
서 내생에 못 다 굴린 덩이를, 덩이를, 목적지까지 굴리려 하네"라며 자신
의 일기장에 기록하기 시작했던 것이다.

사랑하는 사이에는 어느 누구의 간섭이나 이로 인한 고통을 감내할 수 있는 상상 이상의 초능력이 생기기 때문에 전태일은 "그대들이 아는 그대 영역의 일부인 나"인 여공들을 감싼다는 이유로 업주들로부터 쫓겨나도 이제 대수롭지 않게 여겼던 것이다. "내 생전 처음으로 바친 순정은, 머나 먼 천국에서 그대 옆에 피어나리"라는 마지막 가사는 비록 몸은 떠나도 저 머나먼 천국에 가서도 청계천의 어린 여공들과 연약한 수만 명의 노동자들의 곁에 있겠다는 말로 받아들여졌던 것이다. 훗날 자신의 유서에 "뇌성번개가 이 작은 육신을 태우고 꺾어버린다고 해도 하늘이 나에게만 꺼져내려 온다 해도 그대의 소중한 추억에 간직된 나는 조금도 두렵지 않을 걸세"라며 청계천의 수많은 노동자들을 향한 자신의 확고한 사랑의 의지를 토해냈다. 모든 인연은 만남이 있고 헤어지는 시기가 있다. 힘쓰고 애쓰지 않아도 만나는 인연은 쉽게 만나게 되어 있고 아무리 애를 써도 만나지 못할 인연은 만나지 못한다. 전태일은 마치 끝나지 않은 첫사랑처럼 노동자들을 사랑했던 영원한 맨발의 청춘이었던 것이다.

2. 유난히 좋아해서 게 눈 감추듯 먹어 치운 콩나물밥

전태일은 공장에서 일하다가 점심때가 돌아오면 도시락을 못 가져오는 날에는 평화시장 모녀식당을 가거나 청계천변에 있는 콩나물밥집으로 간다. 특히 콩나물밥을 유난히 좋아했던 그는 죽기 전까지 늘 즐겨먹던 음식 중에 하나였다. 그러나 버스비를 아껴 풀빵을 사주었던 까닭에 돈이 없어 콩나물밥 외식을 자주 할 수는 없었다. 공장 근처에는 낮에는 콩나물밥을 팔고 저녁에는 계절 음식을 안주 삼아 팔던 몇몇 식당들이 있었다. 콩나물밥은 음식값도 매우 저렴했을 뿐만 아니라 맛도 좋았기 때문에 전태일뿐 아니라 1960~1980년대 청계천 노동자들이 거의 즐겨 찾던 음식 메

뉴 중 하나였다. 소고기 고명이 살짝 올라간 콩나물밥은 고추장보다는 양념장으로 슥삭슥삭 비벼서 같이 따라 나온 된장국과 먹으면 일품이었으니 늘 배고팠던 전태일에게는 꿀맛이었던 것이다.

또한 궁핍하게 살던 전태일은 대구 시절이나 서울 창동 시절 어머니가 정성껏 차려 준 음식 중에 콩나물밥을 가장 좋아했다. '초근목피'라는 말이 있다. 풀뿌리와 나무껍질이라는 뜻 외에 먹을 것이 전혀 없어서 닥치는 대로 들판과 야산을 다니며 식재료를 구해 겨우 연명하기 위해 먹는 험한 음식이라는 뜻도 있다. 늘 꽁보리밥만 먹던 전태일과 동생들은 흰 쌀밥 위에 콩나물과 함께 쇠고기 고명까지 살짝 올라간 콩나물밥이 맛이 없을 리가 없다. 게다가 영양 가득한 제철 무까지 콩나물과 함께 듬뿍 넣은 콩나물밥을 어머니가 차려 놓으면 전태일은 양념장을 넣고 썩썩 비빈 후 마파람에 게 눈 감추듯 한 그릇을 뚝딱 해치웠던 것이다. 그러나 밥상 위의 라이벌은 항상 동생 태삼이었다. 어느 해인가 형 태일의 생일이 돌아왔으나 미역국조차 끓여 줄 수 없던 어머니가 김 한 봉지를 사와 사남매에게 똑같이 배분하고 나서 생일의 주인공인 태일이에게 한 장을 더 나눠주자 태삼은 금방 입을 실룩거리며 뿌루퉁해지기도 했다.

전태일 식구들이 대구에서 올라와 서울역 염천교 인근 주택가에 여장을 풀고 남의 집 처마살이를 하면서도 이소선은 자식들만큼은 굶기지 않으려고 구걸을 하며 음식 동냥을 했는가 하면 태일, 태삼 형제가 어린 시절 남대문 인근 판자촌에 살고 있을 때는 광주리를 이고 팥죽장사도 했다. 그런가 하면 창동에서 살 때는 광주리에 해산물을 담아 행상을 하기도 했다. 전태일은 만원버스를 탈 때마다 비린내가 풍기는 해산물 광주리를 들고 버스에 올라타는 한 무리 아주머니들을 목격했는데 그럴 때마다 은근히 짜증이 날 수밖에 없었다. 그러나 행상하는 여인네들을 자세히 바라보니 그중에는 자기 어머니도 섞여 있는 것이 아닌가? "커다란 고무통에 모시조개 등 해산물을 잔뜩 싣고 타는 어느 남대문시장 아줌마들을 볼 때마다 혐오감이 울컥 올라옴을 느낀다. 그러나 그 순간 그게 바로 자기 어머니임을 알게 된다. 내가 내 과거의 일부를 무시한다면 남이야 내 과거를 얼마나 더 무시하겠는가를 느끼며 이내 마음을 추수린다"고 일기장에 썼다. 이때부터 전태일은 자기의 과거를 부정하지 않기 위해서라도 어머니가 해주는 식사는 무엇이든 더욱 맛있게 먹기로 결심한 것이다.

그러나 이소선은 비록 행상을 하면서 값비싼 해산물을 취급하다 보니 자식들에게 맛있는 반찬거리로 해산물을 해주지 못했음을 평생 안타까워했다. 전태일의 신장은 보통 20대 남성들보다는 작은 편에 속했으며 자그마한 몸집인 데다 걸음걸이가 쏜살같이 빨랐다. 그래서 그런지 어떤 음식이든 맛있고 먹고 빠르게 먹었다. 또 전태일은 청옥학교 시절에는 옷을 잘 입고 다니던 멋쟁이였는데 오죽하면 짝사랑하던 김예옥 학생은 그가 부잣집 아들인 줄 알고 있을 정도였다. 아무리 궁색해도 겉으로는 내색하지 않았던 것이다.

또 전태일 형제가 1966년 2월~8월까지 남상사 공장에 다니던 시절에는 집안의 어려운 살림살이 때문에 점심 도시락조차 변변히 싸 올 수 있는 형편이 못 되어 어머니나 순옥이가 싸주는 밀가루 개떡을 점심 도시락으로 겨우 가져올 수 있었다. 개떡의 주 재료인 밀가루 반죽이 거의 다 익어갈 무렵이 되면 마치 피자를 자르듯 부엌칼을 이용해 여러 등분으로 자르면 그런대로 쫄깃한 맛도 있고 시장기를 대충 때울 요깃거리는 되었다. 태일, 태삼 형제는 이것을 점심 대용으로 종이에 둘둘 말아 대충 싸주면 보자기에 싸서 공장으로 출근한 후 점심시간이 돌아오면 남들 보기에 창피해서 공장 담벼락으로 몰래 나가서 양지바른 담벼락에 앉아 먹다가 물건을 훔친 도둑으로 오인받기도 했다.

3. 친구들과 자경단을 조직해 야학하는 여학생들의 귀가를 돕다

전태일이 대구 청옥학교에서 공부할 때 역사, 체육, 음악 과목 등을 가르친 이희규 선생은 그에 대해 회고하며 "전태일은 사고방식이 똑바르고 불의를 못 참는 학생이었어요. 어렵다고 고개 숙이지도 않았고 자기 할 일은 다 했어요"라며 그를 평가했다. 또한 청옥학교 친구들은 "전태일은 언제나 생각과 사려심이 깊었으며 항상 다른 학생들을 돌봐 주었고 여러 사람들 앞에서도 언제나 당당했다. 친구들과의 관계에서도 상스러운 욕이나 험한 말은 일절 쓰지 않았다"고 증언했다. 당시 전태일과 함께 청옥학교에 다니던 여학생들 중에는 식모살이를 하던 학생이 많았기 때문에 주인집에서 공부하라고 보내주기도 하고 교사들이 주인집을 찾아가 부탁하기도 했다. 또 남학생들은 공장에서 일하거나 신문배달 등의 일을 했던 경우가 많았다. 수업은 저녁 6시부터 9시 30분까지 4교시로 나누어 실시되었는데 수업이 다 끝나면 밤 10시가 다 됐기 때문에 여학생들은 귀가하는 일이 가장 큰 문제였다.

더구나 청옥학교 앞에는 하수가 흐르는 개천이 있었는데 학교에 통학하려면 그 개천을 지나 다녀야 했다. 간혹 동네 불량배들이 어슬렁거리거나 못된 녀석들로부터 학생들을 지켜주느라 야간 수업이 끝나면 태권도를 잘했던 이희규 선생이 분주하게 움직이기도 했다. 또 이와는 별도로 전태일을 중심으로 몇몇 남학생들은 자경단을 조직해서 여학생들이 학교를 마치고 개천을 안전하게 건너는 일이나 으슥한 골목이나 외진 길을 잘 다닐 수 있도록 앞장섰다. 여학생들이 무사히 귀가할 수 있도록 남학생들이 짝을 지어 에스코트를 하면서 자연히 학교 주변의 치안도 담당했다. 전태일은 이처럼 약자를 보면 그냥 외면하거나 남의 일처럼 여기지 않았던 것이다.

이처럼 전태일은 연약한 여성이나 사회적 약자를 그냥 무시하고 넘어가지 않은 성품을 지녔음을 볼 수 있다. 그의 인간관계를 보면 평화시장에서 일하면서 유난히 붙임성이 좋아서 친구들이 많았다. 어떤 때는 공장이 바빠서 정신 못 차리게 일감이 밀리기 때문에 일주일씩 집에도 못 들어가고 밤샘 작업을 할 때도 있는 반면, 여름철 비수기에는 일거리가 없어서 며칠씩 한가하기도 했다. 이런 경우에는 가까운 장충단 공원에서 배드민턴을 치며 하루를 보내거나 야외로 놀러나간다. 전태일이 장충체육관 앞에서 찍은 사진이 유독 많은 이유였다. 뚝섬이나 광나루에 수영장이 개장되며 많은 시민들이 이용하던 시기에는 친구들과 같이 광나루 수영장이나 동대문 운동장 수영장을 찾아가서 놀다 올 때도 있었고 돈이 없는 날은 기웃거리다가 한강 백사장에서 물놀이를 하고 돌아오는 경우도 자주 있었다.

전태일이 남긴 글과 일기장들 그리고 친구와 가족들의 증언을 들어보면 전태일은 문학에도 소질이 있고, 노래도 잘하고, 공감능력이 뛰어났으며 성격이 활달하고 모든 일에 적극적이었다. 불의를 보면 참지 못하고, 옳다고 생각하면 곧바로 실천에 옮기는 사람이었으며 약자를 보면 곧 자신의 아픔으로 전이되는 천성을 지녔다. 그런 전태일이 미싱사의 신분으로 있을 때는 자기가 점심을 안 사먹고 다른 여공에게 밥을 사 주기도 했고, 때로는 자기 버스 차비는 물론 동생 태삼의 차비까지 털어 여공들에게 풀빵을 사주기도 했으나 결국 거기에 머물 수밖에 없었던 것이다. 더 이상 노동자들의 노동여건 문제는 근본적으로 해결될 기미가 보이지 않으니 결국 자신의 몸을 던지기까지 결단한 것이다.

전태일이 한문공부를 하기 위해 수기장 빈 공간에 연습한 흔적

4. 타인의 아픔을 자신의 고통으로 인지하는 인품

앞서 살펴본 전태일의 다양한 삶의 궤적들에서 발견되는 그의 이타심 (altruism)은 높이 평가되어야 한다. 그의 삶을 보면 그가 훗날 분신 항거했 다고 해서 투사나 열사라고 부르기엔 너무나 억울할 정도로 그의 삶은 지 극히 평범하고 순수했으며 더불어 진실하고 고결한 인품을 소유했다. 그 러나 그토록 순진한 청년도 불의와 불공정을 목격한 후에는 분노를 동반 한 단호하고 확고한 자신의 의지를 아래와 같이 드러낸다.

인간을 물질화하는 세대, 인간의 개성과 참인간적 본능의 충족을 무시당하고 희망의 가치를 잘린 채 존재하기 위한 대가로 물질적 가치로 전락한 인간상을 증오한다. 어떠한 인간적 문제이든 외면할 수 없는 것이 인간이 가져야 할 인간적 문제이다. 한 인간이 인간으로서의 모든 것을 박탈당하고 박탈하고 있는 이 무시무시한 세대에서 나는 절대로 어떠한 불의와도 타협하지 않을

것이며, 동시에 어떠한 불의도 묵과하지 않고 주목하고 시정하려고 노력할 것이다.[78]

그래서 전태일은 사회 부조리를 시정하려는 첫 출발과 마음가짐으로 자기 자신을 "전체의 일부인 나"로 인식했고, 타인들을 "나를 아는 모든 나여, 나를 모르는 모든 나여"로 인지하고 받아들였다. 이 세상 모든 사람을 자신과 동일시했던 이유는 타인의 아픔을 자신의 아픔으로 인지하기 위함이었다. 그렇기 때문에 전태일이 죽은 이유는 여러 가지가 있으나 그중에 하나는 자기 자신이 안 죽으면 저 여공들이 폐병에 걸려 죽고 사람구실을 못하기 때문이라고 생각했던 것이다. 그리고 공장에서 목격한 노동 여건의 참상을 자신의 일기장에 썼다.

어떻게 시다 일을 하는 어린여공들이 이런 장시간을 견뎌내겠는가? 연령이 많은 미싱공들도 마찬가지일세. 남자들보다 신체적으로나 정신적으로 약한 여공들이, 더구나 재봉일이라면 모든 노동 중에서 제일 고된 노동일세. 정신과 육체를 조금이라도 분리시키면 작업이 안 되네. 공사판 인부들은 육체적 힘을 요구하고 사무원은 정신적 노동을 요구하지만 재봉사들은 양자를 다 요구하거든. 그 많은 먼지 속에서 하루 14시간의 작업을 마치고 집으로 돌아가는 노동자들의 모습은 너무나 애처롭네. 아무리 부한 환경에서 거부당한 사람들이지만 이 사람들도 체력의 한계가 있는 인간이 아닌가?[79]

한 미싱사가 작업 도중에 피를 토하며 쓰러졌는데 알고 보니 결핵 3기였다. 창문도 없는 좁은 공장에서 16시간씩 재봉틀을 돌리다 얻은 직업병

---

78 전태일, 『친필수기』, CD 사본 4. 27.
79 전태일, 『친필수기』, CD 사본 2. 31.

이었지만 해고되는 것으로 조용히 마무리됐다. 전태일은 도무지 그런 현실을 인정할 수 없었던 것이다. 전태일이 여공들에게 위로의 말을 던진 후 피를 토한 여공의 손을 붙잡고 병원 문을 두들기면서 텅텅 빈 자신의 호주머니를 한탄하고 있었을 때 전태일은 자신의 한계를 느낀 것이다. 어린 여공들을 바라볼 때마다 전태일은 자신의 과거 힘들었던 시절이 떠올랐기 때문에 더욱 연민을 느끼고 애착을 갖게 된 것이다. 전태일은 학력이 없다 보니 번듯한 직장에 이력서를 넣거나 양복을 입고 펜대를 굴리는 직장은 다닐 수가 없었다.

판자집에 살며 나이도 어리고 학교도 제대로 못 다녔으니 대기업이나 커다란 공장은 도저히 가고 싶어도 갈 수가 없었으나 이곳 청계천 평화시장은 초등학교를 졸업하지 못해도 누구든지 받아주었고 나이도 열세 살만 되면 취직이 가능했다. 구두닦이를 하던 전태일이 갈 수 있었던 곳은 오로지 이곳뿐이었으니 여공들을 바라볼 때마다 동병상련이었다. 그러나 평화시장에 취직하기 전에 전태일이 거쳐 갔던 신문팔이나 구두닦이를 비롯해 온갖 밑바닥 직업들은 그 속을 들여다보면 그 첫 번째 희생자는 분명 미성년자의 노동력을 악용하고 갈취하는 아동착취였던 것이다. 공장안 미싱 기계 위에 쳐놓은 전깃줄에는 하룻밤만 지나면 먼지가 뽀얗게 쌓였고 꽁보리밥 도시락조차 가져 올 수 없었던 소녀 여공들은 발육기에 접어들은 나이임에도 불구하고 영양실조에 걸리기 일쑤였으니 전태일에게는 이런 광경이 남의 일로만 받아들여지지 않았던 것이다.

인간을 필요로 하는 모든 인간들이여. 그대들은 무엇부터 생각하는가? 인간의 가치를 희망과 윤리를? 아니면 그대 금전대의 부피를?[80]

---

80 전태일, 『친필수기』, CD 사본 2. 32.

전태일은 오랜 시간 자신과의 싸움을 거쳐 인간으로서 모든 것을 거부 당하고 단지 물질적 가치로 전락한 자신과 주변의 노동자를 위해서 근본 적으로 그런 관계를 강요하는 자본주의 사회를 바꾸기 위해 자신을 바칠 것을 결단하고 자신의 몸을 아낌없이 던졌다. 그래서 그의 죽음은 근대화 과정에서 볼 때 가히 혁명적이라고 할 만한 크고 작은 사건들을 연이어 촉 발시키는 무서운 저력을 발휘했다. 반공주의와 빨갱이 혐오사회의 공포 에 갇혀 감히 '노동운동'이라는 용어를 꺼내지도 못했던 사람들의 입에서 그런 말들이 쉽게 흘러나올 수 있었다. 서서히 박정희 정권의 금기에 균열 이 가기 시작하며 침묵이 깨지기 시작한 것이다. 전태일 사건이 일어나면 서 노동운동이 격화되고 이듬해 8월에는 경기도 광주단지 주민폭동을 비 롯한 도시빈민들의 생존투쟁도 활성화되었으며 그 결과 대통령선거에서 야당의 김대중 후보가 예상보다 훨씬 높은 43.6%나 득표했으며 이듬해 열 린 국회의원 선거(1971. 5. 25.)에서도 야당 의석이 종전의 44석에서 89석 으로 두 배 이상 증가하자 박정희 정권은 불안하기 시작한 것이다. 또한 그의 죽음은 세상을 흔들었고 그의 죽음에 분노하고 슬퍼한 사람들의 잇 단 투쟁과 분신이 1990년대 후반까지 계속되면서 44명의 노동자가 목숨 을 끊었다. 그러면서 노동자들의 눈과 귀가 열린 것이다.

그 변화가 오늘날을 만들었지만, 전태일이 바라던 노동자의 해방은 아 직 이뤄지지 않았다. 또한 개신교 신앙을 소유한 기독청년 전태일은 종교 적으로 볼 때 하나님의 뜻을 통해 세상을 종교화하려는 것이 아니라 기독 교를 통해 인간화를 이루고자 했으며 인간회복을 갈구한 순수한 신앙인 이었다. 그래서 전태일의 죽음은 순수한 인간 사랑이며 새로운 세상을 여 는 한 알의 밀알이었으며 70년대의 문을 활짝 열어젖혔던 새 시대의 기수 였던 것이다. 그러나 지금은 이처럼 세상이 발전하고 잘살게 됐는데 왜 아 직도 우리는 전태일이 필요한가? 최근 의학계의 큰 혁신 중에 비젠시아 안

전지수라고 불리는 알고리즘이 있다. 환자의 주요 변수들을 분석해 위험 수준을 수치로 정량화하여 위험 수준이 감지되면 자동으로 의료진에게 경고를 보내서 환자가 심장마비가 오기 몇 시간 전에 그 사실을 알 수 있도록 했다. 그렇다면 왜 아직도 우리 사회에는 또 다른 전태일이 자기 몸을 던지는 사건들이 속출하고 있는지 심각하게 진단해야 한다.

그것은 한국 사회가 아직도 또 다른 전태일의 희생을 요청할 수밖에 없을 정도로 부패하고 있다는 증거일 것이다. 언제까지 죽음의 알고리즘이 순환되고 반복되어야 하는가? 전태일 당시나 지금이나 노동자는 죽어서 사라져야 증명되는 존재로 비쳐지고 있다. 이 사회는 지금 아무 문제가 없는데 어느 청년이 노동현장에서 죽거나 어느 노동자가 분신을 하면 그제야 없었던 문제가 갑자기 생겨나기라도 하듯 간주하고 있다. 이 땅의 젊은이들은 아직도 공장에서, 일터에서, 학교에서 그렇게 전태일처럼 죽어가고 있다. 전태일이 자신의 몸을 불사른 후 "우리는 기계가 아니다"라는 마지막 외침은 노동자의 인간 선언이었으나 단지 노동자들의 참혹한 실태를 고발하는 것에서 멈춘 것이 아니라 인간답게 살 수 있는 정당한 권리를 요구했던 것이다. 박정희 대통령에게 보낸 진정서에 "인간으로서의 최소한의 요구입니다. 기업주 측에서도 충분히 지킬 수 있는 사항입니다"라며 호소했던 전태일은 노동운동가이기에 앞서 사람답고자 했던 한 인간의 '인간 선언'이었다. 그래서 사람들은 그의 죽음을 '인간 선언'이라 부른다. 그런데 그 선언은 완성되었는지, 전태일의 인간사랑이 우리 사회에 확산되었는지 묻지 않을 수 없다. 그래서 전태일을 따르는 모든 '전태일의 일부인 나'는 인간해방의 덩이를 이 시간도 굴리고 있는 것이다.

어느 문학가가 전태일이라는 인물은 자기에게 마치 거울 같은 존재라고 말했다. 그래서 전태일의 죽음은 자신의 문학의 새로운 출발점이 되었다고 고백했다. 그렇다면 이제 우리 모두는 전태일로 인해 각자 자신의 영역과 터전에서 새로운 그 무엇의 출발이 되어야 한다. 전태일은 시대의 어둠을 떨쳐낸 촛불이자 인간 선언의 혁명가는 맞다. 그러나 우리의 과제는 전태일이 한 인간으로서 어떻게 저토록 남의 고통에 아파할 수 있었는가에 대해서 끝없이 질문해야 하며 그 사유의 결과는 실시간으로 자신에게 적용해야 한다. 과연 우리는 누구인지? 무엇을 위해 사는지 그리고 무엇을 해야 하는지를 끊임없이 사유해야 한다. 나의 아픔보다 다른 사람의 아픔을 더 크게 느끼고 괴로워하는 것이 어떻게 가능했을까를 질문하면서 살아간다면 그것이야말로 전태일을 따르는 길이며 죽음을 위한 삶의 미학이자 삶을 위한 죽음의 미학이 될 것이다.